读真题记单词

大学英语六级词汇

李立新 主编

王彦琳 刘敏 于丹 编著

中国广播电视出版社

CHINA RADIO & TELEVISION PUBLISHING HOUSE

图书在版编目（CIP）数据

大学英语六级词汇／李立新主编.—北京：中国广播电视出版社，2007.2（2007.7 重印）
（读真题记单词）
ISBN 978-7-5043-5227-9

Ⅰ. 大… Ⅱ.李… Ⅲ.英语－词汇－高等学校－水平考试－自学参考资料 Ⅳ.H313

中国版本图书馆CIP数据核字（2007）第013635号

读真题记单词大学英语六级词汇

主　　编	李立新
编　　著	王彦琳　刘　敏　于　丹
特约编辑	周　壮
责任编辑	臧　博　于　莉
监　　印	赵　宁
出版发行	中国广播电视出版社
电　　话	86093580　86093583
社　　址	北京市西城区真武庙二条9号(邮政编码100045)
经　　销	各地新华书店和外文书店
印　　刷	北京汇林印务有限公司
开　　本	880毫米×1230毫米　1/32
字　　数	278(千)字
印　　张	12
版　　次	2007年2月第1版　2007年7月第4次印刷
书　　号	ISBN 978-7-5043-5227-9
定　　价	15.00元

新航道图书编委会

前　言

突破六级并不难,关键要过词汇关。众所周知,熟练掌握大纲要求的词汇是顺利通过六级考试的基石,所以选择一本最有效的词汇参考书至关重要。对于备考六级的同学来说,大纲和真题是最权威的复习资料。真题除了用来熟悉出题思路,提高解题技巧之外,还是记单词的经典蓝本,因为真题几乎涵盖了大纲词汇,而且体现了高频词汇,所以在真题中记单词使得备考更有针对性。此外,把单词放在真题语境中,记单词就会更高效。因此读真题记单词无疑是一种非常有效的方法。

本书具备以下特色:

一、涵盖历年真题词汇,注释精准重点突出

本书收录了 2003 - 2006 年(包括一套新题型)的大学英语六级考试真题。所有词条的选择和注释都既严格按照大纲的要求,又考虑到考生的需求。所注词条包括真题中所有疑难词汇和词组,以及读写常用搭配,而且重点高频单词、词组在不同的篇章重复出现,便于读者巩固记忆。

本书的注释不求全面,但求精准、重点突出。每个单词和词组的第一个义项都是在对应的真题语境中的意义,随后是常用义项。考生掌握后就能轻松应对六级考试中的熟词生义、一词多义现象。附加的选项词汇注释更是为读者扫清了解题时的一切障碍。

二、全面扩充核心词汇,囊括同义反义同根词组

笔者根据大纲的要求,考虑到实战需要,根据各类词汇的不同特点,对核心词汇进行了全面扩充,附有常用的同义词、反义词、同根词及词组,方便考生通过联想扩大词汇量。

三、在语境中记单词,从容应对新六级

虽然新六级不再有词汇题,但词汇测试渗透到了每个题型中,而且大纲要求更加注重在语篇中综合运用词汇的能力,这从2006年新六级真题的仔细阅读、改错以及翻译题中可见一斑。在真题语境中记住的单词和词组才可以灵活运用,才可以在考试中以不变应万变。

愿此书伴您走向成功!

编　者

2007年2月

目　录

Reading Comprehension

Vocabulary

Error Correction

Cloze

Reading Comprehension 2003.6

Passage One

In the villages of the English countryside there are still people who remember the **good old days** when no one **bothered to** lock their doors. There simply wasn't any crime to worry about.

Amazingly, these happy times appear still to be with us in the world's biggest community. A new study by Dan Farmer, a gifted programmer, using an **automated** investigative program of his own called SATAN, shows that the owners of well over half of all World Wide Web sites have set up home without fitting locks to their doors.

SATAN can **try out a variety of** well-known *hacking*（黑客的）**tricks** on an Internet site without actually breaking in. Farmer has made the program publicly **available**, amid much **criticism.** A person **with evil intent** could use it to **hunt down** sites that are easy to *burgle*（闯入…行窃）.

But Farmer is very concerned about the need to **alert** the public to poor **security** and, so far, events have proved him right. SATAN has done more to alert people to the risks than cause new disorder.

So is the Net becoming more secure? **Far from** it. In the early days, when you visited a Web site your **browser** simply looked at the **content.** Now the Web is full of tiny programs that automatically download when you look at a Web page, and run on your own machine. These programs could, if their authors wished, do all kinds of **nasty** things to your computer.

At the same time, the Net is **increasingly populated** with spiders, worms, agents and other types of automated beasts designed to **penetrate** the sites and **seek out** and **classify** information. All these make wonderful tools for antisocial people who want to **invade** weak sites and cause damage.

But let's **look on the bright side. Given** the lack of locks, the Internet is surely the world's biggest (almost) crime-free society. Maybe that is because hackers are **fundamentally** honest. Or that there currently isn't much to steal. Or because *vandalism*（恶意破坏）isn't much fun unless you have a **peculiar** dislike for someone.

Whatever the reason, let's enjoy it while we can. But expect it all to change, and security to become the number one issue, when the most **influential inhabitants** of the Net are selling services they want to be paid for.

文章词汇注释

good old days 美好的往日

bother to do... 费心做…

amazingly [ə'meiziŋli] *ad.* 令人惊讶地,惊人地

[同根] amaze [ə'meiz] *v.* 使吃惊,使惊鄂,使惊异

amazed [ə'meizd] *a.* 吃惊的,惊奇的

amazing [ə'meiziŋ] *a.* 令人惊异的,惊人的

amazement [ə'meizmənt] *n.* 惊愕,惊异

automated ['ɔːtəmeitid] *a.* 自动的,自动化的

[同根] automate ['ɔːtəmeit] *v.* 使自动化

automatic [ˌɔːtə'mætik] *a.* ①自动的 ②习惯性的,机械的 *n.* 自动机械

automation [ɔːtə'meiʃən] *n.* 自动化

automatically [ɔːtə'mætikli] *ad.* 自动地,机械地

try out 试,试用,试验,考验

a variety of 各种各样的

trick [trik] *n.* ①诡计,计谋,花招,欺诈 ②技巧,窍门 *v.* 欺诈,哄骗,愚弄 *a.* 骗人的

[同根] tricker ['trikə(r)] *n.* 施诡计的人,骗子

trickery ['trikəri] *n.* 欺骗,诡计,圈套

trickish ['trikiʃ] *a.* 诡计多端的,狡猾的,复杂的

[词组] trick with 戏弄

available [ə'veiləbəl] *a.* ①可利用的,在手边的 ②可获得的 ③可取得联系的,有空的

[同义] convenient, obtainable, ready, handy

[反义] unavailable

[同根] avail [ə'veil] *v.* 有用于,有助于 *n.* [一般用于否定句或疑问句中]效用,利益,帮助

availability [əˌveilə'biliti] *n.* 利用(或获得)的可能性,有效性

criticism ['kritisizəm] *n.* ①批评,评判,责备,非难 ②评论文章,评论

[同根] critic ['kritik] *n.* ①批评家,评论家 ②吹毛求疵者

critique [kri'tiːk] *n.* ①(关于文艺作品、哲学思想的)评论文章 ②评论

criticize ['kritisaiz] *v.* ①批评,评判,责备,非难 ② 评论,评价

critical ['kritikəl] *a.* ①吹毛求疵的 ②批评的,评判的 ③决定性的,关键性的,重大的

critically ['kritikəli] *ad.* ①吹毛求疵地 ②批评地,评判地 ③决定性地,关键性地

with evil intent 恶意地

hunt...down 搜寻…直至找到

alert [ə'ləːt] *v.* 向…报警,使警惕(to) *a.* ①留神的,注意的 ②警觉的,警惕的 *n.* ①警觉(状态),戒备(状态) ②警报

[同根] alertly [ə'ləːtli] *ad.* 提高警觉地,留意地

alertness [ə'ləːtnis] *n.* 警戒,机敏

[词组] alert sb. to sth. 使某人警惕某物

on (the) alert 警戒着,随时准备着,密切注意着

alert to do... 留心做…

security [si'kjuəriti] *n.* 安全，平安，安全感

[同根] secure [si'kjuə] *a.* 安全的，无危险的 *v.* ①使安全，掩护，保卫 ②保证

securely [si'kjuəli] *ad.* 安全地

far from 决非，决没有，远远不

browser ['brauzə(r)] *n.* 浏览器

[同根] browse [brauz] *v.* & *n.* 浏览

content ['kɔntent] *n.* ①(常作～s)内容，目录 ②(常作～s)所容纳的东西 ③容量，容积

[kən'tent] *v.* 使满意，使满足 *a.* 满意的，满足的

nasty ['næsti] *a.* ①令人讨厌的 ②难弄的 ③严重的，凶险的

[同义] disgusting, repulsive, unpleasant

increasingly [in'kri:siŋli] *ad.* 越来越多地，逐渐增加地，日益地

[同根] increase [in'kri:s] *v.* 增加，加大 ['inkri:s] *n.* 增加，增大，增长

increasing [in'kri:siŋ] *a.* 越来越多的，增加的

increased [in'kri:st] *a.* 增加的，增强的，增多的

increasedly [in'kri:sidli] *ad.* 增多地，增加地

populate ['pɔpjuleit] *v.* ①构成…的人口(或动植物的总和) ②(大批地)居住于

[同根] populous ['pɔpjuləs] *a.* 人口多的，人口稠密的

population [ˌpɔpju'leiʃən] *n.* 人口

penetrate ['penitreit] *v.* ①透入，渗入，透过 ②刺入，戳入，穿透

[同根] penetration [peni'treiʃən] *n.* 刺穿，穿透，穿透力

penetrative ['penitrətiv] *a.* 有穿透力的，尖锐的，强烈的

penetrating ['penitreitiŋ] *a.* 有穿透力的，尖锐的，强烈的

[词组] penetrate into 刺入

seek out 找出，搜出，挑出

classify ['klæsifai] *v.* 分类，归类

[同义] categorize, sort

[同根] class [klɑ:s] *n.* ①种，类，等级 ②阶级，社会等级 ③班级，(一节)课 *v.* 把…分类，归类

classification [ˌklæsifi'keiʃən] *n.* 分类，门类，种类

classified ['klæsifaid] *a.* 按种类分列的，类别的

classifiable ['klæsifaiəbl] *a.* 可分类的，可归类的

invade [in'veid] *v.* ①侵略，侵略，攻击 ②侵犯，侵害，干扰

[同根] invader [in'veidə] *n.* 侵略者

invasion [in'veiʒən] *n.* ①侵略，侵略，攻击 ②侵犯，侵害，干扰

invasive [in'veisiv] *a.* 入侵的，侵略的

look on the bright side 看事物有利的一面，抱乐观态度

given ['givn] *prep.* 考虑到

fundamentally [fʌndə'mentəli] *ad.* 基础地，根本地

[同义] basically, essentially, primarily

[同根] fundament ['fʌndəmənt] *n.* 基础，基本原理

fundamental [ˌfʌndə'mentl] *a.* 基础的，基本的

peculiar [pi'kju:liə] *a.* ①特有的，独具的 ②奇怪的，不寻常的

[同义] odd, queer, unusual, strange

[反义] common, general, normal, ordinary

[同根] peculiarly [pi'kju:liəli] *ad.* 特有地，特别地

influential [ˌinfluˈenʃəl] *a.* 有影响的，有势力的

[同根] influence [ˈinfluəns] *n.* ①影响，势力，有影响的人（或事）②势力，权利 *v.* 影响，改变

inhabitant [inˈhæbitənt] *n.* 居民，居住者

[同义] dweller, resident

[同根] inhabit [inˈhæbit] *v.* ①居住于，栖息于 ②占据，留住

inhabited [inˈhæbitid] *a.* 有人居住的

inhabitable [inˈhæbitəbəl] *a.* 可居住的

inhabitation [inˌhæbiˈteiʃən] *n.* 居住，有人居住的状态

选项词汇注释

enthusiastic [inˌθjuːziˈæstik] *a.* 满腔热情的，热心的，极感兴趣的

[同根] enthuse [inˈθjuːz] *v.* <口>（使）热心，（使）充满热情，（使）感兴趣

enthusiastically [inˌθjuːziˈæstikəli] *ad.* 热心地，狂热地

enthusiast [inˈθjuːziæst] *n.* 热心家，狂热者

enthusiasm [inˈθjuːziæzəm] *n.* ①热忱，热心，巨大兴趣 ②激发热情的事物

[词组] be enthusiastic for/about sth. 对某事热心

critical [ˈkritikəl] *a.* ①批评的，评判的 ②吹毛求疵的 ③决定性的，关键性的，重大的紧要的，关键性的

[同根] critic [ˈkritik] *n.* ①批评家，评论家 ②吹毛求疵者

critique [kriˈtiːk] *n.* ①（关于文艺作品、哲学思想的）评论文章 ②评论

criticize [ˈkritisaiz] *v.* ①批评，评判，责备，非难 ② 评论，评价

criticism [ˈkritisizəm] *n.* ①批评，评判，责备，非难 ②评论文章

critically [ˈkritikəli] *ad.* ①吹毛求疵地 ②批评地，评判地 ③决定性地，关键性地

positive [ˈpɔzətiv] *a.* ①积极的，建设性的 ②确定的，确实的 ③有把握的，确信的，肯定的

[同义] absolute, assured, convinced, definite

[反义] negative

indifferent [inˈdifrənt] *a.* 不感兴趣的，不关心的，冷漠的，冷淡的

[同义] unconcerned

[反义] concerned, interested

[同根] differ [ˈdifə] *v.* 不一致，不同

different [ˈdifrənt] *a.* 不同的

indifference [inˈdifrəns] *n.* 不感兴趣，不关心，冷漠，冷淡

indifferently [inˈdifrəntli] *ad.* 冷淡地，不关心地

[词组] be indifferent to 对…漠不关心

security measures 安全措施

strengthen [ˈstreŋθən] *v.* ①加强，巩固，使强壮 ②勉励，激励 ③增加…的艺术效果

[同义] confirm, consolidate, fortify, intensify, reinforce

[反义] weaken

[同根] strength [streŋθ] *n.* 力，力量，力气，实力，兵力

strengthening [ˈstreŋθəniŋ] *n.* 加固

priority [praiˈɔriti] *n.* ①优先，重点，优先权 ②在先，居先 ③优先考虑的事

[同根] prior [ˈpraiə] *a.* ①优先的 ②较早的，在前的 ③优先的，更重要的

[词组] place/put high priority on 最优先

考虑…
attach high priority to 最优先考虑…
give first priority to 最优先考虑…
net inhabitants 网民

surfing [ˈsəːfiŋ] *n.* ①网络冲浪 ②冲浪运动
[同根] surf [səːf] *n.* 海浪 *v.* 作冲浪运动

Passage Two

I **came away** from my years of teaching on the college and university level with a **conviction** that *enactment*（扮演角色）, performance, **dramatization** are the most successful forms of teaching. Students must be **incorporated**, made, **so far as possible**, an **integral** part of the **learning process.** The **notion** that learning should have in it an element of **inspired** play would seem **to the greater part of the academic establishment** merely silly, but that is **nonetheless** the case. Of Ezekiel Cheever, the most famous schoolmaster of the Massachusetts Bay Colony, his **onetime** student Cotton Mather wrote that he so planned his lessons that his pupils "came to work as though they came to play," and Alfred North Whitehead, almost three hundred years later, noted that a teacher should make his/her students "glad they were there".

Since, we are told, 80 to 90 percent of all **instruction** in the typical university is by the lecture method, we should give close attention to this form of education. There is, I think, much truth in Patricia Nelson Limerick's observation that "lecturing is an unnatural act, an act for which God did not design humans. It is perfectly all right, now and then, for a human to be **possessed** by the **urge** to speak, and to speak while others remain silent. But to do this regularly, one hour and 15 minutes at a time... for one person to **drag on** while others sit in silence? ... I do not believe that this is what the Creator... designed humans to do."

The strange, almost **incomprehensible** fact is that many professors, just as they **feel obliged to** write **dully**, believe that they should lecture dully. To show **enthusiasm** is to risk appearing unscientific, unobjective, it is to **appeal to** the students' emotions rather than their **intellect.** Thus the **ideal** lecture is one filled with facts and read in an unchanged **monotone.**

The *cult*（推崇）of lecturing dully, like the cult of writing dully, goes back, of course, some years. Edward Shils, professor of **sociology**, recalls the professors he **encountered** at the University of Pennsylvania in his youth. They seemed "a priesthood, rather uneven in their **merits** but **uniform** in their **bearing**, they never **referred to** anything personal. Some read from old lecture notes and then **haltingly** explained the **thumb-worn** last lines. Others lectured from cards that had served for years, to judge by the worn edges .... The teachers began on time, ended on time, and left the room without saying a word more to their students, very seldom being **detained** by questioners.... The classes were not large, yet there was no discussion. No questions were raised in class, and there were no office hours."

文章词汇注释

came away 离开，脱离

conviction [kən'vikʃən] *n.* 深信，确信

[同根] convince [kən'vins] *v.* 使确信，使信服

convincing [kən'vinsiŋ] *a.* 令人信服的，有说服力的

convincible [kən'vinsəbl] *a.* 可被说服的

convinced [kən'vinst] *a.* 确信的，深信的

dramatization [ˌdræmətai'zeiʃən, -ə'z-] *n.* 戏剧化，改编成戏剧

[同根] drama ['drɑːmə] *n.*（在舞台上演的）戏剧，戏剧艺术

dramatic [drə'mætik], dramatical [drə'mætikəl] *a.* ①戏剧的，有关戏剧的 ②戏剧般的，戏剧性的 ③引人注目的，给人深刻印象的

dramatize ['dræmətaiz] *v.* ①戏剧性描述，使引人注目 ②改编成剧本，使戏剧化

dramatist ['dræmətist] *n.* 剧作家

dramatics [drə'mætiks] *n.* 戏剧表演艺术

dramatically [drə'mætikəli] *ad.* 戏剧地，引人注目地

incorporate [in'kɔːpəreit] *v.* ①把…合并，使并入，使混合 ②包含，加上

[同根] incorporable [in'kɔːpərəbl] *a.* 可结合的，可包含的

incorporated [in'kɔːpəreitid] *a.* ①合并的，合成一体的 ②组成公司的，股份有限的

incorporation [inˌkɔːpə'reiʃən] *n.* ①结合，合并，包含 ②公司 ③混合

[词组] incorporate with 混合，合并

so far as possible 尽可能

integral ['intigrəl] *a.* ①构成整体所需要的 ②完整的，整体的

[同根] integrate ['intigreit] *v.* ①使成整体，使完整 ②使结合，使合并，使一体化

integration [ˌinti'greiʃən] *n.* 结合，合而为一，整和，融合

integrity [in'tegriti] *n.* ①正直，诚实 ②完整，完全，完善

learning process 学习过程

notion ['nəuʃən] *n.* 概念，感知

[同义] belief, idea, opinion, thought, view

[同根] notional [ˈnəuʃənəl] *a.* 概念的，感知的

inspired [inˈspaiəd] *a.* 得到灵感的，在灵感支配下的

[同义] encouraged, motivated, stimulated, influenced

[同根] inspire [inˈspaiə] *v.* ①鼓舞，激励 ②(在心中)激起，唤起(某种思想情感) ③驱使，促使 ④赋予灵感

inspiration [ˌinspəˈreiʃən] *n.* ①灵感 ②鼓舞人心的人(或事物) ③妙计，好办法

inspiring [inˈspaiəriŋ] *a.* 启发灵感的，鼓舞人心的

inspiratory [inˈspaiərətəri] *a.* 吸气的，吸入的

[词组] inspire confidence (hope, enthusiasm, distrust) in sb. 激发某人的信心(希望，热情，疑虑)

inspire sb. with admiration 使某人产生钦羡之情

to the greater part of the academic establishment 对更多的学术机构来说

nonetheless [ˌnʌnðəˈles] (= nevertheless) *ad.* 仍然，不过

onetime [ˈwʌntaim] *a.* 过去的，从前的

instruction [inˈstrʌkʃən] *n.* ①教育，讲授，教学 ②教诲，教导 ③用法说明

[同根] instruct [inˈstrʌkt] *v.* ①教，讲授，训练，指导 ②命令，指示

instructor [inˈstrʌktə] *n.* 教员，教练，指导者

instructive [inˈstrʌktiv] *a.* 有启发的，有教育意义的

instructively [inˈstrʌktivli] *ad.* 启发地，有益地

[词组] give instructions to do sth. 指挥/命令(做某事)

possess [pəˈzes] *v.* ①(想法、感情等)影响，控制，缠住，迷住 ②具有(品质等) ③拥有 ④懂得，掌握

[同根] possessor [pəˈzesə] *n.* 持有人，所有人

possessive [pəˈzesiv] *a.* 所有的，物主的，占有的 *n.* 所有格

possession [pəˈzeʃən] *n.* ①持有，私藏 ②拥有，所有权，所有物 ③财产(常用复数)

urge [əːdʒ] *n.* 强烈欲望，迫切要求 *v.* ①催促，力劝 ②驱策，推动

[同根] urgent [ˈəːdʒənt] *a.* 急迫的，紧急的

urgency [ˈəːdʒənsi] *n.* 紧急，急迫

drag on 拖延，使拖延

incomprehensible [ˌinkɔmpriˈhensəbəl] *a.* 不能理解的，晦涩难懂的

[同根] comprehend [ˌkɔmpriˈhend] *v.* 领会，理解

comprehensible [ˌkɔmpriˈhensəbəl] *a.* 可理解的，易于了解的

incomprehension [inˌkɔmpriˈhenʃən] *n.* 不理解，不懂

incomprehensive [inˌkɔmpriˈhensiv] *a.* 不能理解的，缺乏理解力的

feel obliged to 感到不得不做(某事)

dully [dʌli] *ad.* ①乏味地，单调地 ②愚钝地，笨地 ③迟钝地，麻木地

[同根] dull [dʌl] *a.* ①乏味的，单调的 ②愚钝的，笨的 ③迟钝的，麻木的 *v.* 使迟钝，使麻木

enthusiasm [inˈθjuːziæzəm] *n.* ①热忱，热心，巨大兴趣 ②激发热情的事物

[同义] passion, warmth, zeal

[同根] enthuse [inˈθjuːz] *v.* <口>(使)热心，(使)充满热情，(使)感兴趣

enthusiastic [inˌθjuːziˈæstik] *a.* 满腔热情

的,热心的,极感兴趣的

enthusiast [in'θju:ziæst] **n.** 热心家,狂热者

[词组] enthusiasm for 热爱…,热心于
lack of enthusiasm 缺乏热情

appeal to ①投合…的心意,引起…的兴趣 ②向…呼吁,请求

intellect ['intilekt] **n.** 智力,才智,理解力

[同根] intellectual [ˌinti'lektʃuəl] **a.** 知识的,智力的,用脑力的 **n.** 知识分子,脑力劳动者

intelligent [in'telidʒənt] **a.** 聪明的,伶俐的,有才智的,[计]智能的

intelligence [in'telidʒəns] **n.** 智力,才智,聪明,智能

ideal [ai'diəl] **a.** 理想的,完美的,典范的 **n.** ①理想 ②完美典型,典范

[同根] idealism [ai'diəlizəm] **n.** ①理想主义 ②唯心主义

idealist [ai'diəlist] **n.** 理想主义者,唯心主义者

idealize [ai'diəlaiz] **v.** 把…理想化,把…视为理想的人(或物)

idealistic [aiˌdiə'listik] **a.** 理想主义的,空想的,唯心主义者的

monotone ['mɔnətəun] **n.** ①单调的语调 ②单调,无变化 **a.** 单调的,无变化的

[同根] monotony [mə'nɔtəni] **n.** ①(声音的)单调 ②缺乏变化

monotonize [mə'nɔtənaiz] **v.** 使单调

monotonous [mə'nɔtənəs] **a.** 单调的,无变化的

sociology [ˌsəusi'ɔlədʒi] **n.** 社会学

[同根] sociologist [ˌsəusiə'lɔdʒist] **n.** 社会学家

sociological [ˌsəusiə'lɔdʒikəl] **a.** 社会学的

encounter [in'kauntə] **v.** ①遭遇,遇到 ②意外遇见 ③迎(战,敌) **n.** ①遭遇,冲突 ②偶然/短暂的相见

[同义] confront, meet, battle, collide, come across

[词组] encounter with 遭遇…,遇到…

merit ['merit] **n.** ①长处,优点,价值 ②功绩,功劳 **v.** 值得,应受

[同义] virtue, value, goodness, excellence

[反义] demerit, fault, defect

uniform ['ju:nifɔ:m] **a.** ①(不同物)全部相同的,一律的,同一标准的 ②(同一物)始终如一的,一贯的,不变的 **n.** 制服 **v.** 使成一样,使穿制服

[同根] form [fɔ:m] **n.** ①形状,形态,外形 ② 表格,形式 **v.** 形成,构成

uniformity [ˌju:ni'fɔ:miti] **n.** 无差异,无变化,一致

uniformed ['ju:nifɔ:md] **a.** 穿制服的

uniformless ['ju:nifɔ:mlis] **a.** 无制服的,不穿制服的

[词组] be uniform with... (在形状、外表等方面)与…相同

bearing ['bεəriŋ] **n.** ①举止,风度 ②关系,关联 ③意义,意思 ④方面

[同根] bear [bεə] **v.** bore, borne, bearing ①具有,显示 ②忍受,忍受 ③承担,负担 ④经得起(考验等) ⑤写有,刻有 ⑥生(孩子),结(果实) **n.** 熊

bearable ['bεərəbl] **a.** 可忍受的,支持得住的

[词组] have a bearing on (upon) 关系到…,影响到…
in all its bearings 从各方面

refer to ①提到,谈到 ②查阅,打听

haltingly ['hɔ:ltiŋli] **ad.** ①犹豫地,迟疑

不决地,结结巴巴地 ②跛地,蹒跚地

[同根] halt [hɔːlt] **n.** 停止,暂停 **v.** ①蹒跚 ②犹豫 ③使停止,使中止

halting ['hɔːltiŋ] **a.** ①犹豫的 ②跛的,蹒跚的

thumb-worn 用拇指翻破的

detain [di'tein] **v.** ①留住,耽搁 ②拘留,扣留

[同义] hold, capture, confine

选项词汇注释

aspect ['æspekt] **n.** ①方面 ②样子,外表,面貌,神态

conform [kən'fɔːm] **v.** ①符合,一致,相似(to, with) ②遵照,适应(to, with) ③顺从

[同义] comply, agree, obey, submit

[反义] oppose

[同根] conformity [kən'fɔːməti] **n.** ①遵照 ②相似,一致,符合

[词组] conform to/with 符合,遵照,与相配

conform...to... 使…适合…

in a way 在某种程度上,在某种意义上

in a manner 在某种程度上

present [pri'zent] **v.** ①呈现,出示,提出 ②引见 ③给,赠送 ④上演

['prezənt] **n.** 礼物,现在 **a.** 现在的,出席的

[同根] presentation [ˌprezen'teiʃən] **n.** 介绍,陈述,赠送,表演

recommend [rekə'mend] **v.** ①建议,推荐 ②劝告,忠告 ③使人喜欢,使诱人

[同义] advise, advocate, instruct, suggest

[同根] recommendation [ˌrekəmen'deiʃən] **n.** 推荐,介绍(信),劝告,建议

recommendable [ˌrekə'mendəbl] **a.** 值得推荐的,可取的

recommendatory [ˌrekə'mendətəri] **a.** 推荐的,劝告的

radical measures 激进措施

interaction [ˌintər'ækʃən] **n.** 互动,互相作用,互相影响

[同根] reaction [ri(ː)'ækʃən] **n.** ①反应 ②看法,意见,态度 ③[化学]反应,作用

interact [ˌintər'ækt] **v.** 互相作用,互相影响

interactive [ˌintər'æktiv] **a.** 相互影响的,相互作用的

fundamental [ˌfʌndə'mentəl] **a.** 基本的,根本的,主要的 **n.** [常作~s] 基本原则(或原理)

[反义] superficial

[同根] found [faund] **v.** 建立,创立

commend [kə'mend] **v.** ①表扬,称赞 ②推荐

[同义] approve, compliment, praise

[同根] commendable[kə'mendəbəl] **a.** 值得表扬的

commendation [ˌkɔmen'deiʃən] **n.** ①赞扬,称赞 ②推荐

Passage Three

Take the case of public education alone. The **principal** difficulty faced by the schools has been the **tremendous** increase in the number of pupils. This has been caused by the advance of the **legal age** for going into industry and the impossibility of finding a job even when the legal age has been reached. **In view of** the technological improvements in the last few years, business will require in the future **proportionately** fewer workers than ever before. The result will be still further raising of the legal age for going into employment, and still further difficulty in finding employment when that age has been attained. If we cannot put our children to work, we must put them in school.

We may also be quite **confident** that the present trend toward a shorter day and a shorter week will be **maintained.** We have developed and shall continue to have a new **leisure class.** Already the public **agencies** for adult education are **swamped** by the **tide** that has **swept** over them since the **depression** began. They will be little **better off** when it is over. Their support must come from the taxpayer.

It is surely too much to hope that these increases in the cost of public education can be **borne** by the local communities. They cannot care for the present restricted and inadequate system. The local communities have failed in their efforts to **cope with** unemployment. They cannot expect to cope with public education on the scale on which we must attempt it. The answer to the problem of unemployment has been Federal **relief.** The answer to the problem of public education may have to be much the same, and properly so. If there is one thing in which the citizens of all parts of the country have an interest, it is in the **decent** education of the citizens of all parts of the country. Our **income tax** now goes in part to keep our neighbors alive. It may have to go in part as well to make our neighbors intelligent. We are now attempting to preserve the present generation through Federal relief of the *destitute*（贫民）. Only a people determined to **ruin** the next generation will refuse such Federal funds as public education may require.

文章词汇注释

take the case of 举一个…例子

principal ['prinsəpəl, ˋ-sip-] *a.* 最重要的,主要的, 首要的 *n.* ①首长,负责人,起主要作用的人 ②中、小学的校长 ③本人,委托人 ④本金

tremendous [tri'mendəs] *a.* ①极大的,巨大的 ②非常的,惊人的 ③〈口〉精彩的,了不起的

[同根] tremendously [tri'mendəsli] *ad.* 极大地, 非常地

legal age 法定年龄

in view of 考虑到, 由于

proportionately [prə'pɔːʃənitli] *ad.* 相称地, 成比例地

[同根] proportion [prə'pɔːʃən] *n.* 比例,比 *v.* 使成比例, 使均衡

proportionate [prə'pɔːʃənit] *a.* 相称的,成比例的, 均衡的

proportional [prə'pɔːʃənl] *a.* 比例的, 成比例的, 相称的, 均衡的

confident ['kɔnfidənt] *a.* 自信的,确信的

[同根] confidence ['kɔnfidəns] *n.* ①信任,信心,自信 ②私事, 秘密

confidential [kɔnfi'denʃəl] *a.* ①秘密的,机密的 ②表示信任(或亲密)的

[词组] be confident of/about 对…充满信心

maintain [mein'tein] *v.* ①维持,保持 ②维修 ③继续 ④供养 ⑤主张,坚持

[同义] keep, retain, sustain

[同根] maintenance ['meintənəns] *n.* ①维护,保持 ②维修 ③生活费用 ④扶养

maintainable [men'teinəbl] *a.* ①可维持的 ②主张的

maintainer [men'teinə] 养护工,维护人员

leisure class 有闲阶级

agency ['eidʒənsi] *n.* ①(政府等的)专业行政部门, 社, 机构 ②公众服务机构 ③代理行, 经销处

[同根] agent ['eidʒənt] *n.* ①代理人,代理商 ②执法官,政府特工人员

swamp [swɔmp] *v.* ①淹没,浸没 ②使困惑,难倒,压倒 *n.* 沼泽

[同义] overwhelm

[同根] swampy [swɔmpi] *a.* 沼泽的, 沼泽多的, 软而湿的

tide [taid] *n.* ①潮流, 趋势 ②潮, 潮汐 *v.* ①潮水般地奔流 ②克服, 渡过

[同义] trend

[词组] tide over 度过…, 克服…

sweep [swiːp] *v.* &*n.* ①快速移动, 猛力推进 ②扫, 拂, 掸, 打扫, 清扫, 清除

[同根] sweeper ['swiːpə] *n.* 打扫者,清洁工

sweeping ['swiːpiŋ] *a.* 打扫的, 清扫的

[词组] sweep up 扫掉,清扫

sweep along 冲走, 掠过

sweep away 扫清, 迅速消灭, 冲走

sweep out 扫掉, 清除

depression [di'preʃən] *n.* ①不景气, 萧条（期）②抑郁(症), 沮丧

[同根] depress [di'pres] *v.* ①使沮丧, 使消沉 ②使不景气, 使萧条 ③按下, 压下 ④削弱, 抑制 ⑤减少, 降低

depressed [di'prest] *a.* 抑郁的, 沮丧的,消沉的

depressing [di'presiŋ] *a.* 令人抑郁的, 令人沮丧的

better off 经济状况好的,富裕的

bear [bεə] *v.* bore, borne, bearing ①具有,显示 ②忍受,忍受 ③承担,负担 ④经

得起(考验等)⑤写有,刻有 ⑥生(孩子),结(果实) *n.* 熊

[同根] bearing ['bɛəriŋ] *n.* ①举止,风度 ②关系,关联 ③意义,意思 ④方面

bearable ['bɛərəbl] *a.* 可忍受的, 支持得住的

[词组] bear fruit 结果实,奏效,有成效

bear out 证实

bear in mind 铭记,记在心里

bear with 容忍, 忍耐

be borne in on/upon sb. 被某人认识到

have a bearing on(upon)关系到…, 影响到…

cope with 应付,对付,克服

relief [ri'li:f] *n.* ①救济,救济金 ②(痛苦,紧张,忧虑,负担等的) 缓解,减轻, 解除

[同根] relieve [ri'li:v] *v.* 缓解, 减轻, 解除, 使得到解脱

relievable [ri'li:vəbl] *a.* 可缓解的,可减轻的,可解除的

decent ['di:snt] *a.* ①合宜的,得体的 ②正派的

[同义] adequate, correct, fit, proper, respectable, right, suitable

[反义] coarse, indecent, vulgar

[同根] decency ['di:snsi] *n.* ①适合,得体 ②(复数)礼貌,规矩

decently ['di:sntli] *ad.* 合宜地, 正派地

income tax 所得税

ruin ['ruin; 'ru:in] *v.* ① 毁坏,毁损 ②毁灭,使成为废墟 *n.* ①毁灭, 崩溃 ②废墟,遗迹

[同义] destroy, spoil, damage

[同根] ruined ['ru(:)ind] *a.* 毁灭的, 荒废的

ruinous ['ruinəs, 'ru:i-] *a.* 灾难性的, 破坏性的

[词组] in ruins ①成立废墟 ②遭到严重破坏

选项词汇注释

shortage ['ʃɔ:tidʒ] *n.* 不足, 缺乏

[同义] deficiency, deficit, lack

trend [trend] *n.* ①趋势,趋向 ② (海岸、河流、山脉等)走向, 方向 ③时髦,时尚

[同义] tendency

[同根] trendy ['trendi] *a.* 流行的 *n.* 新潮人物, 穿着时髦的人

trendily ['trendili] *ad.* 时髦地

allocate ['æləkeit] *v.* 分配,分派,把…拨给

[同义] distribute, assign

[同根] allocation [ˌælə'keiʃən] *n.* 分配,安置

demand [di'mɑ:nd] *n.* 要求, 需求(量), 需要 *v.* 要求, 需要, 要求知道, 查询

[同根] demanding [di'mɑ:ndiŋ; (*US*) di'mændiŋ] *a.* 需要技能的, 要求高的, 苛求的

[词组] make demands of... 对…提出要求

in demand 有需求

meet the needs of 满足某人的需要

appropriate [ə'prəuprieit] *v.* 拨给,拨出,挪用

[ə'prəupriit] *a.* 适当的,恰当的,相称的

[同义] allocate

[同根] appropriately [ə'prəupriitli] *ad.* 适当地

appropriable [ə'prəupriəbəl] *a.* 可供专用的,可供私用的

appropriation [əˌprəupri'eiʃən] *n.* ① 拨

付，拨发，拨款 ②占用，挪用
[词组] be appropriate to/for 适于，合乎
bright future 美好的未来，光明的前途

make contributions to 贡献

Passage Four

A new **high-performance contact lens** under development at the department for **applied physics** at the University of Heidelberg will not only correct ordinary **vision defects** but will **enhance normal** night vision as much as five times, making people's vision sharper than that of cats.

Bille and his team work with an **optical instrument** called an active mirror—a device used in **astronomical telescopes** to **spot** newly **emerging** stars and far distant **galaxies.** Connected to a wave-front sensor that **tracks** and measures the course of a laser beam into the eye and back, the aluminum mirror **detects** the **deficiencies** of the cornea, the **transparent protective layer** covering the lens of the human eye. The highly precise data from the two instruments—which, Bille hopes, will one day be found at the *opticians*（眼镜商）all over the world—serve as a basis for the production of completely individualized contact lenses that correct and enhance the wearer's vision.

By day, Bille's contact lenses will focus **rays of light** so accurately on the *retina*（视网膜）that the **image** of a small leaf or the **outline** of a far distant tree will be formed with a sharpness that **surpasses** that of **conventional** vision aids by almost half a *diopter*（屈光度）. At night, the lenses have an even greater **potential**. "Because the new lens—**in contrast to** the already existing ones—also works when it's dark and the pupil is wide open," says Bille, "lens wearers will be able to **identify** a face at distance of 100 meters"—80 meters farther than they would normally be able to see. In his experiments night vision was enhanced by an even greater factor: in semi-darkness, test subjects could see up to 15 times better than without the lenses.

Bille's lenses are expected to reach the market in the year 2000, and one **tentative** plan is to use the Internet to **transmit** information on patients' visual defects from the optician to the manufacturer, who will then produce and mail the contact lenses within a couple of days. The physicist expects the lenses to cost about a dollar a pair, about the same as conventional one-day **disposable** lenses.

文章词汇注释

high-performance 高精确性,高性能

contact lens 隐形眼镜

applied physics 应用物理学

vision [ˈviʒən] ***n.*** ①视力,视觉 ②幻想,想像 ③看,看见 ④目光,眼力,看法 ***v.*** ①梦见,想像 ② 显现

[同根] visional [ˈviʒənəl] ***a.*** ①视力的,视觉的 ②幻觉的

visionally[ˈviʒənəli] ***ad.*** ①视觉地 ②幻觉地

visionless [ˈviʒənlis] ***a.*** 无视觉的,瞎的

visible [ˈvizəbl] ***a.*** ①看得见的 ②明显的,显著的 ***n.*** 可见物

visibility [ˌvizəˈbiliti] ***n.*** 可见度,可见性

defect [diˈfekt] ***n.*** 过失,缺点,瑕疵,缺陷

[同根] defection [diˈfekʃən] ***n.*** 缺乏,失败

defective [diˈfektiv] ***a.*** 有缺陷的,有缺点的,有毛病的

defectively[diˈfektivli] ***ad.*** 有缺陷地,有毛病地

vision defect 视力缺陷

enhance [inˈhɑːns] ***v.*** 提高(质量、价值、吸引力等),增强,增进,增加

[同义] better, improve, uplift, strengthen

[同根] enhanced [inˈhɑːnst] ***a.*** 增强的,提高的,放大的

enhancement [inˈhɑːnsmənt] ***n.*** 增进,增加,提高

normal [ˈnɔːməl] ***a.*** ①正常的,平常的,通常的 ②正规的,规范的 ③师范的

[同义] usual, regular, ordinrary, standard

[反义] abnormal, unusual, extraordinary

[同根] normalize [ˈnɔːməlaiz] ***v.*** (使)正常化,(使)标准化

normalization [ˌnɔːməlaiˈzeiʃən] ***n.*** 正常化,标准化

optical [ˈɔptikəl] ***a.*** ①光学的,光的 ②眼的,视力的,视觉的

[同根] optic [ˈɔptik] ***a.*** 眼的,视觉的,光学上的 ***n.*** 光学仪器

optician [ɔpˈtiʃən] ***n.*** 光学仪器商,眼镜商,光学仪器制造者

optics [ˈɔptiks] ***n.*** 光学

opticist [ˈɔptisist] ***n.*** 光学物理学家

optical instrument 光学仪器

astronomical telescope 天文望远镜

spot [spɔt] ***v.*** ①认出,发现 ②侦察 ③沾污,弄脏 ***n.*** ①斑点,污点 ②地点,场所,现场

[同义] recognize, identify

[同根] spotless [ˈspɔtlis] ***a.*** 没有污点的

spotted [ˈspɔtid] ***a.*** ①有斑点的,弄污的 ②斑纹的

[词组] a spot of 〈口〉少许,少量

be in a spot 〈口〉处于困境之中,陷入麻烦

on/upon the spot ①当场,在现场 ②立刻 ③处于困难境地

put on the spot 使某人处于难堪地位

without spot 毫无缺点

emerge [iˈməːdʒ] ***v.*** ①显现,出现 ②(事实、意见等)显出,暴露

[同根] merge [məːdʒ] ***v.*** ①结合,联合,融合 ②(企业、团体等)合并

emergency [iˈməːdʒnsi] ***n.*** 紧急情况,非常时刻,紧急事件

emergent [i'mə:dʒənt] *a.* ①紧急的 ②出现的
emergence [i'mə:dʒəns] *n.* 出现，显露
galaxy ['gæləksi] *n.* ①星系 ②[the G-]银河系,银河 ③一群(杰出或著名的人物)
track [træk] *v.* 跟踪，追踪 *n.* ①足迹，痕迹 ②小路，小径 ③轨道，铁轨 ④路线，轨迹
detect [di'tekt] *v.* ①探测,侦查 ②察觉，发觉
[同根] detective [di'tektiv] *n.* 侦探 *a.* 侦探的，探测的
detection [di'tekʃən] *n.* ①察觉，发觉 ②侦查，探测
deficiency [di'fiʃənsi] *n.* 缺乏，不足
[同根] deficit ['defisit] *n.* 赤字，不足额
deficient [di'fiʃənt] *a.* 缺乏的，不足的
transparent [træns'pεərənt] *a.* ①透明的，清澈的 ②易识破的,易查出的
[同根] transparence [træns'pεərəns] *n.* 透明，透明度
transparentize [træns'pærəntaiz, -'peə-, trænz-, trɑ:n-] *v.* 使透明,使更接近透明
protective layer 保护层
rays of light 光线
image ['imidʒ] *n.* ①象，肖像，塑像,偶像②(头脑中的)形象,概念,象征,化身 ③比喻 ④生动的描绘 *v.* ①做…的像,造像 ②想像，形象地描绘 ③反映，放映
[同根] imagery ['imidʒəri] *n.* ①(总称)像，肖像，塑像，偶像 ②塑像术，雕像术 ③(总称)意象，比喻
[词组] be the image of 酷似某人或某物
outline ['əutlain] *n.* ①轮廓，略图，外形 ②大纲，要点，概要 *v.* 描画轮廓，略述
surpass [sə:'pɑ:s] *v.* ①超过,优于,多于 ②超过…的界限,非…所能办到(或理解)
[同义] exceed, excel, go beyond
[同根] surpassing [sə:'pɑ:siŋ] *a.* 卓越的,无与伦比的
surpassingly [sə:'pɑ:siŋli] *ad.* 卓越地，超群地
conventional [kən'venʃənəl] *a.* 惯例的，常规的，符合传统的
[同根] convention [kən'venʃən] *n.* ①(正式)会议，(定期)大会 ②社会习俗，(对行为、态度等)约定俗成的认可 ③常规，惯例 ④公约，协定
potential [pə'tenʃəl] *n.* ①潜能,潜力 ②潜在性,可能性 *a.* 潜在的,可能的
[同根] potentially [pə'tenʃəli] *ad.* 潜在地,可能地
potentiality [pəˌtenʃi'æliti] *n.* ①可能性 ②(用复数)潜能,潜力
in contrast to 和…形成对比
identify [ai'dentifai] *v.* ①认出,识别,鉴定 ②认为…等同于
[同根] identification [aiˌdentifi'keiʃən] *n.* ①鉴定,验明,认出 ②身份证明
identical [ai'dentikəl] *a.* ①同一的，同样的 ②(完全)相同的,一模一样的
identically [ai'dentikəli] *ad.* 同一地，相等地
tentative ['tentətiv] *a.* ①试验(性)的，尝试的 ② 暂时的
[同根] tentation [ten'teiʃən] *n.* 假设，试验
tentatively ['tentətivli] *ad.* ①试验性地 ②暂时地
transmit [trænz'mit] *v.* ①传送,传递，传输 ②播送,发送 ③传染,传播
[同根] transmission [trænz'miʃən] *n.* ①发送,传送,传输 ②播送，发送 ③传染,传播

transmissive [trænz'misiv] *a.* ①传送的,输送的 ②传染的,传播的 ③播送的

transmissible [trænz'misəbl] *a.* ①可传送的,可输送的 ②可传染的,可遗传的 ③可播送的

transmitter [trænz'mitə] *n.* ①传送者,传递者,传输者 ②发射台

disposable [di'spəuzəbl] *a.* ①用完即弃的,一次性的 ②可任意处理(支配)的

[同根] dispose [di'spəuz] *v.* ①布置,排列,整理,配置 ②使有倾向,使想

disposal [di'spəuzəl] *n.* ①丢掉,清除 ②布置,排列,配置

disposed [di'spəuzd] *a.* 想要的,有…倾向的

disposition [dispə'ziʃən] *n.* ①排列,部署 ②意向,倾向 ③性情,性格

选项词汇注释

be meant for 针对,指定,预定,注定

individualized [ˌindi'vidʒuəlaizd] *a.* 个性化的

[同根] individual [ˌindi'vidʒuəl] *n.* 个人,个体 *a.* 个别的,单独的,个人的

individuality [ˌindividʒu'æləti] *n.* ①个性,个人的特性 ②个体

suit... needs 满足…的需要

process ['prəuses] *v.* ①处理(数据),加工 ②[prə'ses] [英]〈口〉列队行进 *n.* 过程,程序,步骤,进行

[同根] processable/processible/['prəusesəbl; 'prɔ-] *a.* 适合处理(或加工)的,可处理(或加工)的

processing [prəu'sesiŋ] *n.* ①(数据)处理,加工 ②整理,调整 ③配合,变换 ④配置

procession [prə'seʃən, prəu-] *n.* ①(人、车、船等)行列,队伍 ②接续,连续

processive [prəu'sesiv] *a.* 前进的,进行的,向前的

[词组] in process 在进行中

in process of time 随着时间的推移,渐渐

in (the) process of 在…进程中

complicated ['kɔmplikeitid] *a.* 复杂的,难解的

[同义] complex, intricate

[反义] simple

[同根] complicate ['kɔmplikeit] *v.* (使)复杂化

complication [ˌkɔmpli'keiʃən] *n.* ①复杂化 ②[医]并发症

purchase orders 订购单

Reading Comprehension 2003.9

Passage One

In 1985 when a Japan Air Lines (JAL) **jet crashed**, its **president**, Yasumoto Takagi, called each **victim**'s family to apologize, and then **promptly resigned.** And in 1987, when a **subsidiary** of Toshiba sold **sensitive military** technology to the former **Soviet Union**, the chairman of Toshiba gave up his post.

These **executive** actions, which Toshiba calls "the highest form of apology," may seem **bizarre** to US managers. No one at Boeing resigned after the JAL crash, which may have been caused by a **faulty** Boeing repair.

The difference between the two business cultures centers around different **definitions** of **delegation.** While US executives give both responsibility and **authority** to their employees, Japanese executives delegate only authority—the responsibility is still theirs. Although the subsidiary that sold the sensitive technology to the Soviets had its own management, the Toshiba top executives said they "must take personal responsibility for not creating an **atmosphere** throughout the Toshiba group that would make such activity **unthinkable**, even in an independently run subsidiary."

Such acceptance of **community responsibility** is not **unique** to businesses in Japan. School **principals** in Japan have resigned when their students **committed major crimes** after school hours. Even if they do not **quit**, Japanese executives will often accept primary responsibility in other ways, such as taking the first pay cut when a company gets into **financial** trouble. Such personal **sacrifices**, even if they are **largely symbolic**, help to create the sense of community and employee **loyalty** that is **crucial** to the Japanese way of doing business.

Harvard Business School professor George Lodge calls the **ritual** acceptance of blame "almost a *feudal* (封建的) way of *purging* (清除) the community of dishonor," and to some in the United States, such resignations look **cowardly**. However, in an **era** in which both business and governmental leaders seem particularly good at **evading** responsibility, many US managers would probably welcome an *infusion* (灌输) of the Japanese **sense of responsibility**, if, for instance, US **automobile** company executives offered to reduce their own salaries before they asked their workers to take pay cuts, **negotiations** would probably **take on** a very different character.

文章词汇注释

jet [dʒet] *n.* 喷气式飞机，喷射 *v.* 喷射，喷出

crash [kræʃ] *v.* ①坠毁，碰撞，坠落 ②使哗啦一声落下，哗啦一声砸碎 *n.* ①坠

毁，碰撞，坠落 ②哗啦声，碎裂声 ③失败，垮台，破产

[同义] break, shatter, smash, strike

president ['prezidənt] *n.* 总裁，主管人，总统，会长，校长

[同义] director, governor

[同根] preside [pri'zaid] *v.* 主持，主管

victim ['viktim] *n.* 牺牲者，受害人，牺牲品

[同义] loser, prey, sufferer

[反义] conqueror, gainer, victor, winner

promptly ['prɔmptli] *ad.* 迅速地，敏捷地

[同义] immediately, instantly, quickly

[同根] prompt [prɔmpt] *a.* 敏捷的，迅速的 *v.* 促使，推动，激励，引起

resign [ri'zain] *v.* ①辞去(职务)，放弃(工作，权利) ②委托，把…交托给(to, into) ③(使)听从(于) ④使顺从

[同义] abandon, surrender, yield, retire, give up

[反义] maintain

[同根] resignation [ˌrezig'neiʃən] *n.* ①辞职，辞职书 ②放弃 ③顺从

resigned [ri'zaind] *a.* ①被辞去的，已辞职的 ②顺从的，听天由命的

[词组] resign... to... 把…托付给…

resign oneself to 听任(某种影响)，只好(做某事)

subsidiary [səb'sidiəri] *n.* 子公司，附属机构 *a.* 辅助的，次要的，附设的

[同义] auxiliary, subordinate

[同根] subsidy ['sʌbsidi] *n.* 津贴，补助金

sensitive ['sensitiv] *a.* ①涉及国家机密事务的，高度机密的 ② 敏感的，神经过敏的，神经质的 ③容易生气的，易受伤害的

[反义] insensitive

[同根] sense [sens] *n.* ①官能，感觉，意识 ②赏识，领悟 ③判断力，见识 ④意义，意味 *v.* 感到，理解，认识

sensitivity [ˌsensi'tiviti] *n.* 敏感

sensible ['sensəbl] *a.* ①明智的，有判断力的 ②感觉得到的，觉察的

sensibility [ˌsensi'biliti] *n.* 敏感性

sentiment ['sentimənt] *n.* ①情操，情感，情绪 ②伤感 ③意见，观点

sentimental [ˌsenti'mentəl] *a.* 感伤的，感情脆弱的

[词组] be sensitive to... 对…敏感

military ['militəri] *a.* 军事的，军用的

[同根] militant ['militənt] *n.* 好战者，好战分子 *a.* 好战的，积极从事或支持使用武力的

Soviet Union 苏联

executive [ig'zekjutiv] *a.* ①执行的，实行的，管理的 ②行政的 *n.* 行政官，行政人员

[同义] administrative, managing

[同根] execute ['eksikjuːt] *v.* ①实行，实施，执行，完成，履行 ②处决/死

execution [ˌeksi'kjuːʃən] *n.* ①实行，完成，执行 ②死刑

bizarre [bi'zɑː] *a.* 古怪的，奇异的

[同义] fantastic

faulty ['fɔːlti] *a.* 有过失的，有缺点的，不完美的，不完善的

[同义] imperfect, defective

[同根] fault [fɔːlt] *n.* 缺点，过错 *v.* 挑剔

definition [ˌdefi'niʃən] *n.* ①定义，释义 ②下定义

[同根] define [di'fain] *v.* ①下定义 ②详细说明

definite ['definit] *a.* 明确的，一定的

indefinite [in'definit] *a.* ①无定限的，无限期的 ②不明确的，含糊的 ③不确定的，未定的

infinite [ˈinfinit] *a.* 无穷的，无限的，无数的，极大的

delegation [ˌdeliˈgeiʃən] *n.* ①授权，委托 ②代表团

[同根] delegate [ˈdeligit] *n.* 会议代表，代表，代表团团员 *v.* ①托付，授权委任，把…委托给别人 ②委派/选举…为代表

authority [ɔːˈθɔriti] *n.* ①权力，管辖权 ②当权者，行政管理机构 ③(复数)官方，当局 ④学术权威，威信 ⑤权威，权威的典据

[同根] authorize/-ise [ˈɔːθəraiz] *v.* ①授权 ②批准，认可，核定

authorized [ˈɔːθəraizd] *a.* 经授权的，权威认可的，审定的

authoritative [ɔːˈθɔritətiv] *a.* ①权威性的，可信的 ②官方的，当局的 ③专断的，命令式的

[词组] by the authority of ①得到…许可 ②根据…所授的权力

have authority over ①有权 ②管理

in authority 持有权力的地位

on good authority 有确实可靠的根据

on the authority of ①根据…所授的权力 ②得到…的许可 ③根据(某书或某人)

speak with authority 有权威或威信地说

atmosphere [ˈætməsfiə] *n.* ①气氛 ②大气，空气

[同根] sphere [sfiə] *n.* ①球，球体 ②范围，领域，方面，圈子

atmospheric [ˌætməsˈferik] *a.* 大气的

unthinkable [ʌnˈθiŋkəbəl] *a.* ①不可行的，不可能的 ②不可思考的，不可想像的

[同义] absurd, impossible, inconceivable

[同根] thinkable [ˈθiŋkəbəl] *a.* ①可行的，可能的 ②可思考的，可想像的

unthinkably [ʌnˈθiŋkəbəli] *ad.* ①不可行地，不可能地 ②不可思考地，不可想像地

community [kəˈmjuːniti] *n.* ①共有，一致，集体 ②公社，团体，社会 ③共同体，(生物)群落

[同根] communize [ˈkɔmjunaiz] *v.* 使为社会公有，使共有化

communization [ˌkɔmjunaiˈzeiʃən;-niˈz-] *n.* 共有化，共产化

responsibility [risˌpɔnsəˈbiliti] *n.* 责任，责任感，职责

[同义] duty, obligation, burden

[同根] respond [riˈspɔnd] *v.* ①回答，作答 ②作出反应

response [riˈspɔns] *n.* ①回答，答复 ②响应，反应

responsible [riˈspɔnsəbl] *a.* ①有责任的，应负责的 ②责任重大的 ③可靠的，可依赖的

responsive [riˈspɔnsiv] *a.* 回答的，应答的，响应的

[词组] take responsibility for 对…负责

unique [juːˈniːk] *a.* 唯一无二的，独特的

[同义] single

[同根] uniqueness [juːˈniːknis] *n.* ①唯一性 ②独特性

uniquely [juːˈniːkli] *ad.* ①独特地，唯一地 ②珍奇地

[词组] be unique to 只有…才有的

principal [ˈprinsəpəl, -sip-] *n.* ①中、小学的校长 ②首长，负责人，起主要作用的人 ③本人，委托人 ④本金 *a.* 最重要的，主要的，首要的

commit [kəˈmit] *v.* ①犯(罪)，做(错事、坏事、傻事等) ②把…托付给，把…提交 ③使承担义务，使做出保证

[同根] commitment [kəˈmitmənt] *n.* ①承诺，许诺，保证，承担的义务 ②献身参与，介入 ③托付，交托 ④信奉，支持

committed [kə'mitid] *a.* ①受委托的,承担义务的 ②忠诚的,忠于…的

major ['meidʒə] *a.* 较大的,主要的 *n.* 主修课 *v.* 主修

[同义] greater, higher, larger, senior

[反义] minor

[同根] majority [mə'dʒɔriti] *n.* 多数, 大半

[词组] major in 主修

crime [kraim] *n.* ①犯罪, 罪行 ②愚昧或错误的行为

[同义] offense, evil

[同根] criminal ['kriminəl] *n.* 罪犯, 犯罪者 *a.* 犯罪的, 犯法的

quit [kwit] *v.* ①辞去, 离开 ②停止, 放弃

[同义] abandon, cease, depart, stop

financial [fai'nænʃəl, ˌfi-] *a.* 财政的,金融的,金融界的

[同义] pecuniary, monetary, economic

[同根] finance [fai'næns, fi-] *n.* ①财政,金融,财政学[U] ②(对事业的)资金支援 ③财源,资金,(国家的)岁入,财务情况 *v.* ①供资金给,融资, 为…筹措资金

sacrifice ['sækrifais] *n.* ①牺牲,牺牲的行为 ②(供奉神的)祭牲,祭品,献祭 *v.* ①牺牲,献出 ②献祭

[同义] release, surrender, yield, forego

largely ['lɑ:dʒli] *ad.* 主要地, 很大程度上

[同义] mainly

[反义] diminish, reduce

[同根] large [lɑ:dʒ] *a.* ①大的, 巨大的 ②宽大的, 慷慨的 ③广阔的, 广泛的 *ad.* 大大地, 夸大地

enlarge [in'lɑ:dʒ] *v.* 扩大, 放大

symbolic [sim'bɔlik] *a.* ①象征的, 象征性的,作为象征的 ②符号的,使用符号的

[同义] representative, significant, typical

[同根] symbol ['simbəl] *n.* 符号, 记号, 象征

symbolize ['simbəlaiz] *v.* 象征, 用符号表现

loyalty ['lɔiəlti] *n.* ①忠诚,忠心 ②忠诚的行为

[同义] devotion, allegiance

[反义] disloyalty

[同根] loyal ['lɔiəl] *a.* 忠诚的, 忠心的

loyally ['lɔiəli] *ad.* 忠诚地

crucial ['kru:ʃəl, 'kru:ʃəl] *a.* 决定性的,至关重要的

[同义] critical, decisive, important, urgent

ritual ['ritʃuəl] *a.* 按照仪式的,(宗教)仪式的 *n.* ①(宗教)仪式 ②特别的方式,固定的程序

[同义] ceremony, formality, service

cowardly ['kauədli] *a.* 胆小的, 懦怯的 *ad.* 胆怯地

[同义] craven, timid

[反义] brave, heroic, courageous, bold

[同根] coward ['kauəd] *n.* 懦弱的人,胆小的人 *a.* 懦弱的,胆小的

era ['iərə] *n.* ①时代,年代,历史时期 ②纪元 ③[地]代

[同义] epoch, period, age

evade [i'veid] *v.* 逃避, 躲避

[同义] avoid, bypass, escape

[同根] evasion [i'veiʒən] *n.* ①逃避 ②借口

sense of responsibility 责任感

automobile ['ɔ:təməubi:l] *n.* 汽车 *a.* 汽车的,自动推进的

[同义] motorcar, vehicle

[同根] mobile ['məubail] *a.* 可移动的,易变的, 机动的 *n.* 运动物体

negotiation [niˌgəuʃi'eiʃən] *n.* ①谈判,协商 ②(票据的)转让, 流通

［同义］settlement

［同根］negotiate［ni'gəuʃieit］*v.* ①(与某人)商议，谈判，磋商，买卖 ②兑现，转让(支票、债券等) ③通过，越过

negotiable［ni'gəuʃiəbəl］*a.* 可通过谈判解决的

take on ①呈现，具有 ②雇用 ③承担 ④接纳 ⑤披上

选项词汇注释

leakage［'li:kidʒ］*n.* ①漏，泄漏 ②漏损物，漏损量

［同根］leak［li:k］*v.* 漏，泄漏 *n.* 漏洞，漏出，漏出物，泄漏

leaky［'li:ki］*a.* 漏的，有漏洞的

slate［sleit］*n.* ①(行为、事件的)记录，记载 ②候选人名单 ③板岩，石板

grave［greiv］*a.* ①严重的，严肃的 ②(颜色)黯淡的 ③(声音)低沉的 *n.* 墓穴，坟墓 *v.* 雕刻，铭记

［同根］graveness［greivnis］*n.* 重大，认真，严重

gravely［greivli］*ad.* 严峻地

be under attack 遭到攻击

shift［ʃift］*v.* ①转移，改变，替换 ②变换(排挡)，变速 *n.* ①变换，更易 ②轮班 ③办法，手段 ④排挡，排挡杆

［同义］alter, change, substitute, vary

［同根］shiftless［'ʃiftlis］*a.* 想不出办法的，无能的

shifty［'ʃifti］*a.* 不可靠的，不正直的

subordinate［sə'bɔ:dinit］*n.* 下属 *a.* ①次要的 ②从属的，下级的 *v.* 服从

［同义］dependent, secondary, inferior

［反义］dominant, leading

［同根］subordination［səˌbɔ:di'neiʃən］*n.* 部属，部下，次要

subordinative［sə'bɔ:dinətiv］*a.* 从属的，表示从属关系的

chief［tʃi:f］*a.* ①等级最高的，为首的 ②最重要的，主要的 *n.* ①首领，领袖，长官 ② 酋长，族长

［同义］principal, central

［反义］subordinate, subservient

corporation［ˌkɔ:pə'reiʃən］*n.* ①公司，企业 ②社团，法人

［同义］industry, company, firm, enterprise

［同根］corporate［'kɔ:pərit］*a.* ①社团的 ②法人的 ③共同的，全体的

hold responsible for... 对…负责

be accused of 被指责，被指控

crises［'kraisi:z］*n.*（crisis 的复数形式）危险，危险期，紧要关头

symbolic［sim'bɔlik］*a.* 象征的，符号的

［同根］symbol［'simbəl］*n.* 符号，象征，记号

symbolize［'simbəlaiz］*v.* ①象征，用符号表现 ②作为…的象征，采用象征，使用符号

sympathetic［ˌsimpə'θetik］*a.* ①同情的，有同情心的 ②赞同的，支持的 ③合意的，和谐的

［同义］compassionate, merciful

［反义］unsympathetic

［同根］sympathy［'simpəθi］*n.* ①同情，同情心 ②一致，同感，赞同 ③慰问

sympathize［'simpəθaiz］*v.* 同情，同感

biased［'baiəst］*a.* 存有偏见的，偏见的

［同义］prejudiced, subjective, unjust

［反义］detached

［同根］bias［'baiəs］*n.* ①偏见，偏爱 ②斜线 *v.* 使存偏见

critical [ˈkritikəl] *a.* ①批评的，评判的 ②吹毛求疵的，爱挑剔的 ③决定性的，重大的 ④(疾病等)危急的，严重的

[同根] critic [ˈkritik] *n.* ①批评家，评论家 ②吹毛求疵者

critique [kriˈtiːk] *n.* ①(关于文艺作品、哲学思想的)评论文章 ②评论

criticize [ˈkritisaiz] *v.* ①批评，评判，责备，非难 ② 评论，评价

criticism [ˈkritisizəm] *n.* ①批评，评判，责备，非难 ②评论文章，评论

critically [ˈkritikəli] *ad.* ①吹毛求疵地 ②批评地，评判地 ③决定性地，关键性地

approving [əˈpruːviŋ] *a.* 赞许的，满意的

[同根] approve [əˈpruːv] *v.* ①赞成，满意 ②批准，通过

approval [əˈpruːvəl] *n.* ①核定 ②批准 ③赞成，认可 ④通过 ⑤证明

approvable [əˈpruːvəbəl] *a.* 可核准的

approved [əˈpruːvd] *a.* 经核准的，被认可的

approvingly [əˈpruːviŋli] *ad.* 赞许地，满意地

have nothing to do with... 和…没有关系

inseparable [inˈsepərəbəl] *a.* 不可分割的，不可分离的

[同根] separate [ˈsepəreit] *v.* 分开，隔离 [ˈsepərət] *a.* ①分开的，分离的 ②个别的，单独的

separation [sepəˈreiʃən] *n.* 分离，分开

separable [ˈsepərəbl] *a.* 可分离的，可分的

separately [ˈsepərətli] *ad.* 个别地

bear [bɛə] *v.* ①承担，负担，负载 ②忍耐 ③有，显示 ④经受得起(考验等)

[同根] bearing [ˈbɛəriŋ] *n.* ①举止，风度 ②关系，关联 ③意义，意思 ④方面

bearable [ˈbɛərəbl] *a.* 可忍受的，支持得住的

Passage Two

As machines go, the car is not terribly noisy, nor terribly polluting, nor terribly dangerous, and on all those **dimensions** it has become better as the century has grown older. The main problem is its **prevalence**, and the social costs that **ensue** from the use by everyone of something that would be fairly harmless if, say, only the rich were to use it. It is a **price** we pay for equality.

Before becoming too **gloomy**, it is worth recalling why the car has been **arguably** the most successful and popular product of the whole of the past 100 years—and remains so. The story begins with the **environmental** improvement it brought in the 1900s. In New York city in 1900, according to the Car Culture. A 1975 book by J. Flink, a historian, horses **deposited** 2.5 million pounds of *manure*（粪）and 60,000 gallons of *urine*（尿）every day. Every year, the city **authorities** had to remove an average of 15,000 dead horses from the streets. It made cars smell of roses.

Cars were also wonderfully **flexible.** The main earlier solution to horse pollution and **traffic jams** was the ***electric*** *trolley bus*（电车）. But that required fixed overhead wires, and rails and **platforms**, which were expensive, ugly, and inflexible. The car could go from any A to any B, and allowed towns to develop in all directions with **low-density** housing, **rather than** just being **concentrated** along the trolley or rail lines. **Rural** areas benefited too, for they became less **remote.**

However, since pollution became a concern in the 1950s, experts have **predicted**—wrongly—that the car **boom** was about to end. In his book Mr. Flink argued that by 1973 the American market had become **saturated**, at one car for every 2.25 people, and so had the markets of Japan and Western Europe (because of land shortages). Environmental worries and **diminishing** oil **reserves** would **prohibit mass** car use anywhere else.

He was wrong. Between 1970 and 1990, **whereas** America's population grew by 23%, the number of cars on its roads grew by 60%. There is now one car for every 1.7 people there, one for every 2.1 in Japan, one for every 5.3 in Britain. Around 550 million cars are already on the roads, **not to mention** all the trucks and motorcycles, and about 50 million new ones are made each year worldwide. Will it go on? **Undoubtedly**, because people want it to.

文章词汇注释

dimension [di'menʃən] ***n.*** ①特点，方面 ②(长、宽、厚、高等的)尺寸 ③[常作复数]面积，大小，规模，程度 ④[常作复数]重要性，范围

[同义] measurement, size, extent, proportions

[同根] dimensional [di'menʃənəl] ***a.*** ①尺寸的 ②[用以构成复合词]…维的

prevalence ['prevələns] ***n.*** 流行，普遍

[同义] popularity, dominance, circulation

[同根] prevail [pri'veil] ***v.*** ①流行，盛行 ②获胜，成功

prevalent ['prevələnt] ***a.*** 普遍的，流行的

ensue [in'sjuː] ***v.*** 跟着发生，接踵而来，因而产生

[同义] result, follow, proceed

price [prais] ***n.*** ①代价 ②价格，价钱 ***v.*** 给…定价，问…的价格，标明价格

gloomy ['gluːmi] ***a.*** ①令人沮丧的，令人失望的 ②(天气)阴沉的 ③沮丧的，愁容满面的 ④黑暗的，昏暗的

[同义] dark, dim, dismal, dreary

[反义] delightful, gay, jolly

[同根] gloom [gluːm] ***n.*** ①昏暗，阴暗 ②忧郁，沮丧

gloomily ['gluːmili] ***ad.*** ①黑暗地 ②沮丧地

arguably [ˈɑːgjuəbli] *ad.* 可论证地，正如可提出证据加以证明的那样

[同根] argue [ˈɑːgjuː] *v.* ①争论，辩论 ②说服

arguable [ˈɑːgjuəbəl] *a.* 可辩论的，可论证的

environmental [inˌvaiərənˈmentl] *a.* 周围的，环境的

[同义] surrounding

[同根] environment [inˈvaiərənmənt] *n.* 环境，外界

environmentalist [inˌvaiərənˈmentlist] *n.* 环境保护论者，环境论者，环境论信奉者

deposit [diˈpɔzit] *v.* ①使沉积，使沉淀 ②放下，放置，寄存 ③把（钱）储存，存放（银行等） *n.* ①存款 ②保证金，押金，定金 ③堆积，沉淀

[同义] lay, place, leave, store

[反义] draw

[同根] deposition [ˌdepəˈziʃən] *n.* ①沉积作用，沉积物 ②革职，废王位，免职

authority [ɔːˈθɔriti] *n.* ①（复数）官方，当局 ②当权者，行政管理机构 ③权力，管辖权 ④学术权威，威信 ⑤权威，权威的典据

[同根] authorize/ise [ˈɔːθəraiz] *v.* ①授权 ②批准，认可，核定

authorized [ˈɔːθəraizd] *a.* 经授权的，权威认可的，审定的

authoritative [ɔːˈθɔritətiv] *a.* ①权威性的，可信的 ②官方的，当局的

flexible [ˈfleksəbəl] *a.* ①灵活的，可通融的 ②柔韧的，易曲的

[同义] elastic, mobile, variable

[反义] inflexible, rigid

[同根] flexibility [ˌfleksəˈbiliti] *n.* ①弹性 ②适应性 ③机动性 ④折性

flexibly [ˈfleksəbli] *ad.* 易曲地，柔软地

traffic jam 交通堵塞

electric [iˈlektrik] *a.* 电的，电动的，导电的，电气的

[同根] electricity [ilekˈtrisiti] *n.* 电流，电，电学

electrical [iˈlektrikəl] *a.* 电的，有关电的

electrically [iˈlektrikəli] *ad.* 电力地，有关电地

platform [ˈplætfɔːm] *n.* ①（车站）月台 ②讲台，讲坛 ③平台

low-density [ləuˈdensiti] *n.* 低密度

rather than 而不是，胜于

concentrate [ˈkɔnsentreit] *v.* ①集中，集中注意力于，专心于 ②浓缩

[同义] focus, intensify, strengthen

[反义] distract

[同根] concentration [ˌkɔnsenˈtreiʃən] *n.* ①集中，专心 ②浓缩，浓度

concentrated [ˈkɔnsentreitid] *a.* ①集中的，加强的 ②浓缩的

[词组] concentrate on/upon 集中注意力于，专心于

rural [ˈruərəl] *a.* 乡村的，在乡村的

[反义] urban

remote [riˈməut] *a.* ①遥远的，偏僻的 ②细微的

[同义] distant, isolated

[同根] remoteness [riˈməutnis] *n.* 远离，遥远

remotely [riˈməutli] *ad.* 遥远地，偏僻地

predict [priˈdikt] *v.* 预知，预言，预报

[同义] foresee, foretell, forecast

[同根] prediction [priˈdikʃən] *n.* 预言，预报

predictive [priˈdiktiv] *a.* 预言性的，成为前兆的

boom [buːm] *n.* ①（营业额等的）激增，

(经济等的)繁荣,迅速发展 ②隆隆声 *v.* ①激增,繁荣,迅速发展 ②发出隆隆声
[同义] advance, thrive, flurish
[反义] slump
[同根] booming ['bu:miŋ] *a.* ①激增的,兴旺发达的 ②隆隆作响的
boomy ['bu:mi] *a.* ①经济繁荣的,景气的 ②隆隆作响的

saturated ['sætʃəreitid] *a.* ①饱和的 ②渗透的 ③深颜色的
[同根] saturate ['sætʃəreit] *v.* 使饱和,浸透,使充满
saturation [ˌsætʃə'reiʃən] *n.* ①饱和(状态) ②浸润,浸透 ③饱和度

diminish [di'miniʃ] *v.* ①(使)减少,(使)变小 ②削弱…的权势,降低…的声誉
[同义] decrease, reduce, lessen, curtail
[反义] increase, raise
[同根] diminished [di'miniʃt] *a.* 减少了的,被贬低的

reserve [ri'zə:v] *n.* ①(常作复数)储量,藏量 ②储备(物),储备量 *v.* ①储备,保留 ②预定,定 ③保存,保留
[同根] reservation [ˌrezə'veiʃən] *n.* ①预定,预约 ②保留,保留意见,异议 ③(公共)专用地,自然保护区
reserved [ri'zə:vd] *a.* ①储备的 ②保留的,预定的 ③有所保留的,克制的 ④拘谨缄默的,矜持寡言的
reservior ['rezəvwɑ:] *n.* ①贮水池,水库 ②贮藏处 ③贮备

prohibit [prə'hibit] *v.* 禁止,阻止
[同义] forbid, ban, disallow, prevent
[反义] permit, authorize
[同根] prohibition [ˌprəuhi'biʃən, ˌprəui'biʃən] *n.* 禁止,阻止
prohibitive [prə'hibitiv, prəu-] *a.* 禁止的,抑制的

mass [mæs] *a.* ①大量的,大规模的,大批的 ②大众的,民众的 *n.* ①块 ②大多数,大量 ③质量 ④群众 *v.* 使集合,聚集
[同义] pile, stack, heap
[反义] bit
[同根] massive ['mæsiv] *a.* ①厚重的,大块的 ②魁伟的,结实的

whereas [(h)wɛər'æz] *ad.* 尽管,然而,但是
[同义] while

not to mention 更不用说

undoubtedly [ʌn'dautidli] *ad.* 无庸置疑地,的确地
[同义] doubtless, surely
[同根] doubt [daut] *n.* 怀疑,疑惑,疑问 *v.* 怀疑,不信,拿不准
doubtful ['dautful] *a.* 可疑的,不确的,疑心的
undoubted [ʌn'dautid] *a.* 无疑的,确实的

选项词汇注释

maintain [mein'tein] *v.* ①维持,保持 ②维修 ③继续 ④供养 ⑤主张,坚持
[同义] keep, retain, sustain
[反义] abandon
[同根] maintenance ['meintənəns] *n.* ①维护,保持 ②维修 ③生活费用 ④扶养
maintainable [men'teinəbl] *a.* ①可维持的 ②主张的
maintainer [men'teinə] 养护工,维护人员

break down ①坏掉,毁掉,②停顿,中止 ③倒塌

comparatively [kəm'pærətivli] *ad.* 比

较地，相当地
[同义] relatively
[反义] absolutely
[同根] compare [kəm'pɛə] v. ①比较，对照(with) ②把…比作，比喻(to)
comparison [kəm'pærisn] n. ①比较，对照 ②比拟，比喻
comparable ['kɔmpərəbəl] a. ①可比较的(with) ②比得上的(to) ③类似的
comparative [kəm'pærətiv] a. ①比较的，用比较方法的 ②相比较而言的，相对的

odor ['əudə] n. 名声，气味
[同义] fragrance, perfume, redolence, smell

brighten up 使发亮，使活跃

impact ['impækt] n. ①影响 ②碰撞，冲击，冲突 ③效果
[im'pækt] v. ①压紧，挤满，冲击 ②对…产生不良影响
[同义] collision, crash, bump, clash, shock
[词组] have an impact on... 对…有影响

be compelled to do sth. 被迫做某事

suburban [sə'bə:bən] a. 郊外的，偏远的
[同根] suburb ['sʌbə:b] n. 市郊，郊区

slacken ['slækən] v. ①变缓慢，减弱 ②放松，使松弛 ③松劲，懈怠
[同根] slack [slæk] a. ①懈怠的，马虎的 ②不活跃的 ③松(弛)的 n. ①(绳索等)松弛部分 ②[pl.]宽松裤
slacker ['slækə(r)] n. 懒惰的人，逃避工作的人
slackly [slækli] ad. ①懈怠地，马虎地 ②不活跃地 ③松(弛)地

available [ə'veiləbəl] a. ①可获得的 ②可利用的，在手边的 ③可取得联系的，有空的
[同义] convenient, obtainable, ready, handy
[反义] unavailable
[同根] avail [ə'veil] v. 有用于，有助于 n. [一般用于否定句或疑问句中] 效用，利益，帮助
availability [əˌveilə'biliti] n. 利用（或获得）的可能性，有效性

virtually ['və:tʃuəli] ad. 事实上，实际上，差不多
[同义] actually, in fact, practically
[同根] virtual ['və:tʃuəl] a. ①(用于名词前)几乎 ②实际上起作用的，事实上生效的 ③[计]虚拟的

constantly ['kɔnstəntli] ad. ①不变地，经常地 ②坚持不懈地
[同义] often, continual
[同根] constancy ['kɔnstənsi] n. ① 坚定不移，始终如一 ②恒久不变的状态或性质
constant ['kɔnstənt] a. ①不变的，持续的 ②始终如一的 n. 常数，恒量

Passage Three

Crying is hardly an activity encouraged by society. Tears, be they of sorrow, anger, or joy, **typically** make Americans feel uncomfortable and **embarrassed.** The **shedder** of tears is likely to apologize, even when a *devastating* (毁灭性的) **tragedy** was the **provocation.** The observer of tears is likely to do everything possible to **put an end to** the emotional **outpouring**. But judging form recent studies of crying behavior, links between illness and crying and the chemical **composition** of tears, both those responses to tears are often **inappropriate** and may even be **counterproductive.**

Humans are the only animals **definitely** known to shed emotional tears. Since **evolution** has **given rise to** few, if any, **purposeless physiological** responses, it is **logical** to **assume** that crying has one or more **functions** that **enhance survival.**

Although some observers have suggested that crying is a way to **elicit** assistance form others (as a crying baby might from its mother), the shedding of tears is hardly necessary to get help. **Vocal** cries would have been quite enough, more likely than tears to gain attention. So, it appears, there must be something special about tears themselves.

Indeed, the new studies suggest that emotional tears may play a direct role in **alleviating** stress. University of Minnesota researchers who are studying the chemical composition of tears have recently **isolated** two important chemicals from emotional tears. Both chemicals are found only in tears that are shed in response to emotion. Tears shed because of **exposure** to cut onion would **contain** no such **substance**. Researchers at several other institutions are investigating the usefulness of tears **as a means of diagnosing** human ills and **monitoring** drugs.

At Tulane University's Tear Analysis Laboratory Dr. Peter Kastl and his colleagues report that they can use tears to **detect** drug **abuse** and exposure to *medication*(药物), to determine whether a **contact lens** fits properly or why it may be uncomfortable, to study the causes of "dry eye" **syndrome** and the effects of eye **surgery**, and perhaps even to measure exposure to environmental pollutants.

At Columbia University Dt. Liasy Faris and colleagues are studying tears for **clues** to the **diagnosis** of diseases **away from** the eyes. Tears can be obtained painlessly without **invading** the body and only tiny amounts are needed to **perform** highly **refined analyses.**

文章词汇注释

typically [ˈtipikəli] ***ad.*** ①一般地，通常地 ②代表性地，典型地

[同根] type [taip] ***n.*** ①类型，种类 ②典型，模范 ***v.*** 打字，翻印

typical [ˈtipikəl] *a.* 典型的，象征性的
typicality [ˌtipiˈkæliti] *n.* 典型性，代表性，特征

embarrassed [imˈbærəst] *a.* 窘迫的，尴尬的
[同义] ashamed, abashed, timid
[同根] embarrass [imˈbærəs] *v.* ①使困窘，使局促不安 ②阻碍，麻烦
embarrassment [imˈbærəsmənt] *n.* 困窘，阻碍
embarrassing [imˈbærəsiŋ] *a.* 使人尴尬的，令人为难的
embarrassedly [imˈbærəstli] *ad.* 尴尬地，局促不安地，难堪地

shedder [ˈʃedə] *n.* 流泪者，流血者
[同根] shed [ʃed] *v.* ①流出，发散，散发 ②脱落，脱皮 ③摆脱 *n.* ①分水岭 ②棚，小屋，工棚，货棚
[词组] shed tears 流泪

tragedy [ˈtrædʒidi] *n.* ①不幸，灾难 ②悲剧
[反义] comedy
[同根] tragic [ˈtrædʒik] *a.* 悲惨的，悲剧的
tragical [ˈtrædʒikəl] *a.* (= tragic)
tragedian [trəˈdʒiːdiən] *n.* 悲剧演员，悲剧作家

provocation [prɔvəˈkeiʃən] *n.* ①惹人恼火的事，激怒的原因 ②激怒，刺激
[同义] annoyance, irritation
[同根] provoke [prəˈvəuk] *v.* ①对…挑衅，激怒 ②激起，引起
provocative [prəˈvɔkətiv] *a.* ①挑衅的，煽动的 ②引起讨论的
provoking [prəˈvəukiŋ] *a.* 恼人的，挑动的

put an end to... 结束…，终止…

outpouring [ˈautpɔːriŋ] *n.* 倾泄，流出，流露
[同义] eruption emergence
[同根] pour [pɔː(r)] *v.* ①灌注，倾泻 ②涌入，流 ③倾盆大雨
outpour [autˈpɔː] *v.* (使)泻出，(使)流出 *n.* 倾注，流出物

composition [kɔmpəˈziʃən] *n.* ①成分，组成，构成 ②创作 ③(音乐、文学或美术)作品 ④作文
[同根] compose [kəmˈpəuz] *v.* ①(常用被动语态)组成，构成 ②创作(音乐、文学作品)
composed [kəmˈpəuzd] *a.* 镇静的，沉着的
composer [kɔmˈpəuzə] *n.* 作家，作曲家

inappropriate [ˌinəˈprəupriit] *a.* 不适当的，不恰当的，不相称的
[同义] unfitting, unsuitable, improper
[反义] appropriate, correct, relevant
[同根] appropriate [əˈprəupriit] *a.* 适合的，恰当的，相称的
[əˈprəuprieit] *v.* ①挪用，占用 ②拨出(款项)
appropriation [əˌprəupriˈeiʃən] *n.* ①拨付，拨发，拨款 ②占用，挪用

counterproductive [ˌkauntəprəˈdʌktiv] *a.* 产生相反结果(或效果)的
[反义] productive

definitely [ˈdefinitli] *ad.* 明确地，肯定无疑地
[同义] expressly, indeed, surely
[反义] indefinitely
[同根] define [diˈfain] *v.* ①下定义 ②详细说明，解释
definition [ˌdefiˈniʃən] *n.* ①定义，释义 ②下定义
definite [ˈdefinit] *a.* 明确的，确切的，肯定的
indefinite [inˈdefinit] *a.* ①无定限的，无限期的 ②不明确的，含糊的 ③不确定的，未

定的

definitely ['definitli] *ad.* 明确地，干脆地

evolution [ˌiːvə'luːʃən, ˌevə-] *n.* ①进化,演变 ②进展，发展

[同义] evolvement, development, growth

[反义] devolution

[同根] evolve [i'vɔlv] *v.* (使)进化，(使)发展，(使)进展

evolutionary [ˌiːvə'luːʃənəri] *a.* 进化的

evolutionism [ˌiːvə'luːʃənizəm] *n.* 进化论

evolutionist [ˌiːvə'luːʃənist] *n.* 进化论者

give rise to 产生,引起,使发生

purposeless ['pəːpəslis] *a.* 无目的的

[同义] aimless

[同根] purpose ['pəːpəs] *n.* ①目的，意图 ②用途，效果 ③决心，意志

purposeful ['pəːpəsful] *a.* 有目的的

physiological [ˌfiziə'lɔdʒikəl] *a.* 生理学的，生理学上的

[同根] physiology [ˌfizi'ɔlədʒi] *n.* 生理学

physiologist [ˌfizi'ɔlədʒist] *n.* 生理学者

logical ['lɔdʒikəl] *a.* 合乎逻辑的,合理的

[同义] reasonable, sensible, sound

[反义] illogical

[同根] logic ['lɔdʒik] *n.* 逻辑，逻辑学，逻辑性

assume [ə'sjuːm] *v.* ①假定，设想 ②担任，承担，③呈现,具有,采取

[同义] suppose, presume, suspect

[同根] assuming [ə'suːmiŋ] *conj.* 假定，假如 *a.* 傲慢的,自负的

assumed [ə'sjuːmd] *a.* 假定的，假装的

assumption [ə'sʌmpʃən] *n.* ①假定,臆断 ②担任,承担

assumptive [ə'sʌmptiv] *a.* ①被视为理所当然的 ②自负的

function ['fʌŋkʃən] *n.* ①功能，作用，官能，机能 ②职责，职务 ③重大聚会,宴会，仪式 *v.* ①工作,活动，运行 ②行使职责,起作用

[同根] functional ['fʌŋkʃənəl] *a.* ①官能的，机能的 ②职务上的,有功能的 ③实用的,有多种用途的

[词组] function as 起…的作用

enhance [in'hɑːns] *v.* 提高(质量、价值、吸引力等),增加,增强,增进

[同义] better, enrich, improve, uplift

[同根] enhancement [in'hɑːnsmənt] *n.* 提高，增进，增加

survival [sə'vaivəl] *n.* 幸存（者），残存（物）

[同根] survive [sə'vaiv] *v.* ①幸存,幸免于 ②比…活得长

survivor [sə'vaivə] *n.* 幸存者

elicit [i'lisit] *v.* 引出,引起,诱出,推导出

[同义] educe, draw forth, call forth

[同根] elicitation [iˌlisi'teiʃən] *n.* 引出，诱出，启发

vocal ['vəukəl] *a.* ①发嗓音的，声音的 ②有声的，歌唱的

[同义] spoken, uttered, voiced

[同根] vocalize ['vəukəlaiz] *v.* 发声，元音化

alleviate [ə'liːvieit] *v.* 使(痛苦等)易于忍受，减轻,缓和

[同义] slacken

[同根] alleviation [əliːvi'eiʃən] *n.* 缓和

isolate ['aisəleit] *v.* ①使离析,使与种群分离 ②使隔离，使孤立，使脱离

[同根] isolated ['aisəleitid] *a.* 隔离的，孤立的

isolation [ˌaisə'leiʃən] *n.* 孤立，隔离，脱离

isolator ['aisəleitə] *n.* [电]绝缘体

exposure [ikˈspəuʒə] ***n.*** ①暴露，揭露，揭穿 ②曝晒 ③曝光
[同义] revelation
[同根] expose [ikˈspəuz] ***v.*** ①使暴露，揭露 ②使面临，使接触 ③ 使遭受，招致

contain [kənˈtein] ***v.*** ①包含 ②容纳 ③抑制，克制
[同根] container [kənˈteinə] ***n.*** ①容器 ②集装箱，货柜
containment [kənˈteinmənt] ***n.*** ①控制，抑制 ②遏制，遏制政策

substance [ˈsʌbstəns] ***n.*** ①物质 ②实质，主旨
[同义] material, matter, stuff, essence
[同根] substantial [səbˈstænʃəl] ***a.*** ①坚固的，坚实的 ②大的，相当可观的 ③富有的 ④实质的，真实的

as a means of 作为一种…手段，方法

diagnose [ˈdaiəgnəuz] ***v.*** 诊断
[同根] diagnosis [ˌdaiəgˈnəusis] ***n.*** 诊断
diagnostic [ˌdaiəgˈnɔstik] ***a.*** 诊断的

monitor [ˈmɔnitə] ***v.*** ①监测，检测 ②监听，监视，监控 ***n.*** ①监听器，监视器，监控器 ②班长，级长，监考员

detect [diˈtekt] ***v.*** ①察觉，发觉，发现 ②侦查，探测
[同义] discover, locate, spy, recognize
[反义] conceal, hide
[同根] detection [diˈtekʃən] ***n.*** 察觉，发觉，侦查，探测，发现
detective [diˈtektiv] ***n.*** 侦探 ***a.*** 侦探的

abuse [əˈbjuːz] ***n.*** ①滥用 ②虐待，辱骂 ③陋习，弊端 ***v.*** 滥用，虐待，辱骂
[同义] misuse, mistreat, maltreat
[反义] use
[同根] abusive [əˈbjuːsiv] ***a.*** ①辱骂的 ②滥用的

contact lens 隐形眼镜

syndrome [ˈsindrəum] ***n.*** 综合病症，并发症状

surgery [ˈsəːdʒəri] ***n.*** ①手术，外科，外科学 ②手术室，诊疗室
[同义] operation
[反义] medicine
[同根] surgeon [ˈsəːdʒən] ***n.*** 外科医生
surgical [ˈsəːdʒikəl] ***a.*** 外科的，外科医生的，手术上的

clue [kluː] ***n.*** 线索
[同义] hint, evidence, proof, sign

diagnosis [ˌdaiəgˈnəusis] ***n.*** 诊断
[同根] diagnose [ˈdaiəgnəuz] ***v.*** 诊断

away from 远离

invade [inˈveid] ***v.*** ①侵犯，侵害，干扰 ②侵略，侵略，攻击
[同根] invader [inˈveidə] ***n.*** 侵略者
invasion [inˈveiʒən] ***n.*** ①侵略，侵略，攻击 ②侵犯，侵害，干扰
invasive [inˈveisiv] ***a.*** 入侵的，侵略的

perform analyses 进行分析

refined [riˈfaind] ***a.*** ①精细的，精确的 ②优雅的，有教养的
[同义] sophisticated, advanced
[反义] unrefined, vulgar
[同根] refine [riˈfain] ***v.*** 提炼，[喻]提炼，使变得完善（或精妙）
refinedly [riˈfaindli] ***ad.*** ①精炼地 ②优雅地
refinement [riˈfainmənt] ***n.*** ①(感情、趣味、举止、语言的)优雅，有教养 ②提炼，精炼
refinery [riˈfainəri] ***n.*** 提炼厂，精炼厂

选项词汇注释

irritate [ˈiriteit] *v.* ①激怒，使急躁 ②刺激
[同义] annoy, infuriate
[同根] irritation [ˌiriˈteiʃən] *n.* 愤怒，恼怒

result in 导致

sensation [senˈseiʃən] *n.* ①(感官的)感觉能力 ②感觉，知觉 ③引起轰动的事件(或人物)
[同义] consciousness, awareness, sentience, perception
[同根] sensational [senˈseiʃənəl] *a.* 使人激动的，轰动的，耸人听闻的

link... with... 把…和…连接起来

tension [ˈtenʃən] *n.* 紧张(状态)，不安
[反义] slack, relief
[同根] tense [tens] *a.* 紧张的，拉紧的

disastrous [diˈzɑːstrəs] *a.* ①极坏的，很糟的 ②灾难性的，极不幸的
[同义] ruinous, destructive, destroying, fatal
[同根] disaster [diˈzɑːstə] *n.* 灾难，灾祸，大不幸

pointless [ˈpɔintlis] *a.* 无意义的
[同义] fruitless, aimless
[同根] point [pɔint] *n.* ①点，尖端 ②分数 ③要点 *v.* ①弄尖 ②指向，指出 ③瞄准
pointed [ˈpɔintid] *a.* ①尖角的，敏锐的，锐利的 ② 率直的，突出的

produce the desired effect 产生理想的效果

excessive [ikˈsesiv] *a.* 过多的，过分的，额外的
[同义] additional, extra
[同根] exceed [ikˈsiːd] *v.* 超越，胜过
excess [ikˈses, ˈekses] *n.* ①过量，过份 ②超过，超出 *a.* ①过度的 ②额外的
exceeding [ikˈsiːdiŋ] *a.* ①超越的，胜过的 ②非常的，极度的
excessively [ikˈsesivli] *ad.* 过分地，非常地

in some cases 在某些情况下

induce [inˈdjuːs] *v.* ①导致，引起 ②劝诱
[同义] cause, prompt, persuade
[同根] inducement [inˈdjuːsmənt] *n.* 引诱，导致，吸引力，诱因

Passage Four

It is no secret among **athletes** that in order to **improve performance** you've got to work hard. However, hard training **breaks** you **down** and makes you weaker. It is rest that makes you stronger. Improvement only **occurs** during the rest period following hard training. This **adaptation** is **accomplished** by improving **efficiency** of the heart and certain systems within the muscle **cells**. During **recovery** periods these systems build to greater levels to **compensate for** the stress that you have **applied.** The result is that you are now at a higher level of performance.

If **sufficient** rest is not included in a training program, imbalance between **excess** training and inadequate rest will occur, and performance will **decline**. The "overtraining *syndrome*(综合症)" is the name given to the collection of emotional, behavioral, and physical **symptoms due to overtraining** that has persisted for weeks to months. It is marked by **cumulative exhaustion** that **persists** even after recovery periods.

The most common symptom is **fatigue**. This may limit **workouts** and may be present at rest. The athlete may also become **moody**, easily irritated, have **altered** sleep patterns, become **depressed**, or lose the **competitive** desire and **enthusiasm** for the sport. Some will report decreased **appetite** and weight loss. Physical symptoms include persistent **muscular soreness**, increased **frequency** of *viral*(病毒性的) illnesses, and increased **incidence** of injuries.

The treatment for the overtraining syndrome is rest. The longer the overtraining has occurred, the more rest required, Therefore, early detection is very important, If the overtraining has only occurred for a short period of time (e.g. 3 –4 weeks) then interrupting training for 3 –5 days is usually sufficient rest. It is important that the factors that lead to overtraining be **identified** and corrected. Otherwise, the overtraining syndrome is likely to **recur**. The overtraining syndrome should be considered in any athlete who **manifests** symptoms of **prolonged** fatigue and whose performance has **leveled off** or decreased. It is important to **exclude** any **underlying** illness that may **be responsible for** the fatigue.

文章词汇注释

athlete [ˈæθliːt] ***n.*** 运动员，运动选手

[同义] sportsman, player

[同根] athletic [æθˈletik] ***a.*** ①身体健壮的，活跃的 ②运动的，体育的

improve performance 提高成绩

break sb. down (在健康、精神等反面)(使)垮掉，变得衰弱，崩溃

occur [əˈkəː] ***v.*** ①发生 ②(to)想起，想到

[同义] happen, take place

[同根] occurrence [əˈkʌrəns] ***n.*** ①事件，发生的事情 ②发生，出现

occurrent [əˈkʌrənt] ***a.*** ①正在发生的 ②偶然发生的

occurring [əˈkəːriŋ] ***n.*** 〈美口〉事变，事件，事故

adaptation [ˌædæpˈteiʃən] ***n.*** ①适应 ②改编，改写，改写本

[同义] adjustment, modification, alteration

[同根] adapt [ə'dæpt] **v.** 使适应, 改编
adaptable [ə'dæptəbəl] **a.** 能适应新环境的, 适应的, 可改编的

accomplish [ə'kɔmpliʃ] **v.** 完成,实现,达到
[同义] realize, complete, achieve, fufill, finish
[反义] frustrate
[同根] accomplishment [ə'kɔmpliʃmənt] **n.** 成就, 完成, 技艺
accomplished [ə'kɔmpliʃt] **a.** 熟练的, 有造诣的

efficiency [i'fiʃənsi] **n.** 效率, 功效
[同义] competence, proficiency
[反义] inefficiency
[同根] effect [i'fekt] **n.** ①结果 ②效力, 作用,影响 ③感受,印象, 外表 ④实行, 生效,起作用
efficient [i'fiʃənt] **a.** ①(直接)生效的 ②有效率的, 能干的 ③能胜任的
effective [i'fektiv] **a.** ①能产生(预期)结果的,有效的 ②生效的,起作用的 ③给人深刻印象的, 显著的, 有力的 ④实际的, 事实上的

cell [sel] **n.** ①细胞 ②单元 ③蜂房, (尤指监狱或寺院的)单人房间 ④电池

recovery [ri'kʌvəri] **n.** ①恢复,痊愈 ②找回,重新获得
[同根] recover [ri'kʌvə] **v.** ①重新获得, 恢复, 使改过 ②痊愈, 复原

compensate for 对…进行补偿

apply [ə'plai] **v.** ①运用,使用,应用 ②涂,敷 ③使(自己)致力于,使(注意力等) 专注于 ④申请,请求
[同根] applied [ə'plaid] **a.** 应用的,实用的
applicant ['æplikənt] **n.** 申请人
appliance [ə'plaiəns] **n.** (用于特定目的的)器具,器械,装置
application [ˌæpli'keiʃən] **n.** ①申请,请求,申请表,申请书 ②应用,实施 ③用法,用途 ④敷用,施用 ⑤勤奋,专注
applicable ['æplikəbəl] **a.** 可适用的, 可应用的
[词组] apply to 应用于…,适用于…
apply for 申请

sufficient [sə'fiʃənt] **a.** ①足够的, 充分的 ②有能力的, 够资格的, 能胜任的
[同义] adequate, ample, enough, plenty
[反义] insufficient, inadequate
[同根] sufficiency [sə'fiʃənsi] **n.** 充足, 足量
sufficiently [sə'fiʃəntli] **ad.** 十分地, 充分地
[词组] be sufficient for 足够满足…的需要

excess [ik'ses, 'ekses] **a.** 过度的, 额外的 **n.** ①超过部分,过多的量 ②超过,超出
[同义] additional, extra, surplus, leftover
[同根] exceed [ik'si:d] **v.** 超越, 胜过
excessive [ik'sesiv] **a.** 过多的, 过分的, 极度的
excessively [ik'sesivli] **ad.** 过分地,非常地

decline [di'klain] **v.** ①下降,下跌, 减少 ②衰退, 衰落 ③谢绝
[同义] fall, run down, weaken, refuse
[反义] flourish, thrive, develop, accept

symptom ['simptəm] **n.** ①症状 ②征候,征兆
[同义] implication, indication

due to 由于, 应归于

overtraining [ˌəuvə'treiniŋ] **n.** 过度训练
[同根] train [trein] **v.** 训练, 培养

cumulative ['kju:mjulətiv] **a.** 累积的, 渐增的
[同根] cumulate ['kju:mjuleit] **v.** 积聚, 积累,堆积

cumulation [kjuːmju'leiʃən] *n.* 积聚，堆积

accumulative [ə'kjuːmjulətiv] *a.* 积聚的，累积的

accumulation [əˌkjuːmju'leiʃən] *n.* 积聚，积聚，堆积物

exhaustion [ig'zɔːstʃən] *n.* ①耗尽，枯竭，筋疲力尽 ②详尽无遗的论述

[同义] weakness, fatigue

[同根] exhaust [ig'zɔːst] *v.* ①用尽，耗尽 ②使精疲力尽 ③排气 *n.* ①排气 ②排气装置

exhausting [ig'zɔːstiŋ] *a.* ①使用尽的 ②令人疲乏不堪的

exhausted [ig'zɔːstid] *a.* 耗尽的，疲惫的

exhaustable [ig'zɔːstəbəl] *a.* 可空竭的，可耗(抽，汲，用)尽的，用得尽的

exhaustible [ig'zɔːstəbl] *a.* 可空竭的，可耗尽的，用得尽的

exhaustive [ig'zɔːstiv] *a.* ①无遗漏的 ②彻底的，详尽的

persist [pə(ː)'sist] *v.* ①坚持不懈，执意 ②持续，存留 ③坚持说，坚称

[同义] continue, persevere, go on

[同根] persistence [pə'sistəns, -'zis-] *n.* ①坚持不懈，执意 ②持续，存留

persistent [pə'sistənt] *a.* ①持续的，顽强存在的 ②坚持不懈的，执意的

[词组] persist in/with... 坚持不懈，执意(做)…

fatigue [fə'tiːg] *n.* 疲乏，疲劳 *v.* ①使疲劳 ②使心智衰弱

[同义] tire, exhaust, wear out

workout ['wəːkaut] *n.* ①锻炼，训练 ②试验，考验

moody ['muːdi] *a.* 喜怒无常的，忧郁的

[同根] mood [muːd] *n.* ①心情，情绪 ②语气 ③状态

alter ['ɔːltə] *v.* 改变，更改

[同义] change, modify, transform

[反义] preserve, conserve

[同根] alteration [ˌɔːltə'reiʃən] *n.* 改变，更改

alternate [ɔːl'təːnit, 'ɔːltənit] *v.* 交替，更迭 *a.* ①轮流的，轮流的 ②间隔的

depressed [di'prest] *a.* 沮丧的，消沉的，忧郁的

[同根] depress [di'pres] *v.* ①使沮丧，使消沉 ②使不景气，使萧条 ③按下，压下 ④削弱，抑制 ⑤减少，降低

depression [di'preʃən] *n.* ①抑郁，沮丧 ②不景气，萧条(期)

depressing [di'presiŋ] *a.* 令人抑郁的，令人沮丧的

depressive [di'presiv] *a.* ①令人沮丧的，令人抑郁的，压抑的 ②下压的

competitive [kəm'petitiv] *a.* ①竞争的，取决于竞争的 ②有竞争力的

[同根] compete [kəm'piːt] *v.* ①竞争(with, in) ②比赛(in) ③对抗(against, with)

competition [kɔmpi'tiʃən] *n.* 竞争，竞赛

competitor [kəm'petitə] *n.* 竞争者

enthusiasm [in'θjuːziæzəm] *n.* ①热忱，热心，巨大兴趣 ②激发热情的事物

[同义] passion, warmth, zeal

[同根] enthuse [in'θjuːz] *v.* <口>(使)热心，(使)充满热情，(使)感兴趣

enthusiastic [inˌθjuːzi'æstik] *a.* 满腔热情的，热心的，极感兴趣的

enthusiast [in'θjuːziæst] *n.* 热心家，狂热者

[词组] enthusiasm for 热爱…，热心于

lack of enthusiasm 缺乏热情

appetite ['æpitait] *n.* ①食欲，胃口 ②欲望，爱好(for)

[同义] desire

muscular ['mʌskjulə] *a.* ①肌肉的 ②强健的

[同根] muscle ['mʌsl] *n.* ①肌肉 ②(可供食用的)瘦肉 ③臂力

soreness [sɔnis] *n.* ①疼痛 ②痛苦, 愤慨, 悲伤

[同根] sore [sɔː] *a.* 疼痛的, 痛心的, 剧烈的 *n.* 痛的地方, 痛处

frequency ['friːkwənsi] *n.* 频率, 周率, 发生次数

[同根] frequent ['friːkwənt] *a.* 时常发生的, 频繁的

frequently ['friːkwəntli] *ad.* 常常, 频繁地

incidence ['insidəns] *n.* ①发生率 ②发生, 影响, 发生(或影响)方式

[同根] incident ['insidənt] *n.* 事件, 事变 *a.* 附带的, 易于发生的

coincidence [kəu'insidəns] *n.* ①巧合, 巧合的事 ②一致, 相符合

coincident [kəu'insidənt] *a.* 一致的, 巧合的, 同时发生的

identify [ai'dentifai] *v.* ①认出, 识别, 鉴定 ②认为…等同于

[同根] identification [aiˌdentifi'keiʃən] *n.* ①鉴定, 验明, 认出 ②身份证明

identical [ai'dentikəl] *a.* ①同一的, 同样的 ②(完全)相同的, 一模一样的

identically [ai'dentikəli] *ad.* 同一地, 相等地

recur [ri'kəː] *v.* ①复发 ②重现, 再来

manifest ['mænifest] *v.* 出现, 使显现, 使显露 *a.* 显然的, 明白无误的, 明了的

[同义] apparent, plain, obvious

[同根] manifestation [ˌmænife'steiʃən] *n.* 显示, 表明

prolonged [prə'lɔŋd] *a.* 持续时间久的, 延长的, 拖延的

[反义] brief

[同根] prolong [prə'lɔŋ] *v.* 延长, 拖延

prolongation [ˌprəulɔŋ'geiʃən] *n.* 延长, 拖延, 延长部分

level off ①达到不能再进展的地步 ②变得平整, 达到稳定

exclude [ik'skluːd] *v.* 拒绝接纳, 把…排除在外, 排斥

[反义] include

[同根] exclusion [ik'skluːʒən] *n.* 排除, 除外

exclusive [ik'skluːsiv] *a.* ① 独有的, 独享的 ②排斥的, 排外的 ③(新闻、报刊文章等)独家的

exclusively [ik'skluːsivli] *ad.* 排外地, 专有地

underlying [ˌʌndə'laiiŋ] *a.* ①潜在的, 含蓄的 ②在下面的 ③基本的, 根本的

be responsible for 形成(是)…的原因, 为…负责

选项词汇注释

vigorous ['vigərəs] *a.* 精力旺盛的, 有力的, 健壮的

[同义] active, dynamic, energetic, healthy

[同根] vigour ['vigə] *n.* [亦作 vigor] ①活力 ②精力, 体力, 力量

vigorously ['vigərəsli] *ad.* 精神旺盛地

systematic [ˌsisti'mætik] *a.* 系统的, 体系的, 规划的, 有计划的

[同义] orderly

[同根] system ['sistəm] *n.* ①系统, 体

系，制度，体制 ②秩序，规律

systematically［ˌsistəˈmætikəli］*ad.* 系统地，有系统地

essential［iˈsenʃəl］*a.* ①重要的，根本的，实质的 ②不可少的，必要的 ③精华的 *n.*［**pl.**］①本质，实质，精华 ②要素，要点 ③必需品

［同义］indispensable, requisite, necessary, crucial, vital

［同根］essence［ˈesns］*n.* ①本质，本体 ②精髓，要素，精华

essentially［iˈsenʃəli］*ad.* 本质上，本来，根本

［词组］be essential to 对…必要的

in the course of... 在…其间，在…过程中

undue［ˌʌnˈdjuː］*a.* ①过度的，过分的 ②不适当的，不正当的 ③未到(支付)期的

［同义］excessive

［反义］due

session［ˈseʃən］*n.* ① 从事某项活动的一段时间 ②会议，会期 ③上课时间

unavoidable［ˌʌnəˈvɔidəbəl］*a.* 不可避免的，不能取消的

［同义］inevitable, inescapable

［反义］avoidable, evitable

［同根］avoid［əˈvɔid］*v.* 避免，消除

avoidable［əˈvɔidəbl］*a.* 可避免的

linger［ˈliŋgə］*v.* ①继续存留，缓慢消失 ②拖延，磨蹭

slow down *v.* (使)慢下来

dull［dʌl］*a.* ①迟钝的，麻木的 ②愚钝的，笨的 ③乏味的，单调的 *v.* 使迟钝，使麻木

［同根］dully［dʌli］*ad.* ①乏味地，单调地 ②愚钝地，笨地 ③迟钝地，麻木地

on the decline 在衰退中，走下坡路

lengthy［ˈleŋθi］*a.* 长的，(演说、文章等)冗长的，过分的

［同义］drawn-out, extended

［同根］length［leŋθ］*n.* ①长度，长 ②时间的长短

lengthen［ˈleŋθən］*v.* 延长，(使)变长

Reading Comprehension　2004.1

Passage One

For years, doctors advised their patients that the only thing taking **multivitamins does** is give them **expensive** *urine*（尿）. After all, true vitamin **deficiencies** are **practically** unheard of in **industrialized** countries. Now it seems those doctors may have been wrong. The results of a growing number of studies suggest that even a **modest** vitamin **shortfall** can be harmful to your health. Although proof of the benefits of multivitamins is still **far from** certain, the few dollars you spend on them is probably a good **investment.**

Or at least that's the argument **put forward** in the New England **Journal** of Medicine. **Ideally**, say Dr. Walter Willett and Dr. Meir Stampfer of Harvard, all vitamin **supplements** would be **evaluated** in scientifically **rigorous clinical trials**. But those studies can take a long time and often raise more questions than they answer. At some point, while researchers **work on figuring out** where the truth lies, it just **makes sense** to say the **potential** benefit **outweighs** the cost.

The best evidence **to date** concerns folate, one of the B vitamins. It's been proved to limit the number of defects in *embryos*（胚胎）, and a recent trial found that folate **in combination with** vitamin B12 and a form of B6 also decreases the **re-blockage** of **arteries** after **surgical** repair.

The news on vitamin E has been more mixed. Healthy **folks** who take 400 international units daily for at least two years appear **somewhat** less likely to develop heart disease. But when doctors give vitamin E to patients who already have heart disease, the vitamin doesn't seem to help. It may **turn out** that vitamin E **plays a role in** prevention but cannot **undo** serious damage.

Despite vitamin C's great popularity, **consuming** large amounts of it still has not **been positively linked to** any great benefit. The body quickly **becomes saturated with** C and simply *excretes*（排泄）any **excess**.

The multivitamins question **boils down to** this: Do you need to wait until all the evidence **is in** before you take them, or are you willing to accept that there's enough evidence that they don't hurt and could help?

If the latter, there's no need to **go to extremes** and buy the biggest horse pills or the most expensive bottles. Large doses can cause trouble, including excessive bleeding and **nervous system** problems.

Multivitamins are no **substitute** for exercise and a balanced **diet**, of course. As long as you understand that any potential benefit is modest and **subject** to further **refinement**, taking a daily multivitamin makes a lot of sense.

文章词汇注释

multivitamin [ˌmʌltiˈvaitəmin] ***n.*** 多种维生素剂 ***a.*** 多种维生素的

[同根] vitamin [ˈvaitəmin, ˈvi-] ***n.*** 维他命，维生素

expensive [ik'spensiv] *a.* 花钱多的，昂贵的

[同根] expend [ik'spend] *v.* ①花费，消费 ②耗尽，用光

expense [ik'spens] *n.* ①花费，代价 ②费用，开支

expenditure [ik'spenditʃə, eks-] *n.* ①(时间、金钱等的)花费，支出，消耗 ②支出额，经费

deficiency [di'fiʃənsi] *n.* ①缺乏，不足 ②缺陷

[同义] inadequacy, insufficiency

[同根] deficient [di'fiʃənt] *a.* ①缺乏的，不足的 ②有缺点的，有缺陷的

defect [di'fekt] *n.* ①缺点 ②不足

defective [di'fektiv] *a.* 有缺点的，有缺陷的，有毛病的

practically ['præktikəli] *ad.* ①几乎 ②实际上 ③从实际角度 ④通过实践

[同义] nearly, almost, essentially

[同根] practice ['præktis] *n.* ①实践，实行，实施 ②练习，实习 ③惯例，习惯

practise ['præktis] *v.* ①练习，实习 ②经常做，实践 ③遵循 ④从事

practical ['præktikəl] *a.* 实际的，实践的，实用的

practitioner [præk'tiʃənə] *n.* ①开业者(尤指医师、律师) ②从事者

industrialized [in'dʌstriəlaizd] *a.* 工业化的

[同根] industry ['indəstri] *n.* 工业，产业，行业

industrial [in'dʌstriəl] *a.* ①工业的，产业的，实业的 ②工业高度发达的

industrialize [in'dʌstriəlaiz] *v.* 使工业化

modest ['mɔdist] *a.* ①不太大(或多)的，不过分的，适中的，适度的 ②谦虚的，谦让的 ③朴素的，朴实无华的

[同根] modesty ['mɔdisti] *n.* ①适中，适度 ②谦虚，谦让 ③朴素，朴实

modestly ['mɔdistli] *ad.* 谦虚地，适当地

shortfall ['ʃɔ:tfɔ:l] *n.* 不足，不足量

far from 远不是，一点也不

investment [in'vestmənt] *n.* 投资

[同根] invest [in'vest] *v.* ①投资 ②授予

put forward 提出

journal ['dʒə:nl] *n.* ①杂志，刊物，日报 ②航海日志，日记，日志

[同义] magazine, paper, diary, record

[同根] journalism ['dʒə:nəlizəm] *n.* 新闻业，新闻学

journalist ['dʒə:nəlist] *n.* 新闻记者，从事新闻杂志业的人

ideally [ai'diəli] *ad.* ①为取得理想结果，作为理想的做法 ②理想地，完美地 ②思想上，观念上

[同义] theoretically, perfectly

[同根] ideal [ai'diəl] *n.* 理想 *a.* ①理想的，完美的 ②想像的，理想中的

idealistic [ai,diə'listik] *a.* 理想主义(者)的，空想(家)的

idealism [ai'diəlizm] *n.* 理想主义，唯心论

supplement ['sʌplimənt] *n.* ①补给品 ②补充(物)，增补(物) ③附录，增刊 ['sʌpliment] *v.* 增补，补充

[同义] addition, complement

[同根] supplementary [,sʌpli'mentəri] *a.* 增补的，补充的，附加的

evaluate [i'væljueit] *v.* ①对…评价，为…鉴定 ②估…的值，定…的价

[同义] estimate

[同根] value ['vælju:, -ju] *n.* ①价值 ②价格 ③重要性，有用性 ④估价，评价 *v.* ①给…估价，评价 ②尊重，重视

evaluation [iˌvælju'eiʃən] *n.* 估算，评价

rigorous ['rigərəs] *a.* ①严格的，严谨的 ②严厉的

[同义] hard, harsh, severe, strict

[同根] rigour ['rigə] *n.* ①严格 ②严厉，严酷 ③严密，精确

clinical trial 临床试验

work on ①从事于，致力于 ②对…有影响，对…有作用 ③继续工作

figure out ①想出，计算出，解决 ②理解

make sense ①言之有理，是合情合理的 ②讲得通，有意义

potential [pə'tenʃəl] *a.* 潜在的，可能的 *n.* ①潜能，潜力 ②潜在性，可能性

[同义] possible, hidden, underlying; ability, capability

[同根] potentially [pə'tenʃəli] *ad.* 潜在地，可能地

potentiality [pəˌtenʃi'æliti] *n.* ①可能性 ②(复数)潜能，潜力

outweigh [aut'wei] *v.* ①比…(在重要性、影响上)重要，胜过 ②比…(在重量上)重，在重量上超过

[同根] weigh [wei] *v.* ①称…. 重量，称 ②权衡，考虑

weight [weit] *n.* ①重量，分量，体重 ②砝码 ③负担，重压 ④重要(性)

to date 迄今为止

in combination with... 与…结合

re-blockage ['riblɔkidʒ] *n.* 再阻塞

[同根] block [blɔk] *v.* ①防碍，阻塞 ②阻止，使(行动)困难 ③封锁，冻结 *n.* ①(木头，石头)大块 ②街区 ③障碍，阻塞

blockage ['blɔkidʒ] *n.* 阻塞，堵塞，妨碍

artery ['ɑːtəri] *n.* ①动脉 ②要道

surgical ['səːdʒikəl] *a.* 外科的，外科手术的，外科医师实施的

[同根] surgery ['səːdʒəri] *n.* 外科，外科学，手术

surgeon ['səːdʒən] *n.* 外科医生

folk [fəuk] *n.* ①人，人们 ②(复)亲属，家人 *a.* 民间的

[同义] people, society, race

[同根] folklore ['fəuklɔː(r)] *n.* 民间传说

folktale ['fəukteil] *n.* 民间故事

somewhat ['sʌm(h)wɔt] *ad.* 稍微，有点，有些 *n.* 某种程度，某些部分

[同义] to some extent or degree, rather

[同根] somehow ['sʌmhau] *ad.* ①以某种方式，用某种办法 ②由于某种未知的原因，不知怎的

[词组] somewhat of 稍稍，有一点

turn out 结果是，证明是

play a role in 在…起作用

undo [ˌʌn'duː] *v.* ①取消，废除，消除 ②解开，松开 ③破坏，毁坏

[同义] destroy, abolish, untie, unfasten

consume [kən'sjuːm] *v.* ①消耗，消费 ②吃完，喝光

[反义] produce

[同根] consumption [kən'sʌmpʃən] *n.* ①消费，消耗 ②消费量

consumable [kən'sjuːməbəl] *a.* 可消费的

consumer [kən'sjuːmə] *n.* 消费者，顾客，用户

consumptive [[kən'sʌmptiv] *a.* ①消费的 ②消耗(性)的，毁灭的

be linked to 与…有关系

positively ['pɔzitivli] *ad.* ①积极地，肯定地 ②确实地，明确地

[同义] certainly, definitely

[反义] negatively

[同根] positive ['pɔzətiv] *a.* ①确实的，

明确的 ②积极的,肯定的 ③正的,阳性的

be/ become saturated with ①吸收…达到饱和 ②被…浸湿,被…浸透

excess [ik'ses] *n.* ①超过部分,过多的量 ②超过,超出 ③过量, 过份

[同义] surplus, additional, extra

[同根] exceed [ik'si:d] *v.* ①超越, 胜过 ②越出

excessive [ik'sesiv] *a.* 过多的, 过分的,极度的

excessively [ik'sesivli] *ad.* 过分地,过度地

boil down to ①归结为 ②表明是,意味着

be in ①被接受的,可接受的,有成功把握的 ②已完成的,已来到的

go to extremes (说话或行动)走极端

nervous system 神经系统

substitute ['sʌbstitju:t] *n.* ①代用品, 替代品 ②代替者 *v.* 代替, 替换

[同义] replacement, replace

[同根] substitution [ˌsʌbsti'tju:ʃən] *n.* 代(用), 代替, 变换

substitutive ['sʌbstitju:tiv] *a.* 代用的

substitutional [ˌsʌbsti'tju:ʃənəl] *a.* ①代理的 ②取代的, 代用的

substitutable ['sʌbstitju:təbəl] *a.* 可代替的,可替换的,可取代的

[词组] be substitute for 代替,取代

substitute for 代替, 替换

diet ['daiət] *n.* ①饮食,食物 ②特种饮食,保健食谱

[词组] be/go on a diet 节食,吃限定食物

subject ['sʌbdʒikt] *a.* ①需要…的,将会…的(to) ②易受…的,易患…的(to) ③臣服的,隶属的(to) ④由…决定的,取决于…的(to) *n.* ①题目, 主题 ②学科, 科目 ③(事物的)经受者,(动作的)对象 ④臣民, 国民

[səb'dʒekt] *v.* ①使经受,使易受(to) ②使臣服,使隶属 ③提供,呈交

[同根] subjection [səb'dʒekʃən] *n.* 征服, 从属,征服

subjective [sʌb'dʒektiv] *a.* 主观(上)的, 个人的

[词组] subject to... ①经受…, 易受… ②臣服于…,隶属于…

refinement [ri'fainmənt] *n.* ①精细的改进,精炼的产品,提炼,精炼 ②(言谈,举止等的)文雅, 高雅,有教养

[同根] refine [ri'fain] *v.* ①精炼 ②精制 ③使文雅高尚

refined [ri'faind] *a.* ①精制的 ②优雅的 ③精确的

refinedly [ri'faindli] *ad.* 精炼地, 优雅地

选项词汇注释

conduct [kən'dʌkt] *v.* ①进行,处理,实施,管理 ②指挥, 领导, 引导 ③传导

['kəndʌkt] *n.* ①举止,行为, 操行 ②处理(方式),管理(方式)

[同根] misconduct [mis'kɔndʌkt] *n.* 不正当的行为 *v.* 处理不当, 干坏事

conduction [kən'dʌkʃən] *n.* 传导,输送

conductor [kən'dʌktə] *n.* ①指挥者, 指挥家, 指挥交响乐队的人 ②(市内有轨电车或公共汽车)售票员 ③导体

on a larger scale 在更大的规模上,在更大的范围内

sheer [ʃiə] *a.* ①全然的, 纯粹的, 绝对的 ②(织物)透明的 ③陡峭的 *ad.* ①完全, 全然 ②峻峭地

[同义] absolute, transparent

persistently [pə'sistəntli] *ad.* ①持续地,顽强地存在地 ②坚持不懈地,执意地

[同根] persist [pə(:)'sist] *v.* ①坚持不懈,执意 ②持续,存留

persistence [pə'sistəns, -'zis-] *n.* ①坚持不懈,执意 ②持续,存留

persistent [pə'sistənt] *a.* ①持续的,顽强地存在的 ②坚持不懈的,执意的

effectively [i'fektivli] *ad.* 有效地, 有力地

[同根] effect [i'fekt] *v.* 产生,引起, 实现, 达到(目的等) *n.* ①结果, 效果 ②印象,感触

effective [i'fektiv] *a.* ①有效的 ② 给人深刻印象的 ③实际的,现行的

recurrence [ri'kʌrəns] *n.* 复发, 重现, 重复

[同义] repetition

[同根] recur [ri'kə:] *v.* 复发, 重现

recurrent [ri'kʌrənt] *a.* 经常发生的, 周期性发生的

preventive [pri'ventiv] *a.* 预防的,防止的

curative ['kjuərətiv] *a.* 有疗效的, 治疗的

[同根] cure [kjuə] *v.* 治愈, 治疗 *n.* 治愈, 痊愈

bring about 导致,引起

side effect (药物等到的)副作用

induce [in'dju:s] *v.* ①引起,导致 ②引诱,劝诱

[同义] persuade

[同根] inducement [in'dju:smənt] *n.* 诱导, 诱因, 引诱物

advisable [əd'vaizəbl] *a.* 可取的,适当的,明智的

[同根] advisability [əd,vaizə'biləti] *n.* 明智,可取性

intake ['inteik] *n.* ①摄入,纳入 ②(在一定期间的) 吸入的量,纳入的量③(水管、煤气管等的)入口,进口

risky ['riski] *a.* ①危险的, 有风险的 ②铤而走险的, 大胆的

[同义] hazardous

[反义] safe

[同根] risk [risk] *n.* ① 危险, 风险 ② 引起危险的事物, 危险人物, 处境危险的人 *v.* ①使(生命财产等)遭受危险 ② 冒…的危险, 冒险于,大胆做 ③ 把…作赌注

specific [spi'sifik] *a.* ①明确的,具体的 ②特定的,特有的

[同义] definite, explicit, particular, special

[反义] general

[同根] specify ['spesifai] *v.* 具体指定,详细说明

specification [,spesifi'keiʃən] *n.* ①详述 ②[常作~s] 规格,工程设计(书),详细计划(书),说明书

overestimate [,əuvə'estimeit] *v.* 评价过高 *n.* 估计的过高, 评价的过高

[反义] underestimate

[同根] estimate ['estimeit] *n.* 估计, 估价, 评估 *v.* 估计, 估价, 评估

rational ['ræʃənəl] *a.* ①理性的, 理智的,明事理的 ②基于理性的,合理的

[反义] irrational, unreasonable

[同根] ration ['ræʃən] *n.* 定量, 配给量,定量配给 *v.* 配以供应,定量供应

irrational [i'ræʃənəl] *a.* 无理性的,不合理的

rationality [,ræʃə'næliti] *n.* 合理性, 理性观点(或行动、信仰)

Passage Two

Some **futurologists** have **assumed** that the vast *upsurge*（剧增）of women in the **workforce** may **portend** a **rejection** of marriage. Many women, according to this **hypothesis**, would rather work than marry. The *converse*（反面）of this concern is that the **prospects** of becoming a **multi-paycheck household** could encourage marriages. In the past, only the earnings and **financial** prospects of the man **counted** in the marriage decision. Now, however, the earning ability of a woman can make her more **attractive** as a marriage partner. **Data** show that economic **downturns tend to postpone** marriage because the **parties** cannot afford to **establish** a family or **are concerned about rainy days** ahead. As the economy **rebounds**, the number of marriages also rises.

Coincident with the increase in women working outside the home is the increase in **divorce rates**. Yet, it may be wrong to **jump to** any simple **cause-and-effect conclusions**. The **impact** of a wife's work on divorce is no less **cloudy** than its impact on marriage decisions. The realization that she can be a good provider may increase the chances that a working wife will choose divorce over an unsatisfactory marriage. But the **reverse** is equally **plausible**. **Tensions grounded in** financial problems often play a key role in ending a marriage. **Given** high unemployment, **inflationary** problems, and slow growth in **real earnings**, a working wife can increase **household income** and **relieve** some of these **pressing** financial burdens. By raising a family's standard of living, a working wife may strengthen her family's financial and emotional **stability**.

Psychological factors also should be considered. For example, a wife **blocked** from a career outside the home may **feel caged in** the house. She may **view** her only choice **as** seeking a divorce. On the other hand, if she can find **fulfillment** through work outside the home, work and marriage can go together to create a stronger and more stable union.

Also, a major part of women's inequality in marriage has been **due to** the fact that, **in most cases**, men have remained the main **breadwinners**. With higher earning **capacity** and **status occupations** outside of the home comes the capacity to exercise power within the family . A working wife may rob a husband of being the master of the house. Depending upon how the couple **reacts to** these new conditions, it could create a stronger equal partnership or it could create new **insecurities.**

文章词汇注释

futurologist [ˌfjuːtʃəˈrɔlədʒist] ***n.*** 未来学家

[同根] futurology [ˌfjuːtʃəˈrɔlədʒi] ***n.*** 未来学

assume [əˈsjuːm] ***v.*** ①假定，假设，认为 ②承担，担任 ③呈现，具有 ④假装，装出

[同义] suppose, presume, believe, think, adopt

[同根] assumed [əˈsjuːmd] ***a.*** 假装的，假定的

assuming [əˈsjuːmiŋ] ***a.*** 自负的，傲慢的，过分自信的

assumption [əˈsʌmpʃən] ***n.*** ①假定，臆断 ②自负，傲慢

workforce [ˈwəːkfɔːs] ***n.*** ①劳动力 ②工人总数，职工总数

portend [pɔːˈtend] ***v.*** 预示，预告

rejection [riˈdʒekʃən] ***n.*** ①拒绝，抵制 ②否决，否认 ③丢弃，除去

[同义] refusal, denial

[反义] acceptance

[同根] reject [riˈdʒekt] ***v.*** ①拒绝，抵制驳回 ②否决，否认 ③丢弃，除去

hypothesis [haiˈpɔθisis] ***n.*** 假设

[同义] assumption

[同根] hypothetical [ˌhaipəuˈθetikəl] ***a.*** 假设的，假定的

prospect [ˈprɔspekt] ①[常作~s]（成功、得益等的）可能性，机会，（经济、地位等的）前景，前途 ②将要发生的事，期望中的事

[同根] prospective [prəˈspektiv] ***a.*** 预期的，盼望中的，即将发生的

multi-paycheck [ˌmʌltiˈpeitʃek] ***n.*** 多份薪水

[同根] paycheck [ˈpeitʃek] ***n.*** ①薪水 ②付薪水的支票

household [ˈhaushəuld] ***n.*** 家庭，家族，一家人 ***a.*** ①家庭的，家族的 ②普通的，平常的

financial [faiˈnænʃəl, ˌfi-] ***a.*** 财政的，财务的，金融的

[同义] monetary

[同根] finance [ˈfainæns] ***n.*** ①财政，金融，财政学 ②[**pl.**] 财力，财源，资金 ***v.*** 为…供给资金，为…筹措资金

financially [faiˈnænʃəli] ***ad.*** 财政上，金融上

count [kaunt] ***v.*** ①有价值，有重要意义 ②数，计算，计算在内 ③认为，算作 ***n.*** ①计数，计算 ②事项，问题

[同义] value

[词组] count against（被）认为对…不利

count for much (nothing, little) 很有（没有，很少）价值

count on/upon 指望，依赖

count out ①逐一数出 ②不包括

attractive [əˈtræktiv] ***a.*** 有吸引力的，引人注目的

[同义] appealing

[同根] attract [əˈtrækt] ***v.*** 吸引

attraction [əˈtrækʃən] ***n.*** 吸引，吸引力，

吸引人的事物

attractively [ə'træktivli] *adv.* 动人地，迷人地

data ['deitə] *n.* 资料，数据

[同义] evidence, information, proof

[同根] data-base ['deitəbeis] *n.* 数据库，资料库

downturn ['dauntə:n] *n.* (尤指经济方面的)衰退,下降趋势

tend to 容易,往往

postpone [pəust'pəun] *v.* 推迟，使延期，延迟

[同义] defer, delay, put off, suspend

[反义] advance, forward

[同根] postponement [pəust'pəunmənt] *n.* 延期，延缓

[词组] be postponed for 延迟(时间)

party ['pɑ:ti] *n.* ①一方,当事人 ②党派，政党 ③聚会,集会

establish [i'stæbliʃ] *v.* ①建立，成立，设立，创立，开设 ②确立，确定,制定，规定 ③证实，认可

[同义] fix, found, organize, prove, settle

[反义] destroy, ruin

[同根] establishment [is'tæbliʃmənt] *n.* ①建立，确立，制定 ②(包括雇员、设备、场地、货物等在内的) 企业，建立的机构 (如军队、军事机构、行政机关、学校、医院、教会)

[词组] establish sb. as... 任命(派)某人担任…

be concerned about 关心

rainy day ①可能碰到的困难日子(尤指财政拮据) ②多雨的一天

rebound [ri'baund] *v.* & *n.* 回弹

[同根] bound [baund] *v.* 跳,跃，跃进，弹跳 *n.* 跃进，跳跃

bounce [bauns] *v.* ①弹起，弹回 ②跳上跳下,乱冲乱撞 *n.* (球)跳起，弹回

coincident with ①与…同时发生 ②与…相符,与…一致

divorce rate 离婚率

jump to conclusions 匆匆作出结论

cause-and-effect 有因果关系的

impact ['impækt] *n.* ①影响,作用 ②冲击,碰撞

[同义] influence, effect, crash, blow,

[词组] give an impact to 对…起冲击作用

make a strong/great impact on 对…有巨大影响

cloudy ['klaudi] *a.* ①混乱的,模糊不清的 ②多云的，阴天的

reverse [ri'və:s] *n.* ①相反，反面，背面 ②倒退 ③失败,挫折 *v.* ①颠倒，翻转，(使)倒退 ②改变…的次序或地位 ③废除,取消 *a.* 相反的，颠倒的

[同根] reversal [ri'və:səl] *n.* 反转，倒退,废弃

reversible [ri'və:səbl] *a.* 可反转、倒退、废弃的,两面都可用的

plausible ['plɔ:zəbl] *a.* ①似乎真实的，貌似合理的 ②能言善辩的,花言巧语的

[同义] believable

[反义] actual, genuine

[同根] plausibility [ˌplɔ:zə'biləti] *n.* ①似乎真实,貌似合理 ②能言善辩,花言巧语

plausibly ['plɔ:zəbli] *ad.* 似真地

tension ['tenʃən] *n.* ①紧张(状态)，不安 ② 拉紧，压力，张力

[同根] tense [tens] *a.* 紧张的，拉紧的 *v.* (使)紧张，(使)拉紧

grounded in 建立于…基础之上的

given 考虑到

inflationary [in'fleiʃənəri] *a.* 通货膨胀

的，通货膨胀倾向的

[同根] inflate [in'fleit] *v.* ①使膨胀，打气 ②使通货膨胀

inflation [in'fleiʃən] *n.* ①胀大，夸张 ②通货膨胀

real earnings 实质收益

household income 家庭收入

relieve [ri'li:v] *v.* ①缓解，减轻，解除 ②救济，救援 ③接替，替下

[同义] release, ease, help, assist

[反义] intensify

[同根] relief [ri'li:f] *n.* ①缓解，减轻，解除 ②宽心，宽慰 ③救济，解救

relieved [ri'li:vd] *a.* 放心的

relieving [ri'li:viŋ] *a.* 救助的，救援的

[词组] relieve sb. of sth. 免除某人某事

pressing ['presiŋ] *a.* 紧迫的，紧张的

[同根] press [pres] *v.* ①压，按，推，挤压 ②(常与 on, upon 连用)迫使，进逼(与 for 连用) ③敦促，力劝

pressure ['preʃə(r)] *n.* ①压，压力，电压 ②压迫，强制，紧迫

stability [stə'biliti] *n.* 稳定，稳固

[同根] stable ['steibl] *a.* 稳定的，坚固的

stabilize ['steibilaiz] *v.* 使稳定、坚固、不动摇

psychological [ˌsaikə'lɔdʒikəl] *a.* 心理学的，心理的

[同根] psychology [sai'kɔlədʒi] *n.* 心理学，心理状态

psychologist [sai'kɔlədʒist] *n.* 心理学者

block [blɔk] *v.* 封锁，阻止，防碍，阻塞 *n.* ①木块，石块，块 ②街区 ③阻滞

[同义] hinder, bar, obstruct, lump, mass

[同根] blockade [blɔ'keid] *n.* 阻塞 *v.* 封锁

blockage ['blɔkidʒ] *n.* 封锁，妨碍

[词组] block off 封闭，封锁

block in/out 草拟(计划、大纲等)，画出(略图等)

feel/be caged in 感到被关在…，被控制在…

view...as... 把…看作或视为…

fulfillment [ful'filmənt] *n.* ①满足 ②履行，实行，完成(计划等)

[同义] accomplish, achieve, complete, finish, satisfy

[反义] break, fail

[同根] fulfill [ful'fil] *v.* ①满足，使满意 ②履行，实现，完成(计划等)

due to 因为，由于

in most cases 在多数情况下

breadwinner ['bredwinə(r)] *n.* 养家糊口的人，负担家计的人

capacity [kə'pæsiti] *n.* ①能力，智能，接受力 ②最大容量，最大限度 ③(最大)生产量，生产力 ④容量，容积，可溶性

[同义] content, mentality

[同根] capable ['keipəbl] *a.* ①有能力的，能干的 ②有可能的，可以…的

capability [ˌkeipə'biliti] *n.* ①(实际)能力，性能，接受力 ②潜力

capacious [kə'peiʃəs] *a.* 容积大的

status ['steitəs] *n.* ①身份，地位 ②情形，状况

[同义] class, condition

occupation [ˌɔkju'peiʃən] *n.* ①职业 ②占领，占据 ③居住 ④消遣

[同义] employment, work

[同根] occupy ['ɔkjupai] *v.* ①占，占用，占领，占据 ②使忙碌，使从事 ③担任(职务) ④住

react to... 对…作出反应

insecurity [ˌinsi'kjuəriti] *n.* 不安全，不安全感

[反义] anxiety

[同根] secure [si'kjuə] *v.* ①使牢固,紧闭,使安全 ②保证获得 *a.* 安全的, 无危险的

insecure [ˌinsi'kjuə] *a.* 不可靠的, 不安全的

security [si'kjuəriti] *n.* 安全,平安,安全感

文章词汇注释

defy [di'fai] *v.* ①(公然)违抗,反抗 ②挑,激 ③使成为不可能

[同义] challenge, confront, disobey

[同根] defiance [di'faiəns] *n.* 公然反抗,挑战, 蔑视, 挑衅

defiant [di'faiənt] *a.* 挑战的, 挑衅的, 目中无人的

result from 因…引起,起因于…

slide [slaid] *v.* ①滑落,下滑,(使)滑动,(使)滑行 ②溜过,缓慢潜行(与 over 连用) ③(常与 into 连用)不知不觉地陷入,逐渐陷入 *n.* ① 滑, 滑动 ② 幻灯片

[同义] glide, skim, slip

[词组] let sth. slide 不予理会,听其自然

for the time being 暂时

dominate ['dɔmineit] *v.* ①支配, 统治, 占优势 ②俯临

[同义] command, control, lead, rule

[同根] domination [dɔmi'neiʃən] *n.* 控制, 统治, 支配

dominance ['dɔminəns] *n.* 优势, 统治

dominant ['dɔminənt] *a.* 占优势的,支配的,统治的

strengthen ['streŋθən] *v.* 加强,巩固

[同根] strength [streŋθ] *n.* 力,实力,力量,强度

be robbed of... 被剥夺…

boss [bɔs] *v.* ①指挥,把…差来遣去 ②当…的头 *n.* 老板, 上司

live up to ①符合,不辜负, live up to one's expectations 不辜负某人的期望 ②遵守,实践(诺言、原则等) ③与…相配

suspect [sə'spekt] *v.* 怀疑, 猜想 ['sʌspekt] *n.* 嫌疑犯

[同义] doubt, question

[同根] suspicion [sə'spiʃən] *n.* 猜疑, 怀疑

suspicious [sə'spiʃəs] *a.* 可疑的, 怀疑的

loyalty ['lɔiəlti] *n.* 忠诚, 忠心耿耿

[同根] loyal ['lɔiəl] *a.* 忠诚的, 忠心的

loyally ['lɔiəli] *ad.* 忠诚地

reflect [ri'flekt] *v.* ①反映,表明,显示 ②反射(光, 热, 声等) ③深思,考虑,反省

[同义] mirror, consider, contemplate, meditate, ponder

[同根] reflective [ri'flektiv] *a.* ①反射的,反照的,反映的 ②思考的,沉思的

reflection [ri'flekʃən] *n.* ①映像 ②反射,反照,反响 ③深思,考虑,反省

struggle for 努力争取

vary from...to 从…到…有不同变化

Passage Three

For most thinkers since the Greek **philosophers**, it was **self-evident** that there is something called human nature, something that **constitutes** the **essence** of man. There were various views about what constitutes it, but there was agreement that such an essence exists—that is to say, there is something **by virtue of** which man is man. Thus man **was defined as** a **rational** being, as a social animal, an animal that can make tools, or a **symbol-making** animal.

More recently, this **traditional** view has begun to be questioned. One reason for this change was the increasing emphasis given to the historical **approach** to man. An examination of the history of **humanity** suggested that man in our **epoch** is so different from man in **previous** times that it seemed unrealistic to **assume** that men in every age have **had in common something** that can be called "human nature." The historical approach was **reinforced**, particularly in the United States, by studies in the field of cultural *anthropology* (人类学). The study of **primitive** peoples has discovered such **a diversity of** customs, values, feelings, and thoughts that many anthropologists **arrived at the concept** that man is born as **a blank sheet of paper** on which each culture writes its text. Another factor **contributing to** the **tendency** to **deny** the assumption of a fixed human nature was that the concept has so often been **abused** as a **shield** behind which the most inhuman acts are **committed. In the name of** human nature, for example, Aristotle and most thinkers up to the eighteenth century defended slavery. Or in order to prove the **rationality** and necessity of the **capitalist** form of society, scholars have tried to **make a case for acquisitiveness**, **competitiveness**, and **selfishness** as *innate* (天生的) human **traits**. Popularly, one **refers cynically to** "human nature" in accepting the **inevitability** of such **undesirable** human behavior as **greed**, murder, cheating and lying.

Another reason for **skepticism** about the concept of human nature probably **lies in** the influence of **evolutionary** thinking. Once man came to be seen as developing in the process of evolution, the idea of a **substance** which is contained in his essence seemed **untenable**. Yet I believe it is **precisely from an** evolutionary **standpoint** that we can expect new **insight** into the problem of the nature of man.

文章词汇注释

philosopher [fi'lɔsəfə] *n.* 哲学家，哲人

[同根] philosophy [fi'lɔsəfi] *n.* ①哲学，哲学体系 ②哲理，(科学的)基本原理 ③人生哲学，宗旨，见解 观点

philosophical [ˌfilə'sɔfikəl] *a.* ①哲学的，哲学家的 ②达观的

self-evident 不言自喻的，自明的

[同义] obvious, clear, plain

constitute ['kɔnstitju:t] *v.* ①构成，组成 ②建立(政府) ③制定(法律) ④任命

[同根] constitution [ˌkɔnsti'tju:ʃən] *n.* ①宪法，章程 ②构造

essence ['esəns] *n.* ①本质，要素，精髓 ②精油

[同义] nature

[同根] essential [i'senʃəl] *a.* ①必要的，必不可少的 ②本质的，基本的 ③提炼的，精华的

essentially [i'senʃəli] *ad.* 基本上，本质上

[词组] in essence 本质上，实质的

of the essence 极其重要的，极其重要的，决定性的

by virtue of 凭借，因为，由于

be defined as... 被定义为…

rational ['ræʃənəl] *a.* ①理性的，理智的，明事理的 ②基于理性的，合理的

[反义] irrational, unreasonable

symbol-making 能创造符号的

traditional [trə'diʃənəl] *a.* ①传统的，惯例的 ②口传的，传说的

[同义] conventional

[反义] occasional

[同根] tradition [trə'diʃən] *n.* ①传统，惯例，因袭 ②传说，口碑

traditionally [trə'diʃənəli] *a.* ① 传统的，惯例的，因袭的 ②口头传说的

approach [ə'prəutʃ] *n.* ①(处理问题的)方式，方法，态度 ②接近，靠近 ③途径，通路 *v.* ①接近，靠近 ②(着手)处理，(开始)对付

[同义] way, method, means

[同根] approachable [ə'prəutʃəbəl] *a.* ①可接近的 ②平易近人的，亲切的

[词组] at the approach of... 在…快到的时候

be approaching (to)... 与…差不多，大致相等

make an approach to... 对…进行探讨

make approaches to sb. 设法接近某人，想博得某人的好感

approach sb. on/about sth. 和某人接洽(商量、交涉)某事

approach to... ①接近 ②近似，约等于

humanity [hju(:)'mæniti] *n.* ①人性 ②人类，[总称]人 ③仁慈，人道 ④[复]人文学科

[同根] human ['hju:mən] *n.* 人，人类 *a.* ①人的，人类的 ②人性的

humanly ['hju:mənli] *ad.* 像人一样地，用人力地

humane [hju:'mein] *a.* 仁慈的

humanely [hju(:)'meinli] *ad.* 富有人情味地，慈悲地

inhuman [in'hju:mən] *a.* 残忍的，无情的 *n.* 残忍，残忍的行为

epoch ['i:pɔk, 'epɔk] *n.* 时期，时代

[同义] age, era, period

[同根] epoch-making ['i:pɔkˌmeikiŋ] *a.* 开辟新纪元的，划时代的，极重要的

previous ['pri:viəs] *a.* (常与 to 连用)以

前的，早先的

[反义] succeeding, following, subsequent, later

assume [ə'sjuːm] *vt.* ①假定，设想 ②担任，承担，③呈现，具有，采取

[同根] assuming [ə'suːmiŋ] *conj.* 假定，假如 *a.* 傲慢的，自负的

assumed [ə'sjuːmd] *a.* 假定的，假装的

assumption [ə'sʌmpʃən] *n.* ①假定，臆断 ②担任，承担

assumptive [ə'sʌmptiv] *a.* 被视为理所当然的，自负的

have... in common 有…共同之处

reinforce [ˌriːin'fɔːs] *v.* 加强，增援，补充

[同义] fortify, intensify, strengthen

[同根] enforce [in'fɔːs] *v.* ①实施，使生效 ②强迫，迫使，强加

reinforcement [ˌriːin'fɔːsmənt] *n.* 增援，加强，援军

primitive ['primitiv] *a.* 原始的，远古的

[同根] prime [praim] *n.* ①最佳部分，最完美的状态 ②第一部分，最初部分，青春 *a.* ①主要的，最重要的 ②最好的，第一流的 ③根本的

primary ['praiməri] *a.* ①第一的，基本的，主要的 ②初步的，初级的

primarily ['praimərili] *ad.* ①首先，起初 ②主要地，根本上

primitively ['primitivli] *ad.* 最初地，自学而成地

a diversity of 多种多样的，很多的

arrive at the concept 达成一个思想，形成一个概念

a blank sheet of paper 一页空白纸

contribute to ①促成 ②捐献 ③投稿

tendency ['tendənsi] *n.* 倾向，趋势

[同义] inclination, bent

[同根] tend [tend] *v.* ①趋向，往往是 ②照管，护理

deny [di'nai] *vt.* ①否认，否定 ②背弃，摒弃 ③拒绝，不给，不允许

[同义] contradict, dispute, refute, reject

[反义] acknowledge, affirm, concede, confirm

[同根] denial [di'naiəl] *n.* ①否认，否定 ②否认某事或某事实的声明

abuse [ə'bjuːz] *n.* & *v.* ①滥用，妄用 ②辱骂，诋毁

[同根] abusive [ə'bjuːsiv] *a.* ①满口脏话的，恶言谩骂的 ②虐待的 ③被滥用（或妄用）的

shield [ʃiːld] *n.* 盾，防护物 *v.*（from）保护，防护，遮蔽

[同义] shelter, protect

commit [kə'mit] *v.* ①犯（罪），做（错事、坏事、傻事等）②把…托付给，把…提交 ③使承担义务，使做出保证

[同根] commitment [kə'mitmənt] *n.* ①承诺，保证，承担的义务 ②献身参与，介入 ③托付，交托 ④信奉，支持

committed [kə'mitid] *a.* ①受委托的，承担义务的 ②忠诚的，忠于…的

in the name of ①用…的名义，在…的名下 ②为…的缘故 ③凭…而言

rationality [ˌræʃə'næliti] *n.* ①合理性 ②理性观点，合理意见

[同根] ration ['ræʃən] *n.* 定量，配给量，定量配给 *v.* 配以供应，定量供应

rational ['ræʃənəl] *a.* ①理性的，理智的，明事理的 ②基于理性的，合理的

rationality [ˌræʃə'næliti] *n.* 合理性，理性观点（或行动、信仰）

capitalist ['kæpitəlist] *a.* 资本主义的 *n.* 资本家，资本主义者

[同根] capital ['kæpitəl] *n.* ①资本，资金，资产 ②首都，首府 ③大写字母

capitalism ['kæpitəlizəm] *n.* 资本主义

make (out) a case for 证明…有理由，提出有利于…的理由

acquisitiveness [ə'kwizitivnis] *n.* 渴望得到，贪婪，占有欲

[同根] acquire [ə'kwaiə] *v.* (尤指通过努力) 获得，学到

acquired [ə'kwaiəd] *a.* (尤指通过努力) 获得的，后天的

acquisition [ˌækwi'ziʃən] *n.* ①获得 ②(尤指有用或受欢迎的) 获得物，增添的人(或物)

acquisitive [ə'kwizitiv] *a.* ①(对金钱、财物等) 渴望得到的，贪婪的 ②能够获得并保存的

competitiveness [kəm'petitivnis] *n.* 竞争欲

[同根] compete [kəm'pi:t] *vi.* 比赛，竞争

competitor [kəm'petitə] *n.* 竞争者

competition[kɔmpi'tiʃən] *n.* 竞争，竞赛

competitive [kəm'petitiv] *a.* ①竞争的，竞赛的 ②与…不相上下的 ③经得起竞争的

selfishness ['selfiʃnis] *n.* 自私自利

[同根] selfish ['selfiʃ] *a.* 自私的

unselfish [ʌn'selfiʃ] *a.* 不自私的，无欲的，慷慨的

selfishly ['selfiʃli] *ad.* 自私地

trait [treit] *n.* 显著的特点，特性

[同义] quality, characteristic, mark, feature

refer to... as... 把…指称为…，认为…属于…

cynically ['sinikəli] *ad.* 讽刺地，愤世嫉俗地

[同根] cynic ['sinik] *n.* 愤世嫉俗者，犬儒主义者

cynical ['sinikəl] *a.* 讽刺的，愤世嫉俗的

cynicism ['sinisizəm] *n.* 犬儒主义，玩世不恭，冷嘲热讽

inevitability [inˌevitə'biləti] *n.* 必然性

[同根] inevitable [in'evitəbl] *a.* ①无法避免的，必然(发生)的 ②照例必有的，惯常的

inevitably [in'evitəbli] *ad.* 不可避免地

undesirable [ˌʌndi'zaiərəbəl] *a.* 不受欢迎的，令人不快的

[同义] unacceptable, unpleasant, unsatisfactory, unsuitable

[同根] desire [di'zaiə] *n.* ①愿望，欲望 ②要求，请求 ③想要的东西 ④肉欲，情欲 *v.* ①想要，意欲，希望 ②要求，请求

desirable [di'zaiərəbl] *a.* ①值得要的 ②合意的，悦人心意的 ③可取的

greed [gri:d] *n.* 贪欲，贪婪

[同义] desire, lust

[同根] greedy ['gri:di] *a.* ①贪吃的，贪婪的 ②渴望的

skepticism ['skeptisizəm] *n.* (= scepticism) 怀疑，怀疑主义

[同根] skeptic ['skeptik] *n.* (= sceptic) 怀疑论者

skeptical ['skeptikəl] *a.* (= skeptical) 惯于(或倾向于)怀疑的，表示怀疑的 (about)

lie in ①在于 ②待产 ③睡懒觉

evolutionary [ˌi:və'lu:ʃənəri] *a.* 进化的

[同根] evolve [i'vɔlv] *v.* ①(使)演变，(使)进化 ②(使)发展，(使)进展

evolution [ˌi:və'lu:ʃən, ˌevə-] *n.* ①演变，进化 ②进展，发展

evolutionism [ˌi:və'lu:ʃənizəm] *n.* 进化论

evolutionist [ˌi:və'lu:ʃənist] *n.* 进化论者

substance ['sʌbstəns] *n.* ①物质 ②实质,主旨 ③牢固,坚实
[同义] material, matter, stuff, essence
[同根] substantial [səb'stænʃəl] *a.* ①坚固的,坚实的 ②大的,相当可观的 ③富有的 ④实质的, 真实的
substantially [səb'stænʃəli] *ad.* ①坚固地,坚实地 ②相当可观地 ③实质地, 真实地

untenable [ˌʌn'tenəbəl, -tiːn-] *a.* 站不住脚的, 防守不住的, 不能维持的
[同义] indefensible
[同根] tenable ['tenəbl] *a.* 合理的,可防守的,守得住的

precisely [pri'saisli] *ad.* ①准确地,精确地 ②严谨地,刻板地
[同义] accurately, exactly, explicitly
[反义] incorrectly, vaguely
[同根] precise [pri'sais] *a.* ①精确的, 准确的 ②严谨的,刻板的
precision [pri'siʒən] *n.* ①精确, 精密度, 精度 ②严谨,刻板

from a... standpoint 从…观点/角度来看

insight ['insait] *n.* ①洞悉,深刻见解 ②洞察力
[同根] insightful ['insaitful] *a.* 富有洞察力的, 有深刻见解的
[词组] insight into 洞察

选项词汇注释

challenge ['tʃælindʒ] *v.* ①向…挑战,对…质疑 ②刺激,激发 ③需要,要求 *n.* 挑战,艰苦的任务,努力追求的目标
[同义] confront, question, defy, doubt, dispute
[同根] challenging ['tʃælindʒiŋ] *a.* 挑战性的,引起兴趣的,令人深思的,挑逗的

emergence [i'məːdʒəns] *n.* 出现, 显现, 暴露
[同义] appearance
[同根] emerge [i'məːdʒ] *v.* ①浮现,出来 ②(问题、困难等)发生,显现,(事实、意见等)显出,暴露
emergent [i'məːdʒənt] *a.* 出现的 突然出现的, 紧急的
emergency [i'məːdʒnsi] *n.* 紧急情况, 突然事件, 非常时刻 *a.* 紧急情况下使用(出现)的

diverse [dai'vəːs] *a.* 不同的,多变化的
[同义] different, distinct, various
[反义] same, similar
[同根] diversity [dai'vəːsiti] *n.* 差异,各式各样
diversify [dai'vəːsifai] *v.* 使不同,使多样化
divert [dai'vəːt] *v.* ①使转向,使改道 ②转移, 转移…的注意力 ③使娱乐,使消遣
diversion [dai'vəːʃən] *n.* ①转移, 转向 ②消遣,娱乐
divergent [dai'vəːdʒənt] *a.* 有分歧的,不同的

justify ['dʒʌstifai] *v.* ①证明…是正当的 ②为辩护,辩明
[反义] condemn
[同根] just [dʒʌst] *a.* ①公正的,合理的 ②正确的,有充分理由的 ③正直的,正义的
justifiable ['dʒʌstifaiəbl] *a.* 可证明为正当的,有道理的,有理由的
justification [dʒʌstifi'keiʃən] *n.* ①证明为正当,辩护 ②正当的理由

profound [prə'faund] *a.* ①深邃的, 很深的 ②深奥的,渊博的
[反义] shallow

[同根] profoundly [prəˈfaundli] *ad.* 深邃地，深奥地

invaluable [inˈvæljuəbl] *a.* 非常宝贵的,无价的，无法估价的

[同义] precious, priceless, worthwhile

[反义] valueless

[同根] value [ˈvælju:, -ju] *n.* ①价值，估价，评价 ②价格 *v.* 估价，评价，重视

valuable[ˈvæljuəbl] *a.* 贵重的，珍贵的，有价值的

valueless [[ˈvælju:lis] *a.* 没有价值的，毫无用处的

imaginable [iˈmædʒinəbl] *a.* (与最高级形容词或 all, every, only 连用时,放在被修饰词后)可想像的，想得到的

[同根] imagine [iˈmædʒin] *v.* 想像,设想

imagination [iˌmædʒiˈneiʃən] *n.* ①想像力 ②想像，空想

imaginary [iˈmædʒinəri] *a.* 假想的，想像中的，虚构的

imaginative [iˈmædʒinətiv] *a.* ①想像的，虚构的 ②富于想像力的

indefensible [ˌindiˈfensəbl] *a.* 不能防卫的，无辩护余地的

[同义] untenable

[反义] defensible

[同根] defend [diˈfend] *v.* ①防护，防卫 ②辩护

defense [diˈfens] *n.* 防卫，防卫物,辩护

distinguish... from... 辨别…和…

consists of 由…组成

Passage Four

Richard Satava, program manager for advanced medical technologies, has been a **driving force** in bringing **virtual reality** to medicine, where computers create a "virtual" or **simulated environment** for **surgeons** and other medical *practitioners* (从业者).

"With virtual reality we'll be able to put a surgeon in every **trench**," said Satava. He **envisaged** a time when soldiers who are wounded fighting overseas are put in **mobile** surgical units equipped with computers.

The computers would **transmit images** of the soldiers to surgeons back in the U. S. The surgeons would look at the soldier through virtual reality *helmets* (头盔) that **contain** a small screen displaying the image of the wound. The doctors would guide **robotic instruments** in the battlefield mobile surgical unit that operate on the soldier.

Although Satava's **vision** may be years away from standard operating **procedure**, scientists are **progressing** toward virtual reality surgery. Engineers at an international organization in California are developing a **tele-**

operating device. As surgeons watch a **three-dimensional** image of the surgery, they move instruments that are connected to a computer, which passes their movements to robotic instruments that perform the surgery. The computer provides, **feedback** to the surgeon on force, **textures**, and sound.

These technological **wonders** may not yet be part of the **community** hospital setting but increasingly some of the machinery is **finding its way into civilian** medicine. At Wayne State University Medical School, surgeon Lucia Zamorano takes images of the brain from computerized **scans** and uses a computer program to produce a 3-D image. She can then **maneuver** the 3-D image on the computer screen to **map** the shortest, **least invasive** surgical path to the *rumor*（肿瘤）. Zamorano is also using technology that **attaches** a **probe to** surgical instruments so that she can **track** their positions. While cutting away a tumor deep in the brain, she watches the movement of her surgical tools in a computer **graphics** image of the patient's brain taken before surgery.

During these procedures—operations that are done through small cuts in the body in which a **miniature** camera and surgical tools are maneuvered—surgeons are wearing 3-D glasses for a better view. And they are commanding robot surgeons to cut away **tissue** more accurately than human surgeons can.

Satava says, "We are **in the midst of** a **fundamental** change in the field of medicine."

文章词汇注释

driving force 推动力,驱动力

virtual reality 虚拟现实

simulated ['simjuleitid] *a.* 模拟的

[同义] imitated

[同根] simulate ['simjuleit] *v.* ①模仿,模拟 ②假装,冒充

simulation [ˌsimju'leiʃən] *n.* ①模仿,模拟 ②假装,冒充

environment [in'vaiərənmənt] *n.* ①周围环境 ②自然环境

[同义] surroundings, setting, background

[同根] environmental [inˌvaiərən'mentəl] *a.* 周围的,环境的

surgeon ['səːdʒən] *n.* 外科医生

[同根] surgery ['səːdʒəri] *n.* 外科,外科学,手术

surgical ['səːdʒikəl] *a.* 外科的,外科手术的

trench [trentʃ] *n.* 战壕,沟渠 *v.* 掘沟,挖战壕

[同义] channel, ditch, dugout

envisage [in'vizidʒ, en-] *v.* 想像,构想

[同义] conceive

[同根] visage [ˈvizidʒ] *n.* 面貌，容貌

mobile [ˈməubail] *a.* ①可移动的，活动的 ②能快速移动的，机动的 ③易变的 *n.* 运动物体

[同义] movable, changeable, fluid

[反义] immobile

[同根] mobility [məuˈbiliti] *n.* ①机动性 ②流动性，移动性

transmit [trænzˈmit] *v.* ①传送，传递 ②播送，发送 ③传染，传播

[同义] dispatch, forward, send over, transfer

[同根] transmission [trænzˈmiʃən] *n.* ①发送，传送，传输 ②播送，发送

image [ˈimidʒ] *n.* ①(头脑中的)形象，概念，象征，化身 ②像，肖像，塑像，偶像 ③比喻 ④生动的描绘 *v.* ①作…的像，造像 ②想像，形象地描绘 ③反映，放映

[同义] picture, reflection, representation

[同根] imagery [ˈimidʒəri] *n.* ①(总称)像，肖像，塑像，偶像 ②塑像术，雕像术 ③(总称)意象，比喻

contain [kənˈtein] *v.* ①包含 ②容纳 ③抑制，克制

[同根] container [kənˈteinə] *n.* ①容器 ②集装箱，货柜

containment [kənˈteinmənt] *n.* ①控制，抑制 ②遏制，遏制政策

robotic [rəuˈbɔtik] *a.* 自动的，机器人的

[同根] robot [ˈrəubɔt, ˈrɔbət] *n.* 机器人，遥控设备

instrument [ˈinstrumənt] *n.* ①器械，器具 ②仪器，仪表 ③手段

[同义] apparatus, appliance, device

[同根] instrumental [ˌinstruˈmentl] *a.* ①器具的，机械的 ②作为手段(工具)的，有帮助的，起作用的

vision [ˈviʒən] *n.* ①想像，幻想，幻影 ②视力，视觉 ③远见，洞察力，想像力

[同义] illusion, image, sight, eyesight

[同根] visible [ˈvizəbl] *a.* 看得见的

visionary [ˈviʒənəri] *a.* ①不切实际的，空幻的 ②爱幻想的

visual [ˈviʒuəl] *a.* 视力的，视觉的，看得见的

procedure [prəˈsiːdʒə] *n.* ①程序，手续，步骤 ②常规，办事惯例

[同义] course, step, way

[同根] proceed [prəˈsiːd] *v.* ①(尤指停顿或打断后)继续进行，继续做下去 ②进行，举行，开展 ③进而做，开始做

process [ˈprəuses] *n.* ①过程，进行 ②程序，步骤 *v.* 加工，处理

procession [prəˈseʃən] *n.* ①行列，队伍 ②(队列的)行进 ③接续，连续

progress [ˈprəugres] *n.* & *v.* 前进，进步，发展

tele-operating device 远程操作装置

three-dimensional 三维的

feedback [ˈfiːdbæk] *n.* 反馈，反应

texture [ˈtekstʃə] *n.* ①组织，构造，结构 ②(织品的)质地，纹理

[同义] tissue, composition, structure

[同根] textile [ˈtekstail] *n.* 纺织品，织物 *a.* 纺织的，织物的

wonder [ˈwʌndə] *n.* 奇迹，奇事，惊奇，惊讶 *v.* 感到惊讶，感到诧异(at)，感到疑惑，想知道

[同义] miracle, surprise, amazement

[词组] no (或 little, small, what) wonder 难怪，怪不得

community [kəˈmjuːniti] *n.* ①(由同住于一地、一地区或一国的人所构成的)社

会,社区 ② 由同宗教,同种族,同职业或其他共同利益的人所构成的团体 ③共享,共有,共用

[同义] society,colony

find one's way into 设法到达,进入

civilian [si'viljən] *a.* 民用的,平民的 *n.* 平民,百姓

[同根] civil ['sivəl] *a.* ①公民的 ②政府的 ③国内的,国民的,民间的 ④非军事的,文职的

civilize ['sivilaiz] *v.* ①使文明,使开化 ②教导,使文雅

civilization [ˌsivilai'zeiʃən,-li'z-] *n.* ①文明,文明社会 ②开化,教化

scan [skæn] *n.* ①扫描 ②细看,审视 ③粗略一看,浏览 *v.* ①扫描 ②细看,反复查看,审视 ③粗略地看,浏览,快读

maneuver [mə'nu:və] (= manoeuvre) *v.* ①(敏捷或巧妙地)操纵,控制 ②调动,调遣 ③诱使,策划 *n.* ①调动,调遣,机动 ②演习 ③策略

[同义] conduct, conspire, scheme

[同根] manoeuvrable [mə'nu:vrəbəl] *a.* 可调动的,机动的,操纵灵活的

manoeuvrably [mə'nu:vrəbli] *ad.* 机动地

map [mæp] *v.* ①绘制…地图,在地图上标出… ②详细安排,筹划 *n.* 地图,图

least [li:st] *a.* 最少的,最小的,最不重要的,最轻微的

invasive [in'veisiv] *a.* ①(对健康肌体组织等)侵袭的,扩散的 ②入侵的,侵略的

[同根] invade [in'veid] *v.* ①侵略,侵略,攻击 ②侵犯,侵害 ③(疾病、声音、感情等的)侵袭

invasion [in'veiʒən] *n.* ①侵略,侵略,攻击 ②侵犯,侵害 ③(疾病、声音、感情等的)侵袭

attach... to... 将…附在(贴在或系在)…上

probe [prəub] *n.* ①探针,探子 ②探索,探测装置 ③探查,调查,探测 *v.* ①(以探针等)探查,查明,用或似用探针进行探测 ②进行探索性的调查

track [træk] *v.* 追踪,跟踪 *n.* ①足迹,痕迹 ②小路,小径 ③轨道,铁轨 ④路线,轨迹

[同义] trace

[词组] track down 追踪、搜索而发现

track out 借研究踪迹痕迹而找到

on the track of 追踪

keep/lose track of 与…保持(失去)联系,跟上(跟不上)…

off the track 出轨,离题,离谱,误入歧途

on/from the wrong side of the tracks 在(来自)社会底层,出身贫寒

graphics ['græfiks] *n.* ①(作单数用)工程制图,制图计算 ②制图法,制图学

[同根] graph [grɑ:f] *n.* 图表,曲线图

graphic ['græfik] *a.* 图解的

miniature ['minətʃə] *a.* 微型的,缩小的 *n.* 缩小的模型,缩图,缩影

[同义] minute, small, tiny

tissue ['tisju:] *n.* ①[生]组织 ②薄的织物 ③面巾纸,卫生纸

in the midst of 在…中间

fundamental [ˌfʌndə'mentəl] *a.* 基础的,根本的

[反义] superficial

[同根] found [faund] *v.* 建立,创立

文章词汇注释

application [ˌæpliˈkeiʃən] *n.* ①应用,运用 ②请求,申请,申请表 ③用法,用途

[同根] apply [əˈplai] *v.* ①(to)应用,使用,运用 ②(for)申请,请求 ③使(自己)致力于,使(注意力等)专注于 ④涂,敷

applied [əˈplaid] *a.* 应用的,实用的

applicant [ˈæplikənt] *n.* 申请人

appliance [əˈplaiəns] *n.* (用于特定目的的)器具,器械,装置

physically [ˈfizikəli] *ad.* ①实际上,真正地 ②身体上 ③按自然规律

[同根] physics [ˈfiziks] *n.* 物理学

physician [fiˈziʃən] *n.* 医生,内科医生

physical [ˈfizikəl] *a.* ①(与思想、精神相对的)物质的 ②自然的,按自然法则的 ③身体的,肉体的 ④物理(学)的

have visions of... 想像到…

remote-control [riˈməut kənˈtrəul] *n.* 遥控,遥控装置,遥控操作

precision [priˈsiʒən] *n.* ①精确,精密度,精度 ②严谨,刻板

[同义] exactness, accuracy

[同根] precise [priˈsais] *a.* ①精确的,准确的 ②严谨的,刻板的

by means of... 借助…,依靠…

linked to 和…相连接的

angle [ˈæŋgl] *n.* ①[数]角 ②观点,看法,角度

magnify [ˈmægnifai] *v.* ①放大,扩大 ②夸大,夸张

[同义] enlarge, exaggerate, expand

[反义] minify, diminish, reduce

[同根] magnification [ˌmægnifiˈkeiʃən] *n.* 放大,放大倍率

magnifier [ˈmægnifaiə] *n.* 放大镜,放大器

conventional [kənˈvenʃənəl] *a.* ①惯例的,常规的 ②习俗的,传统的

[同义] traditional, usual, accepted, customary

[同根] convention [kənˈvenʃən] *n.* ①习俗,惯例 ②大会

conventionally [kənˈvenʃənli] *ad.* 按照惯例

recover [riˈkʌvə] *v.* ①恢复,(使)身体复原,使恢复原状 ②寻找回,重新获得 ③挽回,弥补

[同义] heal

[同根] recovery [riˈkʌvəri] *n.* ①恢复,复原 ②收回,取回 ③(经济)复苏

tedious [ˈtiːdiəs] *a.* 单调乏味的,沉闷的

[同义] boring, dreary, tiresome, monotonous

[反义] exciting

[同根] tediousness [ˈtiːdiəsnis] *n.* 沉闷,单调,乏味

tediously [ˈtiːdiəsli] *ad.* 沉闷地,冗长而乏味地

Reading Comprehension 2004.6

Passage One

It was the worst **tragedy** in *maritime* (航海的) history, six times more **deadly** than the Titanic.

When the German **cruise ship** Wilhelm Gustloff was hit by *torpedoes* (鱼雷) fired from a Russian **submarine** in the final winter of World War II, more than 10,000 people—mostly women, children and old people **fleeing** the final Red Army **push into** Nazi Germany—were **packed aboard**. An ice storm had turned the **decks** into frozen sheets that sent hundreds of families **sliding into** the sea as the ship **tilted** and began to go down. Others **desperately** tried to put lifeboats down. Some who succeeded **fought off** those in the water who had the strength to try to **claw their way aboard**. Most people froze immediately. "I'll never forget the **screams**," says Christa Ntitzmann, 87, one of the 1,200 **survivors**. She recalls watching the ship, brightly lit, **slipping into** its dark grave, and into **seeming** nothingness, rarely mentioned for more than half a century.

Now Germany's Nobel Prize-winning author Gtinter Grass has **revived** the memory of the 9,000 dead, including more than 4,000 children—with his latest novel *Crab Walk*, published last month. The book, which will be out in English next year, doesn't **dwell on** the sinking, its **heroine** is a **pregnant** young woman who survives the **catastrophe** only to say later: "Nobody wanted to hear about it, not here in the West (of Germany) and not at all in the East." The reason was obvious. As Grass **put** it in a recent **interview** with the weekly Die Woche: "Because the crimes we Germans **are responsible for** were and are so **dominant**, we didn't have the energy left to **tell of** our own sufferings."

The long silence about the sinking of the Wilhelm Gustloff was probably unavoidable and necessary. By **unreservedly owning up to** their country's **monstrous** crimes in the Second World War, Germans have managed to win acceptance abroad, *marginalize* (使…不得势) the **neo-Nazis** at home and **make peace with** their neighbors. Today's **unified** Germany is more **prosperous** and **stable** than at any time in its long, troubled history.

For that, a half century of **willful** forgetting about painful memories like the German Titanic was perhaps a reasonable price to pay. But even the most politically correct Germans believe that they've now earned the right to discuss the full historical record. Not to **equate** German suffering **with** that of its **victims**, but simply to **acknowledge** a terrible tragedy.

文章词汇注释

tragedy [ˈtrædʒidi] ***n.*** ①不幸，灾难 ②悲剧

[反义] comedy

[同根] tragic [ˈtrædʒik] ***a.*** 悲惨的，悲剧的

tragical [ˈtrædʒikəl] ***a.*** (=tragic)

tragically [ˈtrædʒikəli] ***ad.*** 悲剧地，悲惨地

tragedian [trəˈdʒiːdiən] ***n.*** 悲剧演员，悲剧作家

deadly [ˈdedli] ***a.*** ①致命的 ②敌对的，势不两立的 ③死一般的 ***ad.*** 极度地

[同义] fatal

[同根] die [dai] ***v.*** ①死亡 ②消逝，熄灭 ③渴望

death [deθ] ***n.*** ①死，死亡，致死的原因 ②毁灭，消灭

dcad [ded] ***a.*** ①死的 ②无生命的，无活动的 ③不通行的 ④麻木的，无感觉的 ***ad.*** 完全地，绝对地，突然地

cruise ship [kruːz ʃip] ***n.*** 游船

submarine [ˈsʌbməriːn, sʌbməˈriːn] ***n.*** 潜水艇，潜艇 ***a.*** 水下的，海底的

[同根] marine [məˈriːn] ***n.*** ①舰队，水兵 ②海运业 ***a.*** ①海的，海产的 ②海运的，船舶的，海军的

flee [fliː] ***v.*** ①逃离，逃避 ②逃跑，逃走

[同义] disappear, run away

push into 涌入

pack [pæk] ***v.*** ①使挤在一起，挤满，塞满 ②把…打包，把…装箱 ***n.*** ①包裹 ②背包，包装 ③一群，一副

aboard [əˈbɔːd] ***ad.*** 在船(飞机、车)上，上船(飞机、车) ***prep.*** 在(船、飞机、车)上，上(船、飞机、车)

[同根] board [bɔːd] ***n.*** ①甲板 ②木板 ③膳食费用

deck [dek] ***n.*** 甲板，舰板 ***v.*** 装饰，修饰，打扮，装甲板

slide into 滑入

tilt [tilt] ***v.*** (使)倾斜，(使)倾侧 ***n.*** 倾斜，倾侧

[同义] incline, lean, slope

[词组] at full tilt 全速地，用力地

desperately [ˈdespəritli] ***ad.*** 拼命地，绝望地

[同义] franticly, madly, recklessly

[同根] desperate [ˈdespərit] ***a.*** ①绝望的，不顾一切的 ②孤注一掷的，拼死的 ③艰难的，危难的 ④极度渴望的

desperation [ˌdespəˈreiʃən] ***n.*** 绝望

fight off 击退，竭力摆脱

claw one's way aboard 用手抓住船费力地上船

scream [skriːm] ***n.*** ①尖叫声，惊叫声 ②尖锐刺耳的声音 ③极其滑稽的人或事 ***v.*** ①(因恐惧、痛苦等)尖叫 ②(机器、汽笛等)发出尖锐刺耳的声音 ③(风)呼啸 ④强烈要求

[同义] cry, howl, shout, shriek

[反义] whisper
[同根] screaming ['skri:miŋ] *a.* ①尖叫的 ②令人惊愕的 ③引人捧腹大笑的
[词组] scream for 强烈要求
scream out 大叫

survivor [sə'vaivə] *n.* 幸存者
[同根] survive [sə'vaiv] *v.* ①幸存,幸免于 ②比…活得长
survival [sə'vaivəl] *n.* 幸存（者），残存（物）

slip into 滑入

seeming ['si:miŋ] *a.* 表面上的,似乎的,仿佛的 *n.* 外观,外貌
[同根] seemingly ['si:miŋli] *ad.* 表面上,外观上

revive [ri'vaiv] *v.* ①重新忆起,重新唤起 ②(使)复苏 ③使恢复精力,使复原
[同义] refresh, renew, restore
[同根] revival [ri'vaivəl] *n.* ①苏醒，复活 ②(精力、活力等的)重振,(健康、生机等的)恢复 ③复兴，重新流行

dwell on ①详述,强调 ②老是想着 ③(眼光等)停留在,凝视

heroine ['herəuin] *n.* ①女主人公，女主角 ②女英雄
[同根] hero ['hiərəu] *n.* ①男主人公，男主角 ②英雄

pregnant ['pregnənt] *a.* ①怀孕的 ②重要的，富有意义的
[同根] pregnancy ['pregnənsi] *n.* 怀孕

catastrophe [kə'tæstrəfi] *n.* 大灾难，大祸
[同义] calamity, disaster, misfortune, tragedy
[同根] catastrophic [ˌkætə'strɔfik] *a.* 悲惨的，灾难的

put [put] *v.* 叙述，表达，表述

interview ['intəvju:] *n.* ①采访，接见，会见 ②面试 *v.* 访问，接见，会见
[同根] interviewer ['intəvju:ə(r)] *n.* 接见者,采访者,(对应试者)进行面试者
interviewee [intəvju:'i:] *n.* 被接见者，被访问者,被采访者,被面试者

be responsible for... 对…负责,形成…的原因

dominant ['dɔminənt] *a.* ①(在数量、分布等方面)占首位的,主要的 ②占优势的,支配的,统治的
[同义] predominant
[同根] dominate ['dɔmineit] *v.* ①支配，统治，占优势 ②在…占首要地位
domination [dɔmi'neiʃən] *n.* 统治，支配主宰
dominance ['dɔminəns] *n.* 优势，统治地位,最高权力,最高地位

tell of/about 讲述

unreservedly [ˌʌnri'zə:vidli] *ad.* 坦白地，不隐瞒地
[同根] reserve [ri'zə:v] *v.* ①保留,储备 ②预定，定 ③保存，保留 *n.* ①储备(物)，储备量 ②(常作复数)藏量,储量
reservation [ˌrezə'veiʃən] *n.* ①预定,预约 ②保留，保留意见,异议 ③(公共)专用地,自然保护
reserved [ri'zə:vd] *a.* ①储备的 ②保留的,预定的 ③有所保留的,克制的 ④拘谨缄默的,矜持寡言的
unreserved [ˌʌnri'zə:vd] *a.* 坦白的，不隐瞒的

own up to 坦白地承认,供认

monstrous ['mɔnstrəs] *a.* ①丑恶的,耸人听闻的 ②怪异的,丑陋的 ③巨大的,庞大的
[同义] horrible, shocking, deformed,

dreadful

[同根] monster [ˈmɔnstə] *n.* ①怪物，怪兽 ②巨人,巨兽 ③丧失人性的人 ④畸形的动物或植物,丑八怪

neo-Nazi [ˌniːəuˈnɑːtsiː] *n.* 新纳粹势力

make peace with 与…重新和好,与…讲和

unified [ˈjuːnifaid] *a.* ①统一的 ②统一标准的，一元化的

[同义] combined，consolidated，united

[同根] unify [ˈjuːnifai] *v.* ①统一，使成一体 ②使相同,使

unite [ju(ː)ˈnait] *v.* ①(使)联合，团结 ②(使)接合,混合 ③使结婚

unification [ˌjuːnifiˈkeiʃən] *n.* 统一，合一,一致

unity [ˈjuːniti] *n.* 团结，联合，统一,一致

union [ˈjuːnjən] *n.* 联合，合并，结合，联盟，协会

prosperous [ˈprɔspərəs] *a.* ①繁荣的，昌盛的，成功的,富足的 ②有利的,吉利的,幸运的

[同义] affluent，flourishing，successful，wealthy

[同根] prosper [ˈprɔspə] *v.* ①成功，兴隆，昌盛 ②使昌隆，使繁荣

prosperity [prɔˈsperiti] *n.* ①繁荣,昌盛，成功,富足 ②茂盛,茁壮成长

prosperously [ˈprɔspərəsli] *ad.* 繁荣地，幸运地

stable [ˈsteibəl] *a.* 稳定的,坚固的

[同义] firm，steady

[反义] unstable

[同根] stability [stəˈbiliti] *n.* 稳定,稳固，稳定性

willful [ˈwilful] *a.* ①故意的,存心的 ②任性的，固执的

[同义] deliberate，intentional，voluntary

[同根] will [wil] *n.* 意志，决心，意向，遗嘱

willing [ˈwiliŋ] *a.* ①乐意的，自愿的 ②积极肯干的，反应迅速的 ③出于自愿的

willfully [ˈwilfuli] *ad.* ①故意地,存心地 ②任性地，固执地

willingly [ˈwiliŋli] *ad.* 原意地,出于自愿地

equate. . . with ①认为…和…相等 ②显示…和…的密切关系

victim [ˈviktim] *n.* 受害人，牺牲者，牺牲品

[同义] loser，prey

acknowledge [əkˈnɔlidʒ] *v.* ①承认,认为…属实 ②就…表示谢忱，报偿

[同义] accept，admit，concede，grant

[反义] deny，disregard，ignore

[同根] acknowledged [əkˈnɔlidʒd] *a.* 公认的，得到普遍承认的

acknowledg(e)ment [əkˈnɔlidʒmənt] *n.* ①承认 ②答谢的表示，(作者的)致谢，鸣谢

选项词汇注释

maritime [ˈmæritaim] *a.* 海上的，海事的，海运的，海员的

[同根] marine [məˈriːn] *n.* ①舰队，水兵 ②海运业 *a.* ①海的，海产的 ②海运的，船舶的，海军的

submarine [ˈsʌbməriːn, sʌbməˈriːn] *n.* 潜水艇，潜艇 *a.* 水下的，海底的

casualty [ˈkæʒuəlti] *n.* ①(常作 casualties)伤亡人员 ②(事故、灾难等的)死者，伤者,损失 ③不幸事故,意外

[同义] victim, injured person, wounded person, disaster

lean toward... 朝…方向倾斜,倾向于…

feel guilty for 为…感到内疚的,有过失的

pressure [ˈpreʃə(r)] *v.* 向…施加压力,迫使 *n.* ①压,按 ②压力,压强 ③压力,强制 ④气压

[同义] force, influence

[反义] relaxation, relief, ease

[同根] press [pres] *v.* ①(常与 on, upon 连用)迫使,进逼(与 for 连用) ②压,按,推,挤压,榨取 ③敦促,力劝

[词组] under pressure 被迫,在强制下

offend [əˈfend] *v.* ①冒犯,得罪,使…生气 ②违反,违犯

[同义] disgust, displease

[反义] appease, defend

[同根] offense [əˈfens] *n.* ①犯法行为,罪行,过错 ②冒犯,得罪,伤感情

offender [əˈfendə] *n.* 冒犯者,犯法的人

offensive [əˈfensiv] *a.* 冒犯的,无礼的,唐突的

present [priˈzent] *v.* ①陈述,描绘,引见,介绍 ②赠送,呈献 ③提出,递交 ④呈现,表现

[ˈprezənt] *n.* ①礼物,赠品 ②目前,现在 *a.* ①出席的,到场的 ②现在的,目前的

[同义] describe, give, display, introduce

[同根] presentation [ˌprezenˈteiʃən] *n.* ①介绍 ②陈述 ③赠送 ④表演

describe [diˈskraib] *v.* 描写,描述,形容

[同根] description [disˈkripʃən] *n.* 描写,描述,记述

descriptive [diˈskriptiv] *a.* 描述的,起描述作用的

[词组] describe... as... 把…描述为…

depict [diˈpikt] *v.* 描述,描写

[同义] describe, illustrate, picture, portray

[同根] depiction[diˈpiktʃən] *n.* 描写,叙述

commit [kəˈmit] *v.* ①犯(罪),做(错事、坏事、傻事等) ②把…托付给,把…提交 ③使承担义务,使做出保证

[同根] commitment [kəˈmitmənt] *n.* ①承诺,许诺,保证,承担的义务 ②献身参与,介入 ③托付,交托 ④信奉,支持

misdeed [ˌmisˈdiːd] *n.* 罪行,犯罪

[同义] wrongdoing

[同根] deed [diːd] *n.* ①行为,事情 ②功绩,杰出成就 ③契约,证书

Passage Two

Given the lack of fit between gifted students and their schools, it is not surprising that such students often have little good to say about their school experience. In one study of 400 adults who had achieved **distinction** in all areas of life, researchers found that three-fifths of these **individuals** either did badly in school or were unhappy in school. Few MacArthur Prize fellows, winners of the MacArthur Award for creative **accomplishment**, had good things to say about their **precollegiate** schooling if they had not been placed in advanced programs. *Anecdotal*(名人轶事) reports support this.

Pablo Picasso, Charles Darwin, Mark Twain, Oliver Goldsmith, and William Butler Yeats all disliked school. So did Winston Churchill, who almost **failed out of** Harrow, an **elite** British school. About Oliver Goldsmith, one of his teachers **remarked**, "Never was so dull a boy." Often these children realize that they know more than their teachers, and their teachers often feel that these children are **arrogant**, **inattentive**, or **unmotivated**.

Some of these gifted people may have done poorly in school because their gifts were not **scholastic**. Maybe we can **account for** Picasso in this way. But most **fared** poorly in school not because they lacked ability but because they found school **unchallenging** and **consequently** lost interest. Yeats described the lack of fit between his mind and school: "Because I had found it difficult to **attend to** anything less interesting than my own thoughts, I was difficult to teach." As noted earlier, gifted children of all kinds tend to be **strong-willed nonconformists**. Nonconformity and **stubbornness** (and Yeats's level of arrogance and **self-absorption**) are likely to lead to **conflicts** with teachers.

When highly gifted students in any **domain** talk about what was important to the development of their abilities, they are far more likely to mention their families than their schools or teachers. A writing *prodigy*（神童）studied by David Feldman and Lynn Goldsmith was taught far more about writing by his **journalist** father than his English teacher. High-IQ children, in Australia studied by Miraca Gross had much more **positive** feelings about their families than their schools. About half of the mathematicians studied by Benjamin Bloom had little good to say about school. They all did well in school and took honors classes when **available**, and some **skipped** grades.

文章词汇注释

given 考虑到

distinction [dis'tiŋkʃən] *n.* ①荣誉，声望 ②区分，辨别 ③特征，特点 ④差别，不同，对比

[同根] distinct [di'stiŋkt] *a.* ①有区别的，不同的 ②明显的，清楚的 ③明确的，确切的 ④显著的，难得的

distinctive [di'stiŋktiv] *a.* 特殊的，特别的，有特色的

distinguish [di'stiŋgwiʃ] *v.* ①区分，辨别 ②辨别出，认出 ③使区别于它物 ④(oneself)使杰出，使著名

distinguished [di'stiŋgwiʃt] *a.* ①卓越的，杰出的 ②高贵的，地位高的

individual [ˌindi'vidʒuəl] *n.* 人，个人 *a.* ①个人的，个体的，单独的 ②独特的，个性的
[同义] personal, separate, single, special
[反义] entire, general, whole
[同根] individualism [indi'vidʒuəlizəm] *n.* ①个人主义，利已主义 ②个性，独特性
individually [indi'vidʒuəli] *ad.* 个别地，逐一地

accomplishment [ə'kɔmpliʃmənt] *n.* ①成就，成绩 ②[常作～s]造诣，技能 ③完成，实现
[同义] achievement, completion
[同根] accomplish [ə'kʌmpliʃ] *v.* ①达到（目的），完成（任务），实现（计划、诺言等）②做到，做成，走完（距离等），度完（时间）
accomplished [ə'kʌmpliʃt] *a.* ①完成了的，已实现的 ②熟练的，有造诣的，有才艺的

precollegiate [prikə'li:dʒiit] *a.* 上大学前的

fail out of... 没能通过考试而从…辍学

elite [ei'li:t] *a.* 杰出的，卓越的 *n.* ①出类拔萃的人(集团)，精英 ②上层人士，掌权人物，实力集团

remark [ri'mɑ:k] *v.* ①评论，议论（on, upon）②注意到，觉察 *n.* ①话语，评论 ②注意，察觉
[同义] comment, mention
[同根] remarkable [ri'mɑ:kəbəl] *a.* ①不平常的，非凡的 ②值得注意的，显著的
remarkably [ri'mɑ:kəbəli] *ad.* ①非常地 ②显著地，引人注目地

arrogant ['ærəgənt] *a.* 傲慢的，自大的
[同义] proud
[反义] humble, modest
[同根] arrogance ['ærəgəns] *n.* 傲慢，自大
arrogantly ['ærəgəntli] *ad.* 自大地，傲慢地

inattentive [ˌinə'tentiv] *a.* 不专心的
[同义] distracted, negligent
[同根] attention [ə'tenʃən] *n.* ①注意，关心，关注，注意力 ②(口令)立正
attentive [ə'tentiv] *a.* 注意的，专心的，留意的

unmotivated [ʌn'məutiveitid] *a.* 目的（动机）不明的，没有积极性的
[同根] motive ['məutiv] *n.* 动机，目的
motivate ['məutiveit] *v.* ①使有动机 ②激发…的积极性，促使
motivated ['məutiveitid] *a.* ①有动机的 ②有积极性的
motivation [ˌməuti'veiʃən] *n.* ①提供动机，激发积极性 ②动力，诱因
motivational [ˌməuti'veiʃənəl] *a.* ①动机的，有关动机的 ②激发积极性的

scholastic [skə'læstik] *a.* ①学究气的，教条的 ②学校的，学校教育的
[同义] pedantic, academic
[同根] scholar ['skɔlə] *n.* 学者
scholarship ['skɔləʃip] *n.* ①奖学金 ②学问，学识

account for ①解释，说明 ②(在数量或比例上)占

fare [fɛə] *v.* 进展，进步，生活 *n.* ①(车，船等)费 ②伙食，饮食

unchallenging [ˌʌn'tʃælindʒiŋ] *a.* 没有挑战性的，没有吸引力的
[同义] undemanding
[同根] challenge ['tʃælindʒ] *n.* 挑战，艰苦的任务，努力追求的目标 *v.* ①向…挑战，对…质疑，公然反抗 ②刺激，激发 ③需要，要求
challenger ['tʃælindʒə(r)] *n.* 挑战者

challenging ['tʃælindʒiŋ] *a.* ①有挑战性的 ②有吸引力的

consequently ['kɔnsikwəntli] *ad.* 从而，因此

[同义] accordingly, as a result, hence, therefore

[同根] consequence ['kɔnsikwəns] *n.* ①结果，后果 ②因果关系 ③推理，推论 ④重要，重大，显要，卓越

consequent ['kɔnsikwənt] *a.* ①作为结果的，随之发生的 ②合理的，合乎逻辑的

attend to ①专心于，致力于 ②注意，留神地看 ②照顾，处理

strong-willed 意志坚强的，固执己见的

nonconformist [ˌnɔnkən'fɔmist] *n.* ①不遵照准则(或规范)的人 ②不遵奉英国国教的基督新教徒

[同根] conform [kən'fɔːm] ①(to, with) 顺从，遵照，适应 ②相似，一致，符合

conformation [ˌkənfɔː 'meiʃən] *n.* ①结构，构造，组成 ②一致，符合

conformity [kən'fɔːmiti] *n.* ①(to, with) 一致，符合 ②(to, with)遵守

nonconformity [ˌnɔnkən'fɔːmiti] *n.* 不遵照准则(或规范)

conformist [kən'fɔːmist] *n.* 遵奉习俗者，顺从的人，墨守成规的人

stubbornness ['stʌbənnis] *n.* 倔强，顽强

[同义] persistence

[同根] stubborn ['stʌbən] *a.* ①顽固的，固执的 ②顽强的，坚持的 ③难应付的，难处理的

stubbornly ['stʌbənli] *ad.* 倔强地，顽固地

self-absorption [ˌselfəb'sɔːpʃən] *n.* 自我专注

[同根] absorb [əb'sɔːb] *v.* ①吸引，使着迷 ②吸收

absorption [əb'sɔːpʃən] *n.* ①吸引，着迷 ②吸收

conflict ['kɔnflikt] *n.* ① 冲突，抵触，争论 ②战斗，斗争

[kən'flikt] *v.* ①抵触，冲突 ②战斗，斗争

[同义] fight, battle, clash, struggle

[同根] conflicting [kən'fliktiŋ] *a.* 相冲突的，不一致的，相矛盾的

[词组] be in conflict with... 与…相冲突

domain [dəu'mein] *n.* ①(活动、思想等)领域，范围 ②领地，势力范围

[同义] field, realm, sphere

journalist ['dʒəːnəlist] *n.* 新闻记者，从事新闻杂志业的人

[同根] journal ['dʒəːnəl] *n.* ①杂志，刊物，日报 ②航海日志，日记，日志

journalism ['dʒəːnəlizəm] *n.* 新闻业，新闻学

positive ['pɔzətiv] *a.* ①积极的，建设性的 ②确定的，确实的 ③有把握的，确信的，肯定的

[同义] absolute, assured, convinced, definite

[反义] negative

available [ə'veiləbəl] *a.* ①可得到的，可取得联系的 ② 现成可使用的，在手边的，可利用的

[同根] avail [ə'veil] *v.* 有用于，有助于 *n.* [一般用于否定句或疑问句中] 效用，利益，帮助

availability [əˌveilə'biliti] *n.* 利用(或获得)的可能性，有效性

availably [ə'veiləbli] *ad.* 可得到地，可利用地

skip [skip] *v.* ①跳级 ②跳，蹦，跳跃 ③急速改变 ④跳读，遗漏 *n.* 跳跃

选项词汇注释

satisfy the needs of... 满足…的需要

be incapable of doing sth. 不能做…，不会做…，无能力做…

cater for 迎合，提供

enroll [in'rəul] *v.* ①招收 ②登记

[同义] enlist, recruit, register, join

[同根] enrollment [in'rəulmənt] *n.* ①登记，注册 ②入伍，入会，入学

quote [kwəut] *v.* 引用，引述

[同义] cite, echo, refer to, repeat

[同根] quotation [kwəu'teiʃən] *n.* 引用语

illustrate ['iləstreit] *v.* ①举例或以图表等说明 ②加插图于

[同义] clarify, demonstrate, explain

[同根] illustration [ˌiləs'treiʃən] *n.* ①举例或以图表等说明，例证 ② 图表，插图

dull [dʌl] *a.* ①愚钝的，感觉或理解迟钝的 ②乏味的，单调的 ③隐约不明显的 *v.* ①使迟钝 ②使阴暗 ③缓和 ④减少

[同义] stupid, boring, flat, uninteresting

[反义] clever, bright, clear, exciting, sharp

[同根] dullness ['dʌlnis] *n.* ①钝度 ②迟钝

dullhead ['dʌlhed] *n.* 傻瓜，笨蛋

dully [dʌli] *ad.* ①钝地，迟钝地 ②不清楚地

performance [pə'fɔːməns] *n.* ①成绩，性能 ②履行，执行 ③ 表演，演奏

[同义] accomplishment, presentation

[同根] perform [pə'fɔːm] *v.* 履行，执行，表演，演出

contradict [kɔntrə'dikt] *v.* ①与…发生矛盾，与…抵触 ②反驳，否认…的真实性

[同义] oppose, deny, dispute,

[反义] acknowledge, admit, recognize

[同根] contradiction [ˌkɔntrə'dikʃən] *n.* ①反驳，驳斥 ②矛盾，不一致

contradictory [ˌkɔntrə'diktəri] *a.* ①矛盾的，相互对立的 ②好反驳的，爱争辩的

contradictive [ˌkɔntrə'diktiv] *a.* ①矛盾的，相互对立的 ②好反驳的，爱争辩的

cope with 处理，应付

in the presence of... 在…面前

attribute... to... 把…归因于…

parental [pə'rentəl] *a.* 父母亲的，做双亲的

instruction [in'strʌkʃən] *n.* ①教育，讲授，教诲，教导 ②命令，指示 ③用法说明(书)，操作指南

[同义] teaching, training, education, coaching

[同根] instruct [in'strʌkt] *v.* ①教，讲授，训练，指导 ②指示，命令，吩咐 ③通知，告知

instructor [in'strʌktə] *n.* ①教员，教练，指导者 ②大学讲师

instructive [in'strʌktiv] *a.* ①有教育意义的，有启发性的 ②增进知识的，教训开导的

[词组] ask for instruction 请示

give instruction in 讲授

coaching [kəutʃiŋ] *n.* 辅导，指导

[同义] teaching, training

[同根] coach [kəutʃ] *v.* ① 训练，指导，辅导 ②当教练，当私人辅导员 *n.* ①教练，私人教师 ② 长途公共汽车 ③ 四轮大马车

systematic [ˌsisti'mætik] *a.* 系统的，体系的

[同义] orderly

[同根] system ['sistəm] *n.* ①系统 ②体系，制度，方法，体制 ③秩序，规律

systematically [sistə'mætikəli] *ad.* 系统地，有系统地

inspire [in'spaiə] *v.* ①鼓舞，激励 ②(在…心中)激起，唤起(某种思想，情感)(in) ③引起，促成 ④驱使，促使 ⑤赋予灵感

[同义] encourage, influence, prompt

[同根] inspiring [in'spaiəriŋ] *a.* ①启发灵感的 ②鼓舞人心的

inspired [in'spaiəd] *a.* 在灵感支配下(写)的，凭灵感的

inspiration [ˌinspə'reiʃən] *n.* ①灵感 ②鼓舞人心的人(或事物) ③妙计，好办法

inspirational [ˌinspə'reiʃənəl] *a.* 鼓舞人心的，有鼓舞力量的

[词组] inspire confidence (hope, enthusiasm, distrust) in sb. 激发某人的信心(希望，热情，疑虑)

inspire sb. with admiration 使某人产生钦羡之情

Passage Three

When we worry about who might be **spying on** our private lives, we usually think about the **Federal agents**. But the private sector **outdoes** the government every time. It's Linda Tripp, not the FBI, who is facing **charges** under Maryland's laws against secret telephone **taping**. It's our banks, not the **Internal Revenue** Service (IRS), that pass our private **financial data** to **telemarketing** firms.

Consumer activists are **pressing** Congress **for** better privacy laws without much result so far. The **legislators lean toward** letting business people **track** our financial habits **virtually at will**.

As an example of what's going on, consider U. S. Bancorp, which was recently **sued for deceptive** practices by the state of Minnesota. According to the **lawsuit**, the bank supplied a telemarketer called MemberWorks with **sensitive** customer data such as names, phone numbers, **bank-account** and **credit-card** numbers, **Social Security** numbers, **account balances** and **credit limits**.

With these customer lists in hand, MemberWorks started dialing for dollars—selling **dental** plans, **videogames**, computer **software** and other products and services. Customers who accepted a "**free trial** offer" had 30 days to **cancel**. If the **deadline** passed, they were charged **automatically** through their bank or credit-card accounts. U. S. Bancorp collected a share of the revenues.

Customers were **doubly** deceived, the lawsuit **claims**. They didn't know that the bank was giving **account numbers** to MemberWorks. And if customers asked, they were led to think the answer was no.

The state sued MemberWorks separately for deceptive selling. The company **denies** that it did anything wrong. For its part, U. S. Bancorp settled without admitting any mistakes. But it agreed to stop **exposing** its customers **to** non-financial products sold by outside firms. A few top banks decided to do the same. Many other banks will still do business with MemberWorks and similar firms.

And banks will still be **mining** data from your account in order to sell you financial products, including things of little value, such as **credit insurance** and credit-card protection plans.

You have almost no protection from businesses that use your personal accounts for profit. For example, no federal law **shields** "**transaction** and experience" information—mainly the details of your bank and credit-card accounts. Social Security numbers are for sale by private firms. They've generally agreed not to sell to the public. But to businesses, the numbers are an **open book. Self-regulation** doesn't **work**. A firm might publish a privacy-protection policy, but who **enforces** it?

Take U. S. Bancorp again. Customers were told, in writing, that "all personal information you supply to us will be considered **confidential**." Then it sold your data to MemberWorks. The bank even claims that it doesn't "sell" your data at all. It merely "shares" it and **reaps a profit**. Now you know.

文章词汇注释

spy on 窥探,侦察

federal agent 联邦执法官(指警察、侦探等)

outdo [aut'duː] *v.* 胜过

[同义] beat, defeat, excel

[同根] undo [ˌʌn'duː] *v.* ①破坏…的结果,恢复…的状态 ②解开, 松开

charge [tʃɑːdʒ] *n.* ①控诉,指控 ②费用,价钱,索价 ③责任,管理 *v.* ①控告, 指责(with), 把…归咎于(to, on, upon) ②要(价), 收(费) ③命令,使负责 ④装(满), 使饱含, 装料, 充气(电), 注(油, 入)

[同义] blame, accuse

[词组] in/take charge of... 负责…, 经管…, 在…掌管之下

make a charge against... 指控…
on a (the) charge of 因…罪，因…嫌疑
under the charge of 在…看管/负责之下
charge...with... 控告(某人)犯(某罪)

taping ['teipiŋ] ***n.*** 磁带录音

internal [in'təːnəl] ***a.*** ①国内的，内部的 ②体内的，内服的
[同义] inner，inside，interior
[反义] external

revenue ['revinjuː] ***n.*** 财政收入，税收
[同义] earnings，income

financial [fai'nænʃəl, fi-] ***a.*** 财政的，财务的，金融的
[同义] monetary
[同根] finance ['fainæns] ***n.*** ①财政，金融，财政学 ②[**pl.**] 财力，财源，资金 ***v.*** ①为…供给资金，为…筹措资金

data ['deitə] ***n.*** 资料，数据
[同义] evidence，information，proof
[同根] data-base ['deitəbeis] ***n.*** 数据库，资料库

telemarketing ['telimɑːkitiŋ] ***n.*** 电话销售，电话推销
[同根] market ['mɑːkit] ***n.*** 市场，销路，行情 ***v.*** 在市场上交易，使上市
marketing ['mɑːkitiŋ] ***n.*** 营销，买卖

consumer [kən'sjuːmə] ***n.*** 消费者，顾客，用户
[同根] consume [kən'sjuːm] ***v.*** ①消耗，消费 ②吃完，喝光
consumption [kən'sʌmpʃən] ***n.*** ①消费，消耗 ②消费量
consumable [kən'sjuːməbəl] ***a.*** 可消费的
consumptive [kən'sʌmptiv] ***a.*** ①消费的 ②消耗(性)的，毁灭的

activist ['æktivist] ***n.*** 积极参与者，行动主义分子
[同根] act [ækt] ***n.*** ①行为，举动 ②法案，法令 ③(戏剧的)幕 ***v.*** ①行动，采取行动，起作用 ②演戏，表演，③执行职务
active ['æktiv] ***a.*** 积极的，活跃的，活动的
activate ['æktiveit] ***v.*** 使活泼，加速…的反应
action ['ækʃən] ***n.*** ①行动，动作，作用，行为 ②诉讼 ③战斗
activity [æk'tiviti] ***n.*** 活跃，活动，活动性

press for 反复请求，紧急要求

legislator ['ledʒisleitə] ***n.*** 立法者
[同根] legal ['liːgəl] ***a.*** ①法律的，法定的 ②合法的
legislate ['ledʒisleit] ***v.*** 制定法律
legislation [ˌledʒ'sleiʃən] ***n.*** ①法律，法规 ②立法，法律的制定(或通过)
legislative ['ledʒislətiv] ***a.*** 立法的，立法机关的 ***n.*** 立法机关

lean toward 倾向于，朝…方向倾斜

track [træk] ***v.*** 追踪，跟踪 ***n.*** ①足迹，痕迹 ②小路，小径 ③轨道，铁轨 ④路线，轨迹
[同义] trace
[词组] track down 追踪找到，追查到，搜寻到
keep/lose track of... 与…保持(失去)联系，跟上(跟不上)…的进展
off the track 出轨，离题，离谱，误入歧途
on/from the wrong side of the tracks 在(来自)社会底层，出身贫寒

virtually ['vəːtʃuəli] ***ad.*** 事实上，实质上，差不多
[同义] practically，nearly
[同根] virtual ['vəːtʃuəl] ***a.*** ①(用于名词前)几乎 ②实际上起作用的，事实上生效的 ③[计]虚拟的

at will 随意，任意

sue for... 以…罪起诉,起诉要求…
deceptive [di'septiv] ***a.*** 骗人的,靠不住的
[同义] misleading
[同根] deceive [di'si:v] ***v.*** 欺骗,行骗
deceit [di'si:t] ***n.*** 欺骗,谎言
deception [di'sepʃən] ***n.*** ①欺骗,诓骗,蒙蔽 ②受骗
lawsuit ['lɔ:su:t, 'lɔ:sju:t] ***n.*** 诉讼(尤指非刑事案件)
sensitive ['sensitiv] ***a.*** ①高度机密的,涉及国家机密事务的 ② 敏感的,神经过敏的,神经质的 ③容易生气的,易受伤害的
[同根] sense [sens] ***n.*** ①官能,感觉,意识 ②赏识,领悟 ③判断力,见识 ④意义,意味 ***v.*** 感到,理解,认识
sensitivity [ˌsensi'tiviti] ***n.*** ①敏感性 ②灵敏度
sensible ['sensəbəl] ***a.*** ①明智的,有判断力的 ②感觉得到的,意识到的
sensibility [ˌsensi'biliti] ***n.*** ①感觉(力) ②(情绪上的)敏感,善感 ③鉴赏力
sentiment ['sentimənt] ***n.*** ①情操,情感,情绪 ②伤感 ③意见,观点
sentimental [ˌsenti'mentəl] ***a.*** 感伤的,感情脆弱的
sensation [sen'seiʃən] ***n.*** ①(感官的)感觉能力 ②感觉,知觉 ③引起轰动的事件(或人物)
sensational [sen'seiʃənəl] ***a.*** 使人激动的,轰动的,耸人听闻的
bank-account 银行帐户
credit-card 信用卡
Social Security 社会保障,社会保险
account balance 帐户结余
credit limit 信贷限额
dental ['dentəl] ***a.*** 牙科的,牙齿的
[同根] dentist ['dentist] ***n.*** 牙科医生

videogame ['vidiəugeim] ***n.*** 电视游戏
software ['sɔftwɛə] ***n.*** 软件
[反义] hardware
free trial 免费试用
cancel ['kænsəl] ***v.*** ①取消,注销,撤销,废除 ②删去,划掉
[同义] call off, stop, abandon
[同根] cancellation [kænsə'leiʃən] ***n.*** 取消,撤销,废除,删去
deadline ['dedlain] ***n.*** 最终期限
[词组] meet the deadline 在最后期限内作完某事
automatically [ɔ:tə'mætikli] ***ad.*** 自动地,机械地
[同根] automate ['ɔ:təmeit] ***v.*** 使自动化
automatic [ˌɔ:tə'mætik] ***a.*** ①自动的 ②习惯性的,机械的 ***n.*** 自动机械
automation [ɔ:tə'meiʃən] ***n.*** 自动化
doubly ['dʌbli] ***ad.*** 双重地,二倍地
[同义] twice
[同根] double ['dʌbl] ***n.*** 两倍 ***a.*** 两倍的,双重的 ***v.*** 使加倍
claim ['kleim] ***v.*** ①声称,主张,断言 ②对(头衔、财产、名声等)提出要求,认领,索取 ***n.*** ①声称,宣称 ② 要求,认领,索赔 ③所有权,要求权
[同义] demand, require
[词组] lay claim to 对…提出所有权要求,自以为
account number 帐号
deny [di'nai] ***v.*** ①否认,否定 ②背弃,摒弃 ③拒绝,不给,不允许
[同义] contradict, dispute, refute, reject
[反义] acknowledge, affirm, concede, confirm
[同根] denial [di'naiəl] ***n.*** ①否认,否定 ②否认某事或某事实的声明

expose... to... 使…接触…，使…遭受…，使…暴露于…

mine [main] *v.* ①在…中寻找优价值得资料 ②挖掘，采矿，在…下挖地道，挖坑 ③暗地破坏，使变弱 *n.* ①矿，矿山，矿井 ②地雷，水雷

[同根] miner [ˈmainə] *n.* 矿工

mineral [ˈminərəl] *n.* 矿物，矿石 *a.* 矿物的，含矿物的

credit insurance 信用保险

shield [ʃiːld] *v.* 保护，防护，遮蔽 *n.* 盾，防护物

[同义] protect, shelter

[词组] shield... from... 保护…使免受…

transaction [trænˈzækʃən] *n.* ①（一笔）交易，业务 ②办理，处理

[同义] business

[同根] transact [trænˈzækt, -ˈsækt] *v.* 办理，交易，处理，商议

open book ①一目了然的事物 ②易于了解的人，极坦率的人

self-regulation [ˌselfˌregjuˈleiʃən] *n.* 自我管理，自我调节，自我调整

[同根] regulate [ˈregjuleit] *v.* ①管理，控制，为…制订规章 ②校准，调整，调节

regulation [regjuˈleiʃən] *n.* ①规章，规则，条例 ②管理，控制，调节

regulative [ˈregjulətiv] *a.* ①管理的，规定的 ②调整的，调节的

regulatory [ˈregjulətəri] *a.* ①管理的，控制的 ②调整的，调节的

regular [ˈregjulə] *a.* 规则的，有秩序的，经常的

regularly [ˈregjuləli] *ad.* 有规律地，有规则地

work [ˈwəːk] *v.* ①起作用，有效用，行得通 ②经营，运转

enforce [inˈfɔːs] *v.* ①实施，使生效 ②强迫，迫使，强加

[同义] compel, execute, force, oblige

[同根] force [fɔːs] *n.* ①力量，武力，暴力 ②说服力，感染力 ③有影响的人或事物，军事力量 *v.* ①强迫，迫使 ②（用武力）夺取 ③勉强作出

enforcement [inˈfɔːsmənt] *n.* 执行，强制，实施，加强

reinforce [ˌriːinˈfɔːs] *v.* 加强，增援，补充，增加…的数量

reinforcement [ˌriːinˈfɔːsmənt] *n.* 增援，加强

take [teik] *v.* 以…为例

confidential [kɔnfiˈdenʃəl] *a.* ①秘密的，机密的 ②极受信任的，心腹的 ③易于信任他人的

[同义] secret

[同根] confidence [ˈkɔnfidəns] *n.* 信心

confident [ˈkɔnfidənt] *a.* ①确信的，自信的 (in, of, that) ②大胆的，过分自信的

reap a profit 获得利润

选项词汇注释

carry out ①实行，执行 ②完成，实现

by means of 借助…，依靠…

intensify [inˈtensifai] *v.* 加强，增强，强化

[反义] reduce, lessen, diminish, alleviate

[同根] intensity [inˈtensiti] *n.* ①（思想、感情、活动等的）强烈，剧烈 ②（电、光、声等的）强度，亮度

intensification [inˌtensifiˈkeiʃən] *n.* 增强，强化，加剧，加紧

intense [inˈtens] *a.* ①（指性质）强烈的，

剧烈的，激烈的 ②(指感情)热烈的，热情的

intensely [in'tensli] *ad.* 激烈地，热情地

exclusively [ik'sklu:sivli] *ad.* 独有地，排外地，专有地

[反义] inclusively

[同根] exclude [ik'sklu:d] *v.* 拒绝接纳，把…排除在外，排斥

exclusion [ik'sklu:ʒən] *n.* 排除，除外

exclusive [ik'sklu:siv] *a.* ①排斥的，排外的 ②独有的，独享的 ③(新闻、报刊文章等)独家的

prevalent ['prevələnt] *a.* 流行的，盛行的，普遍的

[同义] fashionable, popular, universal, well-known

[反义] unusual

[同根] prevalence ['prevələns] *n.* 流行，盛行

business circles 商界，实业界，工商界

turn a blind eye to... 对…视而不见

draw up ①起草，指定 ②拉起，提起 ③使靠近

be inclined to... 趋向于…，有…的倾向

a free hand 放手干的权利

inquire into 调查，查究

specified ['spesifai] *a.* 规定的，指定的

[同根] specify ['spesifai] *v.* 具体指定，详细说明

specific [spi'sifik] *a.* ①明确的，具体的 ②特定的，特有的

specification [ˌspesifi'keiʃən] *n.* ①详述 ②[常作～s] 规格，工程设计（书），详细计划（书），说明书

specifically [spi'sifikəli] *ad.* 特定地，明确地，特殊地

reveal [ri'vi:l] *v.* ①暴露，透露 ②揭示，揭露 ③展现，显示

[同义] expose, disclose, unfold

[同根] revelation [ˌrevi'leiʃən] *n.* 揭示，揭露，暴露，泄露，透露

apply for 申请

extension [ik'stenʃən] *n.* ①延长，伸展 ②(电话)分机

[同义] expansion

[同根] extend [ik'stend] *v.* ①给予 ②延长 ③继续

extensive [ik'stensiv] *a.* 广大的，广阔的，广泛的

extensively [ik'stensivli] *ad.* 广泛地

concerning [kən'sə:niŋ] *prep.* 关于

personal bank account 个人银行帐户

invade [in'veid] *v.* ①侵犯，侵害，干扰 ②侵略，攻击

[同义] intrude

[同根] invasion [in'veiʒən] *n.* ①侵犯，侵害，干扰 ②侵略，侵略，攻击

invader [in'veidə] *n.* 侵略者

invasive [in'veisiv] *a.* 入侵的，侵略的

eventually [i'ventʃuəli] *ad.* 最后，终于

[同义] finally, ultimately, in the end

[同根] eventual [i'ventʃuəl] *a.* 最后的

ban [bæn] *v.* 取缔，查禁，(from)禁止 *n.* 禁止，禁令

[同义] forbid, exclude

[反义] approve, consent

Passage Four

It's hardly news that the **immigration** system is a mess. Foreign **nationals** have long been **slipping across** the **border** with **fake** papers, and visitors who arrive in the U. S. **legitimately** often **overstay** their legal **welcome** without being punished. But since Sept. 11, it's become clear that **terrorists** have been **shrewdly factoring** the weaknesses of our system **into** their plans. **In addition to** their **mastery** of **forging** passports, at least three of the 19 Sept. 11 *hijackers*（劫机者）were here on **expired visas**. That's been a **safe bet** until now. The Immigration and Naturalization Service (INS)（移民归化局）lacks the resources, and apparently the **inclination**, to **keep track of** the **estimated** 2 million foreigners who have **intentionally** overstayed their welcome.

But this *laxness*（马虎）toward immigration **fraud** may be about to change. Congress has already **taken** some **modest steps**. The U. S. A. Patriot Act, passed **in the wake of** the Sept. 11 **tragedy**, requires the FBI, the **Justice Department**, the State Department and the INS to share more data, which will make it easier to stop **watch-listed** terrorists at the border.

But what's really needed, **critics** say, is even **tougher** laws and more resources **aimed at tightening up border security**. **Reformers** are **calling for** a **rollback** of rules that **hinder** law **enforcement**. They also want the INS to hire hundreds more border **patrol** agents and **investigators** to **keep** illegal immigrants **out** and to **track** them **down** once they're here. Reformers also want to see the INS set up a database to **monitor** whether visa holders actually leave the country when they are required to.

All these **proposed** changes were part of a new border-security **bill** that passed the **House of Representatives** but **died** in the **Senate** last week. Before Sept. 11, legislation of this kind had been **blocked** by two powerful **lobbies**: universities, which rely on **tuition** from foreign students who could be kept out by the new law, and business, which relies on foreigners for cheap labor. Since the attacks, they've **backed off**. The bill would have passed this time but for **congressional maneuverings** and is expected to be reintroduced and to pass next year.

Also on the **agenda** for next year: a proposal, **backed** by some **influential** law-makers, to **split** the INS **into** two **agencies**—a good **cop** that would tend to service **functions** like **processing** citizenship papers and a bad cop that would **concentrate on** border inspections, **deportation** and other functions. One reason for the division, supporters say, is that the INS has in recent years become too **focused on** serving tourists and immigrants. After the Sept. 11 tragedy, the INS should pay more attention to serving the millions of ordinary Americans who rely on the nation's border security to protect them from terrorist attacks.

文章词汇注释

immigration [ˌimiˈgreiʃən] ***n.*** ①移民局的检查 ②移居 ③<美>[总称](外来的)移民

[同根] migrate [maiˈgreit, ˈmaigreit] ***v.*** ①移居，迁移 ②(动物的)迁徙

migrant [ˈmaigrənt] ***n.*** 移居者，候鸟 ***a.*** 迁移的，移居的

migration [maiˈgreiʃən] ***n.*** ①迁移，移居 ②移民群，移栖群

immigrate [ˈimigreit] ***v.*** (从外国)移入，作为移民定居

immigrant [ˈimigrənt] ***n.*** (外来)移民，侨民 ***a.*** 移入的，迁入的

emigrate [ˈemigreit] ***v.*** 自本国移居他国

emigrant [ˈemigrənt] ***n.*** 移居外国者，移民

emigration [ˌemiˈgreiʃən] ***n.*** 移民出境，侨居，[总称]移民

national [ˈnæʃənəl] ***n.*** ①国民，国人 ②全国性比赛，(机构的)全国总部，全国性报纸 ***a.*** ①国家的，国有的，全国的 ②民族的

slip across 溜过，悄悄地走过

border [ˈbɔːdə] ***n.*** 边界，边境，边沿 ***v.*** 邻接，毗邻

[同义] boundary, edge

[词组] border on/upon 接近，近似

fake [feik] ***a.*** 假的，伪造的 ***n.*** ①假货，赝品 ②诡计，骗局 ***v.*** ①伪造，捏造 ②伪装，假装

[同义] artificial, false, deceive, disguise

[词组] fake sb. out 以欺骗讹诈手法制胜某人

fake up ①伪造，捏造 ②(演员)化装脸部

legitimately [liˈdʒitimitli] ***ad.*** ①合法地，法律认可地 ②正当地，合理地

[反义] illegitimately

[同义] lawfully, legally

[同根] legal [ˈliːgəl] ***a.*** ①法律的，法定的 ②合法的

legitimate [liˈdʒitimit] ***a.*** ①合法的，法律认可的，合法婚姻所的 ②合理的，正当的

legitimize [liˈdʒitimaiz] ***v.*** 使合法化

legitimacy [liˈdʒitiməsi] ***n.*** ①合法(性)，正统(性) ②正确(性)，合理(性)

legislation [ˌledʒisˈleiʃən] ***n.*** ①立法，法律的制定(或通过) ②法律，法规

legislative [ˈledʒisleitiv] ***a.*** 立法的，立法机关的 ***n.*** 立法机关

overstay [ˌəuvəˈstei] ***v.*** 逗留过久，停留超过(时间)

welcome ['welkəm] *n.* 接受,欢迎 *v.* 欢迎 *a.* 受欢迎的

terrorist ['terərist] *n.* 恐怖分子 *a.* 恐怖主义的

[同根] terror ['terə] *n.* 恐怖, 可怕的人, 恐怖时期, 恐怖行动

terrorism ['terərizəm] *n.* 恐怖主义, 恐怖行动

shrewdly [ʃru:dli] *ad.* 机灵地,精明地,狡猾地

[反义] dully

[同根] shrewd [ʃru:d] *a.* ①机灵的,敏锐的,狡猾的,精明的 ②尖锐的,剧烈的 *n.* ①机灵,精明 ②机灵的人,精明的人

factor... into 把…作为因素计入

in addition to... 除…之外

mastery ['mɑ:stəri] *n.* ①对一技艺的完全精通 ②掌握,统治,控制

[同义] control

[同根] master ['mɑ:stə] *v.* ①征服, 控制 ②精通,掌握 *n.* ①主人, 雇主, 统治者 ②大师,名家 ③熟练技工, 师傅 ④硕士

forge [fɔ:dʒ] *v.* ①伪造,仿造 ②铸造, ③达成,使形成

[同根] forgery ['fɔ:dʒəri] *n.* 伪造,伪造物

forger ['fɔ:dʒə(r)] *n.* 伪造者, 赝造者

expired [ik'spaiəd] *a.* 期满的,过期的,无效的

[同根] expire [ik'spaiə] *v.* ①满期, 届期,(期限)终止,(法律、所有权、专利权等因到期而)成为无效 ②呼气, 吐气

expiration [ˌekspaiə'reiʃən] *n.* ①满期, 截止 ②呼气, 吐气

expiry [ik'spaiəri] *n.* ①满期,终止 ②呼气, 吐气

visa ['vi:zə] *n.* 签证 *v.* 签准

safe bet 准能赢的打赌,准能赢得的事物

inclination [ˌinkli'neiʃən] *n.* ①倾向,趋势 ②意向,倾向, 爱好

[同义] tendency, slope, bend

[同根] incline [in'klain] *v.* ①倾向, 爱好 ②倾向,趋势

inclined [in'klaind] *a.* 倾向…的,有…意向的,赞成…的

keep track of 保持与…的联系,跟上…的进展,看清,记录

estimate ['estimeit] *v.* &*n.* 估计, 估价, 评估

[同根] overestimate [ˌəuvə'estimeit] *v.* 过高估计

underestimate [ˌʌndər'estimeit] *v.* 低估, 看轻

[词组] by estimate 据估计

intentionally [in'tenʃənəli] *ad.* 有意地, 故意地

[同根] intend [in'tend] *v.* ①想要, 打算 ②意指

intent [in'tent] *n.* ①意图, 目的 ②意思, 含义

intention [in'tenʃən] *n.* ①意图, 目的 ②意思,含义

fraud [frɔ:d] *n.* ①欺诈,诈骗 ②骗子 ③欺骗(行为),骗人的东西

[同义] dishonesty, swindle, trickery

[同根] fraudulent ['frɔ:djulənt] *a.* 欺诈的, 欺骗性的, 骗得的

take... steps 采取…措施

modest ['mɔdist] *a.* ①适中的,适度的 ②谦虚的, 谦让的 ③朴素的

[同义] plain, simple, shy

[反义] arrogant, immodest

[同根] modesty ['mɔdisti] *n.* ①适中,适度 ②谦虚, 谦让 ③朴素,朴实

modestly ['mɔdistli] *ad.* 谨慎地, 适当地

in the wake of 在…后，紧紧跟随…

tragedy ['trædʒidi] *n.* ①灾难，不幸 ②悲剧

[反义] comedy

[同根] tragic ['trædʒik] *a.* 悲惨的，悲剧的

tragical ['trædʒikəl] *a.* (=tragic)

tragically ['trædʒikəli] *ad.* 悲剧地，悲惨地

tragedian [trə'dʒi:diən, -djən] *n.* 悲剧演员，悲剧作家

Justice Department 司法部

watch-listed 被列入监控名单的

critic ['kritik] *n.* 批评家，评论家

[同根] criticize ['kritisaiz] *v.* ①批评，评判，责备，非难 ② 评论，评价

criticism ['kritisizəm] *n.* 批评，批判

critical ['kritikəl] *a.* ①吹毛求疵的，爱挑剔的 ②批评的，评判的 ③决定性的，重大的 ④(疾病等)危急的，严重的

critically ['kritikəli] *ad.* ①吹毛求疵地，爱挑剔地 ②批评地，评判地 ③(疾病等)危急地，严重地

criterion [krai'tiəriən] *n.* (批评判断的)标准，准据，规范

tough [tʌf] *a.* ①(法律、规则等)严格的 ②困难的，艰苦的 ③激烈的，紧张的 ④强壮的，坚强的

aim at... ①旨在，针对… ②瞄准… ③志在…

tighten up ①使更严格，使紧密 ②使绷紧，使更牢固 ③变得紧张

border security 边界安全

reformer [ri'fɔ:mə] *n.* 改革家，改革运动者

[同根] reform [ri'fɔ:m] *n.* 改革，改善，改良 *v.* 改革，革新

call for 要求，呼吁

rollback ['rəulbæk] *n.* ①撤销，退后 ②回落，削减

hinder ['hində] *v.* 阻碍，妨碍

[同义] hamper, prevent, block, check, restrain

[反义] avail, help, aid

enforcement [in'fɔ:smənt] *n.* 执行，实施，强制，加强

[同义] execution

[同根] force [fɔ:s] *n.* ①力量，武力，暴力 ②说服力，感染力 ③有影响的人或事物，军事力量 *v.* ①强迫，迫使 ②(用武力)夺取 ③勉强作出

enforce [in'fɔ:s] *v.* ①实施，使生效 ②强迫，迫使，强加

reinforce [ˌri:in'fɔ:s] *v.* 加强，增援，补充，增加…的数量

reinforcement [ˌri:in'fɔ:smənt] *n.* 增援，加强，援军

patrol [pə'trəul] *n.* 巡逻 *v.* 出巡，巡逻

investigator [in'vestigeitə(r)] *n.* ①调查者，调查研究者 ②侦探，探员

[同根] investigate [in'vestigeit] *v.* 调查，研究

investigation [inˌvesti'geiʃən] *n.* (官方)调查，调查研究

keep out ①使留在外面，使不进入 ②保留，留出

track down 跟踪，搜索而发现

monitor ['mɔnitə] *v.* 监控，监视，监听 *n.* ①监听器，监视器，监控器 ②班长，级长

propose [prə'pəuz] *v.* ①提议，建议 ②推荐，提名 ③提议祝酒，提出为…干杯 ④ 打算，计划

[同义] scheme, suggest

[同根] proposal [prə'pəuzəl] *n.* ①提议，建议，计划，提案 ②(建议等的)提出

proposition [ˌprɔpəˈziʃən] *n.* ①(详细的)提议,建议 ②论点,主张,论题

bill [bil] *n.* ①议案, 法案 ②帐单, 钞票 ③票据, 清单

House of Representatives (美国国会之)众议院

die [dai] *v.* 被否决

Senate [ˈsenit] *n.* 参议院

block [blɔk] *v.* 阻止,防碍, 阻塞 *n.* ①木块, 石块, 块 ②街区 ③阻滞

[同义] hinder, bar, obstruct, lump, mass

[同根] blockade [blɔˈkeid] *n.* 阻塞 *v.* 封锁

blockage [ˈblɔkidʒ] *n.* 封锁, 妨碍

[词组] block off 封闭, 封锁,阻挡,隔开

block in/out 草拟(计划、大纲等), 画出(略图等)

lobby [ˈlɔbi] *n.* ①院外活动集团 ②(旅馆、戏院等的)大厅、休息室 *v.* 向(议员等)进行游说(或疏通)

tuition [tjuːˈiʃən] *n.* 学费

back off ①后退 ②被撵出 ③放慢速度

congressional [kənˈgreʃənəl] *a.* 国会的, 会议的, 大会的,

[同根] congress [ˈkɔŋgres] *n.* [C ~] (美国等国的)国会, 议会, (代表)大会,

maneuvering [məˈnuːvəriŋ] *n.* 策略

[同根] maneuver [məˈnuːvə] (= manoeuvre) *v.* ①(敏捷或巧妙地)操纵,控制 ②调动,调遣 ③诱使,策划 *n.* ①调动,调遣,机动 ②演习 ③策略

agenda [əˈdʒendə] *n.* 议事日程

back [bæk] *v.* ①支持 ②使后退, 使倒退 ③位于…的后面,构成…的背景

influential [ˌinfluˈenʃəl] *a.* ①有影响的 ②有权势的

[同根] influence [ˈinfluəns] *n.* 影响, 有影响的人(或事) *v.* ①影响 ②改变

influentially [ˌinfluˈenʃəli] *a.* ①有影响地 ②有权势地

split...into... 把…分成…

agency [ˈeidʒənsi] *n.* ①(政府等的)专业行政部门, 社, 机构 ②公众服务机构 ③代理行, 经销处

[同根] agent [ˈeidʒənt] *n.* ①代理人,代理商 ②执法官,政府特工人员

cop [kɔp] *n.* 警官, 巡警

function [ˈfʌŋkʃən] *n.* ①作用, 功能 ②官能,机能 ③职责 *v.* ①工作,活动,运转 ②行使职责,起作用

[同根] functional [ˈfʌŋkʃənəl] *a.* ①功能的 ②有功能的,在起作用的 ③实用的

process [prəˈses] *v.* ①使接受检查(处理、审议) ②对…进行加工 *n.* ①过程,进程 ②步骤,方法,程序

[同义] deal with, handle

[同根] processable/processible [ˈprəusesəbl, ˈprɔ-] *a.* 适合加工(或处理)的,可加工(或处理) 的

procession [prəˈseʃən, prəu-] *n.* ①(人、车、船等)行列,队伍 ②接续,连续

processive [prəuˈsesiv] *a.* 前进的,进行的,向前的

[词组] in process 在进行中

in process of time 随着时间的推移,渐渐

in (the) process of 在…进程中

concentrate on... 集中注意力于…

deportation [ˌdipɔːˈteiʃən] *n.* 驱逐出境, 放逐

focus on... ①集中在… ②(使)聚集于…

选项词汇注释

take advantage of 利用

privilege ['privilidʒ] *n.* ①特权，优惠 ②特殊的荣幸，恩惠 *v.* 给…特权/优惠，特许，特免(from)

[同义] advantage, favor, freedom, grant, liberty, license

[同根] privileged ['privilidʒd] *a.* ①特许的，有特权的，获得特殊利益的 ②特免的，(由于特殊情况)不受一般法规制约的

grant [grɑ:nt] *v.* ①给予，授予 ②同意，准予 ③承认(某事为真) *n.* 授给物(如土地、权力、补助金等)

[词组] take... for granted 认为…理所当然

granting that... (= granted that...) 假定…，即使…

excessive [ik'sesiv] *a.* 过多的，过分的，极度的

[同义] extreme

[同根] exceed [ik'si:d] *v.* 超越，胜过

excess [ik'ses, 'ekses] *n.* ①超越，超过 ②过度 ③超过的部分

excessively [ik'sesivli] *ad.* 过多地，过分地

hospitality [ˌhɔspi'tæliti] *n.* 好客，盛情

[同根] hospitable ['hɔspitəbəl] *a.* ①好客的，招待周到的 ②(气候、环境等)有利的，适宜的

irresponsibility [ˌirispɔnsə'biləti] *n.* 无责任心

[同根] respond [ri'spɔnd] *v.* ①回答，作答 ②响应，作出反应

response [ri'spɔns] *n.* ①回答，答复 ②响应，反应

responsible [ri'spɔnsəbəl] *a.* ①有责任的，应负责任的 ②有责任感的 ③作为原由的

irresponsible [ˌiri'spɔnsəbəl] *a.* 不负责任的，不可靠的

responsibility [riˌspɔnsə'biliti] *n.* ①责任，负责的状态 ②责任心 ③职责，义务

checkpoint ['tʃekpɔint] *n.* 检查站，车站的行李房

efficiency [i'fiʃənsi] *n.* 效率，功效

[反义] inefficiency

[同根] effect [i'fekt] *n.* ①结果 ②效力，作用，影响 ③感受，印象，外表 ④实行，生效，起作用

efficient [i'fiʃənt] *a.* ①(直接)生效的 ②有效率的，能干的 ③能胜任的

efficiently [i'fiʃəntli] *ad.* 有效率地，有效地

coordinate [kəu'ɔ:dineit] *v.* 调节，协调 *a.* 同样重要的，同一等级(或类别)的

[同义] harmonize

[同根] coordination [kəuˌɔ:di'neiʃən] *n.* 协调，协同

coordinative [kəu'ɔ:dineitiv] *a.* 并列的，协调的

coordinator [kəu'ɔ:dineitə] *n.* 协调人，统筹者

renew [ri'nju:] *v.* ①给…展期 ②使更新，使恢复 ③续借

[同义] restore, resume, revive

[同根] new [nju:] *a.* 新的，初见的，更新的

ward off ①防止 ②避开，避免

suspect ['sʌspekt] *n.* 嫌疑犯

[sə'spekt] *v.* 怀疑，猜想，觉得会

[同根] suspicion [sə'spiʃən] *n.* 猜疑，怀疑

suspicious [sə'spiʃəs] *a.* 可疑的，怀疑的

suspiciously [sə'spiʃəsli] *ad.* 猜疑着，怀疑着

extend [ik'stend] *v.* ①延长 ②给予 ③继续

[同义] lengthen, widen, expand, enlarge

[反义] decrease

[同根] extension [ik'stenʃən] *n.* ①延长,伸展 ②扩展,扩大 ③推进,发展 ④(电话)分机

extensive [ik'stensiv] *a.* ①广大的,广阔的 ②广泛的,全面的

constant ['kɔnstənt] *a.* ①不变的,固定的 ②时常发生的,连续不断的

[反义] changeable, inconstant

[同根] constancy ['kɔnstənsi] *n.* 不屈不挠,坚定不移

constantly ['kɔnstəntli] *ad.* 不变地,经常地,坚持不懈地

contradictory [ˌkɔntrə'diktəri] *a.* ①矛盾的,相互对立的 ②好反驳的,爱争辩的

[同义] opposite

[反义] consistent

[同根] contradict [kɔntrə'dikt] *v.* ①反驳,否认…的真实性 ②与…发生矛盾,与…抵触

contradiction [ˌkɔntrə'dikʃən] *n.* ①反驳,驳斥 ②矛盾,不一致

contradictive [ˌkɔntrə'diktiv] *a.* ①矛盾的 ②好反驳的,爱争辩的

liberal ['libərəl] *a.* ①慷慨的,大方的 ②自由主义的 ③不严格或不拘泥于字面的 ④大量的,丰富的 ⑤文科教育的

[同义] generous, lavish

[反义] compulsory, dogmatic

[同根] liberation [ˌlibə'reiʃən] *n.* 解放,释放

liberalism ['libərəlizm] *n.* 自由主义

indiscriminately [ˌindi'skriminitli] *ad.* 一事同仁地,不分青红皂白地,不加选择地

[同根] discriminate [di'skrimineit] *v.* ①有差别地对待,歧视 ②区别,辨别 *a.* 有区别的,有识别力的

discrimination [diˌskrimi'neiʃən] *n.* ①辨别,区别 ②差别对待,歧视

over-emphasize [əuvə'emfəsaiz] *v.* 过份强调

[同根] emphasize ['emfəsaiz] *v.* 强调,着重

emphasis ['emfəsis] *n.* 强调,重点

at the expense of 以…为代价,在损害…的情况下

ignore [ig'nɔː] *v.* 不理睬,忽视

[同义] disregard, overlook

[同根] ignorance ['ignərəns] *n.* ①无知,愚昧 ②(of, about)不知

ignorant ['ignərənt] *a.* 无知的,愚昧的

plea [pliː] *n.* ①恳求,请求 ②抗辩,答辩,辩护 ③借口,托辞

[同义] appeal

[同根] plead [pliːd] *v.* ①恳求,请求 ②申诉,答辩,辩护 ③为…辩护 ④提出…为理由(或借口)

pleading ['pliːdiŋ] *n.* ①恳求,请求 ②申诉,答辩 ③诉讼程序 *a.* 恳求的,请求的

available [ə'veiləbl] *a.* ①可得到的,可取得联系的 ② 现成可使用的,在手边的,可利用的

[同根] avail [ə'veil] *v.* 有用于,有助于 *n.* [一般用于否定句或疑问句中] 效用,利益,帮助

availability [əˌveilə'biliti] *n.* 利用(或获得)的可能性,有效性

Reading Comprehension 2005.1

Passage One

I had an experience some years ago which taught me something about the ways in which people make a bad situation worse by blaming themselves. One January, I had to **officiate** at two **funerals** on **successive** days for two elderly women in my **community**. Both had died "full of years," as the **Bible** would say, both **yielded to** the normal **wearing out** of the body after a long and full life. Their homes happened to be near each other, so I **paid** *condolence* (吊唁) **calls on** the two families on the same afternoon.

At the first home, the son of the *deceased* (已故的) woman said to me, "If only I had sent my mother to Florida and gotten her out of this cold and snow, she would be alive today. It's my fault that she died." At the second home, the son of the other deceased woman said, "If only I hadn't **insisted on** my mother's going to Florida, she would be alive today. That long airplane ride, the **abrupt** change of climate, was more than she could take. It's my fault that she's dead."

When things don't **turn out** as we would like them to, it is very **tempting** to **assume** that had we done things differently, the story would have had a happier ending. **Priests** know that any time there is a death, the **survivors** will feel **guilty**. Because the course of action they took turned out badly, they believe that the **opposite** course-keeping Mother at home, **postponing** the operation-would have turned out better. After all, how could it have turned out any worse?

There seem to be two **elements involved in** our **readiness** to feel guilt. The first is our **pressing** need to believe that the world **makes sense**, that there is a cause for every effect and a reason for everything that happens. That leads us to find **patterns** and connections both where they really exist and where they exist only in our minds.

The second element is the **notion** that we are the cause of what happens, especially the bad things that happen. It seems to be a short step from believing that every event has a cause to believing that every **disaster** is our fault. The roots of this feeling may **lie in** our childhood. **Psychologists** speak of the **infantile myth** of *omnipotence* (万能). A baby comes to think that the world exists to meet his needs, and that he makes everything happen in it. He wakes up in the morning and **summons** the rest of the world to its tasks. He cries, and someone comes to **attend to** him. When he is hungry, people feed him, and when he is wet, people **change** him. Very often, we do not completely **outgrow** that infantile notion that our wishes cause things to happen.

文章词汇注释

officiate [ə'fiʃieit] *v.* (在某一场合)行使(职务),主持宗教仪式,主持仪式
[同根] official [ə'fiʃəl] *n.* ①官员,公务员 *a.* ①职务上的,公务的 ②官方的,正式的
[词组] officiate as 担任
officiate at 主持

funeral ['fju:nərəl] *n.* 葬礼

successive [sək'sesiv] *a.* ①连续的 ②继承的
[同根] succeed [sək'si:d] *v.* ①继…之后,继任,继承 ②(~ in) 成功
success [sək'ses] *n.* 成功,成就,胜利
succession [sək'seʃən] *n.* 连续,继承
successor [sək'sesə] *n.* 继承人,继任者,接班人
successful [sək'sesful] *a.* 成功的
successively [sək'sesivli] *ad.* 继续地,连续地

community [kə'mju:niti] *n.* ①(由同住于一地,一地区或一国的人所构成的)社会,社区 ② 由同宗教,同种族,同职业或其他共同利益的人所构成的团体 ③共享,共有,共用

Bible ['baibəl] *n.* 圣经

yield to 服从,屈服,投降

wear out 逐渐用完或消耗,使耗尽,使疲乏,用坏

pay calls on 拜访,探望

insist on 坚决要求,坚持

abrupt [ə'brʌpt] *a.* ①突然的,意外的 ②(举止、言谈等)唐突的,鲁莽的
[同义] sudden, hasty, unexpected, steep
[同根] abruption [ə'brʌpʃən] *n.* 突然的断裂或分裂,分离
abruptly [ə'brʌptli] *ad.* ①突然地 ②唐突地

turn out 结果是,证明是

tempting ['temptiŋ] *a.* 诱惑人的
[同义] appealing, attracting
[同根] tempt [tempt] *v.* ①诱惑,引诱 ②吸引,使感兴趣
temptation [temp'teiʃən] *n.* ①勾引,诱惑,引诱 ②诱惑物,迷人之物

assume [ə'sju:m] *v.* ①假定,设想 ②担任,承担 ③呈现,具有,采取
assumed [ə'sju:md] *a.* 假定的,假装的
assumption [ə'sʌmpʃən] *n.* ①假定,臆断 ②担任,承担
assumptive [ə'sʌmptiv] *a.* 被视为理所当然的,自负的

priest [pri:st] *n.* 牧师

survivor [sə'vaivə] *n.* 幸存者
[同根] survive [sə'vaiv] *v.* ①幸存,幸免于 ②比…活得长
survival [sə'vaivəl] *n.* 幸存（者），残存（物）

guilty ['gilti] *a.* ①内疚的 ②有罪的，犯罪的，自觉有罪的
[反义] innocent
[同根] guilt [gilt] *n.* ①罪行，有罪 ②罪过，归罪，知罪

opposite ['ɔpəzit] *a.* ①完全不同的，相反的 ②朝向…的，相对的，对面的 *n.* 相反的事物
[同根] oppose [ə'pəuz] *v.* ①反对，对抗 ②使对立，使对照，以…对抗
opposition [ɔpə'ziʃən] *n.* ①反对，敌对，相反 ②抵抗
opponent [ə'pəunənt] *n.* 对手，反对者

postpone [pəust'pəun] *v.* 推迟，使延期，延迟
[同义] defer，delay，put off，suspend
[反义] advance，forward
[同根] postponement [pəust'pəunmənt] *n.* 延期，延缓

element ['elimənt] *n.* ①要素，因素 ②成分，基本单位 元素
[同义] component，factor，aspect
[同根] elementary [ˌeli'mentəri] *a.* 初等的，基本的，初步的，未成熟的

involved in 与…关系密切的，与…有牵连的

readiness ['redinis] *n.* 准备就绪
[同根] ready ['redi] *a.* ①有准备的，准备完毕的 ②甘心的，情愿的 ③现成的
readily ['redili] *ad.* 乐意地，欣然，容易地

pressing ['presiŋ] *a.* 紧迫的
[同根] press [pres] *v.* ① 压，按，推，挤压 ②(常与 on, upon 连用)迫使，进逼(与 for 连用) ③敦促，力劝
pressure ['preʃə(r)] *n.* ①压，压力，电压 ②压迫，强制，紧迫

make sense 有意义，有道理

pattern ['pætən] *n.* ①式样，模式 ②模范，样品 ③格调 ④图案 *v.* ①模仿，仿造 ②以图案装饰，形成图案
[同义] design，example，model，type，standard，system

notion ['nəuʃən] *n.* 概念，感知
[同义] belief，opinion，thought，view

disaster [di'zɑːstə] *n.* ①天灾，灾难 ②不幸，祸患
[同义] casualty，misfortune，accident，tragedy
[同根] disastrous [di'zɑːstrəs] *a.* ①损失惨重的 ②悲伤的

lie in 在于

psychologist [sai'kɔlədʒist] *n.* 心理学者
[同根] psychology [sai'kɔlədʒi] *n.* 心理学，心理状态
psychological [ˌsaikə'lɔdʒikəl] *a.* 心理学的，心理的

infantile ['infəntail] *a.* ①婴儿的，适于婴儿的 ②幼稚的
[同义] childish
[同根] infant ['infənt] *n.* ①婴儿，幼儿 ②初学者，生手 *a.* ①婴儿的 ②幼稚的，初期的
infancy ['infənsi] *n.* ①婴儿期，幼年 ②初期

myth [miθ] *n.* 神话，神话式的人物(或事物)，虚构的故事，荒诞的说法
[同义] fable，legend，fiction
[同根] mystery ['mistəri] *n.* 神秘，神秘的事物
mysterious [mis'tiəriəs] *a.* 神秘的

summon[ˈsʌmən] *v.* ①召集，召唤，号召 ②鼓起，振作

attend to①照顾 ②注意,用心

change[tʃeindʒ] *v.* 为…换尿布

outgrow[autˈgrəu] *v.* ①失去,在成熟过程中(逐渐)失去或舍弃 ②长得太大而使…不再适用 ③长得比…快(或大、高)

选项词汇注释

live out活过(某一段时间)

exhaustion[igˈzɔːstʃən] *n.* ①耗尽,枯竭 ②筋疲力尽 ③竭尽 ④详尽无遗的论述

[同根] exhaust [igˈzɔːst] *v.* ①用尽，耗尽 ②使精疲力尽 ③排气 *n.* ①排气 ②排气装置

exhausted [igˈzɔːstid] *a.* ①耗尽的 ②疲惫的

exhaustible [igˈzɔːstəbl] *a.* 可空竭的，可耗尽的，用得尽的

exhaustless [igˈzɔːstlis] *a.* 无穷尽的，用不完的

[词组] be exhausted by/with 因…而疲劳

be accustomed to...习惯于…

due to因为,由于

conduct[kənˈdʌkt] *v.* ①做,处理,管理 ②领导，引导 ③传导

[ˈkɔndʌkt] *n.* 行为，举止，操行

[同根] misconduct [misˈkɔndʌkt] *n.* 不正当的行为 *v.* 处理不当，干坏事

conduction [kənˈdʌkʃən] *n.* 传导,输送

conductor [kənˈdʌktə] *n.* ①指挥者，指挥家，指挥交响乐队的人 ②(市内有轨电车或公共汽车)售票员 ③导体

console[kənˈsəul] *v.* 安慰,慰问

[同义] comfort，sympathize

[反义] afflict，torment，torture

[同根] consolation [ˌkɔnsəˈleiʃən] *n.* (被)安慰，起安慰作用的人或事物

have great sympathy for... 非常同情…

grief[griːf] *n.* ①悲伤,悲痛 ②悲伤的事,悲痛的缘由

[同义] sorrow，misery

[反义] delight，joy

[同根] grieve [griːv] *v.* (for，over)感到悲痛，伤心

grievance [ˈgriːvəns] *n.* 委屈，不满

[词组] come to grief 失败,遭受不幸

neglect[niˈglekt] *v.* & *n.* ①忽视，忽略 ②疏忽，玩忽

[同根] negligent [ˈneglidʒənt] *a.* 疏忽的，粗心大意的，随便的

negligence [ˈneglidʒəns] *n.* ①疏忽（行为）②随便，不修边幅

negligible [ˈneglidʒəbəl] *a.* 可以忽略的，微不足道的

predetermine[ˌpriːdiˈtəːmin] *v.* 预先确定

[同根] determine [diˈtəːmin] *v.* ①规定，决定 ②下决心，决意，决定

determination [ditəːmiˈneiʃən] *n.* ①坚定，果断，决断力 ②决心

determined [diˈtəːmind] *a.* 已下决心的，决意的

interpret[inˈtəːprit] *v.* ①解释，说明 ②口译，翻译

[同义] clarify，explain，translate

[同根] interpretation [inˌtəːpriˈteiʃən] *n.* ①口译，通译 ②解释，阐明

interpreter [inˈtəːpritə] *n.* 译员,口译者

[词组] interpret... as... 把…解释为…，理解为…

sensible[ˈsensəbəl] *a.* ①明智的，明白

事理的 ②知道的,意识到的 ③有判断力的有知觉的 ④可注意到的

[同义] aware, conscious, advisable

[反义] insensible, numb, unaware, unconscious

[同根] sense [sens] *n.* ①官能,感官 ②感觉 ③观念,意识,见识,智慧 *v.* ①感到 ②了解,领悟 ③有感觉,有知觉

insensible [in'sensəbəl] *a.* ①无知觉的,麻木不仁的 ②没有意识到的,不易被察觉的

sensibly ['sensəbli] *ad.* ①到能感觉到的地步,显著地,明显地 ②明智地

be at one's command 愿受某人的指挥,听某人的吩咐

Passage Two

Frustrated with delays in Sacramento, Bay Area officials said Thursday they planned to **take** matters **into their own hands** to **regulate** the region's growing pile of **electronic trash**.

A San Jose **councilwoman** and a San Francisco **supervisor** said they would **propose** local **initiatives aimed at** controlling electronic waste if the California law-making body fails to **act on** two **bills stalled** in the **Assembly**. They are among a growing number of California cities and counties that have expressed the same **intention**.

Environmentalists and local governments **are** increasingly **concerned about** the **toxic hazard posed** by old electronic **devices** and the cost of safely **recycling** those products. An **estimated** 6 million televisions and computers are **stocked** in California homes, and an **additional** 6,000 to 7,000 computers become **outdated** every day. The machines **contain** high levels of lead and other hazardous **substances**, and are already **banned** from California *landfills* (垃圾填埋场).

Legislation by **Senator** Byron Sher would require consumers to pay a recycling fee of up to $30 on every new machine containing a *cathode* (阴极) ray tube. Used in almost all **video monitors** and televisions, those devices contain four to eight pounds of lead each. The fees would go toward setting up recycling programs, providing **grants** to **non-profit** agencies that reuse the tubes and **rewarding** manufacturers that encourage recycling.

A separate bill by Los Angeles area Senator Gloria Romero would require **high-tech** manufacturers to develop programs to recycle so-called **e-waste**.

If passed, the measures would put California at the **forefront** of national efforts to manage the **refuse** of the electronic age.

But high-tech groups, including the **Silicon Valley** Manufacturing Group and the American Electronics **Association**, **oppose** the measures, arguing that fees of up to $30 will drive consumers to online, **out-of-state retailers**.

"What really needs to **occur** is consumer education. Most consumers are unaware they're not **supposed to** throw computers in the trash," said Roxanne Gould, vice president of government relations for the electronics association.

Computer recycling should be a local effort and part of **residential** waste collection programs, she added.

Recycling electronic waste is a dangerous and **specialized** matter, and environmentalists **maintain** the state must support recycling efforts and **ensure** that the job isn't **contracted** to *unscrupulous*（毫无顾忌的）**junk dealers** who send the toxic parts overseas.

"The **graveyard** of the high-tech revolution is **ending up** in rural China," said Ted Smith, director of the Silicon Valley Toxics **Coalition**. His group is **pushing for** an **amendment** to Sher's bill that would prevent the **export** of e-waste.

文章词汇注释

frustrated with... 对…失望的

take sth. into one's hand 管理，负责照料

regulate [ˈregjuleit] *v.* ①管理，控制，为…制订规章 ②校准，调整，调节

[同义] adjust, command, control

[同根] regulation [regjuˈleiʃən] *n.* ①规章，规则，条例 ②管理，控制，调节

regulative [ˈregjulətiv] *a.* ①管理的，规定的 ②调整的，调节的

regulatory [ˈregjulətəri] *a.* ①管理的，控制的 ②调整的，调节的

regular [ˈregjulə] *a.* 规则的，有秩序的，经常的

regularly [ˈregjuləli] *ad.* 有规律地，有规则地

electronic trash 电子垃圾

councilwoman [ˈkaunsəlˌwumən] *n.* 议会女议员

[同根] council [ˈkaunsəl] *n.* ①议会 ②委员会、理事会 ③会议

councilor [ˈkaunsələ] *n.* 议会议员

supervisor [ˈsuːpəvaizə] *n.* ①（政府、企业、学校的）监督（人），管理人，指导者 ②[美]（公立学校或学位负责指导教员备课、教学的）视导员

[同根] supervise ['sjuːpəvaiz] *v.* 监督，管理，指导
supervision [ˌsjuːpə'viʒən] *n.* 监督，管理
supervisory [ˌsjuːpə'vaizəri] *a.* 管理的，监督的

propose [prə'pəuz] *v.* ①提议，建议 ②推荐，提名 ③提议祝酒，提出为…干杯 ④打算，计划
[同义] scheme, suggest
[同根] proposal [prə'pəuzəl] *n.* ①提议，建议，计划，提案 ②(建议等的)提出
proposition [ˌprɔpə'ziʃən] *n.* ①(详细的)提议，建议 ② 论点，主张，论题

initiative [i'niʃiətiv] *n.* ①主动的行动，倡议 ②主动权 *a.* 开始的，初步的，创始的
[同根] initiate [i'niʃieit] *v.* ①开始，创始 ②把(基础知识)传授给 ③接纳(新成员)，让…加入 ④倡议，提出
initiation [iˌniʃi'eiʃən] *n.* ①开始，创始 ②入会，加入组织 ③指引，传授
initial [i'niʃəl] *a.* ①开始的，最初的 ②词首的 *n.* 首字母
initially [i'niʃəli] *ad.* 最初，开头
[词组] have the initiative 掌握主动权，有立法提案权
on (one's) own initiative 主动地
take the initiave 采取主动

aim at... ①旨在，针对 ②向…瞄准 ③志在

act on... ①遵照…行动，奉行 ②对…起作用

bill [bil] *n.* ①议案，法案 ②帐单，钞票 ③票据，清单

stall [stɔːl] *v.* ①拖延，推迟 ②抛锚，熄火 ③ 把…关入厩内 *n.* ①货摊 ②畜栏，厩
[同义] hinder, block, booth, stable

assembly [ə'sembli] *n.* ①[A-]立法机构，议会，(美国某些州的)州众议院 ②装配 ③集合，集会
[同根] assemble [ə'sembl] *v.* ①集合，聚集 ②装配

intention [in'tenʃən] *n.* 意图，目的
[同义] aim, goal, plan, objective
[同根] intend [in'tend] *v.* ①想要，打算 ②意指，意谓
intent [in'tent] *n.* 意图，目的，意向
intentional [in'tenʃənəl] *a.* 有意图的，故意的

environmentalist [inˌvaiərən'mentlist] *n.* 环境保护论者，环境论者
[同根] environment [in'vaiərənmənt] *n.* ①周围环境 ②自然环境
environmental [inˌvaiərən'mentəl] *a.* 周围的，环境的

be concerned about 关心

toxic hazard 有毒危险物

pose [pəuz] *v.* ①引起，造成 ②提出，陈述 ③(使…)摆好姿势 ④假装，冒充，装腔做事 *n.* ①姿势，姿态 ②装腔做事
[同义] pretent, posture

device [di'vais] *n.* ①装置，设备 ②设计，技术，方法 ③图案 ④诡计
[同义] apparatus, implement, instrument, plan

recycle [ˌriː'saikəl] *v.* 使再循环，反复应用 *n.* 再循环，重复利用 再生
[同根] cycle ['saikəl] *n.* ①循环，周而复始，周期 ②整个系列，整个过程 *v.* 循环，作循环运动，使循环

estimate ['estimeit] *v.* &*n.* 估计，估价，评估
[同根] overestimate [ˌəuvə'estimeit] *v.* 过高估计
underestimate [ˌʌndər'estimeit] *v.* 低估，

看轻

[词组] by estimate 据估计

stock [stɔk] *v.* 储备 *n.* ① 备料，库存 ② 股票，公债 ③ [总称] 家畜，牲畜

[词组] in/out of stock 有(无)现货或存货

additional [ə'diʃənəl] *a.* ①另外的，附加的，额外的 ②补充的

[同义] extra, added, further

[同根] add [æd] *v.* ①增加，添加 ②计算…总和，加，加起来 ③补充说，又说

addition [ə'diʃən] *n.* ①加，加法 ②增加物，增加

additionally [ə'diʃənli] *ad.* 另外

outdated [aut'deitid] *a.* 过时的，不流行的

[同义] out-of-date, old-fashioned

[反义] up-to-date

contain [kən'tein] *v.* ①包含 ②容纳 ③抑制，克制

[同根] container [kən'teinə] *n.* ①容器 ②集装箱，货柜

containment [kən'teinmənt] *n.* ①控制，抑制 ②遏制，遏制政策

substance ['sʌbstəns] *n.* ①物质 ②实质，主旨 ③牢固，坚实

[同义] material, matter, stuff, essence

[同根] substantial [səb'stænʃəl] *a.* ①坚固的，坚实的 ②大的，相当可观的 ③实质的，真实的

substantially [səb'stænʃəli] *ad.* ①坚固地，坚实地 ②相当可观地 ③实质地，真实地

ban [bæn] *v.* 禁止，取缔(书刊等) *n.* 禁令

[同义] forbid, prohibit

[反义] approve, permit, approval, consent

legislation [ˌledʒis'leiʃən] *n.* ①法律，法规 ②立法，法律的制定(或通过)

[同义] decree, enactment, lawmaking, ordinance, regulation

[同根] legal ['li:gəl] *a.* ①法律的，法定的 ②合法的

legislate ['ledʒisleit] *v.* 制定法律

legislator ['ledʒisleitə] *n.* 立法者

legislative ['ledʒislitiv] *a.* 立法的，立法机关的 *n.* 立法机关

senator ['senətə] *n.* 参议员，上议员

[同根] senate ['senit] *n.* 参议院，上议院

senatorial [senə'tɔ:riəl] *a.* 参议院的，参议员的

video monitor 视频监视器

grant [grɑ:nt] *n.* 授给物(如土地、权力、补助金等) *v.* ①给予，授予 ②同意，准予 ③承认(某事为真)

[词组] take... for granted 认为…理所当然

granting that... (= granted that...) 假定…，即使…

non-profit [ˌnʌn'prɔfit] *a.* 非营利的

[同根] profit ['prɔfit] *n.* ①利润，收益 ②益处，得益 *v.* ①得益，利用 ②有益于，有利于

profiteer [ˌprɔfi'tiə] *n.* 投机商，奸商

profitable ['prɔfitəbəl] *a.* ①有利的，有赢利的 ②有益的，有用的

reward [ri'wɔ:d] *v.* ①奖励，酬谢 ②报答，报偿 *n.* ①报酬，报答 ②酬金，奖品

[同根] rewarding [ri'wɔ:diŋ] *a.* ①(作为)报答的，②给予报偿的，有益的，值得的

high-tech [ˌhai'tek] *a.* 高科技的

e-waste 电子垃圾

forefront ['fɔ:frʌnt] *n.* 最前列，最前线，最重要的位置

[同义] foreground

refuse [ri'fju:z] *n.* 废料，废物，垃圾 *a.* 废弃的，扔掉的，无用的

the Sillicon Vally硅谷

association[əˌsəusi'eiʃən] *n.* ①协会，联盟，社团 ②联合，结合 ③交往，联系 ④联想

[同根] associate [ə'səuʃieit] *v.* ①（在思想上）把…联系在一起 ② 使联合、结合、使有联系 ③(with)结交、交往

[ə'səuʃiət] *n.* 伙伴、同事、合伙人

[ə'səuʃiət] *a.* 副的

associated [ə'səuʃieitid] *a.* 联合的，关联的

associative [ə'səuʃətiv] *a.* ①联合的 ②联想的

oppose[ə'pəuz] *v.* ①反对，对抗 ②使对立，使对照，以…对抗

[同义] hostility，reverse

[同根] opposite ['ɔpəzit] *a.* ①朝向…的，相对的，对面的 ②完全不同的，相反的 *n.* 相反的事物，反义词

opposition [ɔpə'ziʃən] *n.* ①反对，敌对，相反 ②抵抗

opponent [ə'pəunənt] *n.* 对手，反对者

[词组] oppose to 反对，与…相反

out-of-state在州以外的

retailer[riː'teilə] *n.* ①零售商，零售店 ②详述者，复述者，传播者

[同根] retail ['riːteil] *n.* 零售，零卖 *a.* ①零售的 ②批零的，小量的 *v.* ①零售，零卖 ②详述，复述，传播

retailing ['riːteiliŋ] *n.* 零售业

occur[ə'kəː] *v.* ①发生，出现 ②(to)被想起，被想到

[同义] happen，appear，emerge，come about，take place

[同根] occurrence [ə'kʌrəns] *n.* ①发生，出现 ②发生的事情，事件

be supposed to应该，被期望

residential[ˌrezi'denʃəl] ①住宅的，居住的 ②学生寄宿的，(须)住宿在住所的

[同根] reside [ri'zaid] *v.* ①居住，定居 ②(in)(性质等)存在，在于

residence['rezidəns] *n.* ①住，居留 ②住宅，住处

residency ['rezidənsi] *n.* ①住处，住宅 ②住院医生实习期，住院医生的职位

specialized['speʃəlaiz] *a.* 专业化的，专门的，专科的

[同根] special ['speʃəl] *a.* 特殊的，特别的

specific [spi'sifik] *a.* ①详细而精确的，明确的 ②特殊的，特效的

specialize ['speʃəlaiz] *v.* 专攻，专门研究

specialization [ˌspeʃəlai'zeiʃən] *n.* 特殊化，专门化，专业化

specialist ['speʃəlist] *n.* ①专家 ②专科医生

maintain[mein'tein] *v.* ①坚持，维护，主张 ②赡养，供给 ③保养，维修 ④维持，保持

[同义] uphold，retain，support，sustain

[同根] maintenance ['meintinəns] *n.* ①维持，保持 ②维修，保养，维修保养费用

ensure[in'ʃuə] *v.* ①保证，担保，保证得到 ②使安全

[同义] guarantee，insure，protect，defend

[同根] insure [in'ʃuə] *v.* ①给…保险 ②保证，确保

insurance [in'ʃuərəns] *n.* ①保险，保险单，保险费 ②预防措施，安全保证

assure [ə'ʃuə] *v.* 有信心地说，使确信

assurance [ə'ʃuərəns] *n.* ①保证，表示保证（或鼓励，安慰）的话 ②把握，信心 ③(人寿)保险

contract[kɔn'trækt] *v.* ①订立（合同） ②缔结，结成 ③与…订婚结交(朋友等)

④缩小，紧缩

['kɔntrækt] *n.* ①契约，合同，承包(合同) ②婚约

[同义] agreement, treaty, alliance; bargain, compress

[词组] make a contract with 与…签定合同

contract oneself out of ①约定使自己不受…的约束 ②退出(契约，协议等)

junk [dʒʌŋk] *n.* ①垃圾 ②废旧杂物 ③便宜的，廉价的东西

[同义] litter, rubbish, trash

dealer ['di:lə] *n.* 经销商，商人

[同义] businessman, merchant

[同根] deal [di:l] *n.* ①交易 ②(政治上的)密约 ③待遇 ④份量 *v.* ①处理，应付 ②做生意 ③分配，分给(out)

dealing ['di:liŋ] *n.* ①行为 ②交易

graveyard ['greivjɑ:d] *n.* 墓地

[同根] grave [greiv] *n.* 墓穴，坟墓

end up ①结束，告终 ②死亡

coalition [ˌkəuə'liʃən] *n.* ①结合体，同盟 ②结合，联合

[同义] union, alliance

push for 催促(以获得)

amendment [ə'mendmənt] *n.* ①修正案，修正条款 ②改善，改正

[同义] improvement

[同根] amend [ə'mend] *v.* ①改善，改进，改正 ②修正(规则，提案等)

amendable [ə'mendəbəl] *a.* 可改进的，可修正的

export ['ekspɔ:t] *n.* ①出口，输出 ②出口商品

[反义] import

[同根] transport [træn'spɔ:t] *v.* 运送，运输 *n.* 运输工具

transportation [ˌtrænspɔ:'teiʃən] *n.* 运输，运送

选项词汇注释

regarding [ri'gɑ:diŋ] *prep.* 关于

disposal [dis'pəuzəl] *n.* ①处理，处置 ②布置，安排

[同义] settlement, administration, arrangement

[同根] dispose [di'spəuz] *v.* ①处理，处置 ②部署 ③布置，安排 ④除去

disposition [dispə'ziʃən] *n.* ①性情，性格 ②意向，倾向 ③排列，部署

[词组] at one's disposal 随某人自由处理，由某人随意支配

put sth. at sb.'s disposal 把某物交某人自由处理

exert [ig'zə:t] *v.* ①运用，发挥，施加 ②用(力)，尽(力)

[同义] employ, put forth, utilize

[同根] exertion [ig'zə:ʃən] *n.* 发挥，运用，努力

[词组] exert pressure on... 对…施加压力

lay down 制定，设立

relevant ['relivənt] *a.* ①有关的 ②中肯的，切题的

[同义] appropriate, fitting

[同根] relevance ['relivənt] *n.* 中肯，切题

irrelevant [i'relivənt] *a.* 不相关的，不切题的

[词组] be relevant to... 和…有关

lobby ['lɔbi] *v.* 游说议员，对(议员)进行疏通 *n.* 大厅，休息室

[同根] lobbying ['lɔbiŋ] *n.* 游说活动，疏通活动

rally [ˈræli] *v.* ①集合,团结 ②恢复(健康等),重新振作 *n.* ①集会,(群众)大会 ②公路汽车赛

[同义] gather, improve, assembly

dump [dʌmp] *v.* ①倾倒(垃圾),倾卸 ②向国外廉价倾销国内市场不需要的货物 *n.* 垃圾场,垃圾堆

[同义] discard, discharge, unload

substance [ˈsʌbstəns] *n.* ①物质 ②实质 ③大意、要旨

[同义] material, matter, stuff, essence

[同根] substantial [səbˈstænʃəl] *a.* ①大量的,相当可观的 ② 实质的, 真实的

substantially [səbˈstænʃəli] *ad.* ①相当可观地 ②实质地, 真实地

reprocessing [ˌriːˈprəusesiŋ] *n.* 再生,再加工

[同根] reprocess [ˌriːˈprəuses] *v.* 再生,再加工

process [ˈprəuses] *n.* 过程,程序,步骤,进行 *v.* ①加工,处理 ② [ˈprəuses] [英]〈口〉列队行进

processable/processible [ˈprəusesəbəl, ˈprɔ-] *a.* 适合加工(或处理)的,可加工(或处理)的

processing [prəuˈsesiŋ] *n.* ①(数据)处理,加工、②整理,调整 ③配合

procession [prəˈseʃən, prəu-] *n.* ①(人、车、船等)行列,队伍 ②接续,连续

processive [prəuˈsesiv] *a.* 前进的,进行的,向前的

retrieve [riˈtriːv] *v.* ①收回,取回,重新得到 ②挽回,补救 ③检索

[同义] fetch, regain, restore, recover

[同根] retrieval [riˈtriːvəl] *n.* 取回, 恢复, 补救,重获,挽救

charge [tʃɑːdʒ] *v.* ①要(价), 收(费) ②装(满), 使饱含, 装料, 充气(电), 注(油, 入) ③命令,使负责 ④控告, 指责, 把…归咎于 *n.* ①控诉,指控 ②费用,价钱,索价 ③责任,管理

[词组] in/take charge of... 负责…, 经管…, 在…掌管之下

make a charge against... 指控…

on a (the) charge of 因…罪, 因…嫌疑

under the charge of 在…看管/负责之下

charge... with... 控告(某人)犯(某罪)

abandon [əˈbændən] *v.* 放弃,离弃,丢弃 *n.* 放任, 放纵,无拘无束

[同义] quit, desert

[反义] conserve, maintain, retain

[同根] abandonment [əˈbændənmənt] *n.* 放弃,遗弃,抛弃

protest against 抗议,反对

hesitate [ˈheziteit] *v.* 犹豫, 踌躇

[同义] falter, pause

[反义] dare, decide, determine

[同根] hesitation [ˌheziˈteiʃən] *n.* 犹豫, 踌躇

hesitant [ˈhezitənt] *a.* 犹豫的, 吞吞吐吐的, 犹豫不决

upgrade [ˈʌpgreid] *v.* 提升,使升级 *n.* (on the ~) 有进步,有进展

[反义] degrade

[同根] grade [greid] *n.* ①等级, 级别, 年级 ②分数,成绩 *v.* 分等,分类,评分

Passage Three

Throughout the nation's more than 15,000 school districts, widely differing **approaches** to teaching science and math have **emerged**. Though there can be strength in **diversity**, a new international **analysis** suggests that this **variability** has instead **contributed to** *lackluster* (平淡的) achievement scores by U. S. children **relative to** their **peers** in other developed countries.

Indeed, concludes William H. Schmidt of Michigan State University, who led the new analysis, "no single **intellectually coherent vision dominates** U. S. educational practice in math or science." The reason, he said, "is because the system is deeply and **fundamentally flawed**."

The new analysis, **released** this week by the National Science **Foundation** in Arlington, Va., is based on data collected from about 50 nations as part of the Third International Mathematics and Science Study.

Not only do approaches to teaching science and math vary among **individual** U. S. **communities**, the report finds, but there appears to be little **strategic** focus within a school district's **curricula**, its textbooks, or its teachers' activities. This **contrasts** sharply **with** the **coordinated** national programs of most other countries.

On average, U. S. students study more topics within science and math than their international **counterparts** do. This creates an educational environment that "is a mile wide and an inch deep," Schmidt notes.

For instance, eighth **graders** in the United States cover about 33 topics in math **versus** just 19 in Japan. Among science courses, the international gap is even wider. U. S. curricula for this age level **resemble** those of a small group of countries including Australia, Thailand, Iceland, and Bulgaria. Schmidt asks whether the United States wants to **be classed with** these nations, whose educational systems "share our pattern of *splintered* (支离破碎的) visions" but which are not economic leaders.

The new report "couldn't come at a better time," says Gerald Wheeler, **executive** director of the National Science Teachers Association in Arlington. "The new National Science Education Standards provide that focused vision," including the call "to do less, but **in** greater **depth**."

Implementing the new science standards and their math counterparts will be the **challenge**, he and Schmidt agree, because the **decentralized** responsibility for education in the United States requires that any **reforms** be **tailored** and **instituted** one community **at a time**.

In fact, Schmidt argues, reforms such as these proposed national standards "face an almost impossible task, because even though they are intellectually coherent, each becomes only one more voice in the *babble* (嘈杂声)."

文章词汇注释

approach [əˈprəutʃ] ***n.*** ①方法，步骤，途径，通路 ②接近，逼近 ***v.*** ①接近，靠近 ②动手处理

[同义] method, access, entrance

[同根] approachable [əˈprəutʃəbəl] ***a.*** ①可接近的 ②平易近人的，亲切的

[词组] at the approach of 在…快到的时候

be approaching (to) 与…差不多，大致相等

make an approach to sth. 对…进行探讨

make approaches to sb. 设法接近某人，想博得某人的好感

approach sb. on/about sth. 和某人接洽[商量，交涉]

emerge [iˈmə:dʒ] ***v.*** ①(问题、困难等)发生，显现，(事实、意见等)显出，暴露 ②浮现，出来

[同义] appear

[同根] emergent [iˈmə:dʒənt] ***a.*** ①出现的 ②突然出现的 ③必然发生的

emergence [iˈmə:dʒəns] ***n.*** 出现，显露

emergency [iˈmə:dʒnsi] ***n.*** ①紧急情况，非常时刻 ②紧急情况下使用(或出现的)

diversity [daiˈvə:siti] ***n.*** ①多样性，变化 ②差异，不同

[同义] variety, multiformity, difference

[反义] likeness, similarity

[同根] diverse [daiˈvə:s] ***a.*** 不同的，多变化的

diversify [daiˈvə:sifai] ***v.*** 使多样化

diversion [daiˈvə:ʃən] ***n.*** ①转移，转换 ②牵制 ③解闷，娱乐

diversification [daiˌvə:sifiˈkeiʃən] ***n.*** 变化，多样化

diversely [daiˈvə:sli] ***ad.*** 不同地，各色各样地

analysis [əˈnælisis] ***n.*** 分析，分解

[反义] synthesis

[同根] analyst [ˈænəlist] ***n.*** 分析者

analyze [ˈænəlaiz] ***v.*** 分析，分解

variability [ˌvεəriəˈbiliti] ***n.*** ①多样性，变化 ②变化性，可变性

[同根] vary [ˈvεəri] ***v.*** ①改变，变更 ②使多样化

variety [vəˈraiəti] ***n.*** ①变化 ②多样性 ③品种，种类

variation [ˌvεəriˈeiʃən] ***n.*** ①变更，变化 ②变异，变种

varied [ˈvεərid] ***a.*** ①杂色的 ②各式各样的

various [ˈvεəriəs] ***a.*** ①不同的 ②各种各样的，多方面的，多样的

variable [ˈvεəriəbl] ***a.*** 可变的，不定的，易变的 ***n.*** [数]变数，变量

contribute to ①促成 ②捐献 ③投稿

relative to ①与…相比 ②有关,关于,涉及 ③按…的比例,与…相应

peer [piə] *n.* ①同等地位的人,同龄人,同辈 ②(才能,学识等方面)相匹敌得人 ③贵族 *v.* ①(使与…)地位相当,(使与…)相匹敌 ②将…封为贵族

intellectually [ˌinti'lektʃuəli] *ad.* 知识地, 智力地

[同根] intellect ['intilekt] *n.* 智力,理解力,领悟力

intellectual [ˌinti'lektʃuəl] *a.* 知识的, 智力的,理智的 *n.* 知识分子

coherent [kəu'hiərənt] *a.* ①一致的,协调的 ②(话语等)条理清楚的,连贯的

[同义] consistent, cohering

[同根] cohere [kəu'hiə] *v.* ①一致,协调 ② 前后一致,条理清楚

coherence [kəu'hiərəns] *n.* ①一致(性),协调 ②(尤指说话、写作等的)条理清楚,连贯

cohesion [kəu'hi:ʒən] *n.* ①黏和(性),聚合(性) ②团结,结合

cohesive [kəu'hi:siv] *a.* ①黏和(或聚合)在一起的 ②团结的,结合的

vision ['viʒən] *n.* ①看法,目光 ②想像,幻想 ③视力, 视觉

[同义] illusion, image, sight, eyesight

[同根] visible ['vizəbl] *a.* 看得见的

visual ['viʒuəl] *a.* 看的, 视觉的

dominate ['dɔmineit] *v.* 占优势,支配,统治

[同义] command, control, lead, rule

[同根] domination [dɔmi'neiʃən] *n.* 控制, 统治, 支配

dominance ['dɔminəns] *n.* 优势, 统治

dominant ['dɔminənt] *a.* 占优势的,支配的,统治的

fundamentally [fʌndə'mentəli] *ad.* 基础地, 根本地

[同义] basically, primarily

[反义] superficially

[同根] found [faund] *v.* 建立,创立

fundamental [ˌfʌndə'mentəl] *a.* 基本的,根本的,主要的 *n.* [常作 ~s] 基本原则(或原理)

flaw [flɔ:] *v.* ①(使)有缺陷,(使)无效 ②(使)生裂缝 *n.* ①瑕疵,缺陷 ②裂痕

[同义] defect, damage, fault, crack

release [ri'li:s] *v.* ①发布(新闻等),公开发行(影片、唱片、音响盒带等) ②放开,松开 ③释放,解放 ④排放 *n.* ①排放,放开 ②释放,解除 ③发行,发布 ④使人解脱的事物,排遣性的事物

[词组] release sb. from... 免除某人的…

foundation [faun'deiʃən] *n.* ①基金,靠基金建立(或维持)的机构 ② 地基, 地脚,底座 ③基础,根本,根据,基本原则 ④建立, 创办

[同义] organization, base, establishment, ground,

[同根] foundational [faun'deiʃənəl] *a.* 基本的, 基础的

[词组] be on the foundation 由基金会维持的(机构), 领取基金会提供的奖学金(或薪金)的(人)

lay the foundation for/of 给…打下基础,为…奠定基础

without foundation 无根据的

individual [ˌindi'vidʒuəl] *a.* ①个体的,单独的, 个人的 ②独特的, 个性的 *n.* 人,个人

[同义] separate, single

[反义] general, whole

[同根] individually [indi'vidʒuəli] *ad.* ①个人地，个体地，单独地 ②独特地

community [kə'mju:niti] *n.* ①(由同住于一地,一地区或一国的人所构成的)社会,社区 ② 由同宗教,同种族,同职业或其他共同利益的人所构成的团体 ③共享,共有,共用

strategic [strə'ti:dʒik] *a.* ①战略的，战略上的 ②关键性的,对全局有重大意义的

[同根] strategy ['strætidʒi] *n.* ①兵法，军事学 ②战略，策略，计谋

curricula [kə'rikjulə] *n.* (curriculum 的复数) 课程

[同义] course

[同根] curricular [kə'rikjulə] *a.* 课程的

extra-curricular [ˌeskstrəkə'rikjulə(r)] *a.* 课外的，业余的

contrast with... …与…比较起来显示出差别,…与…形成对照

coordinated [kəu'ɔ:dinitid] *a.* 协调的，一致的

[同根] coordinate [kəu'ɔ:dinit] *v.* ①调节,协调 ②(使)同等,(使)同位 *a.* ①同等的，同格的，同位的，并列的 ②座标的

coordination [kəuˌɔ:di'neiʃən] *n.* ①协调 ② 同等,同位,对等

on average 通常,平均起来

counterpart ['kauntəpɑ:t] *n.* 对应的人或物

grader ['greidə] *n.* ①(用以构成复合词)…年级学生 ②按等级分类者 ③阅卷评分者

versus ['və:səs] *prep.* …对…，与…相对

resemble [ri'zembəl] *v.* 象，类似

[同根] resemblance [ri'zembləns] *n.* 类似之处

be classed with... 归入…类(等级)

executive [ig'zekjutiv] *a.* ①执行的，实行的，管理的 ②行政的 *n.* 执行者，管理人员

[同义] administrative, managing

[同根] execute ['eksikju:t] *v.* ①实行，实施，执行，履行 ②处决(死)

execution [ˌeksi'kju:ʃən] *n.* 实行，完成，执行

executor [ig'zekjutə] *n.* 执行者

in depth 全面地(的),深入地(的),彻底地(的)

implement ['implimənt] *v.* 贯彻，实现，执行 *n.* 工具，器具

[同义] carry out, complete; apparatus, appliance

[同根] implementation [ˌimplimen'teiʃən] *n.* 执行

challenge ['tʃælindʒ] *n.* 挑战,艰苦的任务,努力追求的目标 *v.* ①向…挑战,对…质疑 ②刺激,激发 ③需要,要求

[同义] question, defy, doubt, dispute, confront

[同根] challenging ['tʃælindʒiŋ] *a.* 挑战性的,引起兴趣的,令人深思的,挑逗的

decentralized [di:'sentrəlaizd] *a.* 分散的

[同根] central ['sentrəl] *a.* ①中心的，中央的 ②重要的，主要的，中枢的

centralize ['sentrəlaiz] *v.* ①集聚，集中 ②施行中央集权

decentralize [di:'sentrəlaiz] *v.* ①分散,疏散 ②地方分权

decentralization [di:ˌsentrəlai'zeiʃən] *n.* ①分散,疏散 ②地方分权

reform [ri'fɔ:m] *n.* & *v.* 改革，改善，改良,革新

[同义] change, convert, improve, revise

[同根] reformer [ri'fɔ:mə] *n.* 改革家，改

革运动者

tailor [ˈteilə] *v.* ①使适应，适合，②剪裁，缝制(衣服) *n.* 裁缝

[词组] tailor... to... 使…适应…

institute [ˈinstitjuːt] *v.* ①实行，开始，着手 ②建立，设立，制定 *n.* ①学会，协会 ②学院，(大专)学校 ③[美](教师等的)短训班，[英]成人业余学校

[同根] institution [instiˈtjuːʃən] *n.* ①创立，设立，制定 ②风俗，习惯，制度 ③(教育、慈善、宗教等的)公共社会机构

at a time 每次，一次

选项词汇注释

tap [tæp] *v.* ①开发，开辟，着手利用 ②轻打，轻敲 *n.* ①轻打，轻敲 ②水龙头，阀门 ③(酒桶等的)塞子，塞栓

potential [pəˈtenʃəl] *a.* 潜在的，可能的 *n.* ①潜能，潜力 ②潜在性，可能性

[同义] hidden, possible, promising

[同根] potentially [pəˈtenʃəli] *ad.* 潜在地

characterize [ˈkæriktəraiz] *v.* ①成为…的特征，以…为特征 ②描绘…的特征，刻画…的性格

[同根] character [ˈkærəktə] *n.* ①(事物的)性质，特性，(人的)品质，性格 ②(小说、戏剧等的)人物，角色 ③(书写或印刷)符号，(汉)字

characteristic [ˌkærəktəˈristik] *a.* 独有的，独特的，典型的 *n.* 特性，特征

[词组] be characterized by... …的特点在于，…的特点是

be characterized as... 被描绘为…，被称为…

vitality [vaiˈtæliti] *n.* ①活力，生命力 ②生动性

[同义] energy, vogor, power

[同根] vital [ˈvaitl] *a.* ①生死攸关的，重大的 ②生命的，生机的 ③至关重要的，所必需的 *n.* [*pl.*] ①要害 ②命脉，命根子 ③核心，紧要处 ④(身体的)重要器官，(机器的)主要部件

go downhill 走下坡路，日趋衰落

academic [ˌækəˈdemik] *a.* ①学术的 ②教学的，教务的 ③学院的，大学的 ④纯理论的，学究式的，不切实际的

[同义] educational, school, college, university, scholarly

[同根] academy [əˈkædəmi] *n.* ①(高等)专科院校，研究院，学院 ②学会，学术团体，学院

academician [əˌkædəˈmiʃən] *n.* 学会会员，院士，学者

[词组] the academic world 学术界

rely on 依赖，依靠

initiative [iˈniʃətiv] *n.* ①主动的行动，倡议 ②主动权 *a.* 开始的，初步的，创始的

[同根] initiation [iˌniʃiˈeiʃən] *n.* ①开始，创始 ②入会，加入组织 ③指引，传授

initial [iˈniʃəl] *a.* ①开始的，最初的 ②词首的 *n.* 首字母

initially [iˈniʃəli] *ad.* 最初，开头

[词组] have the initiative 掌握主动权，有立法提案权

on (one's) own initiative 主动地

take the initiave 采取主动

attache importance to... 重视…

intensive [inˈtensiv] *a.* 加强的，集中的，深入细致的，密集的

[反义] extensive

[同根] intense [inˈtens] *a.* ①(指性质)强烈的，剧烈的，激烈的 ②(指感情)热烈的，热情的

intension [in'tenʃən] ***n.*** 紧张

intensity [in'tensiti] ***n.*** ①(思想、感情、活动等的)强烈,剧烈 ②(电、光、声等的)强度,亮度

lay stress on... 强调…,重视…

at the expense of 以…为代价, 在损害…的情况下

comprehensive [ˌkɔmpri'hensiv] ***a.*** ①综合的,广泛的, 全面的 ②有理解力的, 容易了解的

[同根] comprehend [ˌkɔmpri'hend] ***v.*** ①领会, 理解 ②包括(包含), 由…组成

comprehension [ˌkɔmpri'henʃən] ***n.*** 理解, 包含

scope [skəup] ***n.*** ①(活动)范围, 机会, 余地 ②眼界,见识

[同义] extent, range, space

[同根] microscope ['maikrəskəup] ***n.*** 显微镜

telescope ['teliskəup] ***n.*** 望远镜

scratch the surface of... 触及…表面, 对…浅尝辄止

meet the demands of... 满足…需要, 符合…要求

controversy ['kɔntrəvə:si] ***n.*** (尤指文字形式的)争论,辩论

[同义] argument, dispute, quarrel

[同根] controvert['kɔntrəˌvə:t, kɔntrə'və:t] ***v.*** 争论,反驳

controversial [ˌkɔntrə'və:ʃəl] ***a.*** 引起争论的,有争议的

controversially [ˌkɔntrə'və:ʃəli] ***ad.*** 引起争论地,有争议地

standard ['stændəd] ***n.*** 标准, 水准 ***a.*** 标准的,模范的,普通的

[同根] standardize ['stændədaiz] ***v.*** 使标准化,使符合标准

standardization [ˌstændədai'zeiʃən] ***n.*** 标准化

acceptability [əkˌseptə'biliti] ***n.*** 可接受性

[同根] accept [ək'sept] ***v.*** ①接受, 认可, 同意 ②承担, 承兑

acceptable [ək'septəbəl] ***a.*** 可接受的

Passage Four

"I've never met a human worth **cloning**," says cloning expert Mark Westhusin from his lab at Texas A&M University. "It's a stupid **endeavor**." That's an interesting choice of adjective, coming from a man who has spent millions of dollars trying to clone a 13-year-old dog named Missy. So far, he and his team have not succeeded, though they have cloned two cows and expect to clone a cat soon. They just might succeed in cloning Missy this spring, or perhaps not for another 5 years. It seems the **reproductive system** of man's best friend is one of the mysteries of modern science.

Westhusin's experience with cloning animals leaves him upset by all this talk of human cloning. In three years of work on the Missy **project**, using hundreds upon hundreds of dog's **eggs**, the A&M team has produced only a dozen or so *embryos*（胚胎）carrying Missy's DNA. None have **survived** the **transfer** to a *surrogate*（代孕的）mother. The wastage of eggs and the many **spontaneously aborted** *fetuses*（胎）may be acceptable when you're dealing with cats or bulls, he argues, but not with humans. "Cloning is **incredibly inefficient**, and also dangerous," he says.

Even so, dog cloning is a **commercial** opportunity, with a nice research **payoff**. Ever since Dolly the sheep was cloned in 1997, Westhusin's phone has been ringing with people calling **in hopes of duplicating** their cats and dogs, cattle and horses. "A lot of people want to clone pets, especially if the price is right," says Westhusin. Cost is no **obstacle** for Missy's mysterious billionaire owner, he's **put up** $3.7 million so far to fund A&M's research.

Contrary to some media reports, Missy is not dead. The owner wants a twin to **carry on** Missy's fine qualities after she does die. The **prototype** is, **by all accounts**, **athletic**, **good-natured** and supersmart. Missy's master does not expect an exact copy of her. He knows her clone may not have her **temperament**. In a statement of purpose, Missy's owner and the A&M team say they are "both **looking forward to** studying the ways that her clones differ from Missy."

Besides cloning a great dog, the project may **contribute insight** into the old question of nature vs. **nurture**. It could also lead to the cloning of special **rescue** dogs and many **endangered** animals.

However, Westhusin is **cautious** about his work. He knows that even if he gets a dog **pregnant**, the **offspring**, should they survive, will face the problems shown at birth by other cloned animals: **abnormalities** like **immature** lungs and heart and weight problems. "Why would you ever want to clone humans," Westhusin asks, "when we're not even close to getting it **worked out** in animals yet?"

文章词汇注释

clone [kləun] *v.* ①无性繁殖，克隆 ②复制 *n.* ①无性系，无性繁殖，克隆 ②复制品 [同根] clonal ['kləunəl] *a.* [生]无性(繁殖)系的，无性(繁殖)系般的

endeavor [in'devə] *n.* & *v.* 努力，尽力 [同义] attempt, effort, labor, try

reproductive system 生殖系统

project ['prɔdʒekt] *n.* 项目,工程,计划,方案,

[prə'dʒekt] *v.* ①设计,计划 ②投射,放映

egg [eg] *n.* ①卵,卵细胞 ②蛋,鸡蛋蛋状物

survive [sə'vaiv] *v.* ①幸存,幸免于 ②比…活得长

[同根] survival [sə'vaivəl] *n.* 幸存(者),残存(物)

survivor [sə'vaivə] *n.* 幸存者

transfer [træns'fəː] *v.* ①转移(地方) ②调动 ③(工作)转让 ④转学,转乘 *n.* ①迁移,转移 ②调动 ③转让,让与

[同义] move, change

[同根] transferable [træns'fəːrəbəl] *a.* 可转移的,可调动的

spontaneously [spɔn'teiniəsli] *ad.* 自然地,本能地,自发地

[同根] spontaneity [ˌspɔntə'niːiti] *n.* 自发性

spontaneous [spɔn'teiniəs] *a.* ①自发的,无意识的 ②自然的,天真率直的

aborted [ə'bɔːtid] *a.* 流产的,失败的

[同根] abort [ə'bɔːt] *v.* ①夭折,流产 ②异常中断,中途失败 *n.* 中止计划(任务)

abortion [ə'bɔːʃən] *n.* ①流产,堕胎 ②失败,中止

incredibly [in'kredəbli] *ad.* 难以置信地

[同根] credit ['kredit] *n.* 信任,信用 *v.* 相信,信任

credible ['kredəbəl, -ibəl] *a.* 可信的,可靠的

incredible [in'kredəbl] *a.* 〈口〉难以置信的

inefficient [ˌini'fiʃənt] *a.* ①效率低的,效率差的 ②(指人)不能胜任的,无能的

[同根] efficient [i'fiʃənt] *a.* 有效的,效率高的

inefficiency [ˌini'fiʃənsi] *n.* 无效率,无能

inefficiently [ˌini'fiʃəntli] *ad.* 无效率地

commercial [kə'məːʃəl] *a.* ①商业的 ②商品的,商品化的 *n.* 商业广告

[同根] commerce ['kɔmə(ː)s] *n.* 商业,贸易

commercialize [kə'məːʃəlaiz] *v.* 使商业化,使商品化

commercially [kə'məːʃəli] *ad.* 商业地

payoff ['peiɔːf] *n.* (一系列事件、行动等的)结果,结局,报偿,报应

in hopes of 希望

duplicate ['djuːplikeit] *v.* ①复制,复写 ②使加倍,使成双 *a.* ①复制的 ②两重的,两倍的 *n.* 复制品,副本

[同义] copy, reproduce

[同根] duplication [ˌdjuːpli'keiʃən] *n.* 副本,复制,重复

obstacle ['ɔbstəkəl] *n.* 障碍(物),妨害的人

[同义] barrier, block, hindrance, obstruction

put up 支付,提供(资金),储存(钱)

carry on ①继续,进行 ②经营 ③喋喋不休地诉说

prototype ['prəutətaip] *n.* 原型

[同根] type [taip] *n.* 类型,典型,模范

by all accounts 根据各种流行的说法

athletic [æθ'letik] *a.* ①身体健壮的,活跃的 ②运动的,体育的

[同义] muscular, strong

[同根] athlete ['æθliːt] *n.* ①运动员 ②身体健壮的人

good-natured [gud'neitʃəd] *a.* 和蔼的,和善的

temperament [ˈtempərəmənt] *n.* 气质,性格

[同义] disposition, temper, personality

[同根] temper [ˈtempə] *n.* 脾气,性情,心情

look forward to 期待, 盼望

contribute [kənˈtribjuːt] *v.* ①捐献, 贡献, 捐助 ②投稿

[同根] contribution [ˌkɔntriˈbjuːʃən] *n.* ①捐款, 捐助, 贡献 ②所捐之款, 捐助物

contributor [kənˈtribju(ː)tə] *n.* 贡献者, 捐助者, 投稿者

contributing [kənˈtribjuːtiŋ] *a.* 贡献的, 起作用的

contributive [kənˈtribjutiv] *a.* 有助的,促成的

contributory [kənˈtribjutəri] *a.* ①贡献的 ②促成的,起一份作用的

insight [ˈinsait] *n.* 洞察力, 深刻见解, 洞悉

nurture [ˈnəːtʃə] *n.* 养育,培育,滋养

rescue [ˈreskjuː] *n.* & *v.* 援救, 营救

[同义] salvage, save, release

endangered [inˈdeindʒəd] *a.* ①有灭绝危险的, 将要绝种的 ②(生命等)有危险的

[同根] endanger [inˈdeindʒə] *v.* 危及

cautious [ˈkɔːʃəs] *a.* 十分小心的,谨慎的

[同义] careful

[反义] careless, incautious, rash

[同根] caution [ˈkɔːʃən] *n.* ①小心,谨慎 ②注意(事项),警告 *v.* 警告,劝…小心

cautiously [ˈkɔːʃəsli] *ad.* 慎重地

[词组] be cautious about 对…小心,谨慎

pregnant [ˈpregnənt] *a.* 怀孕的

[同根] pregnancy [ˈpregnənsi] *n.* 怀孕

offspring [ˈɔfspriŋ] *n.* ①后代, 子孙, 儿女 ② 结果, 产物

[同义] child, descendant, young

abnormality [ˌæbnɔːˈmæliti] *n.* ①畸形, 异常性 ②变态

[同根] normal [ˈnɔːməl] *n.* 正规, 常态 *a.* ①正常的 ②正规的, 标准的

abnormal [æbˈnɔːməl] *a.* 反常的, 变态的

immature [ˌiməˈtʃuə] *a.* 不成熟的, 未完全发展的

[同义] childish, undeveloped

[同根] mature [məˈtʃuə] *a.* 成熟的 *v.* (使)成熟

maturity [məˈtʃuəriti] *n.* 成热, 完备

work out ①通过工作或努力完成, 找到解答, 解决 ②作出,制定出

选项词汇注释

absolutely [ˈæbsəluːtli] *ad.* ①完全地, 非常 ②肯定地 ③绝对地

[同义] completely, thoroughly, totally, essentially

[反义] relatively

[同根] absolute [ˈæbsəluːt] *a.* ①纯粹的, 完全的 ②地道的, 十足的 ③不受任何限制（或约束）的 ④基本的

impractical [imˈpræktikəl] *a.* ①不切实际的 ②不能实行的

[同义] unfeasible, unrealistic, unworkable

[同根] practical [ˈpræktikəl] *a.* ①实际的, 实践的 ②实用的

impracticably [imˈpræktikəbli] *ad.* 不可行地

selectively [siˈlektivli] *ad.* 选择地, 选择性地

[同根] select [siˈlekt] *v.* 选择, 挑选

a. 精选的

selection [si'lekʃən] *n.* 选择，挑选

selective [si'lektiv] *a.* 选择的，选择性的

undertaking [ˌʌndə'teikiŋ] *n.* ①事业，工作，任务 ②承诺，保证

[同根] undertake [ˌʌndə'teik] *v.* ①承担，担任 ②许诺，保证 ③采取

in sight ①可见，看得见 ②在望，不远

outcome ['autkʌm] *n.* 结果，成果

[同义] conclusion, consequence, result

be doomed to 注定

utter ['ʌtə] *v.* 发出（声音），说，表露 *a.* 完全的，彻底的，绝对的

[同根] utterance ['ʌtərəns] *n.* ①发声，吐露，表达 ②说话方式

utterly ['ʌtəli] *ad.* 全然，完全地，彻底地

modify ['mɔdifai] *v.* ①修改，改造，改变 ②缓和，减轻，降低

[同义] adjust, alter, change

[同根] modification [ˌmɔdifi'keiʃən] *n.* ①修改，改造 ②缓和，减轻，降低

species ['spiːʃiz] *n.* 种，类

immune [i'mjuːn] *a.* ①免疫的 ②可防止的，不受影响的 ③免除的，豁免的

[同义] free, exempt, spared

[反义] infectious

[同根] immunity [i'mjuːnəti] *n.* 免疫（力），免除，豁免

immunize ['imjuːnaiz] *v.* 使免除，使免疫

deficiency [di'fiʃənsi] *n.* ①缺陷，缺点 ②缺乏，不足

[反义] sufficiency, adequacy, abundance

[同根] deficient [di'fiʃənt] *a.* ①不足的，缺乏的 ②不完美的，有缺陷的

deficit ['defisit] *n.* ①赤字，逆差 ②不足，缺陷

defective [di'fektiv] *a.* 有缺陷的，有毛病的，有缺点的

[同根] defect [di'fekt] *n.* 过失，缺点，瑕疵

defection [di'fekʃən] *n.* 缺乏，失败

technique [tek'niːk] *n.* ①技术，技巧 ②方法，手法

[同根] technology [tek'nɔlədʒi] *n.* ①科技，技术 ②工艺

technician [tek'niʃən] *n.* 技术员，技师

technical ['teknikəl] *a.* 技术的，技术上的

technically ['teknikəli] *ad.* 技术上，工艺上

have a long way to go（为达到某标准）仍有许多事要做

Reading Comprehension 2005.6

Passage One

Low-level **slash-and-burn** farming doesn't harm rainforest. On the contrary, it helps farmers and improves forest soils. This is the **unorthodox** view of a German soil scientist who has shown that burnt **clearings** in the Amazon, **dating back** more than 1,000 years, helped create **patches of** rich, **fertile** soil that farmers still benefit from today.

Most rainforest soils are **thin** and poor because they lack **minerals** and because the heat and heavy rainfall destroy most **organic matter** in the soils within four years of it reaching the forest floor. This means topsoil contains few of the **ingredients** needed for **long-term** successful farming.

But Bruno Glaser, a soil scientist of the University of Bayreuth, has studied unexpected patches of fertile soils in the central Amazon. These soils contain lots of organic matter.

Glaser has shown that most of this fertile organic matter comes from "black carbon"—the organic **particles** from camp fires and *charred*（烧成炭的）wood **left over** from thousands of years of slash-and-burn farming. "The soils, known as Terra Preta, contained **up to** 70 times more black carbon than the surrounding soil," says Glaser.

Unburnt **vegetation** rots quickly, but black carbon **persists** in the soil for many centuries. **Radiocarbon dating** shows that the charred wood in Terra Preta soils is **typically** more than 1,000 years old.

"Slash-and-burn farming can be good for soils **provided** it doesn't completely burn all the vegetation, and **leaves behind** charred wood," says Glaser. "It can be better than *manure*（粪肥）." Burning the forest just once can leave behind enough black carbon to keep the soil fertile for thousands of years. And rainforests easily regrow after **small-scale** clearing. Contrary to the **conventional** view that human activities damage the environment, Glaser says: "Black carbon **combined with** human wastes **is responsible for** the richness of Terra Preta soils."

Terra Preta soils **turn up** in large patches all over the Amazon, where they are highly **prized** by farmers. All the patches fall within 500 square kilometers in the central Amazon. Glaser says the widespread presence of *pottery*（陶器）**confirms** the soil's human **origins**.

The findings **add weight to** the theory that large areas of the Amazon have recovered so well from past periods of agricultural use that the regrowth has been mistaken by generations of biologists for "**virgin**" forest.

During the past decade, researchers have discovered hundreds of large earth works deep in the **jungle**. They are up to 20 meters high and cover up to a square kilometer. Glaser **claims** that these earth works, built between AD 400 and 1400, were **at the heart of urban civilizations**. Now it seems the richness of the Terra Preta soils may explain how such civilizations managed to feed themselves.

文章词汇注释

slash-and-burn 刀耕火种

unorthodox [ˌʌnˈɔːθədɔks] *a.* ①非正统的 ②异教的，异端的

[同根] orthodox [ˈɔːθədɔks] *a.* 正统的，传统的

orthodoxy [ˈɔːθədɔksi] *n.* ①正统，传统的说法 ②正教

clearing [ˈkliəriŋ] *n.* (尤指林中)空地

date back 追溯

patches of 成片的，成块的

fertile [ˈfəːtail; ˈfəːtil] *a.* ①肥沃的，富饶的 ②能繁殖的 ③多产的，丰产的 ④(创造力或想像力)丰富的

[同义] productive, abundant, creative, fruitful

[反义] barren, sterile

[同根] fertilize [ˈfəːtilaiz] *v.* ①使肥沃，使多产 ②施肥于，使受精，③使丰富，促进…的发展

fertilizer [ˈfəːtilaizə] *n.* 肥料(尤指化学肥料)

thin [θin] *a.* 贫瘠的

mineral [ˈminərəl] *n.* 矿物，矿石 *a.* 矿物的，含矿物的

[同根] mine [main] *v.* ①采矿 ②挖掘，在…下挖地道，挖坑 ③ 在…中寻找有价值的资料 ④暗地破坏，使变弱 *n.* ①矿，矿山，矿井 ②地雷，水雷

miner [ˈmainə] *n.* 矿工

organic matter 有机物

ingredient [inˈgriːdiənt] *n.* ①(混合物的)组成部分，成分，(烹调的)原料 ②(构成)要素，因素

[同义] component, element, factor

long-term 长期的

particle [ˈpɑːtikəl] *n.* ①微粒，粒子 ②极小量

leave over ①剩下 ②把…留待后用，使延期

up to ①多达，达到，接近于 ②一直到

vegetation [ˌvedʒiˈteiʃən] *n.* ①植被，[总称]植物，草木 ②(植物的)生长

[同根] vegetable [ˈvedʒitəbəl] *n.* ①蔬菜 ②植物 ③植物人 ④生活呆板单调的人 *a.* ①蔬菜的 ②植物的

vegetarian [ˌvedʒiˈtɛəriən] *n.* ①素食者 ②食草动物 *a.* ①素食的，吃素的 ②(全是)蔬菜的，没有肉的

persist [pə(ː)ˈsist] *v.* ①持续，存留 ②坚持不懈，执意 ③坚持说，坚称

[同义] continue, persevere, go on

[同根] persistence [pəˈsistəns, -ˈzis-] *n.* ①坚持，固执 ②持续，存留

persistent [pəˈsistənt] *a.* ①持续的，顽强存在的 ②坚持不懈的，执意的

persistently [pəˈsistənt] *ad.* ①持续地，顽强存在地 ②坚持不懈地，执意地

[词组] persist in/with 坚持不懈，执意

radiocarbon [reidiəuˈkɑːbən] *n.* 放射性碳，碳的放射性同位元素

dating [ˈdeitiŋ] *n.* 测定年龄(年代)

[同根] date [deit] *v.* ①定日期，注明…的日期 ②约会 *n.* ①日期，日子 ②(历史上某一)年代，时期 ③约会 ④枣

typically [ˈtipikəli] *ad.* ①一般地，通常 ②典型地，有代表性地 ③果然，不出所料地

[同根] typical [ˈtipikəl] *a.* ①典型的，有代表性的，象征性的 ②(品质、性格等方面)特有的，独特的

provided [prəːˈvaidid] *conj.* 倘若

[同义] providing, on the condition, if

leave behind ①遗留，留下 ②不带，忘了带 ③放弃

small-scale 小规模

conventional [kənˈvenʃənəl] *a.* ①惯例的，常规的 ②习俗的，传统的

[同义] accepted, customary, traditional, usual

[同根] convention [kənˈvenʃən] *n.* ①习俗，惯例 ②大会

conventionally [kənˈvenʃənəli] *ad.* 按照惯例

combined with 和…结合在一起

be responsible for 对…负责，形成…的原因

turn up 出现，(被)发现

prize [praiz] *v.* ①重视，尊重，珍视 ②估价，评价 *n.* 奖赏，奖金，奖品

[同义] appreciate, evaluate

confirm [kənˈfəːm] *v.* ①证实，肯定 ②进一步确定，确认 ③加强，坚定(信念等)

[同义] verify, prove, strengthen

[同根] confirmation [kɔnfəˈmeiʃən] *n.* 证明，证实

origin [ˈɔridʒin] *n.* ①起源，由来 ②出身，血统

[同义] start, source, birth

[反义] result

[同根] originate [əˈridʒineit] *v.* ①发源，发起，发生 ②创作，发明，

original [əˈridʒənəl] *a.* ①最初的，原来的 ②独创的，新颖的 *n.* (the ~)原作，原文，原件

originally [əˈridʒənəli] *ad.* 最初，原先

add weight to 进一步证明

virgin [ˈvəːdʒin] *a.* ①未经开发的 ②未经使用的 *n.* ①处女，未婚女子 ②未经开发的

[同义] original, fresh, pure, firsthand

jungle [ˈdʒʌŋgəl] *n.* ①丛林，密林 ②杂乱的一堆 ③弱肉强食的地方 *a.* 丛林的，荒蛮的，野性的

claim [[kleim] *v.* ①声称，主张，断言 ②对(头衔、财产、名声等)提出要求，认领，索取 *n.* ①声称，宣称 ②要求，认领，索赔 ③所有权，要求权

[同义] demand, require

[词组] lay claim to 对…提出所有权要求，自以为

at the heart of 在…的中心

urban [ˈəːbən] *a.* 城市的，都市的

[反义] rural

civilization [ˌsivilaiˈzeiʃən,-liˈz-] *n.* ①文明，文明社会 ②开化，教化

[同根] civil [ˈsivəl] *a.* ①公民的 ②政府的 ③国内的，民间的 ④文职的

civilize [ˈsivilaiz] *v.* ①使文明，使开化 ②教导，使文雅

civilian [siˈviljən] *a.* 民用的，平民的 *n.* 平民，百姓

选项词汇注释

traditional [trəˈdiʃənəl] *a.* ①传统的，惯例的 ②口传的，传说的

[同义] conventional
[同根] tradition [trə'diʃən] *n.* ①传统,惯例 ②传说,口碑
traditionally [trə'diʃənəli] *ad.* 传统地,惯例地

diminish [di'miniʃ] *v.* ①减少,降低 ②削弱…的权势,贬低
[同义] cut, decrease, lessen, reduce
[反义] increase, raise
[同根] diminution [ˌdimi'nju:ʃən] *n.* 减少,缩小

composition [kɔmpə'ziʃən] *n.* ①构成,组成,成份 ②(音乐、文学或美术)作品 ③创作 ④作文
[同根] compose [kəm'pəuz] *v.* ①(常用被动语态)组成,构成 ②创作(音乐、文学作品)
composed [kəm'pəuzd] *a.* 镇静的,沉着的
composer [kɔm'pəuzə] *n.* 作家,作曲家

unstable [ˌʌn'steibl] *a.* 不稳定的,不牢固的
[同义] unreliable, unsafe, unsteady, unsure
[反义] stable
[同根] stable ['steibəl] *a.* 稳定的,坚固的
stability [stə'biliti] *n.* 稳定,稳固

wash away ①冲刷走 ②洗去,洗掉

exhaust [ig'zɔ:st] *v.* ①用尽,耗尽 ②使精疲力尽 ③排气 *n.* ①排气 ②排气装置
[同义] use up, wear out, tire (out), fatigue
[反义] refresh, renew, supply
[同根] exhausting [ig'zɔ:stiŋ] *a.* ①使用尽的 ②令人疲乏不堪的
exhausted [ig'zɔ:stid] *a.* ①耗尽的 ②疲惫的
exhaustion [ig'zɔ:stʃən] *n.* ①耗尽枯竭,竭尽 ②筋疲力尽 ③详尽无遗的论述
exhaustible [ig'zɔ:stəbəl] *a.* 可空竭的,可耗尽的,用得尽的
exhaustive [ig'zɔ: stiv] *a.* ①无遗漏的 ②彻底的,详尽的
[词组] be exhausted by/with 因…而疲劳

essential to... 对…必要的,对…重要的

hamper ['hæmpə] *v.* ①妨碍,阻碍 ②束缚,限制 *n.* 障碍物,束缚
[同义] hinder, impede, restrain, obstruct
[反义] assist

habitation [ˌhæbi'teiʃən] *n.* ①居住 ②聚居地,住所
[同根] habitat ['hæbitæt] *n.* (动、植物的)产地,栖息地
habitable ['hæbitəbəl] *a.* 适于居住的,可居住的
inhabit [in'hæbit] *v.* ①居住于,栖息于 ②占据,留住
inhabitant [in'hæbitənt] *n.* 居民,常住居民,住户
inhabited [in'hæbitid] *a.* 有人居住的
inhabitable [in'hæbitəbəl] *a.* 可居住的
inhabitation [inˌhæbi'teiʃən] *n.* 居住,有人居住的状态

hesitation [ˌhezi'teiʃən] *n.* 犹豫,踌躇
[同根] hesitate ['heziteit] *v.* 犹豫,踌躇,不愿
hesitant ['hezitənt] *a.* 犹豫的,吞吞吐吐的,犹豫不决

grave [greiv] *a.* ①严重的 ②(颜色)黯淡的,(声音)低沉的 *n.* 墓穴,坟墓 *v.* 雕刻,铭记

destruction [di'strʌkʃən] *n.* 破坏,毁灭
[反义] construction, establishment
[同根] destruct [di'strʌkt] *v.* 破坏
destructive [di'strʌktiv] *a.* 破坏(性)的

Passage Two

As a wise man once said, we are all **ultimately** alone. But an increasing number of Europeans are choosing to be so at an ever earlier age. This isn't the **stuff** of **gloomy** philosophical **contemplations**, but a fact of Europe's new economic **landscape**, **embraced** by **sociologists**, **real-estate** developers and ad **executives** alike. The shift away from family life to **solo** lifestyle, observes a French sociologist, is part of the "**irresistible momentum** of **individualism**" over the last century. The communications revolution, the shift from a business culture of stability to one of **mobility** and the mass entry of women into the workforce have greatly ***wreaked*** *havoc on*(扰乱) Europeans' private lives.

Europe's new economic **climate** has largely **fostered** the **trend** toward independence. The **current** generation of **home-aloners came of age** during Europe's shift from social **democracy** to the sharper, more individualistic climate of American style **capitalism**. Raised in an **era** of **privatization** and increased **consumer** choice, today's *tech-savvy*(精通技术的) workers have embraced a free market in love as well as economics. Modern Europeans are rich enough to afford to live alone, and **temperamentally** independent enough to want to do so.

Once upon a time, people who lived alone **tended to** be those on either side of marriage—**twentysomething professionals** or **widowed senior citizens**. While **pensioners**, particularly elderly women, **make up a large proportion of** those living alone, the newest **crop of** singles are high earners in their 30s and 40s who increasingly **view** living alone **as** a lifestyle choice. Living alone was **conceived** to be **negative**—dark and cold, while being together suggested warmth and light. But then came along the idea of singles. They were young, beautiful, strong! Now, young people want to live alone.

The **booming** economy means people are working harder than ever. And that doesn't leave much room for relationships. Pimpi Arroyo, a 35-year-old **composer** who lives alone in a house in Paris, says he hasn't got time to get lonely because he has too much work. "I have **deadlines** which would make life with someone else fairly difficult." Only an **Ideal** Woman would make him change his lifestyle, he says. Kaufmann, author of a recent book called "The Single Woman and Prince Charming," thinks this **fierce** new individualism means that people **expect** more and more **of** mates, so relationships don't last long—if they start at all. Eppendorf, a **blond Berliner** with a deep **tan**, teaches **grade school** in the mornings. In the afternoon she **sunbathes** or sleeps, resting up for going dancing. Just shy of 50, she says she'd never have wanted to do what her mother did—give up a **career** to raise a family. Instead, "I've always done what I wanted to do: live a **self-determined** life."

文章词汇注释

ultimately [ˈʌltimətli] *ad.* 最后，最终
[同义] last
[同根] ultimate [ˈʌltimit] *a.* 最后的，最终的

stuff [stʌf] *n.* ①素材，资料 ②原料，材料 *v.* ①塞满，填满，填充 ②狼吞虎咽，吃饱 *a.* 毛织品做的，呢绒做的
[同义] material, substance, matter, fill
[同根] stuffed [stʌft] *a.* ①塞满了的 ②已经饱了的
stuffy [stʌfi] *a.* ①(房间等)通风不良的，闷的 ②(人或事物)拘谨的，古板的 ③不通的，堵塞的
[词组] stuff up ①把…塞起来 ②(鼻腔因感冒)充满粘液
stuff... with... 把…塞入…
stuff oneself 吃得过饱

gloomy [ˈgluːmi] *a.* ①令人沮丧的，令人失望的 ②(天气)阴沉的 ③沮丧的，愁容满面的
[同义] dark, dim, dismal, dreary
[反义] delightful, gay, jolly
[同根] gloom [gluːm] *n.* ①昏暗，阴暗 ②忧郁，沮丧
gloomily [ˈgluːmili] *ad.* ①黑暗地 ②沮丧地

contemplation [ˌkɔntemˈpleiʃən] *n.* ①沉思 ②凝视
[同义] ponder, speculate
[同根] contemplate [ˈkɔntempleit] *v.* ①盘算，计议 ②思量，对…周密考虑 ③注视，凝视
contemplative [ˈkɔntempleitiv] *a.* 沉思的深思熟虑的

landscape [ˈlændskeip] *n.* ①[喻]全景 ②风景，景色 ③风景画 *v.* 对…做景观美化，美化

embrace [imˈbreis] *v.* & *n.* ①(欣然)接受，(乐意)利用，信奉 ②拥抱 ③包含
[同义] include, contain, accept, clasp

sociologist [səusiəˈlɔdʒist] *n.* 社会学家
[同根] society [səˈsaiəti] *n.* ①社会 ②会，社 ③友伴 ④交际，社交界 ⑤上流社会
social [ˈsəuʃəl] *a.* ①社会的 ②爱交际的，社交的 ③群居的
sociology [ˌsəusiˈɔlədʒi] *n.* 社会学
sociological [ˌsəuʃiəˈlɔdʒikəl] *a.* 社会学的，社会学上的

real-estate *n.* 房地产

executive [igˈzekjutiv] *n.* 执行者，管理

人员 ***a.*** ①执行的，实行的，管理的 ②行政的

[同根] execute [ˈeksikjuːt] ***v.*** 实行，实施，执行，完成，履行

execution [ˌeksiˈkjuːʃən] ***n.*** 实行，完成，执行

executor [igˈzekjutə] ***n.*** 执行者

solo [ˈsəuləu] ***a.*** 单独的 ***n.*** 独奏曲

irresistible [ˌiriˈzistəbəl] ***a.*** 不可抵抗的，不能压制的

[同义] compelling, moving

[反义] resistant

[同根] resist [riˈzist] ***v.*** 抵抗，抵制，忍得住

resistance [riˈzistəns] ***n.*** ①抗，抵抗 ②抵抗力，阻力

resistable [riˈzistəbəl] ***a.*** 可抵抗的

resistant [riˈzistənt] ***a.*** 抵抗的，有抵抗力的

momentum [məuˈmentəm] ***n.*** ①冲力，势头 ②动量

[同义] force, push, thrust

individualism [ˌindiˈvidʒuəlizəm] ***n.*** ①个人主义，利已主义 ②个性，独特性

[同根] individual [ˌindiˈvidʒuəl] ***n.*** 个人，个体 ***a.*** ①个人的，个体的，单独的 ②独特的，个性的

individualistic [ˌindiˌvidʒuəˈlistik] ***a.*** ①个人主义的，利已主义的 ②(个人)独特的，自有的

individually [indiˈvidʒuəli] ***ad.*** 个别地，逐一地

mobility [məuˈbiliti] ***n.*** ①机动性 ②流动性，移动性

[同根] mobile [ˈməubail] ***a.*** ①能快速移动的，机动的 ②可移动的，活动的

wreak [riːk] ***v.*** ①带来，引起 ②发泄(怒火)，施行报复

[同义] bring about, cause

climate [ˈklaimit] ***n.*** ①潮流，风气，社会气氛 ②气候

foster [ˈfɔstə] ***v.*** ①促进，培养 ②养育，抚育，收养 ③抱有，怀有 ***n.*** 养父，养母 ***a.*** 收养的

[同义] cultivate, feed, nourish

trend [trend] ***n.*** ①趋势，趋向 ②(海岸、河流、山脉等)走向，方向 ③时髦，时尚

[同义] direction, drift, movement, tendency

[同根] trendy [ˈtrendi] ***a.*** 流行的 ***n.*** 新潮人物，穿着时髦的人

trendily [ˈtrendili] ***ad.*** 时髦地

current [ˈkʌrənt] ***a.*** ① 现时的，当前的 ②流行的、流传的 ***n.*** ①(空气、水等的)流，潮流 ②电流 ③ 趋势，倾向

[同义] present, happening

[同根] currency [ˈkʌrənsi] ***n.*** ①流传，流通 ②传播通货，货币

currently [ˈkʌrəntli] ***ad.*** ①普遍地，通常地 ②现在，当前

[词组] against the current 逆流而行，不同流俗

go current 流行，通用，流传，见信于世

go with the current 随波逐流

home-aloner 在家独处的人

come of age ①成年，满法定年龄 ②成熟，发达

democracy [diˈmɔkrəsi] ***n.*** 民主，民主精神，民主主义

[同根] democrat [ˈdeməkræt] ***n.*** ①民主主义者，民主人士 ②民主党人

democratic [ˌdeməˈkrætik] ***a.*** ①民主的，民主政体的 ②有民主精神的

democratically [ˌdeməˈkrætikəli] ***ad.*** 民主地，民主主义地

capitalism [ˈkæpitəlizəm] ***n.*** 资本主义
[同根] capital [ˈkæpitəl] ***n.*** ①资本，资金，资产 ②首都，首府 ③大写字母
capitalist [ˈkæpitəlist] ***a.*** 资本主义的 ***n.*** 资本家，资本主义者
era [ˈiərə] ***n.*** 时代，纪元，时期
[同义] period
privatization [ˌpraivətaiˈzeiʃən] ***n.*** 私人化
[同根] private [ˈpraivit] ***a.*** ①私人的，私有的 ②秘密的
privacy [ˈpraivəsi] ***n.*** ①私生活，隐私 ②秘密，私下 ③隐居，独处
privatize [ˈpraivitaiz] ***v.*** 使归私有，使私人化
privately [ˈpraivitli] ***a.*** ①私人地，私有地 ②秘密地
consumer [kənˈsjuːmə] ***n.*** 消费者，顾客，用户
[反义] produce
[同根] consume [kənˈsjuːm] ***v.*** ①消耗，消费 ②吃完，喝光
consumption [kənˈsʌmpʃən] ***n.*** ①消费，消耗 ②消费量
consumable [kənˈsjuːməbəl] ***a.*** 可消费的
consumptive[[kənˈsʌmptiv] ***a.*** ①消费的 ②消耗(性)的，毁灭的
temperamentally [ˌtempərəˈmentli] ***ad.*** 性格上地，气质地
[同根] temperament [ˈtempərəmənt] ***n.*** ①气质，性情 ②易兴奋的性格，急躁脾气
temperamental [ˌtempərəˈmentəl] ***a.*** ①气质的，性情的，禀赋的 ②易兴奋的，易激动的
tend to 容易，往往
twentysomething 二十多岁
professional [prəˈfeʃənəl] ***n.*** ①以特定职业谋生的人 ②专业人员 ③职业运动员 ***a.*** 职业的，专业的
[反义] amateur
[同根] profess [prəˈfes] ***v.*** 表示
profession [prəˈfeʃən] ***n.*** ①专业，职业(尤指受过专门训练的，如法律、教学等) ②声明，宣言，表白 ③(信仰、意见等的)公开承认
professionally [prəˈfeʃənli] ***ad.*** 专业地，内行地
widowed [ˈwidəud] ***a.*** 寡居的，鳏居的
[同根] widow [ˈwidəu] ***n.*** 寡妇
widower [ˈwidəuə] ***n.*** 鳏夫
senior citizen 老年人
pensioner [ˈpenʃənə(r)] ***n.*** 领养老金(或退休金、抚恤金、补助金等)的人，年金者，靠养老金(或退休金、抚恤金、补助金等)生活的人
[同根] pension [ˈpenʃən] ***n.*** ①养老金，退休金，抚恤金 ②津贴，补助金，年金
make up (由部分)组成，构成(全体)
a large proportion of 一大部分
crop of 一大堆(同时出现的人、物)
view... as... 把…看成…
conceive [kənˈsiːv] ***v.*** ①认为 ②构想出，设想 ③怀孕，怀(胎)
[同义] think, devise, understand
[同根] conception [kənˈsepʃən] ***n.*** ①思想，观念，概念 ②构想，设想
conceivable [kənˈsiːvəbəl] ***a.*** 可能的，想得到的，可想像的
conceptive [kənˈseptiv] ***a.*** ①有构想的 ②构想的，设想的
negative [ˈnegətiv] ***a.*** ①消极的，反面的，反对的 ②否定的，表示否认的
[反义] positive
[同根] negation [niˈgeiʃən] ***n.*** ①否定，否认，表示否认 ②反面，对立面

booming [ˈbuːmiŋ] *a.* ①兴旺发达的,迅速发展的

[同义] thriving, flurishing

[反义] slumping

[同根] boom [buːm] *n.* 暴涨,激增,迅速发展,繁荣 *n.*(价格等的)暴涨,(营业等的)激增,(经济、工商业等的)繁荣(期),迅速发展,(城镇等的)兴起

composer [kɔmˈpəuzə] *n.* ①作家 ②作曲家 ③设计者 ④著作者

[同根] compose [kəmˈpəuz] *v.* ①组成 ②写作 ③创作

composition [kɔmpəˈziʃən] *n.* ①构成 ②成分, 合成物 ③作文 ④乐曲

deadline [ˈdedlain] *n.* 最终期限

ideal [aiˈdiəl] *a.* ①理想的, 完美的 ②想像的, 理想中的 *n.* 理想

[同义] perfectly

[同根] ideal [aiˈdiəl] *n.* 理想 *a.* ①理想的, 完美的 ②想像的, 理想中的

idealism [aiˈdiəlizm] *n.* 理想主义, 唯心论

idealistically [aiˌdiəˈlistikəli] *ad.* ①理想地, 完美地 ②在观念上地

idealistic [aiˌdiəˈlistik] *a.* 理想主义的,空想的, 唯心主义者的

fierce [fiəs] *a.* ①强烈的, 激烈的 ②凶猛的, 愤怒的, 暴躁的

[同义] intense, violent, cruel

[反义] gentle, quiet

[同根] fierceness [ˈfiəsnis] *n.* 强烈,激烈

fiercely [ˈfiəsli] *ad.* 猛烈地, 厉害地

expect... of... 从…期望得到…

blond [blɔnd] *a.* 金发的 *n.* 白肤碧眼金发的人

Berliner 柏林市民

tan [tæn] *n.* 日晒后的颜色, 棕褐色, 茶色 *a.* 棕褐色的, 茶色 *v.* 晒黑, 晒成褐色

grade school [美]小学

sunbathe [ˈsʌnbeið] *v.* 沐日光浴

[同根] sunbath [ˈsʌnbɑːθ] *n.* 日光浴

career [kəˈriə] *n.* ①事业 ②生涯, 经历

[同义] employment, occupation, profession, vocation

self-determined [ˌselfdiˈtəːmind] *a.* 自己作主的

选项词汇注释

overwhelming [ˌəuvəˈwelmiŋ] *a.* 势不可挡的,压倒的

[同根] overwhelm [ˌəuvəˈwelm] *v.* ①征服,制服 ②压倒, 淹没 ③使受不了,使不知所措

overwhelmingly [ˌəuvəˈwelmiŋli] *ad.* 势不可挡地,压倒性地

stability [stəˈbiliti] *n.* 稳定, 稳固

[同根] stable [ˈsteibəl] *a.* 稳定的,坚固的

stabilize [ˈsteibilaiz] *v.* 使稳定, 坚固, 不动摇

be pessimistic about 对…悲观的

threaten [ˈθretn] *v.* ①威胁,恐吓,胁迫 ②有…的预兆,预示着…的危险

[同义] warn

[反义] protect

[同根] threat [θret] *n.* ①威胁, 恫吓 ②造成威胁的人或事 ③凶兆

lighthearted [ˌlaitˈhɑːtid] *a.* 快乐的, 心情愉快的

gloomy [ˈgluːmi] *a.* ①沮丧的,忧伤的 ②(天气)阴沉的 ③令人沮丧的,令人失望的

[同义] dark, dim, dismal, dreary

[反义] delightful, gay, jolly

[同根] gloom [glu:m] *n.* ①昏暗,阴暗 ②忧郁,沮丧

gloomily ['glu:mili] *ad.* ①黑暗地 ②沮丧地

review [ri'vju:] *v.* & *n.* ①评论, 回顾 ②复习, 审查

[同义] assess, consider, evaluate, survey, examine

[同根] view [vju:] *n.* ①景色, 风景 ②观点, 见解 ③风景,眼界 *v.* 观看, 认为

interview ['intəvju:] *n.* & *v.* ①采访, 接见, 会见 ②面试

preview ['pri:vju:] *n.* & *v.* 预习,预演,预映,预展

[词组] be under review 在检查中, 在审查中

come under review ①开始受审查 ②开始被考虑

in review ①回顾 ②检查中

impact ['impækt] *n.* ①影响,作用 ②冲击,碰撞

[同义] influence, effect, crash, blow

[词组] give an impact to... 对…起冲击作用

make a strong/great/full impact on 对…有巨大影响

contemplate ['kɔntempleit] *v.* ①思量, 对…周密考虑 ②盘算,计议 ③注视,凝视

[同义] ponder, speculate

[同根] contemplation [ˌkɔntem'pleiʃən] *n.* ①凝视 ②沉思

contemplative ['kɔntempleitiv] *a.* 沉思的,深思熟虑的

underlying [ˌʌndə'laiiŋ] *a.* ①潜在的, 在下面的 ②位于某物之下的 ③根本的

[同根] underlie [ˌʌndə'lai] *v.* ①位于…之下 ②引起, 构成…的基础(或起因)

underline [ˌʌndə'lain] *v.* ①在…下面划线, 加下划线 ②强调

stress [stres] *v.* 着重, 强调 *n.* ①压力, 紧张 ②着重, 强调

[同义] force, strain, pressure, tension, emphasis

Passage Three

Supporters of the **biotech** industry have **accused** an American scientist **of misconduct** after she **testified** to the New Zealand government that a **genetically modified** (GM) **bacterium** could cause serious damage if **released**.

The New Zealand Life Sciences Network, an **association** of **pro**-GM scientists and organizations, says the view expressed by Elaine Ingham, a soil biologist at Oregon State University in Corvallis, was **exaggerated** and **irresponsible**. It has asked her university to **discipline** her.

But Ingham **stands by** her **comments** and says the complaints are an attempt to **silence** her. "They're trying to cause trouble with my university and **get me fired**," Ingham told New Scientist.

The **controversy** began on 1 February, when Ingham testified before New Zealand's **Royal Commission** on Genetic Modification, which will determine how to **regulate** GM **organisms**. Ingham **claimed** that a GM **version** of a common soil bacterium could spread and destroy plants if released into the wild. Other researchers had **previously** modified the bacterium to produce alcohol from organic waste. But Ingham says that when she put it in soil with wheat plants, all of the plants died within a week.

"We would lose *terrestrial*(陆生的) plants... this is an organism that is **potentially deadly** to the continued **survival** of human beings," she told the commission. She added that the U. S. Environmental Protection **Agency** (EPA) **canceled** its **approval** for **field tests** using the organism once she had told them about her research in 1999.

But last week the New Zealand Life Sciences Network accused Ingham of "**presenting** inaccurate, careless and exaggerated information" and "**generating speculative** *doomsday scenarios*(世界末日的局面) that are not scientifically **supportable**". They say that her study doesn't even show that the bacteria would survive in the wild, **much less** kill massive numbers of plants. What's more, the network says that contrary to Ingham's claims, the EPA was never asked to consider the organism for field **trials**.

The EPA has not commented on the dispute. But an e-mail to the network from Janet Anderson, director of the EPA's *bio-pesticides*(生物杀虫剂) **division**, says "there is no record of a review and **clearance** to field test" the organism.

Ingham says EPA officials had told her that the organism was approved for field tests, but says she has few details. It's also not clear whether the organism, first **engineered** by a German institute for biotechnology, is still in use.

Whether Ingham is right or wrong, her supporters say **opponents** are trying unfairly to silence her.

"I think her concerns should be taken seriously. She shouldn't be **harassed** in this way," says Ann Clarke, a plant biologist at the University of Guelph in Canada who also testified before the commission. "It's an attempt to silence the opposition."

文章词汇注释

biotech ['baiəutek] *a.* 生物技术的
[同义] biotechnology [ˌbaiəutek'nɔlədʒi] *n.* 生物工艺学
accuse sb. of... 因某事控告/谴责某人
misconduct [mis'kɔndʌkt] *n.* 不正当的行为 *v.* 处理不当，干坏事
[同根] conduct ['kɔndʌkt, -dəkt] *n.* 行为，操行 *v.* ①指挥，管理，控制 ②领导，引导 ③传导
conduction [kən'dʌkʃən] *n.* 传导
conductor [kən'dʌktə] *n.* ①指挥者，指挥家，指挥交响乐队的人 ②（市内有轨电车或公共汽车）售票员 ③导体
testify ['testifai] *v.* ①表明，说明（to）②作证，证明（for, against, to）
[同根] test [test] *n.* & *v.* 测试，试验，检验
testimony ['testiməni] *n.* ①证据，证明，证词 ②表明，说明
genetically [dʒi'netikəli] *ad.* 基因上，遗传地
[同根] gene [dʒi:n] *n.*（遗传）因子，（遗传）基因
genetic [dʒi'netik] *a.* 遗传的，起源的
modify ['mɔdifai] *v.* ①改变，该型，更改，修改 ②缓和，减轻
[同义] reform, improve
[同根] modification [ˌmɔdifi'keiʃən] *n.* ①更改，修改，修正 ②变体，变型 ③变异
modified ['mɔdifaid] *a.* ①改良的，改进的 ②修正的
bacterium [bæk'tiəriəm] *n.*（**pl.** bacteria）细菌
release [ri'li:s] *v.* ①放出，释放，松开 ②排放 ③发布（新闻等），公开发行（影片、唱片、音响盒带等）*n.* ①排放，放开 ②释放，解除 ③发行，发布 ④使人解脱的事物，排遣性的事物
[同义] discharge, dismiss, liberate, relieve
[词组] release sb. from... 免除某人的…
association [əˌsəusi'eiʃən] *n.* ①协会，联盟，社团 ②联合，结合 ③交往，联系 ④联想
[同根] associate [ə'səuʃieit] *v.* ①（在思想上）把…联系在一起 ② 使联合、结合、使有联系 ③（with）结交、交往
[ə'səuʃiət] *n.* 伙伴、同事、合伙人
[ə'səuʃiət] *a.* 副的
associated [ə'səuʃieitid] *a.* 联合的，关联的
associative [ə'səuʃətiv] *a.* ①联合的 ②联想的
pro- 表示"赞成"，"亲"
exaggerate [ig'zædʒəreit] *v.* 夸大、夸张
[同义] overstate, overstress
[反义] understate
[同根] exaggeration [igzædʒə'reiʃən] *n.* 夸张，夸大
irresponsible [ˌiri'spɔnsəbəl] *a.* 不负责任的，不可靠的
[同根] respond [ri'spɔnd] *v.* ①回答，作答 ②（to）响应，作出反应
response [ri'spɔns] *n.* ①回答，答复 ②响应，反应
responsible [ri'spɔnsəbəl] *a.* ①有责任的，需承担责任的 ②有责任感的
responsibility [risˌpɔnsə'biliti] *n.* ①责任，负责的状态，责任心 ②职责，义务
discipline ['disiplin] *v.* ①惩罚，处罚 ②训练，训导 ③控制，使有条不紊 *n.* ①纪

律，风纪 ②（智力，道德的）训练，训导 ③学科

[同义] punish, teach, train

[同根] disciplined [ˈdisiplind] *n.* 受过训练的，遵守纪律的

stand by ①支持，忠于，站在…一边 ②坚持，遵守 ③站在旁边，袖手旁观

comment [ˈkɔment] *n.* ①评论，意见 ②注解，评注 ③谈话，议论 *v.* ①评论 ②注释

[同义] remark, mention, note, observe

[同根] commentary [ˈkɔmәntәri] *n.* ①（广播员对球赛等的）实况报道，（电影的）解说词 ②评论

silence [ˈsailәns] *v.* ①使沉默 ②使安静 *n.* ①静，寂静 ②沉默，静默

get me fired 把我解雇

controversy [ˈkɔntrәvә:si] *n.*（尤指文字形式的）争论，辩论

[同义] argument, dispute, quarrel

[同根] controvert [ˈkɔntrәˌvә:t, ˌkɔntrәˈvә:t] *v.* 争论，反驳

controversial [ˌkɔntrәˈvә:ʃәl] *a.* 引起争论的，有争议的

controversially [ˌkɔntrәˈvә:ʃәli] *ad.* 引起争论地，有争议地

royal [ˈrɔiәl] *a.* ①皇家的，王室的 ②第一流的 ③高贵的

[同义] imperial, noble

[同根] royalty [ˈrɔiәlti] *n.* 皇室，王权

commission [kәˈmiʃәn] *n.* ①委员会 ②授权，委托 ③委任状，任职令

[同根] commit [kәˈmit] *v.* ①犯（罪），做（错事、坏事、傻事等）②把…托付给，把…提交 ③使承担义务，使做出保证

commitment [kәˈmitmәnt] *n.* ①承诺，许诺，保证，承担的义务 ②献身参与，介入 ③托付，交托 ④信奉，支持

committee [kәˈmiti] *n.* 委员会

regulate [ˈregjuleit] *v.* ①管理，控制，为…制订规章 ②校准，调整，调节

[同根] regulation [regjuˈleiʃәn] *n.* ①规章，规则，条例 ②管理，控制，调节

regulative [ˈregjulәtiv] *a.* ①管理的，规定的 ②调整的，调节的

regulatory [ˈregjulәtәri] *a.* ①管理的，控制的 ②调整的，调节的

regular [ˈregjulә] *a.* 规则的，有秩序的，经常的

regularly [ˈregjulәli] *ad.* 有规律地，有规则地

organism [ˈɔ:gәnizәm] *n.* ①生物体，有机体 ②机体，有机组织

[同根] organ [ˈɔ:gәn] *n.* ①器官 ②机构，机关

organic [ɔ:ˈgænik] *a.* ①有机的 ②器官的，组织的

claim [ˈkleim] *v.* ①声称，主张，断言 ②对（头衔、财产、名声等）提出要求，认领，索取 *n.* ①声称，宣称 ②要求，认领，索赔 ③所有权，要求权

[同义] demand, require

[词组] lay claim to 对…提出所有权要求，自以为

version [ˈvә:ʃәn] *n.* ①（一事物的）变化形式，变体 ②（某人或从某一角度所作的）一种描述，说法 ③译文，译本 ④版本

[同义] account, interpretation

previously [ˈpri:viәsli] *ad.* 先前，以前

[同义] before, earlier, formerly

[同根] previous [ˈpri:viәs] *a.* 在前的，早先的

potentialy [pәˈtenʃәli] *ad.* 潜在地，可能地

[同义] hidden, possible, promising
[同根] potential [pə'tenʃəl] *a.* 潜在的,可能的 *n.* ①潜能,潜力 ②潜在性,可能性

deadly ['dedli] *a.* ①致命的 ②敌对的,势不两立的 ③死一般的 *ad.* 极度地
[同义] fatal
[同根] dead [ded] *a.* ①死的 ②无生命的,无活动的 ③不通行的 ④麻木的,无感觉的 *ad.* 完全地,绝对地,突然地

survival [sə'vaivəl] *n.* 幸存(者),残存(物)
[同根] survive [sə'vaiv] *v.* ①幸存,幸免于 ②比…活得长
survivor [sə'vaivə] *n.* 幸存者

agency ['eidʒənsi] *n.* ①公众服务机构 ②(政府等的)专业行政部门,社,机构 ③代理行,经销处
[同根] agent ['eidʒənt] *n.* ①代理人,代理商 ②执法官,政府特工人员

cancel ['kænsəl] *v.* ①取消、废除 ②抵消、对消 ③删去,划掉
[同义] call off, stop, abandon
[同根] cancellation [kænsə'leiʃən] *n.* 取消,撤销,废除,删去

approval [ə'pru:vəl] *n.* ①批准,认可 ②赞成,同意
[同义] consent, sanction
[反义] disapproval
[同根] approve [ə'pru:v] *v.* ①赞成,同意 ②批准,通过

field test 实地试验,现场试验

present [pri'zent] *v.* ①提供,出示,赠送 ②提出,呈现 ③引见 ④上演
['prezənt] *n.* 礼物,现在 *a.* 现在的,出席的
[同根] presentation [ˌprezen'teiʃən] *n.* 介绍,陈述,赠送,表演

generate ['dʒenəˌreit] *v.* 使发生,产生
[同义] bring about, cause, create, originate
[同根] generation [ˌdʒenə'reiʃən] *n.* ①产生,发生 ②一代,一代人
degenerate [di'dʒenəreit] *v.* 衰退,堕落,恶化
degeneration [didʒenə'reiʃən] *n.* 退化,堕落,腐化,恶化

speculative ['spekjulətiv, -leit-] *a.* ①推测的,猜测性的 ②冒险性的,不确定的 ③深思熟虑的 ④投机的
[同根] speculate ['spekjuˌleit] ① *v.* (about, on)推测,推断 ②思考,思索 ③投机,做投机买卖
speculation [ˌspekju'leiʃən] *n.* ①思索 ②推测,猜想 ③投机买卖

supportable [sə'pɔ:təbəl] *a.* 可支持的,可援助的

much less 更不用说,更何况
[同义] still less, not to mention

trial ['traiəl] *n.* ①(质量、性能、用途等的)试验,(人等)的试用 ②讯问,审讯 ③麻烦,磨难,考验 *a.* 试验性的,审讯的
[同义] experiment

division [di'viʒən] *n.* ①部门(部、处、科、系等) ②分,分开
[同根] divide [di'vaid] *v.* ①分,划分,分开,隔开 ②除 ③使不和
dividend ['dividend] *n.* ①红利,股息 ②回报,效益
divisive[di'vaisiv] *a.* 造成不和的,引起分裂的

clearance ['kliərəns] *n.* ①参与机密工作的许可 ②余地,空隙,间隙 ③清除

engineer [ˌendʒi'niə] *v.* ①改变,制造,用遗传工程学的方法改变或生产 ②设计,修建 ③策划,管理 *n.* 工程师,技师

[同根] engine [ˈendʒin] *n.* 发动机，机车，火车头

engineering [ˌendʒiˈniəriŋ] *n.* ①工程，工程学 ② 设计，工程

opponent [əˈpəunənt] *n.* 对手，反对者

[同义] rival, adversary, combatant, competitor

[反义] ally

[同根] oppose [əˈpəuz] *v.* ①反对，对抗 ②使对立，使对照，以…对抗

opposition [ɔpəˈziʃən] *n.* ①反对，敌对，相反 ②抵抗

opposite [ˈɔpəzit] *a.* ①朝向…的，相对的，对面的 ②完全不同的，相反的 *n.* 相反的事物，反义词

harass [ˈhærəs] *v.* ①不断打扰，使烦恼，使苦恼 ②不断侵扰，骚扰

[同义] trouble, torment, bother, disturb

[同根] harassed [ˈhærəst,həˈræst] *a.* 烦乱的，烦恼的，疲惫的

harassment [ˈhærəsmənt] *n.* 骚扰，扰乱，烦恼

选项词汇注释

center on 围绕…，以…为中心

as to 关于

adverse [ˈædvəːs] *a.* ①不利的 ②敌对的 ③相反的

[同义] unfavorable, contrary, hostile, opposite

[反义] favorable

[同根] adversity [ədˈvəːsiti] *n.* ①不幸，灾祸 ②逆境

adversary [ˈædvəsəri] *n.* 敌手，对手

evidence [ˈevidəns] *n.* ①证据，根据，论据 ②迹象，痕迹，征兆 ③证人，证词 ④明白，明显 *v.* 表明，证明，显示

[同义] proof, indication, sign, prove

[同根] evident [ˈevidənt] *a.* 显然的，明显的

evidently [eviˈdentli] *ad.* ①明显地，显然 ②根据现有证据

[词组] bear/show evidence of 证明，说明，表明

conduct an experiment 做试验

collaborative [kəˈlæbəreitiv] *a.* 合作的，协作的，协力完成的

[同根] collaborate [kəˈlæbəreit] *v.* 合作

collaborator [kəˈlæbəreitə(r)] *n.* 合作者

extensive [ikˈstensiv] *a.* ①广泛的，全面的 ②广大的，广阔的 ③数量大的

[同义] spacious, comprehensive

[反义] intensive

[同根] extend [ikˈstend] *v.* ①延长，使延伸 ②扩展，扩大 ③提供，给予

extension [ikˈstenʃən] *n.* ①延长，伸展，扩展，发展 ②(电话)分机

extensively [ikˈstensivli] *ad.* 广泛地，数量大地

give permission to 允许

discredit [disˈkredit] *v.* ①使不可置信，证明…是假的 ②不信，怀疑 ③使丢脸，诽谤 *n.* ①不名誉，丢面子 ②玷污名誉的人或事 ③怀疑，不相信

[同义] disgrace, dishonor, humiliate, shame

[同根] credit [ˈkredit] *n.* ①相信，信任 ②信誉，声望 ③信用，信贷，贷方 ④荣誉，赞许 ⑤学分 *v.* ①信任，相信 ②把…归于(to)，认为…有(某种优点或成绩)(with)

creditor [ˈkreditə] *n.* 债主，债权人

credibility [ˌkrediˈbiliti] *n.* 可信性，可靠性

credible [ˈkredəbəl] *a.* 值得赞扬的，可信的

credulous [ˈkredjuləs] ***a.*** 轻信的，易受骗的

voice [vɔis] ***v.*** 表达，吐露 ***n.*** ①声音，嗓音 ②意见，发言权 ③[语法]语态

appease [əˈpiːz] ***v.*** ①缓和，抚慰，平息 ②满足，缓解

[同义] calm, ease

[同根] appeasement [əˈpiːzmənt] ***n.*** ①缓和，抚慰，平息 ②满足，缓解

undermine [ˌʌndəˈmain] ***v.*** ①暗中破坏，逐渐削弱 ②侵蚀…的基础 ③在下面挖矿或挖隧道

make contributions to 对…作出贡献

Passage Four

Every fall, like **clockwork**, Linda Krentz of Beaverton, Oregon, felt her brain **go on strike**. "I just couldn't **get going** in the morning," she says. "I'd get **depressed** and gain 10 pounds every winter and lose them again in the spring." Then she read about seasonal **affective disorder**, a form of depression that **occurs** in fall and winter, and she **saw the light**—**literally**. Every morning now she turns on a specially **constructed** light box for half an hour and sits in front of it to **trick** her brain **into** thinking it's still enjoying those long summer days. It seems to work.

Krentz is not alone. Scientists **estimate** that 10 million Americans suffer from seasonal depression and 25 million more develop **milder** versions. But there's never been **definitive** proof that treatment with very bright lights **makes a difference**. After all, it's hard to do a **double-blind test** when the **subjects** can see for themselves whether or not the light is on. That's why nobody has ever separated the real effects of light **therapy** from *placebo*(安慰剂) effects.

Until now. In three separate studies published last month, researchers report not only that light therapy works better than a placebo but that treatment is usually more effective in the early morning than in the evening. In two of the groups, the placebo problem was **resolved** by telling patients they were **comparing** light boxes **to** a new anti-depressant device that **emits negatively charged** *ions*(离子). The third used the **timing** of light therapy as the control.

Why does light therapy work? No one really knows. "Our research suggests it has something to do with shifting the body's **internal** clock," says **psychiatrist** Dr. Lewey. The body is **programmed** to start the day with sunrise, he explains, and this gets later as the days get shorter. But why such **subtle** shifts make some people depressed and not others is a mystery.

That hasn't stopped thousands of winter depressives from trying to **heal** themselves. Light boxes for that purpose are **available** without a doctor's **prescription**. That bothers psychologist Michael Terman of Columbia University. He is worried that the boxes may be tried by patients who suffer from **mental illness** that can't be treated with light. Terman has developed a **questionnaire** to help determine whether expert care is needed.

In any event, you should choose a **reputable manufacturer**. Whatever product you use should emit only visible light, because **ultraviolet** light damages the eyes. If you are *photosensitive*(对光敏感的), you may develop a **rash**. Otherwise, the main **drawback** is having to sit in front of the light for 30 to 60 minutes in the morning. That's an **inconvenience** many winter depressives can **live with**.

文章词汇注释

clockwork [ˈklɔkwəːk] ***n.*** 钟表机械,发条装置 ***a.*** ①机械的,自动的 ②有规律的

[词组] as regular as clockwork 极有规律的(地)

go on strike 罢工

get going <口>开始,开始谈话(或工作等)

depress [diˈpres] ***v.*** ①使沮丧,使消沉 ②使不景气,使萧条 ③按下,压下 ④削弱,抑制 ⑤减少,降低

[同义] deject, discourage, lower, weaken

[反义] encourage, inspire

[同根] depression [diˈpreʃən] ***n.*** ①抑郁,沮丧 ②不景气,萧条(期) ③凹地,凹陷

depressant [diˈpresənt] ***n.*** 抑制药,镇静剂

depressed [diˈprest] ***a.*** 抑郁的,沮丧的,消沉的

depressing [diˈpresiŋ] ***a.*** 令人抑郁的,令人沮丧的

depressive [diˈpresiv] ***a.*** 令人沮丧的,令人抑郁的,压抑的

affective disorder 情感性精神病

occur [əˈkəː] ***v.*** ①发生 ②想起,想到(to) ③存在,生存

[同义] come about, happen, take place

[同根] occurrence [əˈkʌrəns] ***n.*** ①发生,出现 ②事件,事故

occurent [əˈkʌrənt] ***a.*** 正在发生的

see the light <口> ①明白过来,领悟,同意 ②改变信仰

literally [ˈlitərəli] ***ad.*** ①确实地,真正地 ②简直 ③逐字地,照原文,照字面地

[同根] literary [ˈlitərəri] ***a.*** 文学(上)的,精通文学的,从事写作的

literate [ˈlitərit] ***n.*** 有读写能力的人 ***a.*** 有文化的,有读写能力的

literal [ˈlitərəl] ***a.*** ① 逐字的 ②文字的,照字面的 ③只讲究实际的,无想像力的

literacy [ˈlitərəsi] *n.* 识字,有文化,有读写能力

literature [ˈlitəritʃə] *n.* ①文学,文学作品 ②[总称](关于某一学科或专题的)文献,图书资料

construct [kənˈstrʌkt] *v.* ①制造,建造,构造 ②创立

[同义] build, erect

[反义] destruction, wreck

[同根] construction [kənˈstrʌkʃən] *n.* ①建设,修筑 ②建筑物,构造物

constructive [kənˈstrʌktiv] *a.* 建设性的

trick sb. into (doing) sth. 哄骗(欺诈)某人做…

estimate [ˈestimeit] *v.* & *n.* 估计,估价,评估

[同根] overestimate [ˌəuvəˈestimeit] *v.* 过高估计

underestimate [ˌʌndərˈestimeit] *v.* 低估,看轻

[词组] by estimate 据估计

mild [maild] *a.* ①轻微的 ②淡味的 ③温和的,温柔的 ④适度的

[同义] gentle, moderate, tender, soft

[反义] fierce, severe

[同根] mildness [maildnis] *n.* 温和,温暖

mildly [ˈmaildli] *ad.* ①温和地 ②适度地 ③略微

definitive [diˈfinitiv] *a.* ①确定的,最后的 ②权威性的

[同义] explicit, authoritative, decisive

[反义] tentative

[同根] define [diˈfain] *v.* ①下定义 ②详细说明

definition [ˌdefiˈniʃən] *n.* ①定义,释义 ②下定义

definite [ˈdefinit] *a.* 明确的,一定的

indefinite [inˈdefinit] *a.* ①无定限的,无限期的 ②不明确的,含糊的 ③不确定的,未定的

make a difference 有关系,起作用

double-blind test 双盲测试(指实验中试验者与受试验者双方对有关试验的细节均无所知,以免试验结果受成见或心理反应的影响。)

subject [ˈsʌbdʒikt] *n.* ①(事物的)经受者,(动作的)对象 ②题目,主题 ③科目,学科 *a.* ①臣服的,服从的 ②易受…的,常受…的 ③由…决定的

[səbˈdʒekt] *v.* ①使臣服,使服从 ②使经受,使遭受

[同根] subjective [sʌbˈdʒektiv] *a.* 主观(上)的,个人的

subjectively [sʌbˈdʒektivli] *ad.* 主观地

[词组] subject to ①使经受,使易受 ②使臣服于,使隶属于

therapy [ˈθerəpi] *n.* 疗法,治疗

[同义] treatment

resolve [riˈzɔlv] *v.* ①解决 ②决心,决定 ③(使)分解,溶解 *n.* ①决心 ②坚决,刚毅

[同义] settle, decide, determine,

[同根] resolution [ˌrezəˈlu:ʃən] *n.* ①决心,决定,决议 ②坚决,刚毅 ③解决

resolute [ˈrezəlu:t] *a.* 坚决的,刚毅的

resolutely [ˈrezəlu:tli] *ad.* 毅然地,坚决地

[词组] resolve to do... 决心做…,决定做…

resolve on/upon (doing) sth. 决心做…,决定做…

compare...to... 把…比做…

emit [iˈmit] *v.* 发出,散发(光、热、电、声音、液体、气味等),发射

[同义] discharge, give off

[反义] absorb

[同根] emission [iˈmiʃən] *n.* ①(光、热、电波、声音、液体、气味等的)发出,散发 ②发出物,散发物

negatively charged ion 阴离子,负(电性)离子

timing [ˈtaimiŋ] *n.* ①时间选择 ②定时,调速

internal [inˈtəːnəl] *a.* ①体内的 ②内的,内部的 ③内服的

[同义] inner, inside, interior

[反义] external

psychiatrist [saiˈkaiətrist, (*US*)si-] *n.* 精神病医师,精神病学家

[同根] psychiatry [saiˈkaiətri] *n.* 精神病学,精神病治疗法

programme [ˈprəugræm] *v.* (= program) 编程 *n.* 程序

subtle [ˈsʌtl] *a.* ①细小的,微妙的 ②细心的,敏锐的

[同义] delicate, clever, cunning

[反义] simple

[同根] subtlety [ˈsʌtlti] *n.* ①微妙 ②细心,敏锐

subtly [ˈsʌtli] *ad.* 敏锐地,精细地,巧妙地

heal [hiːl] *v.* 治愈,医治

[同义] cure, treat

[反义] hurt, injure, wound

[同根] healing [ˈhiːliŋ] *a.* 有治疗功用的

available [əˈveiləbl] *a.* ①可获得的,可利用的 ②现成可使用的,在手边的 ③可取得联系的

[同根] avail [əˈveil] *v.* 有用于,有助于 *n.* [一般用于否定句或疑问句中] 效用,利益,帮助

availability [əˌveiləˈbiliti] *n.* 利用(或获得)的可能性,有效性

[词组] make sth. available to/for 使…可以享受某物,使…买得起某物

prescription [priˈskripʃən] *n.* ①处方,药方 ②开处方,开药方

[同根] prescribe [priˈskraib] *v.* ①指定,规定 ②(医生)开药,为…开药

mental illness 精神病

questionnaire [ˌkwestʃəˈnɛə] *n.* 调查表,问卷

in any event 无论如何

reputable [ˈrepjutəbəl] *a.* 声誉好的,著名的

[同义] honest, honorable, respectable

[反义] disreputable, infamous

[同根] repute [riˈpjuːt] *n.* 名誉,名声 *v.* 被认为,称为

reputation [ˌrepju(ː)ˈteiʃən] *n.* 名誉,名声

manufacturer [mænjuˈfæktʃərə(r)] *n.* ①制造者,制造商 ②制造厂

[同义] producer, maker, firm

[同根] manufacture [ˌmænjuˈfæktʃə] *v.* ①制造 ②捏造,虚构,假造

ultraviolet [ˌʌltrəˈvaiəlit] *a.* 紫外线的,紫外的 *n.* 紫外线辐射

[同根] violet [ˈvaiəlit] *a.* 紫罗兰色的 *n.* 紫罗兰

rash [ræʃ] *n.* 皮疹 *a.* 轻率的,匆忙的,鲁莽的

drawback [ˈdrɔːˌbæk] *n.* 缺点,劣势,不利条件,障碍

[同义] shortcoming, disadvantage, weakness, negative aspect

inconvenience [ˌinkənˈviːnjəns] *n.* 麻烦,不方便之处

[反义] convenience

[同根] convenient [kənˈviːnjənt] *a.* 便利的,方便的

convenience [kənˈviːnjəns] *n.* ①便利

②有益 ③方便的用具、安排等
inconvenient [ˌinkən'viːnjənt] *a.* ①不便的 ② 有困难的

live with... ①忍受,容忍,和…妥协 ②与…住在一起

选项词汇注释

impairment [im'pεəmənt] *n.* ①损害,损伤 ②削弱,减少
[同义] damage, harm
[同根] impair [im'pεə] *v.* ①损害,损伤 ②削弱,减少

setting in ①到来,开始 ②(潮水的)上涨

adjustment [ə'dʒʌstmənt] *n.* ①调整,调节 ②调节器
[同义] change, alteration, modification
[同根] adjust [ə'dʒʌst] *v.* ①整理,安排 ②调准,校正,调整 ③使适合,符合
[词组] make adjustment to... 适应…

light-hearted [ˌlait 'hɑːtid] *a.* ①轻松愉快的 ②随便的,不经心的

concerning 关于

serve as 用于,当作

be addicted to 沉溺于…,对…上瘾

consult [kən'sʌlt] *v.* ①请教,向(专业人员)咨询 ②商量,商议(with) ③查阅,查看
[同义] confer, discuss, talk over
[同根] consultant [kən'sʌltənt] *n.* 顾问,会诊医师,顾问医生

inferior [in'fiəriə] *a.* ①(质量等)劣等的,次的 ②(地位)下级的
[同义] secondary, subordinate, worse
[反义] superior
[同根] inferiority [inˌfiəri'ɔriti] *n.* 下等,劣等,自卑
[词组] be inferior to... 低于…

side effect 副作用

correspond to 响应…,与…一致,符合…

Reading Comprehension 2005.12

Passage One

Too many **vulnerable** child-free adults are being *ruthlessly*(无情的) **manipulated** into **parent-hood** by their parents, who think that happiness among older people depends on having a grand-child to **spoil**. We need an organization to help **beat down** the **persistent campaigns** of grandchildless parents. It's time to **establish** Planned Grandparenthood, which would have many global and local benefits.

Part of its **mission** would be to **promote** the risks and realities **associated with** being a grandparent. The **staff** would include **depressed** grandparents who would explain how grandkids break lamps, bite, scream and kick.

Others would **detail** how an hour of **baby-sitting** often turns into a crying **marathon**. More grandparents would **testify** that they had to pay for their grandchild's expensive college education.

Planned grandparenthood's carefully written **literature** would detail all the joys of life of grand-child-free, a calm living room, extra money for **luxuries** during the golden years, etc. **Potential** grandparents would be reminded that, without grandchildren around, it's possible to have a conversation with your kids, who—**incidentally**—would have more time for their own parents.

Meanwhile, most children are vulnerable to the **enormous** influence **exerted** by grandchildless parents **aiming to** persuade their kids to produce children. They will take a call from a persistent parent, even if they're **loaded with** works. **In addition**, some parents make **handsome** money offers **payable** upon the grandchild's birth. Sometimes these gifts not only cover expenses associated with the infant's birth, but extras, too, like a vacation. **In any case**, cash gifts can weaken the resolve of even the noblest person.

At Planned Grandparenthood, children **targeted** by their parents to **reproduce** could obtain **non-biased** information about the **insanity** of having their own kids. The **catastrophic psychological** and economic costs of **childbearing** would be emphasized. The **symptoms** of morning sickness would be listed and horrors of childbirth pictured. A monthly **newsletter** would contain stories about **overwhelmed** parents and offer guidance on how childless adults can **respond to** the different **lobbying tactics** that would be grandparents employ.

When I think about all the problems of our overpopulated world and look at our boy **grabbing at** the lamp by the sofa, I wish I could have turned to Planned Grandparenthood when my parents were **putting** the grandchild **squeeze on** me.

If I could have, I might not be in this parenthood *predicament*(窘境). But here's the crazy **irony**, I don't want my child-free life back. Dylan's too much fun.

文章词汇注释

vulnerable [ˈvʌlnərəbəl] *a.* 易受伤害的，易受攻击的，脆弱的 [同义] defenseless, exposed, sensitive, unprotected

[同根] vulnerability [ˌvʌlnərəˈbiləti] *n.* 弱点

[词组] be vulnerable to 易受…伤害的

manipulate [məˈnipjuleit] *v.* ①操纵,控制 ②(熟练地)操作,使用

[同义] conduct, handle, manage, maneuver, operate

[同根] manipulation [məˌnipjuˈleiʃən] *n.* 处理,操作,操纵,被操纵

parent-hood [ˈpɛərənthud] *n.* 父母身份,家长身份

spoil [spɔil] *v.* ①宠爱,溺爱 ②损坏,破坏 ③(指食物等)变坏,腐败

beat down ①压制,打倒,镇压 ②使倒伏,摧毁 ③杀…的价

persistent [pəˈsistənt] *a.* ①持续的,顽强地存在的 ②坚持不懈的,执意的

[同义] continuing

[同根] persist [pə(:)ˈsist] *v.* ①坚持,固执 ②持续,存留

persistence [pəˈsistəns, -ˈzis-] *n.* ①坚持,固执 ②持续,存留

persistently [pəˈsistəntli] *ad.* ①持续地,顽强地存在地 ②坚持不懈地,执意地

campaign [kæmˈpein] *n.* ①(政治或商业性)运动,竞选运动 ②战役 *v.* 参加活动,从事活动,作战

[同义] cause, movement

establish [iˈstæbliʃ] *v.* ①建立,成立,设立,创立,开设 ②确立,确定,制定,规定 ③证实,认可

[同义] fix, found, organize, prove, settle

[反义] destroy, ruin

[同根] establishment [iˈstæbliʃmənt] *n.* ①建立,确立,制定 ②(包括雇员、设备、场地、货物等在内的)企业,建立的机构(如军队、军事机构、行政机关、学校、医院、教会)

[词组] establish sb. as... 任命(派)某人担任…

mission [ˈmiʃən] *n.* ①使命,任务 ②代表团,使团

promote [prəˈməut] *v.* ①宣传,推销 ②促进,增进 ③(常与 to 连用)提升,晋升

[同根] promotion [prəˈməuʃən] *n.* ①提升,晋级 ②促进,奖励 ③创设,举办

associated with... 与…有关的

staff [stɑːf] *n.* ①全体职员,全体雇员,全体教员 ②[军]全体参谋人员 ③拐杖,棍棒 *v.* ①供给人员,充当职员 ②雇佣,雇有

[同义] crew, personnel

depressed [diˈprest] *a.* 沮丧的,抑郁的,消沉的

detail [ˈdiːteil, diˈteil] *v.* 详述,细说 *n.* ①细节,详情 ②(画、雕像等的)细部,局部

[同义] dwell on

[词组] for further details 欲知更详细情况(请查询、参看等)

go into detail(s) 详细叙述,逐一说明

in detail 详细地

baby-sitting [ˈbeibisitiŋ] *n.* 担任临时保姆,代人临时照看婴孩

[同根] baby-sit [ˈbeibisit] *v.* 担任临时保姆,照顾婴儿

baby-sitter [ˈbeibisitə] *n.* 代人临时照看婴孩者

marathon [ˈmærəθən] *n.* 马拉松赛跑(全长 42,195 米),耐力的考验

testify [ˈtestifai] *v.* 作证,提供证据

[同根] test [test] *n.* & *v.* 测试,试验,检验

testimony [ˈtestiməni] *n.* ①证言,证词

(尤指在法庭所作的) ②宣言，陈述
[词组] testify to sth. 为…作证
testify against sb. 作不利于…的证明
testify in favor of sb. 作有利于…的证明

literature [ˈlitəritʃə] *n.* 文学作品
[同根] literal [ˈlitərəl] *a.* ① 逐字的 ②文字的，照字面的 ③只讲究实际的，无想像力的
literally [ˈlitərəli] *ad.* ①确实地，真正地 ②简直 ③逐字地，照原文，照字面地
literary [ˈlitərəri] *a.* 文学(上)的，精通文学的，从事写作的
literate [ˈlitərit] *n.* 有读写能力的人 *a.* 有文化的，有读写能力的
literacy [ˈlitərəsi] *n.* 识字，有文化，有读写能力

luxury [ˈlʌkʃəri] *n.* ①奢侈，豪华 ②奢侈品
[同义] extravagance, magnificence, splendor
[同根] luxurious [lʌgˈzjuəriəs] *a.* 奢侈的，豪华的

potential [pəˈtenʃəl] *a.* 可能的，潜在的 *n.* ①潜能，潜力 ②潜在性，可能性
[同义] hidden, possible, promising

incidentally [insiˈdentəli] *ad.* 顺便地，附带地，偶然地
[同根] incidence [ˈinsidəns] *n.* ①发生，影响，发生(或影响)方式 ②发生率
incident [ˈinsidənt] *n.* ①发生的事，事情 ②(尤指国际政治中的)事件，事变
incidental [ˌinsiˈdentəl] *a.* ①附属的，随带的 ②偶然的，容易发生的

enormous [iˈnɔːməs] *a.* 巨大的，极大的，庞大的
[同义] huge, massive, immense, vast
[同根] enormously [iˈnɔːməsli] *ad.* 非常地，巨大地

exert [igˈzəːt] *v.* ①施加，运用，发挥 ②用(力)，尽(力)
[同义] employ, put forth, utilize
[同根] exertion [igˈzəːʃən] *n.* 发挥，运用，努力
[词组] exert influnce 施加影响

aim to 计划，打算，以…为目标

be loaded with... 肩负…

in addition 另外，加之

handsome [ˈhænsəm] *a.* ①相当大的，可观的 ②英俊的，漂亮的 ③大方的，慷慨的
[同义] considerable, generous, good-looking, liberal
[反义] ugly
[同根] handsomely [ˈhænsəmli] *ad.* ①相当大地，可观地 ②漂亮地 ③慷慨地

payable [ˈpeiəbəl] *a.* 写有领款人姓名的，可支付的

in any case 无论如何

target [ˈtɑːgit] *v.* ①把…作为目标(对象)，为…定指标 ②瞄准 *n.* ①目标，对象 ②靶子
[同义] aim, goal, object, point

reproduce [ˌriːprəˈdjuːs] *v.* ①生殖，繁殖 ②再生 ③播放，复制，使重现
[同义] regenerate
[同根] reproduction [ˌriːprəˈdʌkʃən] *n.* ①生殖，繁殖 ②再生 ③复制
reproductive [ˌriːprəˈdʌktiv] *a.* 生殖的，再生的，复制的

non-biased 不带偏见的，没有偏见的

insanity [inˈsæniti] *n.* ①极端的愚蠢(行为)，荒唐(事) ②精神错乱，精神病，疯狂
[反义] sanity

[同根] sane [sein] *a.* ①健全的 ②明智的,稳健的
insane [in'sein] *a.* ①极蠢的,荒唐的 ②患精神病的,精神错乱的,失常的
sanity ['sæniti] *n.* ①心智健全,神智清明 ②判断正确

catastrophic [ˌkætə'strɔfik] *a.* 悲惨的,灾难性的,陷于或导致大量通常是毁灭性的医疗开销的
[同根] catastrophe [kə'tæstrəfi] *n.* 大灾难,灾祸
catastrophically [kə'tæstrəfikəli] 悲惨地,灾难地

psychological [ˌsaikə'lɔdʒikəl] *a.* 心理的,心理学的
[同根] psychology [sai'kɔlədʒi] *n.* 心理学,心理状态
psychologist [sai'kɔlədʒist] *n.* 心理学者

childbearing ['tʃaildbɛəriŋ] *n.* 分娩,生产

symptom ['simptəm] *n.* ①症状 ②征候,征兆
[同义] implication, indication

newsletter ['nju:zˌletə(r)] *n.* 时事通讯

overwhelmed [ˌəuvə'welmd] 不知所措的
[同根] overwhelm [ˌəuvə'welm] *v.* ①使受不了,使不知所措辞 ②征服,制服,压倒淹没 ③覆盖,淹没
overwhelming [ˌəuvə'welmiŋ] *a.* 势不可挡的,压倒性的
overwhelmingly [ˌəuvə'welmiŋli] *ad.* 势不可挡地,压倒性地
[词组] be overwhelmed with 受不了…,对…不知所措

respond to 对…做出反应

lobbying ['lɔbiŋ] *n.* 游说活动,疏通活动
[同根] lobby ['lɔbi] *v.* 游说议员,对(议员)进行疏通 *n.* 大厅,休息室

tactics ['tæktiks] *n.* ①策略,手段 ②战术
[同义] strategy
[同根] tact [tækt] *n.* 圆通,乖巧,机敏,外交手腕
tactful ['tæktful] *a.* 圆通的,乖巧的,机敏的
tactical ['tæktikəl] *a.* ①战术的 ②有策略的,手段高明的

grab at 抓住

put the squeeze on sb. 对…施加压力

irony ['aiərəni] *n.* 反语,讽刺,讽刺之事

选项词汇注释

facility [fə'siliti] *n.* ①设施,设备,工具 ②容易,简易,便利 ③灵巧,熟练,技巧,敏捷
[反义] difficulty
[同根] facilitate [fə'siliteit] *v.* ①(不以人作主语)使容易,使便利 ②促进,助长 ③帮助,援助

counsel ['kaunsəl] *v.* ①咨询,劝告 ②忠告,建议 *n.* ①协商,忠告 ②律师,法律顾问,顾问
[同根] counselor ['kaunsələ] *n.* 顾问,法律顾问,(学生)辅导员

discourage sb. from doing sth. 劝阻某人做某事

eventually [i'ventʃuəli] *ad.* 最后,终于
[同义] finally, ultimately, in the end
[同根] eventual [i'ventʃuəl] *a.* 最后的

resist [ri'zist] *v.* ①抵抗,对抗 ②耐得住,未受…的损害或影响
[同根] resistance [ri'zistəns] *n.* ①抵抗,抵抗力 ②阻力 ③敌对,反对
resistant [ri'zistənt] *a.* ①(~to) 抵抗的,

反抗的 ②抗…的，耐…的，防…的

carrot-and-stick 胡萝卜加大棒，软硬兼施

irrational [iˈræʃənəl] *a.* 无理性的，失去理性的

[反义] rational

contribute to 有助于，促成，是…的部分原因

troublesome [ˈtrʌbəlsəm] *a.* 令人烦恼的，麻烦的，困难的，费事的

rewarding [riˈwɔːdiŋ] *a.* ①给予报偿的，有益的，值得的 ②(作为)报答的

[同根] reward [riˈwɔːd] *n.* ①报酬，报答 ②酬金，奖品 *v.* ①报答，报尝 ②酬谢，奖励

rewardless [riˈwɔːdlis] *a.* 无报酬的，徒劳的

Passage Two

Ask most people how they **define** the American Dream and chances are, they'll say, "Success." The dream of **individual** opportunity has been home in American since Europeans discovered a "new world" in the Western **Hemisphere**. Early **immigrants** like Hector St. Jean de Crevecoeur praised highly the freedom and opportunity to be found in this new land. His **glowing descriptions** of a classless society where anyone could attain success through honesty and hard work **fired the imaginations of** many European readers: in *Letters from an American Farmer* (1782) he wrote. "We are all excited at the spirit of an industry which is *unfettered* (无拘无束的) and **unrestrained**, because each person works for himself … We have no princes, for whom we *toil* (干苦力活), starve, and bleed—we are the most perfect society now existing in the world." The promise of a land where "the rewards of a man's **industry** follow with equal steps the progress of his labor" drew poor immigrants from Europe and **fueled** national **expansion** into the western **territories**.

Our national *mythology* (神化) is full of **illustration** the American success story. There's Benjamin Franklin, the very model of the **self-educated**, **self-made** man, who rose from **modest origins** to become a well-known scientist, philosopher, and statesman. In the nineteenth century, Horatio Alger, a writer of fiction for young boys, became American's best-selling author with **rags-to-riches** tales. The **notion** of success **haunts** us: we spend million every year reading about the rich and famous, learning how to "**make a fortune** in **real estate** with no money down," and "dressing for success." The myth of success has even **invaded** our personal relationships: today it's as important to be "successful" in marriage or parenthoods as it is to **come out** on top in business.

But dreams easily turn into **nightmares**. Every American who hopes to "**make it**" also knows the fear of failure, because the myth of success **inevitably** implies comparison between the haves and the have-nots, the stars and the **anonymous** crowd. Under pressure of the myth, we **become indulged in status symbols**: we try to live in the "right" neighborhoods, wear the "right" clothes, eat the "right" foods. These symbols of **distinction assure** us and others that we believe strongly in the **fundamental** equality of all, yet **strive** as hard as we can to separate ourselves from our fellow citizen.

文章词汇注释

define [di'fain] *v.* ①解释,给…下定义 ②限定,规定
[同义] clarify, describe, establish, explain
[同根] definition [ˌdefi'niʃən] *n.* 定义,解释
definite ['definit] *a.* 明确的,肯定的,限定的

individual [ˌindi'vidʒuəl] *a.* ①个人的,个体的,单独的 ②独特的,个性的 *n.* 个人,个体
[同义] personal, separate, single
[反义] general, whole
[同根] individualism [indi'vidʒuəlizəm] *n.* ①个人主义,利已主义 ②个性,独特性
individualistic [ˌindividʒuə'listik] *a.* ①个人主义的,利己主义的 ②(个人)独特的,自有的

hemisphere ['hemisfiə] *n.* ①(地球的)半球 ②大脑半球
[同根] sphere [sfiə] *n.* ①球,球体 ②范围,领域,方面,圈子
spherical ['sferikəl] *a.* ①球的,球形的 ②天体的

immigrant ['imigrənt] *n.* (外来)移民,侨民 *a.* 移入的,迁入的
[反义] emigrant
[同根] immigrate ['imigreit] *v.* (从外国)移入,作为移民定居
immigration [ˌimi'greiʃən] *n.* ①移民局的检查 ②移居 ③[美][总称](外来的)移民
emigrate ['emigreit] *v.* 自本国移居他国
emigrant ['emigrənt] *n.* 移居外国者,移民
emigration [ˌemi'greiʃən] *n.* 移民出境,侨居,[总称]移民
migrate [mai'greit, 'maigreit] *v.* ①移居,迁移 ②(动物的)迁徙
migrant ['maigrənt] *n.* 移居者,候鸟 *a.* 迁移的,移居的
migration [mai'greiʃən] *n.* ①迁移,移居 ②移民群,移栖群

glowing ['gləuiŋ] *a.* ①生动的,栩栩如生的,热情洋溢的 ②炽热的,白热的 ③容光焕发的,血色好的
[同根] glow [gləu] *n.* ① 白热光,光亮

② 脸红,(身体)发热 *v.* ① 灼热,发光 ② 脸红,(身体)发热

description [diˈskripʃən] *n.* 描写,描述,记述

[同根] describe [diˈskraib] *v.* 描写,描述,形容

descriptive [diˈskriptiv] *a.* 描述的,起描述作用的

fire the imagination of... 激发…的想像力

unrestrained [ˌʌnriˈstreind] *a.* 不受约束的,无限制的

[同义] free, unchecked, uncontrolled

[同根] restrain [riˈstrein] *v.* 抑制,遏制,限制

restraint [riˈstreint] *n.* ①抑制,克制,遏制 ②控制,限制,约束 ③约束措施

restrained [riˈstreind] *a.* ①受限制的 ②克制的,自制的,拘谨的

industry [ˈindəstri] *n.* ① 勤劳,勤奋 ②工业,产业,行业

[同根] industrious [inˈdʌstriəs] *a.* 勤勉的,刻苦的

industrial [inˈdʌstriəl] *a.* 工业的,产业的

industrialize [inˈdʌstriəlaiz] *v.* 使工业化,使产业化

industrialization [inˌdʌstriəlaiˈzeiʃn] *n.* 工业化,产业化

fuel [fjuəl] *v.* ①激起,刺激 ②加燃料,供以燃料 *n.* ① 燃料 ②刺激因素

[同义] stimulate

expansion [ikˈspænʃən] *n.* 扩张,扩充,扩大,发展

[同义] extension

[反义] contraction

[同根] expand [ikˈspænd] *v.* 拓宽,发展,扩展,扩大

expansive [ikˈspænsiv] *a.* ①扩张的,膨胀的 ② 广阔的,全面的

expansively [ikˈspænsivli] *ad.* 扩张地,全面地

territory [ˈteritəri] *n.* ①领土 ②土地,地方,区域,领域

[同义] area, region, country

[同根] territorial [ˌteriˈtɔːriəl] *a.* 领土的,区域的

illustration [ˌiləˈstreiʃən] *n.* ①举例或以图表等说明,例证 ② 图表,插图

[同根] illustrate [ˈiləstreit] *v.* (用图或例子)说明,阐明,加插图

self-educated [ˌselfˈedjukeitid] *a.* 自学成材的,自我教育的

self-made [ˌselfˈmeid] *a.* 靠自力奋斗成功的,白手起家的

modest [ˈmɔdist] *a.* ①适中的,适度的 ②谦虚的,谦让的 ③端庄的,正派的 ④朴素的,朴实无华的

[同义] humble, plain, simple, shy

[反义] arrogant, immodest

[同根] modesty [ˈmɔdisti] *n.* ①适中,适度 ②谦虚,谦让 ③端庄,正派 ④ 朴素,朴实

origin [ˈɔridʒin] *n.* ①[常作复数]出身,血统 ②起源,由来

[同义] birth, start, source

[同根] originate [əˈridʒineit] *v.* ①发源,产生,引起 ②开创,发明

original [əˈridʒənəl] *a.* ①起初的,原来的 ②独创的,新颖的,有独到见解的 *n.* [the ~]原作,原文,原件

originally [əˈridʒənəli] *ad.* 最初,原先

rags-to-riches 由穷变富的人

notion [ˈnəuʃən] *n.* ①概念,感知 ②观念,见解,看法

[同义] belief, idea, opinion, thought, view

[同根] notional [ˈnəuʃənəl] *a.* ①概念的 ②想像的,空想的

haunt [hɔːnt] *v.* ①(思想、回忆等)萦绕在…心头,使苦恼,使担忧 ②常到,常去(某地) ③经常与…交往,缠住(某人) ④(鬼魂等)经常出现,作祟 *n.* 常去的地方

[同义] hang around, obsess, torment

[同根] haunting [ˈhɔːntiŋ] *a.* 常浮现于脑海中的,不易忘怀的

haunted [ˈhɔːntid] *a.* ①闹鬼的,鬼魂出没的 ②受到折磨(或困扰)的,烦恼的

make a fortune 发财,致富

real estate 房地产,不动产

invade [inˈveid] *v.* ①侵犯,侵害,干扰 ②侵略,侵略,攻击

[同义] intrude

[同根] invasion [inˈveiʒən] *n.* ①侵犯,侵害,干扰 ②侵略,侵略,攻击

invader [inˈveidə] *n.* 侵略者

invasive [inˈveisiv] *a.* 入侵的,侵略的

come out ①结果是 ②出现,显露 ③出版,发表 ④露面,上场

nightmare [ˈnaitmeə(r)] *n.* 梦魇,恶梦,可怕的事物

make it 〈口〉达到预定目标,成功,发迹

inevitably [inˈevitəbli] *ad.* 不可避免地

[同义] certainly

[反义] avoidably, evitably

[同根] inevitable [inˈevitəbəl] *a.* ①无法避免的,必然(发生)的 ②惯常的

anonymous [əˈnɔniməs] *a.* ①无名的,匿名的,姓氏不明的 ②出自无名氏之手的 ③无特色的,无个性特征的

[同根] anonym [ˈænənim] *n.* ①假名,笔名 ②无名氏,匿名者 ③作者不明的出版物

anonymously [əˈnɔniməsli] *ad.* ①匿名地,无名地,姓氏不明地 ②出自无名氏之手地 ③无特色地,无个性特征地

become indulged in 沉溺于,肆意从事

status [ˈsteitəs] *n.* ①身份,地位 ②情形,状况

[同义] class, condition, grade, position

symbol [ˈsimbəl] *n.* ①象征 ②符号,记号

[同根] symbolize [ˈsimbəlaiz] *v.* ①用符号表示 ②是…的符号

symbolic [simˈbɔlik] *a.* ①象征的 ②符号的

distinction [diˈstiŋkʃən] *n.* ①差别,不同,对比 ②区分,辨别 ③不同点,特征,特点,特性 ④荣誉,声望

[同义] difference

[同根] distinct [diˈstiŋkt] *a.* ①有区别的,不同的 ②明显的,清楚的 ③明确的,确切的 ④显著的,难得的

distinctive [diˈstiŋktiv] *a.* 特殊的,特别的,有特色的

distinguish [diˈstiŋgwiʃ] *v.* ①区分,辨别 ②辨别出,认出,发现 ③使区别于它物 ④(~oneself)使杰出,使著名

distinguished [diˈstiŋgwiʃt] *a.* ①卓越的,杰出的 ②高贵的,地位高的

distinguishable [diˈstiŋgwiʃəbəl] *a.* 可区别的,可辨识的

assure [əˈʃuə] *v.* ①深信不疑地对…说,向…保证 ②使确信,使放心,保证给

[同义] convince, guarantee, pledge

[反义] alarm

[同根] assurance [əˈʃuərəns] *n.* ①保证,表示保证(或鼓励、安慰)的话 ②把握,信心 ③(人寿)保险

assured [əˈʃuəd] *a.* ①确定的,有保证的 ②自信的 ③感到放心的

ensure [inˈʃuə] *v.* ①确保,保证,担保,保证得到 ②使安全

insure [inˈʃuə] *v.* ①给…保险 ②保证，确保

[词组] assure oneself 弄清楚，查明

fundamental [ˌfʌndəˈmentəl] *a.* 基本的，根本的，主要的 *n.* [常作～s] 基本原则（或原理）

[同根] fundament [ˈfʌndəmənt] *n.* 基础，基本原理

fundamentally [fʌndəˈmentəli] *ad.* 基础地，根本地

strive [straiv] *v.* 努力，奋斗，力求

[同义] battle, endeavor, labor, struggle

[同根] striver [straiv] *n.* 奋斗者，发奋者

striving [straiviŋ] *n.* ①努力，奋斗 ②斗争，对抗 *a.* 奋斗的，发奋的，争斗的

[词组] strive with/against 与…奋斗，抗争，搏斗

strive for/after 为…而努力

选项词汇注释

essence [ˈesns] *n.* ①本质，实质，要素 ②香精，香料

[同义] significance

[同根] essential [iˈsenʃəl] *a.* ①必要的，必不可少的 ②本质的，基本的 ③提炼的，精华的 *n.* 要素，要点

essentially [iˈsenʃəli] *ad.* 基本上

[词组] in essence 本质上，实质上，基本上

be of the essence 是极其重要的，决定性的

be free from 免于…

exploitation [ˌeksplɔiˈteiʃən] *n.* ①剥削，榨取 ②（资源等的）开发，开采 ③（为发挥人或事物的效能而）利用

[同根] exploit [ikˈsplɔit] *v.* ①开发，开采 ②（为开发人或事物的效能而）利用 ③剥削，榨取

unexploited [ˌʌnikˈsplɔitid] *a.* 未被利用的，未经开发的

oppression [əˈpreʃən] *n.* ①压迫，压制 ②压抑，沉闷，苦恼

[同根] oppress [əˈpres] *v.* ①压迫，压制 ②使（心情等）沉重，使烦恼，折磨

oppressive [əˈpresiv] *a.* ①压迫的，压制的 ②压抑的，难以忍受的

diligent [ˈdilidʒənt] *a.* 勤勉的，用功的

[同义] energetic, industrious, busy

[反义] idle, lazy

[同根] diligence [ˈdilidʒəns] *n.* 勤奋

diligently [ˈdilidʒəntli] *ad.* 勤勉地，用功地

laborious [ləˈbɔːriəs] *a.* （指工作）艰苦的，费力的，（指人）勤劳的

[同根] labour [ˈleibə(r)] *n.* ①劳动，工作 ②努力 ③劳工，工人，工会 ④（Labour）英国（或英联邦国家的）工党 *v.* ①工作，劳动，努力 ②费力地前进 ③详细地做，详细说明或讨论

labourer [ˈleibərə] *n.* 体力劳动者，工人

step by step 逐渐地，一步一步地

contribute to ①有助于，促成 ②是…的部分原因

aspect [ˈæspekt] *n.* ①方面 ②样子，外表，面貌，神态

paradox [ˈpærədɔks] *n.* ①似矛盾而（可能）正确的说法 ②自相矛盾的荒谬说法 ③有明显的矛盾特点的人或事

[同根] paradoxical [ˌpærəˈdɔksikəl] *a.* ①似非而是的 ②自相矛盾的

indicator [ˈindikeitə] *n.* ①指示物，指示者，指标 ②指示器，[化]指示剂

[同根] indicate [ˈindikeit] *v.* ①指出，显示 ②象征，暗示 ③简要地说明

indication [ˌindiˈkeiʃən] *n.* ①指出，指示

②迹象，暗示

indicative [in'dikətiv] *a.* (~ of) 指示的，表明的，可表示的

contradict [kɔntrə'dikt] *v.* ①与…发生矛盾，与…抵触 ②反驳，否认…的真实性

[同义] deny, dispute, oppose

[反义] acknowledge, admit, recognize

[同根] contradiction [ˌkɔntrə'dikʃən] *n.* ①反驳，驳斥 ②矛盾，不一致

contradictive [ˌkɔntrə'diktiv] *a.* ①矛盾的，对立的 ②好反驳的，爱争辩的

contradictively [ˌkɔntrə'diktivli] *ad.* ①矛盾地，对立地 ②好反驳地

Passage Three

Public distrust of scientists **stems** in part **from** the **blurring** of **boundaries** between science and technology, between discovery and manufacture. Most government, perhaps all governments, **justify public expenditure** on scientific research **in terms of** the economic benefits the scientific **enterprise** has brought in the past and will bring in the future. Politicians remind their voters of the splendid machines "our scientists" have invented, the new drugs to **relieve** old *ailments* (病痛), and the new **surgical equipment** and techniques by which previously *intractable* (难治疗的) conditions may now be treated and lives saved. At the same time, the politicians **demand of** scientists that they **tailor** their research to "economics needs", that they **award** a higher **priority** to research **proposals** that are "near the market" and can **be translated into** the greatest return on **investment** in the shortest time. Dependent, as they are, on politicians for much of their funding, scientists have little choice but to **comply**. Like the rest of us, they are members of a society that **rates** the creation of wealth **as** the greatest possible good. Many have **reservations**, but **keep** them **to themselves** in what they **perceive** as **a climate hostile** to the **pursuit** of understanding **for its own sake** and the idea of an **inquiring**, creative spirit.

In such circumstances no one should be too hard on people who **are suspicious of conflicts of interest**. When we learn that the **distinguished** professor **assuring us of** the safety of a particular product holds a **consultancy** with the company making it, we cannot be blamed for wondering whether his fee might **conceivably cloud** his professional judgment. Even if the professor holds no consultancy with any firm, some people may still distrust him because of his **association** with those who do, or at least wonder about the source of some his research funding.

This attitude can have damaging effects. It questions the **integrity** of individuals working in a profession that **prizes** intellectual honesty **as** the **supreme virtue**, and **plays into the hands of** those who would like to **discredit** scientists by representing then a *venal*（可以收买的）. This makes it easier to **dismiss** all scientific **pronouncements**, but especially those made by the scientists who present themselves as "experts". The scientist most likely to understand the safety of a nuclear reactor, for example, is a nuclear engineer declares that a reactor is unsafe, we believe him, because clearly it is not **to his advantage** to lie about it. If he tells us it is safe, on the other hand, we distrust him, because he may well be protecting the employer who pays his salary.

文章词汇注释

stem from 起源于，由…发生

blurring [ˈbləːriŋ] ***n.*** 模糊，斑点甚多，(图象的)混乱 ***a.*** 模糊的，不清楚的

[同根] blur [bləː] ***n.*** ①污点，污迹 ②模糊，模糊的东西 ***v.*** ①弄污，涂污 ②使模糊不清

blurry [ˈbləːri] ***a.*** 模糊的，不清楚的

boundary [ˈbaundəri] ***n.*** 边界，分界线

[同义] border, bound, division

[同根] bound [baund] ***n.*** [常作复数]边界，界限，界线，限制，范围 ***a.*** (bind 的过去式和过去分词) ①被束缚的 ②受束缚的 ③一定的，必然的，注定了的 ④准备到…去的，正在到…去的(for, to) ***v.*** ①跳，跃，弹回 ②限制，定…的界限，成为…界限

boundless [ˈbaundlis] ***a.*** 无限的，无边无际的

justify [ˈdʒʌstifai] ***v.*** ①证明…是正当的 ②为辩护，辩明

[反义] condemn

[同根] just [dʒʌst] ***a.*** ①公正的，合理的 ②正确的，有充分理由的 ③正直的，正义的

justice [ˈdʒʌstis] ***n.*** ①正义，正当，公平 ②司法

justifiable [ˈdʒʌstifaiəbəl] ***a.*** 可证明为正当的，有道理的，有理由的

justification [dʒʌstifiˈkeiʃən] ***n.*** ①证明为正当，辩护 ②正当的理由

public expenditure 财政支出

in terms of ①根据，按照，从…方面说来 ②用…的话，用…的字眼(或措辞)

enterprise [ˈentəpraiz] ***n.*** ①企(事)业单位，公司 ②艰巨复杂(或带冒险性)的计划，雄心勃勃的事业 ③事业心，进取心

[同义] undertaking, project, business, ambition

[同根] enterprising [ˈentəpraiziŋ] ***a.*** 有事业心的，有进取心的

relieve [riˈliːv] ***v.*** ①缓解，减轻，解除 ②救济，救援 ③接替，替下

[同义] release, ease, help, assist
[反义] intensify
[同根] relief [ri'li:f] *n.* ①缓解，减轻，解除 ②宽心，宽慰 ③救济，解救

surgical equipment 外科手术器材

demand of 要求

tailor ['teilə] *v.* ①使适应，适合 ②剪裁，缝制(衣服) *n.* 裁缝
[词组] tailor... to... 使…适应…

award [ə'wɔ:d] *v.* 给予(需要者或应得者),授予(奖品等) *n.* 奖，奖品

priority [prai'ɔriti] *n.* ①优先,重点,优先权 ②在先，居先 ③优先考虑的事
[同根] prior ['praiə] *a.* ①优先的 ②较早的,在前的 ③优先的,更重要的
[词组] place/put high priority on 最优先考虑…
attach high priority to 最优先考虑…
give first priority to 最优先考虑…

proposal [prə'pəuzəl] *n.* ①提议,建议,计划,提案 ②(建议等的)提出
[同义] offer, project, scheme, suggestion
[同根] propose [prə'pəuz] *v.* ①提议,建议 ②推荐,提名 ③提议祝酒,提出为…干杯 ④打算,计划
proposition [ˌprɔpə'ziʃən] *n.* ①(详细的)提议,建议,议案 ② 论点,主张,论题

be translated into 被转化为,被翻译成，被解释为

investment [in'vestmənt] *n.* 投资
[同根] invest [in'vest] *v.* ①投资 ②授予

comply [kəm'plai] *v.* 遵从,服从,顺从
[同义] assent, conform, submit
[反义] deny, refuse, reject
[同根] compliance [kəm'plaiəns] *n.* 依从，顺从，屈从
[词组] comply with 服从,遵守

rate... as... 把…当作…,认为…是…

reservation [ˌrezə'veiʃən] *n.* ①保留,保留意见,异议 ②预定,预约③(公共)专用地,自然保护区
[同根] reserve [ri'zə:v] *v.* ①保留,储备 ②预定，定 ③保存，保留 *n.* ①储备(物),储备量 ②[常作复数]藏量,储量
reserved [ri'zə:vd] *a.* ①储备的 ②保留的,预定的 ③有所保留的,克制的 ④拘谨缄默的,矜持寡言的
reservior ['rezəvwɑ:] *n.* ①贮水池,水库 ②贮藏处 ③贮备

keep... to oneself 不把…讲出来,对…秘而不宣

perceive [pə'si:v] *v.* ①察觉 ②感知，感到，认识到
[同义] sense, discover, realize
[反义] ignore
[同根] perception [pə'sepʃən] *n.* ①感知，感觉 ②认识，看法，洞察力
perceptive [pə'septiv] *a.* 有感知能力的,有洞察力的，理解的

climate ['klaimit] *n.* ①风气,潮流,社会气氛 ②气候

hostile ['hɔstail] *a.* ①怀敌意的,敌对的 ②敌人的，敌方的
[同义] unfavorable, unfriendly
[同根] hostility [hɔs'tiliti] *n.* ①敌意，敌对，对抗 ②战争状态
[词组] be hostile to... 对…怀有敌意的,与…敌对

pursuit [pə'sju:t] *n.* ①追逐,追捕,追求,寻找 ②从事 ③事务 ④娱乐,爱好
[同根] pursue [pə'sju:] *v.* ①追赶,追随,追求 ②从事,忙于
[词组] in pursuit of 追求,寻求

for one's own sake 为了自己的利益

inquiring [in'kwaiəriŋ] *a.* ①爱探索的，好问的 ②打听的，爱追根究底的

[同根] inquire [in'kwaiə] *v.* (=enquire) ①询问，打听 ②调查，查问

inquiry [in'kwaiəri] *n.* ①(真理、知识等的)探究 ②质询，调查

in such circumstances 在这种情况下

be suspicious of 对…起疑心

conflicts of interest 利害冲突(公职人员在个人私利和他所负的公共义务间的冲突)

distinguished [di'stiŋgwiʃt] *a.* ①著名的，杰出的 ②高贵的，地位高的

[同义] famous, celebrated, outstanding, great, noted

[同根] distinguish [di'stiŋgwiʃ] *v.* ①区分，辨别 ②辨别出，认出，发现 ③使区别于它物 ④(~oneself)使杰出，使著名

assure sb. of sth. 向某人保证某事

consultancy [kən'sʌltənsi] *n.* 顾问工作，顾问职业

[同根] consult [kən'sʌlt] *v.* ①请教，咨询 ②查阅(书籍等)以便寻得资料、参考意见等 ③考虑，顾及 ④商量，商议

consultant [kən'sʌltənt] *n.* 顾问，提供专家意见的人

consultation [ˌkɔnsəl'teiʃən] *n.* ①请教，咨询，磋商 ②商量的会议

conceivably [kən'siːvəbli] *ad.* 可想到地，可想像地，可理解地

[同根] conceive [kən'siːv] *v.* ①构想出，设想(of) ②认为 ③怀有(某种情感)

conceivably [kən'siːvəbli] *ad.* 令人信服地

conception [kən'sepʃən] *n.* 思想，观念，想法

conceivable [kən'siːvəbəl] *a.* 可想到的，可想像的，可理解的

cloud [klaud] *v.* ①使模糊，使阴暗，使黯然 ②以云遮敝 *n.* ①云，烟云 ②(尤指运动着的密集的)一大群

association [əˌsəusi'eiʃən] *n.* ①联系，交往，关联 ②联合，结合 ③协会

[同义] connection, companion, combination

[同根] associate [ə'səuʃieit] *v.* ①联合，结交 ②加入 ③由…联想到，把…联系起来

[ə'səuʃiət] *n.* 伙伴、同事、合伙人

[ə'səuʃiət] *a.* 副的

associated [ə'səuʃieitid] *a.* 联合的，关联的

[词组] association with (在思想上)同…有联系

integrity [in'tegriti] *n.* ①正直，诚实 ②完整，完全，完整性

[同义] honesty, sincerity, uprightness, entirety

[同根] integrate ['intigreit] *v.* ①使成整体，使完整 ②使结合，使合并，使一体化

integration [ˌinti'greiʃən] *n.* 结合，合而为一，整和，融合

integral ['intigrəl] *a.* ①构成整体所需要的 ②完整的，整体的

prize... as... 把…珍视为…

supreme [sjuː'priːm] *a.* 至高的，最高的，极度的，极大的

[同义] elaborate, excellent, magnificent, marvelous, wonderful

[同根] super ['sjuːpə] ①上等的，特级的，极好的 ②特大的，威力巨大的 *ad.* 非常，过分地 *n.* 〈口〉特级品，特大号商品，超级市场

superb [sjuː'pəːb] *a.* 雄伟的，壮丽的，华丽的，极好的

superbly [sjuː'pəːbli] *ad.* 雄伟地，壮丽地

superior [suː'piəriə(r), sjuː-] *a.* ①(在职

位、地位、等级等方面)较高的,上级的 ②(在质量等方面)较好的,优良的 ③有优越感的,高傲的

superiority [sju(:)piəri'ɔriti] ***n.*** 优势,优越性,优等,上等

virtue ['və:tʃu:] ***n.*** ①美德、德行 ②优点、长处

[同根] virtuous ['və:tʃuəs] ***a.*** ①有道德的,品德高尚的,贞洁的 ②有效力的

virtueless ['və:tʃu:lis] ***a.*** 无美德的, 缺少优点的

[词组] by virtue of 借助,凭借,因为,由于

play into the hands of sb. 干对某人有利的事, 让某人占便宜(而使自己吃亏)

discredit [dis'kredit] ***v.*** ①使丢脸,诽谤 ②使不可置信,不相信, 怀疑 ***n.*** ①丧失名誉, 丢面子 ②玷污名誉的人或事 ③怀疑,不相信

[同义] disgrace, dishonor, humiliate, shame

[同根] credit ['kredit] ***n.*** ①相信, 信任 ②信誉,声望 ③信用,信贷,贷方 ④荣誉,赞许 ⑤学分 ***v.*** ①信任,相信 ②把…归于(to), 认为…有(某种优点或成绩)(with)

creditor ['kreditə] ***n.*** 债主,债权人

credibility [,kredi'biliti] ***n.*** 可信性,可靠性

credible ['kredəbəl] ***a.*** 值得赞扬的,可信的

credulous ['kredjuləs] ***a.*** 轻信的,易受骗的

dismiss [dis'mis] ***v.*** ①不再考虑, 拒绝考虑 ②解散, 使(或让)离开 ③开除,解职 ④驳回,不受理

[同义] reject, discharge, expel

[反义] employ

[同根] dismissal [dis'misəl] ***n.*** ①不再考虑, 不与理会 ②解散, 遣散 ③开除,解职 ④驳回诉讼,撤回诉讼

pronouncement [prə'naunsmənt] ***n.*** 公告,文告,声明

[同根] pronounce [prə'nauns] ***v.*** ①宣称,宣布 ②断言,声明 ③发音, 发出声音

pronounced [prə'naunst] ***a.*** 显著的, 明显的

pronunciation [prə,nʌnsi'eiʃən] ***n.*** 发音,读法,发音方式

announce [ə'nauns] ***v.*** 宣布, 宣告

announcement [ə'naunsmənt] ***n.*** 宣告,发表, 公告

denounce [di'nauns] ***v.*** ①谴责,指责 ②告发

denunciation [dinʌnsi'eiʃən] ***n.*** ①谴责,指责 ②告发

to one's advantage 对…有利

选项词汇注释

when it comes to... 当谈到…

reduction [ri'dʌkʃən] ***n.*** ①减少,缩小 ②降低 ③缩图,缩版

[反义] increase

[同根] reduce [ri'dju:s] ***v.*** ①减少,缩小 ② 减轻,降低 ③使变弱,使降职

reduced [ri'dju:st] ***a.*** 减少的,缩小的,减弱的

budget ['bʌdʒit] ***n.*** 预算 ***v.*** 做预算, 编入预算

adapt...to... 使…适应…

concerning 关于

be accustomed to 习惯于

in the interests of 为了(或符合)…的利益,有助于…

dampen ['dæmpən] ***v.*** ①消除,抑制 ②使潮湿 ③使沮丧

[同义] moisten, depress, discourage, suppress

[同根] damp [dæmp] ***n.*** ①潮湿,湿气

②使沮丧或不快乐 *a.* 潮湿的，有潮气的 *v.* ①使潮湿 ②使沮丧

enthusiasm [in'θjuːziæzəm] *n.* 热心，热情，巨大兴趣（for，about）

[同义] passion，warmth，zeal

[同根] enthusiastic [inˌθjuːzi'æstik] *a.* 满腔热情的，极感兴趣的

[词组] enthusiasm for 对…的热情

lack of enthusiasm 缺乏热情

arouse the enthusiasm of 激发…的积极性

be in enthusiasm 怀有热情

Passage Four

In many ways, today's business environment has changed **qualitatively** since the late 1980s. The end of the Cold War **radically altered** the very nature of the world's politics and economics. In just a few short years, **globalization** has started **a variety of** trends with **profound** consequences: the opening of markets, true global competition, widespread *deregulation*（解除政府对…的控制）of industry, and **an abundance of accessible** capital. We have experienced both the benefits and risks of a truly global economy, with both Wall Street and *Main Street*（平民百姓）feeling the pains of economic disorder half a world away.

At the same time, we have fully entered the Information Age. Starting **breakthroughs** in information technology have **irreversibly** altered the ability to conduct business **unconstrained** by the traditional limitations of time or space. Today, it's almost impossible tò imagine a world without **intranets**, e-mail, and **portable** computers. With **stunning** speed, the Internet is profoundly changing the way we work, shop, do business, and communicate.

As a consequence, we have truly entered the **Post-Industrial** economy. We are rapidly **shifting from** an economy based on manufacturing and **commodities to** one that **places the greatest value on** information, services, support, and **distribution**. That shift, in turn, place an **unprecedented premium** on "knowledge workers," a new class of wealthy, educated, and mobile people who **view** themselves **as** free agents in a seller's market.

Beyond the **realm** of information technology, the **accelerated** pace of technological change in **virtually** every industry has created entirely new business, **wiped out** others, and produced a *pervasive*（广泛的）demand for continuous **innovation**. New product, process, and distribution technologies provide powerful **levers** for creating competitive value. More companies are learning the importance of **destructive** technologies—innovations that **hold the potential** to make a product line, or even an entire business **segment**, virtually outdated.

Another major trend has been the **fragmentation** of consumer and business markets. There's a growing **appreciation** that **superficially** similar groups of customers may have very different preferences **in terms of** what they want to buy and how they want to buy it. Now, new technology makes it easier, faster and cheaper to **identify** and serve targeted **micro-markets** in ways that were physically impossible or **prohibitively** expensive in the past. Moreover, the trend **feeds on** itself, a business's ability to serve **sub-markets fuels** customers' **appetites** for more and more **specialized** offerings.

文章词汇注释

qualitatively [ˈkwɔlitətivli] *ad.* 质量上
[反义] quantitatively
[同根] quality [ˈkwɔliti] *n.* ①性质，特性 ②品德，品质 ③质量，品级 ④身份地位，高位，显赫的地位
qualitative [ˈkwɔlitətiv] *a.* 质的，性质的，质量的

radically [ˈrædikəli] *ad.* 根本上，以激进的方式
[同义] extremely
[反义] conservatively, superficially
[同根] radical [ˈrædikəl] *a.* ①根本的，基本的 ②激进的，极端的 *n.* 激进分子
radicalism [ˈrædikəlizəm] *n.* 激进主义，激进政策，激进

alter [ˈɔːltə] *v.* 改变，变更
[同义] change, deviate, diversify, modify
[反义] conserve, preserve
[同根] alteration [ˌɔːltəˈreiʃən] *n.* 改变，变更

globalization [ˌgləubəlaiˈzeiʃən,-liˈz-] *n.* 全球化，全球性
[同根] globe [gləub] *n.* ①地球，世界 ②球体，地球仪
global [ˈgləubəl] *a.* 球形的，全球的，全世界的
globalize [ˈgləubəlaiz] *v.* 使全球化

a variety of 种类繁多的，许多种的

profound [prəˈfaund] *a.* ①深刻的，意义深远的 ②深奥的，渊博的
[反义] shallow
[同根] profoundly [prəˈfaundli] *ad.* 深邃地，深奥地

an abundance of 大量的…

accessible [əkˈsesəbəl] *a.* ①可(或易)使用的，可(或易)得到的 ②易接近的，易见到的 ③易受影响的 ④可理解的
[同义] reachable, approachable
[同根] access [ˈækses] *n.* ①接近（或进入）的机会 ②接近，进入 ③入口，通道
accession [ækˈseʃən] *n.* ①就职，就任 ②添加，增加

breakthrough [ˈbreikθruː] *n.* 突破

irreversibly [ˌiriˈvəːsəbli, -sibli] *a.* ①不能倒转地 ②不能撤回地，不能取消地

[同根] reverse [riˈvəːs] *n.* ①相反，反面，背面 ②(the reverse)相反情况，对立面 *v.* ①(使)反向，(使)倒转 *a.* 反向的，相反的，颠倒的

reversible [riˈvəːsəbəl] *a.* ①可反向的 ②(衣服)双面可穿的

unconstrained [ˌʌnkənˈstreind] *a.* 不受拘束的，不受强制的，不做作的

[同根] constrain [kənˈstrein] *v.* ①强迫，迫使 ②约束，限制 ③克制，抑制

constraint [kənˈstreint] *n.* ①约束，限制 ②强迫，强制 ③克制，抑制

intranet [intrəˈnet] *n.* 企业内部互联网

portable [ˈpɔːtəbəl] *a.* 便携式的，手提(式)的，轻便的

[同义] conveyable, movable, transferable

[反义] stationary

stunning [ˈstʌniŋ] *a.* ①令人震惊的 ②绝妙的，极好的 ③打昏的

[同义] amazing, astonishing, dazzling, gorgeous

[同根] stun [ˈstʌn] *v.* ①使目瞪口呆或震惊 ②打昏

stunningly [ˈstʌniŋli] *ad.* ①绝妙地，极好地 ②打昏地，打得不省人事地

as a consequence 结果，因此

Post-Industrial 后工业的

shift from... to... 由…到…转变

commodity [kəˈmɔditi] *n.* ①商品，货物，农产品，矿产品 ②有用的东西，用品

[同义] article, product, ware

place the greatest value on... 极为重视…

distribution [ˌdistriˈbjuːʃən] *n.* ①销售 ②分配，分发，配给

[同根] distribute [diˈstribju(ː)t] *v.* ①分发，分配 ②散布，分布

unprecedented [ʌnˈpresidəntid] *a.* 无先例的，空前的

[同义] exceptional, extraordinary, unduplicated

[同根] precede [pri(ː)ˈsiːd] *v.* (在时间、位置、顺序上)领先(于)在前，居先，先于

precedence [ˈpresidəns] *n.* 居先，优先，优越

precedent [priˈsiːdənt] *n.* 先例，前例

precedented [ˈpresidəntid] *a.* 有先例的，可援的

premium [ˈpriːmiəm] *n.* ①奖金，奖赏 ②额外补贴，报酬 ③(为推销商品等而给的)优惠

[同义] reward, bonus

[反义] discount

[词组] place/put a (high) premium on ①高度评价，高度重视 ②刺激，促进，助长

at a premium 非常宝贵的，因稀缺而比寻常更为有价值的

view... as 把…视作，认为

realm [relm] *n.* ①领域，范围 ②国度，王国

[同义] domain, extent, field

accelerated [əkˈseləreitid] *a.* 加快的，加速的

[同根] accelerate [ækˈseləreit] *v.* ①加速 ②促进

acceleration [ækˌseləˈreiʃən] *n.* ①加速度 ②促进

accelerative [əkˈselərətiv] *a.* 加速的，促进的

virtually [ˈvəːtʃuəli] *ad.* 差不多，事实上，实质上

[同义] practically, nearly

[同根] virtual [ˈvəːtʃuəl] *a.* ①(用于名词前)几乎 ②实际上起作用的，事实上生效的 ③[计]虚拟的

wipe out 消灭，彻底摧毁或被彻底破坏

innovation [ˌinəˈveiʃən] *n.* ①革新，改革 ②新方法，新奇事物

[同义] introduce, change, modernize

[同根] innovate [ˈinəveit] *v.* ①革新，改革，创新(in, on, upon) ②创立，创始，引入

innovative [ˈinəveitiv] *a.* 革新的，新颖的，富有革新精神的

lever [ˈliːvə, ˈlevə] *n.* ①(用作施加压力等的)手段，方法 ②杠杆，控制杆 *v.* 使用杠杆，(用杠杆)撬动，撬起

[同根] leverage [ˈliːvəridʒ] *n.* ①(为达到目的而使用的)力量，手段 ②杠杆作用

destructive [diˈstrʌktiv] *a.* 破坏(性)的

[同义] ruinous

[反义] constructive

[同根] destruct [diˈstrʌkt] *v.* 破坏

destruction [diˈstrʌkʃən] *n.* 破坏，毁灭

destructively [diˈstrʌktivli] *ad.* 破坏地

hold the potential 有可能

segment [ˈsegmənt] *n.* 部分，部门，片断，环节 *v.* 分割，切割

[同义] division, fraction, subdivision,

[同根] segmentation [ˌsegmənˈteiʃən] *n.* 分割，切断

fragmentation [ˌfrægmenˈteiʃən] *n.* 碎裂，破碎，分裂

[同根] fragment [ˈfrægmənt] *n.* 碎片，破片，断片

fragmented [frægˈmentid] *a.* ①裂成碎片的，分裂的 ②不完整的，无条理的

fragmentary [ˈfrægməntəri] *a.* ①碎片的，片段的 ②不完整的，不连续的

appreciation [əˌpriːʃiˈeiʃən] *n.* ①理解，正确评价，欣赏 ②感谢，感激

[同根] appreciate [əˈpriːʃieit] *v.* ①赏识，鉴赏 ②感激 ③(充分)意识到 ④对…做正确评价

appreciative [əˈpriːʃətiv] *a.* ①欣赏的，有欣赏力的 ②表示感激的，赞赏的

appreciable [əˈpriːʃiəbl] *a.* ①可估计的 ②相当可观的

superficially [sjuːpəˈfiʃəli] *ad.* 表面地，肤浅地，浅薄地

[同义] shallowly, surfacely

[反义] deeply

[同根] superficial [sjuːpəˈfiʃəl] *a.* 表面的，肤浅的，浅薄的

in terms of ①根据，按照，在…方面 ②用…的话

identify [aiˈdentifai] *v.* ①认出，识别，鉴定 ②认为…等同于(with)

[同根] identification [aiˌdentifiˈkeiʃən] *n.* ①鉴定，验明，认出 ②身份证明

identical [aiˈdentikəl] *a.* ①同一的，同样的 ②(完全)相同的，一模一样的

identically [aiˈdentikəli] *ad.* 同一地，相等地

micro-market 微观市场

prohibitively [prəˈhibitivli, prəu] *ad.* ①非常地，昂贵地 ②禁止地，阻碍地

[同根] prohibit [prəˈhibit, (*US*) ˈprəu-] *v.* ①(常与 from 连用)禁止，不准 ②妨碍，阻止，使不可能

prohibition [prəuhiˈbiʃən, ˌprəuiˈbiʃən] *n.* ①禁止 ②禁令

prohibitive [prəˈhibitiv, (*US*)prəu-] *a.* ①禁止的，阻碍的，阻止的 ②非常高的，昂贵的

feed on ①扶植 ②以…为食

sub-market 次级市场

fuel [fjuəl] *v.* ①激起,刺激 ②加燃料,供以燃料 *n.* ① 燃料 ②刺激因素

[同义] stimulate

appetite ['æpitait] *n.* ① 欲望, 爱好 ②食欲, 胃口

[同义] desire, hunger

specialized ['speʃəlaizd] *a.* 专门的, 专科的

[同根] specialize ['speʃəlaiz] *v.* 专攻, 专门研究

specific [spi'sifik] *a.* ①详细而精确的, 明确的 ②特殊的, 特效的

specialist ['speʃəlist] *n.* ①专家 ②专科医生

选项词汇注释

be attribute to 由…引起,归因于…

fierce [fiəs] *a.* ①猛烈的, 激烈的 ②凶猛的, 愤怒的, 暴躁的

[同义] intense, violent, cruel

[反义] gentle, quiet

[同根] fierceness [fiəsnis] *n.* 强烈,激烈

fiercely ['fiəsli] *ad.* 猛烈地, 厉害地

convey [kən'vei] *v.* ①表达,传达 ②运送,输送 ③传播,传送

[同义] deliver, put into words, transport

[词组] convey... to... 把…送/转到…

take by surprise 使吃惊,使诧异

restriction [ri'strikʃən] *n.* 限制, 约束

[同义] constraint, regulation, limitation

[同根] restrict [ri'strikt] *v.* 限制, 约束, 限定

transaction [træn'zækʃən] *n.* ①交易, 事务 ②办理, 处理 ③会报, 会议,记录

[同义] business

[同根] transact [træn'zækt, -'sækt] *v.* 办理, 交易, 处理

penetrate ['penitreit] *v.* ①渗入, 穿入, 穿透 ②刺入,穿入 ③洞察, 了解 ④使充溢,打动

[同义] perceive, pierce, puncture, understand

[同根] penetration [peni'treiʃən] *n.* ①刺穿,穿透 ②渗透, 弥漫

penetrating ['penitreitiŋ] *a.* ①有穿透力的,尖锐的 ②. 敏锐的, 明察秋毫的

bring about 引起,导致

thrive [θraiv] *v.* ①兴旺发达,繁荣,旺盛 ②茁壮成长, 茂盛生长

[同义] boom, prosper, flourish

[反义] decline

[词组] thrive on sth. 靠/以…兴旺/旺盛

knowdgeable ['nɔlidʒəbəl] *a.* 博识的, 有知识的

overlook [ˌəuvə'luk] *v.* ①忽视, 忽略 ②俯瞰, 俯视

[同义] disregard, ignore, neglect

[反义] notice

eliminate [i'limineit] *v.* ①排除, 消除, 淘汰 ②不加考虑,忽视

[同义] discard, dispose of, exclude, reject

[反义] add

[同根] elimination [iˌlimi'neiʃən] *n.* ①排除, 除去, 消除 ②忽视,略去

disintegrate [dis'intigreit] *v.* 瓦解, (使)分解, (使)碎裂

[同义] break up, decay

[同根] integrate ['intigreit] *v.* ①使成整体, 使完整 ②使结合,使合并,使一体化

integration [ˌinti'greiʃən] *n.* 结合,合而为一,整和,融合

integral ['intigrəl] *a.* ①构成整体所需要

的 ②完整的，整体的
integrity [in'tegriti] *n.* ①正直，诚实 ②完整，完全，完善

Reading Comprehension 2006.6

Passage One

There are good reasons to be troubled by the **violence** that spreads throughout the media. Movies, television and video games are full of gunplay and **bloodshed**, and one might reasonably ask what's wrong with a society that **presents** videos of **domestic** violence as entertainment.

Most researchers agree that the causes of real-world violence are **complex**. A 1993 study by the U. S. **National Academy of Sciences** listed "biological, individual, family, **peer**, school, and **community** factors" as all playing their parts.

Viewing **abnormally** large amounts of violent television and video games may well **contribute to** violent behavior in certain individuals. The trouble comes when researchers **downplay uncertainties** in their studies or **overstate** the case for *causality*(因果关系). **Skeptics** were **dismayed** several years ago when a group of societies including the American Medical Association tried to end the debate by **issuing** a **joint statement**: "At this time, well over 1,000 studies…point **overwhelmingly** to a **causal connection** between media violence and **aggressive** behavior in some children."

Freedom-of-speech **advocates accused** the societies **of catering to** politicians, and even **disputed** the number of studies (most were review articles and essays, they said). When Jonathan Freedman, a social psychologist at the University of Toronto, reviewed the **literature**, he found only 200 or so studies of television watching and aggression. And when he **weeded out** "the most doubtful measures of aggression", only 28% supported a connection.

The **critical** point here is causality. The **alarmists** say they have proved that violent media cause. But the assumptions behind their observations need to be examined. When **labeling** game **as** violent or non-violent, should a hero eating a ghost really be **counted** as a violent event? And when experimenters record the time it takes game players to read "aggressive" or "non-aggressive" words from a list, can we be sure what they are actually measuring? The **intent** of the new Harvard Center on Media and Child Health to collect and **standardize** studies of media violence in order to **compare** their **methodologies**, **assumptions** and conclusion is an important step in the right direction.

Another **appropriate** step would be to **tone down** the criticism until we know more. Several researchers write, speak and **testify** quite a lot on the threat **posed** by violence in the media. That is, of course, their privilege. But when doing so, they often **come out with** statements that the matter has now been settled, drawing criticism from colleagues. **In response**, the alarmists accuse critics and news reporters of being deceived the **entertainment industry**. Such **clashes** help neither science nor society.

文章词汇注释

violence [ˈvaiələns] ***n.*** ①暴力，暴行 ②猛烈，强烈

[同义] force

[同根] violent [ˈvaiələnt] ***a.*** ①猛烈的，激烈的 ②暴力引起的

violently [ˈvaiələntli] ***ad.*** 猛烈地，激烈地，极端地

bloodshed [ˈblʌdʃed] ***n.*** ①流血 ②杀戮

[同根] blood [blʌd] ***n.*** ①血，血液 ②血统，家族，门第 ***v.*** ①使出血，从…中抽血 ②使(新手)先取得初次经验

present [priˈzent] ***v.*** ①提供，介绍，呈献 ②赠送 ③提出，递交 ④呈现，表现 [ˈprezənt] ***n.*** ①礼物，赠品 ②目前，现在 ***a.*** ①出席的，到场的 ②现在的，目前的

[同义] display, introduce, give

[同根] presentation [ˌprezenˈteiʃən] ***n.*** ①介绍，呈现 ②陈述 ③赠送 ④表演

domestic [dəˈmestik] ***a.*** ①家的，家庭的 ②本国的，国内的，国产的 ③驯养的

[同根] domesticity [ˌdəumeˈstisiti] ***n.*** 家庭事务，家庭生活，对家庭生活的喜爱

complex [ˈkɔmpleks] ***a.*** ①复杂的 ②合成的，综合的 ***n.*** 综合物，综合性建筑，综合企业

[同义] complicated, involved, intricate, compound

[同根] complexity [kəmˈpleksiti] ***n.*** 复杂，复杂的事物，复杂性

National Academy of Science 国家科学院

peer [piə] ***n.*** 同等地位的人，同事，同辈，同龄人 ***v.*** 仔细看，费力地看，凝视

community [kəˈmjuːniti] ***n.*** ①(由同住于一地，一地区或一国的人所构成的)社会，社区 ②由同宗教，同种族，同职业或其他共同利益的人所构成的团体 ③共享，共有，共用

abnormally [æbˈnɔːməli] ***a.*** ①异常地，反常地 ②变态地

[同根] norm [nɔːm] *n.* 标准，规范，准则
normal [ˈnɔːməl] *a.* ①正常的，平常的，通常的 ②正规的，规范的
abnormal [æbˈnɔːməl] *a.* 反常的，变态的
normalize [ˈnɔːməlaiz] *v.* (使) 正常化，(使) 标准化
normalization [ˌnɔːməlaiˈzeiʃən] *n.* 正常化，标准化

contribute to 有助于，促成，是…的部分原因

downplay [ˈdaunplei] *v.* 低估，对…轻描淡写，贬低

uncertainty [ʌnˈsəːtnti] *n.* 不确定，不确定的事物
[同根] certain [ˈsəːtən] *a.* ①确实的，无疑的 ②固定的，确定的
certainly [ˈsəːtənli] *ad.* 无疑地，必定，一定
certainty [ˈsəːtənti] *n.* ①确信，确实，确定性 ②必然的事，确定的事实
uncertain [ʌnˈsəːtn] *a.* 不确定的，不可预测的，靠不住的

overstate [ˌəuvəˈsteit] *v.* 过分强调，夸大
[同根] state [steit] *v.* 声明，陈述，规定 *n.* ①情形，状态 ②国家，政府，州
statement [ˈsteitmənt] *n.* 陈述，叙述，声明
overstatement [ˌəuvəˈsteitmənt] *n.* 过分强调，夸大

skeptic [ˈskeptik] (= sceptic) *n.* 怀疑论者
[同根] skeptical [ˈskeptikəl] (= sceptical) *a.* 惯于(或倾向于)怀疑的，表示怀疑的(about)
skeptically [ˈskeptikəli] (= sceptically) *ad.* 怀疑地
skepticism [ˈskeptisizəm] (= scepticism) *n.* ①怀疑态度 ②怀疑论

dismay [disˈmei] *v.* ①使惊恐，使惊愕 ②使失望，使绝望 *n.* ①惊恐，惊愕 ②失望，绝望
[同义] appall, horrify
[词组] to one's dismay 使某人沮丧的是

issue [ˈisjuː] *v.* ①发表，发布 ②流出，放出 ③发行(钞票等)，出版(书等) *n.* ①问题，争议 ②流出，冒出 ③发行，出版 ④发行物，定期出版物的一期
[词组] at/in issue 待解决的，争议中的
raise a issue 引起争论
take issue 对…持异议，不同意

joint statement 联合声明

overwhelmingly [ˌəuvəˈwelmiŋli] *ad.* 不可抵抗地，压倒地
[同根] overwhelm [ˈəuvəwelm] *v.* ①制服，征服，压倒 ② 使受不了，使不知所措
overwhelming [ˌəuvəˈwelmiŋ] *a.* ①势不可挡的，压倒的 ②巨大的

causal connection 因果关系

aggressive [əˈgresiv] *a.* ①挑衅的，侵犯的，侵略的 ② 积极进取的
[同根] aggress [əˈgres] *v.* 侵略，侵犯，挑衅
aggressor [əˈgresə(r)] *n.* 侵略者，攻击者
aggression [əˈgreʃən] *n.* ①侵略，侵犯，挑衅 ②侵犯行为

advocate [ˈædvəkit] *n.* ①拥护者，提倡者 ②辩护人，律师 *v.* 拥护，提倡，主张
[同义] defender, supporter
[同根] advocation [ˌædvəˈkeiʃən] *n.* 拥护，提倡，支持

accuse sb. of... 因某事控告/谴责某人

cater to 迎合…，提供…

dispute [diˈspjuːt] *v.* ①对表示异议，反对 ②争论，辩论 *n.* 争论，辩论，争端，纠纷
[同义] argue, debate
[词组] in/under dispute 在争论中，处于争议中

literature [ˈlitəritʃə] *n.* ①[总称](关于某一学科或专题的)文献,图书资料 ②文学,文学作品

[同根] literary [ˈlitərəri] *a.* 文学(上)的,精通文学的,从事写作的

literacy [ˈlitərəsi] *n.* 识字,有文化,有读写能力

literate [ˈlitərit] *n.* 有读写能力的人 *a.* 有文化的,有读写能力的

literal [ˈlitərəl] *a.* ①逐字的 ②文字的,照字面的 ③只讲究实际的,无想像力的

literally [ˈlitərəli] *ad.* ①确实地,真正地 ②简直 ③逐字地,照字面地

weed out 清除,去掉

critical [ˈkritikəl] *a.* ①决定性的,关键性的 ②吹毛求疵的 ③批评的,评判的

[同根] critic [ˈkritik] *n.* ①批评家,评论家 ②吹毛求疵者

critique [kriˈtiːk] *n.* ①(关于文艺作品、哲学思想的)评论文章 ②评论

criticize [ˈkritisaiz] *v.* ①批评,评判,责备,非难 ②评论,评价

criticism [ˈkritisizəm] *n.* ①批评,评判,责备,非难 ②评论文章

critically [ˈkritikəli] *ad.* ①吹毛求疵地 ②批评地,评判地 ③决定性地,关键性地

alarmist [əˈlɑːmist] *n.* 轻事重报的人,危言耸听的人

[同根] alarm [əˈlɑːm] *n.* ①警报 ②惊慌,忧虑,担心 *v.* ①警告 ②使忧虑,使担心

alarming [əˈlɑːmiŋ] *a.* 令人惊恐的,令人担忧的

alarmed [əˈlɑːmd] *a.* 警觉的,担心的

label... as... 把…称为…,把…列为…,把…归类为…

count [kaunt] *v.* ①认为,算作 ②数,计算,计算在内 ③有价值,有重要意义 *n.* ①计数,计算 ②事项,问题

[同义] regard

[词组] be counted as 被算作…,被认为…

count against (被)认为对…不利

count for much (nothing, little) 很有(没有,很少)价值

count on/upon 指望,依赖

count out ①逐一数出 ②不包括

intent [inˈtent] *n.* ①意图,目的 ②意思,含义

[同根] intend [inˈtend] *v.* ①想要,打算 ②意指

intention [inˈtenʃən] *n.* ①意图,目的 ②意思,含义

intentional [inˈtenʃənəl] *a.* 有意的,故意的

standardize [ˈstændədaiz] *v.* 使标准化,使符合标准

[同根] standard [ˈstændəd] *n.* 标准,水准 *a.* 标准的,模范的

standardization [ˌstændədaiˈzeiʃən] *n.* 标准化

compare [kəmˈpɛə] *v.* ①比较,对照(with) ②把…比作(to)

[同根] comparison [kəmˈpærisn] *n.* ①比较,对照 ②比拟,比喻

comparable [ˈkɔmpərəbəl] *a.* ①可比较的(with) ②比得上的(to)

comparative [kəmˈpærətiv] *a.* ①比较的,用比较方法的 ②相比较而言的,相对的

comparatively [kəmˈpærətivli] *ad.* 比较地,相比较而言地,相对地

methodology [meθəˈdɔlədʒi] *n.* ①研究方法 ②方法论,方法学

[同根] method [ˈmeθəd] *n.* 方法,办法,教学法

methodological [ˌmeθədəˈlɔdʒikəl] *a.* 方法的,方法论的,方法学的,教学法的

assumption [ə'sʌmpʃən] ***n.*** 假定,臆断

[同根] assume [ə'sjuːm] ***v.*** ①假定，设想 ②担任，承担，③呈现,具有,采取

assuming [ə'sjuːmiŋ] ***conj.*** 假定,假如 ***a.*** 傲慢的,自负的

assumed [ə'sjuːmd] ***a.*** 假定的，假装的

assumptive [ə'sʌmptiv] ***a.*** ①被视为理所当然的 ②自负的

appropriate [ə'prəupriit] ***a.*** 适合的,恰当的,相称的

[ə'prəuprieit] ***v.*** ①挪用,占用 ②拨出(款项)

[同义] fitting, proper, suitable

[反义] inappropriate, unfit, unsuitable

[同根] appropriately [ə'prəupriitli] ***ad.*** 适当地

appropriateness [ə'prəupriitnis] ***n.*** 恰当,适当

appropriable [ə'prəupriəbəl] ***a.*** 可供专用的,可供私用的

appropriation [əˌprəupri'eiʃən] ***n.*** ①拨付,拨发,拨款 ②占用,挪用

[词组] be appropriate to/for 适于，合乎

tone down(使)缓和,(使)降低,(使)柔和

testify ['testifai] ***v.*** ①表明,说明(to) ②作证,证明(for, against, to)

[同根] test [test] ***n.*** & ***v.*** 测试，试验，检验

testimony ['testiməni] ***n.*** ①证据,证明,证词 ②表明,说明

pose [pəuz] ***v.*** ①造成(困难等)，提出(问题等),陈述(论点等) ②假装,冒充 ③摆姿势

[词组] pose a/threat on 对…造成威胁

pose a challenge 提出挑战

come out with ①提出,说出 ②发表,出版

in response 作为对…的答复,作为对…的反应

entertainment industry 娱乐业

clash [klæʃ] ***n.*** ①冲突 ②不协调 ③(金属等的) 刺耳的撞击声 ***v.*** ①发出刺耳的撞击 ②发生冲突 ③不协调，不一致

[同义] hit, collide, disagree, differ, conflict, contradict

选项词汇注释

be fond of 喜爱，爱好

fairly ['fɛəli] ***ad.*** ①相当地 ②公正地,公平地

[同根] fair [fɛə] ***a.*** ①公平的,公正的 ②金色的,淡色的 ***ad.*** 公平地，公正地 ***n.*** 美好的事物

reflection [ri'flekʃən] ***n.*** ①反映,表明,显示 ②映像 ③深思,考虑,反省

[同根] reflect [[ri'flekt] ***v.*** ①反射(光，热，声等) ②反映 ③深思,考虑

reflective [ri'flektiv] ***a.*** ①反射的,反映的 ②思考的,沉思的

exaggerate [ig'zædʒəreit] ***v.*** 夸大,夸张

[同义] overstate, overstress

[反义] understate

[同根] exaggeration [igzædʒə'reiʃən] ***n.*** 夸张,夸大

casual ['kæʒuəl] ***a.*** ①偶然的，碰巧的 ②非正式的，随便的 ③临时的,不定期的

[同根] casually ['kæʒuəli] ***ad.*** 偶然地,随便地，临时地

underestimate [ˌʌndə'estimeit] ***v.*** 低估，看轻

[同根] estimate ['estimeit] ***v.*** & ***n.*** 估计，

估价，评估

overestimate [ˌəuvəˈestimeit] *v.* 过高估计

initiate [iˈniʃieit] *v.* ①发起，创始，开始 ②使初步了解 ③接纳（新成员），让…加入 *n.* 新加入组织的人

[同义] begin, institute, introduce, launch

[同根] initiation [iˌniʃiˈeiʃən] *n.* 开始

initiative [iˈniʃiətiv] *n.* ①主动的行动，倡议 ②首创精神，进取心 ③主动权 *a.* 起始的，初步的

initiator [iˈniʃieitə] *n.* 创始人，发起人

assert [əˈsəːt] *v.* ①肯定地说，断言 ②维护，坚持

[同义] affirm, declare, pronounce, state

[同根] assertion [əˈsəːʃən] *n.* 主张，断言，声明

assertive [əˈsəːtiv] *a.* 断定的，过分自信的

assertively [əˈsəːtivli] *ad.* 断言地，独断地

[词组] assert oneself 坚持自己的权利

refute [riˈfjuːt] *v.* 驳斥，驳倒

[同根] refutation [refjuːˈteiʃən] *n.* 驳斥，反驳

refutal [riˈfjuːtəl] *n.* (=refutation)

refutable [ˈrefjuːtəbəl] *a.* 可驳倒的

advance [ədˈvɑːns] *v.* ①提出（论点，建议等）②使向前移动，促进 ③提高（重要性、价格等）*n.* ①前进，进展 ②（数量、价格、价值等的）增长，增加 ③预先提供，预付

[同义] promote, progress, proceed, move forward

[反义] retreat

[同根] advanced [ədˈvɑːnst] *a.* ①在前面的 ②先进的，高级的

advancement [ədˈvɑːnsmənt] *n.* 前进，提升，提高

[词组] in advance 在前面，预先，事先

in advance of 在…的前面，在…之前

challenge [ˈtʃælindʒ] *v.* ①向…挑战，对…质疑 ②刺激，激发 ③需要，要求 *n.* 挑战，艰苦的任务，努力追求的目标

[同义] confront, question, defy, doubt, dispute

[同根] challenging [ˈtʃælindʒiŋ] *a.* 挑战性的，引起兴趣的，令人深思的，挑逗的

definition [ˌdefiˈniʃən] *n.* 定义，释义

[同根] define [diˈfain] *v.* ①下定义 ②详细说明，解释

definite [ˈdefinit] *a.* 明确的，一定的

indefinite [inˈdefinit] *a.* ①无定限的，无限期的 ②不明确的，含糊的 ③不确定的，未定的

misleading [misˈliːdiŋ] *a.* 易误解的，易于误导的

Passage Two

You're in trouble if you have to buy your own **brand-name prescription drugs**. Over the past decade, prices **leaped** by more than double the **inflation rate**. Treatments for **chronic** conditions can easily **top** $2,000 a month—**no wonder** that one in four Americans can't afford to fill their prescriptions. The solution? A hearty chorus of "O Canada." North of the border, where price controls **reign**, those same brand-name drugs cost 50% to

80% less.

The Canadian **option** is fast becoming a political **wake-up call**. "If our neighbors can buy drugs at reasonable prices, why can't we?" Even to whisper that thought **provokes** anger. "Un-American!" And—the **propagandists'** *trump card* (王牌)—"**Wreck** our **brilliant** health-care system." Supersize drug prices, they **claim**, fund the research that **sparks** the next generation of wonder drugs. No sky-high drug price today, no cure for cancer tomorrow. So shut up and **pay up**.

Common sense tells you that's a false **alternation**. The reward for finding, say, a cancer cure is so huge that no one's going to hang it up. Nevertheless, if Canada-level pricing came to the United States, the industry's **profit margins** would drop and the pace of new drug development would slow. Here lies the American **dilemma**. Who is all this splendid medicine for? Should our **healthcare system** continue its drive toward the best of the best, even though rising numbers of patients can't afford it? Or should we direct our wealth toward letting everyone **in on** today's level of care? Measured by saved lives, the latter is almost certainly the better course.

To defend their profits, the drug companies have warned Canadian **wholesalers** and *pharmacies* (药房) not to sell to Americans by mail, and are **cutting back** supplies to those who dare.

Meanwhile, the **administration** is playing the fear card. Officials from the Food and Drug Administration will argue that Canadian drugs might be **fake**, mishandled, or even a **potential** threat to life.

Do bad drugs fly around the Internet? Sure—and the more we look, the more we'll find. But I haven't heard of any raging **epidemics** among the hundreds of thousands of people buying cross-border.

Most users of prescription drugs don't worry about costs a lot. They're **sheltered** by employer **insurance**, owing just a $20 co-pay. The financial **blows rain**, instead, on the uninsured, especially the chronically ill who need expensive drugs to live. This group will still include middle-income **seniors** on Medicare, who'll have to **dig deeply into their pockets** before getting much from the new drug benefit that starts in 2006.

文章词汇注释

brand-name 名牌的,(尤指标有畅销商品的)商标的

prescription drug 须医师处方才可买的药品

leap [liːp] *v.* ①高涨 ②跳, 跳跃 *n.* ①骤变,激增 ②跳, 跳跃

[词组] by leaps and bounds 非常迅速地

inflation rate 通货膨胀率

chronic [ˈkrɔnik] *a.* ①(疾病)慢性的,(人)久病的 ②积习难改的 *n.* 慢性疾病人

[反义] acute

[同根] chronical [ˈkrɔnikəl] *a.* (=chronic)

chronically [ˈkrɔnikəli] *ad.* ①慢性地 ②长期地

[词组] chronic conditions 慢性病

top [tɔp] *v.* ①超过,高过,胜过 ②居…之上,是…之冠,为…之首 *n.* 顶,顶端,山顶,顶部 *a.* 顶的,顶端的,最上面的

no/little/small/what wonder 并不奇怪,不足为奇,难怪

reign [rein] *v.* 主宰,起支配作用 *n.* ①(君主的)统治,王权 ②主宰, 支配

option [ˈɔpʃən] *n.* ①选择,选择权 ②可选择的东西

[同义] choice, alternative

[同根] optional [ˈɔpʃənəl] *a.* 可选择的

optionally [ˈɔpʃənəli] *ad.* 随意地

wake-up call 催醒电话

provoke [prəˈvəuk] *v.* ①激起,引起 ②对…挑衅,激怒

[同根] provoking [prəˈvəukiŋ] *a.* 恼人的,挑动的

provocative [prəˈvɔkətiv] *a.* ①挑衅的,煽动的 ②引起讨论的

provocation [prɔvəˈkeiʃən] *n.* ①惹人恼火的事,激怒的原因 ②激怒, 刺激

propagandist [ˌprɔpəˈgændist] *n.* 宣传员 *a.* 宣传的

[同根] propaganda [ˌprɔpəˈgændə] *n.* 宣传

propagandize [ˌprɔpəˈgændaiz] *v.* 宣传

wreck [rek] *v.* ①破坏, 毁坏 ②造成(船舶等)失事,使遇难 *n.* ①(船舶等的)失事,遇难 ②破坏, 毁坏

[同根] wreckage [ˈrekidʒ] *n.* ①失事,遭难 ②破坏, 毁坏

brilliant [ˈbriljənt] *a.* ①光辉的,辉煌的 ②卓越的,有才能的

[同根] brilliance [ˈbriljəns] *n.* 光辉, 显赫,卓越

claim [kleim] *v.* ①声称,断言 ②(对头衔、财产、名声等) 提出要求 ③认领,声称有 *n.* ①声称,主张 ②要求,认领,索赔

[同义] demand, require

[词组] lay claim to 对…提出所有权要求,自以为

spark [spɑːk] *v.* ①激励,鼓舞 ②点燃,触发,发动 *n.* 火花, 火星,余火

[词组] not a spark of 毫无, 一点都不

strike sparks out of sb. 激发某人的聪明才智

pay up 全部付清

common sense 常识

alternation [ˌɔːltəːˈneiʃən] *n.* 交替,轮流

[同根] alter [ˈɔːltə] *v.* 改变

alternate [ɔːlˈtəːnit] *v.* 交替, 改变 *a.* 交替的

alternative [ɔːlˈtəːnətiv] *n.* ①可供选择的办法, 事物 ②两者择一, 取舍 *a.* 选择性的, 二中择一的

alternatively [ɔːlˈtəːnətivli] *ad.* 做为选择, 二者择一地

profit margin 利润率
dilemma [di'lemə, dai-] *n.* (进退两难的)窘境,困境
[词组] be in a dilemma 左右为难
healthcare system 医疗保健体系
in on 参加,参与
wholesaler *n.* 批发商
cut back 削减,缩减
administration [ədminis'treiʃən] *n.* ①政府,行政机关 ②行政,行政职责 ③管理,经营,支配
[同义] execution, management
[同根] administrate [əd'ministreit] *v.* 管理, 支配
administer [əd'ministə] *v.* ①掌管,料理…的事务 ②实施,执行
administrative [əd'ministrətiv] *a.* 管理的,行政的,政府的
fake [feik] *n.* 假货 *a.* 假的 *v.* 伪造,赝造,捏造,假造
potential [pə'tenʃəl] *a.* 潜在的,可能的 *n.* 潜能,潜力
[同根] potentially [pə'tenʃəli] *ad.* 潜在地,可能地
potentiality [pəˌtenʃi'æliti] *n.* ①可能性 ②(用复数)潜能,潜力
epidemic [ˌepi'demik] *n.* ①流行病 ②(流行病的)流行,传播 *a.* (疾病)流行性的 ②极为盛行的,流行极广的
shelter ['ʃeltə] *v.* ①庇护,保护,掩蔽 ②为…提供避难所 ③躲避,避难 *n.* 掩蔽处,庇护所,避难所
[同义] defend, guard, protect, shield
[同根] sheltered ['ʃeltəd] *a.* 受保护的,受庇护的
[词组] shelter oneself 掩护自己,为自己辩护
insurance [in'ʃuərəns] *n.* ①保险,保险单,保险费 ②预防措施,安全保证
[同根] insure [in'ʃuə] *v.* ①给…保险 ②保证,确保
insurant [in'ʃuərənt] *n.* 投保人,被保险人
insured [in'ʃuəd] *n.* 被保险者,保户 *a.* 在保险范围以内的
uninsured [ˌʌnin'ʃuəd] *a.* 未参加保险的
blow [bləu] *n.* 打击,负担
rain [rein] *v.* 如雨般降下,大量降下
senior ['siːniə] *n.* 年长者 *a.* 年长的,资格较老的,地位较高的,高级的
dig into one's pocket 花钱

选项词汇注释

rocket ['rɔkit] *v.* 迅速上升,猛涨 *n.* 火箭
curb [kəːb] *v.* 控制,约束 *n.* ①控制,约束 ②(由路缘石砌成的街道或人行道的)路缘
soar [sɔː] *v.* ①猛增,剧增 ②高飞,升腾
[同义] ascend, leap, skyrocket
[同根] soaring ['sɔːriŋ] *a.* ①剧增的,高涨的 ②高飞的,翱翔的
argue for 赞成…
bring about 引起,致使,造成
indispensable [ˌindi'spensəbəl] *a.* 必不可少的,绝对必要的(to, for)
[同义] essential, necessary, required, vital
[反义] dispensable
priority [prai'ɔriti] *n.* ①优先考虑的事 ②优先,重点,优先权
[同根] prior ['praiə] *a.* ①在前的 ②较早的 ③优先的,更重要的

［词组］place/put high priority on 最优先考虑…
attach high priority to 最优先考虑…
give first priority to 最优先考虑…

maintain ［mein'tein］ *v.* ①维持，保持 ②坚持，维护，主张 ③保养，维修 ④赡养，供给
［同义］keep, retain, sustain
［同根］maintenance ［'meintinəns］ *n.* ①维护，保持 ②维修 ③生活费用 ④扶养
maintainable ［men'teinəbl］ *a.* ①可维持的 ②主张的
maintainer ［men'teinə］ 养护工，维护人员

label... as... 把…列为…，把…归类为…

attribute... to... 把…归因于…

Passage Three

Age has its **privileges** in America, and one of the more **prominent** of them is the **senior citizen discount**. Anyone who has reached a certain age—in some cases as low as 55—**is automatically entitled to a dazzling array of price reductions** at nearly every level of **commercial** life. **Eligibility** is determined not by one's need but by the date on one's **birth certificate**. Practically unheard of a generation ago, the discounts have become a **routine** part of many business—as common as color televisions in motel rooms and free coffee on airliners.

People with gray hair often are given the discounts without even asking for them; yet, millions of Americans above age 60 are healthy and *solvent* (有支付能力的). Businesses that would never dare offer discounts to college students or anyone under 30 freely offer them to older Americans. The practice is acceptable because of the widespread belief that "elderly" and "needy" are *synonymous*(同义的). Perhaps that once was true, but today elderly Americans as a group have a lower poverty rate than the rest of the population. **To be sure**, there is economic **diversity** within the elderly, and many older Americans are poor. But most of them aren't.

It is impossible to **determine** the **impact** of the discounts on individual companies. For many firms, they are a **stimulus** to **revenue**. But in other cases the discounts are given **at the expense**, directly or indirectly, **of** younger Americans. Moreover, they are a direct **irritant** in what some politicians and scholars see as a coming **conflict** between the generations.

Generational **tensions** are being **fueled** by continuing debate over Social Security benefits, which mostly **involves** a **transfer** of resources from the young to the old. Employment is another **sore** point. *Buoyed*（支持）by laws and court decisions, more and more older Americans are declining the retirement dinner **in favor of** staying on the job—thereby lessening employment and **promotion** opportunities for younger workers.

Far from a kind of **charity** they once were, senior citizen discounts have become a **formidable** economic privilege to a group with millions of members who don't need them.

It no longer **makes sense** to treat the elderly as a single group whose economic needs **deserve priority** over those of others. Senior citizen discounts only **enhance** the myth that older people can't take care of themselves and need special treatment; and they **threaten** the creation of a new myth, that the elderly are **ungrateful** and taking for themselves at the expense of children and other age groups. Senior citizen discounts are the **essence** of the very thing older Americans are **fighting against**—**discrimination** by age.

文章词汇注释

privilege ['privilidʒ] ***n.*** ①特权，优惠，特免 ②特别待遇 ***v.*** 给…特权/优惠，特许，特免(from)

[同义] advantage, favor, freedom, grant, liberty, license

[同根] privileged ['privilidʒd] ***a.*** 享有(或授予)特权的，特许的

underpriviledged [ʌndə'privilidʒd] ***a.*** 被剥夺基本权利的

prominent ['prɔminənt] ***a.*** ①突出的，显著的 ②卓越的，杰出的 ③突起的

[同义] important, outstanding, celebrated, distinguished, eminent, famous

[反义] anonymous

[同根] prominence ['prɔminəns] ***n.*** ①显著 ②突出 ③突出物

prominently ['prɔminəntli] ***ad.*** 卓越地，显眼

senior citizen 老年人

discount ['diskaunt] ***n.*** 折扣(在本文内可理解为"优待") ***v.*** 打折扣

automatically [ɔːtə'mætikli] ***ad.*** ①自动地 ②机械地

[同根] automate ['ɔːtəmeit] ***v.*** ①用自动化技术操作，用自动化技术经营(或管理) ②使自动化

automatic [ˌɔːtə'mætik] ***a.*** ①自动的 ②不经思索的，习惯性的 ③机械的

be entitled to... 有资格享有…，有权利享有…

dazzling ['dæzliŋ] ***a.*** 令人眼花缭乱的，耀眼的

[同根] dazzle ['dæzəl] ***v.*** ①使眩目，耀(眼) ②使惊奇，使赞叹不已，使倾倒 ***n.*** ①耀眼的光 ②令人赞叹的东西

dazzlingly [ˈdæzliŋli] *ad.* 灿烂地，耀眼地

an array of 一串，一系列

price reduction 削价

commercial [kəˈməːʃəl] *a.* 商业的，商务的 *n.*（广播、电视的）商业广告

[同根] commerce [ˈkɔmə(ː)s] *n.* 商业

commercially [kəˈməːʃəli] *ad.* 商业地

commercialize [kəˈməːʃəlaiz] *v.* 使商业化

commercialism [kəˈməːʃəlizəm] *n.* 商业主义，商业精神

eligibility [elidʒˈbiliti] *n.* 有资格，合格

[同根] eligible [ˈelidʒəbəl] *a.* 有资格当选的，有条件被选中的，在法律上（或道德上）合格的

eligibly [ˈelidʒəbli] *ad.* 有资格当选地，有条件被选中地，合格地

birth certificate 出生证明

routine [ruːˈtiːn] *a.* 例行的，常规的，惯例的 *n.* 例行公事、惯例、惯常的程序，日常工作

[同义] custom, habit, schedule

[同根] routinely [ruːˈtiːnli] *ad.* 例行公事地，惯例地

to be sure 确实，当然

diversity [daiˈvəːsiti] *n.* 差异，多样性

[同义] variety, difference

[同根] diverse [daiˈvəːs] *a.* 不同的，多样的

diversely [daiˈvəːsli] *ad.* 不同地，各色各样地

diversify [daiˈvəːsifai] *v.* 使不同，使多样化

diversified [daiˈvəːsifaid] *a.* 多变化的，各种的

diversification [daivəːsifiˈkeiʃən] *n.* 变化，多样化

divert [daiˈvəːt] *v.* ①使转向，使改道 ②转移，转移…的注意力 ③使娱乐

diversion [daiˈvəːʃən] *n.* ①转移，转向 ②消遣，娱乐

divergent [daiˈvəːdʒənt] *a.* 有分歧的，不同的

determine [diˈtəːmin] *v.* ①决定 ②下决心，决意，决定

[同根] determination [diˌtəːmiˈneiʃən] *n.* ①坚定，果断，决断力 ②决心

determined [diˈtəːmind] *a.* 已下决心的，决意的

impact [ˈimpækt] *n.* ①影响，作用 ②冲击，碰撞

[同义] influence, effect, crash, blow

[词组] give an impact to... 对…起冲击作用

make a strong/great/full impact on 对…有巨大影响

stimulus [ˈstimjuləs] *n.* 刺激（物），促进（因素），激励（物）

[同根] stimulate [ˈstimjuleit] *v.* ①刺激，激励 ②促使，引起

stimulation [ˌstimjuˈleiʃən] *n.* 兴奋（作用），刺激（作用），激励（作用）

stimulative [ˈstimjulətiv] *n.* 刺激物，促进因素，激励物 *a.* 刺激（性）的，激励（性）的，促进（性）的

revenue [ˈrevinjuː] *n.* 财政收入，税收

[同义] earnings, income

at the expense of 在损害…的情况下

irritant [ˈiritənt] *n.* 刺激物，刺激剂 *a.* 有刺激（性）的，会引起发炎的

[同根] irritate [ˈiriteit] *v.* ①激怒，使急躁 ②刺激

irritation [ˌiriˈteiʃən] *n.* 愤怒，恼怒

conflict [ˈkɔnflikt] *n.* ① 冲突，抵触，争论 ②战斗，斗争

[kənˈflikt] *v.* ①抵触，冲突 ②战斗，斗争

[同义] clash, struggle, fight, battle,
[同根] conflicting [kən'fliktiŋ] *a.* 相冲突的，不一致的，相矛盾的
[词组] be in conflict with... 与…相冲突

tension ['tenʃən] *n.* 紧张(状态)，不安
[反义] slack, relief
[同根] tense [tens] *a.* 紧张的，拉紧的

fuel [fjuəl] *v.* ①激起，刺激 ②加燃料，供以燃料 *n.* ① 燃料 ②刺激因素
[同义] stimulate

involve [in'vɔlv] *v.* ①涉及，包含，包括 ②使卷入，使陷入，拖累 ③使专注
[同义] contain, includ, engage, absorb
[同根] involved [in'vɔlvd] *a.* 有关的，牵扯在内的，参与的，受影响的
involvement [in'vɔlvmənt] *n.* ①卷入，缠绕 ②复杂，混乱 ③牵连的事务，复杂的情况
[词组] be/become involved in 包含在…，与…有关，被卷入，专心地(做)
be/get involved with 涉及，给…缠住

transfer [træns'fəː] *n.* ① 转让，让与 ②调动 ③转移，迁移 *v.* ①转移(地方) ②调动 ③(工作)转让 ④转学，转乘
[同义] move, change
[同根] transferable [træns'fəːrəbəl] *a.* 可转移的，可调动的

sore [sɔː] *a.* ①使人忧愁的，令人痛苦的 ②痛的，疼痛发炎的

in favor of 赞成，支持，出于偏爱

promotion [prə'məuʃən] *n.* ①提升，晋升 ②促进，发扬
[同根] promote [prə'məut] *v.* ①提升，晋升 ②促进，发扬
promotive [prə'məutiv] *a.* 提升的，促进的
promotee [prəməu'tiː] *n.* ①被提升者 ②获晋级者
promoter [prə'məutə] *n.* 促进者，助长者

far from 远远不，完全不

charity ['tʃæriti] *n.* ①施舍，施舍物 ②慈悲，慈善
[同根] charitable ['tʃæritəbəl] *a.* ①慈善的，施舍慷慨的 ②仁爱的，慈悲的
charitarian [ˌtʃæri'tɛəriən] *n.* 慈善家

formidable ['fɔːmidəbəl] *a.* ①难对付的 ②可怕的，令人畏惧的 ③令人惊叹的
[同根] formidably ['fɔːmidəbli] *ad.* 可怕地，强大地，令人惊叹地

make sense ①言之成理，是合情合理的，是明智的 ②讲得通，有意义

deserve [di'zəːv] *v.* 应受，值得，应得
[同根] deserved [di'zəːvd] *a.* 应得的，理所当然的
deserving [di'zəːviŋ] *a.* ①有功的，该受奖赏的 ②值得的，该得的(of)
[词组] deserve ill of 有罪于
deserve well of 有功于

priority [prai'ɔriti] *n.* ①优先，重点，优先权 ②优先考虑的事 ③在先，居先
[同根] prior ['praiə] *a.* ①优先的 ②较早的，在前的 ③优先的，更重要的
[词组] take/have priority over... 放在…之上优先考虑
place/put high priority on... 最优先考虑…
attach high priority to... 最优先考虑…
give first priority to... 最优先考虑…

enhance [in'hɑːns] *v.* 增强，增进，提高(质量、价值、吸引力等)，增加
[同义] better, improve, uplift, strengthen
[同根] enhancement [in'hɑːnsmənt] *n.* 增进，增加
enhanced [in'hɑːnst] *a.* 增强的，提高的，放大的

threaten ['θretn] *v.* ①预示(危险)，似有发生或来临的可能 ②恐吓，威胁

[同根] threat [θret] *n.* ①恐吓，威胁 ②凶兆，征兆

threatening ['θretəniŋ] *a.* 威胁的，凶兆的

threateningly ['θretəniŋli] *ad.* 威胁地，凶兆地

ungrateful [ʌn'greitful] *a.* 不领情的，讨人厌的

[同根] grateful ['greitful] *a.* 感激的，表示感谢的(to)

essence ['esns] *n.* ①本质，要素，精髓 ②精，素

[同根] essential [i'senʃəl] *a.* ①不可少的，必要的，重要的，根本的 ②本质的，实质的 ③提炼的，精华的 *n.* [pl.] ①本质，精华 ②要素，要点

essentially [i'senʃəli] *ad.* 本质上，本来，根本

fight against 对抗，反抗

discrimination [di,skrimi'neiʃən] *n.* ①歧视，差别对待 ②辨别，区别

[同根] discriminate [di'skrimineit] *v.* ①有差别地对待，歧视(against) ②区别，辨别

discriminative [di'skriminətiv] *a.* ①区别的，差异的，形成差异的 ②有判别力的

选项词汇注释

commercial practice 商务惯例，商业实务

live a decent life 过体面的生活

boost [bu:st] *v.* ①推动，提高，增强 ②举，抬，推 *n.* ①一举，一抬，一推 ②推动，促进，激励

[同义] hoist, lift, push

[同根] booster ['bu:stə] *n.* 向上(或向前)推的人，热心的拥护者，积极的支持者

[词组] boost up 向上推，增强

assumption [ə'sʌmpʃən] *n.* 假定，臆断

[同义] supposition, presupposition, postulation

[同根] assume [ə'sju:m] *v.* ①假定，假设 ②承担，担任 ③呈现，具有 ④假装

assumed [ə'sju:md] *a.* 假定的，假装的，装的

assuming [ə'sju:miŋ] *conj.* 假定，假如 *a.* 傲慢的，自负的

assumptive [ə'sʌmptiv] *a.* 假定的，设想的

lie behind 是…的理由(或原因)

contribute [kən'tribju:t] *v.* ①贡献 ②捐(款等)，捐献 ③投(稿)

[同义] give, donate, devote, provide

[同根] contribution [,kɔntri'bju:ʃən] *n.* 捐献，贡献

contributive [kən'tribjutiv] *a.* 有助的，促成的

contributor [kən'tribjutə] *n.* ①捐款人，贡献者，投稿者 ②促成因素

contributory [kən'tribjutəri] *a.* 促成的，起一份作用的

[词组] contribute to 有助于，促成，是…的部分原因

financially [fai'nænʃəli] *ad.* 财政上，金融上

[同根] finance [fai'næns, fi-] *n.* 财政，金融 *v.* ①供给…经费，负担经费 ②筹措资金

financial [fai'nænʃəl] *a.* 财政的，财务的，金融的

financier [fai'nænsiə, fi-] *n.* 财政家，金融家

make up for 补偿，弥补

inadequacy [in'ædikwəsi] *n.* ①不足，不充分 ②不够格，无法胜任

[同根] adequate ['ædikwit] *a.* ①适当的，

胜任的 ②足够的,能满足需要的

adequacy ['ædikwəsi] *n.* ①适当,恰当 ②足够

inadequate [in'ædikwit] *a.* 不充分的,不适当的,不够格的,无法胜任的

intensify [in'tensifai] *v.* 加剧,加强,增强,强化

[反义] reduce, lessen, diminish, alleviate

[同根] intense [in'tens] *a.* ①强烈的,剧烈的,激烈的 ②热切的,热情的

intensive [in'tensiv] *a.* 加强的,集中的,深入细致的,密集的

intensity [in'tensiti] *n.* ①强烈,剧烈 ②强度,亮度

intensification [inˌtensifi'keiʃən] *n.* 增强,强化,加剧,加紧

intensely [in'tensli] *ad.* 激烈地,热情地

adverse ['ædvəːs] *a.* ①不利的 ②敌对的 ③相反的

[同义] unfavorable, contrary, hostile, opposite

[反义] favorable

[同根] adversity [əd'vəːsiti] *n.* ①不幸,灾祸 ②逆境

adversary ['ædvəsəri] *n.* 敌手,对手

open up ①开辟 ②打开,张开 ③开设,开办

prospect ['prɔspekt] *n.* ①前景,前途,期望,展望 ②景色,景象,视野 *v.* 勘探,勘察

[同根] prospection [prɔ'spekʃən] *n.* ①先见,预测,预见 ②勘测

prospective [prəs'pektiv] *a.* 预期的,盼望的,未来的

prospecting [prəs'pektiŋ] *n.* 勘探,探矿

prospector [prɔ'spektə(r)] *n.* 探勘者,采矿者

[词组] in prospect 期望中的,展望中的

reinforce [ˌriːin'fɔːs] *v.* 加强,增援,补充

[同义] fortify, intensify, strengthen

[同根] enforce [in'fɔːs] *v.* ①实施,使生效 ②强迫,迫使,强加

reinforcement [ˌriː in'fɔː smənt] *n.* 增援,加强,援军

take... for granted 把…认为想当然

Passage Four

In 1854 my great-grandfather. Morris Marable, was sold on an **auction** block in Georgia for $500. For his white slave master, the sale was just "business as usual." But to Morris Marable and his **heirs**, slavery was a crime against our **humanity**. This **pattern** of human rights **violations** against **enslaved** African-Americans continued under **racial segregation** for nearly another century.

The **fundamental** problem of American **democracy** in the 21st century is the problem of "structural **racism**": the deep patterns of socio-economic inequality and **accumulated disadvantage** that are **coded** by race, and constantly **justified** in public speeches by both racist **stereotypes** and white indifference. Do Americans have the **capacity** and **vision** to remove these structural **barriers** that **deny** democratic rights and opportunities to millions of their fellow citizens?

This country has **previously witnessed** two great struggles to achieve a truly multicultural democracy.

The First Reconstruction (1865-1877) ended slavery and briefly gave black men **voting rights**, but gave no meaningful **compensation** for two centuries of unpaid labor. The promise of "40 acres and a *mule*（骡子）" was for most blacks a dream *deferred*（尚未实现的）.

The Second Reconstruction (1954-1968), or the modern **civil rights movement**, ended legal segregation in **public accommodations** and gave blacks voting rights. But these successes **paradoxically obscure** the **tremendous** human costs of historically accumulated disadvantage that remain central to black Americans' lives.

The **disproportionate** wealth that most whites enjoy today was first **constructed** from centuries of unpaid black labor. Many white **institutions**, including some leading universities, **insurance companies** and banks, profited from slavery. This pattern of white privilege and black inequality continues today.

Demanding *reparations*（赔偿）is not just about compensation for slavery and segregation. It is, more important, an educational campaign to **highlight** the **contemporary** reality of "racial **deficits**" of all kinds, the unequal conditions that impact blacks **regardless of** class. Structural racism's barriers include "**equity** inequity." The absence of black **capital formation** that is a direct consequence of America's history. One third of all black households actually have **negative net wealth**. In 1998 the typical black family's net wealth was $16,400, less than one fifth that of white families. Black families are denied home loans at twice the rate of whites.

Blacks remain the last hired and first fired during **recessions**. During the 1990-91 recession, African-Americans suffered disproportionately. At Coca Cola, 42 percent of employees who lost their jobs were blacks. At Sears, 54 percent were black. Blacks have **significantly** shorter **life spans**, in part due to racism in the health **establishment**. Blacks are **statistically** less likely than whites to be **referred** for kidney transplants or early-stage cancer surgery.

文章词汇注释

auction [ˈɔːkʃən] *n.* & *v.* 拍卖

heir [ɛə] *n.* 继承人,子嗣

[同根] heiress [ˈɛəris] *n.* 女性继承人

heirless [ˈɛəlis] *a.* 无继承人的,无后嗣的

[词组] heir at law 法定继承人

fall heir to 继承…

humanity [hju(ː)ˈmæniti] *n.* 人性,人类

[同根] human [ˈhjuːmən] *n.* 人,人类 *a.* 人的,人类的

humanist [ˈhjuːmənist] *n.* 人道主义者,人文主义者

humanistic [ˌhjuːməˈnistik] *a.* 人道主义的,人文主义的

humanism [ˈhjuːmənizəm] *n.* 人道主义,人文主义

pattern [ˈpætən] *n.* 模式,式样,格调,图案

violation [ˌvaiəˈleiʃən] *n.* 侵犯(行为),违反(行为),违背(行为)

[同根] violate [ˈvaiəleit] *v.* ①违反,违背 ②侵犯,妨碍

enslave [inˈsleiv] *v.* 使成为奴隶,奴役

[同根] slave [sleiv] *n.* 奴隶 *v.* 奴隶般工作,苦干

enslavement [inˈsleivmənt] *n.* 奴役,束缚,征服

racial segregation 种族隔离

fundamental [ˌfʌndəˈmentəl] *a.* 基础的,基本的,根本的

[同根] fundament [ˈfʌndəmənt] *n.* 基础,基本原理

fundamentally [fʌndəˈmentəli] *ad.* 基础地,根本地

democracy [diˈmɔkrəsi] *n.* ①民主 ②民主政体,民主国家 ③民主精神

[同根] democratic [ˌdeməˈkrætik] *a.* ①民主的 ②民众的

democrat [ˈdeməkræt] *n.* ①民主人士 ②[D-](美国)民主党人

democratize [diˈmɔkrətaiz] *v.* (使)民主化

racism [ˈreisizəm] *n.* 种族主义,种族歧视

[同根] race [reis] *n.* ①种族,种族气质,种族特征 ②赛跑 *v.* 赛跑

racial [ˈreiʃəl] *a.* 人种的,种族的,种族间的

racialist [ˈreiʃəlist] *n.* 种族主义者

accumulate [əˈkjuːmjuleit] *v.* ①积累,积聚 ②堆积

[同根] accumulation [əkjuːmjuˈleiʃən] *n.* ①堆积,积聚 ②累积物,聚积物

accumulative [əˈkjuːmjulətiv] *a.* 积累而成的,累积的

disadvantage [disədˈvɑːntidʒ] *n.* ①损失,损害,伤害 ②不利,不利条件 *v.* 使处于不利地位,损害,危害

[反义] advantage

[同根] disadvantaged [disədˈvɑːntidʒ] *a.* ①处于不利地位的 ②贫穷的

disadvantageous [ˌdisædvɑːnˈteidʒəs] *a.* ①不利的(to) ②诽谤的

[词组] at a disadvantage 处于不利地位

to the disadvantage of sb. (to sb.'s disadvantage) 对某人不利

code [kəud] *n.* 代码,代号,密码,编码

v. 把…编成代码,编码

justify ['dʒʌstifai] *v.* ①证明…是正当的 ②为辩护,辩明

[反义] condemn

[同根] just [dʒʌst] *a.* ①公正的,合理的 ②正确的,有充分理由的 ③正直的,正义的

justice ['dʒʌstis] *n.* ①正义,正当,公平 ②司法

justifiable ['dʒʌstifaiəbəl] *a.* 可证明为正当的,有道理的,有理由的

justification [dʒʌstifi'keiʃən] *n.* ①证明为正当,辩护 ②正当的理由

stereotype ['steriəutaip] *n.* 陈规,老套,刻板模式 *v.* 使一成不变,使成为陈规,使变得刻板

capacity [kə'pæsiti] *n.* ①能力,接受力 ②最大容量,最大限度 ③(最大)生产量,生产力 ④容量,容积

[同根] capable ['keipəbəl] *a.* ①有能力的,能干的 ②有可能的,可以…的

capacious [kə'peiʃəs] *a.* 容积大的

capability [ˌkeipə'biliti] *n.* (实际)能力,性能,接受力,潜力

vision ['viʒən] *n.* ①远见,洞察力 ②想像,幻想,幻影 ③视力,视觉

[同义] illusion, image, sight, eyesight

[同根] visible ['vizəbəl] *a.* 看得见的

visionary ['viʒənəri] *a.* ①不切实际的,空幻的 ②爱幻想的

visual ['viʒuəl] *a.* ①视力的,视觉的 ②看得见的

barrier ['bæriə(r)] *n.* ①障碍,隔阂,壁垒 ②防碍的因素,障碍物

[同义] barricade, fortification, obstruction

[同根] bar [bɑː] *n.* ①条,棒 ② 酒吧间 ③障碍物 *v.* 禁止,阻挡,妨碍

barricade [ˌbæri'keid] *v.* 设路障 *n.* 路障

deny [di'nai] *v.* ①拒绝,不给,不允许 ②否认,否定 ③背弃,摒弃

[同义] contradict, dispute, refute, reject

[反义] acknowledge, affirm, concede, confirm

[同根] denial [di'naiəl] *n.* ①否认,否定 ②否认某事或某事实的声明

previously ['priːviəsli] *ad.* 先前,以前

[同义] before, earlier, formerly

[同根] previous ['priːviəs] *a.* 在前的,早先的

witness ['witnis] *v.* ①目击,注意到 ②为…证据,表明 *n.* 见证人,目击者

[词组] bear witness 作证,证明,表明

call... to witness 请…证明,传…做证人

give witness 作证

voting right 选举权

compensation [kɔmpen'seiʃən] *n.* ①补偿,赔偿 ②补偿(或赔偿)的款物

[同根] compensate ['kɔmpənseit] *v.* 补偿,弥补,抵消

compensative [kəm'pensətiv] *a.* 偿还的,补充的

civil rights movement 民权运动

public accommodation 公共设施

paradoxically [ˌpærə'dɔksikəli] *ad.* ①似矛盾(而可能)正确地 ②自相矛盾地

[同根] paradox ['pærədɔks] *n.* 似矛盾(而可能)正确的话,自相矛盾的话

paradoxical [ˌpærə'dɔksikəl] *a.* ①似矛盾(而可能)正确的 ②自相矛盾的

obscure [əb'skjuə] *v.* ①使变模糊,使变暗,遮掩 ②使难解 *a.* ①模糊不清的 ②费解的,晦涩的 ③不出名的,不重要的

[同根] obscurity [əb'skjuəriti] *n.* ①费解,晦涩 ②黑暗,昏暗

tremendous [tri'mendəs] *a.* ①极大的,

巨大的 ②非常的,惊人的 ③〈口〉精彩的
[同根] tremendously [tri'mendəsli] *ad.* 极大地, 非常地

disproportionate [ˌdisprə'pɔːʃənit] *a.* 不成比例的, 不相称的, 太多的
[同根] proportion [prə'pɔːʃən] *n.* ①比例, 比 ②均衡,相称 *v.* 使成比例, 使均衡
disproportion [ˌdisprə'pɔːʃən] *n.* 不成比例,不相称
proportionate [prə'pɔːʃənit] *a.* 相称的, 成比例的, 均衡的
disproportionately [ˌdisprə'pɔːʃənitli] *ad.* 不成比例地, 不均衡地

construct [kən'strʌkt] *v.* ①构成,建造 ②构想, 创立
[同义] make, build, erect, create, set up
[反义] demolish, destroy, tear down, take apart
[同根] constructive [kən'strʌktiv] *a.* ①建设性的 ②有帮助的,积极的,肯定的
construction [kən'strʌkʃən] *n.* ①建筑 ②建筑物

institution [ˌinsti'tjuːʃən] *n.* ①(教育、慈善、宗教等)公共机构 ②制度,习惯
[同根] institute ['institjuːt] *v.* ①建立, 设立, 制定 ②实行,开始, 着手 *n.* ①学会, 协会,学院,(大专)学校 ②[美](教师等的)短训班,[英]成人业余学校
institutional [ˌinsti'tjuːʃənəl] *a.* ①社会公共机构的 ②制度上的

insurance company 保险公司

highlight ['hailait] *v.* ①使显著,使突出 ②强调,使注意力集中于 *n.* 最精彩的部分,最重要的事件
[同义] emphasize, stress

contemporary [kən'tempərəri] *a.* ①当代的 ②同时代的 *n.* 同时代的人
[同根] temporary ['tempərəri] *a.* 暂时的,临时的,短暂的
temporarily ['tempərərili] *ad.* 暂时地,临时地

deficit ['defisit] *n.* 逆差,赤字, 不足额
[同根] deficiency [di'fiʃənsi] *n.* 缺乏, 不足
deficient [di'fiʃənt] *a.* 缺乏的, 不足的

regardless of 不管, 不顾

equity ['ekwiti] *n.* ①资产净值,财产价值 ②根据衡平法的权力 ③公平, 公正

capital formation 资本构成

negative ['negətiv] *a.* ①负的 ②消极的 ③反面的, 反对的 ④否定的, 表示否认的
[反义] positive
[同根] negation [ni'geiʃən] *n.* ①否定, 否认, 表示否认 ②反面, 对立面

net wealth 财产净值

recession [ri'seʃən] *n.* ①(经济的)衰退,衰退期 ②后退,撤回
[同根] recede [ri'siːd] *v.* ①后退 ②变得模糊 ③向后倾斜
recessive [ri'sesiv] *a.* 后退的, 有倒退倾向的
recessional [ri'seʃənəl] *a.* ①(经济的)衰退的,衰退期的 ②后退的, 退回的

significantly [sig'nifikəntli] *ad.* ①相当地,显著地 ②有重大意义地,重要地
[同根] signify ['signifai] *v.* 表示…的意思,意味,预示
significance [sig'nifikəns] *n.* 意义, 重要性
significant [sig'nifikənt] *a.* ①意义重大的, 重要的 ②相当大的,相当多的

life span 寿命

establishment [i'stæbliʃmənt] *n.* ①建立的机构 (如军队、军事机构、行政机关、学校、医院、教会) ②建立, 确立, 制定

［同根］establish ［i'stæbliʃ］ *v.* ①建立，设立 ②证实，确定 ③确立，使被接受，使得到承认 ④制定，规定

established ［i'stæbliʃt］ *a.* ①已确立的，已建立的，已制定的 ②确定的，证实的

statistically ［stə'tistikəli］ *ad.* 据统计，统计地

［同根］statistics ［stə'tistiks］ *n.* ①统计，统计资料 ②统计学

statistical ［stə'tistikəl］ *a.* 统计的，统计学的

statistician ［ˌstætis'tiʃən］ *n.* 统计员，统计学家

refer ［ri'fəː］ *v.* ①嘱咐（病人）转诊于，叫…求助于 ②提到，谈到，指称 ③参考，查阅 ④询问，查询

［同根］reference ［'refərəns］ *n.* ①参考，参阅 ②提到，论及 ③引文（出处），参考书目 ④证明书（人），介绍（人）

选项词汇注释

transaction ［træn'zækʃən］ *n.* ①交易，事务 ②办理，处理

［同义］business

［同根］transact ［træn'zækt, -'sækt］ *v.* 办理，交易，处理

conflict ［'kɔnflikt］ *n.* ①冲突，争论，抵触 ②斗争，战斗 ③纠纷，争执 *v.* 冲突，争执，抵触

［同义］clash, struggle

［同根］conflicting ［kən'fliktiŋ］ *a.* 相冲突的，不一致的，相矛盾的

［词组］come into conflict with 和…冲突

in conflict with... 同…相冲突/有抵触/有矛盾

prejudice ［'predʒudis］ *n.* ①偏见，歧视，反感 ② 先入之见，成见

［同义］bias

［同根］prejudiced ［'predʒudist］ *a.* 有先入之见的，有成见的

prejudicial ［ˌpredʒu'diʃəl］ *a.* 有成见，有偏见的

［词组］without prejudice (to)（对…）没有不利，无损（于…）

in/to the prejudice (of) 不利于…，有损于…

prejudice against 对…的偏见

minority ［mai'nɔriti, mi-］ *n.* ① 少数 ②少数党，少数派 *a.* 少数的，构成少数的

［反义］majority

［同根］minor ［'mainə］ *a.*（在数量、大小、程度等）较小的，较少的，较不重要的，次要的 *n.* 未成年人，不重要的人 *v.* 辅修

deliberately ［di'libəreitli］ *ad.* ①故意地，蓄意地 ②慎重地

［同根］deliberate ［di'libəreit］ *a.* ①故意的，蓄意的 ②慎重的，深思熟虑的 *v.* ①仔细考虑(upon, over, about) ②商议

deliberation ［diˌlibə'reiʃən］ *n.* ①仔细考虑 ②商议

guarantee ［ˌgærən'tiː］ *n.* ①保证 ②保证书，保证人，担保人 *v.* ①确保，保证 ②担保，为…作保

［同义］warrant, pledge, promise, assure, certify, secure

accompany ［ə'kʌmpəni］ *v.* ① 伴随 ②陪伴，陪同 ③给…伴奏

［同根］company ［'kʌmpəni］ *n.* ①同伴，陪伴 ②公司 ③(一)群，(一)队，(一)伙

companion ［kəm'pænjən］ *n.* 同伴，共事者

companionship ［kəm'pænjənʃip］ *n.* 友谊，友情，交往

sizable ［'saizəbəl］相当大的，相当可观的

derive [di'raiv] *v.* ①取得,得到,形成 ②追溯…的起源(或来由),说明…的起源(或来由)
[同义] acquire, gain, get, obtain, receive
[同根] derivation [deri'veiʃən] *n.* ①得到,溯源,推论 ②起源,由来
derivative [di'rivətiv] *a.* 被引申出的,被推论出的 *n.* 派生物,转成物
derivatively [di'rivətivli] *ad.* 衍生地
[词组] derive from 得自…,由…衍生而来
obstacle ['ɔbstəkəl] *n.* 障碍(物),妨害的人
[同义] barrier, block, hindrance, obstruction
virtually ['vəːtʃuəli] *ad.* 事实上,实质上
[同义] practically, nearly
[同根] virtual ['vəːtʃuəl] *a.* ①(用于名词前)几乎 ②实际上起作用的,事实上生效的 ③[计]虚拟的
reparation [ˌrepə'reiʃən] *n.* ①赔偿,补偿 ②修理,修补,整修
[同根] repair [ri'pɛə] *n.* & *v.* ①修理,修补,整修 ②弥补,补救
reparable ['repərəbəl] *a.* 可修理的,可修补的,可补救的
reparative [ri'pærətiv] *a.* 修理的,修补的,补救的
ensure [in'ʃuə] *v.* ①保证,确保 ②担保,保证得到 ③使安全
[同义] guarantee, insure, protect, defend
[同根] insure [in'ʃuə] *v.* ①给…保险 ②保证,确保
insurance [in'ʃuərəns] *n.* ①保险,保险单,保险费 ②预防措施,安全保证
assure [ə'ʃuə] *v.* ①向…保证 ②使确信,使放心,保证给
assured [ə'ʃuəd] *a.* ①确定的,有保证的 ②自信的,自满的
assurance [ə'ʃuərəns] *n.* ①保证,表示保证(或鼓励,安慰)的话 ②把握,信心

Reading Comprehension 2006.12

Passage One

It used to be that people were proud to work for the same company for the whole of their working lives. They'd get a gold watch at the end of their productive years and a dinner **featuring** speeches by their bosses praising their **loyalty**. But today's rich **capitalists** have *regressed* (倒退) to the "**survival of the fittest**" ideas and their loyalty extends not to their workers or even to their **stockholders** but only to themselves. Instead of **giving out** gold watches worth a hundred or so dollars for forty or so years of work, they **grab** tens and even hundreds of millions of dollars as they sell **for their own profit** the company they may have been with for only a few years.

The new rich selfishly **act on their own** to unfairly grab the wealth that the country as a whole has produced. The top 1 percent of the population now has wealth equal to the whole bottom 95 percent and they want more. Their selfishness is most **shamelessly** expressed in **downsizing** and *outsourcing*(将产品包给外公司做) because these business **maneuvers** don't act to create new jobs as the founders of new industries used to do, but only to **cut out** jobs while keeping the money value of what those jobs produced for themselves.

To keep the money machine working smoothly the rich have bought all the politicians **from the top down**. The president himself is **constantly** leaving Washington and the business of the nation because he is **summoned** to "**fundraising** dinners" where **fat cats** pay a thousand or so dollars a **plate** to **worm their way into** government not through service but through **donations** of vast amounts of money. Once on the inside they have both political parties busily **tearing up** all the regulations that protect the rest of us from the **greed** of the rich.

The middle class used to be loyal to the free **enterprise** system. In the past, the people of the middle class mostly thought they'd be rich themselves someday or have a good **shot** at becoming rich. But nowadays income is being **distributed** more and more unevenly and **corporate** loyalty is a thing of the past. The middle class may also wake up to forget its loyalty to the so-called free enterprise system altogether and the government which governs only the rest of us while letting the corporations do what they please with our jobs. As things **stand**, if somebody doesn't wake up, the middle class **is on a path to** being downsized all the way to the bottom of society.

文章词汇注释

feature [ˈfiːtʃə] ***v.*** ①以…为特色 ②是…的特色 ③描绘,画…特征 ***n.*** ①特征,特点 ②面貌,相貌

[同义] characterize, property, quality, aspect

[同根] featured [ˈfiːtʃəd] ***a.*** ①被给与显著地位的,被作为号召物的 ②有…的面貌特征的

loyalty [ˈlɔiəlti] ***n.*** 忠诚，忠实

[同义] faith

[同根] loyal [ˈlɔiəl] ***a.*** 忠诚的，忠实的，忠贞的

capitalist [ˈkæpitəlist] ***n.*** 资本家，资本主义者 ***a.*** 资本主义的

[同根] capital [ˈkæpitəl] ***n.*** ①资本，资金，资产 ②首都，首府 ③大写字母

capitalism [ˈkæpitəlizəm] *n.* 资本主义

survival of the fittest 适者生存

stockholder [ˈstɔkhəuldə] *n.* 股票(或证券)持有人,股东

give out ①分发 ②发出(光、热、声音等) ③发表,公布

grab [græb] *v.* ①攫取,夺取 ②抓去,霸占 ③逮住,捕获

[同义] seize

[词组] grab hold of ①抓住,握住 ②掌握,控制 ③理解

have the grab on 对…处于优势

for one's own profit 为了自己的利益

act on one's own 按照自己的意愿行事

shamelessly [ˈʃeimlisli] *ad.* 无耻地,不知羞耻地

[同根] shame [ʃeim] *n.* ①羞耻, 羞愧 ②耻辱,丢脸 ③带来耻辱的人(或事物) ④憾事,倒霉的事 *v.* ①使感到羞耻 ②使蒙受羞辱,使丢脸 ③胜过,使相形见绌

shameless [ˈʃeimlis] *a.* 无耻的,不知羞耻的

downsize [ˈdaunˌsaiz] *v.* ①裁员,缩编 ②以较小尺寸设计(或制造)

maneuver [məˈnuːvə] *n.* 策略,花招

cut out ①裁减,减少 ②删去,割去,切去 ③戒除,停止,中断

from the top down 从上到下

constantly [ˈkɔnstəntli] *ad.* ①经常地,不断地 ②不变地, 始终如一地

[同义] always

[同根] constant [ˈkɔnstənt] *a.* ①不断的,连续发生的 ②始终如一的, 持久不变的 ③忠实的,忠诚的

constancy [ˈkɔnstənsi] *n.* ①不屈不挠,坚定不移 ②恒久不变的状态或性质

summon [ˈsʌmən] *v.* ①召集 ②召唤,号召 ③鼓起, 振作

[同义] call

fundraising 资金筹集(工作),募捐(活动)

fat cat ①政治运动(或政党)的重要资助人 ②有才有势的人,大亨 ③自鸣得意的懒人

plate [pleit] *n.* ①(放募捐款的)奉献盘,捐款 ②盘子,一道菜

worm their way into 潜入,钻入

donation [dəuˈneiʃən] *n.* ①捐赠,捐款 ②捐赠品

[同根] donate [dəuˈneit] *v.* 捐赠, 赠予

tear up ①撕毁,取消(协议、契约等) ②撕成碎片 ③拔起,拉起

greed [griːd] *n.* 贪欲, 贪婪

[同根] greedy [ˈgriːdi] *a.* ①贪婪的 ②贪吃的 ③渴望的

enterprise [ˈentəpraiz] *n.* ①办企业,干事业 ②企(事)业单位, 公司 ③艰巨复杂(或带冒险性)的计划, 雄心勃勃的事业 ④事业心, 进取心

[同义] undertaking, project, business, ambition

[同根] enterprising [ˈentəpraiziŋ] *a.* 有事业心的, 有进取心的

enterpriser [ˈentəpraizə] *n.* ①企业家, 干事业的人 ②工商业投机家

entrepreneur [ˌɔntrəprəˈnəː] *n.* ①企业家 ②(任何活动的)主办者,倡导者 ③中间商,承包者

shot [ʃɔt] *n.* 机会,可操胜算的赌注

[词组] have/take a shot at/for 尝试,试着去做

distribute [diˈstribjuːt] *v.* ①分发, 分配 ②散布, 分布

[同根] distribution [ˌdistriˈbjuːʃən] *n.* ①销售 ②分配, 分发, 配给

corporate [ˈkɔːpərit] ***a.*** ①团体的,共同的 ②公司的,法人的

[同根] corporation [ˌkɔːpəˈreiʃən] ***n.*** 公司,企业

stand [stænd] ***v.*** ①保持不变,继续存在 ②处于特定状态(或地位、等级、境况、关系等)

be on a path to 在通往…的路上

选项词汇注释

place a high value on... 对某事予以高度评价

be strongly critical of 严厉批评…

give assistance to... 给某人以帮助

laid-off 被解雇的,下岗的

maximize [ˈmæksimaiz] ***v.*** ①使增加(或扩大)到最大限度 ②极为重视,充分利用

[反义] minimize

[同根] maximum [ˈmæksiməm] ***n.*** 最大量, 最大限度, 最大值,极点 ***a.*** 最高的, 最多的, 最大极限的

maximal [ˈmæksiməl] ***a.*** ①最大的, 最高的 ②最全面的

at the expense of 在损害…的情况下,以…为代价

transaction [trænˈzækʃən] ***n.*** ①交易,事务 ②办理, 处理 ③(学会等的)讨论,议事

[同义] business

[同根] transact [trænˈzækt, -ˈsækt] ***v.*** 办理, 交易, 处理

sway [swei] ***v.*** ①影响,支配(人、思想、情绪等) ②摇摆, 摆动 ***n.*** ①摇摆, 摆动 ②权势,势力,优势

[同义] affect, control, influence, swing

[词组] hold sway 占统治地位

host [həust] ***v.*** ①举办,主持 ②作东道主,招待 ***n.*** ①主人,东道主 ②旅店老板 ③(广播、电视的)节目主持人

[反义] guest

[同根] hostess [ˈhəustis] ***n.*** ①女主人,女东道主 ②旅店女老板 ③(飞机、轮船、火车等的)女服务员,女乘务员

shrink [ʃriŋk] ***v.*** ①减少 ②收缩,缩小

[同义] retreat, withdraw

[反义] expand

[同根] shrinkage [ˈʃrinkidʒ] ***n.*** 收缩,减少,缩小

[词组] shrink (back) from 由于…退缩,畏缩

Passage Two

This looks like the year that **hard-pressed tenants** in California will get relief—not just in the marketplace, where rents have **eased**, but from the state capital Sacramento.

Two significant tenant reforms **stand a good chance of passage**. One bill, which will give more time to tenants being *evicted*(逐出), will soon be **heading to** the governor's desk. The other, protecting **security deposits**, faces a vote in the Senate on Monday.

For more than a century, landlords in California have been able to force tenants out with only 30 days' notice. That will now double under SB 1403, which **got through** the Assembly recently. The new protection will **apply** only **to** renters who have been in an apartment for at least a year.

Even 60 days in a **tight** housing market won't be long enough for some families to find an apartment near where their kids go to school. But it will be an improvement in cities like San Jose, where renters rights groups **charge** that *unscrupulous*(不择手段的) landlords have **kicked out** tenants on short notice to **put up** rents.

The California Landlords Association argued that landlords shouldn't have to wait 60 days to get rid of problem tenants. But the bill gained support when a Japanese **real estate** investor **sent out** 30-day **eviction** notices to 550 families renting homes in Sacramento and Santa Rosa. The landlords **lobby** eventually dropped its opposition and instead **turned its forces against** AB 2330, **regarding** security deposits.

Sponsored by Assemblywoman Carole Migden of San Francisco, the bill would **establish** a **procedure** and a timetable for tenants to get back security deposits.

Some landlords **view** security deposits **as** a free month's rent, theirs for the taking. In most cases, though, there are honest disputes over damages—what **constitutes** ordinary **wear and tear.**

AB 2330 would give a tenant the right to request a **walk-through** with the landlord and to make the repairs before moving out: **reputable** landlords already do this. It would increase the **penalty** for failing to return a deposit.

The original bill would have required the landlord to pay interest on the deposit. The landlords lobby protested that it would **involve** too much **paperwork** over too little money—less than \$10 a year on a \$1,000 deposit, at current rates. On Wednesday, the sponsor dropped the interest section to increase the chance of passage.

Even in its **amended** form, AB 2330 is, like SB 1403, **vitally** important for tenants and should be made state law.

文章词汇注释

hard-pressed 处于困境的,面临困难的

tenant ['tenənt] *n.* ①承租人,房客,租户 ②居住者,占用者 *v.* 租借,居住于

[同义] resident

[同根] tenancy ['tenənsi] *n.* ①租用,租赁 ②任职

ease [iːz] *v.* ①减轻,解除 ②使变得安适,减轻…的痛苦(或负担) *n.* ①安适,悠闲 ②容易,不费力

[同义] lighten, reduce, comfort

[词组] at ease 安适,不拘束,自在

ill at ease 局促不安,不自在

take one's ease 休息,放心

ease off ①减少,减轻 ②松弛,缓和

stand a good chance of... 大有…的希望,很有…的可能

passage ['pæsidʒ] *n.* ①(法案等的)通过,通过权 ②经过 ③通道,通路 ④(一)段,(一)节

head to 朝…方向走去

security [si'kjuəriti] *n.* 安全,平安,安全感

[同义] safety

[同根] secure [si'kjuə] *v.* ①使安全,掩护,保卫 ②保证 *a.* 安全的,无危险的

insecure [ˌinsi'kjuə] *a.* ①不安全的 ②有危险的,不可靠的

insecurity [ˌinsi'kjuəriti] *n.* 不安全,不安全感

deposit [di'pɔzit] *n.* ①保证金,押金,定金 ②存款 ③堆积,沉淀 *v.* ①放下,放置,寄存 ②把(钱)储存,存放(银行等) ③使沉积,使沉淀

get through ①(使)(法案等)被(…)通过 ②(使)通过,进入 ③用电话(或无线电等)联系上 ④克服(障碍等)后到达目的地

apply to ①适用于… ②应用于…

tight [tait] *a.* (市场)供不应求的,(商品)紧缺的,(钱)难以买到的

charge [tʃɑːdʒ] *n.* ①控诉,指控 ②费用,价钱,索价 ③责任,管理 *v.* ①控告,指责(with),把…归咎于(to, on, upon) ②要(价),收(费) ③命令,使负责 ④装(满),使饱含 ⑤充电

[同义] blame, accuse

[词组] in/take charge of... 负责…,经管…,在…掌管之下

make a charge against... 指控…

on a/the charge of 因…罪,因…嫌疑

under the charge of 在…看管(负责)之下

charge... with... 控告(某人)犯(某罪)

kick out ①撵走,开除 ②声明(同子女等)脱离关系 ③踢(球)出界

put up ①提高,增加(价格等) ②举起,抬起 ③建造,搭建 ④为…提供(膳)宿,得到(膳)宿

real estate 房地产

send out ①发送出(函件、货物等) ②派…出去 ③发出(声音等),散发出(香味等)

eviction [i'vikʃən] *n.* ①驱逐,逐出 ②追回(财产、产权等)

[同根] evict [i'vikt] *v.* ①驱逐,逐出(佃户、房客等) ②(通过法律程序等)追回(财产、产权等)

lobby ['lɔbi] *n.* ①(常在议院走廊活动、企图说服议员支持某项活动的)院外活动集团 ②大厅,休息室 *v.* 游说议员,对(议员)进行疏通

[同根] lobbying ['lɔbiiŋ] *n.* 游说活动,疏

通活动

turned one's forces against 转而反对

regarding [ri'gɑ:diŋ] *prep.* 关于

sponsor ['spɔnsə] *v.* ①(尤指议会中)支持(法案等),倡议 ②发起，主办 ③资助,赞助 *n.* ①发起人，主办者 ②(法案等的)倡议者,提案人 ③保证人 ④赞助者

[同义] supporter

[同根] sponsorship ['spɔnsəʃip] *n.* 赞助，资助

establish [i'stæbliʃ] *v.* ①确立，确定，制定，规定 ②建立，设立，创立 ③证实，认可

[同义] settle, fix, found, organize, prove

[反义] destroy, ruin

[同根] establishment [i'stæbliʃmənt] *n.* ①建立，确立，制定 ②(包括雇员、设备、场地、货物等在内的) 企业，建立的机构 (如军队、军事机构、行政机关、学校、医院、教会)

[词组] establish sb. as... 任命(派)某人担任…

procedure [prə'si:dʒə] *n.* ①程序，手续,步骤 ②常规,办事惯例

[同义] course, step, way

[同根] proceed [prə'si:d] *v.* ①(尤指停顿或打断后)继续进行，继续做下去 ②进行,举行,开展 ③进而做,开始做

process [prə'ses] *n.* ①过程，进行 ②程序，步骤 *v.* 加工，处理

procession [prə'seʃən] *n.* ①行列，队伍 ②(队列的)行进 ③接续,连续

view... as... 把…视作…

constitute ['kɔnstitju:t] *v.* ①组成，构成，形成 ②制定(法律等) ③设立，建立

[同根] constitution [ˌkɔnsti'tju:ʃən] *n.* ①宪法，章程，法规 ②(事物的)构造，本性

constitutional [ˌkɔnsti'tju:ʃənəl] *a.* ①宪法的，章程的 ②本质的，基本的

wear and tear 磨损,消耗,(喻)折磨

walk-through 初排,排练

reputable ['repjutəbl] *a.* 声誉好的，著名的

[同义] honest, honorable, respectable

[反义] disreputable, infamous

[同根] repute [ri'pju:t] *n.* 名誉，名声 *v.* 被认为，称为

reputation [ˌrepju:'teiʃən] *n.* 名誉，名声

penalty ['penlti] *n.* ①处罚,刑罚 ②罚款,罚金

[同义] punishment

involve [in'vɔlv] *v.* ①涉及，包含，包括 ②使卷入，使陷入 ③使专注

[同义] contain, include, engage, absorb

[同根] involved [in'vɔlvd] *a.* 有关的,牵扯在内的,参与的,受影响的

involvement [in'vɔlvmənt] *n.* ①卷入，缠绕 ②复杂,混乱 ③牵连的事务，复杂的情况

[词组] be/become involved in 包含在…，与…有关，被卷入，专心地(做)

be/get involved with 涉及,给…缠住

paperwork ['peipəwə:k] *n.* ①书面工作,伏案工作 ②文书工作 ③规划工作,设计工作

amend [ə'mend] *v.* ①修正(规则,提案等) ②改善,改进,改正

[同义] improve

[同根] amendment [ə'mendmənt] *n.* ①修正案，修正条款 ②改善，改正

amendable [ə'mendəbl] *a.* 可改进的,可修正的

vitally ['vaitəli] *ad.* 极其，紧要地，生死

攸关地

[同根] vital ['vaitl] *a.* ①生死攸关的，重大的 ②生命的，生机的 ③至关重要的，所必需的 *n.* [pl.] ①要害 ②命脉，命根子 ③核心，紧要处 ④(身体的)重要器官，(机器的)主要部件

vitality [vai'tæliti] *n.* 活力，生命力

选项词汇注释

registration [ˌredʒi'streiʃən] *n.* 注册，报到，登记

[同义] enrollment

[同根] register ['redʒistə] *v.* ①记录 ②登记，注册 ③提示 ④显出，露出(表情) *n.* ①记录 ②登记，注册 ③登记簿

registered ['redʒistəd] *a.* 已注册的，已登记的，记名的

appropriate [ə'prəupriit] *a.* 适合的，恰当的，相称的

[ə'prəuprieit] *v.* ①挪用，占用 ②拨出(款项)

[同义] fitting, proper, suitable

[反义] inappropriate, unfit, unsuitable

[同根] appropriately [ə'prəupriitli] *ad.* 适当地

appropriateness [ə'prəupriitnis] *n.* 恰当，适当

appropriable [ə'prəupriəbl] *a.* 可供专用的，可供私用的

appropriation [əˌprəupri'eiʃən] *n.* ①拨付，拨发，拨款 ②占用，挪用

[词组] be appropriate to/for 适于，合乎

on the pretext... 以…为借口

lengthy ['leŋθi] *a.* ①长的，过长的，(讲话、文章等)冗长乏味的 ②(某些动物)身体长的

[同根] length [leŋθ] *n.* ①长，长度，距离 ②时间的长短，一段时间

lengthily ['leŋθili] *ad.* 长，冗长地

pass through ①通过，穿过 ②经历，遭受

Passage Three

Each summer, no matter how **pressing** my work schedule, I **take off** one day **exclusively** for my son. We call it dad-son day. This year our third stop was the amusement park, where he discovered that he was tall enough to ride one of the fastest *roller coasters* (过山车) in the world. We **blasted** through face-stretching turns and loops for ninety seconds. Then, as we **stepped off** the ride, he shrugged and, in a **distressingly** calm voice, remarked that it was not as exciting as other rides he'd been on. As I listened, I began to sense something seriously **out of balance**.

Throughout the season, I noticed similar events all around me. Parents seemed hard pressed to find new **thrills** for **indifferent** kids. Surrounded by ever-greater **stimulation**, their young faces were looking disappointed and bored.

Facing their children's complaints of "nothing to do", parents were **shelling out** large numbers of dollars for various forms of entertainment. In many cases the money seemed to do little more than buy **transient** relief from the terrible **moans** of their bored children. This set me **pondering** the obvious question: "How can it be so hard for kids to find something to do when there's never been such a range of stimulating entertainment **available** to them?"

What really worries me is the **intensity** of the stimulation. I watch my little daughter's face as she absorbs the powerful *onslaught*(冲击) of **arousing visuals** and bloody special effects in movies.

Why do children **immersed** in this much excitement seem **starved for** more? That was, I realized, the point. I discovered during my own **reckless adolescence** that what creates excitement is not going fast, but going faster. Thrills have less to do with speed than changes in speed.

I'm concerned about the **cumulative** effect of years at these levels of **feverish** activity. It is no mystery to me why many teenagers appear *apathetic*(麻木的) and **burned out**, with a "**been there, done that**" **air** of indifference toward much of life. As increasing numbers of friends' children are **prescribed medications**—stimulants to deal with **inattentiveness** at school or anti-**depressants** to help with the loss of interest and joy in their lives—I question the role of kids' boredom in some of the **diagnoses**.

My own work is focused on the chemical imbalances and biological factors related to behavioral and emotional disorders. These are **complex** problems. Yet I've been **reflecting** more and more on how the **pace of life** and the intensity of stimulation may be **contributing to** the rising rates of **psychiatric** problems among children and adolescents in our society.

文章词汇注释

pressing ['presiŋ] ***a.*** ①紧迫的,急迫的 ②热切的,坚持的

[同义] urgent

take off ①休息,休假 ②脱下,拿掉 ③截断,切除 ④领走,出发

exclusively [ik'sklu:sivli] ***ad.*** 仅仅,专门地,排除其他地,单独地

[反义] inclusively

[同根] exclude [ik'sklu:d] *v.* 拒绝接纳，把…排除在外，排斥

exclusion [ik'sklu:ʒən] *n.* 排除，除外

exclusive [ik'sklu:siv] *a.* ①除外的，排外的 ②独有的，独享的 ③(新闻、报刊文章等)独家的 ④奢华的，高级的

blast [blɑ:st] *v.* ①疾飞，飞驰 ②炸，爆炸 ③开枪，开炮 ④猛烈抨击 *n.* ①一阵(疾风)，狂风 ②爆炸，爆破 ③鼓风，送风

step off ①(从…上)走下来 ②齐步前进 ③用步子测量

distressingly [di'stresiŋli] *ad.* 使人沮丧地，令人痛苦地

[同根] distress [di'stres] *v.* ①使痛苦，使悲伤 ②使精疲力尽，使紧张 *n.* ①(精神上的)痛苦，悲伤 ②贫困，困苦 ③不幸，灾难

distressing [di'stresiŋ] *a.* 使人痛苦的，令人苦恼的

out of balance ①失去平衡的 ②没法应付的，无准备的

thrill [θril] *n.* ①引起激动的事物，惊险读物(或电影、戏剧等) ②兴奋，激动 *v.* (使)非常兴奋，(使)非常激动，(使)紧张

[同根] thriller ['θrilə] *n.* ①引起激动的事物(或人) ②惊险读物、电影、戏剧

thrilling ['θriliŋ] *a.* 令人激动的，情节紧张的

thrillingly ['θriliŋli] *ad.* 令人震颤地，令人激动地

thrillingness ['θriliŋnis] *n.* 兴奋，激动，紧张

indifferent [in'difərənt] *a.* ①不关心的，冷淡的 ②平常的，不重要的 *n.* ①(对政治或宗教等)冷淡的人 ②漠不关心的行为

[同义] uncaring, uninterested, unconcerned, unexceptional

[同根] indifference [in'difərəns] *n.* ①冷淡，不关心 ②不重要

indifferently [in'difərəntli] *ad.* 冷淡地，不关心地

stimulation [ˌstimju'leiʃən] *n.* ①刺激(作用) ②激励，鼓舞

[同义] spur, inspiration

[同根] stimulus ['stimjuləs] *n.* ①促进(因素) ②刺激(物)

stimulant ['stimjulənt] *n.* ①兴奋剂，刺激物 ②刺激，激励

stimulate ['stimjuleit] *v.* 刺激，激励

stimulating ['stimjuleitiŋ] *a.* 使人兴奋的，激励的

shell out ①交(款)，付(款) ②送，给

transient ['trænziənt] *a.* ①短暂的，无常的 ②临时的，暂住的

[同义] momentary, temporary

[反义] permanent

[同根] transience ['trænziəns, -si-, -ʃəns, 'trɑ:n-] *n.* 短暂，转瞬即逝，无常

moan [məun] *n.* ①不满，牢骚 ②呻吟声，呜咽声 *v.* ①呻吟，呜咽 ②抱怨，哀悼

[同义] complaint, groan

ponder ['pɔndə] *v.* ①思索，考虑 ②衡量，估量

[同义] consider, contemplate

available [ə'veiləbl] *a.* ①可利用的 ②可获得的 ③可取得联系的，有空的

[同义] convenient, obtainable, ready, handy

[反义] unavailable

[同根] avail [ə'veil] *v.* 有用于，有助于 *n.* [一般用于否定句或疑问句中] 效用，利益，帮助

availability [əˌveilə'biliti] *n.* 利用(或获得)的可能性，有效性

intensity [in'tensiti] *n.* ①强烈，剧烈 ②亮度，强度

[同根] intense [in'tens] *a.* ①强烈的，激烈的 ②热切的，热情的

intensely [in'tensli] *ad.* ①激烈地，热切地 ②强烈地，集中地

intensive [in'tensiv] *a.* ①精深的，透彻的 ②强烈的

intension [in'tenʃən] *n.* 紧张

arouse [ə'rauz] *v.* ①使…兴奋，激起…的情欲 ②唤起，鼓起，引起

visual ['vizjuəl] *n.* ①[常用复数](电视、电影等的)画面，图像 ②广告图画

a. ①看得见的，真实的 ②视觉的，视力的

[同根] vision ['viʒən] *n.* ①想象，幻想 ②视力，视觉 ③洞察力，想象力 *v.* ①梦见，想象 ② 显示

visionary ['viʒənəri] *a.* ①不切实际的，空幻的 ②爱幻想的

visible ['vizəbl] *a.* 看得见的

immerse [i'mə:s] *v.* ①(使)沉浸在，(使)专心于 ②(使)浸没

[同义] absorbed

[同根] immersed [i'mə:st] ①专心的 ②沉浸的，浸没的

immersion [i'mə:ʃən] *n.* ①沉浸，浸没 ②专心，陷入

immersible [i'mə:sibl] *a.* 可浸入(或浸没)水中的

[词组] be immersed in 陷于…，专心于…

starve for 迫切需要，渴望

reckless ['reklis] *a.* ①鲁莽的，轻率的 ②不顾虑的，不计后果的

[同义] impetuous, inconsiderate

[反义] careful

[同根] reck [rek] *v.* ①顾虑，介意 ②有关系，相干

recklessly ['reklisli] *ad.* ①不顾后果地，鲁莽地 ②不顾虑地，不介意地

[词组] be reckless of 不顾…的，对…不介意的

adolescence [ˌædəu'lesəns] *n.* 青春期

[同根] adolescent [ˌædəu'lesnt] *a.* 青春期的，青春的 *n.* 青少年

cumulative ['kju:mjulətiv] *a.* ①累积的，渐增的 ②(利息等)累计的

[同根] cumulate ['kju:mjulit] *v.* ①积累，积聚 ②堆积 ③将合并，使合而为一

cumulation [ˌkju:mju'leiʃən] *n.* 累积

cumulatively ['kju:mjulətivli] *ad.* 累积地，渐增地

feverish ['fi:vəriʃ] *a.* ①极度兴奋的，狂热的 ②发烧的，发热的 ③不安定的，焦虑不安的

[同根] fever ['fi:və] *n.* ①发热，发烧 ②激动不安，极度兴奋 ③(对某人或某事物)一时的狂热

feverishly ['fi:vəriʃli] *ad.* 极度兴奋地，狂热地

burned out ①颓废的，筋疲力尽的 ②烧坏的，烧毁的 ③耗尽了的，用完的

been there, done that 已经历过的，感觉没什么吸引人的

air [ɛə] *n.* 样子，神态

prescribe [pri'skraib] *v.* ①(医生)开药，为…开药 ②指定，规定

[同根] prescription [pri'skripʃən] *n.* ①处方，药方 ②开处方，开药方

medication [ˌmedi'keiʃən] *n.* ①药物 ②药物治疗，敷药

[同义] medicine

[同根] medicate ['medikeit] *v.* ①用药物治疗 ②加药物于，敷药于

medicative ['medikətiv] *a.* 有疗效的

inattentiveness [ˌinə'tentivnis] *n.* 不注意，漫不经心，疏忽

[同根] attend [ə'tend] *v.* ①注意，专心，留意 ②出席，参加 ③照顾，护理

attentive [ə'tentiv] *a.* ①注意的，专心的，留心的 ②关心的，体贴的

attentiveness [ə'tentivnis] *n.* ①注意，专心，留心 ②关心，体贴

depressant [di'presənt] *n.* 镇静剂 *a.* 有镇静作用的

[同根] depress [di'pres] *v.* ①使沮丧，使消沉 ②使不景气，使萧条 ③按下，压下 ④削弱，抑制 ⑤减少，降低

depression [di'preʃən] *n.* ①不景气，萧条(期) ②抑郁(症)，沮丧

diagnose ['daiəgnəuz] *v.* ①诊断，对(病人)下诊断结论 ②判断，断定

[同义] analyze，deduce

[同根] diagnosis [ˌdaiəg'nəusis] *n.* ①诊断(法)，诊断结论 ②调查分析，判断

complex ['kɔmpleks] *a.* ①复杂的 ②合成的，综合的 *n.* 综合物，综合性建筑，综合企业

[同义] complicated，involved，intricate，compound

[同根] complexity [kəm'pleksiti] *n.* 复杂，复杂的事物，复杂性

reflect [ri'flekt] *v.* ①深思，考虑 ②反映，表明，显示 ③反射(光，热，声等)

[同义] consider，contemplate，meditate，ponder

[同根] reflective [ri'flektiv] *a.* ①思考的，沉思的 ②反映的 ③反射的，反照的

reflection [ri'flekʃən] *n.* ①深思，考虑 ②反射，反照，反响

pace of life 生活节奏

contribute to 有助于，促成，是…的部分原因

psychiatric [ˌsaiki'ætrik] *a.* ①精神病的 ②治疗精神病的

[同根] psychiatry [sai'kaiətri] *n.* 精神病学，精神病治疗

psychiatrist [sai'kaiətrist] *n.* 精神科医生，精神病学家

选项词汇注释

be exposed to... ①经常接触… ②遭受… ③暴露于…

have access to ①可接近，可会见，可进入 ②可使用

facility [fə'siliti] *n.* ①设施，设备，工具 ②容易，简易，便利 ③灵巧，熟练

[同根] facilitate [fə'siliteit] *v.* ①(不以人作主语)使容易，使便利 ②促进，助长 ③帮助，援助

challenging ['tʃælindʒiŋ] *a.* 挑战性的，引起兴趣的，令人深思的，挑逗的

[同根] challenge ['tʃælindʒ] *v.* ①向…挑战，对…质疑 ②刺激，激发 ③需要，要求 *n.* 挑战，艰苦的任务，努力追求的目标

recreation [ˌrekri'eiʃ(ə)n] *n.* 消遣，娱乐

sophisticated [sə'fistikeitid] *a.* ①复杂的，精密的 ②富有经验的，老练的

divert [dai'və:t] *v.* ①转移，转移…的注意力 ②使转向，使改道 ③使娱乐

[同义] detract，distract，amuse，entertain

[同根] diversion [dai'və:ʃən] *n.* ①转移，转向 ②消遣，娱乐

diverse [dai'və:s] *a.* 不同的，多样的

diversely [dai'və:sli] *ad.* 不同地，各色各样地

diversify [dai'və:sifai] *v.* 使不同，使多样化

diversified [daiˈvəːsifaid] *a.* 多变化的，各种的

diversification [daiˌvəːsifiˈkeiʃən] *n.* 变化，多样化

divergent [daiˈvəːdʒənt] *a.* 有分歧的，不同的

[词组] divert from ①从…转移 ②使从…转向，使从…改道

temporary [ˈtempərəri] *a.* 暂时的，临时的，短暂的

[同义] momentary, transient

[反义] permanent

[同根] temporarily [ˈtempərərili] *ad.* 暂时地，临时地

contemporary [kənˈtempərəri] *a.* 当代的，同时代的

alleviate [əˈliːvieit] *v.* 减轻，缓解，缓和

[同义] relieve

[同根] alleviation [əˌliːviˈeiʃən] *n.* ①减轻，缓解，缓和 ②缓和剂，解痛物

adjust [əˈdʒʌst] *v.* ①使适合，符合 ②调准，校正，调整 ③整理，安排

[同义] adapt

[同根] adjustment [əˈdʒʌstmənt] *n.* ①调整，调节 ②调节器

[词组] adjust to... 适应…

consult [kənˈsʌlt] *v.* ①请教，咨询 ②商量，商议(with) ③查阅，查看

[同义] confer, discuss, talk over

[同根] consultant [kənˈsʌltənt] *n.* 顾问，会诊医师，顾问医生

Passage Four

Intel chairman Andy Grove has decided to **cut the Gordian knot** of **controversy** surrounding **stem cell** research by simply writing a check.

The check, which he **pledged** last week, could be for as much as $5 million, depending on how many **donors** make gifts of between $50,000 and $500,000, which he has promised to match. It will be **made out** to the University of California-San Francisco (UCSF).

Thanks in part to such private donations, university research into uses for human stem cells—the cells at the earliest stages of development that can form any body part—will continue in California. With private financial support, the state will be less likely to lose talented scientists who would **be tempted to** leave the field or even leave the country as research dependent on federal money slows to a *glacial*(极其缓慢的) pace.

Hindered by limits President Bush placed on stem cell research a year ago, scientists are turning to laboratories that can **carry out** work without using federal money. This is awkward for universities, which must spend extra money building separate labs and keeping **rigorous** records proving no federal funds were involved. Grove's donation, a first step toward a $20 million target at UCSF, will **ease the burden**.

The president's decision a year ago to allow research on already existing stem cell lines **was portrayed as** a reasonable **compromise** between scientists' needs for cells to work with, and concerns that this kind of research could lead to **wholesale** creation and **destruction** of human *embryos*（胚胎）, **cloned** infants and a general **contempt** for human life.

But Bush's effort to please both sides ended up pleasing neither. And it certainly didn't provide the basis for **cutting edge** research. Of the 78 existing stem cell lines which Bush said are all that science would ever need, only one is in this country (at the University of Wisconsin), and only five are ready for **distribution** to researchers. All were grown **in conjunction with** mouse cells, making future *therapeutic*（治疗的）uses unlikely.

The Bush **administration** seems **bent on** satisfying the small but **vocal** group of Americans who oppose stem cell research under any conditions. Fortunately, Grove and others are more interested in advancing scientific research that could benefit the large number of Americans who suffer from Parkinson's disease, nerve injuries, heart diseases and many other problems.

文章词汇注释

cut the Gordian knot 快刀斩乱麻，以大刀阔斧的办法解决（困难问题）

controversy ['kɔntrəvəːsi] *n.*（尤指文字形式的）争论，辩论

［同义］argument, dispute, quarrel

［同根］controvert ['kɔntrəˌvəːt, ˌkɔntrə'vəːt] *v.* 争论，反驳

controversial [ˌkɔntrə'vəːʃəl] *a.* 引起争论的，有争议的

controversially [ˌkɔntrə'vəːʃəli] *ad.* 引起争论地，有争议地

stem cell 干细胞

pledge [pledʒ] *v.* ①许诺，保证，使发誓 ②抵押，典当 *n.* ①保证，誓言 ②抵押，抵押品

［同义］promise, devote

donor ['dəunə] *n.* 捐赠者，赠送人

made out ①写出，开出 ②（勉强地）看出，辨认出 ③理解，了解

be tempted to 受到诱惑去做

hinder ['hində] *v.* 阻碍，妨碍，阻止

［同义］hold back, impede

carry out ①完成，实现 ②贯彻，执行

rigorous ['rigərəs] *a.* ①严密的，缜密的 ②严格的，严厉的

［同义］hard, harsh, severe, strict

［同根］rigour ['rigə] *n.* ①严格，严厉 ②艰苦，严酷 ③严密，精确

rigid [ˈridʒid] ***a.*** ①刚硬的，刚性的，坚固的，僵硬的 ②严格的

ease the burden 缓解负担

be portrayed as 被理解为，被描绘为

compromise [ˈkɔmprəmaiz] ***n.*** ①妥协方案，折衷办法 ②妥协，和解 ***v.*** ①妥协，互让解决 ②连累，危及 ***a.*** 妥协的，折衷的

wholesale [ˈhəulseil] ***a.*** ①大规模的，不加区别的 ②批发的 ***n.*** ①批发，趸售 ②批发商，批发组织 ***ad.*** ①用批发方式，以批发价 ②大批地，大规模地

[反义] retail

[同根] wholesaler [ˈhəulseilə] ***n.*** 批发商

[词组] at/by wholesale ①用批发方式，以批发价 ②成批地，大规模地，大量地

destruction [diˈstrʌkʃən] ***n.*** 破坏，毁灭

[反义] construction, establishment

[同根] destruct [diˈstrʌkt] ***v.*** 破坏

destructive [diˈstrʌktiv] ***a.*** 破坏(性)的

clone [kləun] ***n. & v.*** 无性繁殖，克隆

contempt [kənˈtempt] ***n.*** ①轻视，轻蔑 ②耻辱

[同义] scorn

[反义] esteem, honor, respect

[词组] bring into contempt 使蒙受耻辱，使丢尽面子

have/hold in contempt 认为…不屑一顾，轻视…

in contempt of 对…不屑一顾

cutting edge 刀、斧头等工具锋利的刀刃，[喻]在科技领域或其他方面领先的技术或做法

distribution [ˌdistriˈbjuːʃən] ***n.*** ①分配，分发，配给 ②销售

[同根] distribute [diˈstribjuːt] ***v.*** ①分发，分配 ②散布，分布

in conjunction with 连同，与…共同

administration [ədminiˈstreiʃən] ***n.*** ①政府，行政机关 ②行政，行政职责 ③管理，经营，支配

[同义] execution, management

[同根] administrate [ədˈministreit] ***v.*** 管理，支配

administer [ədˈministə] ***v.*** ①掌管，料理…的事务 ②实施，执行

administrative [ədˈministrətiv] ***a.*** 管理的，行政的，政府的

bent on... 决意倾向…的，对…有强烈意向的

vocal [ˈvəukl] ***a.*** ①清晰激烈地表达意见的，喜欢畅所欲言的 ②嗓音的，发声的 ③歌唱的 ④用语言表达的，说的 ***n.*** ①元音，浊音 ②声乐作品，声乐节目

[同义] outspoken, pronounced, spoken, verbal

[同根] vocality [vəuˈkæləti] ***n.*** 声乐，声音

vocally [ˈvəukli] ***ad.*** 用声音，用口头

选项词汇注释

settle the dispute 解决争议

expel...from... 把…从…驱逐，赶走

for good 永久地

put an end to 使终止，毁掉，杀死

carry on ①继续，进行 ②经营 ③喋喋不休地诉说

executive [igˈzekjutiv] ***n.*** 执行者，管理人员 ***a.*** ①执行的，实行的，管理的 ②行政的

[同根] execute ['eksikjuːt] *v.* ①实行,实施,执行,履行 ②处决(死)
execution [ˌeksi'kjuːʃən] *n.* 实行,完成,执行
executor [ig'zekjutə] *n.* 执行者

conduct ['kɔndʌkt, -dəkt] *v.* ①进行,处理,经营 ②引导,带领,牵引 ③表现 *n.* ①行为,品行 ②进行,经营 ③引导,领导,指导 ④指挥(乐队) ⑤导电,导热
[同义] manage, direct, guide, lead
[同根] conduction [kən'dʌkʃ(ə)n] *n.* ①引流,输送,传播 ②传导,导电,传导性
conductor [kən'dʌktə(r)] *n.* ①指挥家,指导者 ②售票员 ③导体,导线

abandon [ə'bændən] *v.* 放弃,丢弃 *n.* 放任,放纵,无拘无束
[同义] quit, desert
[反义] conserve, maintain, retain
[同根] abandonment [ə'bændənmənt] *n.* 放弃,遗弃,抛弃

pinch [pintʃ] *v.* ①使紧缺,节制 ②捏,拧,夹 ③使疼痛,使苦恼 ④使收缩 *n.* ①捏,拧,夹 ②不舒服,苦恼 ③紧缺,紧迫 ④(一)撮,少量
[同义] press, squeeze
[词组] at/in a pinch 必要时,在紧急关头

amount to ①相当于,等于 ②总计

promise ['prɔmis] *v.* 有…可能,有…希望,预示
[同根] promising ['prɔmisiŋ] *a.* 有希望的,有前途的

opponent [ə'pəunənt] *n.* 对手,反对者
[同义] rival, adversary, combatant, competitor
[反义] ally
[同根] oppose [ə'pəuz] *v.* ①反对,对抗 ②使对立,使对照,以…对抗
opposition [ˌɔpə'ziʃən] *n.* ①反对,敌对,相反 ②抵抗
opposite ['ɔpəzit] *a.* ①朝向…的,相对的,对面的 ②完全不同的,相反的 *n.* 相反的事物,反义词

Reading Comprehension 2006.12(新题型)

Skimming and Scanning

Space Tourism

Make your **reservations** now. The space tourism industry is officially open for business, and tickets are going for a mere $20 million for a one-week stay in space. Despite **reluctance** from National Air and Space Administration (NASA), Russia made American businessman Dennis Tito the world's first space tourist. Tito flew into space **aboard** a Russian Soyuz rocket that arrived at the International Space Station (ISS) on April 30, 2001. The second space tourist, South African businessman Mark Shuttleworth, took off aboard the Russian Soyuz on April 25, 2002, also **bound for** the ISS.

Lance Bass of 'N Sync **was supposed to** be the third to make the $20 million trip, but he did not join the three-man crew as they **blasted off** on October 30, 2002, due to **lack of** payment. Probably the most **incredible aspect** of this **proposed** space tour was that NASA **approved of** it.

These trips are the beginning of what could be a profitable 21st century industry. There are already several space tourism companies planning to build **suborbital** vehicles and **orbital** cities within the next two decades. These companies have invested millions, believing that the space tourism industry is **on the verge of taking off.**

In 1997, NASA published a report concluding that selling trips into space to private citizens could be worth billions of dollars. A Japanese report supports these **findings**, and **projects** that space tourism could be a $10 billion per year industry within the next two decades. The only **obstacles** to **opening up** space **to** tourists are the space agencies, who are concerned with safety and the development of a **reliable**, reusable **launch vehicle.**

Space Accommodations

Russia's Mir space station was supposed to be the first **destination** for space tourists. But in March 2001, the Russian Aerospace Agency **brought** Mir **down** into the Pacific Ocean. As it turned out, bringing down Mir only **temporarily** delayed the first tourist trip into space.

The Mir **crash** did **cancel** plans for a new reality-based game show from NBC, which was going to be called Destination Mir. The *Survivor*-like TV show was **scheduled** to air in fall 2001. Participants on the show were to **go through** training at Russia's *cosmonaut*(宇航员) training center, Star City. Each week, one of the participants would be **eliminated** from the show, with the winner receiving a trip to the Mir space station. The Mir crash has **ruled out** NBC's space plans for now. NASA is against beginning space tourism until the International Space Station is completed in 2006.

Russia is not alone in its interest in space tourism. There are several projects **underway** to **commercialize** space travel. Here are a few of the groups that might take tourists to space:

· Space Island Group is going to build a ring-shaped, rotating "commercial space *infrastructure*(基础结构)" that will **resemble** the Discovery spacecraft in the movie "2001: A Space **Odyssey**." Space Island says it will build its space city out of empty NASA **space-shuttle** fuel tanks (to start, it should take around 12 or so), and place it about 400 miles above Earth. The space city will **rotate** once per minute to create a **gravitational pull** one-third as strong as Earth's.

· According to their vision statement, Space Adventures plans to "fly tens of thousands of people in space over the next 10-15 years and beyond, around the moon, and back, from spaceports both on Earth and in space, to and from private space stations, and aboard dozens of different vehicles..."

· Even Hilton Hotels has shown interest in the space tourism industry and the possibility of building or co-funding a space hotel. However, the company did say that it believes such a space hotel is 15 to 20 years away.

Initially, space tourism will offer simple accommodations **at best**. For instance, if the International Space Station is used as a tourist attraction, guests won't find the **luxurious surroundings** of a hotel room on Earth. It has been designed for **conducting research**, not entertainment. However, the first generation of space hotels should offer tourists a much more comfortable experience.

In regard to a concept for a space hotel initially planned by Space Island, such a hotel could offer guests every convenience they might find at a hotel on Earth, and some they might not. The small gravitational pull created by the rotating space city would allow space-tourists and **residents** to walk around and **function normally** within the structure. Everything from running water to a **recycling** plant to medical **facilities** would be possible. **Additionally**, space tourists would even be able to take space walks.

Many of these companies believe that they have to offer an extremely enjoyable experience in order for passengers to pay thousands, if not millions, of dollars to ride into space. So will space create another separation between the haves and have-nots?

The Most Expensive Vacation

Will space be an **exotic retreat** reserved for only the wealthy? Or will middle-class folks have a chance to take their families to space? Make no mistake about it, going to space will be the most expensive vacation you ever take. Prices right now are in the tens of millions of dollars. **Currently**, the only vehicles that can take you into space are the space shuttle and the Russian Soyuz, both of which are terribly inefficient. Each spacecraft requires millions of pounds of fuel to take off into space, which makes them expensive to **launch**. One pound of *payload*(有效载重) costs about $10,000 to put into Earth's orbit.

NASA and Lockheed Martin are currently developing a single-stage-to-orbit launch space plane, called the VentureStar, which could be launched for about a tenth of what the space shuttle costs to launch. If the VentureStar takes off, the number of people who could afford to take a trip into space would move into the millions.

In 1998, a **joint** report from NASA and the Space Transportation Association stated that improvements in technology could push **fares** for space travel as low as $50,000, and possible down to $20,000 or $10,000 a decade later. The report concluded that at a ticket price of $50,000, there could be 500,000 passengers flying into space each year. While still **leaving out** many people, these prices would open up space to a **tremendous** amount of traffic.

Since the beginning of the space race, the general public has said, "Isn't that great—when do I get to go?" Well, our chance might be closer than ever. Within the next 20 years, space planes could be taking off for the Moon at the same **frequency** as airplanes flying between New York and Los Angeles.

文章词汇注释

reservation [ˌrezəˈveiʃən] *n.* ①预定 ②保留，保留意见 ③(公共)专用地，自然保护区

[同义] booking

[同根] reserve [riˈzəːv] *v.* ①预定，定 ②保留，储备 *n.* ①(常作复数)储量，藏量 ②储备(物)，储备量

reserved [riˈzəːvd] *a.* ①预定的 ②储备的，保留的 ③有所保留的，克制的 ④拘谨缄默的，矜持寡言的

reservior [ˈrezəvwɑː] *n.* ①贮水池，水库 ②贮藏处 ③贮备

[词组] make reservations 定座，定房间(等)；附保留条件

with reservations 有保留地，有条件地

without reservation 无保留地，无条件地

reluctance [riˈlʌktəns] *n.* 不情愿，勉强

[反义] willingness

[同根] reluctant [riˈlʌktənt] *a.* ①不情愿的，勉强的 ②难处理的，难驾驭的

aboard [əˈbɔːd] *prep.* 在(船、飞机、车)上，上(船、飞机、车) *ad.* 在船(飞机、车)上，上船(飞机、车)

[同根] board [bɔːd] *n.* ①甲板 ②木板 ③膳食费用

[词组] All aboard! 请上船(飞机、车)

go/take aboard 上船(上飞机等)

Welcome aboard! 欢迎各位乘坐本飞机(本轮船)

bound for (人)动身到…去；(车、船)开往…，驶往…

be supposed to 应该，被期望

blast off 发射升空，点火起飞

lack of 缺少，缺乏

incredible [inˈkredəbl] *a.* 难以置信的

[反义] believable，credible

[同根] credit [ˈkredit] *v.* ①相信，信任 ②把…归给 *n.* ①相信，信用 ②声望，荣誉 ③贷方，银行存款

credible [ˈkredəbl, -ibl] *a.* 可信的，可靠的

incredibly [inˈkredəbli] *ad.* 难以置信地

aspect [ˈæspekt] *n.* ①方面 ②样子，外表 ③面貌，神态

[同义] respect

propose [prəˈpəuz] *v.* ①提议，建议 ②推荐，提名 ③提议祝酒，提出为…干杯 ④打算，计划 ⑤求婚

[同义] suggest，recommend，advise

[同根] proposal [prəˈpəuzəl] *n.* ①提议，建议 ②计划，提案 ③求婚

proposition [ˌprɔpəˈziʃən] *n.* ①(详细的)提议，建议 ②论点，主张，论题

approve of 同意，赞成

suborbital [sʌbˈɔːbitl] *a.* (卫星、火箭、航天器)不满轨道一圈的，亚轨道的

vehicle [ˈviːikl] *n.* 运载器，车辆，交通工具

orbital [ˈɔːbitl] *a.* 轨道的 *n.* ①轨道 ②环城公路，环形道路

[同根] orbit [ˈɔːbit] *n.* ①轨道 ②势力范围 ③生活常规 *v.* 进入轨道，沿轨道飞行，盘旋

on the verge of 濒于…，接近于…

take off ①快速发展 ②(飞机)起飞 ③脱掉

finding [ˈfaindiŋ] *n.* ①[pl.]调查或研究的结果，结论 ②判决，裁决 ③测定，定位，探测

[同义] result，conclusion

project [prəˈdʒekt] *v.* ①预计，估计，预测 ②设计，计划 ③投射，放映

['prɔdʒekt] **n.** ①项目,工程 ②计划,方案 ③科研项目,课题

[同义] estimate, predict

[同根] projecting [prəu'dʒektiŋ] **a.** ①突出的,凸出的 ②创造性的

projection [prə'dʒekʃən] **n.** ①设计,规划 ②投射,发射,投影 ③凸出,凸出物

[词组] project sth. onto the screen 把…投射到屏幕上

obstacle ['ɔbstəkl] **n.** 障碍(物),妨害的人

[同义] barrier, block, hindrance, obstruction

[词组] throw obstacles in sb.'s way 妨害,阻碍某人

obstacle race 障碍赛

open up... to... 向…开放…

reliable [ri'laiəbl] **a.** 可靠的,可信赖的

[同义] dependable, trustworthy

[反义] unreliable

[同根] rely [ri'lai] **v.** ①依赖,依靠 ②信赖,信任,指望

reliant [ri'laiənt] **a.** ①信赖的,依赖的 ②有信心的,自力更生的

reliance [ri'laiəns] **n.** ①依靠,依赖 ②信任,信赖 ③受信赖的人(或物),可依靠的人(或物)

reliably [ri'laiəbli] **ad.** 可靠地,信任地

reliability [ri,laiə'biliti] **n.** 可靠性

launch vehicle 运载火箭,用来将太空飞行器或卫星送入轨道或弹道的火箭

accommodation [ə,kɔmə'deiʃən]

n. ①[<英> ~, <美> ~s] 住处,膳宿 ②[~s] (船、车、飞机等处的)预定铺位 ③和解,适应

[同义] lodgings

[同根] accommodate [ə'kɔmədeit] **v.** ①向…提供住处(或膳宿) ②使适应,使符合一致 ③调和(分歧等) ④容纳

accommodating [ə'kɔmədeitiŋ] **a.** ①乐于助人的,与人方便的 ②善于适应新环境的

destination [,desti'neiʃən] **n.** 目的地

[同根] destine ['destin] **v.** (for) 注定,预定

destined ['destind] **a.** ①命中注定的,预定的 ②(for)以…为目的地

destiny ['destini] **n.** ①命运 ②天数,天命

bring down 使落下,击落

temporarily ['tempərərili] **ad.** 暂时地,临时地

[同义] momentarily, transiently

[反义] eternally, perpetually, enduringly, lastingly, permanently

[同根] temporary ['tempərəri] **a.** 暂时的,临时的,短暂的

contemporary [kən'tempərəri] **a.** 当代的,同时代的

crash [kræʃ] **n.** ①(飞机等的)坠毁,坠落,(车辆等的)猛撞 ②(撞击、坠地时发出的)哗啦声,碎裂声 ③失败,垮台,破产 **v.** ①坠毁,坠落,碰撞 ②使哗啦一声落下,哗啦一声砸碎 ③失败,垮台,破产

cancel ['kænsəl] **v.** ①取消,把…作废 ②删去,略去

[同义] call off, erase, wipe out

[同根] cancellation [,kænsə'leiʃən] **n.** 取消,删除

[词组] cancel out 抵偿,(相互)抵消

schedule ['ʃedju:l, 'skedʒjul] **v.** ①将…列入时间表,排定(在某时间做某事) ②将…列入计划,为…规定进度 **n.** ① <美> 时间表,日程表 ②议事日程 ③火车时刻表 ④目录,清单

[同根] scheduled [ˈʃedju:ld] *a.* 预定的
[词组] according to schedule 按时间表，按照原定进度
ahead of schedule 提前
behind schedule 落后于计划或进度，迟于预定时间
on schedule 按时间表，准时

go through ①经历，遭受 ②检查，审查 ③完成(工作等) ④(法案等)被通过

eliminate [iˈlimineit] *v.* ①淘汰，削减(人员)②排除，消除 ③不加考虑，忽视
[同义] discard, exclude, reject
[反义] add
[同根] elimination [iˌlimiˈneiʃən] *n.* ①排除，除去，消除 ②忽视，略去

rule out ①排除，使…不可能 ②拒绝考虑

underway [ˌʌndəˈwei] *a.* ①正在进行(使用，工作)中的 ②[航空、航海]在航的，在旅途中的 *n.* ①正在进行(发展) ②在航

commercialize [kəˈmə:ʃəlaiz] *v.* 使商业化，使商品化
[同根] commerce [ˈkɔmə(:)s] *n.* 商业，贸易
commercial [kəˈmə:ʃəl] *a.* ①商业的 ②商品的 ③商业广告性的 *n.* 商业广告
commercially [kəˈmə:ʃəli] *ad.* 商业地
commercialism [kəˈmə:ʃəlizəm] *n.* 商业主义，商业精神

resemble [riˈzembl] *v.* 与…相像，类似
[同根] resemblance [riˈzembləns] *n.* 类似之处

Odyssey [ˈɔdisi] *n.* ①《奥德赛》(古希腊荷马所著史诗) ②[odyssey]长期流浪，冒险旅行，智力(或精力)上的长期探索过程

space-shuttle 航天飞机，太空飞船

rotate [rəuˈteit] *v.* ①旋转，自转 ②(使)轮流，(使)轮换 ③轮作
[同义] circle, orbit
[同根] rotation [rəuˈteiʃən] *n.* ①旋转，转动 ②循环，交替 ③轮作

gravitational pull 引力，重力

initially [iˈniʃəli] *ad.* 最初，开头
[同义] originally, firstly, primarily
[同根] initial [iˈniʃəl] *a.* ①开始的，最初的 ②词首的 *n.* 首字母
initiate [iˈniʃieit] *v.* ①开始，创始 ②把(基础知识)传授给(某人) ③接纳(新成员)，让…加入 ④倡议，提出
initiative [iˈniʃətiv] *n.* ①主动的行动，倡议，主动权 ②首创精神，进取心 *a.* 开始的，初步的，创始的
initiation [iˌniʃiˈeiʃən] *n.* ①开始，创始 ②入会，加入组织 ③指引，传授
initialize [iˈniʃəlaiz] *v.* 初始化

at best 最多，至多

luxurious [lʌgˈzjuəriəs] *a.* 奢侈的，豪华的
[同义] extravagant, magnificent, splendid
[反义] simple, plain
[同根] luxury [ˈlʌkʃəri] *n.* ①奢侈，豪华 ②奢侈品
luxuriant [lʌgˈzjuəriənt] *a.* ①奢华的 ②丰产的，丰富的，肥沃的
luxuriantly [lʌgˈzjuəriəntli] *ad.* ①奢华地 ②丰产地，丰富地

surroundings [səˈraundiŋz] *n.* 环境，周围的事物
[同义] circumstances, environment, setting
[同根] surround [səˈraund] *v.* ①环绕，围绕 ②包围

conduct research 做研究，进行研究

in regard to 关于，至于

resident [ˈrezidənt] ***n.*** ①居民,定居者 ②(旅馆的)旅客 ③住院医生 ***a.*** ①居住的,常驻的 ②[动]不迁徙的

[同义] dweller, inhabitant

[同根] reside [riˈzaid] ***v.*** ①居住,定居 ②(in) (性质等)存在,在于

residence [ˈrezidəns] ***n.*** ①居住,定居 ②(合法)居住资格

residential [ˌreziˈdenʃəl] ***a.*** ①居住的,住宅的 ②学生寄宿的,(须)住宿在住所的

residency [ˈrezidənsi] ***n.*** ①居住,定居 ②住院医生实习期

function [ˈfʌŋkʃən] ***v.*** ①工作,活动,运转 ②行使职责,起作用(as) ***n.*** ①官能 ②功能,作用,用途 ③职责,职务 ④重大聚会,宴会

[同义] move about, operate

[同根] functional [ˈfʌŋkʃənl] ***a.*** ①在起作用的 ②实用的,为实用而设计的 ③官能的,机能的

[词组] function as... 起…的作用

normally [ˈnɔːməli] ***ad.*** 正常地,通常地

[同义] usually, regularly, ordinarily

[反义] abnormally, unusually, extraordinarily

[同根] normal [ˈnɔːməl] ***a.*** ①正常的,平常的,通常的 ②正规的,规范的 ③师范的

normalize [ˈnɔːməlaiz] ***v.*** (使)正常化,(使)标准化

normalization [ˌnɔːməlaiˈzeiʃən] ***n.*** 正常化,标准化

recycle [riːˈsaikl] ***v.*** 使再循环,反复利用 ***n.*** 再循环,重复利用,再生

[同根] cycle [ˈsaikl] ***n.*** ①循环,周而复始,周期 ②自行车,摩托车 ***v.*** ①(使)循环,做循环运动 ②骑自行车(或摩托车)

facility [fəˈsiliti] ***n.*** ①[~ies]使工作便利的设施,设备,工具或环境 ②容易,简易,便利 ③灵巧,熟练

[同根] facilitate [fəˈsiliteit] ***v.*** ①(不以人作主语)使容易,使便利 ②推动,促进 ③帮助,援助

facilitation [fəˌsiliˈteiʃən] ***n.*** 简易化,使人方便的东西

additionally [əˈdiʃənəli] ***ad.*** 此外,另外

[同义] further, besides, in addition

[同根] add [æd] ***v.*** ①增加,添加 ②计算…总和,加,加起来 ③补充说,又说

addition [əˈdiʃən] ***n.*** ①加,加法 ②增加,增加物

additional [əˈdiʃənl] ***a.*** ①另外的,额外的 ②附加的,补充的

exotic [igˈzɔtik] ***a.*** ①奇异的,异国情调的 ②外(国)来的,外国产(制造)的 ***n.*** ①外国人 ②外国事物 ③外来词

[同义] foreign, strange

[反义] indigenous, native

retreat [riˈtriːt] ***n.*** 胜地,隐退处,修养地 ***v.*** ①撤退,(使)后退 ②退避,躲避 ③改变主意,退缩

[词组] retreat from 放弃,退出

currently [ˈkʌrəntli] ***ad.*** ①现在,目前 ②普遍地,通常地

[同根] current [ˈkʌrənt] ***n.*** ①(空气,水等的)流,潮流,电流 ②趋势,倾向 ***a.*** ①现时的,当前的 ②流行的,流传的

currency [ˈkʌrənsi] ***n.*** ①流传,流通,传播 ②通货,货币

launch [lɔːntʃ, lɑːntʃ] ***v.*** ①发射,投射 ②使(船)下水 ③开始,着手进行,猛烈展开 ***n.*** ①发射 ②(船)下水

[同根] launcher [ˈlɔːntʃə, ˈlɑːntʃə] ***n.*** ①发射者 ②创办者

launching [ˈlɔːntʃiŋ, ˈlɑːntʃiŋ] ***n.*** ①下水

②发射

[词组] launch out ①出航，乘船去 ②开始，着手

joint [dʒɔint] *a.* ①联合的，共同的 ②接合的，连接的 ③共有的，共享的 *n.* ①接头，接缝 ②关节，节 *v.* 连接，接合

[词组] out of joint ①脱节的，脱臼的 ②混乱的，令人不满的

fare [fɛə] *n.* ①船费，车费，飞机票价 ②乘客 ③伙食，饮食 *v.* ①吃，进食 ②过活，生活，进展

[同义] charge, fee

leave out ①排除，遗漏，省略 ②不理会，忽视

tremendous [triˈmendəs] *a.* ①极大的，巨大的 ②非常的，惊人的 ③ <口> 精彩的

[同根] tremendously [triˈmendəsli] *ad.* 极大地，非常地

frequency [ˈfriːkwənsi] *n.* ①频率 ②频繁 ③次数，(脉搏的)每分钟搏动次数

[同根] frequent [ˈfriːkwənt] *a.* ①时常发生的，频繁的 ②经常的

frequently [ˈfriːkwəntli] *ad.* 常常，频繁地

Reading in Depth

Section A

I've heard from and talked to many people who described how Mother Nature **simplified** their lives for them. They'd lost their home and many or all of their **possessions** through fires, floods, earthquakes, or some other disaster. Losing everything you own **under such circumstances** can be **distressing**, but the people I've heard from all **saw** their loss, **ultimately**, **as** a **blessing.**

"The fire saved us the **agony** of deciding what to keep and what to get rid of," one woman wrote. And once all those things were no longer there, she and her husband saw how they had **weighed** them **down** and **complicated** their lives.

"There was so much stuff we never used and that was just **taking up** space. We **vowed** when we **started over**, we'd replace only what we needed, and this time we'd do it right. We've kept our promise: we don't have much now, but what we have is exactly what we want."

Though we've never had a **catastrophic** loss such as that, Gibbs and I did have a **close call** shortly before we decided to simplify. At that time we lived in a fire **zone**. One night a **firestorm raged** through and destroyed over six hundred homes in our community. That tragedy gave us the opportunity to look **objectively** at the goods we'd **accumulated.**

We saw that there was so much we could get rid of and not only never miss, but **be better off** without. Having almost lost it all, we found it much easier to **let go of** the things we knew we'd never use again.

Obviously, there's a tremendous difference between getting rid of possessions and losing them through a natural disaster without **having a say in the matter**. And this is not to **minimize** the tragedy and pain such a loss can **generate.**

But you might think about how you would **approach** the **acquisition** process if you had it to do all over again. Look around your home and make a list of what you would replace.

Make another list of things you wouldn't acquire again no matter what, and in fact would be happy to **be rid of.**

When you're ready to start **unloading** some of your **stuff**, that list will be a good place to start.

文章词汇注释

simplify ['simplifai] *v.* 简化,精简,使简易

[反义] sophisticate

[同根] simplicity [sim'plisiti] *n.* ①简单,简易 ②质朴,朴素 ③纯朴,单纯

simplistic [sim'plistik] *a.* 过分简单化的,过分单纯化的

possession [pə'zeʃən] *n.* ①(常~s) 财产,所有物 ②拥有,所有权

[同根] possess [pə'zes] *v.* ①具有(品质等) ②拥有 ③懂得,掌握 ④(想法、感情等)影响,控制,缠住

possessor [pə'zesə] *n.* 持有人,所有人

possessive [pə'zesiv] *a.* 所有的,物主的,占有的

under such circumstances 在这种情况下

distressing [di'stresiŋ] *a.* 使人痛苦的,令人苦恼的

[同根] distress [di'stres] *v.* ①使痛苦,使悲伤 ②使精疲力尽,使紧张 *n.* ①(精神上的)痛苦,悲伤 ②贫困,困苦 ③不幸,灾难

distressingly [di'stresiŋli] *ad.* 使人痛苦地,令人苦恼地

see...as... 把…看作…

ultimately ['ʌltimətli] *ad.* 最后, 最终, 终于

[同义] at last, eventurally

[同根] ultimate ['ʌltimit] *a.* ①最后的,最终的 ②极点的,终极的 *n.* ①最终的事物,基本事实 ②终点,结局

blessing ['blesiŋ] *n.* ①上帝的赐福,神赐 ②幸事,喜事 ③祝福,祝愿

[反义] curse

[同根] bless [bles] *v.* ①保佑,保护 ②为…祈神保佑 ③为…祝福,对…感激

blessed ['blesid] *a.* ①神圣的,受尊敬的 ②带来愉快的,使人舒服的 ③幸福的,幸

运的 ④<口>该死的，该受诅咒的

agony [ˈæɡəni] *n.* ①(极度的)痛苦，创痛 ②(感情的)爆发

[同义] distress, grief

[反义] comfort, consolation, relief

[同根] agonize [ˈæɡənaiz] *v.* ①(使)感到极度痛苦，折磨 ②苦斗，力争

weigh...down 压弯…，使…负重担，加重压于…

complicate [ˈkɔmplikeit] *v.* ①使复杂化，使错综 ②使混乱，使难懂

[同义] confuse, involve, mix up, complex

[反义] simplify

[同根] complicated [ˈkɔmplikeitid] *a.* ①错综的，复杂的 ②费解的，棘手的

take up ①占去(地方、时间、注意力等) ②拿起，举起 ③吸收，溶解

vow [vau] *v.* ①发誓，许愿 ②郑重宣告(或声明) *n.* ①誓言，誓约 ②郑重宣告(或声明)

[同义] assure, guarantee, pledge, swear

start over 重新开始

catastrophic [ˌkætəˈstrɔfik] *a.* 悲惨的，灾难性的

[同根] catastrophe [kəˈtæstrəfi] *n.* 大灾难，灾祸

catastrophically [kəˈtæstrəfikəli] *ad.* 悲惨地，灾难地

close call <口> 侥幸的脱险，死里逃生

zone [zəun] *n.* ①地带，地区 ②区域，范围，界，层

[同义] area, district, division

firestorm [ˈfaiəstɔːm] *n.* ①风暴性大火 ②大爆发

rage [reidʒ] *v.* ①(风浪、火势等)肆虐 ②流行，盛行 ③发怒，发火，怒斥 *n.* ①(一阵)狂怒，(一阵)盛怒 ②(风浪、火势等)狂暴，凶猛，(疾病等)猖獗 ③风靡一时的事物，时尚

[词组] be (all) the rage 流行，风靡一时

fly into a rage 勃然大怒

objectively [əbˈdʒektivli, ɔb-] *ad.* 客观地

[反义] subjectively

[同根] object [ˈɔbdʒikt] *n.* ①对象 ②目标，宗旨 ③ 物体，实物

[əbˈdʒekt] *v.* ①(to)反对，不赞成 ②抱反感，不喜欢 ③提出作为反对的理由

objective [əbˈdʒektiv] *a.* ①客观的，公正的 ②客观上存在的，真实的 ③目标的 *n.* ①目标，目的，任务 ②客观事实，实在事物

objectivity [ˌɔbdʒekˈtivəti] *n.* ① 客观(性) ②客观现实

objection [əbˈdʒekʃ(ə)n] *n.* 反对(某人或某事)

accumulate [əˈkjuːmjuleit] *v.* ①积累，积聚 ②堆积

[同根] accumulation [əˌkjuːmjuˈleiʃən] *n.* ①堆积，积聚 ②累积物，聚积物

accumulative [əˈkjuːmjulətiv] *a.* 积累而成的，累积的

be better off ①境况好起来，生活优裕起来 ②较自在，较幸福

let go of 放弃，丢掉

have a say in the matter 对此事有发言权

minimize [ˈminimaiz] *v.* ①使减少(或缩小)到最低限度 ②极度轻视(或贬低)

[反义] maximize

[同根] minimum [ˈminiməm] *n.* 最低限度，最少量，最低点 *a.* 最低的，最小的

minimal [ˈminiməl] *a.* 最小的，最低限度的

generate [ˈdʒenəˌreit] *v.* 产生,使发生
[同义] bring about, cause, create, originate
[同根] generation [ˌdʒenəˈreiʃən] *n.* ①产生,发生 ②一代,一代人
degenerate [diˈdʒenəreit] *v.* 衰退,堕落,恶化
degeneration [diˌdʒenəˈreiʃən] *n.* 退化,堕落,腐化,恶化
approach [əˈprəutʃ] *v.* ①(着手)处理,(开始)对付 ②接近,靠近 *n.* ①(处理问题的)方式,方法,态度 ②接近,靠近 ③途径,通路
[同义] come close to; way, method, means
[同根] approachable [əˈprəutʃəb(ə)l] *a.* ①可接近的 ②平易近人的,亲切的
[词组] approach to ①接近 ②近似,约等于
approach sb. on/about sth. 和某人接洽(商量、交涉)某事
at the approach of 在…快到的时候
make an approach to sth. 对…进行探讨
make approaches to sb. 设法接近某人,想博得某人的好感
acquisition [ˌækwiˈziʃən] *n.* ①取得,获得 ②获得物,增添的人(或物)
[同根] acquire [əˈkwaiə] *v.* (尤指通过努力)获得,学到,开始具有
acquirement [əˈkwaiəmənt] *n.* ①取得,获得,学到 ②(常作~s)学到的东西,成就
acquisitive [əˈkwizitiv] *a.* ①(对金钱、财务等)渴望得到的,贪婪的 ②能够获得并保存的
be rid of 摆脱掉,免去…负担
unload [ʌnˈləud] *v.* ①摆脱,卸去,卸(货等) ②倾销,卖掉
[同根] load [ləud] *v.* ①装货,上客 ②(乘客等)进入,走上 ③装填弹药 *n.* ①负荷,负载 ②(一车、一船等的)装载量
stuff [stʌf] *n.* ①无用的东西,废物 ②原料,材料,素材 ③物品,货色,财产 *v.* ①塞满,填满,填充 ②狼吞虎咽,吃饱 *a.* 毛织品做的,呢绒做的
[同义] rubbish, material, substance, matter, fill
[同根] stuffed [stʌft] *a.* ①塞满了的 ②已经饱了的
stuffy [ˈstʌfi] *a.* ①(房间等)通风不良的,闷的 ②不通的,堵塞的
[词组] stuff up ①把…塞起来 ②(鼻腔因感冒)充满粘液
stuff... with... 把…塞入…
stuff oneself 吃得过饱

Section B

Passage One

In a purely biological **sense**, fear begins with the body's system for **reacting to** things that can harm us—the so-called **fight-or-flight response**. "An animal that can't **detect** danger can't stay alive," says Joseph LeDoux. Like animals, humans **evolved** with an **elaborate mechanism** for processing information about **potential** threats. At its core is **a cluster of** *neurons*(神经元) deep in the brain known as the *amygdale*(扁桃核).

LeDoux studies the way animals and humans respond to threats to understand how we form memories of significant events in our lives. The amygdale receives **input** from many parts of the brain, including regions responsible for **retrieving** memories. Using this information, the amygdale **appraises** a situation—*I think this* ***charging*** *dog wants to bite me*—and **triggers** a response by **radiating** nerve signals throughout the body. These signals produce the familiar signs of distress: trembling, **perspiration** and fast-moving feet, just to name three.

This fear mechanism is **critical** to the survival of all animals, but no one can **say for sure** whether beasts **other than** humans *know* they're afraid. That is, as LeDoux says, "if you put that system into a brain that has **consciousness**, then you get the feeling of fear."

Humans, says Edward M. Hallowell, have the ability to **call up** images of bad things that happened in the past and to **anticipate** future events. **Combine** these higher thought processes **with** our **hardwired** danger-detection systems, and you get a near-**universal** human phenomenon: worry.

That's not necessarily a bad thing, says Hallowell. "When used properly, worry is an incredible **device**," he says. After all, a little healthy worrying is okay if it leads to **constructive** action—like having a doctor look at that **weird** spot on your back.

Hallowell insists, though, that there's a right way to worry. "Never do it alone, get the facts and then make a plan," he says. Most of us have survived a **recession**, so we're familiar with the **belt-tightening strategies** needed to survive a **slump**.

Unfortunately, few of us have much experience dealing with the threat of terrorism, so it's been difficult to get facts about how we should respond. That's why Hallowell believes it was okay for people to **indulge** some extreme worries last fall by asking doctors for *Cipro*(抗炭疽菌的药物) and buying gas masks.

文章词汇注释

in a sense 在某一方面,就某种意义来说

react to 对…做出反应

fight-or-flight 斗或逃

response [ri'spɔns] ***n.*** ①反应,响应 ②回答,答复

[同根] respond [ri'spɔnd] ***v.*** ①回答

②(常与 to 连用)反应, 回报 ③对…有反应

responsible [ri'spɔnsəbl] *a.* 有责任的, 负责的

responsibility [ri,spɔnsə'biliti] *n.* 责任, 职责

detect [di'tekt] *v.* ①发现, 察觉, 注意到 ②(常与 in 连用)侦察出, 查明

[同义] discover, perceive

[反义] conceal, hide

[同根] detection [di'tekʃən] *n.* ①觉察, 发现, 探明 ②侦察, 查明

detective [di'tektiv] *a.* ①可发觉的, 可看穿的 ②侦探(用)的 *n.* 侦探

evolve [i'vɔlv] *v.* ①演变, 发展, 逐步形成 ②进化形成

[同义] develop, grow, progress

[同根] evolution [ˌiːvə'luːʃən] *n.* ①演变,演化,发展 ②逐步形成

evolutionary [ˌiːvə'luːʃənəri] *a.* 演变的, 演化的,逐步发展的

evolutional [ˌiːvə'luːʃənəl] *a.* (= evolutionary)

evolutionist [ˌiːvə'luːʃənist] *n.* 进化论者

evolutionism [ˌiːvə'luːʃənizəm] *n.* 进化论

elaborate [i'læbərət] *a.* ①复杂的 ②精心制作的, 精巧的 *v.* ①精心制作, 详尽阐述 ②变得复杂

[反义] plain, rude, simple

[同根] elaboration [iˌlæbə'reiʃən] *n.* ①精心制作, 详细阐述 ②精巧,细致

mechanism ['mekənizəm] *n.* ①机制, 机理 ②办法,途径 ③机械装置

[同根] machine [mə'ʃiːn] *n.* 机器, 机械

mechanic [mi'kænik] *n.* 技工, 机修工, 机械师

mechanical [mi'kænikl] *a.* 机械的, 机械制的, 机械似的

mechanics [mi'kæniks] *n.* ①(用作单数)机械学, 力学 ②(用作复数)(机器等的)结构,构成

potential [pə'tenʃəl] *a.* 潜在的,可能的 *n.* ①潜能,潜力 ②潜在性,可能性

[同义] hidden, possible, promising

[同根] potentially [pə'tenʃəli] *ad.* 潜在地,可能地

a cluster of 一串,一束,一群

input ['input] *n.* & *v.* 输入

[反义] output

retrieve [ri'triːv] *v.* ①重新得到,取回,找回 ②检索 ③挽回,补救 *n.* (= retrieval)

[同根] retrievable [ri'triːvəbl] *a.* 可获取的, 可挽救的

retrieval [ri'triːvəl] *n.* ①取回, 恢复 ②检索 ③挽救,拯救

[词组] beyond(或 past) retrieve/retrieval 无法补救地

retrieve... from... 拯救…(免于…),(从…)救出…

appraise [ə'preiz] *v.* ①估量,估计,估价 ②评价

[同义] evaluate, estimate

[同根] appraisal [ə'preizəl] *n.* ①估量, 估计,估价 ②评价

charging ['tʃɑːdʒiŋ] *a.* 扑过来的

[同根] charge [tʃɑːdʒ] *v.* ①冲锋,向前冲 ②指责, 控告 ③索价, 收费 ④管理, 照管 *n.* ①指责, 控告 ②费用,价钱 ③主管 ④充电 ⑤冲锋

trigger ['trigə] *v.* ①引发,引起 ②扣扳机开(枪等),触发,引爆 *n.* 板机,引爆器, 启动装置

[同义] start, cause, lead to

radiate ['reidieit] *v.* ①辐射,发散 ②呈辐射状发出

[同义] send out, issue, emit

［同根］radiation［ˌreidiˈeiʃən］*n.* ①辐射，放射 ②放射线，放射物
radiant［ˈreidjənt］*a.* ①发光的，辐射的 ②容光焕发的
radioactive［ˌreidiəuˈæktiv］*a.* 放射性的，放射性引起的

perspiration［ˌpəːspəˈreiʃən］*n.* ①汗，汗水 ②出汗，流汗
［同根］perspire［pəˈspaiə］*v.* ①出汗，流汗 ②分泌，渗出
perspiratory［pəˈspaiərətəri］*a.* 汗的，汗水的，引起出汗的

critical［ˈkritikəl］*a.* ①决定性的，关键性的 ②批评的，评判的 ③吹毛求疵的
［同根］critic［ˈkritik］*n.* ①批评家，评论家 ②吹毛求疵者
critique［kriˈtiːk］*n.* ①（关于文艺作品、哲学思想的）评论文章 ②评论
criticize［ˈkritisaiz］*v.* ①批评，评判，责备 ②评论，评价
criticism［ˈkritisizəm］*n.* ①批评，评判，责备 ②评论文章
critically［ˈkritikəli］*ad.* ①批评地，评判地 ②吹毛求疵地 ③决定性地，关键性地

say for sure 肯定地说，确切地说

other than ①除了…，除…之外 ②与…不同，与…不同方式

consciousness［ˈkɔnʃəsnis］*n.* ①知觉，感觉，自觉 ②意识，觉悟
［反义］unconsciousness
［同根］subconsciousness［sʌbˈkɔnʃəsnis］*n.* 潜意识
conscious［ˈkɔnʃəs］*a.* ①有意识的，自觉的，意识清醒的 ②故意的，存心的 ③有…意识的，注重…的 ④羞怯的，不自然的
unconscious［ʌnˈkɔnʃəs］*a.* 失去知觉的，无意识的
subconscious［sʌbˈkɔnʃəs］*a.* 下意识的

call up ①想起 ②召集，动员 ③打电话给…

anticipate［ænˈtisipeit］*v.* 预期，期望，预料
［同义］expect，foresee
［同根］anticipation［ˌæntisiˈpeiʃən］*n.* ①预期，预料，预感 ②预先采取的行动

combine... with... 把…与…结合

hardwired［ˈhɑːdˈwaiəd］*a.* ①［计］硬接线的 ②密切相关的

universal［ˌjuːniˈvəːsəl］*a.* ①全体的，共同的，普遍的，一般的 ②宇宙的，全世界的 ③多才多艺的，知识广博的
［同义］general，cosmic
［反义］individual
［同根］universe［ˈjuːnivəːs］*n.* ①宇宙，天地万物 ②世界，全人类 ③（思想、活动等的）领域，体系，范围

device［diˈvais］*n.* ①策略，手段，诡计 ②装置，设备，器械

constructive［kənˈstrʌktiv］*a.* ①有帮助的，积极的，肯定的 ②建设性的
［同义］helpful，useful，worthwhile
［反义］destructive
［同根］construct［kənˈstrʌkt］*v.* ①构成，建造 ②构想，创立
construction［kənˈstrʌkʃən］*n.* ①建筑 ②建筑物

weird［wiəd］*a.* ①古怪的，离奇的 ②怪诞的，神秘而可怕的
［同义］odd，peculiar，fantastic，mysterious
［同根］weirdness［ˈwiədnis］*n.* 古怪，离奇
weirdly［ˈwiədli］*ad.* 古怪地

recession［riˈseʃən］*n.* ①（经济的）衰退，衰退期 ②后退，撤回

[同根] recede [ri'si:d] *v.* ①后退,衰退 ②变得模糊 ③向后倾斜

recessive [ri'sesiv] *a.* 后退的,有倒退倾向的

recessional [ri'seʃənl] *a.* ①(经济的)衰退的,衰退期的 ②后退的,退回的

belt-tightening ['belt,taitəniŋ] *a.* 节约的,节省开支的 *n.* 强制性节约

strategy ['strætidʒi] *n.* 策略,战略,对策

[同义] tactics

[同根] strategic [strə'ti:dʒik] *a.* ①战略(上)的 ②关键的

strategically [strə'ti:dʒikəli] *ad.* 战略上

strategics [strə'ti:dʒiks] *n.* 兵法

slump [slʌmp] *n. & v.* ①(经济等)衰落,(物价等)下跌,降低,(健康、质量等)下降 ②(沉重或突然地)倒下,陷落

indulge [in'dʌldʒ] *v.* ①沉溺于,怀有,抱有 ②纵容,放任

[同义] pamper, satisfy, spoil

[同根] indulgence [in'dʌldʒ(ə)ns] *n.* ①沉溺,纵情 ②纵容,放任 ③嗜好

indulgent [in'dʌldʒənt] *a.* 纵容的,放纵的

indulgently [in'dʌldʒəntli] *ad.* 纵容地,放纵地

[词组] indulge in... 沉溺于…,纵情于…

选项词汇注释

self-defense 自卫

instinctive [in'stiŋktiv] *a.* 本能的

[同根] instinct ['instiŋkt] *n.* 本能,直觉

instinctively [in'stiŋktivli] *ad.* 本能地

evaluate [i'væljueit] *v.* ①对…评价,为…鉴定 ②评价,估计 ③求…的值,定…的价

[同义] estimate, assess, judge

[同根] evaluator [i'væljueitə] *n.* 评价者,评估物

evaluable [i'væljuəbl] *a.* ①可估值的 ②可评价的

evaluation [i,vælju'eiʃən] *n.* 评价,估算

evaluative [i'væljueitiv] *a.* (可)评价的,(可)评价的

unpredictable [,ʌnpri'diktəbl] *a.* 不可预言的,不可预测的

[同根] predict [pri'dikt] *v.* (常与 that 连用)预言,预测,预示

predictable [pri'diktəbl] *a.* 可预言的,可预测的

predictive [pri'diktiv] *a.* 预言性的,前兆的

prediction [pri'dikʃən] *n.* 预言,预料

be derived from 源自于…

play a vital part in 在…中起至关重要的作用

handle ['hændl] *v.* ①管理,处理,对付 ②触摸,搬运 *n.* 柄,把手,把柄

[词组] fly off the handle 大怒

give a handle (to sb) 给某人以把柄

ridiculous [ri'dikjuləs] *a.* 荒谬的,荒唐的,可笑的

[同义] foolish

[同根] ridicule ['ridikju:l] *n.* ①嘲笑,戏弄 ②笑料,笑柄 *v.* 嘲笑,戏弄

ridiculously [ri'dikjuləsli] *ad.* 荒谬地,可笑地

over-cautious [,əuvə'kɔ:ʃəs] *a.* 过于谨慎的

[同根] caution ['kɔ:ʃən] *n.* ①小心,谨慎 ②警惕,警告 *v.* 警告

cautious ['kɔ:ʃəs] *a.* 十分小心的,谨慎的

cautiously ['kɔ:ʃəsli] *ad.* 慎重地

sensible ['sensəbl] *a.* ①明智的,明白事

理的 ②知道的，意识到的 ③有判断力的，有知觉的

［同义］aware, conscious, advisable

［反义］insensible, numb, unaware, unconscious

［同根］sense［sens］*n.* ①官能，感官 ②感觉 ③观念，意识，见识，智慧 *v.* ①感到 ②了解，领悟 ③有感觉，有知觉

insensible［in'sensəbl］*a.* ①无知觉的，麻木不仁的 ②没有意识到的，不易被察觉的

sensibly［'sensəbli］*ad.* ①到能感觉到的地步，显著地，明显地 ②明智地

Passage Two

Amitai Etzioni is not surprised by the latest **headings** about **scheming corporate** *crooks*（骗子）. As a visiting professor at the Harvard Business School in 1989, he ended his work there **disgusted** with his students' **overwhelming lust** for money. "They're taught that profit is all that **matters**," he says. "Many schools don't even offer *ethics*（伦理学）courses at all."

Etzioni expressed his **frustration** about the interests of his graduate students. "**By and large**, I clearly had not found a way to help classes full of MBAs see that there is more to life than money, power, fame and **self-interest**," he wrote at the time. Today he still **takes the blame for** not educating these "business-leaders-**to-be**." "I really **feel like** I **failed** them," he says. "If I was a better teacher maybe I could have **reached** them."

Etzioni was a respected ethics expert when he arrived at Harvard. He hoped his work at the university would give him **insight** into how questions of **morality** could **be applied to** places where self-interest **flourished**. What he found wasn't encouraging. Those **would-be executives** had, says Etzioni, little interest in concepts of ethics and morality in the **boardroom**—and their professor was met with **blank stares** when he urged his students to see business in new and different ways.

Etzioni sees the experience at Harvard as an **eye-opening** one and says there's much about business schools that he'd like to change. "A lot of the **faculty** teaching business are **bad news** themselves," Etzioni says. From offering classes that teach students how to legally **manipulate contracts**, to **reinforcing** the **notion** of profit over **community interests**, Etzioni has seen a lot that's left him sharking his head. And because of what he's seen taught in business schools, he's not surprised by the latest **rash** of corporate **scan-**

dals. "In many ways things have got a lot worse at business schools, I **suspect**," says Etzioni.

Etzioni is still teaching the **sociology** of right and wrong and still **calling for ethical** business leadership. "People with poor **motives** will always exist," he says. "Sometimes environments **constrain** those people and sometimes environments give those people opportunity." Etzioni says the **booming** economy of the last decade enabled those individuals with poor motives to get rich before getting in trouble. His hope now: that the cries for reform will provide more **fertile** soil for his **longstanding messages** about business ethics.

文章词汇注释

heading [ˈhediŋ] *n.* ①标题,题目 ②页首文字,信头 ③用作头部(或顶端)的东西

scheming [ˈskiːmiŋ] *a.* 诡计多端的,狡诈的

[同根] scheme [skiːm] *v.* ①计划, 设计 ②图谋, 策划 *n.* ①计划, 方案 ②阴谋 ③系统, 体制 ④图表, 草图

corporate [ˈkɔːpərit] *a.* ①团体的,公司的 ②社团的 ③全体的,共同的

[同根] corporation [ˌkɔːpəˈreiʃən] *n.* ①法人,社团 ②公司, <美>股份有限公司

disgusted [disˈgʌstid] *a.* (with/at) 厌恶的,憎恶的,愤慨的

[同根] disgust [disˈgʌst] *v.* ①(使)作呕 ②使厌恶, 使愤慨 *n.* 作呕, 厌恶, 嫌恶

disgustful [disˈgʌstful] *a.* 令人作呕的, 使人讨厌的

disgusting [disˈgʌstiŋ] *a.* 令人厌恶的

disgustedly [disˈgʌstidli] *ad.* 厌恶地, 愤慨地

overwhelming [ˌəuvəˈwelmiŋ] *a.* 势不可挡的,压倒的

[同根] overwhelm [ˌəuvəˈwelm] *v.* ①征服,压倒,毁坏 ②压倒,淹没 ③使受不了,使不知所措

overwhelmingly [ˌəuvəˈwelmiŋli] *ad.* 势不可挡地,压倒性地

lust [lʌst] *n.* ①渴望,欲望,热情 ②不良欲望,贪欲 ③爱好,愿望 *v.* 有强烈的欲望, 渴望

[同义] desire, eagerness, enthusiasm

[同根] lustful [ˈlʌstful] *a.* 贪欲的,渴望的,好色的

lusty [ˈlʌsti] *a.* ①健壮的,精力充沛的 ②贪欲的,好色的

[词组] lust for/after 渴望,贪求

matter [ˈmætə] *v.* 有关系, 要紧

frustration [frʌˈstreiʃən] *n.* ①挫折,失败,失望 ②挫败,受挫

[同根] frustrate [frʌˈstreit] *v.* ①挫败, 破坏 ②使灰心, 使沮丧

frustrated [frʌˈstreitid, ˈfrʌ-] *a.* 失败的, 失意的,泄气的

by and large 大体上,总地说来

self-interest [ˌselfˈintərist] *n.* 利己主义,私利

take the blame for 承担…的责任，对…承担责任

to-be [tə'biː] *a.* (常附在名词后构成复合词)未来的

feel like ①感觉好似 ②想要 ③摸上去如同

fail [feil] *v.* ①使失望，有负于 ②失败，不及格 ③衰退，变弱，失灵

[同义] disappoint, neglect, decline

reach [riːtʃ] *v.* 影响，打动，赢得

insight ['insait] *n.* 深刻见解，洞察力，洞悉

[同义] perception, apprehension, clear understanding

[同根] insightful ['inˌsaitful] *a.* 富有洞察力的，有深刻见解的

morality [mɔ'ræliti] *n.* ①道德，道德性 ②道德规范，道德观 ③(道德上的)教训，寓意

[反义] immorality

[同根] moral ['mɔrəl] *a.* ①道德(上)的 ②有道德的 ③以道德为依据的 *n.* ①(寓言、故事等引出的)寓意，教训 ②[pl.]道德，品行

morally ['mɔrəli] *ad.* ①品行端正地，纯洁地 ②道德上地，道义上地

be applied to 运用于，应用于

flourish ['flʌriʃ] *v.* ①盛行，处于活跃时期 ②繁荣，兴旺，成功 ③炫耀，夸耀

[同义] bloom, develop

[反义] decay, decline

[同根] flourishing ['flʌriʃiŋ] *a.* 繁盛的，欣欣向荣的，成功的

would-be ['wudbiː] *a.* ①想要(或将要)成为的，将来的 ②本来打算的，原想要的 ③自称的，假冒的 *n.* ①想要成为…的人 ②假冒者

executive [ig'zekjutiv] *n.* 执行者，管理人员 *a.* ①执行的，实行的，管理的 ②行政的

[同根] execute ['eksikjuːt] *v.* 实行，实施，执行，完成，履行

execution [ˌeksi'kjuːʃən] *n.* 实行，执行，完成

executor [ig'zekjutə] *n.* 执行者

boardroom ['bɔːdruːm] *n.* 会议室

blank stare 木然的凝视

eye-opening ['aiˌəupəniŋ] *a.* 使人大开眼界(或瞠目结舌，恍然大悟等)的，很有启发的

faculty ['fækəlti] *n.* ①全体教员 ②才能，技能，能力 ③(大学的)系，科

[同义] stuff; ability, aptitude, capacity

bad news ①<美口>讨厌的人，添麻烦的人 ②坏消息

manipulate [mə'nipjuleit] *v.* ①操纵，控制 ②(熟练地)操作，使用

[同义] conduct, handle, manage, maneuver, operate

[同根] manipulation [məˌnipju'leiʃən] *n.* 处理，操作，操纵，被操纵

contract ['kɔntrækt] *n.* ①契约，合同，承包(合同) ②婚约

[kɔn'trækt] *v.* ①订立(合同) ②缔结，结成 ③与…订婚，结交(朋友等) ④缩小，紧缩

[同义] agreement, treaty, alliance; bargain, compress

[词组] make a contract with 与…签订合同

reinforce [ˌriːin'fɔːs] *v.* ①加强，增强，强化 ②增援，补充

[同义] fortify, intensify, strengthen

[同根] enforce [in'fɔːs] *v.* ①实施，使生效 ②强迫，迫使，强加

reinforcement [ˌriːin'fɔːsmənt] *n.* 加强,增强,强化,增援

notion ['nəuʃən] *n.* 概念,感知

[同义] belief, opinion, thought, view

community interests 公共利益

rash [ræʃ] *n.* ①(短时间内)爆发的一连串(多指始料不及的坏事) ②皮疹 *a.* 轻率的,匆忙的,鲁莽的

scandal ['skændl] *n.* ①丑事,丑闻 ②流言蜚语 ③反感,愤慨

[同义] disgrace, humiliation, shame

[同根] scandalize ['skændəlaiz] *v.* 诽谤

scandalous ['skændələs] *a.* 诽谤性的

suspect [sə'spekt] *v.* 怀疑,猜想,觉得会

['sʌspekt] *n.* 嫌疑犯

[同义] assume, guess, doubt, suppose

[同根] suspicion [sə'spiʃən] *n.* 猜疑,怀疑

suspicious [sə'spiʃəs] *a.* 可疑的,怀疑的

sociology [ˌsəusi'ɔlədʒi] *n.* 社会学

[同根] social ['səuʃəl] *a.* ①社会的 ②爱交际的,社交的 ③群居的

society [sə'saiəti] *n.* ①社会 ②会,社 ③交际,社交界,上流社会

sociologist [ˌsəusi'ɔlədʒist] *n.* 社会学家

sociological [ˌsəuʃiə'lɔdʒikəl] *a.* 社会学的,社会学上的

call for ①要求,提倡,需要 ②去取,来取 ③规定

ethical ['eθik(ə)l] *a.* ①合乎道德的 ②伦理的,道德的

[同义] moral

[同根] ethic ['eθik] *n.* ①伦理,道德 ②[pl.] 伦理学

ethically ['eθik(ə)lli] *ad.* 伦理(学)上

motive ['məutiv] *n.* 动机,目的 *a.* 发动的,运动的

[同义] stimulus, enthusiasm

[同根] motivate ['məutiveit] *v.* ①(使)有动机,激起(行动) ②激发…的积极性

motivation [ˌməuti'veiʃən] *n.* ①动力,诱因,刺激 ②提供动机,激发积极性

constrain [kən'strein] *v.* ①约束,限制 ②强迫,迫使 ③克制,抑制

[同义] limit, compel, force, oblige

[同根] constraint [kən'streint] *n.* ①限制,约束 ②克制,抑制

[词组] constrain sb. to do sth. 强迫某人做某事

be constrained to do 被迫去做

constrain oneself 克制自己

booming ['buːmiŋ] *a.* 兴旺发达的,迅速发展的,繁荣昌盛的

[同义] thriving, flurishing

[反义] slumping

[同根] boom [buːm] *v.* ①迅速发展,繁荣 ②暴涨,激增 *n.* (价格等的)暴涨,(营业等的)激增,(经济、工商业等的)繁荣(期),迅速发展,(城镇等的)兴起

fertile ['fəːtail, 'fəːtil] *a.* ①肥沃的,富饶的 ②能繁殖的 ③多产的,丰产的 ④(创造力或想象力)丰富的

[同义] productive, abundant, creative, fruitful

[反义] barren, sterile

[同根] fertilize ['fəːtilaiz] *v.* ①使肥沃,使多产 ②施肥于,使受精 ③使丰富,促进…的发展

fertilizer ['fəːtiˌlaizə] *n.* 肥料(尤指化学肥料)

longstanding [ˌlɔŋ'stændiŋ, ˌlɔːŋ-] *a.* (已持续)长时间的,为时甚久的

message ['mesidʒ] *n.* ①要旨,中心思想

②(故事、电影、戏剧等的)启示,寓意,教训,(文章中对社会或政治问题的)批判性观点

选项词汇注释

keen [kiːn] *a.* ①强烈的,浓烈的 ②热心的,渴望的 ③敏锐的,敏捷的
[同义] intense, acute, fine, bright, clever
[反义] slight, blunt, dull
[词组] be keen on 热衷于,对…着迷,喜爱
as keen as mustard 极为热心,极感兴趣

intense [in'tens] *a.* ①强烈的,剧烈的,激烈的 ②紧张的,认真的 ③热心的,热情的
[同根] intensify [in'tensifai] *v.* 加强,增强,强化
intensity [in'tensəti] *n.* ①(思想、感情、活动等的)强烈,剧烈,紧张,极度 ②(电、热、光、声等的)强度,烈度

tactics ['tæktiks] *n.* ①策略,手段 ②战术
[同义] strategy
[同根] tact [tækt] *n.* 圆通,乖巧,机敏,外交手腕
tactful ['tæktful] *a.* 圆通的,乖巧的,机敏的
tactical ['tæktikəl] *a.* ①有策略的,手段高明的 ②战术的

alert [ə'ləːt] *v.* 向…报警,使警惕
a. ①留神的,注意的 ②警觉的,警惕的
n. ①警觉(状态),戒备(状态) ②警报
[同根] alertly [ə'ləːtli] *ad.* 提高警觉地,留意地
alertness [ə'ləːtnis] *n.* 警戒,机敏
[词组] alert sb. to sth. 使某人警惕某物
on(the)alert 警戒着,随时准备着,密切注意着
alert to do 留心做

malpractice [mæl'præktis] *n.* ①不端行为,胡作非为 ②玩忽职守

meet the expectations of 符合/达到…的期望

be of utmost importance 是极为重要的

priority [prai'ɔriti] *n.* ①优先考虑的事 ②在先,居先 ③优先,重点,优先权
[同根] prior ['praiə] *a.* ①优先的 ②较早的,在前的 ③优先的,更重要的
[词组] place/put high priority on 最优先考虑…
attach high priority to 最优先考虑…
give first priority to 最优先考虑…

principle ['prinsəpl] *n.* ①基本信念,信条,道义,正直 ②原理,原则
[同义] belief, doctrine, rule, standard
[同根] principled ['prinsəpld] *a.* 原则性强的,有(道德)原则的

be attributed to 归因于

tendency ['tendənsi] *n.* ①倾向,趋势 ②脾性,修养
[同义] bent, trend, leaning
[同根] tend [tend] *v.* ①倾向 ②走向,趋向 ③(~to)易于,往往会
[词组] have a tendency to/towards... 有…的倾向

stress... over... 强调…比…重要

fierce competition 激烈的竞争

moral corruption 道德沦丧,道德腐化

gain the upper hand 占上风,处于有利地位

contribute to 有助于,促成,是…的部分原因

Vocabulary 2003.6

41. In November 1987 the government ________ a public debate on the future direction of the official sports policy.

A) initiated B) designated C) induced D) promoted

initiate[i'niʃieit] *v.* ①发起，开始，创始 ②使初步了解 ③接纳(新成员)，让…加入 *n.* 新加入组织的人

[同义] begin, institute, introduce, launch

[同根] initial [i'niʃəl] *a.* 最初的，开始的 *n.* 首字母

initiation[iˌniʃi'eiʃən] *n.* 开始，创始

initiative [i'niʃiətiv] *n.* ①主动的行动，倡议 ②首创精神，进取心 ③主动权 *a.* 起始的，初步的

initiator[i'niʃieitə] *n.* 创始人，发起人

designate ['dezigneit] *v.* ①指定，选派 ②把…定名为，把…叫做

[同义] appoint, indicate

[同根] designation [ˌdezig'neiʃən] *n.* ①标示，指定，表明 ②称号，名称

designator ['dezigneitə] *n.* 指示者，指定者

induce [in'dju:s] *v.* ①引起，导致 ②引诱，劝诱

[同义] cause, elicit, evoke

[同根] inducement [in'dju:smənt] *n.* ①引诱，劝诱，导致 ②诱因，动机，引诱物

inducible [in'dju:sibəl] *a.* 可诱导的，可诱发的

inducing [in'dju:siŋ] *a.* 产生诱导作用的

promote [prə'məut] *v.* ①促进，发扬 ②提升，提拔，晋升为

[同根] promotion [prə'məuʃən] *n.* ①促进，发扬 ② 提升，提拔，晋升

promotive [prə'məutiv] *a.* 提升的

promotee [prəməu'ti:] *n.* ①被提升者 ②获晋级者

promoter[prə'məutə] *n.* 促进者，助长者

42. I found it difficult to ________ my career ambitions with the need to bring up my children.

A) consolidate B) amend C) reconcile D) intensify

consolidate [kən'sɔlideit] *v.* ①巩固，加强 ②把…联合为一体，统一，合并

[同义] strengthen, combine

[同根] consolidation[kənˌsɔli'deiʃən] *n.* 巩固，合并

consolidated [kən'sɔlideitid] 加固的，统一的

amend[ə'mend] *v.* ①修改，修订 ②改进，改善

[同义]correct, improve, mend

[同根] amendable [ə'mendəbəl] *a.* 可修正的，能改善的

amendment [ə'mendmənt] *n.* ①修改，修订 ②改进，改善

reconcile ['rekənsail] *v.* ①协调，使一致 ②使和解，调解

[同义] harmonize

[同根] reconcilable ['rekənsailəbəl]

a. 可协调的,可和解的, 可调和的

reconcilably ['rekənsailəbli] *ad.* 可协调地, 不矛盾地

reconcilement ['rekənsailmənt] *n.* 调停, 一致

[词组] reconcile with 与…协调/和解

be reconciled to 甘心…,接受…

intensify [in'tensifai] *v.* 加强, 增强, (使)尖锐

[同义] strengthen, reinforce, enhance

[同根] tense [tens] *a.* ①紧张的 ②拉紧的 *v.* ①(使)紧张 ②(使)拉紧

intense [in'tens] *a.* ①强烈的, 剧烈的 ②热切的, 热情的

intensely[in'tensli] *ad.* 激烈地, 热情地

intensity[in'tensiti] *n.* ①(思想、感情、活动等的)强烈, 剧烈 ②(电、热、光、声等的)强度,烈度

intensification [inˌtensifi'keiʃən] *n.* 加强, 增强,强烈

43. We all enjoy our freedom of choice and do not like to see it ________ when it is within the legal and moral boundaries of society.
A) compacted B) restricted C) dispersed D) delayed

boundary ['baundəri] *n.* ①界线,边界 ②界限,范围

[同义] barrier, border, bound, division

[同根] bound [baund] *n.* [常作复数]边界,界限,界线,限制,范围 *a.* (bind 的过去式和过去分词) ①被束缚的 ②受束缚的 ③一定的,必然的,注定了的 ④准备到…去的,正在到…去的(for, to) *v.* ①跳,跃,弹回 ②限制,定…的界限,成为…界限

boundless ['baundlis] *a.* 无限的, 无边无际的

compact [kəm'pækt] *v.* 使紧密结合, 把…压实(或塞紧),使坚实

['kɔmpækt] *n.* 契约,合同

[kəm'pækt], ['kɔmpækt] *a.* ①紧密的 ②紧凑的,小巧的,袖珍的

restrict [ri'strikt] *v.* 限制, 约束, 限定

[同根] restriction [ri'strikʃən] *n.* ① 限制, 约束,规定 ②约束因素

restricted [ri'striktid] *a.* 受限制的, 有限的

restrictive[ri'striktiv] *a.* 限制(性)的,约束(性)的

restrictively[ri'striktivli] *ad.* 限制性地

disperse [di'spə:s] *v.* ①(使)分散 ②(使)消散,驱散

[同义] distribute, scatter, spread

[同根] dispersal [di'spə:səl] *n.* ①分散, 疏散,散布,传播 ②消散

dispersion [di'spə:ʃən] *n.* 散布, 驱散, 传播, 分散

dispersive [di'spə:siv] *a.* (趋向)分散的

dissipate ['disipeit] *v.* ①(使)消散, (使)消失 ②浪费,挥霍

[同义] disperse, scatter, spread

[同根] dissipation [ˌdisi'peiʃən] *n.* ①消散, 分散 ②挥霍, 浪费

dissipative ['disipeitiv] *a.* ①消散的 ②耗散的

delay [di'lei] *v.* 耽搁, 延迟 *n.* 耽搁, 迟滞

[同义] hold up, postpone, put off

[反义] hasten, hurry

[同根] delayed [di'leid] *a.* 延迟的,延期的

44. It is fortunate for the old couple that their son's career goals and their wishes for him ________.

A) coincide B) comply C) conform D) collaborate

coincide [ˌkəuin'said] *v.* ①相符,相一致 ②同时发生 ③位置重合,重叠

[同义] conform

[同根] coincidence [kəu'insidəns] *n.* ①巧合,巧事 ②符合,一致 ③同时发生,同时存在

coincident [kəu'insidənt] *a.* ①同时发生的 ②位置重合的 ③相符的,一致的

coincidental [kəuinsi'dentəl] *a.* ①巧合的,碰巧的 ② = coincident

[词组] coincide with 与…一致(相同,相符合)

comply [kəm'plai] *v.* 遵从,依从,服从

[反义] refuse, deny, reject

[词组] comply with 服从,遵守

conform [kən'fɔːm] *v.* ①遵照,适应(to, with) ②相似,一致,符合(to, with)

[同义] comply, agree, obey, submit

[反义] oppose

[同根] conformity [kən'fɔːməti] *n.* ①遵照(to, with) ②相似,一致,符合(to, with)

conformable [kən'fɔːməb(ə)l] *a.* 相似的,相符合的,一致的

[词组] conform to 符合…,遵照…

conform... to... 使…适合/符合…

collaborate [kə'læbəreit] *v.* ①合作,协作 ②勾结

[同义] cooperate

[同根] collaborative [kə'læbəreitiv] *a.* 合作的,协作的,协力完成的

collaborator [kə'læbəreitə(r)] *n.* 合作者

collaboration [kəˌlæbə'reiʃən] *n.* ①合作,协作 ②勾结

45. Allen will soon find out that real life is seldom as simple as it is ________ in commercials.

A) permeated B) alleged C) depicted D) drafted

commercial [kə'məːʃəl] *n.* 商业广告 *a.* ①商业的 ②商品的,商品化的

[同根] commerce ['kɔməːs] *n.* 商业,贸易

commercialize [kə'məːʃəlaiz] *v.* 使商业化,使商品化

permeate ['pəːmieit] *v.* ①渗入,渗透 ②影响,漫遍,遍布

[同义] penetrate, pervade, saturate, soak

[同根] permeation [ˌpəːmi'eiʃən] *n.* 漫遍,遍布,渗透

permeable ['pəːmiəbəl] *a.* 可浸透的,可透过的

permeability [ˌpəːmiə'biliti] *n.* 渗透性

[词组] permeate through/among 遍布…,渗透到…

allege [ə'ledʒ] *v.* ①断言,宣称,声称 ②(作为理由、论据或借口等)提出

[同义] affirm, declare, state

[同根] allegation [ˌæli'geiʃən] *n.* 宣称,断言,说法

alleged [ə'ledʒd] *a.* 被说成的,被断言的

allegedly [ə'ledʒidli] *ad.* 根据(人们)宣称

depict [di'pikt] *v.* 描述,描写

[同义] portray, describe, depiction

draft [drɑːft] *v.* 草拟 *n.* 草稿，草案，草图
[同根] drafter [ˈdrɑːftə] *n.* 起草者

46. Europe's earlier industrial growth was ________ by the availability of key resources, abundant and cheap labor, coal, iron ore, etc.
A) constrained B) detained C) remained D) sustained

availability [əˌveiləˈbiləti] *n.* 利用（或获得）的可能性，有效性
[同根] avail [əˈveil] *v.* 有用于，有助于 *n.* [一般用于否定句或疑问句中] 效用，利益，帮助
available [əˈveiləbl] *a.* 可利用的，可获得的，在手边的
constrain [kənˈstrein] *v.* ①限制，约束 ②克制，抑制
[同义] compel, force, oblige, limit
[同根] constraint [kənˈstreint] *n.* ①限制，约束 ②克制，抑制
[词组] constrain sb. to do sth. 强迫某人做某事
be constrained to do 被迫去做
constrain oneself 勉强，自制
detain [diˈtein] *v.* ①留住，耽搁 ②拘留，扣留
sustain [səˈstein] *v.* ①支撑，承受（压力或重量），承担（费用等）②支援，救济 ③支持 ④保持
[同根] sustained [səˈsteind] *a.* 持久的，维持的
sustainable [səˈsteinəbəl] *a.* ①能保持的，可持续的，能维持的 ②支撑的住的，能承受的
sustaining [səˈsteiniŋ] *a.* 用以支撑（或支持，保持、维持、供养等）的
sustainment [səˈsteinmənt] *n.* 支持，维持

47. As the trial went on, the story behind the murder slowly ______ itself.
A) convicted B) released C) haunted D) unfolded

convict [kənˈvikt] *v.*（经审讯）证明…有罪，宣判…有罪
[ˈkɔnvikt] *n.* 囚犯
[同根] conviction [kənˈvikʃən] *n.* ①深信，确信 ②定罪，宣告有罪
convictive [kənˈviktiv] *a.* 有说服力的，令人信服的
convictively [kənˈviktivli] *ad.* 有说服力地，定罪地
[词组] convict sb. of 宣判某人有罪
release [riˈliːs] *v.* ①释放，解放 ②放开，松开 ③排放 ④发布（新闻等），公开发行（影片、唱片、音响盒带等）*n.* ①排放，放开 ②释放，解除 ③发行，发布 ④使人解脱的事物，排遣性的事物
[词组] release sb. from... 免除某人的…
haunt [hɔːnt] *v.* ①（思想、回忆等）萦绕在…心头，使苦恼，使担忧 ②常到，常去（某地）③经常与…交往，缠住（某人）④（鬼魂等）经常出现，作祟 *n.* 常去的地方
[同义] hang around, obsess, torment
[同根] haunting [ˈhɔːntiŋ] *a.* 常浮现于脑海中的，不易忘怀的
haunted [ˈhɔːntid] *a.* ①闹鬼的，鬼魂出没的 ②受到折磨（或困扰）的，烦恼的
unfold [ʌnˈfəuld] *v.* ①展现，披露，挑明（计划、意图等）②展开，打开
[同义] reveal, show, spread, uncover

48. We've just installed a fan to ________ cooking smells from the kitchen.
A) eject B) exclude C) expel D) exile

eject [i'dʒekt] *v.* ①(从内部)喷射,吐出 ②驱逐,逐出
[同根] ejection [i'dʒekʃən] *n.* 喷出,排出物
ejective [i'dʒektiv] *a.* 射出的,起喷射作用的,喷出的
exclude [ik'sklu:d] *v.* 拒绝接纳,把…排除在外,排斥
[反义] inclusive
[同根] exclusion [ik'sklu:ʒən] *n.* 排除,除外,被排除在外的事物
exclusive [ik'sklu:siv] *a.* ①独有的,独享的 ②奢华的,高级的 ③排斥的,排外的 ④(新闻、报刊文章等)独家的
exclusively [ik'sklu:sivli] *ad.* 仅仅,专门地,排除其他地,单独地
expel [ik'spel] *v.* ①排出,喷出 ②驱逐,赶走,放逐 ③把…除名,把…开除
exile ['eksail, 'egz-] *v.* 流放,放逐,使流亡 *n.* 流放,放逐,流亡
[同义] banish, deport, exclude, expel

49. Retirement is obviously a very complex ________ period; and the earlier you start planning for it, the better.
A) transformation B) transmission
C) transaction D) transition

transformation [ˌtrænsfə'meiʃən] *n.* ①变化,转变 ②改革,变形,变质
[同根] transform [træns'fɔ:m] *v.* ①(使)变形,(使)改观 ②使改变性质(或结构、作用等) ③改造,改善 ④(使)转换,(使)变换
transformative [træns'fɔ:mətiv] *a.* ①有改革能力的 ②[语]转换的,转换生成的
transformer [træns'fɔ:mə(r)] *n.* ①[电]变压器 ②促使变化的人
transmission [trænz'miʃən] *n.* ①发送,传送,传输 ②播送,发送 ③传染,传播
[同根] transmit [trænz'mit] *v.* ①传送,传递,传输 ②播送,发送 ③传染,传播
transmissive [trænz'misiv] *a.* ①传送的,输送的 ②传染的,传播的 ③播送的
transmissible [trænz'misəbl] *a.* ①可传送的,可输送的 ②可传染的,可遗传的 ③可播送的
transmitter [trænz'mitə] *n.* ①传送者,传递者,传输者 ②发射台
transaction [træn'zækʃən] *n.* 交易,业务
[同根] transact [træn'zækt, -'sækt] *v.* 办理,交易,谈判,处理
transactor [træn'zæktə(r),-'sæk] *n.* 处理者,办理人
transition [træn'ziʒən, -'siʃən] *n.* ①过渡,过渡时期 ②转变,变迁,变革
[同义] change, conversion, transfer, transformation
[同根] transit ['trænsit] *v.* 运送,使通过,经过 *n.* ①运送,运输 ②通过,通行,过境,中转
transitive ['trænsitiv] *a.* 过渡的,变迁的
transistor [træn'zistə] *n.* [电子]晶体管

50. Mutual respect for territorial ________ is one of the bases upon which our two countries develop relationships.

A) unity　B) integrity　C) entirety　D) reliability

territorial [ˌteriˈtɔːriəl] *a.* 领土的

[同根] territory [ˈteritəri] *n.* 领土，版图，地域

unity [ˈjuːniti] *n.* 团结，联合，统一，一致

[同根] unify [ˈjuːnifai] *v.* ①统一，使成一体 ②使相同，使

unification [ˌjuːnifiˈkeiʃən] *n.* 统一，一致

union [ˈjuːniən] *n.* 联合，合并，结合，联盟

unite [juːˈnait] *v.* ①(使)联合，团结 ②(使)接合，混合

integrity [inˈtegriti] *n.* ①完整，完全 ②正直，诚实，诚恳

[同义] honesty, sincerity, uprightness

[同根] integrate [ˈintigreit] *v.* 使成一体，使合并 (with, into)，使完全，使完善

integration [intiˈgreiʃən] *n.* 结合，整体，一体化

entirety [inˈtaiəti] *n.* ①全部，全面 ②整体，总体

[同根] entire [inˈtaiə] *a.* 全部的，完整的，整个

entirely [inˈtaiəli] *ad.* 完全地，全然地，一概地

entity [ˈentiti] *n.* 实体

reliability [riˌlaiəˈbiliti] *n.* 可靠性

[同根] rely [riˈlai] *v.* ①依赖，依靠 ②信赖

reliable [riˈlaiəbəl] *a.* 可靠的，可信赖的

reliance [riˈlaiəns] *n.* 信任，信心

reliably [riˈlaiəbli] *ad.* 可靠地

51. As one of the youngest professors in the university, Mr. Brown is certainly on the ________ of a brilliant career.

A) porch　B) edge　C) course　D) threshold

brilliant career 辉煌的事业

porch [pɔːtʃ] *n.* 门廊，阳台

edge [edʒ] *n.* ①边，边界，边缘 ②刀口，锋利，尖锐 ③优势 *v.* ①加边于 ②使锋利

[词组] on edge ①直立着，竖着 ②紧张不安

on the edge of 濒于…，在…边缘，眼看，快要

threshold [ˈθreʃhəuld] *n.* ①入门，开端，开始 ②门槛，门口 ③起始点

[词组] on the threshold of 在…的开头，在…快要开始的时候

52. We work to make money, but it's a ________ that people who work hard and long often do not make the most money.

A) paradox　B) prejudice　C) dilemma　D) conflict

paradox [ˈpærədɔks] *n.* ①似矛盾而(可能)正确的说法 ②自相矛盾的荒谬说法

[同根] paradoxical [ˌpærəˈdɔksikəl] *a.* 似矛盾而(可能)正确的，自相矛盾的

prejudice [ˈpredʒudis] *n.* ①偏见，歧视 ② 先入之见，成见 *v.* ①使抱偏见，使产生歧视 ②使产生先入之见，使有成见

[同根] prejudiced [ˈpredʒudist] *a.* 有先入之见的，有偏见的

prejudicial [ˌpredʒu'diʃəl] *a.* 有成见的，有偏见的

[词组] without prejudice (to) (对…)没有不利，无损(于)

in/to the prejudice of 不利于…，有损于…

dilemma [di'lemə, dai-] *n.* (进退两难的)窘境，困境

[词组] be in a dilemma 左右为难

conflict ['kɔnflikt] *n.* ①冲突，争论 ②战争，战斗 ③纠纷，争执 *v.* 冲突，争执，抵触

[同义] clash, struggle

[同根] conflicting [kən'fliktiŋ] *a.* 相冲突的，不一致的，相矛盾的

[词组] come into conflict with 和…发生冲突

in conflict with... 同…相冲突/有抵触/有矛盾

53. The design of this auditorium shows a great deal of ________. We have never seen such a building before.
A) invention B) illusion C) originality D) orientation

illusion [i'lu:ʒən, i'lju:-] *n.* ①幻想，错误的观念 ②错觉，幻觉，假象

[同义] delusion

[反义] disillusion

[同根] illusionary [i'lu:ʒənəri] *a.* 错觉的，幻觉的

illusioned [i'lu:ʒənd] *a.* 充满幻想的

illusory [i'lu:səri] *a.* 幻觉的，梦幻似的，错觉的

illusive [i'lu:siv] *a.* (= illusory)

originality [ˌəridʒi'næliti] *n.* 创意，新奇

[同根] origin ['ɔridʒin] *n.* ①起源，由来 ②出身，血统

originate [ə'ridʒineit] *v.* ①发源，发起，发生 ②创作，发明

original [ə'ridʒənəl] *a.* ①最初的，原来的 ②独创的，新颖的，有独到见解的 *n.* [the ~] 原作，原文，原件

originally [ə'ridʒənəli] *ad.* 最初，原先

orientation [ˌɔ:rien'teiʃən] *n.* ①定向，定位 ②方向，方位 ③适应，熟悉

[同根] orient ['ɔ:rient] *v.* ①给…定向(位)，以…为目的，重视 ②使适应，使熟悉 ['ɔ:riənt] *n.* [the Orient]东方，[总称]东方国家

oriented ['ɔ:rientid] *a.* 以…为方向/目的的，面向…的

Oriental [ˌɔ:ri'entəl] *a.* 东方的，亚洲的

54. The damage to my car was ________ in the accident, but I have a lingering fear even today.
A) insufficient B) ignorant C) ambiguous D) negligible

lingering ['liŋgəriŋ] *a.* 延迟的，逗留不去的

insufficient [ˌinsə'fiʃənt] *a.* 不足的，补充分的，不够的

[同义] inadequate

[同根] sufficient [sə'fiʃənt] *a.* 充分的，足够的

insufficiency [ˌinsə'fiʃənsi] *n.* 不足，不够

insufficiently [ˌinsə'fiʃəntli] *ad.* 不够地，不足地

ignorant ['ignərənt] *a.* ①无知的，愚昧的 ②不知道的(of, about)

[同根] ignore [ig'nɔː] *v.* 不理睬，忽视

ignorance ['ignərəns] *n.* ①无知，愚昧 ②(of, about)不知

ambiguous [ˌæm'bigjuəs] *a.* ①含糊不清的，不明确的 ②引起歧义的，模棱两可的

[同义] obscure

[反义] clear, definite, distinct

[同根] ambiguity [ˌæmbi'gjuːəti] *n.* 含糊，不明确，歧义，模棱两可

ambiguously [ˌæm'bigjuəsli] *ad.* 含糊不清地，引起歧义地

negligible ['neglidʒəbəl] *a.* 可忽略不计的，无关紧要的，微不足道的

[同根] neglect [ni'glekt] *v.* 忽视，疏忽，漏做 *n.* 忽视，疏忽，漏做

negligence ['neglidʒəns] *n.* 疏忽

negligent ['neglidʒənt] *a.* 疏忽的，粗心大意的

55. Very few people could understand the lecture the professor delivered because its subject was very ________.

A) obscure　B) indefinite

C) dubious　D) intriguing

obscure [əb'skjuə] *a.* ①费解的，晦涩的 ②无名的，不重要的 ③模糊不清的 *v.* ①使难解，使变模糊 ②使变暗，遮掩

[同义] blur, dim

[反义] clear, pure, intelligible

[同根] obscurity [əb'skjuəriti] *n.* ①费解，晦涩 ②无名，默默无闻

indefinite [in'definit] *a.* ①不确定的，不确切的 ②无定限的，无限期的 ③不明确的，未定的

[同义] indistinct, obscure, unclear, vague

[反义] definite

[同根] finite ['fainait] *a.* 有限制的，有限度的

indefinitely [in'definitli] *ad.* ①无定限地，无限期地 ②不明确地，含糊地 ③不确定地，未定地

dubious ['djuːbiəs] *a.* ①怀疑的，疑惑的，犹豫不决的 ②有问题的，靠不住的 ③值得怀疑的

[同义] doubtful, questionable, uncertain

[反义] assured, certain, decided, determinate, doubtless

[同根] dubiously ['djuːbiəsli] *ad.* 可疑地，怀疑地

intriguing [in'triːgiŋ] *a.* ①迷人的，有迷惑力的 ②引起兴趣(或好奇心)的

[同义] alluring, appealing, attractive, charming

[同根] intrigue [in'triːg] *n.* 阴谋，诡计 *v.* ①密谋，私通 ②激起…的兴趣，用诡计取得

56. Diamonds have little ________ value and their price depends almost entirely on their scarcity.

A) intrinsic　B) eternal

C) subtle　D) inherent

scarcity ['skεəsiti] *n.* 缺乏，不足，供不应求，荒歉(时期)

[同义] lack, deficiency, insufficiency, shortage

[反义] adequacy, sufficiency, abundance, enough

[同根] scarce [skɛəs] *a.* 缺乏的，不足的，供不应求的

scarcely ['skɛəsli] *ad.* ①几乎不，简直没有 ②刚刚，才

intrinsic [in'trinsik], intrinsical [in'trinsikəl] *a.*（只用于名此前，指事物的价值或素质）固有的，本质的，内在的

[反义] extrinsic

eternal [i:'tə:nəl] *a.* ①永恒的，永不改变的 ②无休止的，没完没了的 ③永久的，永世的

[同义] always, ceaseless, constant, continual, endless, everlasting, forever

[反义] momentary, temporary, transient

[同根] eternalize [i:'tə:nəlaiz] *v.* 使永恒，使不灭

eternally [i'tə:nəli] *ad.* 永恒地，常常

eternity [i:'tə:niti] *n.* 永远，来世，不朽，来世，来生

subtle ['sʌtəl] *a.* ①微妙的，难于捉摸的 ②诡秘的，狡诈的 ③隐约的，清淡的

[同义] clever, crafty, delicate, faint

[反义] simple

[同根] subtly ['sʌtli] *ad.* 微妙地，隐约地，诡秘地

subtlety ['sʌtlti] *n.* ①隐约难辨，稀薄，清淡 ②微妙，巧妙

inherent [in'hiərənt] *a.* 生来的，天生的，固有的

[同义] existing, instinctive, internal, natural

[反义] acquired

[同根] inhere [in'hiə] *v.* 生来即存在(in)，本质上即属于(in)

inherence [in'hiərəns] *n.*（性质等的）内在，固有，天赋

inherency [in'hiərənsi] *n.*（= inherence）

inherently [in'hiərəntli] *ad.* 天性地，固有地

57. Doctors are interested in using lasers as a surgical tool in operations on people who are ________ to heart attack.

A) infectious　　B) disposed

C) accessible　　D) prone

infectious [in'fekʃəs] *a.* ①传染的，传染性的②有感染力的，易传播的

[同根] infection [in'fekʃən] *n.* ①[医]传染，传染病②影响，感染

infect [in'fekt] *v.* [医] 传染，感染

infectiously [in'fekʃəsli] *ad.* ①传染地 ②有感染力地

disposed [di'spəuzd] *a.* 有倾向的，愿意的，乐意的

[同根] dispose [di'spəuz] *v.* ①布置，排列，整理，配置 ②使有倾向，使想要

disposal [di'spəuzəl] *n.* ①丢掉，清除 ②处理，解决

disposable [di'spəuzəbəl] *a.* ①可任意使用的，可自由支配的 ②用后即丢弃的

dispositive [di'spɔzətiv] *a.*（事件、行为等）决定性的

disposition [dispə'ziʃən] *n.* ①性情，性格 ②意向，倾向 ③排列，布置

[词组] dispose of ①去掉，丢掉，清除 ②解决，处理

be disposed for 有意，愿意，倾向于

be disposed to do 有意，愿意，倾向于

accessible [ək'sesəbəl] *a.* ①可（或易）

得到的,可（或易）接近（进入）的 ②易相处的 ③易理解的
[同根] access [ˈækses] n. ①入口,通道 ②接近,进入 ③接近（或进入）的机会,享用的机会
be prone to 有…倾向的,易于…的,很可能…的

58. Many countries have adopted systems of ________ education in order to promote the average level of education.
A) compulsory B) cardinal
C) constrained D) conventional

adopt [əˈdɔpt] v. ①采用,采纳,采取 ②收养
[反义] reject
[同根] adopted [əˈdɔptid] a. ①被收养的 ②被采用的
adoption [əˈdɔpʃən] n. ①采用,采纳 ②收养
adoptive [əˈdɔptiv] a. ①收养关系的 ②采用的
adoptable [əˈdɔptəbəl] a. 可采纳的
adopter [əˈdɔptə] n. ①养父母 ②采纳者,接受器
adopted [əˈdɔptid] a. 被收养的,被立嗣的
compulsory [kəmˈpʌlsəri] a. ①义务的,必须做的 ②强制的,强迫的
[同义] required, necessary, compelled
[同根] compel [kəmˈpel] v. 强迫,迫使
compulsive [kəmˈpʌlsiv] a. 强制的,强迫的
compulsively [kəmˈpʌlsivli] ad. 强制地,强迫地
cardinal [ˈkɑːdinəl] a. 最重要的,基本的 n. ①红衣主教 ②基数词
[同义] elementary, essential, primary
constrain [kənˈstrein] v. ①限制,约束 ②克制,抑制
[同义] compel, force, oblige, limit
[同根] constraint [kənˈstreint] n. ①限制,约束 ②克制,抑制
[词组] constrain sb. to do sth. 强迫某人做某事
be constrained to do 被迫去做…
conventional [kənˈvenʃənəl] a. ①习惯的,常规的 ②(在艺术等方面)因袭的,陈腐的,符合传统的 ③普通的,常见的
[同义] accepted, customary, traditional, usual
[同根] convention [kənˈvenʃən] n. ①社会习俗,(对行为、态度等)约定俗成的认可 ②大会,会议 ③常例,惯例,(行为的)准则
conventionally [kənˈvenʃənli] ad. 按照惯例,常规地,普通地

59. I had eaten Chinese food often, but I could not have imagined how ________ and extravagant a real Chinese banquet could be.
A) prominent B) fabulous
C) handsome D) gracious

extravagant [ikˈstrævəgənt] a. ①奢侈的,浪费的 ②过分的,过度的
[同根] extravagance [ikˈstrævəgəns] n. ①奢侈,浪费 ②过度,无节制

extravagantly [ik'strævəgəntli] *ad.* ①过分地，过度地 ②奢侈地，浪费地

prominent ['prɔminənt] *a.* ①突出的，显著的 ②卓越的，杰出的 ③突起的

[同义] important, outstanding celebrated, distinguished, eminent, famous

[反义] anonymous

[同根] prominence ['prɔminəns] *n.* ①显著 ②突出，突出物

prominently ['prɔminəntli] *ad.* 卓越地，显著地

fabulous ['fæbjuləs] *a.* ①极好的，极妙的 ②极为巨大的 ③寓言中的，传说中的

[同义] amazing, marvelous, remarkable, striking

[同根] fabulously ['fæbjuləsli] *ad.* 极好地，难以置信地，惊人地

gracious ['greiʃəs] *a.* ①亲切的，和蔼的 ②优美的，雅致的

[同义] friendly, kindly

[反义] ungracious

[同根] grace [greis] *n.* 优美，雅致，优雅

graceful ['greisful] *a.* 优美的

graciously ['greiʃəsli] *ad.* 和蔼地，优雅地

60. They are ________ investors who always make thorough investigations both on local and international markets before making an investment.
A) implicit B) conscious
C) cautious D) indecisive

implicit [im'plisit] *a.* ①不言明的，含蓄的 ②(in)内含的，固有的 ③无疑问的，无保留的

[反义] explicit

[同根] imply [im'plai] *v.* 暗示，意味

implicitly [im'plisitli] *ad.* 含蓄地，暗中地

implication [ˌimpli'keiʃən] *n.* ①含意，含蓄 ②牵连，涉及 ③暗示，暗指

conscious ['kɔnʃəs] *a.* ①意识到的，自觉的 ②神志清醒的 ③有意的

[同义] aware, knowing

[反义] unconscious

[同根] consciously ['kɔnʃəsli] *ad.* ①有意识地 ②自觉地

consciousness ['kɔnʃəsnis] *n.* ①知觉，感觉 ②意识，观念，觉悟

cautious ['kɔ:ʃəs] *a.* 十分小心的，谨慎的

[同义] careful

[同根] caution ['kɔ:ʃən] *n.* ①小心，谨慎 ②注意(事项)，警告 *v.* 警告

cautiously ['kɔ:ʃəsli] *ad.* 慎重地，谨慎地

[词组] be cautious about 谨慎于…

indecisive [ˌindi'saisiv] *a.* ①无决断力的，优柔寡断的 ②非决定性的，非结论性的

[反义] decisive

[同根] decide [di'said] *v.* 决定

decisive [di'saisiv] *a.* ①决定性的 ②确定的

indecision [ˌindi'siʒən] *n.* 优柔寡断，迟疑不决

61. In addition to the rising birthrate and immigration, the ________ death rate contributed to the population growth.
A) inclining B) increasing
C) declining D) descending

contribute to 有助于,促成,是…的部分原因

incline [inˈklain] *v.* ①(性格上)倾向,赞同(to) ②趋向,趋势(to) ③(使)倾向于(使)倾斜

[同根] inclined [inˈklaind] 倾向…的,赞成…的

inclining [inˈklainiŋ] *n.* 倾向, 爱好

inclination [ˌinkliˈneiʃən] *n.* ①(性格上)倾向,爱好,赞同(for, to) ②趋向,趋势

[词组] be inclined to 倾向于…

decline [diˈklain] *v.* ①下降,减少,衰落 ②谢绝 *n.* 下降,减少,衰落

[同义] descent, fall, refuse, reject

[同根] declination [ˌdekliˈneiʃən] *n.* ①婉辞,谢绝 ②倾斜,下倾

descend [diˈsend] *v.* ①下来,下降 ②下倾,下斜 ③递减 ④祖传

[同义] decline, drop, fall

[反义] ascend, rise

[同根] descendant [diˈsend(ə)nt] *n.* 后裔,后代,子孙

descended [diˈsendid] *a.* 为…的后裔的,出身于…的

descent [diˈsent] *n.* ①下降,下倾 ②遗传,派生 ③血统,世系

[词组] descend from ①从…下来 ②是…的后裔

62. Because of the ________ noise of traffic I couldn't get to sleep last night.

A) prevalent B) perpetual C) provocative D) progressive

prevalent [ˈprevələnt] *a.* 流行的,盛行的,普遍的

[同义] common, current, customary, fashionable, general, popular

[同根] prevail [priˈveil] *v.* ①流行,盛行 ②占优势,占上风(over, against)

prevailing [priˈveiliŋ] *a.* ①流行的,盛行的 ②优势的,主要的,有力的

prevalence [ˈprevələns] *n.* 流行,盛行,普及,广泛

perpetual [pəˈpetʃuə] *a.* ①无休止的,没完没了的 ②永久的,永恒的,长期的

[同义] endless, eternal, lasting, permanent, unceasing

[反义] temporary

[同根] perpetually [pəˈpetʃuəli] *ad.* 永恒地,终身地

provocative [prəˈvɔkətiv] *a.* ①挑衅的,刺激的,煽动的 ②挑逗的,激发色欲的

[同根] provoke [prəˈvəuk] *v.* ①激起,引起 ②对…挑衅,激怒

provoking [prəˈvəukiŋ] *a.* 惹人恼火的,使人厌烦的,挑动的

provocation [ˌprɔvəˈkeiʃən] *n.* 激怒,刺激,挑衅,挑拨

progressive [prəˈgresiv] *a.* ①前进的 ②进步的,改革的 ③逐渐的

[同根] progress [ˈprəugres] *n.* & *v.* 前进,进步,进行

progression [prəˈgreʃən] *n.* 行进,进步

progressively [prəˈgresivli] *ad.* 日益增多地

63. Don't let such a ________ matter as this come between us so that we can concentrate on the major issue.

A) trivial B) slight

C) partial D) minimal

trivial [ˈtriviəl] *a.* 琐碎的,不重要的

[反义] important

[同根] trivialist [ˈtriviəlist] *n.* 对琐事感兴趣者,婆婆妈妈的人

trivialize [ˈtriviəlaiz] *v.* 使琐碎

triviality [triviˈæliti] *n.* 琐事

trivially [ˈtriviəli] *ad.* 琐细地，平凡地

slight [slait] *a.* ①轻微的,少量的 ②极不重要的 ③纤细的,瘦小的

[同义] small, tiny

[反义] large

[同根] slightly[slaitli] *ad.* 些微地,有一点

[词组] not in the slightest 一点也不,根本不

partial [ˈpɑːʃəl] *a.* ①部分的，不完全的 ②偏袒的，偏爱的

[同义] fractional, fragmentary, partly

[反义] total

[同根] part [pɑːt] *n.* 部分，零件 *v.* 分开，分离 *a.* 部分的，局部的

partiality [ˌpɑːʃiˈæliti] *n.* 偏袒，偏心，偏爱

partialize [ˈpɑːʃəlaiz] *v.* （使）偏向一方，（使）偏心

partially [ˈpɑːʃəli] *ad.* ①部分地,不完全地 ②偏袒地,偏心地

minimal [ˈminiməl] *a.* 最小的,最低限度的

[同义] least, lowest, minimum

[反义] maximal

[同根] minimally [ˈminiməli] *ad.* 最低限度地，最低程度地

64. If you go to the park every day in the morning, you will ________ find him doing physical exercise there.

A) ordinarily B) variably

C) logically D) persistently

ordinarily [ˈɔːdinərili] *ad.* ①通常地,惯常地 ② 一般地,平常地

variably [ˈvɛəriəbli] *ad.* 易变地，不定地,可变地

[同根] vary [ˈvɛəri] *v.* 改变，变化,使多样化

variable [ˈvɛəriəbəl] *a.* 可变的，不定的，易变的

invariable [inˈvɛəriəbəl] *a.* 不变的，永恒的

various [ˈvɛəriəs] *a.* 不同的，各种各样的，多方面的，多样的

varied [ˈvɛərid] *a.* 各式各样的，有变化的

variety [vəˈraiəti] *n.* ①变化，多样性 ②品种，种类

variation [ˌvɛəriˈeiʃən] *n.* 变更，变化，变异，变种

logically [ˈlɔdʒikəli] *ad.* ①逻辑上地 ②符合逻辑地 ③按照逻辑发展地

[同根] logic [ˈlɔdʒik] *n.* 逻辑，逻辑学

logical [ˈlɔdʒikəl] *a.* 合乎逻辑的，合理的

persistently [pəˈsistəntli] *ad.* 坚持不懈地,执意地

[同根] persist [pəːˈsist] *v.* ①坚持不懈，执意 ②持续,存留

persistent [pə'sistənt] *a.* ①持续的,顽强地存在的 ②坚持不懈的,执意的

persistence [pə'sistəns, -'zis-] *n.* 坚持不懈,执意

65. Although she's a(n) ________ talented dancer, she still practices several hours every day.

A) traditionally B) additionally

C) exceptionally D) rationally

traditionally [trə'diʃən(ə)li] *ad.* 传统上

[同根] tradition [trə'diʃən] *n.* 传统,惯例

traditional [trə'diʃən(ə)l] *a.* 传统的,惯例的

additionally [ə'diʃənəli] *ad.* 另外地,附加地

[同根] add [æd] *v.* ①增加,添加 ②计算…总和 ③补充说 *n.* 加法(运算)

addition [ə'diʃən] *n.* 加,加法,增加的人或物

additional [ə'diʃənəl] *a.* 附加的,另外的,补充的

exceptionally [ik'sepʃənəli] *ad.* ①例外地,异常地,独特地 ②优越地,杰出地

[同根] except [ik'sept] *prep.* 除…外 *conj.* 只是,要不是

exception [ik'sepʃən] *n.* ①除外,例外 ②反对,异议

exceptional [ik'sepʃənəl] *a.* ①例外的,异常的,独特的 ②优越的,杰出的

rationally ['ræʃənəli] *ad.* 理性地,合理地

[同根] rationalize ['ræʃənəlaiz] *v.* ①使合乎理性 ②合理地解释

rational ['ræʃənəl] *a.* ①理性的,理智的 ②基于理性的,合理的

rationality [ˌræʃə'næliti] *n.* ①具有理性,合理性 ②理性观点

66. The cut in her hand has healed completely, without leavng a ________.

A) defect B) sign C) wound D) scar

defect [di'fekt] *n.* 过失,缺点,瑕疵

[同义] fault, flaw, imperfection, shortcoming, weakness

[同根] defective [di'fektiv] *a.* 有缺陷的,有缺点的,有毛病的

defectively [di'fektivli] *ad.* 有缺陷地,有毛病地

sign [sain] *n.* ①记号,符号 ②身势,姿势,信号 ③告示,标语,牌示,牌子 ④迹象,征兆,征候 *v.* ①在…签字,签名 ②打招呼,做手势

[同义] symbol, mark, signal

[同根] signer ['sainə] ①签名人 ②(用手势)示意者

signature ['signətʃə(r)] *n.* ①签字,签名 ②签字的动作

signal ['signəl] *n.* 信号 *a.* 信号的 *v.* 发信号,用信号通知

wound [wuːnd] *n.* ①(人或动物的)伤,伤口 ②(感情、名誉等方面的)创伤,痛苦 *v.* (使)受伤,伤害

scar [skɑː] *n.* ①伤疤,伤痕 ②(精神上的)创伤 *v.* 给…留下伤痕(或创伤)

67. The idea is to ________ the frequent incidents of collision to test the strength of the windshields.

A) assemble　　B) simulate

C) accumulate　　D) forge

windshield [ˈwindʃiːld] *n.* 挡风玻璃

assemble [əˈsembəl] *v.* ①集合，聚集 ②收集 ③装配 ④[程序]汇编

[同义] collect, congregate, gather

[反义] dismiss, disperse, dissolve

[同根] assembly [əˈsembli] *n.* ①集会，集合 ②装配

simulate [ˈsimjuleit] *v.* ①模拟，模仿 ②假装，冒充

[同根] simulation [ˌsimjuˈleiʃən] *n.* 假装模拟

accumulate [əˈkjuːmjuleit] *v.* 积累，积攒，积聚

[同根] accumulation [əˌkjuːmjuˈleiʃən] *n.* ①积累，积攒 ②聚积物

accumulative [əˈkjuːmjulətiv] *a.* 积累而成的，累积（性）的

forge [fɔːdʒ] *v.* ①伪造，仿造 ②铸造，③达成，使形成

[同根] forgery [ˈfɔːdʒəri] *n.* 伪造，伪造物

forger [ˈfɔːdʒə(r)] *n.* 伪造者，赝造者

68. Most people in the modern world ________ freedom and independence more than anything else.

A) embody　　B) cherish

C) fascinate　　D) illuminate

embody [imˈbɔdi] *v.* ①使具体化，具体表现，体现 ②编入，包括，包含

[同根] embodiment [imˈbɔdimənt] *n.* 体现，具体化，化身

cherish [ˈtʃeriʃ] *v.* ①珍爱，珍视 ②爱护，抚育 ③抱有，怀有(希望、想法、感情等)

[同义] protect, treasure, worship

[反义] disregard, ignore, neglect

fascinate [ˈfæsineit] *v.* 使着迷，迷住，吸引

[同义] attract, captivate, charm, enchant, enthrall

[同根] fascinating [ˈfæsineitiŋ] *a.* 迷人的，吸引人的

fascinated [ˈfæsineitid] *a.* 被迷住的，被吸引住的，极感兴趣的

fascination [ˌfæsiˈneiʃən] *n.* 魅力，迷恋，入迷

illuminate [iˈluːmineit] *v.* ①照明，照亮 ②阐明，启发

[同义] brighten, light

[同根] illumination [iˌluːmiˈneiʃən] *n.* ①照明 ②阐明，启发

illuminating [iˈluːmiˌneitiŋ] *a.* ①照亮的，照明的 ②富于启发性的，增进知识的

illuminative [iˈluːminətiv] *a.* (= illuminating)

69. I told him that I would ________ him to act for me while I was away from office.

A) authorize B) justify C) rationalize D) identify

authorize ['ɔ:θəraiz] *v.* ①授权,委托 ②批准,准许,认可

[同义] sanction, warrant, approve

[反义] forbid, prohibit

[同根] authorizable ['ɔ:θəraizəbəl] *a.* 可授权的

authorization [ˌɔ:θərai'zeiʃən] *n.* ①授权,委托,授权书 ②批准,许可

authorized ['ɔ:θəraizd] *a.* 经授权的,经认可的

[词组] authorize sb. to do 授权某人做…

justify ['dʒʌstifai] *v.* 证明…有道理/应该,为…辩护

[同义] prove, testify

[同根] just [dʒʌst] *a.* ①公正的,合理的 ②正确的,有充分理由的 ③正直的,正义的

justice ['dʒʌstis] *n.* ①正义,正直 ②公平,公正 ③法官

justifiable ['dʒʌstifaiəbəl] *a.* 可证明为正当的,有道理的,有理由的

justification [dʒʌstifi'keiʃ(ə)n] *n.* ①证明为正当,辩护 ②正当的理由,借口

identify [ai'dentifai] *v.* ①认出,识别,鉴定②认为…等同于

[同根] identification [aiˌdentifi'keiʃən] *n.* ①认出,识别 ②确认,鉴定 ③身份证明(常略作 ID) ④有关联,认同

identical [ai'dentikəl] *a.* ①同一的,同样的 ②(完全)相同的,一模一样的

identically [ai'dentikəli] *ad.* 同一地,相等地

identifiable [ai'dentifaiəbəl] *a.* 可以确认的

70. Over the past ten years, natural gas production has remained steady, but ________ has risen steadily.

A) dissipation B) disposal C) consumption D) expenditure

steady ['stedi] *a.* ①稳定的,固定的 ②平稳的 ③坚定的 *v.* (使)稳定,(使)固定

dissipation [ˌdisi'peiʃən] *n.* ①消散,分散 ②挥霍,浪费

[同根] dissipated ['disipeitid] *a.* 放荡的,浪荡的

dissipative ['disipeitiv] *a.* ①消散的②耗散的

dissipate ['disipeit] *v.* ①(使)消散,(使)消失 ②浪费,挥霍

disposal [di'spəuzəl] *n.* ①布置,排列,配置 ②丢掉,清除

[同根] dispose [di'spəuz] *v.* ①布置,排列,整理,配置 ②使有倾向,使想要

disposable [di'spəuzəbəl] *a.* 可任意使用的,可自由支配的

disposed [di'spəuzd] *a.* 愿意的,有…倾向的

dispositive [di'spɔzətiv] *a.* (事件、行为等)决定性的

disposition [dispə'ziʃən] *n.* ①性情,性格 ②意向,倾向 ③排列,布置,配置

[词组] at one's disposal 随某人自由处理,由某人随意支配

consumption [kən'sʌmpʃən] ***n.*** 消耗，挥霍，消费（量）
[反义] production, conservation, preservation, saving
[同根] consume [kən'sju:m] ***v.*** ①消耗，花费 ②(常用被动语态)使全神贯注，使着迷
consumer [kən'sju:mə] ***n.*** 消费者，顾客，用户
consuming [kən'sju:miŋ] ***a.*** ①消费的，消耗的 ②使人全神贯注的

expenditure [ik'spenditʃə] ***n.*** ①经费，费用，消耗额 ②(时间、金钱等的)花费，支出，消耗
[同根] expend [ik'spend] ***v.*** ①花费，消费 ②用光，耗尽
expense [ik'spens] ***n.*** ①价钱，费用 ②[复数]开支，花费 ③代价，损失
expensive [ik'spensiv] ***a.*** 昂贵的，花钱多的
expensively [ik'spensivli] ***ad.*** 昂贵地

Answer Key					
41 – 45	ACBAC	46 – 50	DDCDB	51 – 55	DACDA
56 – 60	ADACC	61 – 65	CBABC	66 – 70	DBBAC

Vocabulary 2003.9

41. These were stubborn men, not easily ________ to change their mind.
A) tilted B) converted C) persuaded D) suppressed

stubborn ['stʌbən] ***a.*** ①顽固的，倔强的 ②顽强的，坚持的 ③难驾驭的，难对付的
[同义] inflexible, obstinate, rigid
[反义] docile
[同根] stubbornness ['stʌbənnis] ***n.*** 倔强，顽强
stubbornly ['stʌbənli] ***ad.*** 倔强地，顽固地

tilt [tilt] ***v.*** ①(使)倾斜，(使)倾侧 ②(使)倾向，(使)偏向 ③(喻)抨击，争论
[同义] incline, lean, slope
[词组] tilt at/against 抨击…
tilt with 与…争论
at full tilt 全速地，用力地

convert [kən'və:t] ***v.*** ①使转变，使转换 ②使改变信仰(态度、观点等) ***n.*** 皈依者
[同义] switch, transform
[同根] conversion [kən'və:ʃən] ***n.*** ①转变，变换 ②改变信仰，皈依
convertible [kən'və:təbəl] ***a.*** 可改变的，可转换形式(或用途)的
convertibility [kənˌvə:tə'biləti] ***n.*** 可转换性，可改变性

persuade [pə'sweid] ***v.*** ①说服，劝服 ②(使)相信
[同义] convert, convict, convince
[反义] dissuade
[同根] persuasion [pə:'sweiʒən] ***n.*** ①说服，劝说 ②信念，信仰
persuadable [pə'sweidəbəl] ***a.*** 可以说服的，容易说服的
persuasive [pə'sweisiv] ***a.*** 有说服力的，令人信服的

persuasively [pə'sweisivli] *ad.* 有说服力地,令人信服地

[词组] persuade sb. of 使某人相信…

persuade sb. into (doing) 劝某人做某事

persuade sb. out of (doing) 劝某人不做某事

suppress [sə'pres] *v.* ①压制,镇压 ②禁止发表,查禁 ③抑制(感情等),忍住 ④阻止…的生长(或发展)

[同义] repress, restrain, restrict, inhibit

[同根] suppression [sə'preʃən] *n.* ①压制,镇压 ②抑制,阻止,隐瞒

suppressive [sə'presiv] *a.* 镇压的,压制的

suppressively [sə'presivli] *ad.* 镇压地,压制地

42. The circus has always been very popular because it ________ both the old and the young.

A) facilitates B) fascinates C) immerses D) indulges

circus ['sə:kəs] *n.* ①马戏,马戏团 ②喧闹的场面 ③环形广场

facilitate [fə'siliteit] *v.* ①使变得(更)容易,使便利 ②促进,助长

[同根] facility [fə'siliti] *n.* ①容易,简易 ②灵巧,熟练 ③[~ies]使工作便利的工具或环境,设备

facilitation [fəˌsili'teiʃən] *n.* ①简易化,促进 ②使人方便的东西

fascinate ['fæsineit] *v.* 使着迷,迷住,吸引

[同义] attract, captivate, charm, enchant, enthrall

[同根] fascinating ['fæsineitiŋ] *a.* 迷人的,吸引人的

fascinated ['fæsineitid] *a.* 被迷住的,被吸引住的,极感兴趣的

fascination [ˌfæsi'neiʃən] *n.* 魅力,迷恋,入迷

immerse [i'mə:s] *v.* ①使浸没 ②使沉浸在,使专心于

[同义] absorb, drown, engage, submerge

[同根] immersion [i'mə:ʃən] *n.* 沉浸

[词组] immerse... in ①将…浸入(水或其它液体中) ②使专心,使陷入

indulge [in'dʌldʒ] *v.* ①纵容,放任 ②沉溺于,尽情享受

[同义] gratify, pamper, satisfy, spoil

[同根] indulgence [in'dʌldʒ(ə)ns] *n.* ①纵容,放任 ②沉溺,纵情,嗜好

indulgent [ln'dʌldʒənt] *a.* 纵容的,放纵的

indulgently [in'dʌldʒəntli] *ad.* 纵容地,放纵地

[词组] indulge in 沉溺于,纵情于,尽情享受

43. By patient questioning the lawyer managed to ________ enough information from the witnesses.

A) evacuate B) withdraw C) impart D) elicit

witness ['witnis] *n.* ①证人,目击者 ②证据,证明,证词 *v.* ①目击,注意到 ②是发生…的地点/时间 ③为…作证,证明 ④作…的证人

[同义] testify

[词组] bear witness to ①构成…的证据 ②为…作证,证明

call... to witness 请…证明,传…做证人

give witness 作证

in witness of 作为…的证明,为…作证

evacuate [i'vækjueit] *v.* ①撤离,转移,疏散 ②使空,抽空 ③排空,排泄

[同义] withdraw, remove, empty

[同根] vacuum ['vækjuəm] *n.* 真空,真空吸尘器 *a.* 真空的,产生真空的,利用真空的 *v.* 用真空吸尘器打扫

evacuation [iˌvækju'eiʃən] *n.* ①撤离,撤出,转移,疏散 ②撤空,清除 ③排泄,排泄物

withdraw [wið'drɔː] *v.* ①取回,收回 ②撤消,撤回 ③撤退,退出

[同义] extract, recede, retire, retreat

[同根] withdrawal [wið'drɔːəl] *n.* ①取回,收回 ②撤消,撤回 ③撤退,退出

withdrawn [wið'drɔːn] *a.* (性格)偏僻的,缄默的,孤独的

elicit [i'lisit] *v.* ①引出,诱出,推导出 ②引起,使发生

[同义] educe, draw forth, call forth

[同根] elicitation [iˌlisi'teiʃən] *n.* 引出,诱出,启发

impart [im'pɑːt] *v.* ①给予(尤指抽象事物),分与,传授 ②通知,告知

[同义] give, pass on

[同根] impartment [im'pɑːtmənt] *n.* (= impartation) ①给予,分与,传授 ②通知,告知

[词组] impart... to 把…给予,把…通知给

44. George enjoys talking about people's private affairs. He is a ________.
A) solicitor B) coward C) gossip D) rebel

affair [ə'fɛə] *n.* ①事务,事件,私事 ②恋爱事件,(尤指关系不长久的)风流韵事

[同义] business, happening, matter

solicitor [sə'lisitə] *n.* ①初级律师 ②请求者,恳求者 ③掮客,推销员

[同义] lawyer

[同根] solicit [sə'lisit] *v.* ①请求,要求,恳求 ②招揽,招募 ③教唆,怂恿

solicitation [səˌlisi'teiʃən] *n.* ①请求,要求,恳求 ②教唆,怂恿

solicitant [sə'lisitənt] *a.* 请求的,恳求的,乞求的

coward ['kauəd] *n.* 胆小的人,懦夫

[同义] weakling

[反义] brave

[同根] cowardly ['kauədli] *a.* 胆小的,怯懦的,可鄙的

gossip ['gɔsip] *n.* ①爱讲闲话的人,长舌妇 ②闲话,流言蜚语 ③闲聊,闲话,闲谈 *v.* ①散布流言蜚语,说长道短 ②闲聊

[同义] chat, talk, tattle

45. The new secretary has written a remarkably ________ report within a few hundred words but with all the important details included.
A) concise B) brisk C) precise D) elaborate

remarkably [ri'mɑːkəb(ə)li] *ad.* ①非常地 ②显著地,引人注目地

[同义] noticeably, dramatically, evidently

[同根] remark [ri'mɑːk] *n.* ①备注,注释 ②评论 ③注意 *v.* ①评论 ②注意 ③谈及,谈论

remarkable [ri'mɑːkəbəl] *a.* ①不平常的,非凡的 ②值得注意的 ③显著的

concise [kən'sais] *a.* 简洁的,简明的

[同义] brief, curt, short

[反义] diffuse, redundant
[同根] conciseness [kən'saisnis] *n.* 简洁,简明
concisely [kən'saisli] *ad.* 简洁地,简明地
brisk [brisk] *a.* ①轻快的, 活泼的 ②生气勃勃的 ③兴隆的,繁忙活跃的 ④寒冷而清新的 *v.* ①使轻快,使活泼 ②(使)兴旺
[同义] active, breezy, energetic, jolly
[反义] dull, inactive, slack, sluggish
[同根] briskness [brisknis] *n.* 敏捷, 活泼
briskly [briskli] *ad.* 活泼地, 精神勃勃地
precise [pri'sais] *a.* ①精确的, 准确的 ②严谨的,刻板的
[同义] accurate, definite, exact, explicit
[反义] incorrect, vague
[同根] preciseness [pri'saisnis] *n.* 精确,准确, 严谨
precision [pri'siʒən] *n.* ①精确, 精密度,精度 ②严谨,刻板
precisely [pri'saisli] *ad.* ①精确地, 准确地 ②严谨地,刻板地
[词组] to be precise 确切地说
elaborate [i'læbərət] *a.* ①精心制作的,详细的,复杂的 ②刻苦的,辛勤的 *v.* ①精心制作, 详细阐述 ②变得复杂
[反义] plain, rude, simple
[同根] elaboration [iˌlæbə'reiʃən] *n.* ①精心制作, 详细阐述 ②精巧,细致
elaborately [i'læbərətli] *ad.* ①精巧地,详细地 ②刻苦地,辛勤地

46. His face ________ as he came in after running all the way from school.
A) flared B) fluctuated C) fluttered D) flushed

flare [flɛə] *v.* ①(火焰)闪耀,(摇曳不定地)燃烧 ②照耀,闪亮 ③突然发怒(或激动) *n.* ①闪光, 闪耀 ②(声音、感情、怒气等)突发
[同义] blaze, burn, flame, glow
[同根] flare-up [flɛəʌp] *n.* ①火焰, 光等的骤发, 骤燃 ②怒气(或疾病)的突然发作(或加剧)
flaring ['flɛəriŋ] *a.* 火焰摇曳的,闪烁的
[词组] flare up ①突然起燃, 骤燃 ②怒气(或疾病)的突然发作(或加剧)
fluctuate ['flʌktʃueit] *v.* ①(指标准、价格等)波动, 涨落 ②使波动, 使起伏
[同义] swing
[同根] fluctuation [ˌflʌktʃu'eiʃən] *n.* 波动, 起伏
fluctuant ['flʌktʃuənt] *a.* 变动的, 起伏的, 波动的
flush [flʌʃ] *v.* ①(脸)发红,(使)脸红 ②(被冲)洗, 清除 ③赶出 *n.* 脸红,潮红 *a.* ①(with)齐平的,同高的 ②(尤指钱)充裕的,富裕的
[同义] blush, redden
flutter ['flʌtə] *v.* ①(使)飘动, 飘扬 ②(鸟等)鼓翼, 拍翅 ③忙乱,使慌张 *n.* ①飘动,摆动 ②(鸟等)鼓翼, 拍翅 ③紧张,骚动
[同义] tremble, wave, flap

47. Steel is not as ________ as cast iron; it does not break easily.
A) elastic B) brittle C) adaptable D) flexible

cast iron 生铁,铸铁
elastic [i'læstik] *a.* ①(指材料等)有弹性的,有弹力的 ②弹回的,弹跳的 ③(抑郁、失望等情绪)能恢复的,开朗的 ④可伸缩

的,灵活的 ***n.*** 橡皮筋,松紧带

[同义] adaptable, flexible, yielding

[反义] rigid, stiff

[同根] elasticity [ilæs'tisiti] ***n.*** 弹力, 弹性

brittle ['britəl] ***a.*** ①易碎的,易损坏的 ②冷淡的,不友好的 ③(声音)尖利的

[同义] fragile, breakable, crisp

flexible ['fleksəbəl] ***a.*** ①柔韧的, 易弯曲的,有弹性的 ②柔顺的,温顺的 ③灵活的, 可变通的

[同义] elastic, mobile, variable

[反义] inflexible, rigid

[同根] flexibility [ˌfleksə'biliti] ***n.*** ①弹性 ②适应性 ③机动性

flexibly ['fleksəbli] ***ad.*** 易曲地, 柔软地

adaptable [ə'dæptəbəl] ***a.*** 能适应的, 可修改的

[同根] adapt [ə'dæpt] ***v.*** ①使适应 ②改编

adaptation [ˌædæp'teiʃən] ***n.*** ①适应, 适合 ②改编, 改写

48. A big problem in learning English as a foreign language is lack of opportunities for ________ interaction with proficient speakers of English.
A) instantaneous B) provocative C) verbal D) dual

proficient [prə'fiʃənt] ***a.*** 熟练的, 精通的

[同义] apt, competent, effective, expert

[同根] proficiency [prə'fiʃənsi] ***n.*** 熟练, 精通, 熟练程度

proficiently [prə'fiʃəntli] ***ad.*** 熟练地, 精通地

[词组] be proficient in 对…精通

interaction [ˌintər'ækʃən] ***n.*** 互相作用, 互相影响

[同根] interact [ˌintər'ækt] ***v.*** 互相作用, 互相影响

interactive [ˌintər'æktiv] ***a.*** 相互影响的, 相互作用的

instantaneous [ˌinstən'teiniəs] ***a.*** 瞬间的, 即刻的

[同根] instant ['instənt] ***n.*** 即时,即刻, 瞬间,刹那 ***a.*** ①即刻的,立即的,紧急的 ②(食品)速溶的, 方便的

instantaneously [ˌinstən'teiniəslili] ***ad.*** 瞬间地, 即刻地

provocative [prə'vɔkətiv] ***a.*** ①挑衅的, 刺激的 ②挑逗的

[同根] provoke [prə'vəuk] ***v.*** ①对…挑衅,激怒 ②激起,引起

provocation [prɔvə'keiʃən] ***n.*** 激怒, 刺激

provoking [prə'vəukiŋ] ***a.*** 恼人的,激怒的

provokingly [prə'vəukiŋli] ***ad.*** 恼人地,激怒地

verbal ['və:bəl] ***a.*** ①口头的 ②动词的, 言词的 ③逐字的,照字面的

[同义] oral, spoken

[同根] verbally ['və:bəli] ***ad.*** ①口头地 ②动词地,言词地 ③逐字地,照字面地

verbalize ['və:bəlaiz] ***v.*** 描述

dual ['dju:əl] ***a.*** 双的, 双重的

[同义] double, duplicate, twofold

[同根] dually ['dju:əli] ***a.*** 双地, 双重地

49. Within ten years they have tamed the ________ hill into green woods.
A) vacant B) barren C) weird D) wasteful

tame [teim] ***v.*** ①开垦(土地) ②驯养, 驯服 ③制服,控制并利用 ***a.*** ①(指动物)

驯化的 ②驯服的、柔顺的 ③被开垦的
[同义] assart, domesticate, mild, obedient
[反义] wild, rebellious, exciting

vacant ['veikənt] *a.* ①空的，空白的 ②空着的，未使用的，空闲的 ③(职位、工作等)空缺的 ④(心灵)空虚的，(神情)茫然的
[同义] empty, barren, unoccupied
[同根] vacancy ['veikənsi] *n.* ①空，空白，空间 ②空缺，空职，空额 ③空虚 ④空闲，悠闲
vacate [və'keit] *v.* ①腾出，空出 ②离(职)，辞(职)
vacantly ['veikəntli] *ad.* 空虚地，茫然若失地

barren ['bærən] *a.* ①(土地等)贫瘠的，荒芜的 ②不(生)育的，不结果实的 ③无益的，没有结果的
[同义] unfertile, unproductive, childless, sterile
[反义] fertile, rich
[同根] barrenly ['bærənli] *ad.* ①贫瘠地，荒芜地 ②不(生)育地，不结果实地 ③无益地，没有结果地

weird [wiəd] *a.* ①古怪的，离奇的 ②怪诞的，神秘而可怕的
[同义] odd, peculiar, fantastic, mysterious
[同根] weirdness ['wiədnis] *n.* 古怪，离奇
weirdly ['wiədli] *ad.* 古怪地

wasteful ['weistful] *a.* 浪费的，不经济的
[同义] extravagant
[反义] economical
[同根] waste [weist] *n.* ①浪费，损耗，消耗 ②废物，垃圾 ③荒地，沙漠 *a.* 废弃的，荒芜的 *v.* ①浪费，消耗 ②使荒芜 ③(使)逐渐失去力量，损耗，衰弱

50. The ______ of our trip to London was the visit to Buckingham Palace.
A) summit　　B) height
C) peak　　D) highlight

summit ['sʌmit] *n.* ①最高级会议 ②(山等的)最高点，峰顶 ③顶峰，极点
[同义] climax, peak

height [hait] *n.* ①高度，海拔 ②[常 pl.]高地 ③顶点
[同义] altitude, elevation, peak, summit
[同根] highness ['hainis] *n.* 高，高度，高位，殿下
high [hai] *a.* ①高的，高级的，重要的 ②极度的，强烈的，(声音)尖锐的 ③高尚的，良好的 *ad.* 高，高度地
highly ['haili] *ad.* 高地，高度地，非常地

peak [pi:k] *n.* ①顶尖，最高峰，最高点 ②帽舌，帽檐 *v.* ①到达最高点 ②消瘦，憔悴
[同义] summit, tip, top
[反义] foot
[同根] peaked [pikt] *a.* ①有尖顶的，有帽檐的 ②消瘦的，憔悴的
[词组] peak and pine 消瘦，憔悴

highlight ['hailait] *n.* ①最显著(重要)部分，最突出(最精彩)部分或场面 ②[复数](相片、图画等的)强光部分 *v.* ①以强光照射 ②使显著，使突出，强调

51. Harold claimed that he was a serious and well-known artist, but in fact he was a(n) ________ .
A) alien B) client C) counterpart D) fraud

claim [kleim] *v.* ①声称，宣称 ②(根据权利)要求，认领 *n.* ①(根据权利提出)要求，认领 ②根据合约所要求的赔款 ③要求权，债权人
[同义] demand, require, right
[同根] disclaim [dis'kleim] *v.* 放弃，弃权，拒绝
claimant ['kleimənt] *n.* (根据权利)提出要求者，原告
alien ['eiliən] *n.* ①外国人 ②其它种族(或社会)集团的人,外人 ③外星人 *a.* ①外国的,陌生的 ②性质不同的,异己的
[同义] foreign, different, strange
[同根] alienate ['eiliəneit] *v.* ①离间,使疏远 ②转移(财产的)所有权 ③使转移,使转向
alienation [ˌeiliə'neiʃən] *n.* ①离间,疏远 ②(财产的)转让,(所有权的)让渡
client ['klaiənt] *n.* ①顾客，客户 ②委托人
[同义] customer, patron
counterpart ['kauntəpɑːt] *n.* 对应的人或物
fraud [frɔːd] *n.* ①骗子 ②欺诈,诈骗 ③欺骗(行为),骗人的东西
[同义] dishonesty, swindle, trickery

52. We don't ________ any difficulties in completing the project so long as we keep within our budget.
A) foresee B) fabricate C) infer D) inhibit

project ['prɔdʒekt] *n.* ①工程，项目 ②计划，方案
[prə'dʒekt] *v.* ①打算,计划 ②预计,推断 ③发射,投掷 ④投射,放映
[同义] design, plan, program, scheme
[同根] projecting [prə'dʒektiŋ] *a.* 突出的，凸出的
projection [prə'dʒekʃən] *n.* ①设计,规划 ②发射 ③投射,投影
projector [prə'dʒektə] *n.* 放映机,投影机
[词组] project sth. onto the screen 把…投射到屏幕上
budget ['bʌdʒit] *n.* 预算 *v.* 做预算
[同根] budgetary ['bʌdʒitəri] *a.* 预算的
[词组] budget for 为…做预算
foresee [fɔː'siː] *v.* 预见，预知
[同义] forecast, foretell, predict
fabricate ['fæbrikeit] *v.* ①捏造，编造(谎言、借口等) ②建造,制造
[同义] forge, make up, construct
[同根] fabric ['fæbrik] *n.* ①结构，构造，建筑物 ②织物
fabrication [ˌfæbri'keiʃən] *n.* ①捏造的东西 ②建造,制造
infer [in'fəː] *v.* ①推断，推论 猜想 ②意味着,暗示,指示,指明
[同义] conclude,assume
[同根] inference ['infərəns] *n.* 推论，推理,推断,(逻辑上的)结论
inhibit [in'hibit] *v.* 阻止,禁止,抑制

[同义] restrain, hinder, forbid, prohibit
[同根] inhibition [ˌinhiˈbiʃən] *n.* 禁止，阻止，抑制
inhibitory [inˈhibitəri] *a.* 禁止的，抑制的

53. He is looking for a job that will give him greater ________ for career development.
A) insight B) scope C) momentum D) phase

insight [ˈinsait] *n.* ①洞悉，深刻见解 ②洞察力
[同根] insightful [ˈinsaitful] *a.* 富有洞察力的，有深刻见解的
scope [skəup] *n.* ①(活动)范围，机会，余地 ②眼界，见识
[同义] extent, range, reach, sphere
[同根] microscope [ˈmaikrəskəup] *n.* 显微镜
telescope [ˈteliskəup] *n.* 望远镜
momentum [məuˈmentəm] *n.* ①冲力，势头 ②动量
[同义] force, push, thrust
phase [feiz] *n.* ①阶段，时期，局面 ②(月亮)位相，盈亏
[同义] stage, aspect, state
[词组] in phase 相一致的，相协调的
out of phase 不一致的，不协调的
phase in 逐步实施
phase out 逐步结束

54. The high school my daughter studies in is ________ our university.
A) linked by B) relevant to C) mingled with D) affiliated with

be linked by 与…相连接
relevant to 与…相关
be affiliated with 附属于…
be mingled with 与…混合

55. The Browns lived in a ________ and comfortably furnished house in the suburbs.
A) spacious B) sufficient C) wide D) wretched

furnish [ˈfəːniʃ] *v.* ①布置家具，配备家具 ②供应，提供
[同义] provide, supply
[同根] furniture [ˈfəːnitʃə] *n.* 家具
furnisher [ˈfəːniʃə] *n.* 供给者
furnishing [ˈfəːniʃiŋ] *n.* 设备，装备
spacious [ˈspeiʃəs] *a.* ①宽敞的，宽广的 ②广大的，广阔的
[同义] capacious, expansive, extensive
[同根] space [speis] *n.* ①空间，太空 ②间隔，距离 ③空地，余地 ④一段时间
v. 留间隔，隔开
sufficient [səˈfiʃənt] *a.* 足够的，充分的
[同义] adequate, ample, enough, plenty
[同根] sufficiency [səˈfiʃənsi] *n.* 充足，足量
sufficiently [səˈfiʃəntli] *ad.* 十分地，充分地
[词组] be sufficient for 足够满足…的需要
wretched [ˈretʃid] *a.* ①可怜的，悲惨的 ②恶劣的，坏的
[同义] miserable, dismal, bad
[同根] wretchedness [ˈretʃidnis] *n.* ①可

怜，悲惨 ②恶劣
wretchedly [ˈretʃidli] *ad.* ①可怜地，悲惨 ②鄙劣地

56. A membership card ________ the holder to use the club's facilities for a period of twelve months.
A) approves B) authorizes C) rectifies D) endows

membership [ˈmembəʃip] *n.* ①成员身份、资格 ②成员人数
approve [əˈpru:v] *v.* ①赞成，满意 ②批准，通过
[同义] agree, appreciate, consent
[反义] disapprove
[同根] approval [əˈpru:vəl] *n.* ①批准，核准，认可 ②赞成，同意
approvable [əˈpru:vəbəl] *a.* 可批准的
approved [əˈpru:vd] *a.* 经核准的，被认可的，被批准的
approving [əˈpru:viŋ] *a.* 满意的，赞同的
approvingly [əˈpru:viŋli] *ad.* 赞许地，满意地
[词组] approve of 赞成，同意，批准
authorize/ise [ˈɔ:θəraiz] *v.* ①授权，委托 ②批准，认可
[同根] authority [ɔ:ˈθɔriti] *n.* ①[复数]官方，当局 ②当权者，行政管理机构 ③权力，管辖权 ④学术权威，威信 ⑤权威，权威的典据
authorized [ˈɔ:θəraizd] *a.* 经授权的，权威认可的，审定的
authoritative [ɔ:ˈθɔritətiv] *a.* ①权威性的，可信的 ②官方的，当局的 ③专断的，命令式的
rectify [ˈrektifai] *v.* 矫正，纠正
[同义] correct, adjust, remedy
[同根] rectification [ˌrektifiˈkeiʃən] *n.* 纠正，矫正
rectificative [ˈrektifikeitiv] *a.* 纠正的，矫正的
rectifiable [ˈrektifaiəbəl] *a.* 可纠正的，可矫正的
endow [inˈdau] *v.* ①给予，赋予，认为…具有某种特质(with) ②资助，捐赠，向…捐钱(或物)
[同义] contribute, provide, supply
[同根] endowment [inˈdaumənt] *n.* ①禀赋，天资 ②资助，捐赠，捐助的基金(或财产)
[词组] be endowed with 天生具有…(天资等)

57. They have done away with ________ Latin for university entrance at Harvard.
A) influential B) indispensable C) compulsory D) essential

do away with 废除，取消
influential [ˌinfluˈenʃəl] *a.* ①有影响的 ②有权势的
[同根] influence [ˈinfluəns] *n.* 影响，有影响的人(或事) *v.* ①影响 ②改变
influentially [ˌinfluˈenʃəli] *a.* ①有影响地 ②有权势地
indispensable [ˌindisˈpensəbəl] *a.* 不可缺少的，绝对必要的
[同义] essential, necessary, vital
[同根] dispense [diˈspens] *v.* 分发，分配
dispensation [ˌdispenˈseiʃən] *n.* 分配

dispensable [di'spensəbəl] ***a.*** ①不必要的，不需要的 ②可分发的，可分配的

[词组] be indispensible to 对…不可缺少的

compulsory [kəm'pʌlsəri] ***a.*** ①必修的，必须做的，义务的 ②强迫的，强制的

[同义] compelled, necessary, required

[反义] optional, voluntary

[同根] compel [kəm'pel] ***v.*** 强迫，迫使

compulsion [kəm'pʌlʃ(ə)n] ***n.*** ①强制力，强迫力 ②(被)强制，(被)强迫

compulsive [kəm'pʌlsiv] ***a.*** 强制的，强迫的

compulsively [kəm'pʌlsivli] ***ad.*** 强制地，强迫性地

compulsorily [kəm'pʌlsərili] ***ad.*** 强迫地，必须做地

essential [i'senʃəl] ***a.*** ①本质的，实质的，基本的 ②必不可少的，绝对必要的 ③精华的 ***n.*** [pl.] 基本必要的东西，本质，实质，要素

[同义] indispensable, basic, fundamental, vital

[同根] essence ['esns] ***n.*** ①本质，实质，本体 ②精髓，要素，精华

essentially [i'senʃəli] ***ad.*** ①必不可少地，重要地 ②本质地，基本地

[词组] be essential to 对…必要的

58. It is no ________ that a large number of violent crimes are committed under the influence of alcohol.

A) coincidence B) correspondence C) inspiration D) intuition

violent ['vaiələnt] ***a.*** ①暴力的 ②猛烈的，激烈的，剧烈的

[同义] intense, extreme

[同根] violence ['vaiələns] ***n.*** ①暴力，暴行 ②猛烈，强烈

violently ['vaiələntli] ***a.*** ①暴力地 ②猛烈地，激烈地，剧烈地

crime [kraim] ***n.*** ①犯罪，罪行 ②愚昧或错误的行为

[同义] offense, evil

[同根] criminal['kriminəl] ***n.*** 罪犯，犯罪者

commit [kə'mit] ***v.*** ①犯(罪)，做(错事、坏事、傻事等) ②把…托付给，把…提交 ③使承担义务，使做出保证

[同根] commitment [kə'mitmənt] ***n.*** ①承诺，许诺，保证，承担的义务 ②献身参与，介入 ③托付，交托 ④信奉，支持

committed [kə'mitid] ***a.*** ①受委托的，承担义务的 ②忠诚的，忠于…的

alcohol ['ælkəhɔl] ***n.*** 酒精，酒

[同根] alcoholism ['ælkəhɔlizəm] ***n.*** 酗酒，酒精中毒

alcoholic [ˌælkə'hɔlik] ***a.*** 酒精的，含酒精的 ***n.*** 酗酒者，酒精中毒者

coincidence [kəu'insidəns] ***n.*** ①巧合，巧事 ②符合，一致 ③同时发生，同时存在

[同根] coincide [ˌkəuin'said] ***v.*** ①位置重合，重叠 ②相符，相一致 ③同时发生

coincident [kəu'insidənt] ***a.*** ①同时发生的 ②位置重合的 ③相符的，一致的

coincidental [kəuinsi'dentəl] ***a.*** ①巧合的，碰巧的 ② = coincident

correspondence [ˌkɔri'spɔndəns] ***n.*** ①符合，一致 ②相当，类似 ③通信(联系)，信函

[同根] correspond [ˌkɔri'spɔnd] ***v.*** ①相符合，相称(to, with) ②相当，相类似(to) ③通信(with)

correspondent [ˌkɔri'spɔndənt] ***n.*** 通信者，通讯员，记者 ***a.*** 符合的，一致的

corresponding [ˌkɔriˈspɔndiŋ] *a.* ①相应的 ②符合的，一致的

intuition [ˌintjuːˈiʃən] *n.* 直觉

[同根] intuitive [inˈtjuːitiv] *a.* ①直觉的 ②凭直觉获知的

intuitional [ˌintjuːˈiʃənəl] *a.* 直觉的

intuitively [inˈtjuːitivli] *ad.* 直觉地

inspiration [ˌinspəˈreiʃən] *n.* ①灵感 ②鼓舞人心的人(或事物) ③妙计,好办法

[同根] inspire [inˈspaiə] *v.* ①鼓舞,激励 ②(在心中)激起,唤起(某种思想,情感) ③驱使,促使 ④赋予灵感

inspired [inˈspaiəd] *a.* 在灵感支配下(写)的，凭灵感的

inspiring [inˈspaiəriŋ] *a.* 启发灵感的，鼓舞人心的

inspirational [ˌinspəˈreiʃənəl] *a.* 鼓舞人心的,有鼓舞力量的

59. One's university days often appear happier in ________ than they actually were at the time.

A) retention B) retrospect C) return D) revere

retention [riˈtenʃən] *n.* 保留,保持

[同根] retain [riˈtein] *v.* ①保持，保留 ②保存,留住

retentive [riˈtentiv] *a.* ①保留的,保持的 ②能记住的

retrospect [ˈretrəuspekt] *n.* 回顾,追溯

[反义] prospect

[同根] retrospection [retrəˈspekʃ(ə)n] *n.* 回顾，回想，追溯

retrospective [ˌretrəuˈspektiv] *a.* 回顾的

retrospectively [ˌretrəuˈspektivli] *a.* 回顾地

[词组] in retrospect 回顾

revere [riˈviə] *v.* 尊敬，敬畏，崇敬

[同义] admire, idolize, respect, worship

[同根] reverence [ˈrevərəns] *n.* & *v.* 崇敬，尊敬，敬重

reverent [ˈrevərənt] *a.* 恭敬的，虔诚的

60. She ________ through the pages of a magazine, not really concentrating on them.

A) tumbled B) tossed C) switched D) flipped

tumble [ˈtʌmbl] *v.* ①使跌倒,使落下,使倒塌 ②使(价格等)暴跌,使(地位)骤降

[同义] fall, stumble

[词组] tumble down 倒塌

tumble over 被绊倒

tumble to (突然)明白,领悟

toss [tɔs] *v.* ①扔，抛，掷 ②猛举，猛抬 ③使摇动,使颠簸 ④(打赌等时)掷(钱币),掷钱币来决定 *n.* ①扔，抛，掷 ②猛举,猛抬 ③掷钱币决定胜负

[同义] cast, fling, flip, throw

[词组] toss up 掷钱币决胜负

win the toss 掷钱币猜中

lose the toss 掷钱币猜错

toss sth off ①把…一饮而尽 ②轻而易举地做…

switch [switʃ] *v.* ①转换,改变 ②使感到快乐或兴奋 ③甩动,突然抢夺 *n.* ①开关，电闸，②转换,改变

[同义] shift, change

[词组] switch on/off (用开关)开启/关闭(电灯、收音机等)

switch sb. on 使某人感到快乐或兴奋

switch to 转换,改变到

flip [flip] *v.* ①快速翻动,转动 ②轻拍,轻击 *n.* 轻弹,轻抛 *a.* 无礼的,轻率的,轻浮的

[同义] flick, fling, throw, toss

[词组] flip through 草草翻阅

flip over ①(使)突然翻转 ②对…爱得发狂

61. Scientists are pushing known technologies to their limits in an attempt to ________ more energy from the earth.

A) extract B) inject C) discharge D) drain

in an attempt to 努力,尝试

extract [iks'trækt] *v.* ①取出,抽出,拔出 ②提取,提炼 ③设法得到(情报等)获得,索取 ④摘录,抄录 *n.* ①摘录,选段 ②提出物,精,汁

[同义] take out, get out, abstract

[反义] incorporate, replace, restore

[同根] extraction [ik'strækʃən] *n.* ①拔出,提取,榨取 ②拔出物,提取物,精,汁 ③摘录,摘要

extractive [ik'stræktiv] *a.* ①拔出的,提取的,榨取的 ②可提取的,可榨取的 ③采掘的,耗取自然资源的 *n.* 提取物,精萃,可提取物

inject [in'dʒekt] *v.* ①注射,注入,注满 ②插进(话),加进 ③[机]喷射

[同义] insert, fill

[同根] injection [in'dʒekʃən] *n.* ①注射,注射剂 ②(人造卫星,宇宙飞船等的)射入轨道

[词组] inject...into ①把…注入… ②给…增添…

discharge [dis'tʃɑːdʒ] *v.* ①卸,卸下 ②放出,流出 ③开(炮),放(枪),射(箭) ④清偿(债务),履行(义务),遣走 *n.* ①卸货 ②放出,流出,发射 ③清偿,履行,放行

[同义] dismiss, expel, release, unload

[同根] charge [tʃɑːdʒ] *n.* ①指控,控告 ②冲锋 ③费用 ④电荷 ⑤委托 *v.* ①指控,控告 ②冲锋 ③索价,要价 ④充电于 ⑤委托

drain [drein] *v.* ①慢慢排去,(使)流光 ②消耗,渐渐耗尽 *n.* ①排水沟,下水道 ②消耗,排水

[同义] deprive, empty, exhaust, use

[同根] drainage ['dreinidʒ] *n.* ①排水,排泄 ②排水装置,排水区域 ③排出物,消耗

[词组] drain away 使排出,流出

drain of 使逐渐失去,使耗尽

62. The Chinese Red Cross ________ a generous sum to the relief of the victims of the earthquake in Turkey.

A) administered B) elevated C) assessed D) contributed

generous ['dʒenərəs] *a.* ①充分的,大量的 ②慷慨的,有雅量的

[同义] plentiful, ample, unselfish

[反义] ungenerous, mean, harsh

[同根] generosity [ˌdʒenə'rɔsiti] *n.* 慷慨,宽大

generously ['dʒenərəsli] *ad.* ①充分地

②慷慨地

[词组] be generous with 对…宽厚

sum [sʌm] *n.* ①金额，钱数 ②总数，和 ③算术题目 *v.* ①总计，合计 ②总结，归纳

[同义] amount, total

[词组] in sum 简言之

sum up ①总计，合计 ②总结，归纳

relief [ri'liːf] *n.* ①救济，解救，救援 ②（痛苦、紧张、忧虑、负担等的）缓解，减轻，解除 ③救济物品，救济金

[同义] alleviation, assistance, ease

[同根] relieve [ri'liːv] *v.* ①缓解，减轻，解除 ②救济，救援 ③接替，替下

[词组] relieve sb. of ①解除某人的（负担等）②减轻某人的（痛苦等）③解除某人（职务）

victim ['viktim] *n.* 受害人，牺牲者，牺牲品

[同义] loser, prey

administer [əd'ministə] *v.* ①管理，料理，治理 ②实施，执行

[同义] execute, manage

[同根] administration [ədmini'streiʃən] *n.* ①管理，经营 ②管理部门，行政部门，政府

administrator [əd'ministreitə] *n.* 管理人，行政官

minister ['ministə] *n.* 部长，大臣，公使

administrative [əd'ministrətiv] *a.* 管理的，行政的，政府的

elevate ['eliveit] *v.* ①提高，举起，使上升 ②提升…的职位，提高（嗓门、道德品质、文化修养、信心等）③使情绪高昂，使兴高采烈

[同义] boost, lift, raise

[反义] degrade

[同根] elevation [ˌeli'veiʃən] *n.* ①提高，抬起，提升，晋级 ②高地，隆起高度，海拔 ③高尚，尊严，（情绪的）高昂

elevator ['eliveitə] *n.* 电梯，升降机

assess [ə'ses] *v.* 估价，评价，评论

[同义] evaluate, estimate

[同根] assessment [ə'sesmənt] *n.* 评价，估计

assessable [ə'sesəbl] *a.* 可估价的，可评价的

contribute [kən'tribjuːt] *v.* ①捐助，捐献，贡献 ②投稿 ③提供建议，起一份作用

[同义] donate, give, provide

[同根] contribution [ˌkɔntri'bjuːʃən] *n.* ①捐款，捐助，贡献 ②所捐之款，捐助物

contributor [kən'tribjuːtə] *n.* 贡献者，捐助者，投稿者，促成因素

contributing [kən'tribjuːtiŋ] *a.* 贡献的，起作用的

contributive [kən'tribjutiv] *a.* 有助的，促成的

contributory [kən'tribjutəri] *a.* ①贡献的 ②促成的，起一份作用的

[词组] contribute to 有助于，促成，是…的部分原因

63. The first sentence in this paragraph is ________ ; it can be interpreted in many ways.
A) intricate B) ambiguous C) duplicated D) confused

interpret [in'təːprit] *v.* ①解释，说明 ②口译，翻译

[同义] clarify, explain, translate

[同根] interpretation [inˌtəːpri'teiʃən]

n. ①口译 ②解释，阐明

interpreter [in'tə:pritə] *n.* 译员，口译者

[词组] interpret... as... 把…解释为…，理解为…

intricate ['intrikit] *a.* 错综复杂的，复杂精细的

[同义] complex, complicated, confused, involved

[反义] plain, simple

[同根] intricacy ['intrikəsi] *n.* 复杂，错综

intrigue [in'tri:g] *v.* ①耍阴谋，施诡计 ②激起…的好奇心（或兴趣），迷住 *n.* 阴谋，诡计，密谋

intricately ['intrikitli] *ad.* 错综复杂地

ambiguous [æm'bigjuəs] *a.* ①可作多种解释的，引起歧义的，模棱两可的 ②含糊不清的，不明确的

[同义] vague, obscure

[反义] clear, definite, explicit, distinct

[同根] ambiguity [ˌæmbi'gju:iti] *n.* 含糊不清，模棱两可

ambiguously [ˌæm'bigjuəsli] *ad.* 含糊不清地，引起歧义地

duplicated ['dju:plikeit] *a.* 复制出的，复写的

[同根] duplicate ['dju:plikət] *a.* 完全一样的，复制的 *n.* 完全一样的东西，复制品，副本

['dju:plikeit] *v.* ①复制，复写，复印 ②重复

duplicatation [ˌdju:pli'keiʃən] *n.* ①成倍，成双 ②复写，复制，复印，复制品，副本

duplicator ['dju:plikeitə] *n.* 复印机，复制者

64. They used to quarrel a lot, but now they are completely ________ with each other.

A) reconciled　B) negotiated　C) associated　D) accommodated

reconcile ['rekənsail] *v.* ①使协调 ②使和解 ③(to) 使顺从(于)，使甘心(于)

[同义] settle, harmonize, adapt

[同根] reconciliation [ˌrekənsili'eiʃən] *n.* ①和解，调和 ②顺从

reconcilable ['rekənsailəbəl] *a.* 可和解的，可调和的

reconcilably ['rekənsailəbli] *ad.* 可调停地，不矛盾地

[词组] reconcile sb. with sb. 使人在争吵后和好，和解

reconcile sth. with sth. 使…与…和谐，一致

be reconciled to 安于，顺从于

negotiate [ni'gəuʃieit] *v.* (与某人)商议，谈判，磋商

[同根] negotiation [nigəuʃi'eiʃən] *n.* 谈判，协商

negotiable [ni'gəuʃiəbl] *a.* 可通过谈判解决的

associate [ə'səuʃieit] *v.* ①在思想上把…联系在一起(with) ②(使)联合，(使)结合在一起(with) ③[通常用于被动语态]使有联系(with)

[ə'səuʃiət] *n.* 伙伴、同事、合伙人

[ə'səuʃiət] *a.* 副的

[同义] combine, connect, join

[反义] dissociate

[同根] association [əˌsəusi'eiʃən] *n.* ①协会，联盟，社团 ②联合，结合，关联，交往

[词组] associate oneself with 加入，参与

associate... with... (在思想上) 把…与…联系在一起

accommodate [ə'kɔmədeit] *v.* ①使适应，使符合一致 ②调和(分歧等) ③向…

提供住处(或膳宿) ④容纳

[同义] contain, supply, adapt, reconcile

[同根] accommodation [əˌkɔmə'deiʃən] *n.* ①[<英> ~; <美> ~s]住处，膳宿 ②和解，适应

accommodating [ə'kɔmədeitiŋ] *a.* ①乐于助人的，与人方便的 ②善于适应新环境的

[词组] accommodate sb. with sth. 答应某人某件事，帮某人一个忙

accommodate sth. to... 使…适应…

65. The local business was not much ________ by the sudden outbreak of the epidemic.

A) intervened B) insulated C) hampered D) hoisted

outbreak ['autbreik] *n.* (战争的)爆发，(疾病的)发作

epidemic [ˌepi'demik] *n.* ①流行病 ②(流行病的)流行，传播 ③(思潮、风尚等的)流传，盛行 *a.* ①(疾病)流行的 ②流传极广的，盛行的

intervene [ˌintə'viːn] *v.* ①干扰，阻挠 ②介入，干涉，干预，调停

[同义] interfere, meddle

[同根] intervention [ˌintəː'venʃən] *n.* ①干涉，干预，调停 ②插进，介入

insulate ['insjuleit] *v.* ①隔离，使隔绝(以免受到影响) ②使绝缘，使隔热，使隔音

[同义] isolate, separate

[同根] insulation [ˌinsju'leiʃən] *n.* ①绝热，绝缘 ②隔离

insulator ['insjuleitə] *n.* 绝缘体，绝热器

hamper ['hæmpə] *v.* ①妨碍，阻碍 ②束缚，限制 *n.* 障碍物，束缚

[同义] hinder, impede, restrain, obstruct

[反义] assist

hoist [hɔist] *v.* 举起，升起，吊起 *n.* 吊机，起重机

[同义] boost, elevate, lift, raise

66. The most important ________ for assessment in this contest is originality of design.

A) threshold B) partition C) warrant D) criterion

assessment [ə'sesmənt] *n.* 评价，估计

[同义] evaluation, estimate

[同根] assess [ə'ses] *v.* 评价，估计

contest ['kɔntest] *n.* ①比赛，比赛会 ②竞争，争论，论战

[kən'test] *v.* ①争夺，为…竞夺 ②对…提出质疑，争辩

[同义] game, contend, struggle, tournament

[同根] contestant [kən'testənt] *n.* 竞争者，争论者

contestation [ˌkɔnte'steiʃən] *n.* ①论争 ②主张

originality [ˌəridʒi'næliti] *n.* 创意，新奇

[同根] origin ['ɔridʒin] *n.* ①起源，由来 ②出身，血统

originate [ə'ridʒineit] *v.* ①发源，发起，发生 ②创作，发明，

original [ə'ridʒənəl] *a.* ①最初的，原来的 ②独创的，新颖的，有独到见解的 *n.* [the ~] 原作，原文，原件

originally [ə'ridʒənəli] *ad.* 最初，原先

threshold ['θreʃhəuld] *n.* ①门槛，门口 ②入门，开端 ③起始点，限，临界

[同义] doorway, gateway, entrance, start

[词组] on the threshold of 在…的开头,在…快要开始的时候

partition [pɑːˈtiʃən] *n.* ①分开,分割,划分 ②分隔物,隔墙 *v.* 隔开,分割,划分

[同义] division, separation

[词组] partition sth. off 分割,瓜分,隔开

warrant [ˈwɔrənt] *n.* ①授权,批准,认可 ②令状,授权令 ③(正当)理由,根据 *v.* ①证明…是正当(或有理) ②向…保证,担保

[同义] assurance, authorization, certificate, guarantee, justification

[同根] warranty [ˈwɔrənti] *n.* ①(正当)理由,根据 ②授权,准许 ③担保,保证

warrantee [ˌwɔrənˈtiː; ˌwɔː-] *n.* [律]被保证人,被担保人

warrantor [ˈwɔrənt] *n.* [律]保证人,担保人

criterion [kraiˈtiəriən] *n.* (批评、判断、检验等的)标准,准则,尺度

[同义] standard

67. The woman was worried about the side effects of taking aspirins, but her doctor ________ her that it is absolutely harmless.

A) retrieved B) released C) reassured D) revived

aspirin [ˈæspərin] *n.* 阿斯匹林(解热镇痛药)

retrieve [riˈtriːv] *v.* ①重新得到,取回,收回 ②挽回,补救 ③检索

[同义] fetch, regain, restore, recover

[同根] retrieval [riˈtriːvəl] *n.* 取回,恢复,重获,补救,挽救

retrievable [riˈtriːvəbəl] *a.* 可获取的,可挽救的

[词组] retrieve from... 拯救某人免于…

release [riˈliːs] *v.* ①释放,解放 ②放开,松开 ③排放 ④发布(新闻等),公开发行(影片、唱片、音响盒带等) *n.* ①排放,放开 ②释放,解除 ③发行,发布 ④使人解脱的事物,排遣性的事物

[同义] discharge, dismiss, liberate

[词组] release sb. from... 免除某人的…

reassure [riːəˈʃuə] *v.* 使…安心,再保证,使…恢复信心,打消…的疑虑

[同义] reinsure

[同根] sure [ʃuə] *a.* ①必定的,确信的 ②可靠的,稳妥的 *ad.* 的确,当然

assure [əˈʃuə] *v.* ①深信不疑地对…说,向…保证 ②使确信,使放心,保证给

assurance [əˈʃuərəns] *n.* ①保证 ②把握,信心

assured [əˈʃuəd] *a.* ①确定的,有保证的 ②自信的,自满的

ensure [inˈʃuə] *v.* ①确保,保证,担保,保证得到 ②使安全

insure [inˈʃuə] *v.* ①给…保险 ②保证,确保

revive [riˈvaiv] *v.* ①苏醒,复苏 ②恢复,复原 ③复兴,重新流行

[同义] refresh, renew, restore

[同根] revival [riˈvaivəl] *n.* ①苏醒,复苏,复活 ②复兴,重新流行 ③(精力、活力等的)重振,(健康、生机等的)恢复

68. We can't help being ________ of Bob who bought a luxurious sports car just after the money was stolen from the office.
A) skeptical B) appreciative
C) suspicious D) tolerant

can't help doing忍不住做
luxurious[lʌg'zjuəriəs] *a.* 奢侈的，豪华的
[同义] extravagant, magnificent, splendid
[同根] luxury ['lʌkʃəri] *n.* ①奢侈，豪华 ②奢侈品
luxuriant [lʌg'zjuəriənt] *a.* 丰产的，丰富的，肥沃的，奢华的
luxuriantly [lʌg'zjuəriəntli] *ad.* 丰产地，丰富地，奢华地
skeptical ['skeptikəl] (= sceptical) *a.* 惯于(或倾向于)怀疑的,表示怀疑的(about)
[同义] incredulous, doubtful
[反义] trustful
[同根] skeptically['skeptikəli] (= sceptically) *ad.* 怀疑地
skepticism ['skeptisizəm] (= scepticism) *n.* ①怀疑态度 ②怀疑论
skeptic ['skeptik] (= sceptic) *n.* 怀疑论者
appreciative[ə'pri:ʃiətiv] *a.* ①欣赏的，有欣赏力的 ②表示感激的
[同根] appreciate [ə'pri:ʃieit] *v.* ①感激 ②赏识 ③(充分)意识到 ④对…做正确评价
appreciation [əˌpri:ʃi'eiʃən] *n.* ①重视，赏识 ②感谢，感激 ③欣赏，鉴赏 ④估价，评价
appreciable [ə'pri:ʃiəbəl] *a.* ①可估计的 ②相当可观的
suspicious[sə'spiʃəs] *a.* 怀疑的,可疑的
[同义] doubtful, questionable, wary
[同根] suspect [sə'spekt] *v.* 怀疑，猜想，觉得会
['səspekt] *n.* 嫌疑犯
suspicion [sə'spiʃən] *n.* 猜疑，怀疑
suspiciously [sə'spiʃəsli] *ad.* 猜疑着，怀疑着
[词组] be/become/feel suspicious of/about sb/sth. 对某人(某事)表示怀疑
tolerant['tɔlərənt] *a.* 容忍的，宽恕的
[同根] tolerate ['tɔləreit] *v.* 忍受，容忍，容许
tolerance ['tɔlərəns] *n.* 容忍，忍受，宽容
toleration [tɔlə'reiʃən] *n.* 忍受,容忍,宽恕
tolerable ['tɔlərəbəl] *a.* 可容忍地,尚可的
tolerantly ['tɔlərəntli] *ad.* 容忍地，宽恕地

69. He greatly resented the publication of this book, which he saw as an embarrassing invasion of his ________.
A) privacy B) morality C) dignity D) secrecy

resent[ri'zent] *v.* 愤恨，怨恨
[反义] submit
[同根] resentment [ri'zentmənt] *n.* 怨恨，愤恨
resentful [ri'zentful] *a.* 愤恨的，怨恨的
resentfully [ri'zentfuli] *ad.* 充满愤恨地
embarrassing[im'bærəsiŋ] *a.* 令人为难的,令人尴尬的
[同根] embarrass [im'bærəs] *v.* ①使困窘，使局促不安 ②阻碍，妨碍

embarrassment [im'bærəsmənt] ***n.*** ①困窘，局促不安 ②阻碍，妨碍

embarrassingly [im'bærəsiŋli] ***ad.*** 使人尴尬地，使人为难地

invasion [in'veiʒən] ***n.*** ①侵犯，侵害，干扰 ②侵略，侵略，攻击

[同根] invade [in'veid] ***v.*** ①侵略，侵略，攻击 ②侵犯，侵害，干扰

invader [in'veidə] ***n.*** 侵略者

invasive [in'veisiv] ***a.*** 入侵的，侵略的

invasively [in'veisivli] ***ad.*** 入侵地，侵略地

privacy ['praivəsi] ***n.*** ①私生活，隐私 ②秘密，私下 ③隐居，独处，清净

[同义] intimacy, secrecy

[反义] publicity

[同根] private['praivit] ***a.*** ①私人的，私有的 ②秘密的 ***n.*** 士兵，列兵

privately ['praivitli] ***a.*** ①私人地，私有地 ②秘密地

morality [mə'ræliti] ***n.*** 道德，道义

[同根] moral ['mɔrəl] ***a.*** ①道德(上)的 ②合乎道德的，有道德的 ***n.*** ①教训，寓意 ②[复]是非原则，道德，伦理

morally ['mɔrəli] ***ad.*** 道德上，精神上

dignity ['digniti] ***n.*** 尊严，高贵

[同根] dignify ['dignifai] ***v.*** 使显得有价值或可尊敬，使显赫，使高贵

dignified ['dignifaid] ***a.*** 高贵的，有尊严的

[词组] beneath/below one's dignity 损害尊严，有失身分

lose one's dignity 丢面子

stand on one's dignity 保持自己的尊严

secrecy ['siːkrisi] ***n.*** ①秘密，秘密状态 ②保密，保密能力

[同义] concealment

[同根] secret ['siːkrit] ***a.*** ①秘密的 ②幽静的，宁静的 ***n.*** ①秘密 ②秘诀，诀窍 ③神秘，奥妙

[词组] in secrecy 秘密地

swear/bind sb. to secrecy 使某人应允…对守密

70. In fact as he approached this famous statue, he only barely resisted the ________ to reach into his bag for his camera.

A) impatience B) impulse C) incentive D) initiative

approach [ə'prəutʃ] ***v.*** ①接近，靠近 ②(着手)处理，(开始)对付 ***n.*** ①(处理问题的)方式，方法，态度 ②接近，靠近 ③途径，通路

[同义] come close to; way, method, means

[同根] approachable [ə'prəutʃəb(ə)l] ***a.*** ①可接近的 ②平易近人的，亲切的

[词组] approach to ①接近 ②近似，约等于

approach sb. on/about sth. 和某人接洽(商量、交涉)某事

at the approach of 在…快到的时候

make an approach to sth. 对…进行探讨

make approaches to sb. 设法接近某人，想博得某人的好感

statue ['stætʃuː] ***n.*** 雕像，塑像

[同义] sculpture, image

impulse ['impʌls] ***n.*** ①冲动 ②推动，推动力

[同义] compulsion, inspiration, urge

[同根] impulsion [im'pʌlʃ(ə)n] ***n.*** ①冲动 ②驱使，推进，推动力

impulsive [im'pʌlsiv] ***a.*** ①冲动的 ②(力量)推进的

impulsively [im'pʌlsivli] ***ad.*** 冲动地

[词组] on impulse 冲动地,未经思考或计划地

incentive [in'sentiv] *n.* 刺激,动机,鼓励 *a.* 刺激(性)的,鼓励(性)的

[同义] encouragement, inducement, motive, stimulus

initiative [i'niʃiətiv] *n.* ①主动的行动,倡议 ②首创精神,进取心 ③主动权 *a.* 开始的,初步的,创始的

[同根] initiate [i'niʃieit] *v.* ①开始,创始 ②把(基础知识)传授给(某人) ③接纳(新成员),让…加入 ④倡议,提出

initiation [iˌniʃi'eiʃən] *n.* ①开始,创始 ②入会,加入组织 ③指引,传授

initial [i'niʃəl] *a.* 开始的,最初的,词首的 *n.* 首字母

initially [i'niʃəli] *ad.* 最初,开头

[词组] have the initiative 掌握主动权,有立法提案权

on (one's) own initiative 主动地

take the initiave 采取主动

Answer Key

41-45	CBDCD	46-50	DBCBA	51-55	DABDA
56-60	BCABD	61-65	ADBAC	66-70	DCCAB

Vocabulary 2004.1

41. He suggested that we put the scheme into effect, for it is quite ______.

A) probable B) sustainable

C) feasible D) eligible

put...into effect 实行…,实施…

scheme [ski:m] *n.* ①计划,规划,方案 ②阴谋 ③系统,体制 *v.* ①计划,设计 ②图谋,策划

[同义] intrigue, plan, conspire, contrive

sustainable [sə'steinəbəl] *a.* 可持续的,能发展的

[同根] sustain [sə'stein] *v.* ①支撑,撑住 ②维持,持续

sustainment [sə'steinmənt] *n.* 支持,维持

feasible ['fi:zəbəl] *a.* ①可实行的,切实可行的 ②有理的 ③似真的 ④可用的,适宜的

[同义] achievable, attainable, practicable

[反义] impossible

[同根] feasibility [ˌfi:zə'biləti] *n.* 可行性,可能性

eligible ['elidʒəbəl] *a.* ①有资格当选的,有条件被选中的 ②(尤指婚姻等)合适的,合意的

[同义] qualified, suitable, desirable, fit

[同根] eligibility ['elidʒəbliti] *n.* 合格,有资格

[词组] be eligible for... 有资格当选…的

42. This book is about how these basic beliefs and values affect important ________ of American life.

A) facets B) formats C) formulas D) fashions

facet[ˈfæsit] ***n.*** ①(问题等的)一个方面 ②(多面体的)面

[同义] aspect, phase, side, view

[同根] face [feis] ***n.*** ①脸，面孔 ②面容，表情 ③表面，正面 ***v.*** ①朝，向，面对 ②勇敢面对，面临 ③承认

format[ˈfɔːmæt] ***n.*** ①版式 ②安排，程序，形式，格式 ***v.*** ①为…安排版式 ②使格式化

[同义] arrangement, procedure

[同根] form [fɔːm] ***n.*** ①形状，形态 ②形式，结构 ③表格 ***v.*** ①形成，制作 ②养成，培养 ③组织，构成，排列

formation [fɔːˈmeiʃən] ***n.*** ①形成，组成 ②形成方式，结构

formula[ˈfɔːmjulə] ***n.*** ①公式 ②(尤指机械遵循的)惯例，常规，规则 ③客套语

[同根] formulate [ˈfɔːmjuleit] ***v.*** ①用公式表示 ②系统地(或明确地)阐述(或表达)

formulation [ˌfɔːmjuˈleiʃən] ***n.*** ①公式化的表达 ②明确地表达

fashion [ˈfæʃən] ***n.*** ①方式，样子 ②(服饰等的)时新式样，流行款式，(谈吐、行为等的)时尚，时兴 ③上流社会，名人，名流 ④种类 ***v.*** ①(常指用手工等)制作，形成 ②使适应，使适合 ③改变，改革

[同义] style, way, method, mode

[同根] fashionable [ˈfæʃənəbəl] ***a.*** 流行的，符合时尚的

[词组] in(out of)fashion (不)流行

43. It is one thing to locate oil, but it is quite another to ________ and transport it to the industrial centers.

A) permeate B) extract C) distinguish D) concentrate

locate[ləuˈkeit] ***v.*** ①找到，查明，探明 ②使…坐落于，位于 ③确定…的位置

[同义] situate, detect, find, discover

[同根] location [ləuˈkeiʃən] ***n.*** ①位置，场所 ②特定区域

locale [ləuˈkɑːl] ***n.*** 现场，场所

local [ˈləukəl] ***a.*** 地方的，当地的，局部的，乡土的 ***n.*** ①当地居民 ②本地新闻 ③慢车 ④局部

transport[trænˈspɔːt] ***v.*** ①运送，运输 ②流放，放逐 ***n.*** ①运输工具，传送器 ②公共交通网

[同义] convey

[同根] transportation [ˌtrænspɔːˈteiʃən] ***n.*** 运输，运送

export [ˈekspɔːt] ***n.*** 出口，输出，出口商品 [ikˈspɔːt] ***v.*** 输出，出口

import [ˈimpɔːt] ***n.*** 进口，输入，进口货 [imˈpɔːt] ***v.*** 输入，进口

portable [ˈpɔːtəbəl] ***a.*** 便携式的，手提(式)的，轻便的

permeate[ˈpəːmieit] ***v.*** ①影响，漫遍，遍布 ②渗入，渗透

[同义] penetrate, pervade, saturate, soak

[同根] permeation [ˌpəːmiˈeiʃən] ***n.*** 漫遍，遍布，渗透

[词组] permeate through/among 漫遍…，遍布…，渗透到…

extract [ik'strækt] *v.* ①提取，提炼 ②取出，抽出，拔出 ③设法得到(情报等)获得，索取 ④摘录，抄录 *n.* ①摘录，选段 ②提出物，精，汁

[同义] take out, get out, abstract

[同根] extraction [ik'strækʃən] *n.* ①拔出，提取，榨取 ②拔出物，提取物，精，汁 ③摘录，摘要

concentrate ['kɔnsentreit] *v.* ①集中，集中注意力于，专心于 ②浓缩

[同义] focus, intensify, strengthen

[反义] distract

[同根] concentration [ˌkɔnsen'treiʃən] *n.* ①集中，专心 ②浓缩，浓度

concentrated ['kɔnsentreitid] *a.* ①集中的，加强的 ②浓缩的

[词组] concentrate on/upon 集中注意力于，专心于

distinguish [di'stiŋgwiʃ] *v.* ①区分，辨别，认出，发现 ②使区别于它物 ③显扬自己，使自己扬名

[同义] detect, see

[同根] distinguished [di'stiŋgwiʃt] *a.* ①卓越的，杰出的 ②高贵的，地位高的

distinguishable [di'stiŋgwiʃəbəl] *a.* 可区别的，可辨识的

distinction [di'stiŋkʃən] *n.* ①差别，对比 ②区分，辨别 ③不同点，特征 ④荣誉，著名

distinct [di'stiŋkt] *a.* ①有区别的，不同的 ②明显的，清楚的 ③明确的

distinctly [di'stiŋktli] *ad.* 清楚地，显然

distinctive [di'stiŋktiv] *a.* 特殊的，特别的，有特色的

distinctively [di'stiŋktivli] *ad.* 特殊地，特别地

[词组] dirtingush from ①区分…，辨别… ②使区别于…

disdtinguish oneself 显扬自己，使自己扬名

44. Students are expected to be quiet and ________ in an Asian classroom.
A) obedient B) overwhelming C) skeptical D) subsidiary

obedient [ə'biːdiənt] *a.* 服从的，孝顺的

[同义] submissive, docile

[同根] obey [ə'bei] *v.* 服从，顺从

obediently [əu'biːdiəntli] *ad.* 服从地，顺从地

subsidiary [səb'sidiəri] *a.* 辅助的，次要的，附设的 *n.* 子公司，附属机构

[同义] auxiliary, subordinate

[同根] subsidy ['sʌbsidi] *n.* 津贴，补助金

skeptical ['skeptikəl] (=sceptical) *a.* 惯于(或倾向于)怀疑的，表示怀疑的(about)

[同义] incredulous, doubtful

[反义] trustful

[同根] skeptically['skeptikəli] (=sceptically) *ad.* 怀疑地

skepticism ['skeptisizəm] (=scepticism) *n.* ①怀疑态度 ②怀疑论

skeptic ['skeptik] (=sceptic) *n.* 怀疑论者

overwhelming [ˌəuvə'welmiŋ] *a.* 势不可挡的，压倒的

[同根] overwhelm [ˌəuvə'welm] *v.* ①征服，制服，压倒 ②使受不了，使不知所措

overwhelmingly [ˌəuvə'welmiŋli] *ad.* 势不可挡地，压倒性地

45. Our reporter has just called to say that rescue teams will ________ to bring out the trapped miners.

A) effect B) affect C) conceive D) endeavour

rescue [ˈreskjuː] ***v. & n.*** 援救，营救
[同义] save, free, liberate
[同根] rescuer [ˈreskjuːə] ***n.*** 救助者
[词组] to sb.'s rescue 为营救某人,为救助某人

trapped [træpt] ***a.*** ①被困的，捕获的 ②收集的，截留的
[同根] trap [træp] ***n.*** 圈套，陷阱 ***v.*** 设圈套，设陷阱，诱捕，诱骗

miner [ˈmainə] ***n.*** 矿工
[同根] mine [main] ***n.*** ①矿，矿山，矿井 ②地雷，水雷 ***v.*** ①挖掘，采矿 ②在下挖地道,挖坑 ③暗地破坏,使变弱
mineral [ˈminərəl] ***n.*** 矿物，矿石 ***a.*** 矿物的,含矿物的

effect [iˈfekt] ***v.*** 产生,引起，实现，使生效 ***n.*** ① 结果 ② 效力,作用,影响 ③实行，生效,起作用
[同义] accomplish, achieve, influence
effective [iˈfektiv] ***a.*** ①能产生(预期)结果的,有效的 ②生效的,起作用的 ③给人深刻印象的，显著的 ④实际的,事实上的
effectively [iˈfektivli] ***ad.*** 有效地，有力地
effectual [iˈfektʃuəl] ***a.*** 奏效的，有效的
effectually [iˈfektʃuəli] ***ad.*** 有效地
[词组] of no effect 无用,无效
in effect 实际上,事实上
come into effect 实行,实施
give effect to 使生效
take effect ①生效,奏效 ②实施,起作用

affect [əˈfekt] ***v.*** ①影响 ②(在感情方面)打动,震动 ③假装,佯装
[同义] move, strike, touch, influence, effect
[同根] affectation [ˌæfekˈteiʃən] ***n.*** 假装，虚饰，做作
affected [əˈfektid] ***a.*** ①受到影响的，受(疾病)侵袭的 ②假装的，做作的
affecting [əˈfektiŋ] ***a.*** 感人的，动人的

endeavour [inˈdevə] ***v.*** 努力,竭力,尝试 ***n.*** ①努力,尽力,尝试 ②(为达到某一目的而进行的)活动,事业
[同义] try, attempt; effort
[词组] endeavour to do sth. 努力做…

46. The Spanish team, who are not in superb form, will be doing their best next week to ________ themselves on the German team for last year's defeat.

A) remedy B) reproach C) revive D) revenge

remedy [ˈremidi] ***v.*** ①补救，矫正 ②治疗 ***n.*** ①药物，治疗措施 ②补救(办法)，矫正(办法)
[同根] remediation [riˌmidiˈeiʃən] ***n.*** ①补救，纠正 ②补习
remedial [riˈmiːdiəl] ***a.*** ①治疗的 ② 补救的,纠正的
remediless [ˈremidilis] ***a.*** 不可救药的

reproach [riˈprəutʃ] ***v. & n.*** 责备,批评
[同义] accuse, blame, condemn, denounce
[同根] reproachful [riˈprəutʃful] ***a.*** 责备的
reproachfully [riˈprəutʃfuli] ***ad.*** 责备地

[词组] reproach sb. for/with 因…而责备某人

revive [ri'vaiv] *v.* ①恢复, 复原 ②苏醒, 复苏 ③复兴, 重新流行

[同义] refresh, renew, restore

[同根] revival [ri'vaivəl] *n.* ①苏醒,复苏,复活 ②复兴,重新流行 ③(精力、活力等的)重振,(健康、生机等的)恢复

revenge [ri'vendʒ] *v.* 为…报仇,报…之仇 *n.* 报复,报仇

[同根] revengeful [ri'vendʒful] *a.* 报复的,报仇的

[词组] revenge oneself 报仇,报复

take/have/get revenge on sb. 向某人报复

revenge for... 为…报复

47. Creating so much confusion, Mason realized he had better make ________ what he was trying to tell the audience.

A) exclusive B) explicit C) objective D) obscure

audience ['ɔːdiəns] *n.* ①听众, 观众, 读者 ②倾听, 听取

[同义] listeners, public, viewers

[同根] audient ['ɔːdiənt] *n.* 倾听者 *a.* 倾听的

auditor ['ɔːditə] *n.* 听者,旁听者

audible ['ɔːdəbəl] *a.* 听得见的

auditory ['ɔːditəri] *a.* 听觉的

auditorium [ˌɔːdi'tɔːriəm] *n.* 听众席, 观众席, 会堂, 礼堂

[词组] give audience (to) ①听取, 倾听 ②正式接见

have an audience with/of 拜谒, 拜会

in general/open audience 当众, 公然

in sb.'s audience 当某人的面

receive sb. in audience 正式接见某人

exclusive [ik'skluːsiv] *a.* ①除外的,排外的 ②独有的,独享的 ③(新闻、报刊文章等)独家的 ④奢华的,高级的

[同义]single, sole, expensive

[反义] inclusive

[同根] exclude [ik'skluːd] *v.* 拒绝接纳, 把…排除在外, 排斥

exclusion [ik'skluːʒən] *n.* 排除, 除外

exclusively [ik'skluːsivli] *ad.* 仅仅,专门地,排除其他地,单独地

explicit [ik'splisit] *a.* ①明确的,明晰的 ②直言的,坦率的

[同义] definite, distinct, unmistakable, direct

[反义] implicit, ambiguous, vague

[同根] explicate ['eksplikeit] *v.* 详细解说和分析

explicitly [ik'splisitli] *ad.* 明白地, 明确地

objective [əb'dʒektiv] *a.* ①客观的, 公正的 ②客观上存在的, 真实的 ③目标的 *n.* ①目标, 目的, 任务 ②客观事实, 实在事物

[同义] fair, impartial, impersonal, unbiased

[反义] subjective, biased

[同根] object ['ɔbdʒikt] *n.* ①物体 ②目标, 对象 ③宾语

[əb'dʒekt] *v.* 反对, 拒绝, 抗议

objectivity [ˌɔbdʒek'tivəti] *n.* 客观性, 客观现实

objectively [əb'dʒektivli] *ad.* 客观地

obscure [əb'skjuə] *a.* ①模糊不清的 ②费解的,晦涩的 ③不出名的,不重要的 *v.* ①使难解,使变模糊 ②使变暗,遮掩

[同义] dim, faint, indefinite, vague
[反义] clear, obvious, evident, apparent, explicit, distinct, eminent
[同根] obscurity [əb'skjuəriti] *n.* ①模糊,晦涩 ②黑暗,昏暗

48. One of the examination questions ________ me completely and I couldn't answer it.
A) baffled B) mingled C) provoked D) diverted

baffle ['bæfl] *v.* 使困惑, 难住
[同义] bewilder, mystify, puzzle
mingle ['miŋgəl] *v.* ①使混合 ②相交往
[同义] associate, blend, combine, mix
[词组] mingle... with... 把…和…混合
provoke [prə'vəuk] *v.* ①对…挑衅,激怒 ②激起,引起
[同义] stimulate, arouse, rouse, stir
[反义] appease
[同根] provocation [prɔvə'keiʃən] *n.* 激怒, 刺激
provocative [prə'vɔkətiv] *a.* ①挑衅的,刺激的 ②挑逗的
provoking [prə'vəukiŋ] *a.* 恼人的,激怒的
provokingly [prə'vəukiŋli] *a.* 恼人地,激怒地
divert [dai'və:t] *v.* ①使转向,使改道 ②转移, 转移…的注意力 ③使娱乐,使消遣
[同义] detract, distract, amuse, entertain
[同根] diversion [dai'və:ʃən] *n.* ①转移,转向 ②消遣,娱乐
diversity [dai'və:siti] *n.* 不同,各式各样
diversify [dai'və:sifai] *v.* 使不同,使多样化
diverse [dai'və:s] *a.* 种类不同的
[词组] divert from... ①使从…转向,使从…改道 ②从…转移

49. The vision of that big black car hitting the sidewalk a few feet from us will never be ________ from my memory.
A) ejected B) escaped C) erased D) omitted

vision ['viʒən] *n.* ①看见,看见的事物 ②看法,目光,眼力 ③视力, 视觉 ④幻想,想像 *v.* ①梦见, 想像 ② 显示
[同根] visional ['viʒənəl] *a.* ①视力的,视觉的 ②幻觉的
visionary ['viʒənəri] *a.* 幻想的, 空想的,好想像的
visible ['vizəbəl] *a.* ①看得见的 ②明显的, 易觉察的 *n.* 可见物
visibility [ˌvizi'biliti] *n.* 可见度, 可见性
visionless ['viʒənlis] *a.* 无视觉的, 瞎的
[词组] have visions of 幻想,梦想,想像
eject [i'dʒekt] *v.* ①喷射,排出 ②驱逐,逐出
[同义] drive out, eliminate, expel
[同根] ejection [i'dʒekʃən] *n.* 喷出, 排出
[词组] eject from 强迫离开,驱逐
escape [i'skeip] *v.* & *n.* 逃走,逃脱,逃避
[同义] evade, flee, get away
[词组] escape from 从…逃走,逃脱
erase [i'reiz] *v.* ①消除,清除,忘却 ②抹去, 擦掉
[同义] wipe out, cancel
[同根] eraser [i'reizə] *n.* 擦除器, 橡皮
erasure [i'reiʒə] *n.* 擦除, 抹掉
omit [əu'mit] *v.* ①省略,排除 ②疏忽,

遗漏
[同义] leave out, miss, neglect, skip

[同根] omission [əu'miʃən] *n.* ①省略,删节 ②疏忽,遗漏

50. At present, it is not possible to confirm or to refute the suggestion that there is a causal relationship between the amount of fat we eat and the ________ of heart attacks.
A) incidence B) impetus C) rupture D) emergence

confirm [kən'fəːm] *v.* ①证实,肯定 ②进一步确定,确认 ③坚持认为(that)
[同义] verify, prove, strengthen
[同根] confirmation [kɔnfə'meiʃ(ə)n] *n.* ①证实,证明 ②批准,确认
confirmatory [kən'fəːmətəri] *a.* (用于)证实的
confirmative [kən'fəːmətiv] *a.* (= confirmatory)

refute [ri'fjuːt] *v.* 驳倒,反驳
[同义] argue, contradict, dispute
[同根] refutation [refjuː'teiʃ(ə)n] *n.* 驳斥,驳倒

causal ['kɔːzəl] *a.* 原因的,因果关系的,表示原因或理由的
[同根] cause [kɔːz] *n.* ①原因,动机,理由 ②目标,事业 *v.* 引起,使(发生)
causation [kɔː'zeiʃən] *n.* 原因,因果关系
causative ['kɔːzətiv] *a.* 成为…原因的,表示原因的

incidence ['insidəns] *n.* ①发生率 ②发生,影响,发生(或影响)方式
[同根] incident ['insidənt] *n.* ①发生的事,事情 ②(尤指国际政治中的)事件,事变
incidental [ˌinsi'dentəl] *a.* ①附属的,随带的 ②偶然的,容易发生的
incidentally [insi'dentəli] *ad.* 顺便地,附带地,偶然地

impetus ['impitəs] *n.* 推动力,促进
[同义] momentum, push

rupture ['rʌptʃə] *n.* ①破裂,裂开 ②(和好关系的)决裂,断绝 *v.* ①使破裂 ②断绝(关系)
[同义] break, burst, crack, fracture

emergence [i'məːdʒəns] *n.* 出现,显露
[同义] appearance
[同根] emerge [i'məːdʒ] *v.* ①浮现,出现 ②(问题、困难等)发生,显现,(事实、意见等)显出,暴露
emergent [i'məːdʒənt] *a.* ①出现的,②突然出现的,紧急的
emergency [i'məːdʒnsi] *n.* 紧急情况,非常时刻 *a.* 紧急情况下使用(或出现)的
merge [məːdʒ] *v.* ①结合,联合,融合 ②(企业、团体等)合并

51. There are many who believe that the use of force ________ political ends can never be justified.
A) in search of B) in pursuit of C) in view of D) in light of

justify ['dʒʌstifai] *v.* ①证明…是正当的 ②为…辩护,辩明
[反义] condemn
[同根] just [dʒʌst] *a.* ①公正的,合理的 ②正确的,有充分理由的 ③正直的,正义的

justice [ˈdʒʌstis] *n.* ①正义,正当,公平 ②司法
justifiable [ˈdʒʌstifaiəbəl] *a.* 可证明为正当的,有道理的,有理由的
justification [ˌdʒʌstifiˈkeiʃən] *n.* ①证明为正当,辩护 ②正当的理由
in search of 寻找,寻求
in pursuit of 追求,追逐,追捕
in view of ①鉴于,考虑到 ②在…能看见的范围内
in (the) light of ①鉴于,由于 ②当作

52. Sometimes the bank manager himself is asked to ________ cheques if his clerks are not sure about them.
A) credit　B) assure　C) certify　D) access

credit [ˈkredit] *v.* ①相信,信任 ②把…归给(to) ③把…记入贷方 *n.* ①信任,信用 ②信誉,声望 ③赞扬,荣誉 ④[财务]贷方,银行存款
[同义] believe, trust, honour, loan
[词组] give sb. credit for sth. 为…赞扬某人
to sb.'s credit ①为某人带来荣誉 ②在某人名下,属于某人
take/get credit for 因…而得到好评
do credit to sb./do sb. credit 为某人增光
give credit to ①相信,信任 ②称赞,赞扬
lend credit to 使更可信,证实
have credit with sb. 得到某人的信任
assure [əˈʃuə] *v.* ①使确信,使放心 ②深信不疑地对…说,向…保证 ③保证给,确保
[同根] assurance [əˈʃuərəns] *n.* ①保证,表示保证(或鼓励、安慰)的话 ②把握,信心
assured [əˈʃuəd] *a.* 有保证的,确定的
assuredly [əˈʃuəridli] *ad.* 无疑问地,一定地,确实地
assuring [əˈʃuəriŋ] *a.* 使人放心的,给人信心的
[词组] with assurance 有把握地,自信地
life assurance 人寿保险
certify [ˈsəːtifai] *v.* ①担保,(银行)在(支票)正面签署保证付款 ②证明,证实
[同义] affirm, confirm, guarantee, testify
[同根] certified [ˈsəːtifaid] *a.* ①证明合格的 ②持有证件的
certificate [səˈtifikit] *n.* ①证(明)书 ②凭证,单据 ③证明
certification [ˌsəːtifiˈkeiʃən] *n.* 证明,证书
certificated [səˈtifikeitid] *a.* 领有证书的,合格的
access [ˈækses] *v.* ①[计]存取,访问 ②接近,使用 *n.* ①接近(或进入)的机会,享用的机会 ②接近,进入 ③入口,通道
[同根] accessible [əkˈsesəbəl] *a.* ①可(或易)得到的,易相处的 ②可(或易)接近(进入)的

53. It is believed that the authorities are thinking of ________ new taxes to raise extra revenue.
A) impairing　B) imposing　C) invading　D) integrating

authority [ɔːˈθɔriti] *n.* ①[复数]官方,当局 ②当权者,行政管理机构 ③权力,管

辖权 ④学术权威，威信 ⑤权威，权威的典据

[同根] authorize/ise ['ɔːθəraiz] *v.* ①授权 ②批准，认可，核定

authorized ['ɔːθəraizd] *a.* 经授权的，权威认可的，审定的

authoritative [ɔː'θɔritətiv] *a.* ①权威性的，可信的 ②官方的，当局的 ③专断的，命令式的

[词组] by the authority of ①得到…许可 ②根据…所授的权力

carry authority 有分量，有影响，有权威

have authority over 对…有管辖权

in authority 持有权力的地位

revenue ['revinjuː] *n.* 财政收入，（尤指大宗的）收入，税收

[同义] earnings, income

impair [im'pɛə] *v.* ①削弱，减少 ②损害，损伤

[同义] damage, harm, hurt, weaken

[同根] impairment [im'pɛəmənt] *n.* ①削弱，减少 ②损害，损伤

impose [im'pəuz] *v.* ①征（税），加（负担、惩罚等）于 ②把…强加于 ③利用，欺骗

[同根] imposition [ˌimpə'ziʃən] *n.* ①（税的）征收，（负担、惩罚等的）给予 ②强加 ③利用，欺骗

imposing [im'pəuziŋ] *a.* 使人难忘的，壮丽的，气势雄伟的

imposingly [im'pəuziŋli] *ad.* 使人难忘地，壮丽地，气势雄伟地

[词组] impose on/upon ①征（税），加（负担、惩罚等）于… ②把…强加于…

invade [in'veid] *v.* ①侵入，侵略（别国），侵犯（主权等） ②拥入，挤满 ③（疾病，感情，声音等）袭来，侵袭

[同义] attack, intrude, violate

[反义] withdraw

[同根] invasion [in'veiʒən] *n.* 侵略，侵犯，侵害

invader [in'veidə] *n.* 侵略者

invasive [in'veisiv] *a.* ①侵略的，入侵的 ②蔓延性的

integrate ['intigreit] *v.* ①使结合，使合并，使成一体（with） ②使完整

[同根] integral ['intigrəl] *a.* ①构成整体所需要的 ②完整的，整体的

integration [ˌinti'greiʃən] *n.* 结合，合而为一，整和，融合

integrity [in'tegriti] *n.* ①正直，诚实 ②完整，完全，完善

54. When she heard the bad news, her eyes ________ with tears as she struggled to control her emotions.

A) sparkled B) twinkled C) radiated D) glittered

sparkle ['spɑːkl] *v.* ①（使）闪耀，发光 ②（才智等）焕发，活跃 ③（酒等）起泡 *n.* ①火花，火星，闪耀，发光 ②生气，活力

[同义] flash, gleam, glimmer

[同根] spark [spɑːk] *n.* ①火星，火花 ②闪光，闪电 ③少量，一点 *v.* ①激励，鼓舞 ②闪烁，闪耀 ③发火花，点燃，发动

sparkling ['spɑːkliŋ] *a.* ①发出火花的，闪闪发光的 ②闪烁着才华的

twinkle ['twiŋkəl] *v.* & *n.* ①闪烁，闪耀 ②（眼睛因欢乐等）闪亮

[同义] blink, flash, glitter, sparkle

[同根] twinkling ['twiŋkliŋ] *a.* 闪烁的，闪亮的，荧荧的

twinkly ['twiŋkli] *a.* ①闪烁的，闪耀的 ②欢乐的，欣喜的

radiate ['reidieit] *v.* ①辐射，发散 ②呈辐射状发出

[同义] send out, issue, emit

[同根] radiation [ˌreidi'eiʃən] *n.* ①发光，发热，辐射，放射 ②放射线，放射物

radiant ['reidiənt] *a.* ①发光的 ②辐射的 ③容光焕发的

radioactive ['reidiəu'æktiv] *a.* 放射性的，放射性引起的

glitter ['glitə] *v.* ①闪闪发亮（或发光）②光彩夺目 *n.* 闪光，光亮

55. There are occasions when giving a gift ________ spoken communication, since the message it offers can cut through barriers of language and cultural diversity.

A) overtakes B) nourishes C) surpasses D) enforces

communication [kəˌmju:ni'keiʃn] *n.* ①交流，交际 ②通信，通讯 ③传达，传播 ④信息

[同义] contact, conversation, correspondence, transmission

[同根] communicate [kə'mju:nikeit] *v.* ①传达，传送 ②通讯，交际，联络，通信

communicatee [kəˌmju:nikə'ti:] *n.* 交流对象

communicative [kə'mju:nikətiv] *a.* ①乐意说的，爱说话的，不讳言的 ②通信的，交际的

[词组] be in communication with 与…通讯，与…保持联系

cut through ①克服，绕过（困难、障碍等）②斜穿过，抄近路穿过 ③开辟

barrier ['bæriə (r)] *n.* ①障碍，隔阂 ②防碍的因素，障碍物

[同义] barricade, fortification, obstruction

[同根] barricade [ˌbæri'keid] *v.* 设路障 *n.* 路障

diversity [dai'və:siti] *n.* 差异，多样性

[同义] variety, difference

[同根] diverse [dai'və:s] *a.* 不同的，多样的

diversify [dai'və:sifai] *v.* 使不同，使多样化

diversification [daivə: sifi'keiʃən] *n.* 变化，多样化

diversified [dai'və:sifaid] *a.* 多变化的，各种的

diversely [dai'və:sli] *ad.* 不同地，各色各样地

overtake [ˌəuvə'teik] *v.* ①赶上，追上 ②（暴风雨、麻烦等）突然降临

[同义] catch up with

nourish ['nʌriʃ] *v.* ①养育，滋养 ②培育，助长 ③支持，鼓励

[同义] feed, maintain, nurse, nurture

[同根] nourishing ['nʌriʃiŋ] *a.* 滋养的，富有营养的

nourishment ['nʌriʃmənt] *n.* 食物，营养品

nutrition [nju:'triʃən] *n.* ①营养，滋养 ②营养物，滋养物

nutritional [nju:'triʃənəl] *a.* 营养的，滋养的

nutritious [nju:'triʃəs] *a.* 有营养的，滋养的

surpass [sə:'pɑ:s] *v.* ①超过，优于，多于 ②超过…的界限，非…所能办到

[同义] exceed, excel, go beyond

[同根] surpassing [sə:'pɑ:siŋ] *a.* 卓越的，无与伦比的

surpassingly [sə:ˈpɑ:siŋli] *ad.* 卓越地，超群地

enforce [inˈfɔ:s] *v.* ①实施，使生效 ②强迫，迫使，强加(on)

[同义] compel, execute, force, oblige

[同根] force [fɔ:s] *n.* ①力量，武力，暴力 ②说服力，感染力 ③有影响的人或事物，军事力量 *v.* ①强迫，迫使 ②(用武力)夺取 ③勉强作出

enforcement [inˈfɔ:smənt] *n.* 强制，实施，加强

reinforce [ˌri:inˈfɔ:s] *v.* ①增援，增强，加强，强化 ②补充，充实，加固

reinforcement [ˌri:inˈfɔ:smənt] *n.* 增强，补充，加强，强化

56. In order to keep the line moving, customers with lengthy ________ are required to do their banking inside.
A) transit B) transactions C) turnover D) tempos

lengthy [ˈleŋθi] *a.* ①长久的 ②冗长乏味的

[同义] long, long-lasting, prolonged

[同根] length [leŋθ] *n.* 长度，长，时间的长短

transit [ˈtrænsit] *n.* ①运送，运输 ②通过，通行，中转 *v.* 运送，使通过，经过

[同义] change, conversion, transfer, transformation

[同根] transition [trænˈziʃən] *n.* ①过渡，过渡时期 ②转变，变迁，变革

transitive [ˈtrænsitiv] *a.* 过渡的，变迁的

transistor [trænˈzistə] *n.* [电子]晶体管

transaction [trænˈzækʃən] *n.* ①(一笔)交易，业务 ②办理，处理

[同义] business

[同根] transact [trænˈzækt] *v.* 办理，交易，处理，商议

turnover [ˈtə:nˌəuvə] *n.* ①翻覆，翻折 ②流通量，营业额 ③周转

tempo [ˈtempəu] *n.* ①[音乐]速度 ②节奏，发展速度

57. President Wilson attempted to ________ between the powers to end the war, but neither side was prepared to give in.
A) segregate B) whirl C) compromise D) mediate

segregate [ˈsegrigeit] *v.* 隔离，分离

[同根] segregation [segriˈgeiʃən] *n.* ①分离，隔离 ②种族隔离

whirl [(h)wə:l] *v.* (使)旋转，急动，急走 *n.* 旋转，一连串快速的活动

compromise [ˈkɔmprəmaiz] *n.* & *v.* 妥协，和解，折衷

mediate [ˈmi:dieit] *v.* (常与 between 连用)调停，斡旋

[同根] mediation [ˌmi:diˈeiʃən] *n.* 仲裁，调停，调解

58. The police have installed cameras at dangerous road ________ to film those who drive through red traffic lights.
A) trenches B) utilities C) pavements D) junctions

trench [trentʃ] *n.* 深沟，战壕 *v.* 用堑壕加强防卫

utility [juː'tiliti] *n.* ①[常用复]有用的东西 ②效用,有用

[同根] utilize ['juːtilaiz] *v.* 利用

utilization [ˌjuːtilai'zeiʃən] *n.* 利用

junction ['dʒʌŋkʃən] *n.* ①连接，接合 ②交叉点，汇合处

59. It is reported that thirty people were killed in a ________ on the railway yesterday.

A) collision B) collaboration C) corrosion D) confrontation

collision [kə'liʒən] *n.* 碰撞，冲突

[同义] crash，smash，conflict

[同根] collide [kə'laid] *v.* 碰撞，抵触

collaboration [kəˌlæbə'reiʃən] *n.* 协作，合作

[同根] collaborate [kə'læbəreit] *v.* 合作,协作

corrosion [kə'rəuʒən] *n.* 侵蚀，腐蚀状态

[同根] corrode [kə'rəud] *v.* 使腐蚀，侵蚀

confrontation [ˌkɔnfrʌn'teiʃən] *n.* ①对抗,冲突 ②对质,比较

[同义] encounter，face

[同根] confront [kən'frʌnt] *v.* ①使面临,使遇到(with) ②迎面遇到,面对 ③使对质,使当面对证

[词组] confront with 面临,面对

60. Since a circle has no beginning or end, the wedding ring is accepted as a symbol of ________ love.

A) successive B) consecutive C) eternal D) insistent

successive [sək'sesiv] *a.* ①连续的 ②继承的

[同根] succeed [sək'siːd] *v.* ① 继…之后，继任，继承 ②(~in)成功

success [sək'ses] *n.* 成功，胜利

succession [sək'seʃən] *n.* 连续，继承

successor [sək'sesə] *n.* 继承人，继任者，接班人

successful [sək'sesful] *a.* 成功的

consecutive [kən'sekjutiv] *a.* 连续的，联贯的

eternal [iː'təːnəl] *a.* 永恒的，永远的，不朽的

[同根] eternally [i'təːnəli] *ad.* 永恒地

insistent [in'sistənt] *a.* 坚持的,不容反对的

[同根] insist [in'sist] *v.* ①坚决要求 ②主张,坚持

61. Executives of the company enjoyed an ________ lifestyle of free gifts, fine wines and high salaries.

A) exquisite B) extravagant C) exotic D) eccentric

exquisite ['ekskwizit] *a.* 精美的,纤美的,精致的,制作精良的

[同义] appealing，attractive，beautiful，charming,delicate

[同根] exquisitely ['ekskwizitli] *ad.* 精美地，精致地

extravagant [ik'strævəgənt] *a.* ①奢侈的，浪费的 ②过分的，过度的
[同根] extravagance [ik'strævəgəns] *n.* ①奢侈，浪费 ②过度，无节制
extravagantly [ik'strævəgəntli] *ad.* ①过分地，过度地 ②奢侈地，浪费地
exotic [ig'zɔtik] *a.* ①奇异的，外(国)来的，异国情调的 ②样式奇特的 *n.* ①外国人 ②外国事物，外来词
eccentric [ik'sentrik] *a.* 荒谬的，荒唐的 *n.* 行为古怪的人
[同义] abnormal, irregular, odd
[反义] common, general, normal, ordinary
[同根] eccentricity [eksen'trisiti] *n.* 古怪
eccentrically [ik'sentrikli] *ad.* 反常地

62. If you want to get into that tunnel, you first have to ________ away all the rocks.
A) haul B) repel C) dispose D) snatch

haul [hɔːl] *n.* ①拖，拉 ②拖运，运送 *v.* ①(用力)拖，拉 ②(用车等)拖运，运送
[同义] drag, draw, pull
repel [ri'pel] *v.* ①击退，驱逐 ②使厌恶
[同义] drive back, repulse
[同根] repellent [ri'pelənt] *a.* ①令人厌恶的 ②击退的，排斥的 *n.* 驱虫剂
repellence [ri'peləns] *n.* 厌恶，憎恶，反感
dispose [di'spəuz] *v.* ①布置，排列，整理，配置 ②使有倾向
[同根] disposable [di'spəuzəbəl] *a.* ①用完即弃的，一次性的 ②可任意处理(支配)的
disposal [di'spəuzəl] *n.* ①丢掉，清除 ②布置，排列，配置
disposed [di'spəuzd] *a.* 想要的，有…倾向的
disposition [dispə'ziʃən] *n.* ①排列，部署 ②意向，倾向 ③性情，性格
snatch [snætʃ] *v.* 攫取，抢，夺取

63. Some crops are relatively high yielders and could be planted in preference to others to ________ the food supply.
A) enhance B) curb C) disrupt D) heighten

yielder ['jiːldə(r)] *n.* ①让步者，屈服者 ②提供产品的人
[同根] yield [jiːld] *n.* ①产量 ②收益 *v.* ①出产 ②生长，生产 ③屈服，屈从
yielding ['jiːldiŋ] *a.* ①出产的 ②易弯曲的 ③屈从的 ④易受影响的 *n.* 让步
in preference to 优先于…
enhance [in'hɑːns] *v.* 提高(质量、价值、吸引力等)，增强，增进，增加
[同义] better, improve, uplift, strengthen
[同根] enhanced [in'hɑːnst] *a.* 增强的，提高的，放大的
enhancement [in'hɑːnsmənt] *n.* 增进，增加
curb [kəːb] *v.* 控制，约束 *n.* ①控制，约束 ②(由路缘石砌成的街道或人行道的)路缘
disrupt [dis'rʌpt] *v.* ①干扰，扰乱 ②打断，妨碍
[同根] disruption [dis'rʌpʃən] *n.* 中断，分裂，瓦解，破坏

64. Astronomers at the University of California discovered one of the most distant ________.

A) paradoxes B) paradises C) galaxies D) shuttles

paradox [ˈpærədɔks] *n.* ①似矛盾而(可能)正确的说法 ②自相矛盾的荒谬说法 ③有明显的矛盾特点的人或事

[同义] contradiction

[同根] paradoxical [ˌpærəˈdɔksikəl] *a.* 似矛盾而(可能)正确的,自相矛盾的

correlation [ˌkɔriˈleiʃən] *n.* 相互关系,相关

paradise [ˈpærədaiz] *n.* 天堂

[同义] heaven

[反义] hell

galaxy [ˈgæləksi] *n.* ①星系 ②[the G-] 银河系,银河 ③一群(杰出或著名的人物)

shuttle [ˈʃʌtl] *n.* ①航天飞机 ②短程穿梭运行的飞机(或火车、车辆) ③(织机的)梭子 *v.* 短程穿梭运行,短程穿梭运送

65. Many great scientists ________ their success to hard work.

A) portray B) ascribe C) impart D) acknowledge

portray [pɔːˈtrei] *v.* ①描绘,描写 ②表演,饰演

[同义] depict, describe, illustrate, represent

[同根] portrayal [pɔːˈtreiəl] *n.* ①描绘,描写 ②肖像,人像

portrait [ˈpɔːtrit] *n.* ①肖像,人像 ②描绘,描写

ascribe [əˈskraib] *v.* ①把…归因于(to) ②把…归属于

[同义] assign, attribute

[同根] ascription [əˈskripʃən] *n.* 归因,归属

ascribable [əˈskraibəbəl] *a.* 可于…的

[词组] ascribe... to... ①把…归因于… ②把…归属于…

impart [imˈpɑːt] *v.* 给予(尤指抽象事物),通知,告知

[同义] give, pass on

[同根] impartment [imˈpɑːtmənt] *n.* (=impartation)给予,告知

[词组] impart... to 把…给予,把…通知给

acknowledge [əkˈnɔlidʒ] *v.* ①承认,认为…属实 ②对…打招呼,理会 ③告知(信件、礼物等)已收到 ④对…表示谢意

[同义] accept, admit, concede, grant

[反义] deny, disregard, ignore

[同根] acknowledgement [əkˈnɔlidʒmənt] *n.* ①承认,确认 ②致谢,鸣谢 ③确认通知,回音

66. The sign set up by the road ________ drivers to a sharp turn.

A) alerts B) refreshes C) pleads D) diverts

alert [əˈləːt] *v.* 向…报警,使警惕 *n.* ①警觉(状态),戒备(状态) ②警报 *a.* ①留神的,注意的 ②警觉的,警惕的

[同义] alarm, watchful, attentive

[同根] alertness [əˈləːtnis] *n.* 警戒,机敏

alertly [əˈləːtli] *ad.* 提高警觉地,留意地

[词组] on(the) alert 警戒着，随时准备着，密切注意着

refresh [ri'freʃ] *v.* ①(使)精神振作，(使)精力恢复 ②使变得新鲜 ③补充给养
[同义] revive, restore
[反义] exhaust
[同根] fresh [freʃ] *a.* ①新鲜的，生的 ②凉爽的，清新的 ③鲜艳的
refreshment [ri'freʃmənt] *n.* ①精力恢复，爽快 ②(食品、休息等)起提神作用的事物 ③点心，饮料，便餐
refreshing [ri'freʃiŋ] *a.* ①提神的，凉爽的 ②给人新鲜感的，怡人的
[词组] refresh one's memory 唤起记忆

plead [pli:d] *v.* ①恳求，请求 ②申诉，答辩，辩护 ③为…辩护 ④提出…为理由(或借口)
[同义] appeal, beg
[同根] plea [pli:] *n.* ①恳求，请求 ②抗辩，答辩，辩护 ③借口，托辞
pleading ['pli:diŋ] *n.* ①恳求，请求 ②申诉，答辩 ③诉讼程序 *a.* 恳求的，请求的

divert [dai'və:t] *v.* ①使转向，使改道 ②转移，转移…的注意力 ③使娱乐，使消遣
[同义] detract, distract, amuse, entertain
[同根] diversion [dai'və:ʃən] *n.* ①转移，转向 ②消遣，娱乐
diversify [dai'və:sifai] *v.* 使不同，使多样化
diversity [dai'və:siti] *n.* 差异，不同，多样性
diverse [dai'və:s] *a.* 种类不同的
[词组] divert from ①使从…转向，使从…改道 ②从…转移

67. The doctors don't ________ that the patient will live much longer.
A) monitor B) manifest C) articulate D) anticipate

monitor ['mɔnitə] *v.* 监听，监视，监控 *n.* ①监听器，监视器，监控器 ②班长，级长

manifest ['mænifest] *v.* 使显现，使显露 *a.* 显然的，明白无误的，明了的
[同义] apparent, plain, obvious
[同根] manifestation [ˌmænifes'teiʃən] *n.* 显示，表明

articulate [ɑ:'tikjuleit] *v.* ①明确有力地表达 ②清晰地吐(字)，清晰地发(音) [ɑ:'tikjulət] *a.* ①发音清晰的 ②善于表达的 ③表达得清楚有力的
[同义] utter, speak
[同根] articulation [ɑ:ˌtikju'leiʃən] *n.* 发音，读音
inarticulate [ˌinɑ:'tikjuleit] *a.* 口齿不清的，不善于表达的，

anticipate [æn'tisipeit] *v.* 预期，期望，预料
[同义] expect, foresee
[同根] anticipation [ˌæntisi'peiʃən] *n.* ①预期，预料，预感 ②预先采取的行动

68. Call your doctor for advice if the ______ persist for more than a few days.
A) responses B) signals C) symptoms D) reflections

persist [pə:'sist] *v.* ①持续，存留 ②坚持不懈，执意 ③坚持说，坚称
[同义] continue, persevere, go on
[反义] desist
[同根] persistence [pə'sistəns] *n.* ①坚持，固执 ②持续，存留
persistent [pə'sistənt] *a.* ①持续的，顽强地存在的 ②坚持不懈的

persistently [pə'sistəntli] *ad.* ①持续地，顽强地存在地 ②坚持不懈地

[词组] persist in/with 坚持不懈，执意

response [ri'spɔns] *n.* ①回答，答复 ②响应，反应

[同义] answer, reaction

[同根] respond [ri'spɔnd] *v.* ①回答，作答 ②响应，作出反应

responsibility [riˌspɔnsə'biliti] *n.* ①责任，负责的状态 ②责任心 ③职责，义务，负担

responsible [ri'spɔnsəbəl] *a.* ①有责任的，需承担责任的 ②有责任感的 ③作为原由的

irresponsible [ˌiri'spɔnsəbəl] *a.* 不负责任的，不可靠的

[词组] in response 作为回答

in response to 作为对…的答复(反应)

signal ['signəl] *n.* 信号 *v.* 发信号，用信号通知，打手势示意

[同义] guesture, sign

[同根] sign [sain] *n.* ①标记，符号，手势 ②指示牌 ③足迹，痕迹 ④征兆，迹象 *v.* ①签名(于)，署名(于)，签署 ②做手势，示意

signature ['signitʃə] *n.* 签名，署名

signify ['signifai] *v.* 表示…的意思，意味，预示

significance [sig'nifikəns] *n.* 意义，重要性

significant [sig'nifikənt] *a.* 有意义的，重大的，重要的

symptom ['simptəm] *n.* ①症状 ②征候，征兆

[同义] implication, indication, sign

reflection [ri'flekʃən] *n.* ①映像 ②反射，反照 ③深思，考虑，反省

[同义] consideration, meditation, contemplation

[同根] reflect [[ri'flekt] *v.* ①反射(光，热，声等) ②映出，照出 ③反映，表明，显示 ④深思，考虑，反省

reflective [ri'flektiv] *a.* ①反射的，反照的，反映的 ②思考的，沉思的

reflector [ri'flektə(r)] *n.* 反射器，反射镜，反射物

69. We find it impossible to ________ with the latest safety regulations.
A) accord B) unify C) obey D) comply

regulation [regju'leiʃən] *n.* ①规则，规章，条例 ②管理，控制，调节

[同根] regulate ['regjuleit] *v.* ①管理，控制，为…制订规章 ②校准，调整，调节

regulative ['regjulətiv] *a.* ①管理的，规定的 ②调整的，调节的

regular ['regjulə] *a.* ①规则的，有秩序的 ②经常的 ③定期的

regularly ['regjuləli] *ad.* 有规律地，有规则地，整齐地，匀称地

accord [ə'kɔːd] *v.* ①相符合，相一致(with) ②授予，给予 *n.* ①一致，符合 ②(尤指国与国之间的)谅解，协议

[同义] agree, geant, conformity, agreement

[同根] accordance [ə'kɔːdəns] *n.* ①一致，符合 ②授予，给予

accordant [ə'kɔːdənt] *a.* 一致的，和谐的，相符合的

according [ə'kɔːdiŋ] (～ to) *prep.* 根据，依照

accordingly [ə'kɔːdiŋli] *ad.* 因此，从而

disaccord [ˌdisə'kɔːd] *v.* & *n.* 不一致，不和

discord ['diskɔːd] *n.* (意见、想法等)不一

致，不协调，争论，冲突
[di'skɔ:d] *v.* 不一致，不协调
[词组] in accord with 与…一致
of one's own accord 出于自愿，主动地
with one accord 一致地，一致同意地

unify ['ju:nifai] *v.* ①使联合，统一 ②使相同，使一致
[同义] combine, consolidate, unite
[同根] unite [ju:'nait] *v.* ①(使)联合，团结 ②(使)接合，混合 ③使结婚
unification [ˌju:nifi'keiʃən] *n.* 统一，联合，合一，一致
unity ['ju:niti] *n.* 团结，联合，统一，一致
union ['ju:niən] *n.* ①联合，合并，结合 ②联盟，协会

obey [ə'bei] *v.* 服从，顺从
[同义] comply, submit, yield
[同根] obedient [ə'bi:diənt] *a.* 服从的，孝顺的
obediently [ə'bi:diəntli] *ad.* 服从地，顺从地

comply [kəm'plai] *v.* 遵从，顺从，服从(请求、命令、某人的愿望等)
[同义] agree, conform, obey, submit
[反义] deny, refuse, reject
[同根] compliance [kəm'plaiəns] *n.* 依从，顺从，屈从
compliant [kəm'plaiənt] *a.* 顺从的，听从的
[词组] comply with 遵守，服从

70. Professor Smith and Professor Brown will ________ in presenting the series of lectures on American literature.
A) alter B) alternate C) substitute D) exchange

present [pri'zent] *v.* ①陈述，介绍 ②赠送，授予 ③呈现，显示 ④提供，递交
['preznt] *n.* ①赠品，礼物 ②现在 *a.* ①现在的 ② 出席的
[同义] deliver, donate, grant
[同根] presentation [ˌprezen'teiʃən] *n.* ①陈述，介绍 ②显示，呈现 ③提供，递交 ④赠送，奉献

literature ['litəritʃə] *n.* 文学(作品)
[同根] literacy ['litərəsi] *n.* 有文化，有读写能力
literal ['litərəl] *a.* ①按照字意的，照字面上的 ②求实际的，无想像力的
literary ['litərəri] *a.* 文学(上)的，从事写作的
literate ['litərit] *n.* 会读书和写字的人 *a.* 有文化的，有阅读和写作能力的
literally['litərəli] *ad.* 逐字地

alter ['ɔ:ltə] *v.* 改变，变更
[同义] change, deviate, diversify, modify
[反义] conserve, preserve
[同根] alteration [ˌɔ:ltə'reiʃən] *n.* 改变，变更

alternate ['ɔ:ltə:neit] *v.* ①轮流，依次 ②交替，更迭
[ɔ:l'tə:nət] *a.* ①交替的，轮流的 ②间隔的
[同义] interchange, switch, take turns
[同根] alter ['ɔ:ltə] *v.* 改变，变更
alternation [ˌɔ:ltə:'neiʃən] *n.* 交替，轮流，间隔
alternative [ɔ:l'tə:nətiv] *n.* ①二中择一，取舍 ②供选择的东西，供抉择的解决办法 *a.* 二中择一的，供选择的
alternatively [ɔ:l'tə:nətivli] *ad.* 或，非此即彼，如其不然

substitute [ˈsʌbstitjuːt] *v.* 代替，替换 *n.* ①代用品，替代品 ②代替者
[同义] replace
[同根] substitution [ˌsʌbstiˈtjuːʃən] *n.* 代用，代替，替换
substitutive [ˈsʌbstitjuːtiv] *a.* 代用的
[词组] substitute for... 代替…
substitute A for B 用A代替B

exchange [iksˈtʃeindʒ] *v.* ①更换，把…换成(for) ②交换，互换(with) ③兑换 *n.* 交换，互换，交流，更换
[同根] exchangeable [iksˈtʃeindʒəbəl] *a.* 可更换的，可调换的，可交换的，可兑换的
[词组] in exchange for 作为(对…的)交换(或替代)

Answer Key					
41－45	CABAD	46－50	DBACA	51－55	BCBAC
56－60	BDDAC	61－65	BAACB	66－70	ADCDB

Vocabulary 2004.6

41. It is generally known that New York is a city for ________ and a center for odd bits of information.
A) veterans B) victims C) pedestrians D) eccentrics

odd [ɔd] *a.* ①奇怪的，古怪的 ②奇数的，不成对的
[同义] bizarre, eccentric, queer, weird spare
[反义] even
[同根] oddity [ˈɔditi] *n.* ①奇异，古怪 ②怪异的行为，怪人，怪事

veteran [ˈvetərən] *n.* ①老手，富有经验的人 ②老兵 ③退伍军人 *a.* 老兵的，经验丰富的

victim [ˈviktim] *n.* 受害人，牺牲者，牺牲品
[同义] loser, prey

pedestrian [pəˈdestriən] *n.* 步行者，行人

eccentric [ikˈsentrik] *n.* 行为古怪的人 *a.* 荒谬的，荒唐的
[同义] abnormal, irregular, odd, peculiar
[反义] common, general, normal, ordinary
[同根] eccentricity [eksenˈtrisiti] *n.* 古怪
eccentrically [ikˈsentrikli] *ad.* 反常地

42. High grades are supposed to ________ academic ability, but John's actual performance did not confirm this.
A) certify B) clarify C) classify D) notify

be supposed to 应该，被期望

academic ability 学术能力

performance [pə'fɔːməns] *n.* ①工作情况,表现 ②履行,执行,实行 ③演出,演奏,表演 ④功绩,成绩
[同义] presentation, accomplishment
[同根] perform [pə'fɔːm] *v.* ①履行,执行 ②表演,演出

confirm [kən'fəːm] *v.* ①证实,肯定 ②进一步确定,确认 ③坚持认为(that)
[同义] verify, prove, strengthen
[同根] confirmation [kɔnfə'meiʃ(ə)n] *n.* ①证实,证明 ②批准,确认
confirmatory [kən'fəːmətəri] *a.* (用于)证实的
confirmative [kən'fəːmətiv] *a.* (= confirmatory

certify ['səːtifai] *v.* ①证明,证实 ②发证书(或执照)给 ③担保,(银行)在(支票)正面签署保证付款
[同义] affirm, confirm, guarantee, testify
[同根] certified ['səːtifaid] *a.* ①证明合格的 ②持有证件的
certificate [sə'tifikit] *n.* ①证(明)书 ②凭证,单据 ③证明
certification [ˌsəːtifi'keiʃən] *n.* 证明,证书
certificated [sə'tifikeitid] *a.* 领有证书的,合格的

clarify ['klærifai] *v.* ①澄清,阐明 ②消除头脑中的混乱 ③净化
[同义] explain, make clear, simplify
[反义] confuse
[同根] clarification [ˌklærifi'keiʃən] *n.* 澄清,阐明
clarity ['klæriti] *n.* 清晰,清澈,透明

classify ['klæsifai] *v.* 分类,归类
[同义] categorize, sort
[同根] class [klɑːs] *n.* ①种,类,等级 ②阶级,社会等级,③班级,(一节)课 *v.* 把…分类,归类
classified ['klæsifaid] *a.* 按种类分列的,类别的
classification [ˌklæsifi'keiʃən] *n.* 分类,门类,种类

notify ['nəutifai] *v.* 通知,告知,报告
[同义] advise, inform, report
[同根] notice ['nəutis] *n.* ①通知,布告 ②注意 *v.* 注意到
notification [ˌnəutifi'keiʃən] *n.* 通知,布告,告示

43. In spite of the ________, it seemed that many of the invited guests would still show up.
A) deviation B) distinction C) controversy D) comparison

show up 出现,到来

deviation [ˌdiːvi'eiʃən] *n.* 背离
[同义] turn away, leave, departure
[同根] deviate ['diːvieit] *v.* (from)背离,偏离
deviant ['diːviənt] *a.* 偏常的,不正常的 *n.* 偏常者,不正常者

distinction [di'stiŋkʃən] *n.* ①差别,不同 ②区分,辨别 ③特征,特点 ④荣誉,著名
[同根] distinct [di'stiŋkt] *a.* ①有区别的,不同的 ②明显的,清楚的 ③明确的
distinctly [di'stiŋktli] *ad.* 清楚地,显然
distinctive [di'stiŋktiv] *a.* 特殊的,特别的,有特色的
distinctively [di'stiŋktivli] *ad.* 特殊地,特别地

comparison [kəm'pærisn] *n.* 比较,对照
[同义] contrast

[同根] compare [kəm'pɛə] *v.* ①比较，对照(with) ②把…比作，比喻(to)

comparable ['kɔmpərəb(ə)l] *a.* ①同等的，等量齐观的 ②可比拟的，可比较的，比得上的

comparative [kəm'pærətiv] *a.* 比较的，比较研究的

[词组] bear/stand comparison with 不亚于，比得上

by comparison 比较起来，用比较方法

in comparison with 和…比较起来

controversy ['kɔntrəvə:si] *n.* (尤指文字形式的)争论，辩论

[同义] argument, dispute, quarrel

[同根] controversial [ˌkɔntrə'və:ʃəl] *a.* 争论的，引起争论的，有争议的

controversialist [ˌkɔntrə'və:ʃəlist] *n.* 争论者，好争论者

[词组] without/beyond/out of controversy 无可争议，无疑

44. The relatives of those killed in the crash got together to seek ________.
A) premium B) compensation C) repayment D) refund

crash [kræʃ] *n.* & *v.* ①(汽车、飞机等)坠毁，撞击 ②失败，崩溃，破产

premium ['primiəm] *n.* ①奖品，奖金 ②额外补贴，津贴 ③(为推销商品而给的)优惠

[同义] reward, bonus

[词组] at a premium ①以高价 ②稀缺的，十分需要的

compensation [ˌkɔmpen'seiʃən] *n.* 补偿，赔偿，补偿(或赔偿)的款物

[同根] compensate ['kɔmpənseit] *v.* 补偿，赔偿

repayment [ri:'peimənt] *n.* ①偿还，偿还的款项 ②报答，报复

refund [ri:'fʌnd] *n.* 退款 *v.* 退还(钱款)

[同义] pay back, repay

[同根] fund [fʌnd] *n.* ①基金，专款 ②储备，贮存 *v.* ①为…提供资金，资助 ②积累，积聚

45. At first everything went well with the project but recently we have had a number of ________ with the machinery.
A) disturbances B) setbacks C) outputs D) distortions

disturbance [di'stə:bəns] *n.* ①骚乱，混乱 ②扰乱，打扰 ③心神不安，烦恼

[同根] disturb [di'stə:b] *v.* ①打扰，扰乱 ②妨碍，打断 ③使心神不安

setback ['setbæk] *n.* 挫折，失败

output ['autput] *n.* 产量，输出，输出量

distortion [di'stɔ:ʃən] *n.* ①扭曲，变形 ②歪曲，曲解

[同义] twist

[同根] distort [di'stɔ:t] *v.* ①歪曲，曲解 ②扭曲，使变形

46. He tried to hide his ______ patch by sweeping his hair over to one side.
A) barren B) bare C) bald D) bleak

patch [pætʃ] *n.* ①斑，与周围不同的部分 ②补丁，补片，碎片 ③一小块地 *v.* ①补缀，修补，草草修理 ②拼凑 ③暂时解决(分歧、困难等)

[词组] patch up 修理，草率做成

barren ['bærən] *a.* ①(土地等)贫瘠的，荒芜的 ②不(生)育的，不结果实的 ③无益的，没有结果的

[同义] futile, empty, childless, sterile

[反义] fertile, rich

[同根] barrenness ['bærənnis] *n.* 贫瘠，荒芜，不育症，不孕症

bare [bɛə] *a.* 赤裸的，无遮蔽的，空的 *v.* 使赤裸，露出

[同义] uncovered, empty, strip

[同根] barely ['bɛəli] *ad.* 仅仅，刚刚，几乎不能

bald [bɔːld] *a.* ①秃头，秃的 ②(织物、轮胎等)磨光的 ③明显的，不加掩饰的

[同义] hairless, bare, dull

[同根] baldness ['bɔːldnis] *n.* 光秃，枯燥，率直

baldly ['bɔːldli] *ad.* 不加掩饰地

bleak [bliːk] *a.* ①没有希望的 ②凄凉的，荒凉的 ③寒冷刺骨的 ④缺乏热情的

[同义] dismal, dreary, chilly, cold,

[反义] promising, animated

47. The old couple now still ________ for their beloved son, 30 years after his death.

A) cherish B) groan C) immerse D) mourn

cherish ['tʃeriʃ] *v.* ①抱有，怀有(希望、想法、感情等) ②爱护，抚育 ③珍爱，珍视

[同义]treasure, value

[反义]abandon, desert

groan [grəun] *v.* & *n.* 呻吟

immerse [i'məːs] *v.* ①使浸没 ②使沉浸在，使专心于

[同义] absorb, drown, engage, submerge

[同根] immersion [i'məːʃən] *n.* 沉浸

[词组] immerse... in ①将…浸入(水或其它液体中) ②使专心，使陷入

mourn [mɔːn] *v.* ①哀悼 ②(对…)感到痛心(或遗憾)

[同义] grieve

[同根] mournful ['mɔːnful] *a.* 悲哀的

mournfully ['mɔːnfuli] *ad.* 悲哀地

[词组] mourn for/over 哀悼…

48. Coffee is the ________ of this district and brings local farmers a lot of money.

A) majority B) staple C) spice D) elite

staple ['steipl] *n.* ①主要产品 ②主食 ③订书钉，U形钉 *v.* 用钉书钉订 *a.* ①最重要的，主要的，基本的 ②经常需要(或使用)的

elite [ei'liːt, i'liːt] *n.* ①[总称]上层人士，掌权人物，实力集团 ②[总称]出类拔萃的人(集团)，精英

spice [spais] *n.* ①香料，调味品 ②趣味，意味，情趣 *v.* 给…调味

[同义] flavor, season

[同根] spicy [ˈspaisi] *a.* ①辛辣的 ②香料的，加香料的

spicily [ˈspaisili] *ad.* 香料地，辛辣地

49. Before we move, we should ________ some of the old furniture, so that we can have more room in the new house.

A) discard B) dissipate C) cancel D) conceal

discard [disˈkɑːd] *v.* & *n.* 丢弃，抛弃

[同义] dispose of, get rid of, reject, throw away

dissipate [ˈdisipeit] *v.* ①使消散，使消失 ②浪费，挥霍

[同义] dispel, disperse, scatter, waste

[反义] accumulate

[同根] dissipation [ˌdisiˈpeiʃən] *n.* 消散，分散，浪费

dissipated [ˈdisipeitid] *a.* ①放荡的 浪荡的 ②被浪费的 ③分散的

cancel [ˈkænsəl] *v.* ①取消 ②删去，略去 ③把…作废

[同义] call off, erase, wipe out

[同根] cancellation [kænsəˈleiʃən] *n.* 取消

[词组] cancel out 抵偿，（相互）抵消

conceal [kənˈsiːl] *v.* 隐藏，隐蔽，隐瞒

[同义] hide, disguise, veil

[反义] disclose, reveal

[同根] concealment [kənˈsiːlmənt] *n.* 隐匿，隐蔽，躲藏，躲避

50. You cannot imagine how I feel ________ with my duties sometimes.

A) overflowed B) overthrown

C) overwhelmed D) overturned

overflow [ˌəuvəˈfləu] *v.* ①充满，洋溢（with）②泛滥，满得外溢，外流 *n.* ①泛滥，溢出，满出 ②容纳不下的物（或人）

[同义] flood, overspill

overthrow [ˌəuvəˈθrəu] *v.* ①推翻，打倒 ②使终止，毁灭 *n.* 推翻，终止，毁灭

[同义] defeat, overpower

overwhelm [ˌəuvəˈwelm] *v.* ①征服，制服，压倒 ②使受不了，使不知所措 ③覆盖，淹没

[同根] overwhelming [ˌəuvəˈwelmiŋ] *a.* 势不可挡的，压倒性的

overwhelmingly [ˌəuvəˈwelmiŋli] *ad.* 势不可挡地，压倒性地

[词组] be overwhelmed with 受不了…，对…不知所措

overturn [ˌəuvəˈtəːn] *v.* ①使翻转，使倾覆，使倒下 ②颠覆，推翻

[同义] overthrow

51. Anyone not paying the registration fee by the end of this month will be ________ to have withdrawn from the program.

A) contemplated B) deemed

C) acknowledged D) anticipated

registration [ˌredʒisˈtreiʃən] *n.* 登记，注册，挂号
[同义] enrollment
[同根] register [ˈredʒistə] *n.* ①记录，登记，注册（邮件等的）挂号 *v.* ①记录，登记，注册 ②挂号邮寄 ③显示，表达
registered [ˈredʒistəd] *a.* ①已注册的，已登记的，已挂号的 ②记名的
registering [ˈredʒistəriŋ] *n.* 寄存

withdraw [wiðˈdrɔː] *v.* ①取消，撤消 ②收回，提取 ③（使）撤退，退出
[同义] recede, retire, retreat
[同根] withdrawal [wiðˈdrɔːəl] *n.* ①取消，撤消，撤退，退出 ②收回，提款
withdrawn [wiðˈdrɔːn] *a.* ①沉默寡言的，性格内向的 ②僻静的，孤立的

contemplate [ˈkɔntempleit] *v.* ①思量，对…周密考虑 ②（沉思地）注视，凝视 ③盘算，计议
[同义] ponder, speculate
[同根] contemplation [ˌkɔntemˈpleiʃən] *n.* ①凝视 ②沉思，深思熟虑
contemplative [ˈkɔntempleitiv] *a.* 沉思的深思熟虑的

deem [diːm] *v.* 认为，以为，视为，相信
[同义] assume, believe, consider, regard

acknowledge [əkˈnɔlidʒ] *v.* ①承认，认为…属实 ②对…打招呼，理会 ③告知（信件、礼物等）已收到 ④对…表示谢意
[同义] accept, admit, concede, grant
[反义] deny, disregard, ignore
[同根] acknowledgement [əkˈnɔlidʒmənt] *n.* ①承认，确认 ②致谢，鸣谢

anticipate [ænˈtisipeit] *v.* 预期，期望，预料
[同义] expect, foresee
[同根] anticipation [ˌæntisiˈpeiʃən] *n.* ①预期，预料，预感 ②预先采取的行动

52. Although he was on a diet, the delicious food ______ him enormously.
A) distracted B) stimulated C) inspired D) tempted

on a diet 节食

enormously [iˈnɔːməsli] *ad.* 极大地，巨大地
[同义] hugely, immensely
[同根] enormous [iˈnɔːməs] *a.* ①巨大的，极大的，庞大的 ②穷凶极恶的

distract [diˈstrækt] *v.* 转移（注意力），分散（思想），使分心
[同义] confuse, disturb, divert
[反义] attract
[同根] distracted [diˈstræktid] *a.* 心烦意乱的
distraction [diˈstrækʃən] *n.* ①分心，分心的事物 ②娱乐

stimulate [ˈstimjuleit] *v.* ①刺激，激励 ②促使，引起
[同义] incite, arouse, excite, prompt, stir, activate, inspire, motivate
[反义] discourage
[同根] stimulus [ˈstimjuləs] *n.* ①刺激物，促进因素 ②刺激，刺激
stimuli [ˈstimjulai]（stimulus 的复数）
stimulant [ˈstimjulənt] *n.* ①刺激物 ②兴奋剂
stimulation [ˌstimjuˈleiʃən] *n.* 激励，鼓舞，刺激
stimulating [ˈstimjuleitiŋ] *a.* 刺激的，有刺激性的

inspire [inˈspaiə] *v.* ①鼓舞，激励 ②（在心中）激起，唤起（某种思想，情感）③驱使，促使 ④赋予灵感

[同义] encourage, influence, prompt
[同根] inspiration [ˌinspəˈreiʃən] *n.* ①灵感 ②鼓舞人心的人(或事物) ③妙计,好办法
inspired [inˈspaiəd] *a.* 在灵感支配下(写)的,凭灵感的
inspiring [inˈspaiəriŋ] *a.* 启发灵感的,鼓舞人心的
inspirational [ˌinspəˈreiʃənəl] *a.* 鼓舞人心的,有鼓舞力量的
[词组] inspire sth. in sb. 使某人产生某种感情,激发某人的某种感情
inspire sb. with sth. 用某事激发某人的某种感情

tempt [tempt] *v.* ①诱惑,引诱 ②吸引,使感兴趣
[同义] appeal, attract, lure, seduce
[同根] temptation [tempˈteiʃən] *n.* ①勾引,诱惑,引诱 ② 诱惑物,迷人之物
tempting [ˈtemptiŋ] *a.* 诱惑人的

53. The police are trying to ________ what really happened.
A) ascertain B) assert C) avert D) ascribe

ascertain [ˌæsəˈtein] *v.* 查明,弄清,确定
[同义] discover, confirm
[反义] assume, guess
[同根] certain [ˈsəːtən] *a.* ①确定的,无疑的,必然的 ②某一个
ascertainment [ˌæsəˈteinmənt] *n.* 查明,弄清,确定

assert [əˈsəːt] *v.* ①肯定地说,断言 ②维护,坚持
[同义] declare, affirm
[反义] deny, contradict
[同根] assertion [əˈsəːʃən] *n.* ①断言 ②要求,主张
assertive [əˈsəːtiv] *a.* 断然的,确定无疑的
[词组] assert oneself 坚持自己的权利(或意见),显示自己的权威(或威力)

avert [əˈvəːt] *v.* ①防止,避免 ②转移(目光、注意力等)
[同义] prevent, avoid, prohibit
[反义] face
[词组] avert from 从…转移开

ascribe [əˈskraib] *v.* ①把…归因于 ②把…归属于
[同义] assign, attribute
[同根] ascription [əˈskripʃən] *n.* 归因,归属
ascribable [əˈskraibəbl] *a.* 可归于…的
[词组] ascribe... to... ①把…归因于… ②把…归属于…

54. He said that ending the agreement would ________ the future of small or family-run shops, lead to fewer books being published and increase prices of all but a few bestsellers.
A) venture B) expose C) jeopardize D) legalize

lead to 导致,导向
bestseller 畅销书
venture [ˈventʃə] *v.* ①冒险 ②敢于,胆敢 *n.* 冒险,投机
[同义] adventure, attempt, enterprise
[同根] adventure [ədˈventʃə] *n.* 冒险,冒险的经历 *v.* 冒险

venturesome ['ventʃəsəm] *a.* ①冒险的，危险的 ②好冒险的，大胆的
venturous ['ventʃərəs] *a.* ①冒险的，危险的 ②好冒险的，大胆的

expose [ik'spəuz] *v.* ①使暴露，揭露，揭示 ②使面临，使接触 ③ 使遭受，招致
[同义] reveal, show
[反义] conceal, cover, hide
[同根] exposure [ik'spəuʒə] *n.* ① 暴露，揭露，揭穿 ②曝晒 ③曝光
[词组] expose to 使暴露于，使接触，使遭受

jeopardize/ise ['dʒepədaiz] *v.* 危及，损害
[同义] endanger, imperil
[同根] jeopardy ['dʒepədi] *n.* 危险
jeopardous ['dʒepədəs] *a.* 危险的，冒险的

legalize ['li:gəlaiz] *v.* 使合法，使成为法定
[同义] authorize, sanction
[同根] legality [li:'gæliti] *n.* 合法
legal ['li:gəl] *a.* ①法律的，法定的 ②合法的
illegal [i'li:gəl] *a.* 违法的
legally ['li:gəli] *ad.* 法律上，合法地

55. As we know, computers are used to store and ________ information efficiently.
A) reclaim　B) reconcile　C) reassure　D) retrieve

efficiently [i'fiʃəntli] *ad.* 有效率地，有效地
[同义] competently, proficiently
[反义] inefficiently
[同根] effect [i'fekt] *n.* ①结果 ②效力，作用，影响 ③实行，生效，起作用
efficiency [i'fiʃənsi] *n.* 效率，功效
effective [i'fektiv] *a.* ① 能产生(预期)结果的，有效的 ②生效的，起作用的 ③给人深刻印象的，有力的
efficient [i'fiʃənt] *a.* ①(直接)生效的 ②有效率的，能干的 ③能胜任的

reclaim [ri'kleim] *v.* ①要回，回收 ②开垦(荒地)
[同义] regain, redeem
[反义] abandon
[同根] claim [[kleim] *v.* & *n.* ①声称，宣称 ②(根据权利)要求，认领
reclamation [ˌreklə'meiʃən] *n.* ① 开垦 ②废物回收利用

reconcile ['rekənsail] *v.* ①使协调 ②使和解 ③(to)使顺从(于)，使甘心(于)
[同义] settle, harmonize, adapt
[同根] reconciliation [ˌrekənsili'eiʃən] *n.* 和解，调和，顺从
reconcilable ['rekənsailəbəl] *a.* 可和解的，可调和的
[词组] reconcile sb. with sb. 使人在争吵后和好，和解
reconcile sth. with sth. 使…与…和谐，一致
be reconciled to 安于，顺从于

reassure [ri:ə'ʃuə] *v.* 使…安心，再保证，使…恢复信心，打消…的疑虑
[同义] reinsure
[同根] sure [ʃuə] *a.* ①必定的，确信的 ②可靠的，稳妥的 *ad.* 的确，当然
assure [ə'ʃuə] *v.* ①深信不疑地对…说，向…保证 ②使确信，保证给
assurance [ə'ʃuərəns] *n.* ①保证 ②把握，信心
assured [ə'ʃuəd] *a.* ①确定的，有保证的 ②自信的，自满的

ensure [inˈʃuə] *v.* ①确保,保证,担保,保证得到 ②使安全

insure [inˈʃuə] *v.* ①给…保险 ②保证,确保

retrieve [riˈtriːv] *v.* ①检索 ②重新得到,取回,收回 ③挽回,补救

[同义] fetch, regain, restore, recover

[同根] retrieval [riˈtriːvəl] *n.* 检索,取回,恢复,重获,补救

[词组] retrieve from 拯救某人使免于

56. His illness first ________ itself as severe stomach pains and headaches.
A) expressed B) manifested C) reflected D) displayed

express [ikˈspres] *v.* ①表示,表达,表现 ②把…作快递邮件寄发,[美]快运,快汇 *a.* ①明确的,专门的 ②快速的,快递的 *ad.* ①快速地 ②用快递方式地 *n.* ①快车(= express train) ②快递服务,快件服务

[同根] expression [ikˈspreʃən] *n.* ①表达,说明 ②表情,态度 ③说法,措辞

expressive [ikˈspresiv] *a.* 表现的,有表现力的,富于表情的

expressively [ikˈspresivli] *ad.* 表现地,表示地

[词组] express oneself 表达自己的思想(感情,意见)

manifest [ˈmænifest] *v.* (使)显现,(使)显露 *a.* 显然的,明白无误的,明了的

[同义] apparent, plain, obvious

[同根] manifestation [ˌmænifesˈteiʃən] *n.* 显示,表明

reflect [riˈflekt] *v.* ①反射,反映 ②思考,沉思

[同义] mirror, consider, contemplate, meditate, ponder

[同根] reflection [riˈflekʃən] *n.* ①反射,反映,倒影 ②沉思,考虑

reflector [riˈflektə(r)] *n.* 反射体,反射镜

reflective [riˈflektiv] *a.* 沉思的,反射的

display [diˈsplei] *v.* ①陈列,展览 ②显示 *n.* ①陈列,展览 ②显示 ③显示器

[同义] demonstrate, exhibit, illustrate, parade, show

[反义] conceal, hide

[词组] on display 正在展览中

57. The ________ they felt for each other was obvious to everyone who saw them.
A) affection B) adherence C) sensibility D) sensitivity

affection [əˈfekʃən] *n.* ①喜爱 ②[常作复数]爱慕,钟爱之情

[同义] love, admiration

[同根] affectionate [əˈfekʃənit] *a.* 表示爱的,充满深情的

affect [əˈfekt] *v.* ①佯装,假装 ②模仿

affected [əˈfektid] *a.* 矫饰的,做作的,不自然的

affectation [ˌæfekˈteiʃən] *n.* 假装,虚饰,做作

adherence [ədˈhiərəns] *n.* ①坚持,遵守 ②依附,信奉 ③粘附

[同义] loyalty, perseverance, devotion

[同根] adhere [ədˈhiə] *v.* (to)①粘附,附着 ②遵守,坚持 ③追随,支持

adherent [ədˈhiərənt] *n.* 追随者,拥护者

adhesion [ədˈhiːʒən] *n.* ①粘附 ②追随,支持

adhesive [əd'hi:siv] *a.* 带粘性的 *n.* 粘合剂

sensibility [ˌsensi'biliti] *n.* ①感觉(力) ②(情绪上的)敏感,善感 ③鉴赏力

[同根] sense [sens] *n.* ①官能,感觉,意识 ②赏识,领悟 ③判断力,见识 ④意义,意味 *v.* 感到,理解,认识

sensible ['sensəbəl] *a.* ①明智的,有判断力的 ②意识到的,觉察的

sensitive ['sensitiv] *a.* ①敏感的 ②神经过敏的的,容易生气的

sensitivity [sensi'tiviti] *n.* 敏感(性),灵敏度

sentiment ['sentimənt] *n.* ①情感,情绪 ②伤感

sentimental [ˌsenti'mentəl] *a.* 感伤的,感情脆弱的

58. When construction can begin depends on how soon the ________ of the route is completed.

A) conviction B) identity C) orientation D) survey

construction [kən'strʌkʃən] *n.* ①建设,修筑 ②建筑物,构造物

[同义] building, erection

[反义] destruction, wreck

[同根] construct [kən'strʌkt] *v.* ①建造,构造 ②创立

constructive[kən'strʌktiv] *a.* 建设性的

route [ru:t] *n.* 路,路线,航线 *v.* 给…规定路线(次序,程序)

[同义] circuit, course, path

conviction [kən'vikʃən] *n.* ①定罪,判罪 ②说服,信服 ③确信,深信

[同根] convict [kən'vikt] *v.* (经审讯)证明…有罪,宣判…有罪

['kɔnvikt] *n.* 罪犯

convince [kən'vins] *v.* 使确信,使信服,说服

convincing [kən'vinsiŋ] *a.* 令人信服的,有说服力的

identity [ai'dentiti] *n.* ①个性,特性 ②身份 ③同一性

[同义] individuality

[同根] identical [ai'dentikəl] *a.* 同一的,同样的

identically [ai'dentikəli] *ad.* 同一地,相等地

identify [ai'dentifai] *v.* 识别,鉴别,确定

identification [aiˌdentifi'keiʃən] *n.* ①鉴定,验明,认出 ②身份证明

orientation [ˌɔ:rien'teiʃən] *n.* ①定向,定位 ②方向,方位 ③适应,熟悉

[同义] direction, inclination

[同根] orient ['ɔ:riənt] *n.* [the Orient]东方,[总称]东方国家

['ɔ:rient] *v.* ①给…定向(位),以…为目的,重视 ②使适应,使熟悉

oriented ['ɔ:rientid] *a.* 以…为方向/目的的,面向…的

Oriental [ˌɔ:ri'entəl] *a.* 东方的,亚洲的

survey [sə:'vei, 'sə:vei] *n.* ①勘查,测勘 ②调查,调查报告,民意测验 ③概括论述 *v.* ①调查(收入,民意等)勘定,检验 ②测量,测绘

[同义] investigation, review, study, examination

59. The government ________ a heavy tax on tobacco, which aroused opposition from the tobacco industry.

A) pronounced B) imposed C) complied D) prescribed

arouse [ə'rauz] *v.* ①唤醒，唤起，睡醒 ②鼓励 ③引起

[同义] provoke, stimulate, stir

[同根] arousal [ə'rauzəl] *n.* ①觉醒 ②激励

opposition [ɔpə'ziʃən] *n.* ①反对，反抗 ②反对党，在野党

[同义] hostility, reverse

[同根] oppose [ə'pəuz] *v.*（使）反对，（使）对抗

opponent [ə'pəunənt] *n.* 对手，反对者

opposite ['ɔpəzit] *a.* ①对面的 ②相反的 ③反对的

[词组] be in opposition to 反对，与…相反

pronounce [prə'nauns] *v.* ①宣称，宣布 ②断言，声明 ③发音

[同义] declare, articulate, utter, voice

[同根] pronouncement [prə'naunsmənt] *n.* 公告，声明

pronunciation [prə,nʌnsi'eiʃən] *n.* 发音，读法，发音方式

announce [ə'nauns] *v.* 宣布，通告

announcement [ə'naunsmənt] *n.* 宣告，发表，公告

denounce [di'nauns] *v.* ①谴责，指责 ②告发

denunciation [dinʌnsi'eiʃ(ə)n] *n.* ①谴责，指责 ②告发

impose [im'pəuz] *v.* ①征（税），加（负担、惩罚等）于（on） ②把…强加于（on）

[同义] charge, force

comply [kəm'plai] *v.* 遵从，顺从，服从（请求，命令，某人的愿望等）

[同义] agree, conform, obey, submit

[反义] deny, refuse, reject

[同根] compliance [kəm'plaiəns] *n.* 依从，顺从，屈从

compliant [kəm'plaiənt] *a.* 顺从的，听从的

[词组] comply with 遵守，服从

prescribe [pri'skraib] *v.* ①规定，指定 ②（医生）开（药），为…开（药）

[同根] prescription [pri'skripʃən] *n.* ①规定，指定（如条例，指示，命令，法令等） ②处方，药方，处方上开的药

[词组] prescribe for 为…开处方

60. Years after the accident he was still ________ by images of death and destruction.

A) twisted B) dipped C) haunted D) submerged

destruction [di'strʌkʃən] *n.* 毁灭，破坏

[反义] construction, establishment

[同根] destruct [di'strʌkt] *v.* 破坏

destructive [di'strʌktiv] *a.* 破坏（性）的

twist [twist] *v.* ①拧，绞，搓，捻 ②曲解（某人的话）③呈螺旋形 *n.* ①一扭，扭曲，盘旋 ②螺旋状

[同义] curve, circle, rotate

dip [dip] *v.* ①浸，蘸，沾 ②把（勺，匙，手等）伸入 ③浸染，浸洗

[同义] dunk, immerse

[词组] dip into ①将浸于液体中 ②浏览

haunt [hɔːnt] *v.* ①萦绕心头，使苦恼 ②常到，常去（某地）③经常与…交往，缠

住(某人)④(鬼魂等)经常出现,作祟
[同义] hang around, obsess, torment
[同根] haunting [ˈhɔːntiŋ] *a.* 常浮现于脑海中的,不易忘怀的
haunted [ˈhɔːntid] *a.* ①闹鬼的,鬼魂出没的 ②受到折磨(或困扰)的

submerge [səbˈməːdʒ] *v.* ①浸没,淹没 ②湮没,使沉浸
[同义] immerse, sink, dunk
[同根] submergence [sʌbˈməːdʒəns] *n.* ①浸没,淹没 ②湮没
submerged [səbˈməːdʒd] *a.* 在水面下的,淹没的

61. The boxer ________ and almost fell when his opponent hit him.
A) staggered B) shattered C) scattered D) stamped

opponent [əˈpəunənt] *n.* 对手,反对者
[同义] adversary, competitor, rival
[反义] ally
[同根] oppose [əˈpəuz] *v.* (使)反对,(使)对抗
opposite [ˈɔpəzit] *a.* ①对面的 ②相反的 ③反对的
opposition [ɔpəˈziʃən] *n.* ①反对,反抗 ②反对党,在野党

stagger [ˈstægə] *v.* ①摇晃,蹒跚 ②使吃惊 *n.* 蹒跚,踉跄
[同义] sway, stumble
[同根] staggerer [ˈstægərə(r)] *n.* ①摇晃者 ②令人吃惊的人或事,难题
staggering [ˈstægəriŋ] *a.* ①蹒跚的,摇晃的 ②令人吃惊的
staggery [ˈstægəri] *a.* 摇晃的,蹒跚的

shatter [ˈʃætə] ①使粉碎,砸碎,碎裂 ②使破灭,毁坏 ③使震惊
[同义] break, destroy, smash

scatter [ˈskætə] *v.* ①(使)消散,分散,散开 ②撒,撒播
[同义] disperse

stamp [stæmp] *v.* ①跺(脚),顿(足) ②压印 ③贴邮票于 *n.* ①跺脚,顿足 ②印,图章,印记 ③邮票,印花

62. In mountainous regions, much of the snow that falls is ______ into ice.
A) dispersed B) embodied C) compiled D) compacted

disperse [diˈspəːs] *v.* ①(使)分散,赶散 ②(使)消散,驱散
[同义] distribute, scatter
[反义] collect, withdraw
[同根] dispersal [diˈspəːsəl] *n.* 散布,驱散,疏散
dispersion [diˈspəːʃən] *n.* (= dispersal)

embody [imˈbɔdi] *v.* ①具体表现,使具体化 ②包括,包含
[同义] incarnate, substantiate
[同根] body [ˈbɔdi] *n.* ①身体,肉体,尸体,人 ②主要部分 ③团体,物体
embodiment [imˈbɔdimənt] *n.* 体现,具体化,化身

compile [kəmˈpail] *v.* 汇编,编制,编纂
[同义] edit
[同根] compilation [ˌkɔmpiˈleiʃən] *n.* 编辑,编纂,编辑物
compiler [kəmˈpailə] *n.* 编纂者,编辑者

compact [kəmˈpækt] *v.* ①变得坚实

②使紧密结合，把…压实（或塞紧）*a.* ①紧密的，结实的 ②密集的，袖珍的

['kɔmpækt] *n.* 契约，合同

63. These continual ________ in temperature make it impossible to decide what to wear.
A) transitions B) transformations C) exchanges D) fluctuations

transition [træn'ziʃən] *n.* 过渡，过渡时期，转变，变迁，变革

[同义] change, conversion, transfer

[同根] transit ['trænsit] *v.* 运送，使通过 *n.* ①运送，运输 ②通行，过境，中转

transitive ['trænsitiv] *a.* 过渡的，变迁的

transistor [træn'zistə] *n.* [电子]晶体管

transformation [ˌtrænsfə'meiʃən] *n.* ①变化，转变 ②改革，变形，变质

[同根] transform [træns'fɔːm] *v.* ①(使)变形，(使)改观 ②使改变性质（或结构、作用等）③改造，改善

transformative [træns'fɔːmətiv] *a.* ①有改革能力的 ②[语]转换的

transformer [træns'fɔːmə(r)] *n.* ①[电]变压器 ②促使变化的人

exchange [iks'tʃeindʒ] *n.* & *v.* 交换，互换，交流，更换，兑换

同义] switch

[同根] exchangeable [iks'tʃeindʒəbl] *a.* 可更换的，可交换的，可兑换的

[词组] in exchange for 作为(对…的)交换(或替代)

fluctuation [ˌflʌktʃu'eiʃən] *n.* 波动，起伏

[同根] fluctuate ['flʌktʃueit] *v.* ①(指标准、价格等)波动，涨落 ②使波动，使起伏

fluctuant ['flʌktʃuənt] *a.* 变动的，起伏的，波动的

64. The post World War II baby ________ resulted in a 43 percent increase in the number of teenagers in the 1960s and 1970s.
A) boost B) boom C) production D) prosperity

boost [buːst] *n.* ①提高，增长 ②推动，促进 *v.* ①提高，使增长 ②推动，激励 ③替…做广告，宣扬

[同义] increase, promote

[反义] decrease, reduce

boom [buːm] *n.* ①迅速发展(期) ②(经济等的)繁荣(期)，(营业额等的)激增 ③隆隆声 *v.* ①激增，繁荣，迅速发展 ②发出隆隆声

[同义] advance, thrive, flurish

[反义] slump

[同根] booming ['buːmiŋ] *a.* ①激增的，兴旺发达的 ②隆隆作响的

boomy ['buːmi] *a.* ①经济繁荣的，景气的 ②隆隆作响的

[词组] baby boom（尤指二战后 1947 ~ 1961 年间美国的）生育高峰

prosperity [prɔ'speriti] *n.* ①繁荣，昌盛，成功，富足 ②茂盛，茁壮成长

[同义] boom, success

[同根] prosper ['prɔspə] *v.* ①成功，兴隆，昌盛 ②使昌隆，使繁荣

prosperous ['prɔspərəs] *a.* ①繁荣的，昌盛的，成功的，富足的 ②有利的，吉利的

65. Elisabeth did not enter the museum at once, but ________ in the courtyard.
A) resided B) dwelled C) lingered D) delayed

courtyard [ˈkɔːtjɑːd] *n.* 庭院，院子

reside [riˈzaid] *v.* ①居住，定居 ②(in)(性质等)存在，在于

[同义] dwell, inhabit

[同根] resident [ˈrezidənt] *n.* 居民，定居者 *a.* 居住的，常驻的

residence [ˈrezidəns] *n.* 居住，定居，(合法)居住资格

residential [ˌreziˈdenʃəl] *a.* ①居住的，住宅的 ②学生寄宿的，(须)住宿在住所的

residency [ˈrezidənsi] *n.* ①居住，定居 ②住院医生实习期

[词组] reside in (性质等)存在，在于

dwell [dwel] *v.* (尤指作为常住居民)居住

[同义] inhabit, live, reside

[同根] dweller [ˈdwelə(r)] *n.* 居住者，居民

dwelling [ˈdweliŋ] *n.* 住处

[词组] dwell on/upon ①老是想着 ②详述，强调 ③(眼光等)停留在，凝视

linger [ˈliŋgə] *v.* ①(因不愿离开而)继续逗留，留恋徘徊 ②继续存留，缓慢消失 ③磨蹭，拖延

[同根] lingering [ˈliŋgəriŋ] ①拖延的，磨磨蹭蹭的 ②踌躇的，逡巡的

66. Henry went through the documents again carefully for fear of ________ any important data.
A) relaying B) overlooking C) deleting D) revealing

go through ①检查，审查 ②经历，遭受 ③完成(工作等)，(法案等)被通过

document [ˈdɔkjumənt] *n.* 公文，文件，文献 *v.* 用文件(证件)证明，为…提供文件(证明)

[同根] documentation [ˌdɔkjumenˈteiʃən] *n.* 文件，证据的提供

documentary [ˌdɔkjuˈmentəri] *n.* 记录片，文献片 *a.* 文件的，文献的

for fear of 惟恐，以免

relay [ˈriːlei] *v.* ①接力传送，传递 ②转述，转达 ③转播 *n.* ①替班，接力 ②接力赛 ③继电器

[同义] delive, pass, transfer

overlook [ˌəuvəˈluk] *v.* ①忽视，忽略，没注意到 ②俯瞰，俯视

[同义] disregard, face, ignore, neglect

delete [diˈliːt] *v.* 删除

[同义] erase

[同根] deletion [diˈliːʃən] *n.* 删除，被删除的字句，章节

reveal [riˈviːl] *v.* ①揭示，揭露，暴露 ②使显露，展现，显示

[同义] expose, disclose, unfold

[同根] revelation [ˌreviˈleiʃən] *n.* 揭示，揭露，暴露，泄露

67. The bank is offering a ________ to anyone who can give information about the robbery.
A) reward　B) bonus　C) prize　D) compliment

reward [ri'wɔːd] *n.* ①赏钱 ②回报,报酬 *v.* ①奖赏,酬谢,酬报
[同根] rewarding [ri'wɔːdiŋ] *a.* ①(作为)报答的,给予报偿的 ②有价值的,有益的
rewardless [ri'wɔːdlis] *a.* 无报酬的,徒劳的
bonus ['bəunəs] *n.* ①额外给予的东西 ②红利,奖金 ③意外收获
[同义] award, premium
prize [praiz] *n.* (优胜者所得的)奖金,奖品 *v.* ①重视,珍视 ②估价
[同义] cherish, value, appreciate, esteem
compliment ['kɔmplimənt] *n.* ①称赞,恭维 ②致意,问候,道贺 *v.* 称赞,恭维
[同义] praise, flatter, commend, congratulate
[反义] insult, condolence, criticism
[同根] complimentary [ˌkɔmpli'ment(ə)ri] *a.* ①恭维的,赞赏的 ②免费赠送的

68. It is a(n) ________ that the French eat so much rich food and yet have a relatively low rate of heart disease.
A) analogy　B) paradox　C) correlation　D) illusion

rate [reit] *n.* ①比,比率 ②速率,速度 ③费率,价格,费用 ④等级,类别 *v.* ①评估 ②认为,鉴定等级 ③定…速率,定…费率
analogy [ə'nælədʒi] *n.* ①比喻,比拟,类比,类推 ②相似,类似
[同义] similarity, resemblance
[同根] analogous [ə'næləgəs] *a.* 类似的,相似的
[词组] bear/show a close analogy to/with 具有(或显示)与…极为相似的特征
paradox ['pærədɔks] *n.* ①似矛盾而(可能)正确的说法 ②自相矛盾的荒谬说法 ③有明显的矛盾特点的人或事
[同义] contradiction
[同根] paradoxical [ˌpærə'dɔksikəl] *a.* 似矛盾而(可能)正确的,自相矛盾的
correlation [ˌkɔri'leiʃən] *n.* 相互关系,相关
[同义] reference
[同根] correlate ['kɔrileit] *v.* (使)相互关联
correlative [kə'relətiv] *a.* 相关的,关联的
illusion [i'luːʒən] *n.* ①错觉,幻觉 ②错误的观念
[同义] delusion, deception, trick
[反义] disillusion
[同根] illusionary [i'luːʒənəri] *a.* (= illusional) 错觉(或幻觉,幻想等)的

69. For many years the Japanese have ________ the car market.
A) presided　B) occupied　C) operated　D) dominated

preside [pri'zaid] *v.* 主持,主管
[同义] administer, direct, govern, officiate
[同根] president ['prezidənt] *n.* 主管人,总统,会长,校长,总裁
presidency ['prezidənsi] *n.* 总统(或院长,校长,会长等)职务(或任期)

presidential [ˌpreziˈdenʃəl] *a.* 总统的，总统制的

[词组] preside over/at 主持，主管

occupy [ˈɔkjupai] *v.* ① 占，占用，占领，占据 ②使忙碌，使从事 ③担任（职务）

[同义] fill up, reside in, engage, employ

[同根] occupation [ˌɔkjuˈpeiʃən] *n.* ①职业 ②占领，占据 ③居住 ④消遣

occupational [ˌɔkjuˈpeiʃənəl] *a.* ①职业的 ②占领的

operate [ˈɔpəreit] *v.* ①操作，使用，运转 ②经营，管理 ③对…动手术，开刀

[同义] carry on, conduct, manage, handle

[同根] operation [ˌɔpəˈreiʃən] *n.* ①运转，操作，工序 ②[复]工作，活动 ③经营，管理，业务 ④作用，效力

operational [ˌɔpəˈreiʃənəl] *a.* 操作的，运作的

cooperate [kəuˈɔpəreit] *v.* ①合作，协作，互助 ②（事物）配合

cooperation [kəuˌɔpəˈreiʃən] *n.* 合作，协作

[词组] operate on/upon sb. 给某人动手术

dominate [ˈdɔmineit] *v.* ①支配，统治，占优势 ②在…中占首要地位

[同义] command, control, lead, rule

[同根] dominant [ˈdɔminənt] *a.* 占优势的，支配的，统治的

domination [dɔmiˈneiʃən] *n.* 控制，统治，支配

dominance [ˈdɔminəns] *n.* 优势，支配或统治地位，最高权力

dominator [ˈdɔmineitə] *n.* 支配者，支配力，统治者

70. The subject of safety must be placed at the top of the ________.

A) agenda　B) bulletin　C) routine　D) timetable

agenda [əˈdʒendə] *n.* 议事日程

[同义] programme, schedule

bulletin [ˈbulitin] *n.* ①公告，布告 ②（报纸、电台、电视台的）简明新闻

[同义] message, news, newsletter

[词组] bulletin board 布告牌

routine [ruːˈtiːn] *n.* 例行公事，惯例，惯常的程序 *a.* 例行的，常规的

[同义] custom, habit, schedule

[反义] unusual

[同根] routinely [ruːˈtiːnli] *ad.* 例行公事地

[词组] go into one's routine 说自己照例要说的话，做自己照例要做的事

timetable [ˈtaimteib(ə)l] *n.* 时间表

[同义] schedule

Answer Key

41 – 45	DACBB	46 – 50	CDBAC	51 – 55	BDACD
56 – 60	BADBC	61 – 65	ADDBC	66 – 70	BABDA

Vocabulary 2005.1

41. My grandfather, a retired worker, often ________ the past with a feeling of longing and respect.

A) considers B) contemplates C) contrives D) contacts

consider [kən'sidə] *v.* 考虑，照顾，认为
[同义] think, refard, contemplate
[同根] consideration [kənsidə'reiʃən] *n.* 体谅，考虑，需要考虑的事项
considerate [kən'sidərit] *a.* 考虑周到的，体贴的
considerable [kən'sidərəbəl] *a.* 相当大(或多)的，相当可观的
considerably [kən'sidərəbəli] *ad.* 相当地

contemplate ['kɔntempleit] *v.* ①沉思，思量 ②(沉思地)注视，凝视
[同义] ponder, speculate
[同根] contemplation [ˌkɔntem'pleiʃən] *n.* ①凝视 ②沉思
contemplative ['kɔntempleitiv] *a.* 沉思的

contrive [kən'traiv] *v.* ①谋划，策划 ②设计，想出 ③设法做到
[同义] conspire, devise, invent, scheme
[同根] contrivance [kən'traivəns] *n.* ①发明，发明才能 ②想出的办法，发明物

contact [kən'tækt] *v.* ①接触 ②联系
['kɔntækt] *n.* ①接触 ②联系
[同义] communicate, touch, connection
[词组] be in/out of contact with 和…(脱离)接触，有(失去)联系
bring into contact with 使接触，使与…联系
come into (in) contact with 接触，碰上
have/make contact with 接触到，和…有联系
lose contact with 和…失去联系

42. Medical students are advised that the wearing of a white coat ________ the acceptance of a professional code of conduct expected of the medical profession.

A) supplements B) simulates C) signifies D) swears

professional [prə'feʃənəl] *a.* 专业的，职业的 *n.* ①自由职业者 ②专业人员，职业运动员，职业艺人

code of conduct 行为规范

supplement ['sʌpliment] *v.* 增补，补充
['sʌplimənt] *n.* ①增补(物) 补充(物) ②(书籍的)补遗，补编 ③附录，(报刊的)增刊，副刊
[同根] supplementary [ˌsʌpli'mentəri] *a.* 增补的，补充的，附加的

simulate ['simjuleit] *v.* ①假装，冒充 ②模仿，模拟
[同义] pretend, imitate
[同根] simulation [ˌsimju'leiʃən] *n.* ①假装，冒充 ②模仿，模拟

signify ['signifai] *v.* 表示…的意思，意味，预示
[同义] mean, count
[同根] sign [sain] *n.* ①标记，符号，手势 ②指示牌 ③足迹，痕迹 ④征兆，迹象

v. ①签名(于)，署名(于)，签署 ②做手势，示意

signal ['signəl] n. 信号 v. 发信号，用信号通知

significance [sig'nifikəns] n. 意义，重要性

significant [sig'nifikənt] a. 有意义的，重大的，重要的

significantly [sig'nifikəntli] ad. 重要地，重大地

swear [swεə] v. ①宣誓，发誓 ②诅咒，咒骂 ③保证说，肯定地说

[同义] promise，curse

[同根] swearword ['swεəwə:d] n. 诅骂，骂人的话

43. The doctors ________ the newly approved drug into the patient when he was critically ill.

A) injected B) ejected C) projected D) subjected

approve [ə'pru:v] v. ①批准，通过 ②赞成，满意

[同义] agree，appreciate，consent

[反义] disapprove

[同根] approval [ə'pru:vəl] n. ①批准，通过 ②赞成，认可 ③核定，证明

approved [ə'pru:vd] a. 经核准的，被认可的

approving [ə'pru:viŋ] a. 满意的

approvingly [ə'pru:viŋli] ad. 赞许地，满意地

[词组] approve of 赞成，同意，批准

critically ['kritikəli] ad. ①(疾病等)危急地，严重地 ②批评地，评判地 ③吹毛求疵地

[同义] badly，seriously

[同根] criticism ['kritisiz(ə)m] n. 批评，批判

critic ['kritik] n. 批评家，评论家

criterion [krai'tiəriən] n. (批评判断的)标准，准据，规范

criticize ['kritisaiz] v. ①批评，评判，责备，非难 ② 评论，评价

critical ['kritikəl] a. ①吹毛求疵的，爱挑剔的 ②批评的，评判的 ③决定性的，重大的 ④(疾病等)危急的，严重的

inject [in'dʒekt] v. ①注射，注入 ②插进(话)，加进

[同义] insert，fill

[同根] injection [in'dʒekʃən] n. ①注射，注射剂 ②(人造卫星，宇宙飞船等的)射入轨道

eject [i'dʒekt] v. ①喷射，排出 ②驱逐，逐出

[同义] drive out，eliminate，expel

[同根] ejection [i'dʒekʃən] n. 喷出，排出

[词组] eject from 强迫离开…，逐出…

subject [səb'dʒekt] v. ①使臣服，使隶属 ②使经受，使易受 ③提供，呈交

['sʌbdʒikt] a. ①臣服的，隶属的 ②易受…的，易患…的 ③需要…的，将会…的 ④由…决定的，取决于…的 n. ①题目，主题，学科，科目 ②(事物的)经受者，(动作的)对象，臣民，国民

[同根] subjective [sʌb'dʒektiv] a. 主观(上)的，个人的

subjectively [sʌb'dʒektivli] ad. 主观地

[词组] subject to ①使臣服于，使隶属于 ②使经受，使易受

project [prə'dʒekt] v. ①计划 ②预计，推断 ③发射，投掷 ④投射，放映

['prɔdʒekt] n. ①工程，项目 ②计划，方案

[同义] design, plan, program, scheme
[同根] projecting [prə'dʒektiŋ] *a.* 突出的，凸出的
projection [prə'dʒekʃən] *n.* ①设计，规划 ②发射 ③投射，投影
projector [prə'dʒektə] *n.* 放映机，投影机
[词组] project sth. onto the screen 把…投射到屏幕上

44. Apart from philosophical and legal reasons for respecting patients' wishes, there are several practical reasons why doctors should ________ to involve patients in their own medical care decisions.
A) enforce B) endow C) endeavor D) enhance

apart from 除了
legal ['li:gəl] *a.* ①法律的，法定的 ②合法的
[同义] authorized, lawful, legitimate, valid
[同根] legalize ['li:gəlaiz] *v.* 使合法，使成为法定
illegal [i'li:gəl] *a.* 违法的
legally ['li:gəli] *ad.* 法律上，合法地
involve [in'vɔlv] *v.* ①使参加，涉及(in) ②包含，包括，需要(in) ③影响，与…直接有关 ④专心于，忙于
[同根] involved [in'vɔlvd] *a.* ①有关的，牵扯在内的 ②混乱的，复杂的
involvement [in'vɔlvmənt] *n.* ①卷入，牵连(in, with) ②复杂，混乱 ③牵涉到的事务，复杂的情况
[词组] be involved in ①与…关系密切的 ②与…有牵连的
enforce [in'fɔ:s] *v.* ①实施，使生效 ②强迫，迫使，强加
[同义] compel, execute, force, oblige
[同根] enforcement [in'fɔ:smənt] *n.* 强制，实施，加强
reinforce [ˌri:in'fɔ:s] *v.* ①增强，加强 ②补充，充实 ③加固，强化
reinforcement [ˌri:in'fɔ:smənt] *n.* 增强，加强，援军
endow [in'dau] *v.* ①给予，赋予(with)，认为…具有某种特质 ②资助，捐赠，向…捐钱(或物)
[同义] contribute, furnish, invest, provide
[同根] endowment [in'daumənt] *n.* ①天资，禀赋 ②捐赠，捐赠的金钱(或财产)
[词组] be endowed with 赋有(资质等)
endeavour [in'devə] *v.* 努力，竭力，尝试 *n.* ①努力，尽力，尝试 ②(为达到某一目的而进行的)活动，事业
[同义] try, attempt, effort
enhance [in'hɑ:ns] *v.* 提高(质量，价值，吸引力等)，增加，增强，增进
[同义] better, enrich, improve, uplift
[同根] enhancement [in'hɑ:nsmənt] *n.* 提高，增进，增加

45. This is a long ________ -roughly 13 miles down a beautiful valley to the little church below.
A) terrain B) descent C) degeneration D) tumble

roughly ['rʌfli] *ad.* ①粗略地，大约 ②粗糙地 ③粗暴地

[反义] accurately
[同根] rough [rʌf] *n.* ①草样,草图 ②粗制品 ③粗人 *a.* ①粗糙的 ②未加工的 ③粗略的 ④粗野的
roughness [ˈrʌfnis] *n.* 粗糙,粗暴,粗糙程度

terrain [ˈterein] *n.* 地形,地势

descent [diˈsent] *n.* ①斜坡,坡道 ②下降,下倾 ③血统,世系
[同义] slope, origin
[反义] ascent
[同根] descend [diˈsend] *v.* ①下来,下去 ②(be ~ed from)为…的后裔 ③遗传,传代 ④(~on/upon)突袭,突然拜访
descendant [diˈsend(ə)nt] *n.* 子孙,后裔,后代

degeneration [diˌdʒenəˈreiʃ(ə)n] *n.* 退化,堕落,腐化,恶化
[同义] decay, decline
[反义] development, evolution
[同根] generate [ˈdʒenəˌreit] *v.* 使发生,产生
degenerate [diˈdʒenəreit] *v.* 衰退,堕落,恶化
generation [ˌdʒenəˈreiʃən] *n.* ①产生,发生 ②一代,一代人

tumble [ˈtʌmbl] *n.* ①跌跤,摔倒 ②倒塌,倒台,暴跌 *v.* ①跌倒,摔下 ②翻滚 ③(价格等)暴跌
[同义] fall, stumble, topple
[词组] tumble to (突然)明白,领悟
tumble down 倒塌
tumble over 被绊倒

46. She was deeply ________ by the amount of criticism her play received.
A) deported B) deprived C) involved D) frustrated

criticism [ˈkritisiz(ə)m] *n.* 批评,批判
[同根] criticize [ˈkritisaiz] *v.* ①批评,评判,责备,非难 ② 评论,评价
critic [ˈkritik] *n.* 批评家,评论家
criterion [kraiˈtiəriən] *n.* (批评、判断的)标准,准据,规范
critical [ˈkritikəl] *a.* ①吹毛求疵的,爱挑剔的 ②批评的,评判的 ③决定性的,重大的 ④(疾病等)危急的,严重的

deport [diˈpɔːt] *v.* 把…驱逐出境
[同义] banish
[同根] deportation [ˌdipɔːˈteiʃən] *n.* 驱逐出境,放逐
deportee [diːpɔːˈtiː] *n.* 被放逐者

deprive [diˈpraiv] *v.* 剥夺,使丧失
[同根] deprived [diˈpraivd] *a.* (尤指儿童)被剥夺的,贫困的
deprival [diˈpraivəl] *n.* 剥夺,丧失
deprivation [ˌdepriˈveiʃən] *n.* 剥夺
[词组] deprive sb. of sth. 剥夺某人的…,使某人丧失…

frustrate [frʌsˈtreit] *v.* 使受挫折,挫败,阻挠
[同义] defeat
[反义] accomplish, encourage, fulfill
[同根] frustration [frʌsˈtreiʃən] *n.* 挫败,挫折,失败

47. Some scientists are dubious of the claim that organisms ________ with age as an inevitable outcome of living.
A) depress B) default C) deteriorate D) degrade

be dubious of/about 怀疑，对…表示怀疑

claim [kleim] *n.* & *v.* ①声称，宣称 ②（根据权利提出）要求，认领

[同义] demand, require, right

organism [ˈɔːgənizəm] *n.* 生物体，有机体

[同根] organ [ˈɔːgən] *n.* ①器官 ②风琴

organic [ɔːˈgænik] *a.* ①器官的 ②有机的

organically [ɔːˈgænikli] *ad.* 器官上地，有机地

outcome 结果，结局

depress [diˈpres] *v.* ① 使沮丧，使忧愁 ②使不景气，使萧条 ③压下，降低

[同义] deject, discourage, lower, weaken

[反义] encourage, inspire

[同根] press [pres] *n.* & *v.* 压，按

depression [diˈpreʃən] *n.* ①抑郁，沮丧 ②不景气，萧条（期）

depressed [diˈprest] *a.* 抑郁的，沮丧的，消沉的

depressing [diˈpresiŋ] *a.* （= depressive）令人抑郁的，令人沮丧的

default [diˈfɔːlt] *v.* & *n.* 不履行（义务，债务），违约，拖欠

[同根] fault [fɔːlt] *n.* ①缺点，毛病 ②过错，过失，错误

deteriorate [diˈtiəriəreit] *v.* （使）恶化，（使）衰退，（使）变坏

[同义] degenerate, decay

[反义] improve

[同根] deterioration [diˌtiəriəˈreiʃən] *n.* 恶化，变坏，退化

degrade [diˈgreid] *v.* ①使降级，降低…的身份，使丢脸 ②使降解，使分化

[同义] downgrade, lower

[反义] upgrade

[同根] grade [greid] *n.* ①等级，级别，年级 ②分数，成绩 *v.* 分等，分类，评分

degradation [ˌdegrəˈdeiʃən] *n.* ①下降，降级 ②落魄，堕落 ③降解

48. Many manufacturers were accused of concentrating too heavily on cost reduction, often at the ________ of the quality of their products.

A) expense B) exposure C) expansion D) expectation

manufacturer [mænjuˈfæktʃərə(r)] *n.* ①制造者，制造商 ②制造厂

[同根] manufacture [ˌmænjuˈfæktʃə] *v.* ①制造 ②捏造，虚构，假造

be accused of 被控告（犯某项罪）

cost reduction 降低成本

at the expense of 以…为代价，在损害…的情况下

exposure [ikˈspəuʒə] *n.* ①暴露，揭露，揭穿 ②曝光

[反义] hiding, cover, concealment

[同根] expose [ikˈspəuz] *v.* ①使暴露，揭露，使曝光 ②使面临，使接触，使遭受

expansion [ikˈspænʃən] *n.* 扩大，扩充，拓宽，扩展，发展

[同义] extension, development

[反义] contraction, shrinking

[同根] expand [ikˈspænd] *v.* ①扩大，扩充，扩展 ②张开，展开 ③更充分地阐述，详述

expectation [ˌekspekˈteiʃən] *n.* ①期望，期待 ②期望之事物，前途，远景

[同义] anticipation

[词组] beyond expectation 出乎意料

contrary to expectation 与期望相违

expectation of life 估计寿命,平均寿命

49. One witness ________ that he'd seen the suspect run out of the bank after it had been robbed.
A) convicted B) conformed C) retorted D) testified

witness ['witnis] *n.* ①证人,目击者 ②证据,证明,证词 *v.* ①目击,注意到 ②为…作证,证明 ③作…的证人

[同义] testify

[词组] bear witness to ①构成…的证据 ②为…作证,证明

call...to witness 请…证明,传…做证人

give witness 作证

in witness of 作为…的证明,为…作证

suspect ['sʌspekt] *n.* 嫌疑犯

[sə'spekt] *v.* 怀疑,猜想,觉得会

[同根] suspicion [sə'spiʃən] *n.* 猜疑,怀疑

suspicious [sə'spiʃəs] *a.* 可疑的,怀疑的

convict [kɔn'vikt] *v.* (经审讯)证明…有罪,宣判…有罪

['kɔnvikt] *n.* 罪犯

[同义] condemn, doom, sentence

[反义] absolve, acquit

[同根] conviction [kən'vikʃən] *n.* ①确信,深信 ②说服,信服 ③定罪,判罪

conform [kən'fɔːm] *v.* ①符合,一致,相似(to, with) ②遵照,适应(to, with) ③顺从

[同义] comply, agree, obey, submit

[反义] oppose

[同根] conformity [kən'fɔːməti] *n.* ①遵照 ②相似,一致,符合

[词组] conform to/with 符合,遵照,与…相配

conform...to... 使…适合…

retort [ri'tɔːt] *v.* & *n.* ①反驳,回嘴 ②驳回(论点、指责等)

[同义] answer, reply, respond

testify ['testifai] *v.* 作证,提供证据

[同根] testimony ['testiməni] *n.* ①证言,证词(尤指在法庭所作的) ②宣言,陈述

[词组] testify to sth. 为…作证

testify against sb. 作不利于某人的证明

testify in favor of sb. 作有利于某人的证明

50. Nothing Helen says is ever ________. She always thinks carefully before she speaks.
A) simultaneous B) homogenous C) spontaneous D) rigorous

simultaneous [ˌsiməl'teiniəs] *a.* 同时发生的,同时的

[同根] simultaneity [ˌsiməltə'niəti] *n.* 同时发生,同时

simultaneously [siməl'teiniəsli] *ad.* 同时地

[词组] be simultaneous with 与…同时发生的

homogenous [ˌhɔməu'dʒiːniəs] *a.* 同种类的,同性质的,有相同特征的

[反义] heterogeneous

[同根] homogeneity [ˌhɔməudʒi'niːəti] *n.* 同种,同质

homogeneously [ˌhɔməu'dʒiːniəsli] *ad.* 同种类,同性质地,有相同特征地

heterogeneous [ˌhetərəu'dʒiːniəs] *a.* 各种各样的,由不同成分组成的

heterogeneity [ˌhetərəudʒi'niːəti] *n.* 各种各样,不等同,异成分混杂

spontaneous [spɔn'teiniəs] *a.* (冲动、自然想像等)自发的,无意识的

[同义] automatic, inherent, instinctive, natural

[反义] compulsory

[同根] spontaneity [ˌspɔntə'niːəti] *n.* 自发性

spontaneously [spɔn'teiniəsli] *ad.* 自发地,无意识地

rigorous ['rigərəs] *a.* ①严密的,缜密的 ②严格的,严厉的

[同义] hard, harsh, severe, strict

[同根] rigour ['rigə] *n.* ①严格,严厉 ②艰苦,严酷 ③严密,精确

rigid ['ridʒid] *a.* ①刚硬的,刚性的,坚固的,僵硬的 ②严格的

51. She gave ________ directions about the way the rug should be cleaned.
A) explicit B) brisk C) transient D) opaque

explicit [ik'splisit] *a.* ①详述的,明确的,明晰的 ②直言的,坦率的

[同义] definite, distinct, unmistakable, direct

[反义] implicit, ambiguous, vague

[同根] explicate ['eksplikeit] *v.* 详细解说和分析

explicitly [ik'splisitli] *ad.* 明白地,明确地

brisk [brisk] *a.* ①轻快的,活泼的 ②兴隆的,繁忙活跃的 ③寒冷而清新的 *v.* ①使轻快,使活泼 ②(使)兴旺

[同义] active, breezy, energetic, jolly

transient ['trænziənt] *a.* ①短暂的,转瞬即逝的 ②临时的,暂住的

[同义] temporary, transitory

[反义] permanent

[同根] transience ['trænziəns, -si-, -ʃəns] *n.* 短暂,稍纵即逝

opaque [əu'peik] *a.* ①不透明的,不透光的 ②难理解的,晦涩的

[同义] filmy, indistinct, obscure, vague

[同根] opaqueness [əu'peiknis] *n.* 不透明,晦涩

opaquely [əu'peikli] *ad.* 不透明地,无光泽地

52. It took a lot of imagination to come up with such a(n) ________ plan.
A) inherent B) ingenious C) vigorous D) exotic

come up with 提出,想出,提供

inherent [in'hiərənt] *a.* 内在的,固有的,生来就有的

[同义] existing, instinctive, internal, natural

[反义] acquired

[同根] inherit [in'herit] *v.* 继承,遗传而得

ingenious [in'dʒiːniəs] *a.* ①(方法等)巧妙的 ②(人,头脑)灵巧的,善于创造发明的,足智多谋的 ③(机器等)制作精巧的

[同义] creative, imaginative, proficient, skillful

[反义] awkward, clumsy

[同根] genius ['dʒiːniəs] *n.* 天才,天赋,天才人物

ingenuity [ˌindʒiˈnjuːiti] *n.* ①(安排、设计等的)巧妙,精巧 ②心灵手巧

vigorous [ˈvigərəs] *a.* 精力旺盛的,有力的,健壮的

[同义] active, dynamic, energetic, healthy

[同根] vigour [ˈvigə] *n.* [亦作 vigor] 活力,精力,体力,力量

exotic [igˈzɔtik] *a.* ①奇异的,外(国)来的,异国情调的 ②样式奇特的 *n.* ①外国人 ②外国事物,外来词,引进的植物

53. A ________ official is one who is irresponsible in his work.
A) timid B) tedious C) suspicious D) slack

irresponsible [ˌiriˈspɔnsəbəl] *a.* 不负责任的,不可靠的

[同义] unreliable, untrustworthy

[同根] respond [riˈspɔnd] *v.* ①回答,作答 ②响应,作出反应

response [riˈspɔns] *n.* ①回答,答复 ②响应,反应

responsibility [riˌspɔnsəˈbiliti] *n.* ①责任,负责的状态 ②责任心 ③职责,义务,负担

responsible [riˈspɔnsəbəl] *a.* ①有责任的,需承担责任的 ②有责任感的 ③作为原由的

timid [ˈtimid] *a.* 胆小的,羞怯的,易受惊的

[同义] cowardly, shy

[反义] bold

[同根] timidity [tiˈmiditi] *n.* 胆怯

timidly [ˈtimidli] *ad.* 胆小地,羞怯地

tedious [ˈtiːdiəs] *a.* 单调乏味的,沉闷的

[同义] boring, dreary, tiresome, monotonous

[反义] exciting

[同根] tediousness [ˈtiːdiəsnis] *n.* 沉闷,单调,乏味

tediously [ˈtiːdiəsli] *ad.* 沉闷地,冗长而乏味地

suspicious [səˈspiʃəs] *a.* 可疑的,怀疑的

[同义] doubtful, questionable, wary

[同根] suspect [səˈspekt] *v.* 怀疑,猜想,觉得会

[ˈsəspekt] *n.* 嫌疑犯

suspicion [səˈspiʃən] *n.* 猜疑,怀疑

suspiciously [səˈspiʃəsli] *ad.* 猜疑着,怀疑着

[词组] be/become/feel suspicious of/about sb./sth. 对某人(某事)表示怀疑

slack [slæk] *a.* ①懈怠的,马虎的 ②不活跃的 ③松(弛)的 *n.* ①(绳索等)松弛部分 ②[pl.]宽松裤 *v.* 懈怠,懒散

[同义] dull, inactive, lazy, loose

[反义] tight

[同根] slacker [ˈslækə(r)] *n.* 懒惰的人,逃避工作的人

slacken [ˈslækən] *v.* ①放松,使松弛 ②放慢,减弱 ③松劲,懈怠

54. Most mathematicians trust their ________ in solving problems and readily admit they would not be able to function without it.
A) conception B) perception C) intuition D) cognition

function [ˈfʌŋkʃən] *v.* ①工作,活动,运行 ②行使职责 *n.* ①官能,功能 ②作用,用途 ③职责,职务

[同义] operate, perform, serve, work

[同根] functional [ˈfʌŋkʃənəl] *a.* ①实用的,为实用而设计的 ②官能的,机能的

[词组] function as... 起…的作用

conception [kən'sepʃən] *n.* ①思想,观念,概念 ②构想,设想

[同义] concept, design, idea

[同根] concept ['kɔnsept] *n.* 概念, 观念, 思想

conceive [kən'siːv] *v.* ①认为 ②构想出(of), 设想 ③怀孕, 怀(胎)

perception [pə'sepʃən] *n.* ①感觉, 知觉,了解 ②领悟力,理解力

[同根] perceive [pə'siːv] *v.* 感觉,察觉,看出

intuition [ˌintjuː'iʃən] *n.* 直觉

[同根] intuitive [in'tjuːitiv] *a.* 直觉的

cognition [kɔg'niʃən] *n.* 认识,认知

[同义] knowing, awareness

[同根] cognize [kɔg'naiz] *v.* 认知, 认识

cognitive ['kɔgnitiv] *a.* 认知的,认识能力的

55. He had an almost irresistible ________ to talk to the crowd when he entered Hyde Park.

A) impulse B) instinct C) stimulation D) surge

irresistible [ˌiri'zistəbəl] *a.* 不可抵抗的, 不能压制的

[同义] compelling, moving

[同根] resist [ri'zist] *v.* ①抵抗, 对抗 ②耐得住,未受…的损害或影响

resistant [ri'zistənt] *a.* ①(~ to)抵抗的,反抗的 ②抗…的,耐…的,防…的

resistance [ri'zistəns] *n.* ①抵抗, 抵抗力 ②阻力 ③敌对,反对

resistable [ri'zistəbəl] *a.* 可抵抗的

impulse ['impʌls] *n.* ①冲动 ②推动,推动力

[同义] compulsion, inspiration, urge

[同根] impulsion [im'pʌlʃ(ə)n] *n.* ①冲动 ②驱使,推进, 推动力

impulsive [im'pʌlsiv] *a.* ①冲动的 ②(力量)推进的

impulsively [im'pʌlsivli] *ad.* 冲动地

[词组] on impulse 冲动地,未经思考或计划地

instinct ['instiŋkt] *n.* 本能, 直觉

[同义] intuition, nature, character

[同根] instinctive [in'stiŋktiv] *a.* 本能的

instinctively [in'stiŋktivli] *ad.* 本能地

[词组] act on instinct 凭直觉行动

by instinct 出于本能

stimulation [ˌstimju'leiʃən] *n.* 激励, 鼓舞, 刺激(作用)

[同义] spur, inspiration

[同根] stimulus ['stimjuləs] *n.* ①促进(因素) ②刺激(物)

stimulant ['stimjulənt] *n.* ①兴奋剂,刺激物 ②刺激, 激励

stimulate ['stimjuleit] *v.* 刺激, 激励

stimulating ['stimjuleitiŋ] *a.* 刺激的, 有刺激性的

surge [səːdʒ] *n.* ①波涛般的事物 ②巨浪,波涛 ③(波涛的)汹涌,奔腾 *v.* ①浪涛般汹涌奔腾 ②猛冲,急剧上升,激增

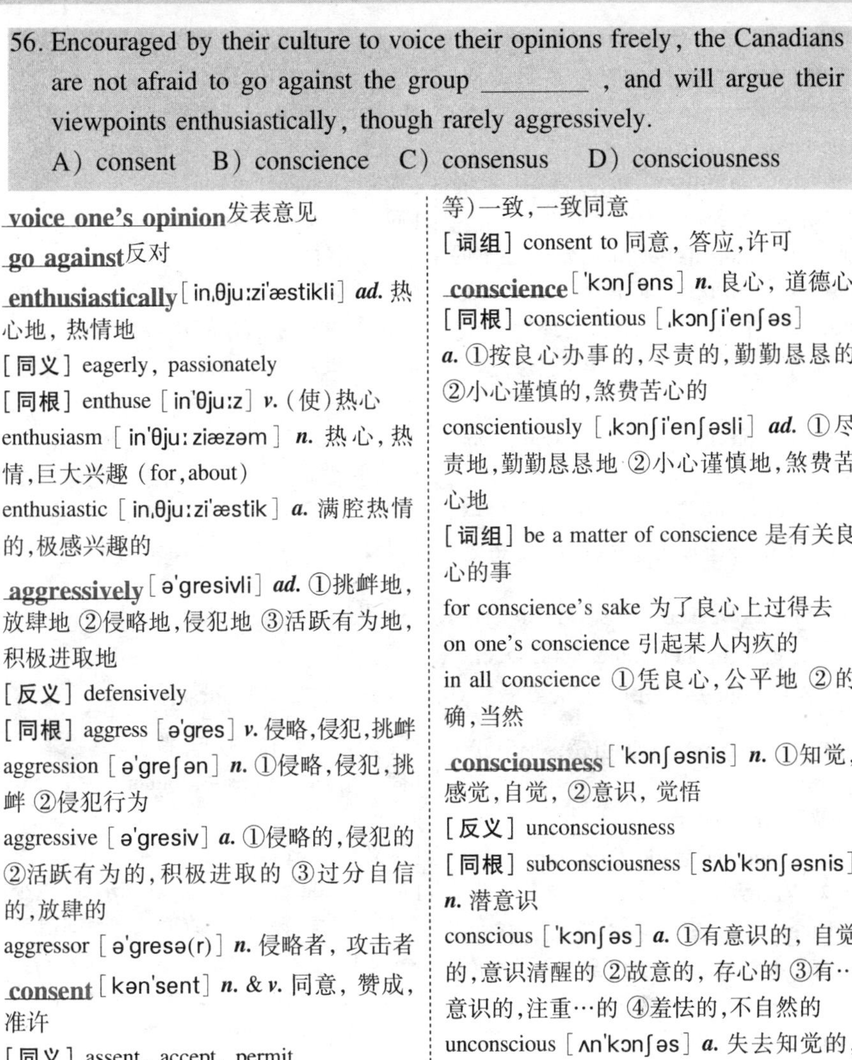

56. Encouraged by their culture to voice their opinions freely, the Canadians are not afraid to go against the group ________, and will argue their viewpoints enthusiastically, though rarely aggressively.

A) consent B) conscience C) consensus D) consciousness

voice one's opinion 发表意见

go against 反对

enthusiastically [inˌθjuːziˈæstikli] *ad.* 热心地，热情地

[同义] eagerly, passionately

[同根] enthuse [inˈθjuːz] *v.* (使)热心

enthusiasm [inˈθjuːziæzəm] *n.* 热心，热情，巨大兴趣 (for, about)

enthusiastic [inˌθjuːziˈæstik] *a.* 满腔热情的，极感兴趣的

aggressively [əˈgresivli] *ad.* ①挑衅地，放肆地 ②侵略地，侵犯地 ③活跃有为地，积极进取地

[反义] defensively

[同根] aggress [əˈgres] *v.* 侵略，侵犯，挑衅

aggression [əˈgreʃən] *n.* ①侵略，侵犯，挑衅 ②侵犯行为

aggressive [əˈgresiv] *a.* ①侵略的，侵犯的 ②活跃有为的，积极进取的 ③过分自信的，放肆的

aggressor [əˈgresə(r)] *n.* 侵略者，攻击者

consent [kənˈsent] *n.* & *v.* 同意，赞成，准许

[同义] assent, accept, permit

[反义] deny, dissent, refuse

[同根] consensus [kənˈsensəs] *n.* (意见等)一致，一致同意

[词组] consent to 同意，答应，许可

conscience [ˈkɔnʃəns] *n.* 良心，道德心

[同根] conscientious [ˌkɔnʃiˈenʃəs] *a.* ①按良心办事的，尽责的，勤勤恳恳的 ②小心谨慎的，煞费苦心的

conscientiously [ˌkɔnʃiˈenʃəsli] *ad.* ①尽责地，勤勤恳恳地 ②小心谨慎地，煞费苦心地

[词组] be a matter of conscience 是有关良心的事

for conscience's sake 为了良心上过得去

on one's conscience 引起某人内疚的

in all conscience ①凭良心，公平地 ②的确，当然

consciousness [ˈkɔnʃəsnis] *n.* ①知觉，感觉，自觉，②意识，觉悟

[反义] unconsciousness

[同根] subconsciousness [sʌbˈkɔnʃəsnis] *n.* 潜意识

conscious [ˈkɔnʃəs] *a.* ①有意识的，自觉的，意识清醒的 ②故意的，存心的 ③有…意识的，注重…的 ④羞怯的，不自然的

unconscious [ʌnˈkɔnʃəs] *a.* 失去知觉的，无意识的

subconscious [ˌsʌbˈkɔnʃəs] *a.* 下意识的

57. He still ________ the memory of his carefree childhood spent in that small wooden house of his grandparents'.

A) nourishes B) cherishes C) fancies D) scans

carefree [ˈkɛəfriː] *a.* 无忧无虑的，轻松愉快的

nourish [ˈnʌriʃ] *v.* ①养育，滋养 ②培育，助长，支持，鼓励

[同义]feed, maintain, nurse, nurture

[同根] nourishing [ˈnʌriʃiŋ] *a.* 滋养的，富有营养的

nourishment [ˈnʌriʃmənt] *n.* 食物，营养品

nutrition [njuːˈtriʃən] *n.* ①营养，滋养 ②营养物，滋养物

nutritional [njuːˈtriʃənəl] *a.* 营养的，滋养的

nutritious [njuːˈtriʃəs] *a.* 有营养的，滋养的

cherish [ˈtʃeriʃ] *v.* ①珍爱,珍视 ②爱护,抚育 ③抱有,怀有(希望,想法,感情等)

[同义] appreciate, adore, treasure, worship

[反义] disregard, ignore, neglect

fancy [ˈfænsi] *v.* ①想像,设想 ②想要,喜欢 *a.* ①别致的,花哨的 ②需要高度技巧的 ③最高档的,精选的 ④想像出来的,异想天开的 *n.* ①想像力 ②设想,幻想 ③爱好，迷恋 ④鉴赏力,审美力

[同义] imagine, dream, love

[同根] fantasy [ˈfæntəsi] *n.* ①想像,幻想 ②想像的产物

fantastic [fænˈtæstik] *a.* ①只存在于想像中的 ②奇异的,古怪的 ③异想天开的,荒诞的 ④极大的,难以相信的

fantastical [fænˈtæstikəl] (= fantastic)

scan [skæn] *v.* ①细看,审视 ②浏览，快读 ③扫描 *n.* ①细看,审视 ②浏览 ③扫描 ④眼界,视野

[同义] examine, inspect, study

58. She expressed her strong determination that nothing could ________ her to give up her career as a teacher.
    A) induce　B) deduce　C) reduce　D) attract

induce [inˈdjuːs] *v.* ①引诱,劝诱②引起,导致

[同义] persuade

[同根] inducement [inˈdjuːsmənt] *n.* 引诱,劝诱,导致

deduce [diˈdjuːs] *v.* 推论,推断,演绎

[同根] deduction [diˈdʌkʃən] *n.* ①推论,演绎 ②减除，扣除，减除额

deductive [diˈdʌktiv] *a.* 推论的，演绎的

reduce [riˈdjuːs] *v.* ①减少，缩小 ②削减，裁减 ③减轻，减低，降低

[同义] cut, decrease, diminish, lessen, lower

[反义] increase

[同根] reduction [riˈdʌkʃən] *n.* ① 减少(量)，削减(数)，裁减(数) ② 缩小，下降,降低

reductive [riˈdʌktiv] *a.* 减少的，缩小的，有减少(或缩小)倾向的

59. The microscope and telescope, with their capacity to enlarge, isolate and probe, demonstrate how details can be ________ and separated from the whole.
    A) radiated　B) extended　C) prolonged　D) magnified

microscope [ˈmaikrəskəup] *n.* 显微镜

telescope [ˈteliskəup] *n.* 望远镜

[同根] scope [skəup] *n.* ①眼界,见识 ②(活动)范围，机会，余地

capacity [kə'pæsiti] *n.* ①性能,功能 ②容量,容积 ③生产量,生产力 ④能力,资格,力量

[同根] capable ['keipəbəl] *a.* ①有能力的,能干的 ②有可能的,可以…的

capability [keipə'biliti] *n.* 能力,才能,才干

isolate ['aisəleit] *v.* 使隔离,使离析,使孤立,使脱离

[同根] isolated ['aisəleitid] *a.* 隔离的,孤立的

isolation [ˌaisə'leiʃən] *n.* 孤立,隔离,脱离

isolator ['aisəleitə] *n.* [电]绝缘体

probe [prəub] *v.* 探索,探查,探测 *n.* 探索,调查

[同义] examine, explore, investigate, inquiry

demonstrate ['demənstreit] *v.* ①表示,表明 ②论证,证明 ③示范,表演 ④示威

[同义] display, exhibit, express

[反义] conceal

[同根] demonstration [demən'streiʃ(ə)n] *n.* ①表示,表明 ②论证,证明 ③示范,表演 ④示威

demonstrative [di'mɔnstrətiv] *a.* ①论证的,证实的,令人信服的 ② 说明的

radiate ['reidieit] *v.* ①辐射,发散 ②呈辐射状发出

[同义] send out, issue, emit

[同根] radiation [ˌreidi'eiʃən] *n.* ①发光,发热,辐射,放射 ②放射线,放射物

radiant ['reidiənt] *a.* ①发光的 ②辐射的 ③容光焕发的

radioactive [ˌreidiəu'æktiv] *a.* 放射性的,放射性引起的

extend [ik'stend] *v.* ①扩展,展开 ②延长,使延伸 ③给予,提供

[同义] expand, enlarge, lengthen, widen, broaden, continue

[反义] decrease

[同根] extension [ik'stenʃən] *n.* ①延长,伸展 ②(电话)分机

extensive [ik'stensiv] *a.* 广大的,广阔的,广泛的

extensively [ik'stensivli] *ad.* 广泛地

prolong [prə'lɔŋ] *v.* 延长,拖延

[同义] extend, lengthen, stretch

[反义] shorten

[同根] prolonged [prə'lɔŋd] *a.* 延长的,拖延的,持续时间久的

prolongation [ˌprəulɔŋ'geiʃən] *n.* 延长,拖延,延长部分

magnify ['mægnifai] *v.* ①放大,扩大 ②夸大,夸张

[同义] enlarge, exaggerate, expand

[反义] minify, diminish, reduce

[同根] magnification [ˌmægnifi'keiʃən] *n.* 放大,放大倍率

magnifier ['mægnifaiə] *n.* 放大镜,放大器

60. Lighting can be used not only to create an atmosphere, but also to ________ features of the house, such as ornaments or pictures.

A) highlight B) underline C) activate D) upgrade

create an atmosphere 营造气氛

ornament ['ɔːnəmənt] *n.* ①装饰品,点缀品 ②装饰,点缀 *v.* 装饰,点缀,美化

[同义] decoration

[同根] ornamentation [ˌɔːnəmen'teiʃən] *n.* 装饰,装饰品

ornamental [ˌɔːnəˈmentəl] *a.* 装饰的，装饰用的

highlight [ˈhailait] *v.* ①使显著，使突出，强调 ②以强光照射 *n.* ①最显著(重要)部分，最突出(最精彩)部分或场面 ②[复数](相片、图画等的)强光部分

underline [ˌʌndəˈlain] *v.* ①在…下面划线 ②强调 *n.* 下划线

[同义] emphasize, stress

activate [ˈæktiveit] *v.* ①使活动起来，使开始起作用 ②有活力，激活

[同根] action [ˈækʃən] *n.* ①行动，动作，作用，行为 ②诉讼 ③战斗

active [ˈæktiv] *a.* 积极的，活跃的，活动的

activity [ækˈtiviti] *n.* ①活动 ②(某一领域内的)特殊活动

activist [ˈæktivist] *n.* 激进主义者，行动主义分子

upgrade [ˈʌpgreid] *v.* 提升，使升级 *n.* (on the ~) 有进步，有进展

[反义] degrade

[同根] grade [greid] *n.* ①等级，级别，年级 ②分数，成绩 *v.* 分级，分类，评分

61. By turning this knob to the right you can ________ the sound from the radio.

A) intensify B) amplify C) enlarge D) reinforce

intensify [inˈtensifai] *v.* 加强，增强，强化

[同根] tense [tens] *a.* 紧张的，拉紧的 *v.* (使)紧张，(使)拉紧

intense [inˈtens] *a.* ①(指性质)强烈的，剧烈的，激烈的 ②(指感情)热烈的，热情的

intensity [inˈtensiti] *n.* ①(思想、感情、活动等的)强烈，剧烈 ②(电、光、声等的)强度，亮度

intensely [inˈtensli] *ad.* 激烈地，热情地

amplify [ˈæmplifai] *v.* ①放大(声音等)，增强 ②扩大，详述，进一步阐述

[同义] increase, exaggerate

[同根] amplification [ˌæmplifiˈkeiʃən] *n.* ①放大，扩大 ②详述

ample [ˈæmpəl] *a.* ①大的，广大的 ②充足的，丰富的

amply [ˈæmpli] *ad.* 充足地，详细地

reinforce [ˌriːinˈfɔːs] *v.* ①增援，增强，加强，强化 ②补充，充实，加固

[同义] fortify, intensify, strengthen

[同根] reinforcement [ˌriːinˈfɔːsmənt] *n.* 增强，补充，加强，强化

enforce [inˈfɔːs] *v.* ①实施，使生效 ②强迫，迫使，强加

62. One of the attractive features of the course was the way the practical work had been ________ with the theoretical aspects of the subject.

A) embedded B) embraced C) integrated D) synthesized

feature [ˈfiːtʃə] *n.* ①特征，特色 ②容貌，特写 *v.* ①描绘，画…特征 ②是…的特色 ③以…为特色

[同根] featured [ˈfiːtʃəd] *a.* 被给以显著地位的，被作为号召物的

embed [imˈbed] *v.* ①把…嵌入(或埋

人,插入) ②使扎根于社会,使深留脑中
[同义] enclose, fix
[词组] be embedded in 被嵌入(或埋人,插入)

embrace [im'breis] *v.* ①包含,包含 ②拥抱 ③(欣然)接受,利用 *n.* 拥抱
[同义] include, contain, accept

synthesize ['sinθisaiz] *v.* ①综合 ②合成
[同根] synthesis ['sinθisis] *n.* ①综合 ②合成
synthetic [sin'θetik] *a.* ①综合的 ②合成的,人工制造的
synthetically [sin'θetikli] *ad.* ①综合地 ②合成地,人工制造地

integrate ['intigreit] *v.* ①使结合,使合并,使成一体(with) ②使完整
[同根] integral ['intigrəl] *a.* ①构成整体所需要的 ②完整的,整体的
integration [ˌinti'greiʃən] *n.* 结合,合而为一,整和,融合
integrity [in'tegriti] *n.* ①正直,诚实 ②完整,完全,完善

63. They couldn't see a ________ of hope that they would be saved by a passing ship.
A) grain B) span C) slice D) gleam

a grain of 一点,些微
a span of 一段(时间)
a slice of 一片,一份
a gleam of 一丝

64. The traditional markets retain their ________ for the many Chinese who still prefer fresh food like live fish, ducks, chickens over packaged or frozen goods.
A) appeal B) pledge C) image D) survival

retain [ri'tein] *v.* 保持,保留
[同义] hold, keep, maintain, preserve
[反义] abandon
[同根] retention [ri'tenʃən] *n.* 保留,保持
retentive [ri'tentiv] *a.* 有保持力的

prefer... over... = prefer... to...

packaged ['pækidʒid] *a.* 包装好的,袋装的

appeal [ə'pi:l] *n.* ①吸引力,感染力 ②呼吁,恳求 *v.* ①有感染力,吸引人 ②呼吁,恳求
[同义] attractive, charming, intriguing
[同根] appealing [ə'pi:liŋ] *a.* ①有感染力的,动人的,吸引人的 ②恳求的
[词组] appeal to ①投合…的心意,引起…的兴趣 ②向…呼吁(请求)
appeal for ①对…的吸引力 ②向…的呼吁,请求

pledge [pledʒ] *n.* ①保证,誓言 ②抵押,抵押品 *v.* ①保证,使发誓 ②抵押,典当
[同义] assurance, guarantee, oath, promise

image ['imidʒ] *n.* ①(头脑中的)形象,概念,象征 ②像,肖像,塑像 ③比喻 ④生动的描绘 *v.* ①做…的像 ②想像,形象地描绘 ③反映
[同义] picture, reflection, representation
[同根] imagery ['imidʒəri] *n.* ①[总称]像,肖像,塑像 ②[总称]意象,比喻

survival [sə'vaivəl] *n.* 幸存(者),残存(物)

[同根] survive [sə'vaiv] *v.* ①幸存，幸免于 ②比…活得长

survivor [sə'vaivə] *n.* 幸存者

65. ________ efforts are needed in order to finish important but unpleasant tasks.
A) Consecutive B) Condensed C) Perpetual D) Persistent

consecutive [kən'sekjutiv] *a.* 连续的

[同义] continuous, successive

condensed [kən'denst] *a.* ①浓缩的，压缩的，凝聚的 ②缩短的

[同义] contracted, reduced, squeezed

perpetual [pə'petʃuəl] *a.* ①永久的，永恒的，长期的 ②无休止的，没完没了的

[同义] continuous, endless, eternal, permanent

[反义] temporary

[同根] perpetuity [ˌpəpi'tjuiti] *n.* ①永久，永恒 ②无休止，无尽期

persistent [pə'sistənt] *a.* ①坚持不懈的，执意的 ②持续的，顽强地存在的

[同义] continuing

[同根] persist [pəː'sist] *v.* ①坚持，固执 ②持续，存留

persistence [pə'sistəns] *n.* ①坚持，固执 ②持续，存留

persistently [pə'sistəntli] *ad.* ①持续地，顽强地存在地 ②坚持不懈地

66. A number of students ________ in flats, and others live in the nearby holiday resorts, where there is a reasonable supply of competitively priced accommodation.
A) revive B) inhabit C) gather D) reside

resort [ri'zɔːt] *n.* ①胜地，常去之地 ②凭借，求助，诉诸，采用(to) *v.* ①求助，诉诸 ②常去

[词组] resort to ①诉诸(法律)，使用(手段)，采用 ②常去

as a last resort (一切均失败后)作为最后的凭借

competitively [kəm'petitivli] *ad.* ①(价格等)有竞争力地 ②竞争地

[同根] compete [kəm'piːt] *v.* ①竞争(with, in) ②比赛(in) ③对抗(against, with)

competition [kɔmpi'tiʃən] *n.* 竞争，竞赛

competitor [kəm'petitə] *n.* 竞争者

competitive [kəm'petitiv] *a.* ①竞争的，取决于竞争的 ②有竞争力的

accommodation [əˌkɔmə'deiʃən] *n.* ①([英]~，[美]~s)住处，膳宿 ②和解，适应

[同义] lodgings, adjustment

[同根] accommodate [ə'kɔmədeit] *v.* ①向…提供住处(或膳宿) ②给…提供方便 ③容纳 ④调和，使适应，使符合一致

accommodating [ə'kɔmədeitiŋ] *a.* ①乐于助人的，随和的 ②善于适应新环境的

[词组] accommodate sb. with sth. 答应某人某件事，帮某人一个忙

accommodate sth. to 使…适应

revive [ri'vaiv] *v.* ①恢复 ②(使)复苏

[同义] refresh, renew, restore

[同根] revival [ri'vaivəl] *n.* 苏醒，复兴，复活

inhabit [in'hæbit] *v.* 居住于，(动物)栖居于

[同义] dwell, live, lodge, reside

[反义] desert

[同根] inhabitant [in'hæbitənt] *n.* 居民，居住者

inhabitable [in'hæbitəb(ə)l] *a.* 适于居住的，可居住的

reside [ri'zaid] *v.* ①居住，定居(in, at) ②(性质等)存在，在于(in)

[同义] dwell, inhabit

[同根] resident ['rezidənt] *n.* 居民，定居者 *a.* 居住的，常驻的

residence ['rezidəns] *n.* 居住，定居，(合法)居住资格

residential [ˌrezi'denʃəl] *a.* ①居住的，住宅的 ②学生寄宿的，(须)住宿在住所的

residency ['rezidənsi] *n.* ①居住，定居 ②住院医生实习期

[词组] reside in (性质等)存在，在于

67. He bought his house on the ________ plan, paying a certain amount of money each month.

A) division B) premium C) installment D) fluctuation

division [di'viʒən] *n.* ①分开，分割，除法 ②不和，思想，感情等分裂 ③部门，政府或公司的一部分

[同义] disunion, disagreement

[同根] divide [di'vaid] *v.* ①分，划分，分开，隔开 ②除 ③使不和

premium ['primiəm] *n.* ①奖品，奖金 ②额外补贴，津贴 ③(为推销商品而给的)优惠

[同义] reward, bonus

[词组] at a premium ①以高价 ②稀缺的，十分需要的

installment [in'stɔːlmənt] *n.* ①分期付款，债款的分期偿还数 ②分期连载的部分 ③就职，任职 ④安装，安置

[同根] install [in'stɔːl] *v.* ①安装，安置 ②使就职

installation [ˌinstə'leiʃən] *n.* ①安装，装置 ②就职

fluctuation [ˌflʌktʃu'eiʃən] *n.* 波动，起伏

[同义] swing

[同根] fluctuate ['flʌktʃueit] *v.* ①(指标准，价格等)波动，涨落 ②使波动，使起伏

fluctuant ['flʌktʃuənt] *a.* 变动的，起伏的，波动的

68. He could not ________ ignorance as his excuse; he should have known what was happening in his department.

A) petition B) plead C) resort D) reproach

ignorance ['ignərəns] *n.* ①无知，愚昧 ②(of, about)不知

[同根] ignore [ig'nɔː] *v.* 不理睬，忽视

ignorant ['ignərənt] *a.* 无知的，愚昧的

[词组] ignorance of/about 不知…

petition [pi'tiʃən] *v.* 请求，恳求，请愿 *n.* ①恳求，请愿 ②诉状，陈情书

[同义] appeal, demand, plea, request

[词组] petition for 向…请求

plead [pliːd] *v.* ①提出…为理由(或借口),为…辩护 ②恳求,请求 ③申诉,辩护

[同义] appeal, beg

[同根] plea [pliː] *n.* ①恳求,请求 ②抗辩,辩护 ③借口,托辞

pleading ['pliːdiŋ] *n.* ①恳求,请求 ②申诉,答辩 ③诉讼程序 *a.* 恳求的,请求的

pleadingly ['pliːdiŋli] *ad.* 恳求地,请求地

reproach [ri'prəutʃ] *v.* & *n.* 责备,批评

[同义] accuse, blame, condemn, denounce

[同根] reproachful [ri'prəutʃful] *a.* 责备的

reproachfully [ri'prəutʃfuli] *ad.* 责备地

[词组] reproach sb. for/with 因…而责备某人

69. Many ecologists believe that lots of major species in the world are on the ________ of extinction.

A) margin B) border C) verge D) fringe

ecologist [i'kɔlədʒist] *n.* 生态学者

[同根] ecology [i'kɔlədʒi] *n.* 生态学

ecosystem ['iːkəˌsistəm] *n.* 生态系统

ecological [ˌiːkə'lɔdʒikəl] *a.* 生态学的

species ['spiːʃiz] *n.* 种,类

extinction [ik'stiŋkʃən] *n.* ①熄灭,扑灭,消灭 ②绝种

[同根] extinct [ik'stiŋkt] *a.* 熄灭的,灭绝的,耗尽的

extinguish [ik'stiŋgwiʃ] *v.* ①熄灭,扑灭(火等) ②使消亡,使破灭

extinguisher [ik'stiŋgwiʃə(r)] *n.* 灭火器

margin ['mɑːdʒin] *n.* ①边,缘,边缘 ②空白页边 *v.* ①加边于 ②作页边注释

[同义] border, edge

[同根] marginal ['mɑːdʒinəl] *a.* ①边缘的,边界的 ②临界的,勉强够格的 ③最低限度的,少量的

marginalize ['mɑːdʒinəlaiz] *v.* 使处于社会边缘,使脱离社会发展进程,忽视,排斥

[词组] by a large margin 以极大的优势,以极大的票数之差

border ['bɔːdə] *n.* 边界,边境,边沿 *v.* 邻接,毗邻

[同义] boundary, edge

[词组] border on/upon 接近,近似

verge [vəːdʒ] *n.* 边,边缘 *v.* 接近,濒临

[同义] border, edge, incline

[词组] on the verge of 接近于,濒于

fringe [frindʒ] *n.* ①(头发的)刘海,饰以流苏的边 ②边缘 ③外围,次要事物 *a.* 附加的,额外的 *v.* 作为…的边缘

70. Any salesperson who sells more than the weekly ________ will receive a bonus.

A) ratio B) quota C) allocation D) portion

ratio ['reiʃiəu] *n.* (两个数量之间的)比,比例,比率

[同根] rate [reit] *n.* ①比,比率 ②速率,速度 ③费率,价格,费用 ④等级,类别 *v.* ①评估 ②认为,鉴定等级

quota ['kwəutə] *n.* 定额,限额,配额

[同义] percentage, proportion, ratio, share

allocation [ˌæləu'keiʃən] *n.* 分配,分

派，拨给
[同义] assignment
[同根] allocate ['æləkeit] *v.* 分配,分派,把…拨给

portion ['pɔːʃən] *n.* 部分，一份 *v.* 分配,把…的一份分给某人

Answer Key					
41 - 45	BCACB	46 - 50	DDADC	51 - 55	ABDCA
56 - 60	CBADA	61 - 65	BCDAD	66 - 70	DCBCB

Vocabulary 2005.6

31. Susan has ________ the elbows of her son's jacket with leather patches to make it more durable.
A) reinforced B) sustained C) steadied D) confirmed

patch [pætʃ] *n.* ①补丁,补片，碎片 ②一小块地 *v.* ①缝补，修补,草草修理 ②暂时解决(分歧,困难等)
[同义] fix, mend, repair
[词组] patch up 修理,草率做成

durable ['djuərəbəl] *a.* 持久的，耐用的
[同义] endless, enduring, permanent, solid
[同根] endure [in'djuə] *v.* ①忍耐,容忍 ②持久,持续
duration [djuə'reiʃən] *n.* 持续时间，为期
durably ['djuərəbli] *ad.* 持久地，耐用地

reinforce [ˌriːin'fɔːs] *v.* ①加固，补强 ②增援,增强,加强 ③补充,充实
[同义] brace, fortify, intensify, strengthen
[同根] reinforcement [ˌriːin'fɔːsmənt] *n.* 增强，补充,加强
enforce [in'fɔːs] *v.* ①实施,使生效 ②强迫，迫使,强加

sustain [sə'stein] *v.* ①支撑，撑住 ②维持，持续
[同义] maintain, support
[同根] sustainment [sə'steinmənt] *n.* 支持，维持
sustainable [sə'steinəbəl] *a.* 可持续的，能发展的

steady ['stedi] *v.* 使牢固,稳固,保持坚固 *a.* ①平稳的,稳定的 ②坚定的,不动摇的
[同根] steadily ['stedili] *ad.* ①稳固地 ②坚定地，不动摇地

confirm [kən'fəːm] *v.* ①证实，肯定 ②进一步确定,确认 ③坚持认为(that)
[同义] verify, prove, strengthen
[同根] confirmation [kɔnfə'meiʃ(ə)n] *n.* ①证实,证明 ②批准,确认
confirmatory [kən'fəːmətəri] *a.* (用于)证实的
confirmative [kən'fəːmətiv] *a.* (= confirmatory)

32. Although we tried to concentrate on the lecture, we were ________ by the noise from the next room.

A) distracted B) displaced C) dispersed D) discarded

distract [di'strækt] *v.* 转移(注意力),分散(思想),使分心
[同义] confuse, disturb, divert
[反义] attract
[同根] distracted [di'strækt] *a.* 心烦意乱的
distraction [di'strækʃən] *n.* ①分心,分心的事物 ②娱乐

displace [di'spleis] *v.* ①移动…的位置 ②取代(某人的)位置
[同根] replace [riː'pleis] *v.* 取代,代替
displacement [di'spleismənt] *n.* 移位,取代,撤换
replacement [ri'pleismənt] *n.* 代替,替换

disperse [di'spəːs] *v.* ①(使)分散,赶散 ②(使)消散,驱散
[同义] distribute, scatter, spread
[反义] collect, withdraw
[同根] dispersal [di'spəːsəl] *n.* 散布,驱散,疏散
dispersion [di'spəːʃən] *n.* (= dispersal)

discard [di'skɑːd] *v.* & *n.* 丢弃,抛弃
[同义] dispose of, get rid of, reject, throw away

33. The reason why so many children like to eat this new brand of biscuit is that it is particularly sweet and ________.

A) fragile B) feeble C) brisk D) crisp

fragile ['frædʒail] *a.* ①易损坏的,易碎的 ②虚弱的,脆弱的
[同义] breakable, delicate, frail, slight
[反义] solid, strong, sturdy, tough
[同根] fragility [frə'dʒiliti] *n.* 脆弱,虚弱

feeble ['fiːbəl] *a.* ①虚弱的,无力的 ②无效的,无益的
[同义] frail, powerless, weak
[反义] intense, strong, tough
[同根] feebleness ['fiːblnis] *n.* 弱,衰弱
feebly ['fiːbli] *ad.* 虚弱地,衰弱地,无力地

brisk [brisk] *a.* ①轻快的 ②生气勃勃的 ③兴隆的,繁忙活跃的 ④寒冷而清新的
[同义] active, breezy, energetic
[反义] dull, slack, sluggish
[同根] briskly [briskli] *ad.* 活泼地,精神勃勃地

crisp [krisp] *a.* ①(尤指食物)脆的,酥的 ②寒冷干燥的 ③简明扼要的,干净利落的 *n.* (= chip) 炸薯片
[同义] breakable, clear, fragile, frail, fresh

34. Don't trust the speaker any more, since the remarks he made in his lectures are never ________ with the facts.

A) symmetrical B) comparative C) compatible D) harmonious

symmetrical [si'metrikəl] *a.* 对称的,均匀的
[同义] balanced, equal, even, orderly, regular

［同根］symmetry［'simitri］*n.* 对称，匀称
symmetrically［si'metrikəli］*a.* 对称地，平衡地

compatible［kəm'pætəbəl］*a.* ①协调的，一致的(with) ②能和睦相处的，合得来的 ③兼容的
［同义］harmonious
［同根］compatibility［kəm,pæti'biliti］*n.* ①协调，一致，合得来 ②［计］兼容性
incompatible［,inkəm'pætəbəl］*a.* 性质相反的，矛盾的，不调和的
compatibly［kəm'pætəbli］*ad.* 协调地，适合地

35. They had to eat a(n) ________ meal, or they would be too late for the concert.
A) temporary B) hasty C) immediate D) urgent

temporary［'tempərəri］*a.* 暂时的，临时的，短暂的
［同义］momentary, transient
［反义］permanent
［同根］temporarily［'tempərərili］*ad.* 暂时地，临时地
contemporary［kən'tempərəri］*a.* 当代的，同时代的

hasty［'heisti］*a.* 匆忙的，草率的
［同义］fast, hurried
［同根］haste［heist］*n.* 匆忙，急速
hasten［'heisn］*v.* ①催促，促进 ②急忙，赶紧
hastily［'heistili］*ad.* 急速地，轻率地，慌忙地

urgent［'ə:dʒənt］*a.* 急迫的，紧急的
［同义］compelling, crucial, pressing
［同根］urge［ə:dʒ］*v.* ①催促，力劝 ②驱策，推动 *n.* 强烈欲望，迫切要求
urgency［'ə:dʒənsi］*n.* 紧急，急迫
urgently［'ə:dʒəntli］*ad.* 迫切地，急切地

36. Having a(n) ________ attitude towards people with different ideas is an indication that one has been well educated.
A) analytical B) bearable C) elastic D) tolerant

indication［,indi'keiʃən］*n.* 迹象，表明，指示
［同义］suggestion, revelation, implication
［同根］indicate［'indikeit］*v.* ①指示，指出 ②表明，显示
indicative［in'dikətiv］*a.* (～ of) 指示的，表明的，可表示的

analytical［,ænə'litikəl］*a.* (= analytic) 分析的，分解的
［同根］analyze［'ænəlaiz］*v.* 分析，分解
analysis［ə'nælisis］*n.* 分析，分解
analyst［'ænəlist］*n.* 分析者
analytically［,ænə'litikəli］*ad.* 分析地，分析法地

bearable［'bɛərəbəl］*a.* 可忍受的，支持得住的
［同义］endurable
［反义］unbearable
［同根］bear［bɛə］*v.* bore, borne, bearing ①经得起(考验等) ②忍受，忍受 ③承担，负担 ④具有，显示 ⑤写有，刻有 ⑥生(孩子)，结(果实) *n.* 熊

bearing ['bɛəriŋ] *n.* ①举止,风度 ②关系,关联 ③意义,意思 ④方面

elastic [i'læstik] *a.* ①(指材料等)有弹性的,有弹力的 ②弹回的,弹跳的 ③(抑郁、失望等情绪)能恢复的,开朗的 ④可伸缩的,灵活的 *n.* 橡皮筋,松紧带

[同义] adaptable, flexible, yielding

[反义] rigid, stiff

tolerant ['tɔlərənt] *a.* ①宽容的,容忍的 ②耐…的(of)

[同义] patient

[同根] tolerate ['tɔləreit] *v.* 忍受,容忍

tolerance ['tɔlərəns] *n.* 宽容,忍受,容忍

toleration [tɔlə'reiʃən] *n.* 忍受,容忍,宽恕

tolerable ['tɔlərəbəl] *a.* 可容忍的,尚好的

37. No form of government in the world is ________; each system reflects the history and present needs of the region or the nation.

A) dominant B) influential C) integral D) drastic

dominant ['dɔminənt] *a.* 占优势的,支配的,统治的

[同义] ruling, ascendent

[同根] dominant ['dɔminənt] *a.* 占优势的,支配的,统治的

domination [dɔmi'neiʃən] *n.* 控制,统治,支配

dominance ['dɔminəns] *n.* 优势,支配或统治地位,最高权力

influential [ˌinflu'enʃəl] *a.* 有影响的,有势力的

[同根] influence ['influəns] *n.* ①影响,势力,有影响的人(或事) ②势力,权利 *v.* 影响,改变

integral ['intigrəl] *a.* 构成整体所必需的,基本的

[同根] integration [ˌinti'greiʃən] *n.* 使完整,整和,融合

integrity [in'tegriti] *n.* ①完整,完全,完整性 ②正直,诚实

integrate ['intigreit] *v.* 使成整体,使一体化

drastic ['dræstik] *a.* ①严厉的,极端的 ②激烈的,迅猛的

[同义] extreme, fierce, intense, rough

[同根] drastically ['dræstikli] *ad.* 激烈地,彻底地

38. In spite of the ________ economic forecast, manufacturing output has risen slightly.

A) faint B) dizzy C) gloomy D) opaque

forecast ['fɔ:kɑ:st] *n.* & *v.* 预见,预测,预报

[同义] prediction

manufacturing [ˌmænju'fæktʃəriŋ] *a.* 制造业的 *n.* 制造业

[同根] manufacture [ˌmænju'fæktʃə] *v.* ①制造 ②捏造,虚构,假造

manufacturer [mænju'fæktʃərə(r)] *n.* ①制造者,制造商 ②制造厂

output ['autput] *n.* 产量,输出,输出量

faint [feint] *a.* ①(指觉察到的东西)微弱的,模糊的 ②虚弱的,衰弱的,(指人)昏晕的 *v.* ①(因失血、受惊等)昏晕,昏倒 ②衰弱,委顿 *n.* 昏厥,不醒人事

[同义] dim, weak, vague, indistinct

[反义] intense, loud, strong

[同根] faintness [feintnis] ***n.*** 微弱，模糊，衰弱
faintly ['feintli] ***ad.*** 微弱地，朦胧地，模糊地

dizzy ['dizi] ***a.*** ①(指人)晕眩的，昏乱的 ②令人晕眩的 ***v.*** 使晕眩
[同根] dizziness ['dizinis] ***n.*** 头昏眼花
dizzily ['dizili] ***ad.*** 头昏眼花地，使人眼花地

gloomy ['glu:mi] ***a.*** ①令人沮丧的,令人失望的 ②黑暗的,昏暗的
[同义] dark, dim, dismal, dreary
[反义] delightful, gay, jolly
[同根] gloom [glu:m] ***n.*** ①昏暗,阴暗 ②忧郁,沮丧
gloomily ['glu:mili] ***ad.*** ①黑暗地 ②沮丧地

opaque [əu'peik] ***a.*** ①不透明的,不透光的 ②难理解的,晦涩的
[同义] filmy, indistinct, obscure, vague
[同根] opaqueness [əu'peiknis] ***n.*** 不透明，晦涩
opaquely [əu'peikli] ***ad.*** 不透明地，无光泽地

39. Too often Dr. Johnson's lectures ________ how to protect the doctor rather than how to cure the patient.
A) look to B) dwell on C) permeate into D) shrug off

look to ①注意 ②面对
dwell on 详细阐述,强调
permeate into 弥漫,散布,普及,渗透
shrug off 对…不屑一顾,缩小…的重要性

40. Located in Washington D. C., the Library of Congress contains an impressive ________ of books on every conceivable subject.
A) flock B) configuration C) pile D) array

located in 位于,坐落于

contain [kən'tein] ***v.*** ①容纳 ②包含 ③抑制,克制
[同根] container [kən'teinə] ***n.*** ①容器 ②集装箱,货柜
containment [kən'teinmənt] ***n.*** ①控制,抑制 ②遏制,遏制政策

conceivable [kən'si:vəbəl] ***a.*** 想得到的，可想像的,可能的
[同义] imaginable, likely, thinkable
[同根] conceive [kən'si:v] ***v.*** ①认为 ②构想出(of)，设想
conceivably [kən'si:vəbli] ***ad.*** 可能地，想得到地，可想像地
conception [kən'sepʃən] ***n.*** ①思想,观念,概念 ②构想,设想

flock [flɔk] ***n.*** ①羊群，兽群，鸟群 ②大量，众多 ***v.*** 群集,聚集，簇拥
[同义] crowd, mob
[词组] flock into 成群结队涌到

configuration [kən,figju'reiʃən] ***n.*** ①配置,布局,结构,构造 ②外形,轮廓
[同义] shape, outline, form

array [ə'rei] ***n.*** ①显眼的一系列,整齐的一批,大量 ②排列,阵列

41. Some felt that they were hurrying into an epoch of unprecedented enlightenment, in which better education and beneficial technology would ________ wealth and leisure for all.

A) maintain B) ensure C) certify D) console

epoch [ˈiːpɔk, ˈepɔk] *n.* 时期,时代

[同义] age, era, period

[同根] epoch making [ˈiːpɔk ˈmeikiŋ] *a.* 划时代的, 极重要的

unprecedented [ʌnˈpresidəntid] *a.* 无先例的,空前的

[同根] precede [priːˈsiːd] *v.* (在时间,位置,顺序上)领先(于), 在前,居先,先于

precedence [ˈpresidəns] *n.* 居先, 优先, 优越

precedent [priˈsiːdənt] *n.* 先例,前例

precedented [ˈpresidəntid] *a.* 有先例的, 可援的

unprecedentedly [ʌnˈpresidəntidli] *ad.* 无先例地,空前地

enlightenment [inˈlaitnmənt] *n.* 启迪, 教化

[同义] educate, illuminate, inform, instruct

[同根] enlighten [inˈlaitn] *v.* ①启发,启蒙,教导 ②教育,使获得教益

enlightened [inˈlait(ə)nd] *v.* 开明的,有知识的,摆脱偏见的,文明的

enlightening [inˈlaitniŋ] *a.* 有启迪作用的, 使人获得教益的

beneficial [beniˈfiʃəl] *a.* 有益的, 受益的

[同义] advantageous, favorable, helpful, profitable

[反义] fruitless, useless, vain

[同根] benefit [ˈbenifit] *n.* 利益, 益处 *v.* 有益于, 有助于, 受益

[词组] be beneficial to 有益于

leisure [ˈleʒə; ˈliːʒə] *n.* ①悠闲, 安逸 ②空闲, 闲暇

[同义] ease, freedom, rest

[同根] leisured [ˈleʒəd; ˈliːʒəd] *a.* 有许多闲暇的, 有闲的

leisurely [ˈleʒəli; ˈliːʒəli] *ad.* 从容的,不匆忙的

[词组] at leisure 空闲的,闲暇中的

at one's leisure 在空闲之时

maintain [meinˈlein] *v.* ①保持,维持 ②维修, 保养(机器,道路等) ③主张, 拥护,维护

[同义] retain, support, sustain, uphold

[反义] abandon

[同根] maintenance [ˈmeintinəns] *n.* ①维持,保持 ②维修, 保养, 维修保养费用

ensure [inˈʃuə] *v.* ①保证, 担保, 保证得到 ②使安全

[同义] guarantee, insure

[同根] assure [əˈʃuə] *v.* ①有信心地说, 向…保证 ②使确信,使放心

insure [inˈʃuə] *v.* ①给…保险 ②保证,确保

assurance [əˈʃuərəns] *n.* ①保证,表示保证(或鼓励,安慰)的话 ②把握,信心 ③(人寿)保险

insurance [inˈʃuərəns] *n.* ①保险, 保险单, 保险费 ②预防措施,安全保证

certify [ˈsəːtifai] *v.* ①证明,证实 ②发证书(或执照)给 ③担保,(银行)在(支票)正面签署保证付款

[同义] affirm, confirm, guarantee, testify

[同根] certified [ˈsəːtifaid] *a.* ①证明合格的 ②持有证件的

certificate [səˈtifikit] *n.* ①证(明)书 ②凭

证,单据 ②证明 *v.* 授证书给…

certificated [sə'tifikeitid] *a.* 领有证书的,合格的

certification [ˌsəːtifi'keiʃən] *n.* 证明,证书

console [kən'səul] *v.* 安慰,慰问

[同义] cheer, comfort, sympathize

[反义] afflict, torment, torture

[同根] consolation [ˌkɔnsə'leiʃən] *n.* ①安慰,慰藉 ②起安慰作用的人或事物

consolable [kən'səuləbəl] *a.* 可安慰的,可慰藉的

inconsolable [ˌinkən'səuləbəl] *a.* 无法安慰的,极为伤心的

42. Fiber optic cables can carry hundreds of telephone conversations ______.
A) homogeneously B) spontaneously
C) simultaneously D) ingeniously

fiber optic cable 光纤电缆

homogeneously [ˌhɔməu'dʒiːniəsli] *ad.* 同种类地,同性质地,有相同特征地

[反义] heterogeneously

[同根] homogeneous [ˌhɔməu'dʒiːniəs] *a.* 同种类的,同性质的,有相同特征的

homogeneity [ˌhɔməudʒe'niːəti] *n.* 同种,同质

heterogeneous [ˌhetərəu'dʒiːniəs] *a.* 各种各样的,由不同成分组成的

heterogeneity [ˌhetərəudʒi'niːəti] *n.* 各种各样,异成分混杂

spontaneously [spɔn'teiniəsli] *ad.* 自发地,无意识地,自然地

[同义] automatically, inherently, instinctively, naturally

[反义] compulsorily

[同根] spontaneity [ˌspɔntə'niːəti] *n.* 自发性

spontaneous [spɔn'teiniəs] *a.* 自发的,无意识的,自然的

simultaneously [siməl'teiniəsli] *ad.* 同时发生地,同时地

[同根] simultaneity [ˌsiməltə'niəti] *n.* 同时发生,同时

simultaneous [ˌsiməl'teiniəs] *a.* 同时发生的,同时的

[词组] be simultaneous with 与…同时发生的

ingeniously [in'dʒiːniəsli] *ad.* 有才能地,制作精巧地

[同义] creatively, imaginatively, proficiently, skillfully

[反义] awkwardly, clumsily

[同根] genius ['dʒiːniəs] *n.* 天才,天赋,天才人物

ingenious [in'dʒiːniəs] *a.* ①(人,头脑)灵巧的,善于创造发明的,足智多谋的 ②(机器等)制作精巧的,(方法等)巧妙的

ingenuity [ˌindʒi'njuːiti] *n.* ①(安排、设计等的)巧妙,精巧 ②心灵手巧

43. Excellent films are those which ________ national and cultural barriers.
A) transcend B) traverse C) abolish D) suppress

barrier ['bæriə(r)] *n.* ①障碍,隔阂 ②防碍的因素,障碍物

[同义] barricade, fortification, obstruction

[同根] barricade [ˌbæri'keid] *v.* 设路障

n. 路障

transcend [træn'send] *v.* 超出，超越（经验，理性，信念等）的范围

[同义] excel

[同根] transcendent [træn'sendənt] *a.* 卓越的，超凡的

transcendental [trænsen'dentəl] *a.* 先验的，知觉的，超出人类经验的

traverse ['trævəːs] *v.* ①横渡，横越，穿过 ②（横向）往返移动

abolish [ə'bɔliʃ] *v.* 彻底废除，废止

[同义] cancel, destroy, exterminate

[反义] establish

[同根] abolition [æbə'liʃən] *n.* 废除，废除

suppress [sə'pres] *v.* ①压制，镇压 ②禁止发表，查禁 ③抑制（感情等）

[同义] inhibit, repress, restrain, subdue

[同根] suppression [sə'preʃən] *n.* ①压制，镇压 ②禁止发表，查禁 ③抑制（感情等）

suppressive [sə'presiv] *a.* 抑制的，镇压的

44. The law of supply and demand will eventually take care of a shortage or ________ of dentists.

A) surge　B) surplus　C) flush　D) fluctuation

eventually [i'ventʃuəli] *ad.* 最后，终于

[同义] finally, ultimately, in the end

[同根] eventual [i'ventʃuəl] *a.* 最后的

take care of 处理，对付，提防

surge [səːdʒ] *n.* ①（波涛的）汹涌，奔腾 ②（感情等的）洋溢，奔放 ③急剧上升，激增 *v.* ①（浪涛等）汹涌，奔腾 ②激增

surplus ['səːpləs] *n.* 过剩，剩余 *a.* 过剩的，多余的

[同义] excess, leftover, additional, extra

[反义] deficit

flush [flʌʃ] *n.* ①脸红，潮红 ②激增，蓬勃的生长 ③旺盛，生气勃勃 *v.* ①（脸）发红，（使）脸红 ②（被冲）洗，清除 ③赶出

fluctuation [ˌflʌktʃu'eiʃən] *n.* 波动，起伏

[同义] swing

[同根] fluctuate ['flʌktʃueit] *v.* ①（指标准、价格等）波动，涨落 ②使波动，使起伏

fluctuant ['flʌktʃuənt] *a.* 变动的，起伏的，波动的

45. One third of the Chinese in the United States live in California, ________ in the San Francisco area.

A) remarkably　B) severely　C) drastically　D) predominantly

remarkably [ri'mɑːkəb(ə)li] *ad.* ①非常地 ②显著地，引人注目地

[同义] noticeably, dramatically, evidently

[同根] remark [ri'mɑːk] *n.* ①备注，注释 ②评论 ③注意 *v.* ①评论 ②注意 ③谈及，谈论

remarkable [ri'mɑːkəbəl] *a.* ①不平常的，非凡的 ②值得注意的 ③显著的

severely [si'viəli] *ad.* 严重地，严格地，激烈地

[同义] harshly, strictly

[同根] severe [si'viə] *a.* 严厉的，严格的，剧烈的，严重的

drastically ['dræstikli] *ad.* 激烈地，彻

底地

[同义] extreme, fierce, intense, rough

[同根] drastic ['dræstik] *a.* ①严厉的,极端的 ②激烈的,迅猛的

predominantly [pri'dɔminəntli] *ad.* 占绝大多数地,占主导地位地

[同根] predominate [pri'dɔmineit] *v.* ①(在数量等方面)占优势,占绝大多数 ②主宰,支配

predominant [pri'dɔminənt] *a.* ①占主导地位的 ②(在数量等方面)占优势的

predominance [pri'dɔminəns] *n.* ①主导地位 ②(数量等的)优势

46. After the terrible accident, I discovered that my ear was becoming less ________.

A) sensible B) sensitive C) sentimental D) sensational

sensible ['sensəbəl] *a.* ①明智的, 有判断力的 ②感觉得到的,觉察的

[同义] rational, wise, logical

[反义] absurd

[同根] sensibly ['sensəbli] *ad.* ①到能感觉到的地步,显著地,明显地 ②明智地

sensitive ['sensitiv] *a.* ①敏感的 ②神经过敏的, 神经质的,容易生气的

[反义] insensitive

[同根] sensitivity [ˌsensi'tiviti] *n.* 敏感(性)

sensitively ['sensitivli] *ad.* 易感知地, 神经过敏地

sentimental [ˌsenti'mentəl] *a.* 感伤的,感情脆弱的

[同根] sentiment ['sentimənt] *n.* ①情感, 情绪 ②伤感 ③意见,观点

sentimentally [ˌsenti'mentli] *ad.* 感伤地

sensational [sen'seiʃənəl] *a.* 使人激动的, 轰动的,耸人听闻的

[同义] exciting, glorious, magnificent, marvelous

[同根] sensation [sen'seiʃən] *n.* ①(感官的)感觉能力 ②感觉,知觉 ③引起轰动的事件(或人物)

sensationalism [sen'seiʃənəˌliz(ə)m] *n.* 追求轰动效应, 故意耸人听闻

sensationally [sen'seiʃənəli] *ad.* 轰动地, 耸人听闻地

47. Now the cheers and applause ________ in a single sustained roar.

A) mingled B) tangled C) baffled D) huddled

applause [ə'plɔːz] *n.* 鼓掌欢迎, 欢呼

[同根] applaud [ə'plɔːd] *v.* ①(向…)鼓掌,(向…)喝彩 ②称赞,赞许

sustained [sə'steind] *a.* 持续的,持久的

[同根] sustain [sə'stein] *v.* ①支撑, 撑住 ②维持, 持续

sustainable [sə'steinəbəl] *a.* 可持续的, 能发展的

mingle ['miŋgəl] *v.* ①混合起来,相混合 ②相交往

[同义] blend, combine, mix, associate

[词组] mingle... with... 把…和…混合在一起

tangle ['tæŋgəl] *v.* ①(使)缠结,弄乱 ②缠住,使卷入 *n.* ①乱糟糟的一堆,混乱 ②复杂的问题(或形势),困惑

[同义] complicate, confuse, involve, mess

[词组] tangle with 与…争吵

baffle [ˈbæfəl] *v.* 使困惑，难住

[同义] bewilder, mystify, puzzle

huddle [ˈhʌdəl] *v.* ①聚集在一起，挤作一团 ②把身子蜷成一团，蜷缩 *n.* 挤在一起的人，一堆杂乱的东西

[同义] assemble, cluster, crowd, gather

48. Among all the public holidays, National Day seems to be the most joyful to the people of the country; on that day the whole country is ________ in a festival atmosphere.

A) trapped B) sunk C) soaked D) immersed

trap [træp] *v.* 诱捕，诱骗，设陷，坑害，使受限制 *n.* 陷阱，圈套，诡计

[同义] catch, hook

sink [siŋk] *v.* 沉下，(使)下沉 *n.* 水槽，水池

[同义] fall, submerge

soak [səuk] *v.* 浸，泡，(使)浸透，吸收 *n.* 浸透

[同义] saturate, steep, wet

immerse [iˈməːs] *v.* ①使沉浸在，使专心于 ②使浸没

[同义] absorb, engage, occupy, submerge

[同根] immersion [iˈməːʃən] *n.* 沉浸，浸没

[词组] be immrsed in 沉浸在，专心于

49. The wooden cases must be secured by overall metal strapping so that they can be strong enough to stand rough handling during ________.

A) transit B) motion C) shift D) traffic

secure [siˈkjuə] *v.* 使牢固，紧闭，使安全

[同根] security [siˈkjuəriti] *n.* 安全，平安，安全感

securely [siˈkjuəli] *ad.* 安全地

overall [ˈəuvərɔːl] *a.* 全部的，全面的 *ad.* 总的说来，大体上

[同义] comprehensive, general

strapping [ˈstræpiŋ] *n.* (包装、加固等用的)皮带材料，困扎带，胶带

[同根] strap [stræp] *n.* 带，皮带，金属带 *v.* 用带固定，用带捆扎

handling [ˈhændliŋ] *n.* ①搬运，触摸 ②操作，处理

[同根] handle [ˈhændl] *n.* ①柄，把手，把柄 *v.* ①触摸，搬运 ②管理，处理，对付

[词组] fly off the handle 大怒

give a handle (to sb.) 给某人以把柄

transit [ˈtrænsit] *n.* ①运输，搬运 ②经过，通行，过境 ③转变，过渡 *v.* 运送，使通过，经过

[同义] conveying

[同根] transition [trænˈziʃən] *n.* 过渡，过渡时期，转变，变迁，变革

transitive [ˈtrænsitiv] *a.* ①转变的，过渡的 ②及物的

motion [ˈməuʃən] *n.* 运动，移动，动作 *v.* ①以动作或手势示意，打手势表示

[同义] activity, movement

[反义] inaction, rest

[同根] motionless [ˈməuʃ(ə)nlis] *a.* 不

动的，静止的

shift [ʃift] *n.* ①变换，更易 ②轮班 ③办法，手段 ④排挡，排挡杆 *v.* ①替换，转移，改变 ②变换(排挡)

[同义] alter, change, substitute, vary

50. Nowadays many rural people flock to the city to look for jobs on the assumption that the streets there are ________ with gold.

A) overwhelmed B) stocked
C) paved D) overlapped

rural ['ruər(ə)l] *a.* 乡村的，在乡村的，乡村风味的

[同义] rustic

[反义] urban

flock [flɔk] *v.* 群集，蜂拥，结队而行 *n.* ①畜群(尤指羊群)，鸟群 ②一大群人，一(大)批东西 ③大量，众多

[同义] throng, pack, crowd, multitude

on the assumption that 假定…

be overwhelmed with 受不了…，对…不知所措

be stocked with 备有，有…的存货

be paved with 铺满…，布满…

be overlapped with 与…互搭，与…复叠

51. It is a well known fact that the cat family ________ lions and tigers.

A) enriches B) accommodates
C) adopts D) embraces

enrich [in'ritʃ] *v.* ①使富足，使肥沃 ②充实，使丰富

[同义] better, enhance, improve, uplift

accommodate [ə'kɔmədeit] *v.* ①向…提供住处(或膳宿) ②给…提供方便 ③容纳 ④调和，使适应，使符合一致

[同义] contain, supply, adapt, reconcile

[同根] accommodation [əˌkɔmə'deiʃən] *n.* ①住处，膳宿 ②和解，适应

accommodating [ə'kɔmədeitiŋ] *a.* ①乐于助人的，随和的 ②善于适应新环境的

[词组] accommodate sb. with sth. 答应某人某件事，帮某人一个忙

accommodate sth. to 使…适应…

adopt [ə'dɔpt] *v.* ①收养 采取 ②采用，采纳

[同义] assume, choose

[反义] reject

[同根] adopted [ə'dɔptid] *a.* ①被收养的 ②被采用的

adoption [ə'dɔpʃən] *n.* ①采用，采纳 ②收养

adoptive [ə'dɔptiv] *a.* ①收养关系的 ②采用的

adoptable [ə'dɔptəbəl] *a.* 可采纳的

embrace [im'breis] *v.* ①包括，包含 ②拥抱 ③接受，利用 *n.* 拥抱

[同义] include, contain, accept, clasp

52. My boss has failed me so many times that I no longer place any ________ on what he promises.

A) assurance B) probability C) reliance D) conformity

fail [feil] *v.* ①使失望，辜负 ②不及格 ③(健康,视力等)衰退 ④忽略,疏忽

[同义] disappoint, neglect, decline

assurance [ə'ʃuərəns] *n.* ①保证,表示保证(或鼓励,安慰)的话 ②把握,信心

[同义] guarantee, certainty, confidence, insurance

[同根] assure [ə'ʃuə] *v.* ①深信不疑地对…说,向…保证 ②使确信,使放心,保证给

ensure [in'ʃuə] *v.* ①保证，担保，保证得到 ②使安全

insure [in'ʃuə] *v.* ①给…保险 ②保证,确保

insurance [in'ʃuərəns] *n.* ①保险，保险单，保险费 ②预防措施,安全保证

reliance [ri'laiəns] *n.* 信任，信心，信赖,依靠

[同义] trust

[同根] rely [ri'lai] *v.* 信赖，依赖

reliable [ri'laiəbəl] *a.* 可靠的，可信赖的

reliant [ri'laiənt] *a.* 有信心的，信任的

reliably [ri'laiəbli] *ad.* 可靠地

[词组] place reliance on/upon sb. 信任某人

conformity [kən'fɔːmiti] *n.* ①遵照 ②相似,一致,符合

[同义] agreement

[同根] conform [kən'fɔːm] *v.* ①符合，一致,相似(to, with) ②遵照,适应(to, with) ③顺从

conformation [ˌkɔnfɔː'meiʃən] *n.* 结构，构造,组成

inconformity [ˌinkən'fɔːmiti] *n.* 不一致，不符合

[词组] conformity to 遵守

in conformity with 与…一致,符合

53. The English language contains a ________ of words which are comparatively seldom used in ordinary conversation.

A) latitude B) multitude C) magnitude D) longitude

comparatively [kəm'pærətivli] *ad.* 比较地，相比较而言地,相对地

[同义] relatively

[反义] absolutely

[同根] compare [kəm'pɛə] *v.* ①比较，对照 ②把…比作(to) ③比得上

comparable ['kɔmpərəbəl] *a.* ①可比较的(with) ②比得上的(to)

comparably ['kɔmpərəbli] *ad.* ①可比较地(with) ②比得上地(to)

comparative [kəm'pærətiv] *a.* 比较的，相对的

latitude ['lætitjuːd] *n.* ①纬度 ②[pl.]纬度地区

[同义] extent, breadth

[反义] longitude

a multitude of 许多…,大量…

magnitude ['mægnitjuːd] *n.* ①巨大,重要 ②量值,强度

[同义] importance

longitude ['lɔndʒitjuːd] *n.* 经度，经线

[反义] latitude

54. It was such a(n) ________ when Pat and Mike met each other in Tokyo. Each thought that the other was still in Hong Kong.

A) occurrence B) coincidence C) fancy D) destiny

occurrence [əˈkʌrəns] ***n.*** 发生，事件，发生的事情

［同义］happening, event, incident, episode

［同根］occur [əˈkəː] ***v.*** ①发生 ②想起，想到(to)

coincidence [kəuˈinsidəns] ***n.*** ①巧合，巧事 ②符合，一致 ③同时发生，同时存在

［同根］coincide [ˌkəuinˈsaid] ***v.*** ①同时发生 ②相符，相一致 ③位置重合，重叠

coincident [kəuˈinsidənt] ***a.*** ①同时发生的 ②位置重合的 ③相符的，一致的

coincidental [kəuinsiˈdentəl] ***a.*** ①巧合的，碰巧的 ②= coincident

fancy [ˈfænsi] ***n.*** ①想像力，幻想力 ②设想，空想，幻想 ③爱好，迷恋 ④鉴赏力，审美力 ***v.*** ①想像，设想 ②猜想，认为 ③想要，喜欢 ***a.*** ①别致的，花哨的 ②需要高度技巧的 ③最高档的，精选的 ④想像出来的，异想天开的

［同义］imagine, dream, love

［同根］fantasy [ˈfæntəsi, ˈfæntəzi] ***n.*** ①想像，幻想 ②想像的产物

fantastic [fænˈtæstik] ***a.*** (= fantastical) ①只存在于想像中的 ②奇异的，古怪的 ③异想天开的，荒诞的 ④极大的，难以相信的

fantastically [fænˈtæstikli] ***ad.*** 空想地，捕风捉影地

destiny [ˈdestini] ***n.*** ①命运 ②天数，天命

［同义］fate

［同根］destine [ˈdestin] ***v.*** (for) 注定，预定

destined [ˈdestind] ***a.*** ①命中注定的，预定的 ②(for)以…为目的地

destination [ˌdestiˈneiʃən] ***n.*** 目的地

55. Parents have to learn how to follow a baby's behavior and adapt the tone of their ________ to the baby's capabilities.

A) perceptions B) consultations C) interactions D) interruptions

adapt [əˈdæpt] ***v.*** 使适应，改编

［同义］adjust, alter, modify

［反义］unfit

［同根］adaptation [ˌædæpˈteiʃən] ***n.*** 适应，改编，改写本

adaptable [əˈdæptəbəl] ***a.*** 能适应的，可改编的

［词组］adapt... to... 使…适应…

capability [ˌkeipəˈbiliti] ***n.*** ①(实际)能力，接受力，性能 ②潜力

［同义］ability, competency, talent

［同根］capable [ˈkeipəbəl] ***a.*** ①有能力的，能干的 ②有可能的，可以...的

capacity [kəˈpæsiti] ***n.*** ①智能，能力，接受力 ②最大容量，最大限度 ③(最大)生产量，生产力 ④容量，容积

perception [pəˈsepʃən] ***n.*** 感觉，知觉，了解，领悟力，理解力

［同根］perceive [pəˈsiːv] ***v.*** 感觉，察觉，看出

consultation [ˌkɔnsəlˈteiʃən] ***n.*** 请教，咨询，磋商

［同根］consult［kən'sʌlt］*v.* ①请教 ②查阅 ③商量，商议（with）

consultant［kən'sʌltənt］*n.* 顾问，会诊医师，顾问医生

interaction［ˌintər'ækʃən］*n.* 互相作用，互相影响

［同根］interact［ˌintər'ækt］*v.* 互相作用，互相影响

interactive［ˌintər'æktiv］*a.* 相互影响的，相互作用的

interruption［ˌintə'rʌpʃən］*n.* ①中断，打断 ②打扰，干扰

［同根］interrupt［ˌintə'rʌpt］*v.* ①打断（正在说话或动作的人），中断 ②干扰

56. Governments today play an increasingly larger role in the ________ of welfare, economics, and education.

A）scopes　B）ranges　C）ranks　D）domains

play a role in ①在…中起作用 ②在…中扮演角色

welfare［'welfεə］*n.* 福利，安宁，幸福，社会福利

［同义］well-being, benefit, comfort, prosperity

scope［skəup］*n.* ①（活动）范围，机会，余地 ②眼界，见识

［同义］extent, range, reach, sphere

［同根］microscope［'maikrəskəup］*n.* 显微镜

telescope［'teliskəup］*n.* 望远镜

range［reindʒ］*n.* ①幅度，范围，领域 ②排，行，一系列 *v.* 在…范围内变化，排列，排成行

［词组］in the range of 在…范围内

out of one's range 能力达不到的

rank［ræŋk］*n.* ①职衔，军衔 ②地位，社会阶层 ③排，行列 *v.* 把…分等，给…评定等级

［同义］class, grade

domain［dəu'mein］*n.* ①（活动，思想等）领域，范围 ②领地，势力范围

［同义］field, realm, sphere

57. If businessmen are taxed too much, they will no longer be ________ to work hard, with the result that tax revenues might actually shrink.

A）cultivated　B）licensed　C）motivated　D）innovated

revenue［'revinjuː］*n.* 财政收入，税收

［同义］earnings, income

shrink［ʃriŋk］*v.* ①减少 ②收缩，缩小

［同义］retreat, withdraw

［反义］expand

［同根］shrinkage［'ʃrinkidʒ］*n.* 收缩，减少，缩小

［词组］shrink (back) from 由于…退缩，畏缩

cultivate［'kʌltiveit］*v.* ①培养，养成 ②耕作，栽培 ③发展，建立

［同义］nurture, develop, improve

［同根］cultivation［ˌkʌlti'veiʃən］*n.* ①培养，修养 ②耕作，栽培 ③发展，建立

cultivated［'kʌltiveitid］*a.* 有教养的

license［'laisəns］*v.* ①批准，许可（从事某行业或活动），给…发许可证 ②准许 *n.* ①证书，执照，许可证，特许证 ②（政府等的）许可，特许

［同义］impel

motivate ['məutiveit] *v.* ①(使)有动机,激起(行动)②激发…的积极性

[同根] motivation [ˌməuti'veiʃən] *n.* ①提供动机,激发积极性②动力,诱因,刺激

motivator ['məutiveitə(r)] *n.* 激起行为(或行动)的人(或事物),促进因素,激发因素

motivational [ˌməuti'veiʃənəl] *a.* 动机的,有关动机的

motivated ['məutiveitid] *a.* 有目的的,有动机的

innovate ['inəveit] *v.* 改革,创新

[同义] change, introduce, modernize

[同根] innovation [ˌinə'veiʃən] *n.* ①新方法,新事物 ②革新,创新

innovator ['inəveitə(r)] *n.* 改革者,革新者

58. Jack is not very decisive, and he always finds himself in a ________ as if he doesn't know what he really wants to do.

A) fantasy B) dilemma C) contradiction D) conflict

decisive [di'saisiv] *a.* ①果断的,坚定的 ②决定性的

[同义] crucial, determinative

[反义] indecisive

fantasy ['fæntəsi] *n.* ①想像,幻想 ②想像的产物

[同义] fancy, illusion, imagination

[同根] fancy ['fænsi] *v.* ①想像,设想 ②猜想,认为 ③想要,喜欢 *a.* ①别致的,花哨的 ②需要高度技巧的 ③最高档的,精选的 ④想像出来的,异想天开的 *n.* ①想像力,幻想力 ②空想,幻想 ③爱好,迷恋 ④鉴赏力,审美力

fantastic [fæn'tæstik] *a.* (= fantastical) ①只存在于想像中的 ②奇异的,古怪的 ③异想天开的,荒诞的 ④极大的,难以相信的

dilemma [di'lemə, dai-] *n.* 进退两难的境地,两难的选择

[词组] be in a dilemma 处于进退两难的境地

contradiction [ˌkɔntrə'dikʃən] *n.* ①矛盾,不一致 ②否认,反驳

[同义] denial, inconsistency

[反义] consistency

[同根] contradict [kɔntrə'dikt] *v.* ①反驳,否认…的真实性 ②与…发生矛盾

contradictory [ˌkɔntrə'diktəri] *a.* 矛盾的,相互对立的

contradictive [ˌkɔntrə'diktiv] *a.* 矛盾的,比相对立的

conflict ['kɔnflikt] *n.* ①斗争,斗争 ②(意见,欲望等)相左,冲突,抵触 *v.* 抵触,冲突,相反

[同义] fight, battle, clash, struggle

[同根] conflicting [kən'fliktiŋ] *a.* 相冲突的,不一致的,相矛盾的

[词组] be in conflict with... 与…相冲突

59. He is a promising young man who is now studying at our graduate school. As his supervisor, I would like to ________ him to your notice.

A) commend B) decree C) presume D) articulate

promising ['prɔmisiŋ] *a.* 有希望的,有前途的

[同义] encouraging, favorable, hopeful

graduate school 研究生院

supervisor [ˈsjuːpəvaizə(r)] *n.* (政府、企业、学校的)监督(人),管理人,指导者

[同根] supervise [ˈsjuːpəvaiz] *v.* 监督,管理,指导

supervision [ˌsjuːpəˈviʒən] *n.* 监督,管理

commend [kəˈmend] *v.* ①推荐 ②表扬,称赞

[同义] approve, assign, compliment, praise

[同根] commendation [ˌkɔmenˈdeiʃən] *n.* ①推荐 ②赞扬,称赞

recommend [rekəˈmend] *v.* ①推荐,称赞 ②劝告,建议

recommendation [ˌrekəmenˈdeiʃən] *n.* ①推荐,劝告,建议 ②优点,长处

decree [diˈkriː] *v.* 判决,命令 *n.* ①法令,政令 ②判决,裁决

[同义] pronounce, dictate, order, rule

presume [priˈzjuːm] *v.* ①推测,假定 ②认定,推定

[同义] assume, fancy, imagine, suppose

[同根] presumption [priˈzʌmpʃən] *n.* 推测,假定

presumable [priˈzjuːməb(ə)l] *a.* 可假定的,可能的

presumably [priˈzjuːməbəli] *ad.* 大概,可能,据推测

articulate [ɑːˈtikjulit] *v.* ①明确有力地表达 ②清晰地吐(字),清晰地发(音) *a.* ①善于表达的,口齿清晰的 ②表达得清楚有力的

[同义] utter, speak

[同根] articulation [ɑːˌtikjuˈleiʃən] *n.* 发音,读音

inarticulate [ˌinɑːˈtikjulit] *a.* 口齿不清的,不善于表达的

articulately [ɑːˈtikjulitli] *ad.* ①口齿清晰地 ②表达得清楚有力地

60. It was a wonderful occasion which we will ________ for many years to come.

A) conceive B) clutch C) contrive D) cherish

occasion [əˈkeiʒən] *n.* ①场合 ②时机,机会

[同义] opportunity, cause

[同根] occasional [əˈkeiʒnəl] *a.* ①偶然的,非经常的 ②特殊场合的 ③临时的

occasionally [əˈkeiʒənəli] *ad.* ①偶然,偶而 ②有时

[词组] as ocaasion requires/demands 在必要时

as occasion serves 在方便时

by occasion of 因为,由于

on occasion(s) 有时,间或

take occasion to 利用机会,乘机

conceive [kənˈsiːv] *v.* ①认为 ②构想出(of),设想

[同义] devise, think

[同根] conception [kənˈsepʃən] *n.* ①思想,观念,概念 ②构想,设想

conceivable [kənˈsiːvəbəl] *a.* 想得到的,可想像的,可能的

conceivably [kənˈsiːvəbli] *ad.* 可能地,想得到地,可想像地

clutch [klʌtʃ] *v.* 抓紧,紧握,企图抓住 *n.* ①把握,抓紧 ②[常 pl.]掌握,控制 ③(汽车等的)离合器

[同义] adhere, cling, grasp, hold

[词组] be in/out of the clutches of (不)在…的控制中

contrive [kən'traiv] *v.* ①谋划，策划 ②设计，想出 ③设法做到
[同义] conspire, devise, invent, scheme
[同根] contrivance [kən'traivəns]
n. ①发明，发明才能 ②想出的办法，发明物

cherish ['tʃeriʃ] *v.* ①珍爱，珍视 ②爱护，抚育 ③抱有，怀有（希望，想法，感情等）
[同义] appreciate, adore, treasure, worship
[反义] disregard, ignore, neglect

Answer Key					
31-35	AADCB	36-40	DACBD	41-45	BCABD
46-50	BADAC	51-55	DCBBA	56-60	DCBAD

Vocabulary 2005.12

41. It seems somewhat ________ to expect anyone to drive 3 hours just for a 20-minute meeting.
A) eccentric B) impossible C) absurd D) unique

somewhat ['sʌm(h)wɔt] *ad.* 稍微，有点，有些
[同义] to some extent or degree, rather
[同根] somehow ['sʌmhau] *ad.* ①以某种手段或方式，设法地 ②为某种理由，反正
[词组] somewhat of 稍稍，有一点

eccentric [ik'sentrik] *a.* 荒谬的，荒唐的 *n.* 行为古怪的人
[同义] abnormal, irregular, odd
[反义] common, general, normal, ordinary
[同根] eccentricity [eksen'trisiti] *n.* 古怪
eccentrically [ik'sentrikli] *ad.* 反常地

absurd [əb'sə:d] *a.* 荒谬的，荒唐的，滑稽可笑的，愚蠢的
[同义] foolish, ridiculous, unbelievable
[反义] rational, reasonable, sensible
[同根] absurdity [əb'sə:diti] *n.* 荒谬，荒唐，荒诞
absurdly [əb'sə:dli] *ad.* 荒谬地，愚蠢地

unique [ju:'ni:k] *a.* 唯一的，独特的
[同义] single, unparalleled, extraordinary
[反义] ordinary, common
[同根] uniqueness [ju:'ni:knis] *n.* 唯一，独特
uniquely [ju:'ni:kli] *ad.* 唯一地，独特地

42. This area of the park has been specially ________ for children, but accompanying adults are also welcome.
A) inaugurated B) designated C) entitled D) delegated

accompanying [ə'kʌmpəniŋ] *a.* 陪伴的
[同根] accompany [ə'kʌmpəni] *v.* ①陪

伴,陪同 ②伴随 ③给…伴奏

company [ˈkʌmpəni] *n.* 公司,陪伴,(一)群,(一)队,(一)伙,连,连队

companion [kəmˈpæniən] *n.* 同伴,共事者

inaugurate [iˈnɔ:gjureit] *v.* ①为…举行就职典礼,使…正式就任 ②为…举行开幕式,为…举行落成仪式 ③开始,开展

[同义] admit, begin, initiate, launch

[同根] inauguration [iˌnɔ:gjuˈreiʃən] *n.* 就职典礼,开幕式,落成

designate [ˈdezigneit] *v.* ①标出,指明,指定 ②把…定名为 ③指派,选派

[同义] appoint, allocate, name, nominate

[同根] designation [ˌdezigˈneiʃən] *n.* ①标出,指明,指定 ②任命,委派

entitle [inˈtaitəl] *v.* ①给予…权利或资格(to),使…有资格(做某事) ②给…题名,给…称号

[同义] license

[反义] deprive

[同根] title [ˈtaitəl] *n.* ①名称,标题 ②头衔,称号 ③权益,权利 *v.* 赋予头衔,加标题于

entitled [inˈtaitld] *a.* 有资格的

entitlement [inˈtaitlmənt] *n.* 权利

[词组] be entitled 叫做…,称为…,题目是…

be entitled to sth. 对…享有权利,有(做某事)的资格(权利)

delegate [ˈdeligeit] *v.* ①委派(或选举)…为代表 ②授(权),把…委托给别人 [ˈdeligit] *n.* 代表,代表团成员

[同义] appoint, assign, authorize, representative

[同根] delegation [ˌdeliˈgeiʃən] *n.* ①代表团 ②授权,委托

43. The girl's face ________ with embarrassment during the interview when she couldn't answer the tough question.

A) beamed B) dazzled C) radiated D) flushed

embarrassment [imˈbærəsmənt] *n.* 困窘,局促不安

[同根] embarrass [imˈbærəs] *v.* ①使困窘,使局促不安 ②阻碍,妨碍

embarrassing [imˈbærəsiŋ] *a.* 令人为难的,令人尴尬的

interview [ˈintəvju:] *n.* & *v.* ①面试 ②接见,会见,采访

[同根] view [vju:] *n.* ①景色,风景,②观点,见解 ③风景,眼界 *v.* ①观察,观看 ②认为

preview [ˈpri:vju:] *n.* & *v.* ①预看,预习 ②预演,预映,试映 ③预告,预告片

review [riˈvju:] *n.* ①复习,温习 ②细察,审核 ③回顾,检讨 ④ 评论

beam [bi:m] *v.* ①发出光与热,放射 ②高兴地微笑 ③发送,传送 *n.* ①(光线的)束,柱,电波 ②梁,桁条,横梁 ③高兴的表情或微笑

[同义]glow, shine, shaft, transmit

dazzle[ˈdæzəl] *v.* ①使惊奇,使赞叹不已,使倾倒 ②使眩目,耀(眼) *n.* ①耀眼的光 ②令人赞叹的东西

[同义] flash, glare

[同根] daze [deiz] *v.* 使茫然,发昏,使晕眩 *n.* 迷惑,眼花缭乱

radiate [ˈreidieit] *v.* ①辐射,发散 ②呈辐射状发出

[同义] send out, issue, emit

[同根] radiation [ˌreidiˈeiʃən] *n.* ①发

光，发热，辐射，放射 ②放射线，放射物

radiant [ˈreidiənt] *a.* ①发光的 ②辐射的 ③容光焕发的

radioactive [ˈreidiəuˈæktiv] *a.* 放射性的，放射性引起的

flush [flʌʃ] *v.* ①(脸)发红，(使)脸红 ②(被冲)洗，清除 ③赶出 *n.* 脸红，潮红

[同义] blush, redden

44. Slavery was ________ in Canada in 1833, and Canadian authorities encouraged the slaves, who escaped from America, to settle on its vast virgin land

A) diluted B) dissipated C) abolished D) resigned

authority [ɔːˈθɔriti] *n.* ①[复数]官方，当局 ②当权者，行政管理机构 ③权力，管辖权 ④学术权威，威信 ⑤权威，权威的典据

[同根] authorize/ise [ˈɔːθəraiz] *v.* ①授权，委托 ②批准，认可

authorized [ˈɔːθəraizd] *a.* 经授权的，权威认可的，审定的

authoritative [ɔːˈθɔritətiv] *a.* ①权威性的，可信的 ②官方的，当局的 ③专断的，命令式的

[词组] by the authority of ①得到…许可 ②根据…所授的权力

carry authority 有分量，有影响，有势力，有权威

have authority over 有权管理…

in authority 持有权力的地位

on good authority 有确实可靠的根据

on the authority of ①根据…所授的权力 ②得到…的许可 ③根据(某书或某人)

virgin [ˈvəːdʒin] *a.* 未经开发的，未经使用的 *n.* 处女，未婚女子

[同义] fresh, original, pure, firsthand

[同根] virginal [ˈvəːdʒinəl] *a.* 处女的，童贞的

dilute [daiˈluːt, diˈl-] *v.* 稀释，冲淡 *a.* 稀释的，冲淡的

[同根] dilution [daiˈluːʃən, diˈl-] *n.* 稀释，稀释法，冲淡物

dissipate [ˈdisipeit] *v.* ①使消散，使消失 ②浪费，挥霍

[同义] dispel, disperse, scatter, waste

[反义] accumulate

[同根] dissipation [ˌdisiˈpeiʃən] *n.* 消散，分散，浪费，放荡，狂饮

dissipated [ˈdisipeitid] *a.* 放荡的 浪荡的

abolish [əˈbɔliʃ] *v.* 彻底废除，废止

[同义] cancel, destroy, exterminate

[反义] establish

[同根] abolition [æbəˈliʃən] *n.* 废除，废除奴隶制度

abolitionist [æbəˈliʃənist] *n.* 废除主义者，废奴主义者

resign [riˈzain] *v.* ①辞去，辞职 ②委托，交给 ③听任，顺从

[同义] abandon, quit, surrender, yield

[同根] resignation [ˌrezigˈneiʃən] *n.* ①辞职，放弃，辞呈 ②听任，顺从

resigned [riˈzaind] *a.* 顺从的，听天由命的

resignedly [ˈrezignidli] *ad.* 听从地，服从地

[词组] resign sb./oneself to sb./sth. 委托，交给

resign oneself to sth./be resigned to sth. 听任，顺从

45. Unfortunately, the new edition of dictionary is ________ in all major bookshops.

A) out of reach B) out of stock
C) out of business D) out of season

edition [i'diʃən] *n.* 版本，版
[同根] edit ['edit] *v.* ①编辑，校订 ②编选，选辑 ③剪辑(影片，录音等) ④主编(报刊等)
editor ['editə] *n.* 编辑，编辑器，编者
editorial [edi'tɔ:riəl] *a.* ①编辑的，编者的 ②社论的 *n.* (报刊的)社论，评论

out of reach 拿不到的，够不到的
out of stock 无现货或存货的
out of business 停止经商的，停止做原来的工作的
out of season (指食物)已过盛产季节的，不当令的

46. The hands on my alarm clock are ________, so I can see what time it is in the dark.

A) exotic B) gorgeous C) luminous D) spectacular

exotic [ig'zɔtik] *a.* ①奇异的，外(国)来的，异国情调的 ②样式奇特的 *n.* 外国人，外国事物，外来词
[同义] foreign, strange, vivid
[反义] indigenous, native

gorgeous ['gɔ:dʒəs] *a.* ①华丽的，绚丽的 ②令人十分愉快的，极好的
[同义] dazzling, glorious, splendid
[同根] gorgeousness ['gɔ:dʒəsnis] *n.* 华美，辉煌
gorgeously ['gɔ:dʒəsli] *ad.* 华美地，辉煌地

luminous ['lu:minəs] *a.* 夜光的，发光的，发亮的
[同义] beaming, glowing, radiant, shining
[反义] dark, dim
[同根] luminously ['lu:minəsli] *ad.* 发光地，发亮地
illuminate [i'lu:mineit] *v.* ①照明，照亮 ②阐明，解释，启发

spectacular [spek'tækjulə] *a.* 壮观的，引人注目的 *n.* 奇观，引人入胜的演出
[同义] dramatic, sensational
[同根] spectacle ['spektəkəl] *n.* ①[pl.] 眼镜 ②景象，壮观 ③(大规模)演出场面
spectator [spek'teitə;'spekteitə] *n.* 观众(尤指比赛或表演的)

47. Psychologists have done extensive studies on how well patients ________ with doctors' orders.

A) comply B) correspond C) interfere D) interact

psychologist [psai'kɔlədʒist] *n.* 心理学者
[同根] psychology [sai'kɔlədʒi] *n.* 心理学，心理状态
psychological [ˌsaikə'lɔdʒikəl] *a.* 心理学的，心理的
psychologically [ˌpsaikə'lɔdʒikəli] *ad.* 心理上地，心理学地

extensive [ik'stensiv] *a.* 广泛的，广大

的，广阔的，大量的
[同义] spacious，comprehensive
[反义] intensive
[同根] extend [ik'stend] *v.* ①扩展，展开 ②延长，使延伸 ③给予，提供
extension [iks'tenʃən] *n.* ①延长，伸展 ②（电话）分机
extensively [iks'tensivli] *ad.* 广泛地

comply [kəm'plai] *v.* 顺从，答应，遵守（with）
[同义] assent，conform，obey，submit
[反义] deny，refuse，reject
[同根] compliance [kəm'plaiəns] *n.* 依从，顺从，遵守
compliant [kəm'plaiənt] *a.* 顺从的
[词组] comply with 遵守

correspond [kɔris'pɔnd] *v.* ①相符合，相称（to，with）②相当，相类似（to）③通信（with）
[同义] agree，communicate with，harmonize，resemble
[同根] corresponding [ˌkɔri'spɔndiŋ] *a.* ①相应的 ②符合的，一致的
correspondence [ˌkɔri'spɔndəns] *n.* ①符合，一致 ②相当，类似 ③通信（联系），信函
correspondent [ˌkɔri'spɔndənt] *n.* 通信者，通讯员，记者 *a.* 符合的，一致的
[词组] correspond to 相等（于），与…相当，相似
correspond with ①与…调和，符合 ②与…通信

interfere [ˌintə'fiə] *v.* ①妨碍，冲突（with）②介入，干涉，扰乱（with，in）
[同义] interrupt，intervene，intrude，meddle
[反义] help，assist，aid
[同根] interference [ˌintə'fiərəns] *n.* ①阻碍，冲突 ②介入，干涉
[词组] interfere in 干涉，干预
interfere with 妨碍，干扰

interact [ˌintər'ækt] *v.* 互相作用，互相影响
[同根] act [ækt] *n.* ①行为，举动 ②法案，法令 ③（戏剧的）幕 *v.* ①行动，采取行动，起作用 ②演戏，表演，③执行职务
interaction [ˌintər'ækʃən] *n.* 互相作用，互相影响
interactive [ˌintər'æktiv] *a.* 相互影响的，相互作用的
interactively [ˌintər'æktivli] *ad.* 相互影响地，相互作用地

48. In today's class, the students were asked to ________ their mistakes on the exam paper and put in their possible corrections.
A）cancel B）omit C）extinguish D）erase

cancel ['kænsəl] *v.* ①取消 ②删去，略去 ③把…作废
[同义] call off，wipe out
[同根] cancellation [kænsə'leiʃən] *n.* 取消
[词组] cancel out 抵偿，（相互）抵消

omit [əu'mit] *v.* ①省略，排除 ②疏忽，遗漏，忘记
[同义] leave out，miss，neglect，skip

extinguish [ik'stiŋgwiʃ] *v.* ①熄灭，扑灭（火等）②使消亡，使破灭
[同义] crush，put out，quench，suppress
[反义] kindle，light
[同根] extinguisher [ik'stiŋgwiʃə(r)] *n.* 灭火器

extinction [ik'stiŋkʃən] *n.* 扑灭，消灭，熄灭，绝种

extinct [ik'stiŋkt] *a.* 熄灭的，灭绝的，耗尽的

erase [i'reiz] *v.* 擦掉，抹去，消除

[同义] cross off, wipe out

[同根] eraser [i'reizə] *n.* 擦除器，橡皮

erasure [i'reiʒə] *n.* 擦除，抹掉

49. The Government's policies will come under close ________ in the weeks before the election.

A) appreciation B) specification C) scrutiny D) apprehension

appreciation [əˌpriːʃi'eiʃən] *n.* ①重视，赏识 ②感谢，感激 ③欣赏，鉴赏 ④估价，评价

[同根] appreciate [ə'priːʃieit] *v.* ①感激，赏识 ②(充分)意识到 ③对…做正确评价

appreciable [ə'priːʃiəbəl] *a.* ①可估计的 ②相当可观的

appreciative [ə'priːʃiətiv] *a.* ①有欣赏力的 ②表示赞赏的，感激的

specification [ˌspesifi'keiʃən] *n.* ①具体指定，详细说明 ②[常作 ~s] 规格，工程设计（书），详细计划（书），说明书

[同根] specify ['spesifai] *v.* 具体指定，详细说明

specific [spi'sifik] *a.* ①明确的，具体的 ②特定的，特有的

specifically [spi'sifikəli] *ad.* 特定地，明确地，特殊地

scrutiny ['skruːtini] *n.* 详细审查，仔细观察

[同义] surveillance

[反义] neglect

[同根] scrutinize ['skrutinaiz] *v.* 细察，详审

apprehension [ˌæpri'henʃən] *n.* ①忧虑，担心 ②理解，领悟，看法 ③逮捕，拘押

[同根] apprehend [ˌæpri'hend] *v.* ①对…担心 ②理解，领会 ③逮捕，拘押

apprehensive [ˌæpri'hensiv] *a.* ①忧虑的，担心的 ②善于领会的，聪颖的 ③知晓的 (of)

apprehensible [ˌæpri'hensəbəl] *a.* 可理解的，可领会的

50. Police and villagers unanimously ________ the forest fire to thunder and lightning.

A) ascribed B) approached C) confirmed D) confined

unanimously [juː'næniməsli] *ad.* 全体一致地，无异议地

[同根] unanimous [juː'næniməs] *a.* 全体一致的，一致同意的

unanimity [juːnə'nimiti] *n.* 全体一致，无异议

ascribe... to... ①把…归因于 ②把…归属于

approach [ə'prəutʃ] *v.* ①接近，靠近 ②(着手)处理，(开始)对付 *n.* ①(处理问题的)方式，方法，态度 ②接近，靠近 ③途径，通路

[同义] come close to; way, method, means

[同根] approachable [ə'prəutʃəb(ə)l] a. ①可接近的 ②平易近人的，亲切的
[词组] approach to ①接近 ②近似，约等于
approach sb. on/about sth. 和某人接洽(商量、交涉)某事
at the approach of 在…快到的时候
make an approach to sth. 对…进行探讨
make approaches to sb. 设法接近某人，想博得某人的好感
confirm [kən'fəːm] v. ①证实，肯定 ②进一步确定，确认 ③坚持认为(that)
[同义] verify, prove, strengthen
[同根] confirmation [kɔnfə'meiʃ(ə)n] n. ①证实，证明 ②批准，确认
confirmatory [kən'fəːmətəri] a. (用于)证实的
confirmative [kən'fəːmətiv] a. (= confirmatory)
confine [kən'fain] v. ①限制 ②禁闭
[同义] restrain, imprison, surround
[同根] confinement [kən'fainmənt] n. ①(被)限制，②(被)禁闭
confined [kən'faind] a. 被限制的，狭窄的

51. In some remote places there are still very poor people who can't afford to live in ________ conditions.
A) gracious B) decent C) honorable D) positive

remote [ri'məut] a. ①遥远的，偏僻的 ②微弱的 ③遥控的
[同义] distant, isolated
[同根] remoteness [ri'məutnis] n. 远离，遥远
remotely [ri'məutli] ad. 遥远地，偏僻地
gracious['greiʃəs] a. ①亲切的，和蔼的 ②优美的，雅致的
[同根] grace [greis] n. 优美，雅致，优雅
graceful ['greisful]. a. 优雅的，优美的
graceless ['greislis] a. 不知礼的，粗俗的
gracefully ['greisfuli]. ad. 优雅地，优美地
gracelessly ['greislisli] ad. 不知礼地，粗俗地
decent ['diːsnt] a. ①过得去的，尚可的 ②合宜的，得体的 ③正派的
[同义] adequate, correct, fit, proper, respectable, right, suitable
[反义] coarse, indecent, vulgar
[同根] decency ['diːsnsi] n. ①适合，得体 ②[复数]礼貌，规矩
decently ['diːsntli] ad. 合宜地，正派地
honorable ['ɔnərəbəl] a. 可敬的，荣誉的，光荣的
[反义] dishonorable
[同根] honor ['ɔnə] n. ①尊敬，敬意 ②荣誉，光荣 v. 尊敬，给以荣誉
honorary ['ɔnərəri] a. 荣誉的，名誉的，(债务的)道义上的
honorably ['ɔnərəbli] ad. 值得尊敬地，体面地
positive ['pɔzətiv] a. ①确定的，肯定的 ②有把握的，确信的 ③积极的，实际而有建设性的 ④[数]正的，[电]阳的
[同义] assured, convinced, definite
[反义] negative
[同根] positiveness ['pɔzətivnis] n. 肯定，肯定
positively ['pɔzitivli] ad. 肯定地，积极地

52. Since our knowledge is ________, none of us can exclude the possibility of being wrong.

A) controlled B) restrained C) finite D) delicate

exclude [ik'sklu:d] *v.* 拒绝接纳，把…排除在外，排斥

[反义] include

[同根] exclusion [ik'sklu:ʒən] *n.* 排除，除外

exclusive [ik'sklu:siv] *a.* ①除外的，排外的 ②独有的，独享的 ③(新闻、报刊文章等)独家的 ④奢华的，高级的

exclusively [ik'sklu:sivli] *ad.* 仅仅，专门地，排除其他地，单独地

restrain [ri'strein] *v.* 抑制，制止

[同义] confine, inhibit, restrict, suppress

[反义] impel

[同根] restraint [ri'streint] *n.* 抑制，制止，克制

restrained [ri'streind] *a.* 受限制的，拘谨的，有限的

finite ['fainait] *a.* 有限的，有限制的

[同义] limited

[同根] infinite ['infinit] *a.* ①无限的，无穷的 ②极大的，巨大的

definite ['definit] *a.* 明确的，一定的

indefinite [in'definit] *a.* ①无定限的，无限期的 ②不明确的，含糊的 ③不确定的，未定的

delicate ['delikit] *a.* ①精巧的，精致的 ②病弱的，脆弱的 ③微妙的，棘手的 ④灵敏的，精密的

[同义] fragile, frail, mild, sensitive

[反义] coarse, crude, gross, rude

[同根] delicacy ['delikəsi] *n.* ①精巧，精致，优美 ②微妙 ③灵敏，精密

delicately ['delikitli] *ad.* 优美地，微妙地

53. You shouldn't ________ your father's instructions. Anyway he is an experienced teacher.

A) deduce B) deliberate C) defy D) denounce

deduce [di'dju:s] *v.* 推论，推断，演绎

[同根] deduction [di'dʌkʃən] *n.* ①推论，演绎 ②减除，扣除，减除额

deductive [di'dʌktiv] *a.* 推论的，演绎的

induce [in'djus] *v.* ①劝诱，促使 ②导致，引起

deliberate [di'libəreit] *v.* 仔细考虑，商议 (upon, over, about) *a.* ①故意的，蓄意的 ②慎重的，深思熟虑的

[同义] consider, meditate, ponder, reflect

[同根] deliberation [di,libə'reiʃən] *n.* ①熟思，商议，慎重考虑 ②从容

deliberately [di'libəreitli] *ad.* ①故意地 ②深思熟虑地

defy [di'fai] *v.* ①(公然)违抗，反抗 ②挑，激 ③使成为不可能

[同义] challenge, confront, disobey, disregard, ignore, resist

[同根] defiance [di'faiəns] *n.* 公然反抗，挑战，蔑视，挑衅

defiant [di'faiənt] *a.* 挑战的，挑衅的，目中无人的

denounce [di'nauns] *v.* ①谴责，指责 ②告发

[同义] criticize, accuse, blame, censure
[同根] denunciation [dinʌnsi'eiʃ(ə)n] *n.* ①谴责,指责 ②告发
announce [ə'nauns] *v.* 宣布,通告
announcement [ə'naunsmənt] *n.* 宣告,发表,公告
pronounce [prə'nauns] *v.* ①宣称,宣布 ②断言,声明 ③发音,发出声音
pronouncement [prə'naunsmənt] *n.* 公告,文告,声明
pronunciation [prəˌnʌnsi'eiʃən] *n.* 发音,读法,发音方式

54. The company management attempted to ________ information that was not favorable to them, but it was all in vain.
A) suppress B) supplement C) concentrate D) plug

attempt to 尝试,企图
favorable ['feivərəbəl] *a.* ①有利的 ②赞许的,赞成的
[反义] adverse, unfavorable
[同根] favor ['feivə] *n.* ①恩惠,善行 ②喜爱,好感 ③赞同,支持 ④优惠 *v.* ①支持,赞成 ②偏爱,喜爱 ③有利于,有助于
favorite ['feivərit] *n.* ①最受喜爱的人(或物) ②心腹,幸运儿 *a.* 最受喜爱的
favorably ['feivərəbli] *ad.* 赞成地,有利地
in vain 徒劳,毫无收益
suppress [sə'pres] *v.* ①禁止披露,查禁 ②压制,镇压 ③抑制(感情等)
[同义] inhibit, repress, restrain
[同根] suppression [sə'preʃən] *n.* ①禁止披露,查禁 ②压制,镇压 ③抑制(感情等)
suppressive [sə'presiv] *a.* 抑制的,镇压的
supplement ['sʌpliment] *v.* 增补,补充 ['sʌplimənt] *n.* ①增补(物),补充(物) ②(书籍的)补遗,补编 ③附录,(报刊的)增刊,副刊
[同根] supplementary [ˌsʌpli'mentəri] *a.* 增补的,补充的,附加的
plug [plʌg] *v.* ①把…堵住,堵塞 ②用…塞住 *n.* 塞子,插头,插销

55. It is my hope that everyone in this class should ________ their errors before it is too late.
A) refute B) exclude C) expel D) rectify

refute [ri'fju:t] *v.* 驳倒,反驳
[同义] argue, contradict, dispute
[同根] refutation [refju:'teiʃ(ə)n] *n.* 驳斥,驳倒
expel [ik'spel] *v.* ①把…除名,把…开除 ②驱逐,赶走 ③排出,喷出
[同义] banish, discharge, dismiss, dispose of, eject, eliminate, remove
[词组] expel from 从…驱逐,赶走
rectify ['rektifai] *v.* ①纠正,改正,修订 ②调正,校正
[同义] adjust, amend, regulate, remedy
[同根] rectification [ˌrektifi'keiʃən] *n.* 纠正,改正,修正,校正

56. The boy's foolish question ________ his mother who was busy with housework and had no interest in talking.

A) intrigued　B) fascinated　C) irritated　D) stimulated

intrigue [in'tri:g] *v.* ①耍阴谋,施诡计 ②激起…的好奇心(或兴趣),迷住 *n.* 阴谋,诡计,密谋

fascinate ['fæsineit] *v.* 强烈地吸引,迷住

[同义] attract, captivate, charm, enchant

[同根] fascination [fæsi'neiʃ(ə)n] *n.* ①魔力, 魅力 ②入迷, 迷恋, 强烈爱好

fascinating ['fæsineitiŋ] *a.* 迷人的, 醉人的

fascinatingly ['fæsineitiŋli] *ad.* 迷人地, 醉人地

irritate ['iriteit] *v.* ①使恼怒,使烦躁 ②使过敏,使难受

[同义] annoy, infuriate, pain, provoke

[反义] appease, calm

[同根] irritation [,iri'teiʃən] *n.* 愤怒,刺激

irritant ['iritənt] *n.* 刺激物 *a.* 有刺激性的

irritable ['iritəbəl] *a.* 易怒的, 急躁的

irritably ['iritəbli] *ad.* 性急地, 暴躁地

stimulate ['stimjuleit] *v.* ①刺激, 使兴奋,激励 ②促使

[同义] activate, motivate, spur, stir

[反义] discourage

[同根] stimulus ['stimjuləs] *n.* ①刺激物,促进因素 ②刺激,刺激

stimuli ['stimjulai] (stimulus 的复数)

stimulant ['stimjulənt] *n.* ①兴奋剂,刺激物 ②刺激, 激励

stimulation [,stimju'leiʃən] *n.* 激励, 鼓舞,刺激

57. Millions of people around the world have some type of physical, mental, or emotional ________ that severely limits their abilities to manage their daily activities.

A) scandal　B) misfortune　C) deficit　D) handicap

scandal ['skændəl] *n.* ①丑事, 丑闻 ②流言蜚语 ③反感,愤慨

[同义] disgrace, humiliation, shame

[同根] scandalize ['skændəlaiz] *v.* 诽谤

scandalous ['skændələs] *a.* 诽谤性的

misfortune [mis'fɔ:tʃən] *n.* 不幸, 灾祸

[同义] calamity, catastrophe, disaster, tragedy

[反义] fortune

[同根] fortune ['fɔ:tʃən] *n.* ①运气, 命运 ②财富, 大量财产

fortunate ['fɔ:tʃənit] *a.* 幸运的, 幸福的

unfortunate [ʌn'fɔ:tʃənit] *a.* 不幸的, 不吉利的

fortunately ['fɔ:tʃənətli] *ad.* 幸运地

unfortunately [ʌn'fɔ:tʃənətli] *ad.* 不幸地

deficit ['defisit] *n.* ①赤字, 逆差 ②不足,缺陷

[反义] surplus

[同根] deficiency [di'fiʃənsi] *n.* ①缺乏,不足 ②缺点,缺陷

deficient [di'fiʃənt] *a.* ①不足的,缺乏的 ②不完美的,有缺陷的

handicap ['hændikæp] *n.* ①(身体或智力方面的)缺陷 ②障碍,不利条件 *v.* 妨碍,使不利

[同义] burden, disadvantage, hindrance
[同根] handicapped [ˈhændikæpt] *a.* 有生理缺陷的,智力低下的

58. It is believed that the feeding patterns parents ________ on their children can determine their adolescent and adult eating habits.
A) compel B) impose C) evoke D) necessitate

adolescent [ˌædəˈlesnt] *a.* 青春期的,青春的 *n.* 青少年
[同根] adolescence [ˌædəˈlesəns] *n.* 青春期
compel [kəmˈpel] *v.* 强迫, 迫使
[同义] force, require
[同根] compulsion [kəmˈpʌlʃ(ə)n] *n.* ①强制力,强迫力 ②(被)强制,(被)强迫
compulsive [kəmˈpʌlsiv] *a.* 强制的, 强迫的
compulsory [kəmˈpʌlsəri] *a.* ①必须做的,义务的 ②强制的,强迫的
compulsively [kəmˈpʌlsivli] *ad.* 强制地,强迫性地
compulsorily [kəmˈpʌlsərili] *ad.* 强迫地,必须做地
impose [imˈpəuz] *v.* ①把…强加于 ②征(税),加(负担,惩罚等)于 ③利用,欺骗
[同义] charge, force, tax
[反义] free, liberate
[同根] imposition [ˌimpəˈziʃən] *n.* ①(税的)征收,(负担,惩罚等)给予 ②强加 ③利用,欺骗
imposing [imˈpəuziŋ] *a.* 使人难忘的, 壮丽的,气势雄伟的
imposingly [imˈpəuziŋli] *ad.* 使人难忘地,壮丽地,气势雄伟地
[词组] impose on ①征(税),加(负担,惩罚等)于… ②把…强加于…
evoke [iˈvəuk] *v.* 唤起,引起,使人想起
[同义] bring forth, induce, prompt, summon
necessitate [niˈsesiteit] *v.* 使成为必要,需要
[同根] necessity [niˈsesiti] *n.* 必要性,需要, 必需品
necessary [ˈnesisəri] *a.* ①必要的, 必需的 ②必然的
necessarily [ˈnesisərili] *ad.* ①必要地,必需地 ②必定,必然地

59. If the value-added tax were done away with, it would act as a ________ to consumption.
A) progression B) prime C) stability D) stimulus

value-added tax (商品)增值税
do away with 废除,除去
act as 担任,充任
consumption [kənˈsʌmpʃən] *n.* ①消费,消费(量), 消耗 ②挥霍
[反义] production, conservation, preservation, saving
[同根] consume [kənˈsjuːm] *v.* ①消耗,花费 ②[常用被动语态]使全神贯注,使着迷
consumer [kənˈsjuːmə] *n.* 消费者,顾客,用户
consuming [kənˈsjuːmiŋ] *a.* ①消费的,消耗的 ②使人全神贯注的

progression [prəˈgreʃən] ***n.*** ①前进,进展 ②(行为、动作、事件等的)接续,连续
[同义] progress
[同根] progress [ˈprəugres] ***n.*** & ***v.*** ①进步,发展 ②前进,进行
progressive [prəˈgresiv] ***a.*** 前进的,进步的
progressively [prəˈgresivli] ***ad.*** 日益发展地,日益前进地

prime [praim] ***n.*** ①最佳部分,最完美的状态 ②最初部分 ③青春 ***a.*** ①主要的,最重要的 ②最好的,第一流的 ③根本的
[同根] primary [ˈpraiməri] ***a.*** ①第一位的,基本的,主要的 ②初步的,初级的
primitive [ˈprimitiv] ***a.*** 原始的,远古的
primarily [ˈpraimərili] ***ad.*** 首先,主要地,根本上

stability [stəˈbiliti] ***n.*** 稳定,稳固
[同根] stable [ˈsteibəl] ***a.*** 稳定的,坚固的
stabilize [ˈsteibilaiz] ***v.*** 使稳定,坚固,不动摇

stimulus [ˈstimjuləs] ***n.*** ①刺激物,促进因素 ②刺激,刺激
[同义] incentive

60. The bride and groom promised to ________ each other through sickness and health.
A) nourish B) nominate C) roster D) cherish

bride [braid] ***n.*** 新娘

groom [grum, gruːm] ***n.*** ①新郎 ②马夫

nourish [ˈnʌriʃ] ***v.*** ①养育,滋养 ②培育,助长 ③支持,鼓励
[同义] feed, maintain, nurse, nurture
[同根] nourishing [ˈnʌriʃiŋ] ***a.*** 滋养的,富有营养的

nourishment [ˈnʌriʃmənt] ***n.*** 食物,营养品
nutrition [njuːˈtriʃən] ***n.*** ①营养,滋养 ②营养物,滋养物
nutritional [njuːˈtriʃənəl] ***a.*** 营养的,滋养的
nutritious [njuːˈtriʃəs] ***a.*** 有营养的,滋养的

nominate [ˈnɔmineit] ***v.*** 提名,任命
[同义] designate, appoint, propose
[同根] nomination [nɔmiˈneiʃən] ***n.*** 提名,任命
nominee [nɔmiˈniː] ***n.*** 被提名的人,被任命者

roster [ˈrəustə] ***v.*** 把列入名单中(或登记表中) ***n.*** 名簿,花名册,登记表

cherish [ˈtʃeriʃ] ***v.*** ①珍爱,珍视 ②爱护,抚育 ③抱有,怀有(希望,想法,感情等)
[同义] adore, treasure, worship
[反义] disregard, ignore, neglect

61. They're going to build a big office block on that ________ piece of land.
A) void B) vacant C) blank D) shallow

void [vɔid] ***a.*** ①空的,空荡荡的 ②缺乏的
[同义] bare, blank, empty, vacant

vacant [ˈveikənt] ***a.*** ①空着的,未使用的,未被占用的 ②空的,空白的 ③(职位、工作等)空缺的 ④心灵空虚的,神情茫然的
[同义] empty, barren, unoccupied

[同根] vacate [və'keit] *v.* 搬出，迁出，腾出，空出
vacancy ['veikənsi] *n.* 空，空白，空缺，空闲，空虚
vacantly ['veikəntli] *ad.* 空缺地，茫然若失地

blank [blæŋk] *a.* ①空白的 ②没有表情的 *n.* 空白，表格
shallow ['ʃæləu] *a.* 浅的，浅薄的，肤浅的
[同义] superficial
[反义] deep

62. Without any hesitation, she took off her shoes, ________ up her skirt and splashed across the stream.
A) tucked B) revolved C) twisted D) curled

splash [splæʃ] *v.* ①溅泼着水(泥浆等)行(路) ②溅，泼，溅湿
tuck [tʌk] *v.* ①把(衬衫，餐巾等的)边塞到下面(或里面) ②把…塞好
[同义] bend, fold, gather
[词组] tuck away 把(钱等)藏起来
tuck in ①给…盖好被子 ②把…夹入，把…藏入
revolve [ri'vɔlv] *v.* ①旋转 ②考虑 ③(与around 连用)以…为中心
[同义] circle

twist [twist] *v.* ①拧，绞，搓，捻 ②曲解(某人的话) ③使呈螺旋形 *n.* ①一扭，扭曲，盘旋 ②螺旋状
[同义] curve, circle, rotate
curl [kə:l] *v.* ①(变)卷，(使)卷曲，扭曲 ②(烟)缭绕，盘绕 *n.* ①(一绺)卷发 ②卷曲
[同义] twist
[同根] curly ['kə:li] *a.* 卷曲的，卷毛的，弯曲的，(木材)有皱状纹理的
[词组] curl up 蜷曲

63. Very few people could understand his lecture because the subject was very ________.
A) faint B) obscure C) gloomy D) indefinite

faint [feint] *a.* ①(指觉察到的东西)微弱的，模糊的 ②虚弱的，衰弱的，(指人)昏晕的 *v.* ①(因失血、受惊等)昏晕，昏倒 ②衰弱，委顿 *n.* 昏厥，不醒人事
[同义] dim, weak, vague, indistinct
[反义] intense, loud, strong
[同根] faintness [feintnis] *n.* 微弱，模糊，衰弱
faintly ['feintli] *ad.* 微弱地，朦胧地，模糊地
obscure [əb'skjuə] *a.* ①费解的，晦涩的 ②模糊不清的 ③不出名的，不重要的 *v.* ①使难解，使变模糊 ②使变暗，遮掩
[同义] dim, faint, indefinite, vague
[反义] clear, obvious, evident, apparent, explicit, distinct, eminent
[同根] obscurity [əb'skjuəriti] *n.* ①模糊，晦涩 ②黑暗，昏暗
gloomy ['glu:mi] *a.* ①令人沮丧的，令人失望的 ②黑暗的，昏暗的 ③沮丧的，愁容满面的
[同义] dark, dim, dismal, dreary
[反义] delightful, gay, jolly
[同根] gloom [glu:m] *n.* ①昏暗，阴暗

②忧郁,沮丧

gloomily ['glu:mili] *ad.* ①黑暗地 ②沮丧地

indefinite [in'definit] *a.* ①无定限的,无限期的 ②不明确的,含糊的 ③不确定的

[同义] broad, confused, general, indistinct, obscurer, vague

[同根] define [di'fain] *v.* ①下定义 ②详细说明

definition [ˌdefi'niʃən] *n.* ①定义, 释义 ②解释

definite ['definit] *a.* 明确的, 一定的

definitely ['definitli] *ad.* 明确地, 干脆地

64. Professor Smith explained the movement of light______ that of water.

A) by analogy with　　B) by virtue of

C) in line with　　D) in terms of

by analogy with 用类推法,根据…类推

by virtue of 因为,由于

in line with 与…一致

in terms of 根据,按照,就…而言

65. Tom is bankrupt now. He is desperate because all his efforts ________ failure.

A) tumbled to　　B) hinged upon

C) inflicted on　　D) culminated in

bankrupt ['bæŋkrʌpt] *a.* 破产了的 *n.* 破产者 *v.* 使破产

desperate ['despərit] *a.* ①绝望的,没希望的 ②(因绝望而)不顾一切的,胆大妄为的 ③孤注一掷的,拼死的

[同义] frantic, mad, reckless, wild

[反义] desirous, hopeful

[同根] desperation [ˌdespə'reiʃən] *n.* 绝望

desperately ['despəritli] *ad.* 绝望地, 失望地

[词组] be desperate for 极想

tumble to 领悟,了解

hinge upon 以…而定

inflict on 予以(打击等),使…受痛苦

culminate in ①以…告终 ②以…为顶点,高潮

66. While fashion is thought of usually ________ clothing, it is important to realize that it covers a much wider domain.

A) in relation to　　B) in proportion to

C) by means of　　D) on behalf of

domain [dəu'mein] *n.* ①(活动,思想等)领域,范围 ②领地,势力范围

[同义] field, realm, sphere

in relation to 关于,有关

in proportion to 按…的比例,与…成比例

by means of 借助于

on/in behalf of ①代表… ②为了…的利益,为了

67. The meaning of the sentence is ________ ; you can interpret it in several ways.

A) skeptical B) intelligible C) ambiguous D) exclusive

interpret [in'tə:prit] *v.* ①解释，说明 ②口译
[同义] clarify, explain
[同根] interpretation [in,tə:pri'teiʃən] *n.* ①口译，传译 ②解释，阐明
interpreter [in'tə:pritə] *n.* 译员，口译者
[词组] interpret... as... 把…解释为…，理解为…

skeptical ['skeptikəl] (= sceptical) *a.* 惯于(或倾向于)怀疑的，表示怀疑的(about)
[同义] incredulous, doubtful
[反义] trustful
[同根] skeptically ['skeptikəli] (= sceptically) *ad.* 怀疑地
skepticism ['skeptisizəm] (= scepticism) *n.* ①怀疑态度 ②怀疑论
skeptic ['skeptik] (= sceptic) *n.* 怀疑论者

intelligible [in'telidʒəbəl] *a.* 可理解的，明白易懂的
[同根] intelligence [in'telidʒəns] *n.* ①有才智的，理解力强的 ②了解的，熟悉的
intelligence [in'telidʒəns] *n.* ①智力，才智，智慧 ②[计]智能 ③(关于敌国的)情报
intelligibility [in'telidʒəbiliti] *n.* 可理解性，可理解之事物
intelligibly [in'telidʒəbli] *ad.* 易理解地

ambiguous [,æm'bigjuəs] *a.* ①可作多种解释的，引起歧义的，模棱两可的 ②含糊不清的，不明确的
[同义] indefinite
[反义] clear, definite, distinct, unambiguous
[同根] ambiguity [,æmbi'gju:iti] *n.* 意义含糊
ambiguously [,æm'bigjuəsli] *ad.* 含糊不清地，引起歧义地

exclusive [ik'sklu:siv] *a.* ①排斥的，排外的 ②独有的，独享的 ③(新闻，报刊文章等)独家的 ④奢华的，高级的
[同义] single, sole, expensive
[反义] inclusive
[同根] exclude [ik'sklu:d] *v.* 拒绝接纳，把…排除在外，排斥
exclusion [ik'sklu:ʒən] *n.* 排除，除外
exclusively [ik'sklu:sivli] *ad.* 排外地，专有地

68. Cancer is a group of diseases in which there is uncontrolled and disordered growth of ________ cells.

A) irrelevant B) inferior C) controversial D) abnormal

disorder [dis'ɔ:də] *v.* 使失调，使紊乱 *n.* ①混乱，无秩序 ②骚动，骚乱 ③身心不适，疾病
[同义] confusion, disturbance
[同根] order ['ɔ:də] *n.* ①次序，顺序 ②有规律的状况 ③秩序，会议规则 ④命令 ⑤定购，定单 *v.* ①命令 ②定购 ③安排，指导
disorderly [dis'ɔ:dəli] *ad.* 混乱的

cell [sel] *n.* ①细胞 ②单元 ③蜂房，(尤

指监狱或寺院的)单人房间 ④电池

irrelevant [i'relivənt] *a.* 不相关的，不切题的

[同义] inappropriate, unfitting

[同根] relevance ['relivənt] *n.* 中肯，切题

relevant ['relivənt] *a.* 有关的，中肯的，切题的

irrevelevantly [i'relivəntli] *ad.* 不相关的，不切题

inferior [in'fiəriə] *a.* ①(地位、等级等)低等的，下级的，低于…的(to) ②(质量等)差的，次的，次于…的(to)

[同义] lower, secondary, subordinate, worse

[反义] superior

[同根] inferiority [in,fiəri'ɔriti] *n.* 次等，下等，自卑

controversial [,kɔntrə'vəːʃəl] *a.* 引起争论的，有争议的

[同根] controversy ['kɔntrəvəːsi] *n.* 论争，辩论，论战

controversially [,kɔntrə'vəːʃəli] *ad.* 引起争论地，有争议地

abnormal [æb'nɔːməl] *a.* 反常的，异常的

[同义] eccentric, insane, irregular, odd

[反义] normal, regular, usual

[同根] normal ['nɔːməl] *a.* 正常的，正规的，标准的

normally ['nɔːməli] *ad.* 正常地，通常地

69. At that time, the economy was still undergoing a ________, and job offers were hard to get.

A) concession B) supervision C) recession D) deviation

undergo [,ʌndə'gəu] *v.* 经历，遭受，忍受

[同义] encounter, endure, experience, suffer

concession [kən'seʃən] *n.* ①让步 ②特许，特许权

[同根] concede [kən'siːd] *v.* ①(不情愿地)承认，承认…为真(或正确)让步，认输 ②(在结果确定前)承认失败

concessive [kən'sesiv] *a.* 有妥协性的，让步的，让步性的

supervision [,suːpə'viʒən] *n.* 监督，管理

[同根] supervisor ['suːpəvaizə] *n.* 监督人，管理人，检查员

supervise ['suːpəvaiz] *v.* 监督，管理，指导

supervisory [,suːpə'vaizəri] *a.* 管理的，监督的

recession [ri'seʃən] *n.* ①(经济的)衰退，衰退期 ②后退，退回

[同义] withdrawal

[同根] recede [ri'siːd] *v.* ①退，退去，远去 ②向后倾斜，缩进

recessive [ri'sesiv] *a.* 后退的，退回的，有倒退倾向的

deviation [,diːvi'eiʃən] *n.* 背离，偏离

[同义] turn away, leave, departure

[同根] deviate ['diːvieit] *v.* 背离，偏离(from)

deviant ['diːviənt] *a.* 偏常的，不正常的(道德与社会标准观念不符合惯例的) *n.* 偏常者，不正常者

70. I could hear nothing but the roar of the airplane engines which ________ all other sounds.

A) overturned B) drowned C) deafened D) smoothed

roar [rɔː] *n. & v.* 咆哮,吼叫,怒号,轰鸣,喧闹

overturn [ˌəuvəˈtəːn] *v.* ①(使)翻转,(使)倾覆,使倒下 ②颠覆,推翻

drown[draun] *v.* ①淹没 ②溺死,淹死

deafen [ˈdefn] *v.* ①闹声太大使不易听清楚 ②使聋,变聋

[同根] deaf [def] *a.* ①聋的 ②不愿意听的

smooth [smuːð] *v.* ①使光滑,使平滑 ②使平整 ③使顺利 ④消除,使平静 *a.* ①平滑的 ②平稳的 ③顺利的 ④圆滑的

[同义] even, flat, level

[反义] rough, unsteady

[同根] smoothness [ˈsmuːðnis] *n.* ①平滑 ②平坦

smoothen [ˈsmuːðən] *v.* ①使平滑 ②使平整 ③使顺利 ④使平静

smoothly [ˈsmuːðli] *ad.* ①顺利地 ②平滑地 ③平稳地 ④圆滑地

[词组] smooth down/out/over/away 使光滑,使平滑,使顺利 使平静

smooth the path/way ①铺平道路 ②使…顺利

Answer Key					
41－45	CBDCB	46－50	CADCA	51－55	BCCAD
56－60	CDBDD	61－65	BABAD	66－70	ACDCB

2006.6

Vocabulary

41. Because of the ________ of the ideas, the book was in wide circulation both at home and abroad.

A) originality B) subjectivity C) generality D) ambiguity

circulation [ˌsəːkjuˈleiʃən] *n.* ①(书报等的)发行,发行量,(图书的)流通量 ②(货币等的)流通

[同根] circulate [ˈsəːkjuleit] *v.* ①发行,销售 ②(使)环行,(使)环流,(使)循环 ③流通

circulative [ˈsəːkjuleitiv] *a.* ①循环的,促进循环的 ②流通的

circulatory [ˌsəːkjuˈleitəri] *a.* (血液等)循环的

originality [ˌəridʒiˈnæliti] *n.* 创意,新奇

[同根] origin [ˈɔridʒin] *n.* ①起源,由来 ②出身,血统

originate [əˈridʒineit] *v.* ①发源,发起 ②创作,发明

original [əˈridʒənəl] *a.* ①最初的,原来的 ②独创的,新颖的

originally [əˈridʒənəli] *ad.* 最初,原先

subjectivity [ˌsʌbdʒek'tivəti] ***n.*** 主观性，主观

[同根] subject ['sʌbdʒikt] ***n.*** ①主题，题目 ②(事物的)经受者，(动作的)对象 ③科目，学科

[səb'dʒekt] ***v.*** ①使臣服，使服从 ②使经受，使遭受 ***a.*** ①臣服的，服从的 ②易受…的，常受…的 ③由…决定的，取决于…的

subjective [sʌb'dʒektiv] ***a.*** 主观(上)的，个人的

subjectively [sʌb'dʒektivli] ***ad.*** 主观地

generality [ˌdʒenə'ræliti] ***n.*** 一般性，普遍性，通(用)性

[同根] general ['dʒenərəl] ***a.*** ①一般的，普通的 ②笼统的，大体的 ③全体的，总的，普遍的 ***n.*** 将军

generalize ['dʒenərəlaiz] ***v.*** ①归纳出，概括出 ②推广，普及

generalization [ˌdʒenərəlai'zeiʃən] ***n.*** 概括，归纳，普遍化

generally ['dʒenərəli] ***ad.*** 大体，通常，一般地

ambiguity [ˌæmbi'gjuːiti] ***n.*** 含糊，不明确，歧义，模棱两可

[同义] obscurity

[同根] ambiguous [ˌæm'bigjuəs] ***a.*** ①含糊不清的，不明确的 ②引起歧义的，模棱两可的

ambiguously [ˌæm'bigjuəsli] ***ad.*** 含糊不清地，引起歧义地

42. With its own parliament and currency and a common ________ for peace, the European Union declared itself—in official languages—open for business.

A) inspiration B) assimilation C) intuition D) aspiration

currency ['kʌrənsi] ***n.*** ①通货，货币 ②流通，通行

[同根] current ['kʌrənt] ***a.*** ①现时的，当前的 ②流行的，流传的 ***n.*** ①(空气、水等的)流，潮流 ②电流 ③趋势，倾向

currently ['kʌrəntli] ***ad.*** ①普遍地，通常地 ②现在，当前

inspiration [ˌinspə'reiʃən] ***n.*** ①灵感 ②鼓舞人心的人(或事物)

[同根] inspire [in'spaiə] ***v.*** ①(在心中)激起，唤起(某种思想，情感) ②赋予灵感 ③鼓舞，激励 ④驱使，促使 ⑤引起，促成

inspiring [in'spaiəriŋ] ***a.*** ①启发灵感的 ②鼓舞人心的

inspired [in'spaiəd] ***a.*** 得到灵感的，凭灵感的

inspirational [ˌinspə'reiʃənəl] ***a.*** 鼓舞人心的，

assimilation [əˌsimi'leiʃən] ***n.*** ①吸收 ②[生理学]同化作用

[同根] assimilate [ə'simileit] ***v.*** ①吸收，消化 ②同化

assimilative [ə'similətiv] ***a.*** ①吸收的，促进吸收的 ②同化的，促进同化的

intuition [ˌintjuː'iʃən] ***n.*** 直觉

[同根] intuitive [in'tjuːitiv] ***a.*** 直觉的

intuitively [in'tjuːitivli] ***ad.*** 直觉地

aspiration [ˌæspə'reiʃən] ***n.*** ①强烈的愿望，志向，抱负 ***a.*** 渴望达到的目的

[同根] aspire [ə'spaiə] ***v.*** 渴望，追求，有志于(to, for, after)

aspiring [ə'spaiəriŋ] ***a.*** 有志气的，有抱负的，向上的

43. America has now adopted more ________ European-style inspection systems and the incidence of food poisoning is falling.

A) discrete B) solemn C) rigorous D) autonomous

adopt [ə'dɔpt] ***v.*** ①采取,采用,采纳 ②收养 ③挑选,选定(代表等)

[反义] reject

[同根] adopted [ə'dɔptid] ***a.*** ①被收养的 ②被采用的

adoption [ə'dɔpʃən] ***n.*** ①采用, 采纳 ②收养

adoptive [ə'dɔptiv] ***a.*** ①收养关系的 ②采用的

adoptable [ə'dɔptəbəl] ***a.*** 可采纳的

adopter [ə'dɔptə] ***n.*** ①养父母 ②采纳者,接受器

adoptee [ə'dɔpti:] ***n.*** 被收养者, 被立嗣者

incidence ['insidəns] ***n.*** ①发生, 影响,发生(或影响)方式 ②发生率

[同根] incident ['insidənt] ***n.*** ①发生的事,事情 ②(尤指国际政治中的)事件, 事变

incidental [,insi'dentəl] ***a.*** ①附属的, 随带的 ②偶然的, 容易发生的

incidentally [insi'dentəli] ***ad.*** 顺便地,附带地,偶然地

discrete [di'skri:t] ***a.*** 互不连接的, 分离的,不相关联的,个别的

[同根] discretely [di'skri:tli] ***ad.*** 分离地,互不连接地

solemn ['sɔləm] ***a.*** ①严重的,庄严的 ②隆重的, 郑重的 ③严肃的,认真的

[同根] solemnity [sə'lemniti] ***n.*** 庄严,严肃

solemnify [sə'lemnifai] ***v.*** 使庄严,使严肃,使隆重

solemnly ['sɔləmli] ***ad.*** 严肃地, 庄严地

rigorous ['rigərəs] ***a.*** ①严格的,严厉的 ②严密的,缜密的

[同义] hard, harsh, rigid, severe, strict

[同根] rigour ['rigə] ***n.*** 严格,严厉,严密

rigorously ['rigərəsli] ***ad.*** 严厉地, 严格地,严密地

rigorousness ['rigərəsnis] ***n.*** 严厉, 严格,严密

autonomous [ɔ:'tɔnəməs] ***a.*** 自治的

[同根] autonomic [,ɔ:tə'nɔmik] ***a.*** 自治的

autonomy [ɔ:'tɔnəmi] ***n.*** 自治

44. Mainstream pro-market economists all agree that competition is an ________ spur to efficiency and innovation.

A) extravagant B) exquisite C) intermittent D) indispensable

spur [spə:] ***n.&v.*** 激励,鞭策,鼓舞,促进

[同义] provoke, urge, encourage

[词组] spur on 鞭策…, 激励…

on the spur of the moment 一时冲动之下,不加思索地

efficiency [i'fiʃənsi] ***n.*** 效率, 功效

[同义] competence, proficiency

[反义] inefficiency

[同根] effect [i'fekt] ***n.*** ①结果 ②效力,作用,影响 ③感受,印象, 外表 ④实行,生效,起作用

efficient [i'fiʃənt] ***a.*** ①(直接)生效的 ②有效率的, 能干的 ③能胜任的

efficiently [i'fiʃəntli] ***ad.*** 有效率地, 有效地

effective [iˈfektiv] *a.* ①能产生(预期)结果的,有效的,起作用的 ②给人深刻印象的,显著的

innovation [ˌinəˈveiʃən] *n.* ①革新,改革 ②新方法,新奇事物

[同义] introduce, change, modernize

[同根] innovate [ˈinəveit] *v.* ①革新,改革,创新 (in, on, upon) ②创立,创始,引入

innovative [ˈinəveitiv] *a.* 革新的,新颖的,富有革新精神的

extravagant [iksˈtrævəgənt] *a.* ①奢侈的,浪费的 ②过度的,过分的

[同根] extravagance [ikˈstrævəgəns] *n.* ①奢侈,铺张,浪费 ②过度,无节制

extravagantly [ikˈstrævəgəntli] *ad.* 挥霍无度地,奢侈地

exquisite [ˈekskwizit] *a.* 精美的,纤美的,精致的,制作精良的

[同义] appealing, attractive, beautiful, charming, delicate

[同根] exquisitely [ˈekskwizitli] *ad.* 精美地,精致地

intermittent [ˌintəˈmitənt] *a.* 间歇的,断断续续的

[同义] discontinuous

[反义] continued, continuous

[同根] intermit [ˌintəˈmit] *v.* 中断,间断,暂停

intermittence [ˌintəˈmitəns] *n.* 间断,间歇,间歇性,周期性

intermittently [ˌintəːˈmitəntli] *ad.* 间歇地,断断续续地

indispensable [ˌindiˈspensəbəl] *a.* 必不可少的,绝对必要的(to, for)

[同义] essential, necessary, needed, required, vital

[反义] dispensable

[同根] indispensably [ˌindiˈspensəbli] *ad.* 必不可少地,必需地

dispensable [diˈspensəbəl] *a.* 不是必要的,可有可无的

45. In the late 19th century, Jules Verne, the master of science fiction, foresaw many of the technological wonders that are ________ today.

A) transient B) commonplace C) implicit D) elementary

foresee [fɔːˈsiː] *v.* 预见,预知

[同义] anticipate, forecast, foretell, predict

[同根] foreseeable [fɔːˈsiːəbəl] *a.* 可预知的,能预测的

foreseeingly [fɔːˈsiːiŋli] *ad.* 有预见地,深谋远虑地

transient [ˈtrænziənt] *a.* ①短暂的,无常的 ②临时的,暂住的

[同义] momentary, temporary

[反义] permanent

[同根] transience [ˈtrænziəns, -ʃəns] *n.* 短暂,转瞬即逝,无常

commonplace [ˈkɔmənpleis] *a.* 平凡的,普通的 *n.* 寻常的事物,常见的事物

[同根] common [ˈkɔmən] *a.* ①公共的,共有的,共同(做)的,(影响)公众的 ②普通的,一般的,通常的,日常的

implicit [imˈplisit] *a.* ①不言明的,含蓄的 ②(in)内含的,固有的

[同根] imply [imˈplai] *v.* ①意味,包含,含有…的意思 ②暗示,暗指

implicative [imˈplikətiv, ˈimplikeitiv] *a.* ①含蓄的,暗示的 ②(有)牵连的

implication [ˌimpliˈkeiʃən] *n.* ①含意，含蓄 ②牵连，涉及 ③暗示，暗指
implicitly [imˈplisitli] *ad.* 含蓄地，暗中地
elementary [ˌeliˈmentəri] *a.* 初等的，基础的
[同义] basic, fundamental, introductory, primary
[反义] advanced
[同根] element [ˈelimənt] *n.* 要素，元素，成分
elemental [ˌeliˈmentəl] *a.* 基本的，原理的
elementarily [ˌeliˈmentərili] *ad.* 初等地，基础地

46. I was so ________ when I used the automatic checkout lane in the supermarket for the first time.
A) immersed B) assaulted C) thrilled D) dedicated

checkout 结账处
immersed [iˈməːst] *a.* ①专心的 ②沉浸的，浸没的
[同义] absorb, engage, occupy, submerge
[同根] immerse [iˈməːs] *v.* ①使沉浸在，使专心于 ②使浸没
immersion [iˈməːʃən] *n.* ①沉浸，浸没 ②专心，陷入
immersible [iˈməːsibəl] *a.* 可浸入(或浸没)水中的
[词组] be immersed in 陷于…，专心于…
assault [əˈsɔːlt] *v.* 攻击，袭击 *n.* (武力或口头上的)攻击，袭击
[同义] attack
[同根] assaultable [əˈsɔːltəbəl] *a.* 可攻击的，可袭击的
assaultive [əˈsɔːltiv] *a.* [心]狂暴的，想行凶的
thrill [θril] *v.* (使)非常兴奋，(使)非常激动，(使)紧张 *n.* 兴奋，激动，紧张感
[同义] excite
[同根] thriller [ˈθrilə] *n.* ①引起激动的事物(或人) ②惊险读物、电影、戏剧
thrilling [ˈθriliŋ] *a.* 令人激动的，情节紧张的
thrillingly [ˈθriliŋli] *ad.* 令人颤动地，令人激动地
thrillingness [ˈθriliŋnis] *n.* 兴奋，激动，紧张
dedicate [ˈdedikeit] *v.* ①以…奉献 ②把(自己、一生等)献给，把(时间、精力等)用于
[同根] dedicated [ˈdedikeitid] *a.* 献身的，一心一意的
dedication [ˌdediˈkeiʃən] *n.* 奉献，奉献精神
[词组] be dedicated to/doing sth. 献身于…，奉献于…
dedicate... to... 把…奉献于…

47. His arm was ________ from the shark's mouth and reattached but the boy, who nearly died, remained in a delicate condition.
A) retrieved B) retained C) repelled D) restored

delicate [ˈdelikit] *a.* ①纤弱的，虚弱的 ②细致的，灵巧的 ③精美的，雅致的
[同义] fragile, frail
[同根] delicacy [ˈdelikəsi] *n.* ①纤弱，娇弱 ②灵巧，细致 ③精美，雅致
delicately [ˈdelikitli] *ad.* ①纤弱地，娇弱地 ②精美地，雅致地

retrieve [ri'triːv] *v.* ①重新得到,取回,找回 ②解救,挽回,补救③检索

[同根] retrievable [ri'triːvəbəl] *a.* 可获取的,可挽救的

retrieval [ri'triːvəl] *n.* ①取回,恢复 ②挽救,拯救

[词组] beyond (past) retrieve 无法补救地

retrieve... from 拯救…(免于),(从…)救出

retain [ri'tein] *v.* ①保持,保留 ②挡住 ③记住

[同义] hold, keep, maintain, preserve, save

[反义] abandon

[同根] retainment [ri'teinmənt] *n.* 保持,保留

repel [ri'pel] *v.* ①击退,驱逐 ②使厌恶

[同义] drive back, repulse

[同根] repellent [ri'pelənt] *a.* ①令人厌恶的 ②击退的,排斥的 *n.* 驱虫剂

repellence [ri'pelәns] *n.* 厌恶,憎恶,反感

restore [ri'stɔː] *v.* ①恢复,修复,康复 ②归还,交还,使复位

[同根] restorative [ri'stɔrətiv] *a.* 恢复的,恢复健康的 *n.* 能恢复健康和体力的食品、药品

restoration [ˌrestə'reiʃən] *n.* ①恢复,康复,复位 ②修复,重建

48. Bill Gates and Walt Disney are two people America has ________ to be the Greatest American.

A) appointed B) appeased C) nicknamed D) nominated

appease [ə'piːz] *v.* ①缓和,抚慰,平息 ②满足,缓解

[同义] calm, ease

[同根] appeasement [ə'piːzmənt] *n.* ①缓和,抚慰,平息 ②满足,缓解

nickname ['nikneim] *v.* 给…取绰号,给…起浑名 *n.* 诨号,绰号,昵称

nominate ['nɔmineit] *v.* ①提名 ②指定,任命,提议

[同根] nomination [nɔmi'neiʃən] *n.* ①提名,任命 ②提名权,任命权

nominative ['nɔminətiv] *a.* 被提名的,被任命的

nominator ['nɔmineitə] *n.* 提名者,任命者

49. The ________ majority of citizen tend to believe the death penalty will help decrease the crime rate.

A) overflowing B) overwhelming

C) prevalent D) premium

tend to 容易,往往

death penalty 死刑

overflowing [ˌəuvə'fləuiŋ] *a.* 溢出的,过剩的,满出的 *n.* 溢出,过剩,满出

overwhelming [ˌəuvə'welmiŋ] *a.* 势不可挡的,压倒的

[同根] overwhelm [ˌəuvə'welm] *v.* ①征服,制服 ②压倒,淹没

overwhelmingly [ˌəuvə'welmiŋli] *ad.* 势不可挡地,压倒性地

prevalent ['prevələnt] *a.* 流行的,普遍的

[同义] common, current, customary, fashionable, general, popular, universal, usual

[同根] prevail [pri'veil] *v.* 流行，盛行
prevailing [pri'veiliŋ] *a.* ①流行的，盛行的 ②优势的，主要的
prevalence ['prevələns] *n.* 流行，盛行，普遍
prevalently ['prevələntli] *ad.* 流行地，盛行地
premium ['primiəm] *a.* ①高级的，优质的 ②售价高的 *n.* ①奖金，奖品 ②额外补贴，津贴，酬金
[词组] at a premium ①以高价 ②非常稀罕的，十分需要的
put/offer/place/set a premium on ①高度评价，高度重视 ②刺激，促进

50. We will also see a ________ increase in the number of television per household, as small TV displays are added to clocks, coffee makers and smoke detectors.
A) startling B) surpassing C) suppressing D) stacking

display [di'splei] *n.* 显示器 *v.* & *n.* 陈列，展览，显示
coffee maker 咖啡壶
smoke detector 烟尘探测器，烟雾报警器
startle ['stɑːtəl] *v.* 使惊愕，震惊 *n.* 惊愕
[同根] startling ['stɑːtliŋ] *a.* 令人吃惊的
surpass [səː'pɑːs] *v.* ①超过，优于，多于 ②超过…的界限，非…所能办到（或理解）
[同根] surpassing [səː'pɑːsiŋ] *a.* 卓越的，无与伦比的
surpassingly [səː'pɑːsiŋli] *ad.* 卓越地，超群地
suppress [sə'pres] *v.* ①压制，镇压 ②抑制（感情等），忍住
[同义] repress, restrain, restrict
[同根] press [pres] *n.* & *v.* 压，按
suppression [sə'preʃən] *n.* ①镇压，压制，禁止② 抑制，阻止
suppressive [sə'presiv] *a.* 抑制的，镇压的，起抑制作用的
suppressible [sə'presibəl] *a.* 能压制的，能禁止的，能隐藏的
stack [stæk] *v.* 把…叠成堆，把…堆成垛，堆放于 *n.* 整齐的一堆（一垛），堆，垛
[词组] stack up （把…）堆起，（把…）叠起

51. The advance of globalization is challenging some of our most ________ values and ideas, including our idea of what constitutes "home".
A) enriched B) enlightened C) cherished D) chartered

globalization [ˌgləubəlai'zeiʃən, -li'z-] *n.* 全球化，全球性
[同根] globe [gləub] *n.* ①地球，世界 ②球体，地球仪
global ['gləubəl] *a.* 球形的，全球的，全世界的
globalize ['gləubəlaiz] *v.* 使全球化
challenge ['tʃælindʒ] *v.* ①向…挑战，对…质疑 ②刺激，激发 ③需要，要求 *n.* 挑战，艰苦的任务，努力追求的目标
[同义] confront, question, defy, doubt, dispute
[同根] challenging ['tʃælindʒiŋ] *a.* 挑战性的，引起兴趣的，令人深思的，挑逗的
constitute ['kɔnstitjuːt] *v.* ①组成，构成，形成 ②制定（法律等） ③设立，建立

[同根] constitution [ˌkɔnstiˈtjuːʃən] *n.* ①宪法，章程，法规 ②(事物的)构造，本性

constitutional [ˌkɔnstiˈtjuːʃənəl] *a.* ①宪法的，章程的 ②本质的，基本的

enrich [inˈritʃ] *v.* ①使富裕，使富有 ②充实，使丰富

[同根] enrichment [inˈritʃmənt] *n.* 致富，富裕，丰富

enlighten [inˈlaitn] *v.* 启发，启迪，开导，使摆脱偏见(或迷信)

[同根] enlightened [inˈlait(ə)nd] *a.* 开明的，有知识的，使摆脱偏见(或迷信)的，文明的

enlightening [inˈlaitniŋ] *a.* 有启迪作用的，使人增进知识(或获得教益)的

enlightenment [inˈlaitnmənt] *n.* 启迪，启蒙，教导，开明

cherish [ˈtʃeriʃ] *v.* ①珍爱，珍视 ②抱有，怀有(希望、想法、感情等) ③爱护，抚育

[同义] protect, treasure, worship

[反义] disregard, ignore, neglect

charter [ˈtʃɑːtə] *v.* ①租，包(飞机、公共汽车等) ②特许设立(公司等)，发执照给 ③给予…特权，准许 *n.* ①特权，豁免权 ②宪章，共同纲领 ③(政府对成立自治市镇、公司企业或大学等的)特许状，(社团对成立分会等的)许可证

[同根] chartered [ˈtʃɑːtəd] *a.* ①特许的，持有特许状的 ②包租的，租赁的

52. Researchers have discovered that ________ with animals in an active way may lower a person's blood pressure.
A) interacting B) integrating C) migrating D) merging

blood pressure 血压

interact [ˌintərˈækt] *v.* 互相作用，互相影响

[同根] interactive [ˌintərˈæktiv] *a.* 相互影响的，相互作用的

interaction [ˌintərˈækʃən] *n.* 互动，互相作用，互相影响

interactively [ˌintərˈæktivli] *ad.* 相互影响地，相互作用地

integrate [ˈintigreit] *v.* ①使结合，使合并，使一体化 ②使成整体，使完整

[反义] disintegrate

[同根] integration [ˌintiˈgreiʃən] *n.* 结合，合而为一，整和，融合

disintegrate [disˈintigreit] *v.* 瓦解，(使)分解，(使)碎裂

migrate [maiˈgreit, ˈmaigreit] *v.* ①迁移，移居(尤指移居国外) ②(候鸟等)迁徙，移栖

[同根] migrator [maiˈgreitə] *n.* 候鸟，移居者

migrant [ˈmaigrənt] *n.* 候鸟，移居者

migration [maiˈgreiʃən] *n.* 移民，移往，移动

migratory [ˈmaigrətəri, maiˈgreitəri] *a.* 迁移的，流浪的

merge [məːdʒ] *v.* ①使(企业、团体等)合并 ②结合，联合，合为一体

[同义] combine, join, mingle, mix

[同根] mergence [ˈməːdʒəns] *n.* 合并，结合，联合

merger [ˈməːdʒə] *n.* (企业、团体等)合并

53. The Beatles, the most famous British band of the 1960s, traveled worldwide for many years, ________ cultural barriers.

A) transporting B) transplanting C) transferring D) transcending

transport [ˌtrænspɔːt] *v.* ①搬运,传送,运输 *n.* ①搬运,传送,运输 ②运输工具,交通工具

[同根] transportable [træn'spɔːtəbl, trænz-, trɑːn-] *a.* 可运输的,可搬运的

transportation [ˌtrænspɔː'teiʃən] *n.* 运输,运送

transporter [træn'spɔːtə] *n.* 运输者

transplant [træn'splɑːnt] *v.* 移植,移种 *n.* [医]移植

transfer [træns'fəː] *v.* ①转移(地方) ②调动 ③(工作)转让 ④转学,转乘 *n.* ①迁移,转移 ②调动 ③转让,让与

[同义] move, change

[同根] transferable [træns'fəːrəb(ə)l] *a.* 可转移的,可调动的

transcend [træn'send] *v.* ①超出,超越(经验、理性、信念等)的范围 ②胜过,优于

[同根] transcendence [træn'sendəns] *n.* 卓越,超越

transcendent [træn'sendənt] *a.* 卓越的,超越的,杰出的

transcendental [trænsen'dentəl] *a.* 卓越的,超越一般常识(经验、信念等)的

54. In his last years, Henry suffered from a disease that slowly ________ him of much of his sight.

A) relieved B) jeopardized C) deprived D) eliminated

relieve [ri'liːv] *v.* ①减轻,缓解,解除 ②援救,救济

[同义] ease

[反义] intensify

[同根] relief [ri'liːf] *n.* ①(痛苦等的)减轻 ②(债务等的)免除 ③救济 ④调剂 ⑤安慰

relievable [ri'liːvəbəl] *a.* 可减轻的,可缓解的,可解除的,可解脱的

relieved [ri'liːvd] *a.* 宽心的,宽慰的,表示宽慰的

relievedly [ri'liːvdli] *ad.* 宽心地,宽慰地,表示宽慰地

[词组] relieve sb. of... ①解除某人的(负担等) ②减轻某人的(痛苦等) ③解除某人(职务)

jeopardize ['dʒepədaiz]] *v.* 危及,损害

[同义] endanger, hazard, imperil

[同根] jeopardy ['dʒepədi] *n.* 危险,冒险

jeopardous ['dʒepədəs] *a.* 危险的,冒险的

jeopardously ['dʒepədəsli] *ad.* 危险地,冒险地

deprive [di'praiv] *v.* 剥夺,使丧失

[同根] deprived [di'praivd] *a.* (尤指儿童)被剥夺的,贫困的

deprival [di'praivəl] *n.* 剥夺

deprivable [di'praivəbəl] *a.* 可剥夺的

deprivation [ˌdepri'veiʃən] *n.* 剥夺,丧失

[词组] deprive sb. of... 剥夺某人的…,使某人丧失…

eliminate [i'limineit] *v.* ①排除,消除,淘汰 ②不加考虑,忽视

[同义] discard, dispose of, exclude, reject
[反义] add

[同根] elimination [i,limi'neiʃən] *n.* ①排除，除去，消除 ②忽视，略去

55. Weight lifting or any other sports that builds up your muscles can make bones become denser and less ________ to injury.
A) attached B) prone C) immune D) reconciled

weight lifting [体]举重
build up 增强，加强，增进
be attached to 喜爱…，依恋…
be prone to 易于…的，很可能…的
be immune to 对…有免疫力的，不受…影响的
be reconciled to 顺从于…，甘心于…，安心于…

56. He has ________ to museums hundreds of his paintings as well as his entire personal collection of modem art.
A) ascribed B) attributed C) designated D) donated

ascribe [ə'skraib] *v.* ①把…归因于(to) ②把…归属于
[同义] attribute
[同根] ascribable [ə'skraibəbəl] *a.* 可归因于…的
ascription [ə'skripʃən] *n.* (成败等的)归因，归属
[词组] ascribe... to... 把…归因于…
attribute [ə'tribju:t] *v.* 把…归因于(to)…，认为…系某人所为，认为是…的属性 *n.* ①属性，特质 ②标志，象征
[同义] ascribe
[同根] attribution [,ætri'bju:ʃən] *n.* 归因，归属
attributable [ə'tribjutəbəl] *a.* 可归(因)于…的
attributive [ə'tribjutiv] *a.* ①归属的，属性的 ②定语的
[词组] attribute sth. to... 把…归功于…，认为某事物是…的属性
designate ['dezigneit] *v.* ①把…定名为，把…叫做 ②指派，选派
[同义] appoint, indicate
[同根] designation[,dezig'neiʃən] *n.* ①标示，指定，表明 ②称号，名称，命名
designator['dezigneitə] *n.* 指示者，指定者
donate [dəu'neit] *v.* 捐赠，赠予
[同根] donation [dəu'neiʃən] *n.* 捐赠品，捐款，贡献
donative ['dəunətiv] *a.* 捐赠的，赠与的 *n.* 捐赠物，捐款
donator [dəu'neitə] *n.* 捐赠者
[词组] donate... to... 把…捐赠给…

57. Erik's website contains ________ photographs and hundreds of articles and short videos from his trip around the globe.
A) prosperous B) gorgeous C) spacious D) simultaneous

prosperous ['prɔspərəs] *a.* ①繁荣的，昌盛的，成功的，富足的 ②有利的，吉利

的，幸运的
[同义] affluent, flourishing, successful, wealthy
[同根] prosper ['prɔspə] *v.* ①成功，兴隆，昌盛 ②使昌隆，使繁荣
prosperity [prɔ'speriti] *n.* ①繁荣，昌盛，成功，富足 ②茂盛，茁壮成长
prosperously ['prɔspərəsli] *ad.* 繁荣地，幸运地

gorgeous ['gɔ:dʒəs] *a.* ①绚丽的，华丽的 ②令人十分愉快的
[同根] gorgeously ['gɔ:dʒəsli] *ad.* 华丽地，辉煌地

simultaneous [ˌsiməl'teiniəs] *a.* 同时发生的，同时存在的，同步的
[同根] simultaneity [ˌsimәltə'niəti] *n.* 同时发生，同时
simultaneously [siməl'teiniəsly] *ad.* 同时地，同步地

spacious ['speiʃəs] *a.* 宽广的，宽敞的
[同义] capacious, expansive, extensive, vast, widespread
[同根] space [speis] *n.* ①空间 ②场地，空地 ③太空，外层空间
spaciously ['speiʃəsli] *ad.* 宽广地，宽敞地
spaceless ['speislis] *a.* 无限的，无穷的，无止境的

58. Optimism is a ________ shown to be associated with good physical health, less depression and longer life.
A) trail B) trait C) trace D) track

optimism ['ɔptimizəm] *n.* 乐观，乐观主义
[同根] optimistic [ˌɔpti'mistik] *a.* 乐观的，乐观主义的
optimist ['ɔptimist] *n.* 乐天派，乐观者，乐观主义者
optimistical [ˌɔpti'mistikəl] *a.* 乐观的，乐观主义的
optimistically [ˌɔpti'mistikəli] *ad.* 乐观地，乐天地

be associated with 与…有关，与…联系在一起

depression [di'preʃən] *n.* ①抑郁，沮丧 ②不景气，萧条(期)
[同根] depress [di'pres] *v.* ① 使沮丧，使忧愁 ②使不景气，使萧条 ③压下，降低
depressive [di'presiv] *a.* 令人抑郁的，令人沮丧的，压抑的
depressed [di'prest] *a.* 沮丧的，抑郁的，消沉的
depressing [di'presiŋ] *a.* 令人抑郁的，令人沮丧的

trail [treil] *n.* 踪迹，痕迹，足迹 *v.* 跟踪，追踪，追猎
[同义] trace, track
[词组] in trail 成一列纵队地
off the trail ①失去线索 ②离题
trail off 逐渐消失

trait [treit] *n.* ①特点，特性，特性 ②一点，少许，微量
[同义] characteristic, feature, quality

trace [treis] *n.* 痕迹，踪迹，足迹，遗迹 *v.* 追踪，跟踪
[同义] track, trail
[词组] trace back to 追溯到，追究到，追查到
trace out 探寻踪迹

track [træk] *n.* 足迹，踪迹，(飞机、轮船等的)航迹，车辙 *v.* 追踪，跟踪

[同义] trace, trail

[词组] on the right track 循着正确的路线,正确地

on the wrong track 循着错误的路线,错误地

track down 跟踪找到,追捕到,追查到,搜寻到

59. The institution has a highly effective program which help first-year students make a successful ________ into college life.

A) transformation　　B) transmission

C) transition　　D) transaction

institution [ˌinsti'tjuːʃən] *n.* ①(教育、慈善、宗教性质的)社会公共机构 ②习俗,制度 ③建立,设立,制定

[同根] institute ['institjuːt] *n.* ①学会,学社,协会,组织,机构 ②(大专)学校,学院,研究所 *v.* ①建立,设立,组织(学会等),制定(规则等) ②开始,着手

institutional [ˌinsti'tjuːʃənəl] *a.* ①社会公共机构的,(慈善、宗教等)社会事业机构的 ②具有公共机构特征的

institutionally [ˌinsti'tjuːʃənəl] *ad.* ①社会公共机构地 ②制度上地

transformation [ˌtrænsfə'meiʃən] *n.* ①变化,转变,改革 ②变形,变质

[同根] transform [træns'fɔːm] *v.* ①(使)变形,(使)改观 ②改造,改善,改革

transformative [træns'fɔːmətiv] *a.* 有改革能力的,变化的,变形的

transformer [træns'fɔːmə(r)] *n.* [电] 变压器,促使变化的人

transmission [trænz'miʃən] *n.* ①传送,输送,传达 ②传染,传播

[同根] transmit [trænz'mit] *v.* ①传送,输送,传递,传达 ②传染,传播

transmissive [trænz'misiv] *a.* ①传送的,输送的 ②传染的,传播的

transmissible [trænz'misəbəl] *a.* ①可传送的,可输送的 ②可传播的

transmitter [trænz'mitə] *n.* 传送者,传递者,传输者

transition [træn'ziʃən] *n.* ①过渡,过渡时期 ②转变,变迁,变革

[同义] change, conversion, transfer, transformation

[同根] transit ['trænsit] *v.* ①转变,变迁过渡 ②运送,使通过

transitive ['trænsitiv] *a.* 过渡的,变迁的

transistor [træn'zistə] *n.* [电子]晶体管

transaction [træn'zækʃən] *n.* ①(一笔)交易,业务 ②办理,处理

[同义] business

[同根] transact [træn'zækt] *v.* 办理,交易,处理,商议

60. Philosophers believe that desire, hatred and envy are "negative emotions" which ________ the mind and lead it into a pursuit of power and possessions.

A) distort　　B) reinforce　　C) exert　　D) scramble

envy ['envi] *n.* & *v.* 羡慕,嫉妒

[同根] envious ['enviəs] *a.* 嫉妒的,羡慕的

enviable [ˈenviəbəl] *a.* 值得羡慕的，引起嫉妒的

enviably [ˈenviəbli] *ad.* 被人羡慕地，妒忌地

negative [ˈnegətiv] *a.* ①消极的，反面的，反对的 ②否定的，表示否认的

[反义] positive

[同根] negation [niˈgeiʃən] *n.* ①否定，否认，表示否认 ②反面，对立面

pursuit [pəˈsjuːt] *n.* ①追逐，追捕，追求，寻找 ②从事 ③事务 ④娱乐，爱好

[同根] pursue [pəˈsjuː] *v.* ①追赶，追随，追求 ②从事，忙于

[词组] in pursuit of 追求，寻求

possession [pəˈzeʃən] *n.* ①拥有，所有权，所有物 ②财产（常~s）

[同根] possess [pəˈzes] *v.* ①具有（品质等）②拥有 ③懂得，掌握 ④（想法、感情等）影响，控制，缠住，迷住

possessor [pəˈzesə] *n.* 持有人，所有人

possessive [pəˈzesiv] *a.* 所有的，物主的，占有的 *n.* 所有格

distort [diˈstɔːt] *v.* ①扭曲，使变形 ②歪曲，曲解

[同根] distortion [diˈstɔːʃən] *n.* 扭曲，变形，曲解

distorted [diˈstɔːtid] *a.* 扭歪的，变形的，受到曲解的

distortedly [diˈstɔːtidli] *ad.* 歪曲地，变形地

reinforce [ˌriːinˈfɔːs] *v.* ①加强，增援，增强 ②补充，充实，增进

[同义] fortify, intensify, strengthen

[同根] force [fɔːs] *n.* ①力量，武力，暴力 ②说服力，感染力 ③有影响的人或事物，军事力量 *v.* ①强迫，迫使 ②（用武力）夺取

reinforcement [ˌriːinˈfɔːsmənt] *n.* 加强，增强，加固，强化，增援

exert [igˈzəːt] *v.* ①运用，发挥，施加 ②用（力），尽（力）

[同义] employ, put forth, utilize

[同根] exertion [igˈzəːʃən] *n.* 发挥，运用，努力

[词组] exert pressure on... 对…施加压力

scramble [ˈskræmbəl] *v.* ①爬，攀登 ②乱糟糟地收起，匆促拼凑成 *n.* 爬行，攀登

[同根] scramb [skræm] *v.* 用指甲（或爪子）抓

61. The term "glass ceiling" was first used by the Wall Street Journal to describe the apparent barriers that prevent women from reaching the top of the corporate ________.

A) seniority　B) superiority　C) height　D) hierarchy

glass ceiling 在公司企业和机关团体中，限制女性晋升到某一职位以上的障碍

apparent [əˈpærənt] *a.* ①明显的，显而易见的，明白的 ②表面上的，外观上的，貌似的

[同根] apparently [əˈpærəntli] *ad.* ①显然地，明显地 ②表面上地，外观上地

barrier [ˈbæriə(r)] *n.* ①障碍，隔阂，壁垒 ②防碍的因素，障碍物

[同义] barricade, fortification, obstruction

[同根] bar [bɑː(r)] *n.* ①条，棒 ②酒吧间 ③障碍物 *v.* 禁止，阻挡，妨碍

barricade [ˌbæriˈkeid] *v.* 设路障 *n.* 路障

corporate [ˈkɔːpərit] *a.* 公司的，团体的

seniority [siːniˈɔriti] *n.* ①年长，年高 ②资深，职位高

[同根] senior [ˈsiːniə] *a.* ①较年长的，年高的 ②资格较老的，地位(或等级)较高的，高级的

superiority [suːpiəriˈɔriti] *n.* 优势,优越性,优等,上等

[反义] inferiority

[同根] super [ˈsuːpə] ①上等的，特级的 ②特大的，威力巨大的 *ad.* 非常，过分地 *n.*〈口〉特级品，超级市场

superior [suːˈpiəriə(r)] *a.* ①(在职位、地位、等级等方面)较高的,上级的 ②(在质量等方面)较好的,优良的 ③有优越感的,高傲的

superb [suːˈpəːb] *a.* 质量极高的，华丽的，极好的

supreme [suːˈpriːm] *a.* 至高的，最高的，极度的，极大的

hierarchy [ˈhaiərɑːki] *n.* ①等级制度，等级森严的组织 ②等级体系

62. Various efforts have been made over the centuries to predict earth quakes, including observing lights in the sky and ________ animal behavior.

A) abnormal B) exotic C) absurd D) erroneous

various [ˈvɛəriəs] *a.* 不同的,各种各样的，多方面的

[同根] vary [ˈvɛəri] *v.* 改变，变化

varied [ˈvɛərid] *a.* 各式各样的，有变化的

variety [vəˈraiəti] *n.* ①变化，多样性 ②品种，种类

variable [ˈvɛəriəbəl] *a.* 可变的，不定的，易变的

variation [ˌvɛəriˈeiʃən] *n.* 变更，变化，变异，变种

variability [ˌvɛəriəˈbiliti] *n.* ①多样性，变化 ②变化性，可变性

predict [priˈdikt] *v.* (常与 that 连用)预言,预测,预示

[同义] forecast, foresee, foretell, anticipate

[同根] predictable [priˈdiktəbəl] *a.* 可预言的,可预测的

predictive [priˈdiktiv] *a.* 预言性的,前兆的

prediction [priˈdikʃən] *n.* 预言,预料

abnormal [æbˈnɔːməl] *a.* 反常的，变态的

[同义] eccentric, insane, irregular, monstrous, odd, unnatural

[反义] normal, regular, usual

[同根] normal [ˈnɔːməl] *n.* 正规，常态 *a.* ①正常的 ②正规的，标准的

abnormality [ˌæbnɔːˈmæliti] *n.* ①畸形，异常性 ②变态

exotic [igˈzɔtik] *a.* ①外(国)来的,从(国)外引进的 ②奇异的,异国情调的,外国气派(或风味的) *n.* 舶来品，外来品种

[同义] foreign, strange

[反义] indigenous, native

absurd [əbˈsəːd] *a.* 荒谬的,荒唐的

[同义] foolish, ridiculous, rational

[反义] reasonable, sensible

[同根] absurdly [əbˈsəːdli] *ad.* 荒谬地，愚蠢地

absurdity [əbˈsəːditi] n 荒谬，谬论

erroneous [iˈrəuniəs] *a.* 错误的，不正确的

[同义] false, incorrect, mistaken, untrue, wrong

[反义] correct,true

[同根] error ['erə] *n.* ①错误，谬误，差错 ②过失，罪过

erroneously [i'rəuniəsli] *ad.* 错误地，不正确地

63. Around 80 percent of the ________ characteristics of most white Britons has been passed down from a few thousand Ice Age hunters.

A) intelligible B) random C) spontaneous D) genetic

characteristic [ˌkæriktə'ristik] *n.* 特性，特征，特色 *a.* 独特的，典型的

[同根] character ['kæriktə] *n.* ①(事物的)性质，特性 ②(人的)品质，性格 ③(小说、戏剧等的)人物，角色 ④(书写或印刷)符号，(汉)字

characterize ['kæriktəraiz] *v.* ①以…为特征,成为…的特征 ②描绘(人或物)的特征,叙述

characterization [ˌkæriktərai'zeiʃən] *n.* ①(对人或物)特性描述 ②人物塑造，性格描写

[词组] be characterized by... …的特点在于,…的特点是

be characterized as...被描绘为…,被称为…

pass down ①把…往下传,把…递下去 ②沿着…向前走

intelligible [in'telidʒəbəl] *a.* 可理解的，明白易懂的

[同根] intelligence [in'telidʒəns] *n.* ①有才智的,理解力强的 ②了解的,熟悉的

intelligence [in'telidʒəns] *n.* ①智力,才智,智慧 ②[计]智能 ③(关于敌国的)情报

intelligibility [in'telidʒəbiliti] *n.* 可理解性，可理解之事物

intelligibly [in'telidʒəbli] *ad.* 易理解地

random ['rændəm] *a.* 胡乱的,任意的,任意选取的 *n.* 随机过程，任意行为 *ad.* 胡乱地,任意地,规格不一地

[词组] at random 随便地，胡乱地，漫无目的地

spontaneous [spɔn'teiniəs] *a.* ①自发的,无意识的 ②自然的,天真率直的

[同根] spontaneity [ˌspɔntə'niːiti] *n.* 自发性

spontaneously [spɔn'teiniəsli] *ad.* 自然地,本能地,自发地

genetic [dʒi'netik] *a.* 基因的,遗传的

[同根] gene [dʒiːn] *n.* [遗传]因子,[遗传]基因

genetically [dʒi'netik] *ad.* 基因上,遗传地

64. Picasso gained popularity in the mid-20th century, which was ________ of a new attitude towards modern art.

A) informative B) indicative C) exclusive D) expressive

popularity [ˌpɔpju'læriti] *n.* ①声望，讨人喜欢的特点 ②普及，流行，大众化

[反义] unpopularity

[同根] popular ['pɔpjulə] *a.* 通俗的，流行的，受欢迎的

popularly ['pɔpjuləli] *ad.* 流行地，通俗地，大众地

popularize ['pɔpjuləraiz] *v.* 普及,推广

informative [in'fɔːmətiv] *a.* 提供消息的,增进知识的

[同根] inform [in'fɔ:m] v. (~ of/about) 通知,告诉,获悉

informed [in'fɔ:md] a. ①有知识的,见闻广的 ②了解情况的,有情报(或资料)根据的

information [ˌinfə'meiʃən] n. ①通知,报告 ②消息,情报,资料

informing [in'fɔ:miŋ] a. ①提供情报的 ②增长见闻的

indicative [in'dikətiv] a. (~ of) 指示的,表明的,可表示的

[同根] indicate ['indikeit] v. ①指示,指出 ②表明,显示

indication [ˌindi'keiʃən] n. 迹象,表明,指示

exclusive [ik'sklu:siv] a. ①排斥的,排外的 ②独有的,独享的 ③(新闻、报刊文章等)独家的

[反义] inclusive

[同根] include [in'klu:d] v. ①包括,包含 ②列为…的一部分,把…算入

inclusive [in'klu:siv] a. 包含的,包括的

exclude [ik'sklu:d] v. 拒绝接纳,把…排除在外,排斥

exclusion [ik'sklu:ʒən] n. 排除,除外,被排除在外的事物

exclusively [ik'sklu:sivli] a. 仅仅,专门地,排除其他地,单独地

expressive [ik'spresiv] a. ①(有关)表现的,表达的(of) ②富于表现力的

[同根] express [ik'spres] v. ①用言语表达,陈述 ②表示,表露,表达 n. 快送,快递,快汇

expression [ik'spreʃən] n. ①表达,陈述 ②表示,表露,表达

65. The country was an island that enjoyed civilized living for a thousand years or more with little ________ from the outside world.
A) disturbance B) discrimination C) irritation D) irregularity

civilized ['sivilaizd] a. 文明的,开化的

[同根] civilize ['sivilaiz] v. ①使开化,使开化 ②教化,熏陶

civilization [ˌsivilai'zeiʃən, -li'z-] n. ①文明,文明阶段,文明世界 ②开化(过程),教化(过程)

disturbance [di'stə:bəns] n. ①扰乱,打扰,滋扰 ②骚乱,混乱

[同根] disturb [di'stə:b] v. ①打扰,滋扰,使骚动 ②搞乱,妨碍,打乱

disturbed [di'stə:bd] a. ①心理不正常的 ②烦恼不安的

disturbing [di'stə:biŋ] a. 引起烦恼的,令人不安的,引起恐慌的

disturbingly [di'stə:biŋli] ad. 令人不安地,引起烦恼地

discrimination [diˌskrimi'neiʃən] n. ①差别对待,歧视 ②辨别,区别

[同根] discriminate [di'skrimineit] v. ①有差别地对待,歧视 ②区别,辨别

discriminating [di'skrimineitiŋ] a. 识别的,有差别的,有识别力的

discriminative [di'skriminətiv] a. ①区别的,差异的,形成差异的 ②有判别力的

discriminatively [di'skriminətivli] ad. 有区别地,特殊地

irritation [ˌiri'teiʃən] n. ①恼怒,生气 ②刺激物,恼人事

[同根] irritate ['iriteit] v. ①使恼怒,使烦躁 ②使过敏,使难受

irritated ['iriteitid] a. 恼怒的,生气的

irritating ['iriteitiŋ] a. 使人不愉快的,使人

烦恼的
irritatingly [ˈiriteitiŋli] *ad.* 恼人地，愤怒地
irregularity [iˌregjuˈlæriti] *n.* 不规则，无规律，参差不齐
[反义] regularity
[同根] regular [ˈregjulə] *a.* ①规则的，有规律的 ②定期的，固定的 ③经常的
regularly [ˈregjuləli] *ad.* 有规律地，有规则地
regularity [ˌregjuˈlæriti] *n.* 规律性，规则性，整齐，匀称
irregular [iˈregjulə] *a.* 不规则的，无规律的
irregularly [iˈregjuləli] *ad.* 不规则地

66. Fashion designers are rarely concerned with vital things like warmth, comfort and ________.
A) stability B) capability C) durability D) availability

fashion designer 时装设计师
be concerned with 关心…
stability [stəˈbiliti] *n.* 稳定，稳固，稳定性
[同根] stable [ˈsteibəl] *a.* 稳定的，坚固的
capability [ˌkeipəˈbiliti] *n.* ①(实际)能力，性能，接受力 ②潜力
[同根] capable [ˈkeipəbəl] *a.* ①有能力的，能干的，②有可能的，可以…的
capacious [kəˈpeiʃəs] *a.* 容积大的
capacity [kəˈpæsiti] *n.* ①能力，接受力 ②最大容量，最大限度 ③(最大)生产量，生产力 ④容量，容积
durability [ˌdjuərəˈbiliti] *n.* 耐久性，耐用性
[同根] durable [ˈdjuərəbəl] *a.* ①耐久的 ②持久的
durably [ˈdjuərəbli] *ad.* ①耐久地 ②持久地
availability [əˌveiləˈbiliti] *n.* 利用（或获得）的可能性，有效性
[同根] avail [əˈveil] *v.* 有用于，有助于 *n.* [一般用于否定句或疑问句中] 效用，利益，帮助
available [əˈveiləbəl] *a.* ①可得到的，可取得联系的 ② 现成可使用的，在手边的，可利用的
availably [əˈveiləbli] *ad.* 可得到地，可利用地

67. Back in the days when people traveled by horse and carriage, Karl Benz ________ the world with his extraordinary three-wheeled motor vehicle.
A) inhibited B) extinguished C) quenched D) stunned

motor vehicle 机动车辆
inhibit [inˈhibit] *v.* ①抑制，约束 ②[化][医]抑制
[同根] inhibiting [inˈhibitiŋ] *a.* 起抑制作用的，起约束作用的
inhibition [ˌinhiˈbiʃən] *n.* 禁止，阻止，压抑
inhibitory [inˈhibitəri] *a.* 禁止的，抑制的
extinguish [ikˈstiŋgwiʃ] *v.* ①熄灭，扑灭(火等) ②使消灭，使破灭 ③压制，压抑
[同义] put out, quench
[反义] light
[同根] extinguisher [ikˈstiŋgwiʃə(r)] *n.* 熄灭者，灭火器
extinguishment [ikˈstiŋgwiʃmənt] *n.* ①消

灭，扑灭 ②破灭

quench [kwentʃ] *v.* ①消灭，扑灭，猝息 ②消除，抑制，减弱

[同义] extinguish, put out

stun ['stʌn] *v.* 使目瞪口呆或震惊

[同义] shock, surprise

[同根] stunning ['stʌniŋ] *a.* ①令人震惊的 ②绝妙的，极好的

stunningly ['stʌniŋli] *ad.* ①绝妙地，极好地 ②令人震惊地

68. If we continue to ignore the issue of global warming, we will almost certainly suffer the ________ effects of climatic changes world wide.

A) dubious B) drastic C) trivial D) toxic

ignore [ig'nɔː] *v.* 不理睬，忽视

[同义] disregard, overlook

[同根] ignorance ['ignərəns] *n.* ①无知，愚昧 ②(of, about)不知

ignorant ['ignərənt] *a.* 无知的，愚昧的

issue ['isjuː] *n.* ①问题，争议 ②流出，冒出 ③发行，出版 ④发行物，定期出版物的一期 *v.* ①流出，放出 ②发行(钞票等)，发布(命令)，出版(书等) ③发给，配给

[同义] problem, question, debate

[词组] at issue 待解决，争议中

take issue 对…持异议，不同意

climatic change 气候变化

dubious ['djuːbiəs] *a.* ①引起怀疑的，不确定的，含糊的，暧昧的 ②有问题的，靠不住的

[同义] doubtful, questionable, uncertain

[同根] dubitable ['djuːbitəbəl] *a.* 怀疑的，不确定的

dubitation [djuːbi'teiʃən] *n.* 怀疑，疑惑，犹豫

drastic ['dræstik] *a.* ①严厉的，极端的 ②激烈的，猛烈的

[同根] drastically ['dræstikəli] *ad.* 激烈地，彻底地

trivial ['trivəl] *a.* 琐碎的，不重要的

[反义] important

[同根] trivialist ['triviəlist] *n.* 对琐事感兴趣者，婆婆妈妈的人

trivialize ['triviəlaiz] *v.* 使琐碎

triviality [trivi'æliti] *n.* 琐事

trivially ['triviəli] *ad.* 琐细地，平凡地

toxic ['tɔksik] *a.* 有毒的，因中毒引起的

[同义] noxious, poisonous

[同根] toxicant ['tɔksikənt] *n.* 有毒物，毒药

69. According to the theory of evolution all living species are modified ________ of earlier species.

A) descendants B) dependants C) defendants D) developments

modify ['mɔdifai] *v.* ①改造，改变，修改 ②缓和，减轻，降低

[同根] modification [ˌmɔdifi'keiʃən] *n.* ①修改，改造，改变 ②缓和，减轻，降低

modifier ['mɔdifaiə] *n.* 修改者，改造者，改变者

modifiable ['mɔdifaiəbəl] *a.* 可修改的，可更改的，可改变的

modificative ['mɔdifikeitiv] *a.* 修改的，更改的

descendant [di'send(ə)nt] *n.* 后裔,后代,子孙

[同根] descend [di'send] *v.* ①下来,下降 ②下倾,下斜 ③递减

descent [di'sent] *n.* ①下降,下倾 ②遗传,派生 ③血统,世系 ④衰落 ⑤堕落

dependant [di'pendənt] *n.* 受抚养者,受抚养的家属

defendant [di'fendənt] *n.* [律]被告 *a.* 作辩护的,处于被告地位的

[同根] defend [di'fend] *v.* ①防护,防卫 ②辩护

defence [di'fens] *n.* ①防御,防卫,保护 ②防御物,防务,防御能力

defenceless [di'fenslis] *a.* 无防御的,无保护的,不能自卫的,无助的

defender [di'fendə] *n.* 防卫者,守卫者,防御者

70. The panda is an endangered species, which means that it is very likely to become ________ without adequate protection.

A) intact B) insane C) extinct D) exempt

endangered [in'deindʒəd] *a.* 有灭绝危险的,将要绝种的

[同根] endanger [in'deindʒə] *v.* 危及

species ['spiːʃiːz] *n.* [单复同] 物种,种,类

[同义] class, kind, sort, type

intact [in'tækt] *a.* 完整无缺的,未受损伤的

[同义] complete, unchanged, uninjured, untouched

[同根] tact [tækt] *n.* (处事、言语等) 圆通,乖巧,机敏

tactful ['tæktful] *a.* 圆通的,乖巧的,机敏的

[词组] keep sth. intact 使某物保持原样

insane [in'sein] *a.* ①患精神病的,精神错乱的,失常的 ②极蠢的,荒唐的

[同义] mad

[反义] sane

[同根] sane [sein] *a.* ①健全的 ②明智的,稳健的

insanity [in'sæniti] *n.* ①极端的愚蠢(行为),荒唐(事) ②精神错乱,精神病,疯狂

extinct [ik'stiŋkt] *a.* ①灭绝的,绝种的 ②(火等)熄火了的

[同根] extinction [ik'stiŋkʃən] *n.* ①(生物等的)灭绝,消亡,绝种 ②熄灭,消灭

extinctive [ik'stiŋktiv] *a.* 使熄灭的,使消灭的,使灭绝的

exempt [ig'zempt] *a.* 被免除(义务、责任等)的,被豁免的 *v.* 免除,豁免(from) *n.* 被免除(义务,责任)的人,免税人

[同根] exemption [ig'zempʃən] *n.* ①解除,免除,豁免 ②免税,免税额

[词组] exempt from sth. 被免去…,被豁免…,免付…

Answer Key

41－45	ADCBD	46－50	CDCBA	51－55	CADCB
56－60	DBBCA	61－65	DADDA	66－70	CDBAC

2006.12

Vocabulary

41. Online schools, which ________ the needs of different people, have emerged as an increasingly popular education **alternative.**

A) stir up B) consent to C) switch on D) cater to

alternative [ɔːl'təːnətiv] ***n.*** ①可供选择的办法，事物 ②两者择一，取舍 ***a.*** 选择性的，二中择一的

[同根] alter ['ɔːltə] ***v.*** 改变

alternate ['ɔːltəneit] ***v.*** 交替，改变

[ɔːl'təːnit] ***a.*** 交替的

alternation [ˌɔːltə'neiʃən] ***n.*** 交替，轮流

stir up 激起，鼓动，煽动

consent to 同意，答应，许可

switch on 接通

cater to 迎合…，提供…

42. From science to Shakespeare, excellent television and video programs are available ________ to teachers.

A) in abundance B) in operation

C) in store D) in stock

in abundance 大量，丰富，充足，充裕

in operation 运转着，生效

in store 存储着；预备着

[反义] out of store

in stock 有现货，有库存

[反义] out of stock

43. AIDS is a global problem that demands a unified, worldwide solution, which is not only the responsibility of nations in which AIDS is most ________.

A) vigorous B) relevant C) prevalent D) rigorous

vigorous ['vigərəs] ***a.*** 精力旺盛的，有力的，健壮的

[同义] active, dynamic, energetic, healthy

[同根] vigour ['vigə] ***n.*** [亦作 vigor] 活力，精力，体力，力量

relevant ['reləvənt] ***a.*** ①有关的 ②中肯的，切题的

[同义] appropriate, fitting

[同根] relevance ['reləvəns] ***n.*** 中肯，切题

irrelevant [i'reləvənt] ***a.*** 不相关的，不切题的

[词组] be relevant to... 和…有关

prevalent ['prevələnt] ***a.*** 流行的，普遍的

[同义] common, current, universal, customary, fashionable, general, popular

[同根] prevail [pri'veil] ***v.*** 流行，盛行

prevailing [pri'veiliŋ] ***a.*** ①流行的，盛行的 ②优势的，主要的

prevalence ['prevələns] ***n.*** 流行，盛行，普遍

prevalently ['prevələntli] ***ad.*** 流行地，盛

行地

rigorous ['rigərəs] *a.* ①严密的,缜密的 ②严格的,严厉的

[同义] hard, harsh, severe, strict

[同根] rigour ['rigə] *n.* ①严格, 严厉 ②艰苦,严酷 ③严密,精确

rigid ['ridʒid] *a.* ①刚硬的, 刚性的, 坚固的,僵硬的 ②严格的

44. This kind of songbird sleeps much less during its annual ________, but that doesn't seem to affect its flying.

A) emigration B) migration

C) conveyance D) transference

emigration [ˌemi'greiʃən] *n.* 移民出境, 侨居, [总称]移民

[同根] emigrate ['emigreit] *v.* 自本国移居他国

emigrant ['emigrənt] *n.* 移居外国者, 移民

immigrate ['imigreit] *v.* (从外国)移入, 作为移民定居

immigrant ['imigrənt] *n.* (外来)移民, 侨民 *a.* 移入的,迁入的

immigration [ˌimi'greiʃən] *n.* ①移民局的检查 ②移居 ③ <美> [总称](外来的)移民

migration [mai'greiʃən] *n.* ①(候鸟等)迁移,移居 ②移民群,移栖群

[同根] migrate [mai'greit, 'maigreit] *v.* ①迁移,移居(尤指移居国外) ②迁徙,移栖

migrant ['maigrənt] *n.* 移居者, 候鸟 *a.* 迁移的,移居的

conveyance [kən'veiəns] *n.* 运送, 载送,输送

[同根] convey [kən'vei] *v.* ①运送, 输送 ②表达,传达 ③传送,传导, 传播

conveyancer [kən'veiənsə] *n.* 运送者, 表达者

transference ['trænsfərəns] *n.* ①转移,传递,传输 ②调任,调动

[同根] transfer [træns'fəː] *n.* ①迁移,转移,移交,转让,转运 ②调任,调动 *v.* ①搬,转运,使转移 ②改变,转变,转化

transferee [ˌtrænsfəː'riː] *n.* 被调动者,被迁移者

transferable [træns'fəːrəb(ə)l] *a.* 可转移的, 可转换的, 可传递的

45. When the Italian poet Dante was ________ from his home in Florence, he decided to walk from Italy to Paris to search for the real meaning of life.

A) exiled B) expired C) exempted D) exerted

exile ['eksail, 'egz-] *v.* 流放,放逐,使流亡 *n.* ①流放,放逐,流亡 ②被流放者,流亡国外者

[同义] banish, deport, exclude, expel

[词组] exile oneself 离乡, 流亡

expire [ik'spaiə, eks-] *v.* ①期满,(期限)终止 ②断气,死亡

[同义] cease, end

[同根] expiration [ˌekspi'reiʃən] *n.* ①满期 ②呼出, 呼气

expiratory [ik'spaiərətəri] *a.* 吐气的，呼气的

exempt [ig'zempt] *a.* 被免除(义务、责任等)的，被豁免的 *v.* 免除，豁免(from) *n.* 被免除(义务，责任)的人，免税人

[同根] exemption [ig'zempʃən] *n.* ①解除，免除，豁免 ②免税，免税额

[词组] exempt from sth. 被免去…，被豁免…，免付…

exert [ig'zə:t] *v.* ①运用，发挥，施加 ②用(力)，尽(力)

[同义] employ, put forth, utilize

[同根] exertion [ig'zə:ʃən] *n.* 发挥，运用，实施，努力

[词组] exert pressure on... 对…施加压力

46. After the earthquake, a world divided by ________ and religious disputes suddenly faced its common **humanity** in this shocking disaster.

A) epidemic B) strategic C) ethnic D) pathetic

humanity [hju:'mæniti] *n.* 人性，人类

[同根] human ['hju:mən] *n.* 人，人类 *a.* 人的，人类的

humanist ['hju:mənist] *n.* 人道主义者，人文主义者

humanistic [ˌhju:mə'nistik] *a.* 人道主义的，人文主义的

humanism ['hju:mənizəm] *n.* 人道主义，人文主义

epidemic [ˌepi'demik] *a.* ①(疾病)流行性的 ②极为盛行的，流行极广的 *n.* ①流行病 ②(流行病的)流行，传播

strategic [strə'ti:dʒik] *a.* ①战略的，战略上的 ②关键性的，对全局有重大意义的

[同根] strategy ['strætidʒi] *n.* ①兵法，军事学 ②战略，策略，计谋

strategics [strə'ti:dʒiks] *n.* 兵法

strategically [strə'ti:dʒikəli] *ad.* 战略上

ethnic ['eθnik] *a.* ①种族的 ②异教徒的 ③外国人的，异族的

[同义] racial

pathetic [pə'θetik] *a.* ①可怜的，可悲的 ②情感的 ③不足的，微弱的

[同义] distressing, miserable

[同根] pathetics [pə'θetiks] *n.* 怜悯，哀婉，悲怆

pathetically [pə'θetikli] *ad.* 可怜地，可悲地

47. Habits acquired in youth—notably smoking and drinking—may increase the risk of ________ diseases in a person's later life.

A) cyclical B) chronic C) critical D) consecutive

cyclical ['siklikəl] *a.* 轮转的，循环的

[同根] cycle ['saikl] *n.* ①周期，循环 ②整个系列，整套 ③一段时间，时代 *v.* ①(使)循环 ②骑自行车，骑三轮车，骑摩托车

chronic ['krɔnik] *a.* ①(疾病)慢性的，(人)久病的 ②积习难改的 *n.* 患慢性疾病的人

[反义] acute

[同根] chronical ['krɔnikəl] *a.* (= chronic)

chronically ['krɔnikəli] *ad.* ①慢性地 ②长期地

[词组] chronic conditions 慢性病

critical ['kritikəl] *a.* ①决定性的,关键性的 ②吹毛求疵的 ③批评的, 评判的

[同根] critic ['kritik] *n.* ①批评家, 评论家 ②吹毛求疵者

critique [kri'ti:k] *n.* ①(关于文艺作品、哲学思想的)评论文章 ②评论

criticize ['kritisaiz] *v.* ①批评, 评判, 责备, 非难 ② 评论, 评价

criticism ['kritisizəm] *n.* ①批评, 评判, 责备, 非难 ②评论文章

consecutive [kən'sekjutiv] *a.* 连续的

[同义] continuous, successive

48. The developing nations want rich countries to help **shoulder** the cost of ________ forests.

A) constructing B) conserving C) upgrading D) updating

shoulder ['ʃəuldə] *v.* 承担,担负

[同义] take on, assume

construct [kən'strʌkt] *v.* ①制造,建造,构造 ②创立

[同义] build, erect

[反义] destruction, wreck

[同根] construction [kən'strʌkʃən] *n.* ①建设,修筑 ②建筑物,构造物

constructive[kən'strʌktiv] *a.* 建设性的

conserve [kən'sə:v] *v.* ①保护 ②保存,保藏

[同义] keep, preserve, protect, save

[同根] conservation [ˌkɔnsə:'veiʃən] *n.* 保存, 保持

conservatism [kən'sə:vətizəm] *n.* 保守主义, 守旧性

conservative [kən'sə:vətiv] *a.* 保守的, 守旧的 *n.* 保守派

upgrade [ˌʌp'greid] *v.* 提升, 使升级 *n.* (on the ~) 有进步,有进展

[反义] degrade

[同根] grade [greid] *n.* ①等级, 级别, 年级 ②分数,成绩 *v.* 分级,分类,评分

update [ʌp'deit] *v.* ①更新,使现代化 ②为提供最新信息 *n.* ①更新,修改 ②新的信息 ③(最)新版,(最)新型

49. Psychologists suggest that children who are shy are more ________ to develop depression and anxiety later in life.

A) engaged B) eligible C) prospective D) prone

eligible ['elidʒəbl] *a.* 有资格当选的, 有条件被选中的,在法律上(或道德上)合格的

[同根] eligibility [ˌelidʒə'biləti] *n.* 有资格,合格

eligibly ['elidʒəbli] *ad.* 有资格当选地,有条件被选中地,合格地

prospective [prə'spektiv] *a.* 预期的,盼望的,未来的

[同根] prospect ['prɔspekt] *n.* ①前景,前途,期望,展望 ②景色,景象,视野 *v.* 勘探,勘察

prospection [prəu'spekʃən] *n.* ①先见,预测,预见 ②勘测

prospecting [prə'spektiŋ] *n.* 勘探,探矿

prospector [prɔ'spektə(r)] *n.* 探勘者, 采矿者

prone [prəun] *a.* 易于…的, 倾向于…的

［词组］be prone to 易于…的，很可能…的

50. In the study, researchers succeeded in determining how coffee ________ different areas of the brain in 15 volunteers.

A) motivated B) activated C) illuminated D) integrated

motivate ［'məutiveit］ *v.* ①(使)有动机，激起(行动) ②激发…的积极性

［同根］motivation ［ˌməuti'veiʃən］ *n.* ①提供动机，激发积极性②动力，诱因，刺激

motivator ［'məutiveitə(r)］ *n.* 激起行为(或行动)的人(或事物)，促进因素，激发因素

motivational ［ˌməuti'veiʃənəl］ *a.* 动机的，有关动机的

motivated ［'məutiveitid］ *a.* 有目的的，有动机的

activate ［'æktiveit］ *v.* ①使活动起来，使开始起作用 ②有活力，激活

［同根］action ［'ækʃən］ *n.* ①行动，动作，作用，行为 ②诉讼 ③战斗

active ［'æktiv］ *a.* 积极的，活跃的，活动的

activity ［æk'tiviti］ *n.* ①活动 ②(某一领域内的)特殊活动

activist ［'æktivist］ *n.* 激进主义者，行动主义分子

illuminate ［i'lju:mineit］ *v.* ①照明，照亮 ②阐明，解释，启发

［同义］brighten, clarify, explain, illustrate

［同根］illumination ［iˌlju:mi'neiʃən］ *n.* ①照明，照亮 ②阐明，解释，启发

luminous ［'lju:minəs］ *a.* 夜光的，发光的，发亮的

integrate ［'intigreit］ *v.* ①使结合，使合并，使一体化 ②使成整体，使完整

［反义］disintegrate

［同根］integration ［ˌinti'greiʃən］ *n.* 结合，整和，融合

disintegrate ［dis'intigreit］ *v.* 瓦解，(使)分解，(使)碎裂

51. Grey whales have long been ________ in the north Atlantic and hunting was an important cause for that.

A) deprived B) detained C) extinct D) extinguished

deprive ［di'praiv］ *v.* 剥夺，使丧失

［同根］deprived ［di'praivd］ *a.* (尤指儿童)被剥夺的，贫困的

deprival ［di'praivəl］ *n.* 剥夺

deprivable ［di'praivəbl］ *a.* 可剥夺的

deprivation ［ˌdepri'veiʃən］ *n.* 剥夺，丧失

［词组］deprive sb. of... 剥夺某人的…，使某人丧失…

detain ［di'tein］ *v.* ①留住，耽搁 ②拘留，扣留

［同义］delay, hold up

［同根］detainer ［di'teinə(r)］ *n.* 挽留者

detainee ［ˌdi:tei'ni:］ *n.* 被拘留者

extinct ［ik'stiŋkt］ *a.* ①灭绝的，绝种的 ②(火等)熄火了的

［同根］extinction ［ik'stiŋkʃən］ *n.* ①(生物等的)灭绝，消亡，绝种 ②熄灭，消灭

extinctive ［ik'stiŋktiv］ *a.* 使熄灭的，使消灭的，使灭绝的

extinguish ［ik'stiŋgwiʃ］ *v.* ①熄灭，扑

灭(火等) ②使消亡,使破灭
[同义] crush, put out, quench, suppress
[反义] kindle, light
[同根] extinguisher [ik'stiŋgwiʃə(r)] *n.* 灭火器

extinct [ik'stiŋkt] *a.* 熄灭的,灭绝的,耗尽的
extinction [ik'stiŋkʃən] *n.* 扑灭,消灭,熄灭,绝种

52. **Initially**, the scientists and engineers seemed ________ by the variety of responses people can make to a poem.
A) depressed B) embarrassed C) bewildered D) reinforced

initially [i'niʃəli] *ad.* 最初,开头,首先
[同根] initial [i'niʃəl] *a.* 最初的,开始的 *n.* 首字母
initialize [i'niʃəlaiz] *v.* 初始化
initialization [iˌniʃəlai'zeiʃən] *n.*【计】初始化
embarrass [im'bærəs] *v.* ①使困窘,使局促不安 ②阻碍,妨碍
[同根] embarrassment [im'bærəsmənt] *n.* 困窘,局促不安
embarrassing [im'bærəsiŋ] *a.* 令人为难的,令人尴尬的
bewilder [bi'wildə] *v.* 使迷惑,使糊涂,难住
[同义] confound, confuse, perplex, puzzle
[同根] bewilderment [bi'wildəmənt] *n.* ①困惑,昏乱②混乱,杂乱
bewildering [bi'wildəriŋ] *a.* 令人困惑的,使人昏乱的
bewildered [bi'wildəd] *a.* 困惑的,不知所措的
reinforce [ˌri:in'fɔ:s] *v.* ①加强,增援,增强 ②补充,充实,增进
[同义] fortify, intensify, strengthen
[同根] reinforcement [ˌri:in'fɔ:smənt] *n.* 加强,增强,加固,强化,增援

53. He was given major responsibility for operating the remote **manipulator** to ________ the newly **launched** satellite.
A) retrieve B) retreat C) embody D) embrace

manipulator [mə'nipjuleitə] *n.* 操纵器,操纵者,操作者
[同根] manipulate [mə'nipjuleit] *v.* ①操纵,控制 ②(熟练地)操作,使用
manipulation [məˌnipju'leiʃən] *n.* ①(熟练地)操作,使用 ②操纵,控制
manipulative [mə'nipjulətiv] *a.* 操作的,操纵的,控制的
manipulatory [mə'nipjulətəri] *a.* 操作的,操纵的,控制的
launch [lɔ:ntʃ, lɑ:ntʃ] *n.* ①发射 ②(船)下水 *v.* ①发射,投射 ②使(船)下水 ③开始,着手进行,猛烈展开
[词组] launch out ①出航,乘船去 ②开始,着手
retrieve [ri'tri:v] *v.* ①收回,取回,重新得到 ②挽回,补救 ③检索
[同义] fetch, regain, restore, recover
[同根] retrieval [ri'tri:vəl] *n.* ①取回,重获 ②恢复,补救,挽救 ③检索
retreat [ri'tri:t] *v.* ①撤退,退却 ②退避,躲避 *n.* ①撤退,退却 ②退避,躲避,静居,

修养
[同义] fall back, retire, reverse, withdraw
[反义] advance
embody [imˈbɔdi] *v.* ①使具体化,具体表现,体现 ②收录,编入,包括,包含
[同义] contain, cover, include, take in
embrace [imˈbreis] *v.* & *n.* ①(欣然)接受,(乐意)利用,信奉 ②拥抱 ③包含
[同义] include, contain, accept, clasp

54. They are trying to ________ the risk as much as they can by making a more thorough investigation of the market.
A) summarize B) minimize C) harmonize D) jeopardize

minimize [ˈminimaiz] *v.* ①使减少(或缩小)到最低限度 ②极度轻视(或贬低),小看
[反义] maximize
[同根] minimum [ˈminiməm] *n.* 最低限度,最少量,最低点 *a.* 最低的,最小的
minimal [ˈminiməl] *a.* 最小的,最低限度的
harmonize [ˈhɑːmənaiz] *v.* 使融洽,使和谐
[同根] harmony [ˈhɑːməni] *n.* 和谐,融洽
harmonious [hɑːˈməuniəs] *a.* ①和睦的,融洽的 ②和谐的,协调的
harmoniously [hɑːˈməuniəsli] *ad.* ①和睦地,融洽地 ②和谐地,协调地
jeopardize [ˈdʒepədaiz] *v.* 危及,损害
[同义] endanger, hazard, imperil
[同根] jeopardy [ˈdʒepədi] *n.* 危险,风险,危难
jeopardous [ˈdʒepədəs] *a.* 危险的,冒险的
jeopardously [ˈdʒepədəsli] *ad.* 危险地,冒险地

55. Foreign students are facing **unprecedented** delays, as visa **applications** receive closer ________ than ever.
A) scrutiny B) scanning C) appraisal D) retention

unprecedented [ʌnˈpresidəntid] *a.* 无先例的,空前的
[同义] exceptional, extraordinary, unduplicated
[同根] precede [priːˈsiːd] *v.* (在时间、位置、顺序上)领先(于),在前,居先,先于
precedence [ˈpresidəns] *n.* ①居前,领先 ②优先,优先权,优先地位
precedent [ˈpresidənt] *n.* 先例,前例
precedented [ˈpresidentid] *a.* 有先例的,有前例可援的
application [ˌæpliˈkeiʃən] *n.* ①请求,申请 ②应用
[同根] apply [əˈplai] *v.* ①应用,使用,运用,实行 ②适用 ③申请
appliance [əˈplaiəns] *n.* ①(用于特定目的的)器具 ②器械,装置
applied [əˈplaid] *a.* 应用的,实用的
applicant [ˈæplikənt] *n.* 申请者,请求者
applicable [ˈæplikəbl] *a.* 可适用的,可应用的
scrutiny [ˈskruːtini] *n.* 详细审查,仔细观察
[同义] surveillance

[反义] neglect
[同根] scrutinize [ˈskru:tinaiz] *v.* 细察，详审

scan [skæn] *v.* ①细看，审视 ②浏览，快读 ③扫描 *n.* ①细看，审视 ②浏览 ③扫描 ④眼界，视野
[同义] examine, inspect, study

appraisal [əˈpreizəl] *n.* ①估量，估计，估价 ②评价
[同义] evaluation, estimate
[同根] appraise [əˈpreiz] *v.* ①估量，估计，估价 ②评价

retention [riˈtenʃən] *n.* 保留，保持
[同根] retain [riˈtein] *v.* 保持，保留
retentive [riˈtentiv] *a.* 有保持力的

56. Is it possible to stop drug ________ in the country within a very short time?
A) contemplation B) compulsion
C) adoption D) addiction

contemplation [ˌkɔntemˈpleiʃən] *n.* ①沉思 ②凝视
[同义] ponder, speculate
[同根] contemplate [ˈkɔntempleit] *v.* ①盘算，计议 ②思量，对…周密考虑 ③注视，凝视
contemplative [ˈkɔntempleitiv] *a.* 沉思的，深思熟虑的

compulsion [kəmˈpʌlʃ(ə)n] *n.* ①强制力，强迫力 ②(被)强制，(被)强迫
[同根] compel [kəmˈpel] *v.* 强迫，迫使
compulsive [kəmˈpʌlsiv] *a.* 强制的，强迫的
compulsory [kəmˈpʌlsəri] *a.* ①必须做的，义务的 ②强制的，强迫的
compulsively [kəmˈpʌlsivli] *ad.* 强制地，强迫性地
compulsorily [kəmˈpʌlsərili] *ad.* 强迫地，必须做地

adoption [əˈdɔpʃən] *n.* ①采用，采纳 ②收养
[同根] adopt [əˈdɔpt] *v.* ①收养 ②采取，采用，采纳
adopted [əˈdɔptid] *a.* ①被收养的 ②被采用的
adoptive [əˈdɔptiv] *a.* ①收养关系的 ②采用的
adoptable [əˈdɔptəbl] *a.* 可采纳的

addiction [əˈdikʃən] *n.* ①入迷，嗜好 ②瘾
[同根] addict [əˈdikt] *v.* 使沉溺，使上瘾 *n.* 入迷的人，有瘾的人
addicted [əˈdiktid] *a.* 入了迷的
addictive [əˈdiktiv] *a.* (使人)上瘾的，(使人)入迷的

57. F. W. Woolworth was the first businessman to **erect** a true skyscraper to ________ himself, and in 1929, Al Smith, a former governor of New York, sought to outreach him.
A) commemorate B) exaggerate C) portray D) proclaim

erect [iˈrekt] ***v.*** ①建造，建立 ②使竖立，使直立 ***a.*** 直立的，竖起的，垂直的
[同义] build, construct
[反义] destroy, ruin
[同根] erection [iˈrekʃən] ***n.*** ①竖立，建设，建立 ②安装，装配

commemorate [kəˈmeməreit] ***v.*** 纪念，庆祝
[同义] celebrate, honor
[同根] commemoration [kəˌmeməˈreiʃən] ***n.*** 纪念，纪念会
commemorative [kəˈmemərətiv] ***a.*** 纪念的
commemoratory [kəˈmemərətəri] ***a.*** 纪念的

exaggerate [igˈzædʒəreit] ***v.*** ①夸大，夸张 ②使过大，使增大
[同根] exaggerated [igˈzædʒəreitid] ***a.*** 夸张的，夸大的，言过其实的
exaggerative [igˈzædʒərətiv] ***a.*** 夸张的，夸大的，言过其实的
exaggeration [igˌzædʒəˈreiʃən] ***n.*** ①夸大，夸张 ②夸张的言辞，夸大的事例

portray [pɔːˈtrei] ***v.*** ①描写，描绘 ②扮演，饰演
[同义] depict, describe, illustrate, represent
[同根] portrayal [pɔːˈtreiəl] ***n.*** ①描绘，描写 ②肖像，人像
portrait [ˈpɔːtrit] ***n.*** ①肖像，人像 ②描绘，描写

proclaim [prəˈkleim] ***v.*** ①宣告，宣布，声明 ②显示
[同义] announce, declare
[同根] claim [kleim] ***v.*** ①声称，宣称 ②(根据权利)要求，认领 ***n.*** ①(根据权利提出)要求，认领 ②根据合约所要求的赔款 ③要求权，债权人
proclamation [ˌprɔkləˈmeiʃən] ***n.*** 宣布

58. Our research **confirmed** the ________ that when children have many different **caregivers** important **aspects** of their development **are liable to be overlooked.**
A) syndrome B) synthesis C) hierarchy D) hypothesis

confirm [kənˈfəːm] ***v.*** ① 证实，肯定 ② 进一步确定，确认 ③加强，坚定(信念等)
[同义] verify, prove, strengthen
[同根] confirmation [ˌkɔnfəˈmeiʃən] ***n.*** 证明，证实

caregiver 给与照顾的人，照管的人

aspect [ˈæspekt] ***n.*** ①方面 ②样子，外表，面貌，神态

be liable to do sth. ①会…的，有…倾向的 ②有…责任的，有…义务的 ③有…危险的，可能遭受…的

overlook [ˌəuvəˈluk] ***v.*** ①忽视，忽略 ②俯瞰，俯视
[同义] disregard, ignore, neglect
[反义] notice

syndrome [ˈsindrəum] ***n.*** ①综合症，综合症状 ②(表明行为、看法、情绪等的)一组表现或特征，同时发生或存在的一组事物

synthesis [ˈsinθisis] ***n.*** ①综合 ②合成
[同根] synthesize [ˈsinθisaiz] ***v.*** ①综合 ②合成
synthetic [sinˈθetik] ***a.*** ①综合的 ②合成的，人工制造的
synthetically [sinˈθetikəli] ***ad.*** ①综合地

②合成地，人工制造地

hierarchy [ˈhaiərɑːki] *n.* ①等级制度，等级森严的组织 ②等级体系

hypothesis [haiˈpɔθisis] *n.* ①假设，假说 ②(无根据的)猜测，揣测

[同义] assumption

[同根] hypothesize [haiˈpɔθisaiz] *v.* 假设，假定

hypothetical [ˌhaipəuˈθetikəl] *a.* ①假设的，假定的 ②爱猜想的

59. If you are late for the appointment, you might ________ the interviewer and lose your chance of being accepted.

A) intimidate B) intrigue C) irritate D) irrigate

intimidate [inˈtimideit] *v.* 恐吓，威胁

[同义] frighten, harass, threaten

[同根] timid [ˈtimid] *a.* ①胆小的，害怕的，犹豫不决的 ②羞怯的，害羞的

intimidation [inˌtimiˈdeiʃən] *n.* 胁迫

intimidator [inˈtimideitə] *n.* 威吓者，胁迫者

intimidatory [inˈtimideitəri] *a.* 恐吓的，威胁的

intrigue [inˈtriːg] *v.* ①耍阴谋，施诡计 ②激起…的好奇心(或兴趣)，迷住 *n.* 阴谋，诡计，密谋

irritate [ˈiriteit] *v.* ①使恼怒，使烦躁 ②使过敏，使难受

[同义] annoy, infuriate, pain, provoke

[反义] appease, calm

[同根] irritation [ˌiriˈteiʃən] *n.* 愤怒，刺激

irritant [ˈiritənt] *n.* 刺激物 *a.* 有刺激性的

irritable [ˈiritəbl] *a.* 易怒的，急躁的

irritably [ˈiritəbli] *ad.* 性急地，暴躁地

irrigate [ˈirigeit] *v.* ①灌溉 ②冲洗(伤口等)③使清新，滋润

[同根] irrigation [ˌiriˈgeiʃən] *n.* ①灌溉 ②冲洗法

irrigator [ˈirigeitə] *n.* ①灌溉者，灌溉设备 ②冲洗器

irrigative [ˈirigeitiv] *a.* 灌溉的，冲洗的

60. To **label** their **produce as** organic, farmers have to obtain a **certificate** showing that no ________ chemicals have been used to kill pests on the farm for two years.

A) tragic B) toxic C) notorious D) nominal

label... as... 把…称为，把…列为，把…归类为

produce [ˈprɔdjuːs] *n.* 农产品

[prəˈdjuːs] *v.* ①生产，制造，创作 ②提出，出示

certificate [səˈtifikeit] *n.* ①证(明)书 ②凭证，单据 ③证明 *v.* 授证书给…

[同根] certify [ˈsəːtifai] *v.* ①证明，证实 ②发证书(或执照)给 ③担保，(银行)在(支票)正面签署保证付款

certified [ˈsəːtifaid] *a.* ①证明合格的 ②持有证件的

certificated [səˈtifikeitid] *a.* 领有证书的，合格的

certification [ˌsəːtifiˈkeiʃən] *n.* 证明，证书

tragic [ˈtrædʒik] *a.* 悲惨的，悲剧的

n.（文艺作品或生活中的）悲剧因素，悲剧风格

［同义］catastrophic, disastrous

［反义］comic

［同根］tragedy［'trædʒidi］*n.* ①惨案，灾难 ②悲剧作品 ③（一出）悲剧

toxic［'tɔksik］*a.* 有毒的，因中毒引起的

［同义］noxious, poisonous

［同根］toxicant［'tɔksikənt］*n.* 有毒物，毒药

notorious［nəu'tɔːriəs］*a.* ①臭名昭著的，声名狼籍的 ②著名的，众所周知的

［同义］celebrated, popular, famous

［同根］notoriety［ˌnəutə'raiəti］*n.* ①臭名 ②声名狼藉 ③远扬的名声

notoriously［nəu'tɔːriəsli］*ad.* ①臭名昭著地，声名狼籍地 ②著名地，众所周知地

nominal［'nɔminl］*a.* ①名义上的，有名无实的 ②（金额、租金）微不足道的 ③名字的，提名的

［反义］practical, real, veritable

［同根］nominate［'nɔmineit］*v.* 提名，任命

nomination［ˌnɔmi'neiʃən］*n.* 提名，任命

nominee［ˌnɔmi'niː］*n.* 被提名的人，被任命者

61. Children's idea of a magic kingdom is often dancers in animal ________ as they have often seen in Disneyland.

A）cushions　B）skeletons　C）ornaments　D）costumes

cushion［'kuʃ(ə)n］*n.* ①垫子，坐垫，靠垫 ②功用或形状像垫子的东西 *v.* ①缓和，减轻（压力）② 保护…免于艰苦，压制 ③装垫子，给…安上垫子

［同义］lessen, reduce, soften

skeleton［'skelitən］*n.* ①骨骼，骸骨 ②骨瘦如柴的人或动物 ③（建筑物的）骨架，框架 ④梗概，提要，轮廓 *a.* ①骨骼的，骨骼般的 ②梗概的，提要的，轮廓的 ③骨瘦如柴的

ornament［'ɔːnəmənt］*n.* ①装饰品，点缀品 ②装饰，点缀 *v.* 装饰，点缀，美化

［同义］decoration

［同根］ornamentation［ˌɔːnəmen'teiʃən］*n.* 装饰，装饰品

ornamental［ˌɔːnə'mentl］*a.* 装饰的，装饰用的

costume［'kɔstjuːm, -'tjuːm］*n.* ①（特定场合穿的）成套服装 ②服装，服装样式 ③戏装 *v.* ①为…提供服装，给…设计服装 ②给…穿上服装

［同义］dress, suit

［同根］costumer［'kɔstjuːmə(r)］*n.* 服装制作人，服装供应商

62. The parents of Lindsay, 13, an ________ tennis player who spends eight hours a day on the court, admit that a regular school is not an **option** for their daughter.

A）equivalent　B）elite　C）exotic　D）esthetic

option［'ɔpʃən］*n.* ①选择，选择权 ②可选择的东西

［同义］choice, alternative

［同根］optional［'ɔpʃənəl］*a.* 可选择的

equivalent [iˈkwivələnt] ***a.*** ①相等的,相同的 ②等价的,等值的,等效的 ***n.*** 等价物,相等物

[同义] equal, rival, substitute

[反义] different

[同根] equivalence [iˈkwivələns] ***n.*** 相等,等价,等值,等效

elite [eiˈliːt] ***a.*** 杰出的,卓越的,精锐的 ***n.*** ①[总称]出类拔萃的人(集团),精英 ②[总称]上层人士,掌权人物,实力集团

exotic [igˈzɔtik] ***a.*** ①奇异的,外(国)来的,异国情调的 ②样式奇特的 ***n.*** ①外国人 ②外国事物,外来词

esthetic [iːsˈθetik] (=aesthetic) ***a.*** ①美学的,美感的 ②美的,艺术的 ③审美的 ***n.*** ①美学,审美观 ②唯美主义者

[同根] esthetics [iːsˈθetiks] (=aesthetics) ***n.*** ①美学,美学理论 ②审美学

estheticism [iːsˈθetisizəm] (=aestheticism) ***n.*** ①唯美主义 ②美感

63. Ever since the first nuclear power stations were built, doubts have ________ about their safety.

A) suspended B) survived C) lingered D) preserved

suspend [səˈspend] ***v.*** ①吊,悬,挂 ②延缓,暂缓执行 ③暂停,中止 ④使有悬念

[同义] halt, hang

[同根] suspense [səˈspens] ***n.*** 挂心,挂虑,担心,悬念

suspenseful [səˈspensful] ***a.*** 悬疑的,令人紧张的

suspensible [səˈspensəbl] ***a.*** 可悬吊的,可中止的,可悬浮的

suspension [səˈspenʃən] ***n.*** ①吊,悬,挂 ②暂停,中止

suspensive [səˈspensiv] ***a.*** (使)挂心的,(产生)悬念的

linger [ˈliŋgə] ***v.*** ①继续存留 ②(因不愿离开而)继续逗留,留恋徘徊 ③磨蹭,拖延

[同义] stroll, loiter

[同根] lingering [ˈliŋgəriŋ] ***a.*** 延迟的,逗留不去的

[词组] linger on (习俗)历久犹存,(人)苟延残喘

preserve [priˈzəːv] ***v.*** ①保存,保留 ②保养,维护 ③保持,维持 ④保藏,防止…腐败

[同义] conserve

[同根] preservation [ˌprezəˈveiʃən] ***n.*** ①保存,保养,维护 ②保持,维持 ③保藏,防腐

preservative [priˈzəːvətiv] ***a.*** ①保护性的 ②有助于保存的 ***n.*** 防腐剂

64. The cycles of the sun and moon are simple but ________ forces which have shaped human lives since the beginning.

A) gigantic B) maximum C) sensational D) frantic

gigantic [dʒaiˈgæntik] ***a.*** ①巨大的,庞大的 ②巨人的,巨人似的

[同义] enormous, huge, immense

[反义] diminutive, little, small

[同根] gigantically [dʒaiˈgæntikli] ***ad.*** 巨大地,庞大地

sensational [sen'seiʃənəl] *a.* 使人激动的，轰动的，耸人听闻的
[同义] exciting, glorious, magnificent, marvelous
[同根] sensation [sen'seiʃən] *n.* ①(感官的)感觉能力 ②感觉，知觉 ③引起轰动的事件(或人物)
sensationalism [sen'seiʃənəliz(ə)m] *n.* 追求轰动效应，故意耸人听闻
sensationally [sen'seiʃənəli] *ad.* 轰动地，耸人听闻地

frantic ['fræntik] *a.* ①(因喜悦、愤怒)发狂似的 ②紧张纷乱的，狂暴的
[同义] excited, wild
[同根] frantically ['fræntikli] *ad.* ①(因喜悦、愤怒)发狂似地 ②紧张纷乱地，狂暴地

65. Ancient Greek gymnastics training programs were considered to be an ________ part of the children's education.
A) infinite B) intact C) inclusive D) integral

infinite ['infinit] *a.* ①无限的，无穷的 ②极大的，巨大的
[同根] finite ['fainait] *a.* 有限的，有限制的
definite ['definit] *a.* 明确的，一定的

intact [in'tækt] *a.* 完整无缺的，未受损伤的
[同义] complete, unchanged, uninjured, untouched
[同根] tact [tækt] *n.* (处事、言语等)圆通，乖巧，机敏
tactful ['tæktful] *a.* 圆通的，乖巧的，机敏的
[词组] keep sth. intact 使某物保持原样

inclusive [in'klu:siv] *a.* 包含的，包括的
[反义] exclusive
[同根] include [in'klu:d] *v.* ①包括，包含 ②列为…的一部分，把…算入
exclude [ik'sklu:d] *v.* 拒绝接纳，把…排除在外，排斥
exclusive [ik'sklu:siv] *a.* ①排斥的，排外的 ②独有的，独享的 ③(新闻、报刊文章等)独家的
exclusion [ik'sklu:ʒən] *n.* 排除，除外，被排除在外的事物
exclusively [ik'sklu:sivli] *a.* 仅仅，专门地，排除其他地，单独地

integral ['intigrəl] *a.* ①构成整体所需要的 ②完整的，整体的
[同根] integrate ['intigreit] *v.* ①使成整体，使完整 ②使结合，使合并，使一体化
integration [ˌinti'greiʃən] *n.* 结合，整和，融合
integrity [in'tegriti] *n.* ①正直，诚实 ②完整，完全，完整性

66. An effort was launched recently to create the first computer ________ of the entire human brain.
A) simulation B) saturation C) repression D) repetition

simulation [ˌsimju'leiʃən] *n.* ①模仿，模拟 ②假装，冒充
[同义] imitation

［同根］simulate［'simjuleit］*v.* ①模仿，模拟 ②假装，冒充

saturation［ˌsætʃə'reiʃən］*n.* ①饱和(状态) ②浸润，浸透 ③饱和度

［同根］saturate［'sætʃəreit］*v.* 使饱和，浸透，使充满

saturated［'sætʃəreitid］*a.* ①饱和的 ②渗透的 ③深颜色的

repression［ri'preʃən］*n.* ①抑制，压制，镇压 ②压抑

［同根］repress［ri'pres］*v.* ①抑制，压制，约束 ②镇压，平息

repressive［ri'presiv］*a.* ①抑制的，压制的，镇压的 ②压抑的

67. Researchers have found that happiness doesn't appear to be anyone's ________: the capacity for joy is a talent you develop largely for yourself.

A) hostage B) domain C) heritage D) disposal

hostage［'hɔstidʒ］*n.* ①人质，被扣为人质的状态 ②抵押品，担保物

［同根］host［həust］*n.* ①主人，东道主 ②旅店老板 ③(广播、电视的)节目主持人 *v.* ①作东道主，招待，款待 ②主持

hostess［'həustis］*n.* ①女主人，女东道主 ②旅店女老板 ③(飞机、轮船、火车等的)女服务员，女乘务员

domain［dəu'mein］*n.* ①(活动，思想等)领域，范围 ②领地，势力范围

［同义］field, realm, sphere

［同根］dominate［'dɔmineit］*v.* ①支配，统治，控制 ②在…中占首要地位

dominant［'dɔminənt］*a.* 占优势的，支配的，统治的

domination［ˌdɔmi'neiʃən］*n.* 控制，统治，支配

dominance［'dɔminəns］*n.* 优势，支配或统治地位，最高权力

heritage［'heritidʒ］*n.* ①遗产，继承财产 ②继承物，传统 ③命中注定的东西，命运

［同根］inherit［in'herit］*v.* ①继承 ②经遗传而得 ③获得，领受

disposal［di'spəuzəl］*n.* ①处理，处置 ②布置，安排

［同义］settlement, administration, arrangement

［同根］dispose［di'spəuz］*v.* ①处理，处置 ②部署 ③布置，安排 ④除去

disposition［ˌdispə'ziʃən］*n.* ①性情，性格 ②意向，倾向 ③排列，部署

［词组］at one's disposal 随某人自由处理，由某人随意支配

put sth. at sb.'s disposal 把某物交某人自由处理

68. In the face of the disaster, the world has united to aid millions of ________ people trying to **piece** their lives back **together.**

A) vulnerable B) fragile C) susceptible D) primitive

piece together 拼凑起来，凑集

vulnerable［'vʌlnərəbəl］*a.* 易受伤害的，易受攻击的，脆弱的

［同义］defenseless, exposed, sensitive, unprotected

[同根] vulnerability [ˌvʌlnərə'biləti] *n.* 弱点

[词组] be vulnerable to 易受…伤害的

fragile ['frædʒail] *a.* ①虚弱的，脆弱的 ②易损坏的，易碎的

[同义] breakable, delicate, frail, slight

[反义] solid, strong, sturdy, tough

[同根] fragility [frə'dʒiliti] *n.* 脆弱，虚弱

susceptible [sə'septəbl] *a.* ①易受感动的，多情的 ②易受影响的 ③敏感的，过敏的 ④可受…影响的，容许…的

[同义] yielding

[反义] immune

[同根] susceptibility [səˌseptə'biliti] *n.* ①易受感动性，多情 ②易受影响的气质 ③敏感性，过敏性

susceptive [sə'septiv] *a.* ①有接受力的 ②易受感动的，敏感的

primitive ['primitiv] *a.* 原始的，远古的

69. This clearly shows that crops and weeds have quite a number of ________ in common.

A）tracks B）traces C）trails D）traits

track [træk] *n.* 足迹，踪迹，（飞机、轮船等的）航迹，车辙 *v.* 追踪，跟踪

[同义] trace, trail

[词组] on the right/wrong track 循着正确的/错误的路线，正确地/错误地

track down 跟踪找到，追捕到，追查到，搜寻到

trace [treis] *n.* 痕迹，踪迹，足迹，遗迹 *v.* 追踪，跟踪

[同义] track, trail

[词组] trace back to 追溯到，追究到，追查到

trace out 探寻踪迹

trail [treil] *n.* 踪迹，痕迹，足迹 *v.* 跟踪，追踪，追猎

[同义] trace, track

[词组] in trail 成一列纵队地

off the trail ①失去线索 ②离题

trail off 逐渐消失

trait [treit] *n.* ①特点，特性 ②一点，少许，微量

[同义] characteristic, feature, quality

70. We want our children to have more than job skills：we want their lives to be ________ and their **perspectives** to be broadened.

A）envisaged B）exceeded C）enriched D）excelled

perspective [pə'spektiv] *n.* ①（观察问题的）视角，观点，想法 ②远景，景观 ③（对事物的）合理观察，洞察力

[同义] view, outlook

envisage [in'vizidʒ] *v.* ①想象，设想 ②正视，面对

[同义] conceive

[同根] envisagement [in'vizidʒmənt] *n.* ①想象，设想 ②正视，面对

exceed [ik'si:d] *v.* ①超越，胜过 ②越出

[同根] excess [ik'ses, 'ekses] *n.* ①超越，超过 ②过度，过多 ③无节制，无度 *a.* 过度的，过多的，额外的

exceeding [ik'si:diŋ] *a.* 非常的，极度的，超越的，胜过的

excessive [ik'sesiv] *a.* 过多的，过分的，

极度的

excessively [ik'sesivli] *ad.* 过多地，过分地，极度地

exceedingly [ik'siːdiŋli] *ad.* 非常，极其

enrich [in'ritʃ] *v.* ①使富足，使肥沃 ②充实,使丰富

[同义] better, enhance, improve, uplift

excel [ik'sel] *v.* 胜过，优于

[同义] exceed, surpass

[同根] excellence ['eksələns] *n.* ①优秀，卓越 ②优点，美德

excellent ['eksələnt] *a.* 卓越的，优秀的，非凡的

Answer Key					
41 – 45	DACBA	46 – 50	CBBDB	51 – 55	CCABA
56 – 60	DADCB	61 – 65	DBCAD	66 – 70	ACADC

Error Correction 2003.6

The Seattle Times Company is one newspaper firm that has recognized the need for change and done something about it. In the newspaper industry, papers must **reflect** the **diversity** of the **communities** to which they provide information. They must reflect that diversity with their news **coverage** or risk losing their readers' interest and their **advertisers'** support. Operating within Seattle, which has 20 percent **racial minorities**, the paper has put into place policies and procedures for hiring and **maintaining** a diverse workforce. The **underlying** reason for the change is that for information to be fair, **appropriate**, and **objective**, it should be reported by the same kind of population that reads it.

A diversity committee **composed of** reporters, editors, and photographers meet regularly to **value** the *Seattle Times'* content and to educate the rest of the **newsroom** staff about diversity issues. **In addition**, the paper **instituted** a content *audit* (审查) that **evaluates** the frequency and manner of **representation** of women and people of color in photographs. Early audits showed that minorities were pictured far too infrequently and were pictured with a **disproportionate** number of **negative** articles. The audit **results in** improvement in the frequency of minority representation and their **portrayal** in **neutral** or positive situations. And, as a result, the *Seattle Times* has improved as a newspaper. The diversity training and content audits helped the Seattle Times Company to win the Personal Journal Optimal Award for excellence in managing change.

文章词汇注释

reflect [ri'flekt] ***v.*** ①反映,表明,显示 ②反射(光,热,声等),映出 ③沉思,考虑

[同根] reflection [ri'flekʃən] ***n.*** ①反射,反映,倒影 ②沉思,考虑

reflective [ri'flektiv] ***a.*** 沉思的,反射的

reflectively [ri'flektivli] ***ad.*** 沉思地,反射地

diversity [dai'və:siti] ***n.*** 不同,差异,各式各样

[同根] diverse [dai'və:s] ***a.*** 种类不同的

diversify [dai'və:sifai] ***v.*** 使不同,使多样化

diversely [dai'və:sli] ***ad.*** 种类不同地

divert [dai'və:t] ***v.*** ①使转向,使改道 ②转移,转移…的注意力 ③使娱乐,使消遣

diversion [dai'və:ʃən] ***n.*** ①转移,转向

②消遣，娱乐

community [kə'mjuːniti] *n.* ①社会 ②团体 ③共同体

coverage ['kʌvəridʒ] *n.* ①新闻报道 ②覆盖范围

[同根] cover ['kʌvə] *v.* ①报道，采访 ②包括，涉及

advertiser ['ædvətaizə] *n.* 登广告者，广告客户

[同根] advertise ['ædvətaiz] *v.* 做广告，做…广告

advertising ['ædvətaiziŋ] *n.* 广告业，广告[总称] *a.* 广告的

advertisement [əd'vəːtismənt] *n.* 广告，做广告

racial ['reiʃəl] *a.* 人种的，种族的

[同根] race [reis] *n.* 种族

racist ['reisist] *n.* 种族主义者

racism ['reisizəm] *n.* 种族主义，种族歧视

minority [mai'nɔriti, mi-] *n.* ①少数 ②少数民族，少数党，少数派 *a.* 少数的，构成少数的

[反义] majority

[同根] minor ['mainə] *a.*（在数量、大小、程度等）较小的，较少的 较不重要的，次要的 *n.* 未成年人，不重要的人 *v.* 辅修

procedure [prə'siːdʒə] *n.* ①程序，手续，步骤 ②常规，办事惯例

[同根] proceed [prə'siːd] *v.* ①(尤指停顿或打断后）继续进行 ②进而做，开始做 ③进行，开展

proceeding [prə'siːdiŋ] *n.* ①行动，进行 ②[~s] 会议记录，讨论记录，公报

maintain [mein'tein] *v.* ①维持，保持 ②维修 ③继续 ④供养 ⑤主张，坚持

[同义] keep，retain，sustain

[同根] maintenance ['meintinəns] *n.* ①坚持，主张 ②维护，保持 ③维修 ④生活费用 ⑤扶养

maintainable [men'teinəbəl] *a.* ①可维持的 ②可维修的

maintainer [men'teinə] 养护工，维护人员

underlying [ˌʌndə'laiiŋ] *a.* ①基本的，根本的 ②潜在的，隐含的 ③下面的

[同根] underlie [ˌʌndə'lai] *v.* ①被置于…下面 ②成为…的基础

appropriate [ə'prəupriit] *a.* 适合的，恰当的，相称的

[ə'prəuprieit] *v.* ①挪用，占用 ②拨出(款项）

[反义] inappropriate，unfit，unsuitable

[同根] appropriately [ə'prəupriitli] *ad.* 适当地

appropriateness [ə'prəupriitnis] *n.* 恰当，适当

appropriable [ə'prəupriəbəl] *a.* 可供专用的，可供私用的

appropriation [əˌprəupri'eiʃən] *n.* ①拨付，拨款 ②占用，挪用

[词组] be appropriate to/for 适于…，合乎…

objective [əb'dʒektiv] *a.* ①客观的，如实地 ②目的的，目标的 *n.* 目标，目的

[同根] object ['ɔbdʒikt] *n.* ①物体 ②目标对象

[əb'dʒekt] *v.* 反对

objection [əb'dʒekʃən] *n.* 反对(某人或某事)

objectively [əb'dʒektivli] *ad.* 客观地

be composed of 由…组成

value ['væljuː] *v.* ①估价，评价 ②尊重，重视 *n.* ①价值 ②价格 ③重要性，有用性

[同根] valuable ['væljuəbəl] *a.* 贵重的，珍贵的，有价值的

invaluable [in'væljuəbəl] *a.* 非常宝贵的，无价的，无法估价的

valueless [['vælju:lis] *a.* 没有价值的，毫无用处的

newsroom 新闻采编室

in addition 另外

institute ['institju:t] *v.* ①开始，实行，着手 ②建立，设立，组织（学会等），制定（规则等） *n.* ①学会，学社，协会，组织，机构 ②（大专）学校，学院，研究所

[同义] create, establish, set up

[同根] institution [ˌinsti'tju:ʃən] *n.* ①（教育、慈善、宗教性质的）社会公共机构 ②习俗，制度 ③建立，设立，制定

institutional [ˌinsti'tju:ʃənəl] *a.* ①社会公共机构的，（慈善、宗教等）社会事业机构的 ②具有公共机构特征的

institutionally [ˌinsti'tju:ʃənəl] *ad.* ①社会公共机构地 ②制度上地

evaluate [i'væljueit] *v.* ①对…评价，为…鉴定 ②估…的值，定…的价

[同义] estimate, assess

[同根] evaluation [iˌvælju'eiʃən] *n.* 估算，评价

evaluative [i'væljueitiv] *a.* （可）估价的，（可）评价的

evaluable [i'væljuəbl] *a.* 可估值的，可评价的

representation [ˌreprizen'teiʃən] *n.* ①表示，表述，表现 ②代表

[同根] represent [ˌri:pri'zent] *v.* ①代表，表示 ②表述，描绘，形象地表现 ③典型地反映

representative [ˌrepri'zentətiv] *n.* 代表，代理人 *a.* 代表的，代理的

present ['prezənt] *n.* ①赠品，礼物 ②现在 *a.* ①现在的 ②出席的 [pri'zent] *v.* ①介绍，引见 ②赠送 ③提供，递交

presentation [ˌprezen'teiʃən] *n.* ①显示，呈现，描述 ②提供，递交 ③赠送，奉献

disproportionate [ˌdisprə'pɔ:ʃənit] *a.* 不成比例的，不相称的

[同根] proportion [prə'pɔ:ʃən] *n.* 比例，比 *v.* 使成比例，使均衡

disproportion [ˌdisprə'pɔ:ʃən] *n.* 不相称，不成比例

proportionate [prə'pɔ:ʃənit] *a.* 相称的，成比例的，均衡的

negative ['negətiv] *a.* ①消极的，反面的，反对的 ② 否定的，表示否认的

[反义] positive

[同根] negation [ni'geiʃən] *n.* ①否定，否认，表示否认 ②反面，对立面

result in 导致，终于造成…结果

portrayal [pɔ:'treiəl] *n.* ①描画，描写，描述 ②肖像，画像，人像

[同根] portray [pɔ:'trei] *v.* ①画（人物，景象等），用雕塑表现 ②表现，表演，饰演

portrait ['pɔ:trit] *n.* 肖像，人像，人物描写

neutral ['nju:trəl] *a.* ①中立的 ②不确定的，模糊的 *n.* 中立者，中立国

[同根] neutralize ['nju:trəlaiz] *v.* 使中立

neutralization [ˌnju:trəlai'zeiʃən] *n.* 中立化，中立状态

neutralism ['nju:trəlizəm] *n.* 中立，中立主义

neutralist ['nju:trəlist] *n.* 中立主义者

neutrality [nju:'træliti] *n.* 中立，中立地位

Error Correction

2003.9

"Home, sweet home" is a phrase that expresses an **essential** attitude in the United States. Whether the reality of life in the family house is sweet or not sweet, the **cherished** ideal of home has great importance for many people.

This ideal is a **vital** part of the American dream. This dream, **dramatized** in the history of nineteenth-century European settlers of the American West, was to find a piece of land, build a house for one's family, and start a farm. These small households were portraits of independence: the entire family—mother, father, children, even grandparents—live in a small house and work together to support each other. Everyone understood the life and death importance of family **cooperation** and hard work. Although most people in the United States no longer live on farms, the ideal of home **ownership** is just as strong in the twentieth century as it was in the nineteenth.

When U. S. soldiers came home after World War II, for example, they dreamed of buying houses and starting families. And there was a **tremendous boom** in home building. The new houses, **typically** in the suburbs, were often small and more or less **identical**, but they satisfied a deep need. Many **regarded** the single-family house **as** the basis of their way of life.

文章词汇注释

essential [iˈsenʃəl] *a.* ①重要的,根本的,实质的 ②不可少的,必要的 ③精华的 *n.* [pl.] ①本质,实质,精华 ②要素,要点 ③必需品

[同义] indispensable, requisite, necessary, crucial, vital

[同根] essence [ˈesns] *n.* ①本质,本体 ②精髓,要素,精华

[词组] in essence 本质上

of the essence 必不可少的,非常重要的

cherish [ˈtʃeriʃ] *v.* ①珍爱,珍视 ②爱护,抚育 ③抱有,怀有(希望、想法、感情等)

[同义] protect, treasure, worship

[反义] disregard, ignore, neglect

vital [ˈvaitəl] *a.* ①必不可少的,极其重要的 ②(有)生命的 ③致命的,生死攸关的

[同根] vitality [vaiˈtæliti] *n.* 生命力, 活力

dramatize [ˈdræmətaiz] *v.* ①戏剧性描述,使引人注目 ②改编成剧本,使戏剧化

[同根] drama [ˈdrɑːmə] *n.* (在舞台上演的)戏剧, 戏剧艺术

dramatization [ˌdræmətaiˈzeiʃən, tiˈz-]

n. 戏剧化，改编成戏剧
dramatist [ˈdræmətist] *n.* 剧作家
dramatic [drəˈmætik] *a.* 戏剧的，生动的
dramatically [drəˈmætikəli] *ad.* 戏剧地，引人注目地

cooperation [kəuˌɔpəˈreiʃən] *n.* 合作，协作，配合
[同根] operate [ˈɔpəreit] *v.* 操作，运转，开动
cooperate [kəuˈɔpəreit] *v.* ①合作，协作 ②共同起作用
cooperative [kəuˈɔpərətiv] *a.* ①合作的，协作的 ②有合作意向的，乐意合作的 *n.* 合作社，合作商店(或企业等)
cooperatively [kəuˈɔpəreitli] *ad.* 合作地，协作地
cooperativeness [kəuˈɔpərətivnis] *a.* 合作，协作，乐意合作

ownership [ˈəunəʃip] *n.* 所有权，物主身份
[同根] owner [ˈəunə] *n.* 物主，所有人

tremendous [triˈmendəs] *a.* ①〈口〉极大的，非常的 ②可怕的，惊人的
[同根] tremendously [triˈmendəsli] *ad.* 可怕地，非常地

boom [buːm] *n.* & *v.* 迅速发展，繁荣，激增
[同义] advance, flourish, increase, progress, thrive
[同根] booming [ˈbuːmiŋ] *a.* 急速发展的，兴旺发达的，激增的

typically [ˈtipikəli] *ad.* 典型地，有代表性地，象征性地
[同根] type [taip] *n.* ①类型，种类，品种 ②典型，榜样 ③符号，象征 *v.* 打字
typical [ˈtipikəl] *a.* ①典型的，有代表性的，象征性的 ②(品质、性格等方面)特有的，独特的
typify [ˈtipifai] *v.* 作为…的典型，具有…的特点
typification [ˌtipifiˈkeiʃən] *n.* 典型化，代表，象征

identical [aiˈdentikəl] *a.* ①同一的，同样的 ②(完全)相同的，一模一样的
[同义] alike, same, duplicate
[反义] different
[同根] identity [aiˈdentiti] *n.* ①同一性 ②身份 ③个性，特性
identically [aiˈdentikəli] *ad.* 同一地，相等地
identify [aiˈdentifai] *v.* 识别，鉴别，确定
identification [aiˌdentifiˈkeiʃən] *n.* ①鉴定，验明，认出 ②身份证明

regard... as... 把…视为…，认为…是…

Error Correction 2004.1

Thomas Malthus published his "Essay on the Principle of Population" almost 200 years ago. Ever since then, **forecasters** have been warning that worldwide **famine** was just **around the** next **corner**. The fast-growing population's demand for food, they warned, would soon **exceed** its supply, leading to widespread food **shortages** and **starvation**. But in reality, the world's total grain harvest has risen **steadily** over the years. Except for **relatively isolated** trouble **spots** like present-day Somalia, and occasional years of bad harvests, the world's food crisis has remained just around the corner. Most experts believe this can continue even if the population doubles by the mid-21st century, although feeding 10 billion people will not be easy for political, economic and environmental reasons. **Optimists point to concrete** examples of continued improvements in **yield**. In Africa, for instance, improved seed, more fertilizer and advanced growing practices have more than doubled corn and wheat yields in an experiment. Elsewhere, rice experts in the Philippines are producing a plant with fewer **stems** and more seeds. There is no **guarantee** that plant breeders can continue to develop new, higher-yielding crops, but most researchers see their success to date as reason for hope.

文章词汇注释

forecaster ['fɔːkɑːstə] *n.* ①(经济形势等的)预测者 ②天气预测者,气象预报员
[同根] forecast ['fɔːkɑːst] *v.* ①预测, 预报 ②预示,预言 *n.* ①预测,预言 ②天气预报

famine ['fæmin] *n.* ①饥荒 ②奇缺

around the corner ①行将发生的,即将来到的 ②在近处的

exceed [ik'siːd] *v.* 超过,越出,胜过
[同义] excel, overtake, surpass
[同根] excess [ik'ses] *n.* ①过量,过份 ②超过,超出
excessive [ik'sesiv] *a.* 过分的,过度的,过多的
exceeding [ik'siːdiŋ] *a.* ①超越的,胜过的 ②非常的,极度的
exceedingly [ik'siːdiŋli] *ad.* 非常,极其

shortage ['ʃɔːtidʒ] *n.* 不足, 缺乏
[同义] deficiency, deficit, lack

starvation [stɑː'veiʃən] *n.* ①饥饿, 挨饿,饿死 ②(生活必需品)的匮乏
[同根] starve [stɑːv] *v.* (使)饿死,挨饿
starveling ['stɑːvliŋ] *n.* 挨饿者 *a.* 挨饿的,饥饿的,缺乏营养的

steadily ['stedili] *ad.* ①稳定地 ②坚定地, 不动摇地
[同根] steady ['stedi] *v.* 使牢固,稳固,保持坚固 *a.* ①平稳的,稳定的,有规律的 ②坚定的,不动摇的

relatively ['relətivli] *ad.* 相对地,比较地
[同义] comparatively
[反义] absolutely, unconditionally
[同根] relate [ri'leit] *v.* ①使相互关联,联系 ②讲述,叙述
relative ['relətiv] *a.* ①比较的,相对的 ②有关的,相关的 *n.* 亲戚,亲属
relation [ri'leiʃən] *n.* ①(事物间的)关系,联系 ②[常作 ~s](国家、团体、人民等之间的)关系、往来 ③亲属关系,亲戚

isolated ['aisəleitid] ***a.*** 隔离的，孤立的
[同根] isolate ['aisəleit] ***v.*** 使隔离，使孤立，使脱离
isolation [ˌaisə'leiʃən] ***n.*** 孤立，隔离，脱离
isolator ['aisəleitə] ***n.*** [电]绝缘体

spot [spɔt] ***n.*** ①地点，场所，现场 ②斑点，污点 ***v.*** ①认出，发现 ②侦察 ③沾污，弄脏
[同义] location, place, site, position

optimist ['ɔptimist] ***n.*** 乐观主义者，乐天派
[同根] optimistic [ˌɔpti'mistik] ***a.*** 乐观的，乐观主义的
optimism ['ɔptimizəm] ***n.*** 乐观，乐观主义
optimistical [ˌɔpti'mistikəl] ***a.*** (= optimistic)
optimistically [ˌɔpti'mistikəli] ***ad.*** 乐观地，乐天地

point to 指向，指出，表明，强调

concrete ['kɔŋkriːt] ***a.*** 具体的，实在的，有形的 ***n.*** 混凝土
[同义] solid, substantial
[反义] abstract

yield [jiːld] ***n.*** ①产量 ②收益 ***v.*** ①出产 ②生长，生产 ③屈服，屈从
[同根] yielder ['jiːldə(r)] ***n.*** ①让步者，屈服者 ②提供产品的人
yielding ['jiːldiŋ] ***a.*** ①出产的 ②易弯曲的 ③屈从的 ④易受影响的 ***n.*** 让步
[词组] yield to 屈服于…，向…让步
yield up 放纵，被迫放弃

stem [stem] ***n.*** (植物的)茎，柄，梗 ***v.*** (与 from 连用)源自，起源于

guarantee [ˌgærən'tiː] ***n.*** ①保证 ②保证书，保证人，担保人 ***v.*** ①确保，保证 ②担保，为…作保
[同义] assure, certify, secure, warrant, pledge, promise

Error Correction 2004.6

Culture **refers to** the social **heritage** of a people—the learned **patterns** for thinking, feeling and acting that **characterize** a **population** or society, including the expression of these patterns in material things. Culture **is composed of nonmaterial culture—abstract creations** like values, beliefs, customs and **institutional** arrangements—and material culture—physical objects like cooking pots, computers and bathtubs. **In sum**, culture **reflects** both the ideas we share and everything we make. In ordinary speech, a person of culture is the individual who can speak another language—the person who **is familiar with** the arts, music, literature, philosophy, or history. But to sociologists, to be human is to be cultured, because culture is the common world of experience we share with other members of our group. Culture **is essential to** our **humanness.** It provides a kind of map for **relating to** others. Consider how you **feel your way** about social life. How do you know how to act in a classroom, or a department store, or toward a person who smiles or laughs at you? Your culture supplies you with broad, **standardized**, ready-made answers for dealing with each of these situations. Therefore, if we know a person's culture, we can understand and even **predict** a good deal of his behavior.

文章词汇注释

refer to ①涉及,指的是,提到,谈到 ②参考,查阅

heritage [ˈheritidʒ] *n.* ①遗产 ②继承权 ②继承物,传统

[同根] inherit [inˈherit] *v.* 继承,遗传而得

inheritance [inˈheritəns] *n.* ①继承,继承权 ②遗传

inheritable [inˈheritəbəl] *a.* ①可继承的 ②可遗传的

heritable [ˈheritəbəl] *a.* ①可继承的 ②可遗传的

heritor [ˈheritə] *n.* 继承人

heritress [ˈheritris] *n.* 女继承者

pattern [ˈpætən] *n.* ①模式,式样 ②模范 ③格调 ④图案 *v.* ①模仿,仿造 ②以图案装饰 ③形成图案

[同义] model, type

[词组] pattern oneself after... 模仿(某人的)样子

pattern sth. upon/on... 仿照…式样制造某物

characterize [ˈkæriktəraiz] *v.* ①成为…的特征 ②以…为特征 ③描绘…的特征,刻画…的性格

[同根] character [ˈkæriktə] *n.* ①(事物的)性质,特性,(人的)品质,性格 ②(小说、戏剧等的)人物,角色 ③(书写或印刷)符号,(汉)字

characteristic [ˌkæriktəˈristik] *a.* 独有的,独特的,典型的 *n.* 特性,特征,特色

[词组] be characterized by …的特点在于,…的特点是

be characterized as... 被描绘为…,被称为…

population [ˌpɔpjuˈleiʃən] *n.* 具有共同特点的一类人,住在某一地区的人

be composed of 由…组成

nonmaterial culture 非物质文化

abstract [ˈæbstrækt] *a.* 抽象的 *n.* 摘要,概要

[反义] concrete

creation [kriˈeiʃən] *n.* ①创造,创造的作品 ②宇宙,天地万物

[同根] create [kriˈeit] *v.* ①创造,创作 ②引起,产生

creator [kriːˈeitə(r)] *n.* ①创造者,创作者 ②上帝,造物主

creative [kriːˈeitiv] *a.* 创造性的,创造的,有创造力的

creativity [ˌkriːeiˈtivəti] *n.* 创造力,创造性

institutional [ˌinstiˈtjuːʃənəl] *a.* ①社会公共机构的 ②制度上的

[同根] institute [ˈinstitjuːt] *v.* 设立,制定,创立 *n.* 学会,学院,协会

institution [ˌinstiˈtjuːʃən] *n.* 公共机构,协会,制度

in sum 总之,一言以蔽之

reflect [riˈflekt] *v.* ①反映,表明,显示 ②反射(光,热,声等),映出 ③沉思,考虑

[同根] reflection [riˈflekʃən] *n.* ①反映 ②反射,倒影 ③沉思,考虑

reflective [ri'flektiv] *a.* 沉思的,反映的

reflectively [ri'flektivli] *ad.* 沉思地,反映地

be familiar with 熟悉，通晓，精通

be essential to 对…必要的

humanness (=human) human 的变体

relate to 适应,交融,与…和睦相处

feel your way 摸索着走，谨慎行事

standardized ['stændədaizd] *a.* 标准的

[同根] standard ['stændəd] *n.* 标准，规格 *a.* 标准的

standardize ['stændədaiz] *v.* ①使符合标准，使标准化 ②按标准检测

standardization [ˌstændədai'zeiʃən] *n.* 标准化

predict [pri'dikt] *v.* 预言,预测

[同义] forecast, foresee, foretell, anticipate

[同根] prediction [pri'dikʃən] *n.* 预言，预报

predictable [pri'diktəbəl] *a.* 可预言的

predictive [pri'diktiv] *a.* 预言的

predictor [pri'diktə] *n.* 预言者

Error Correction 2005.1

The World Health Organization (WHO) says its ten-year **campaign** to remove *leprosy* (麻风病) as a world health problem has been successful. Doctor Brundtland, head of the WHO, says the number of leprosy **cases** around the world has been cut by ninety percent during the past ten years. She says efforts are continuing to completely end the disease.

Leprosy is caused by **bacteria** spread through liquid from the nose and mouth. The disease mainly affects the skin and nerves. However, if leprosy is not treated, it can cause **permanent** damage to the skin, nerves, eyes, arms or legs.

In 1999, an international campaign began to end leprosy. The WHO, governments of countries most affected by the disease, and several other groups are part of the campaign. This **alliance guarantees** that all leprosy patients, even if they are poor, have a right to the most modern treatment.

Doctor Brundtland says leprosy is no longer a disease that requires life-long treatments by medical experts. Instead, patients can take what is called a multi-drug **therapy**. This modern treatment will cure leprosy in 6 to 12 months, depending on the form of the disease. The treatment combines several drugs taken daily or once a month. The WHO has given multi-drug therapy to patients free for the last five years. The members of the alliance against leprosy plan to **target** the countries which are still **threatened** by leprosy. Among the **estimated** 600,000 **victims** around the world, the WHO believes about 70% are in India. The disease also remains a problem in Africa and South America.

文章词汇注释

campaign [kæm'pein] ***n.*** ①运动,(政治或商业性)活动 ②战役 ***v.*** 参加活动,从事活动

[同义] movement

case [keis] ***n.*** ①病例 ②案例 ③事,事实,实际情况

[词组] a case in point 恰当的例子

in any case 无论如何,总之

in case 假使,如果,万一

in case of 万一…,如果发生…

in the case of 就…来说,关于

bacteria [bæk'tiəriə] ***n.*** 细菌

[同根] bacterial [bæk'tiəriəl] ***a.*** 细菌的

bactericide [bæk'tiərisaid] ***n.*** 杀菌剂

bactericidal [bækˌtiəri'saidəl] ***a.*** 杀菌的

permanent ['pəːmənənt] ①永久(性)的,永恒的,永远的 ②长期不变的,固定(性)的,常在的

[同义] lasting, endless, eternal, unceasing

[反义] impermanent, temporary

[同根] permanence ['pəːmənəns] ***n.*** 永久,持久

permanency ['pəː mənənsi] ***n.*** ①永久 ②恒久的人(物、地位)

permanently ['pəː məntli] ***ad.*** 永存地,不变地

alliance [ə'laiəns] ***n.*** 结盟,联盟,联姻

[同根] allied ['ælaid] ***a.*** 结盟的,联姻的

ally [ə'lai, æ'lai] ***v.*** 使联盟,使联姻 ***n.*** 同盟国,盟友

[词组]in alliance with 与…联盟

guarantee [ˌgærən'tiː] ***v.*** ①确保,保证 ②担保,为…作保 ***n.*** 保证,保证书,保证人,担保人

[同义] assure, certify, secure, warrant, pledge, promise

therapy ['θerəpi] ***n.*** 疗法,治疗

[同根] therapist ['θerəpist] ***n.*** (特定治疗法的)治疗专家

target ['tɑːgit] ***v.*** ①把…作为目标(对象),为…定指标 ②瞄准 ***n.*** ①目标,对象 ②靶子

[同义] aim

[词组] be dead on the target 正中/正对着目标

hit a target ①达到定额/指标 ②射中靶子

miss the target ①未射中靶子 ②未完成指标

threaten ['θretn] ***v.*** ①恐吓,威胁 ②预示(危险),似有发生或来临的可能

[同义] intimidate

[同根] threat [θret] ***n.*** ①恐吓,威胁 ②凶兆,征兆

threatening ['θretəniŋ] ***a.*** 威胁的,凶兆的

threateningly ['θretəniŋli] ***ad.*** 威胁地,凶兆地

estimate ['estimeit] ***n.*** & ***v.*** 估计,估价,评估

[同义] evaluate, assess

[同根] overestimate [ˌəuvə'estimeit] ***v.*** 过高估计

underestimate [ˌʌndər'estimeit] ***v.*** 低估,

看轻

[词组] by estimate 据估计

make an estimate of 估计…，评价…

victim ['viktim] *n.* 受害者，牺牲者，牺牲品

[同根] victimize ['viktimaiz] *v.* 使牺牲，使受害

Error Correction 2005.12

Every week hundreds of *CVs*(简历) land on our desks. We've seen it all: CVs printed on pink paper, CVs that are 10 pages long and CVs with silly mistakes in the first paragraph. A good CV is your **passport** to an **interview** and, **ultimately**, to the job you want.

Initial impressions are vital, and a badly presented CV could mean **rejection**, **regardless of** what's in it. Here are a few ways to avoid **ending up** on the reject pile. Print your CV on good-quality white paper.

CVs with flowery backgrounds or pink paper will **stand out** for all the wrong reasons. Get someone to check for spelling and grammatical errors, because a spell-checker will not pick up every mistake. CVs with errors will be rejected—it shows that you don't pay attention to detail. **Restrict** your self to one or two pages, and list any **publications** or **referees** on a separate sheet. If you are sending your CV electronically, check the **formatting** by sending it to yourself first. Keep the format simple.

Do not send a photo unless **specifically** requested. If you have to send on, make sure it is one taken in a **professional** setting, rather than a holiday **snap**. Getting the **presentation** right is just the first step. What about the content? The rule here is to keep it factual and truthful—**exaggerations** usually **get found out**. And remember to **tailor** your CV **to** each different job.

文章词汇注释

passport ['pɑːspɔːt] *n.* ①(使人获得某物或达到某一目的的)保障，手段 ②护照 *v.* 使有护照，使有通行证

interview ['intəvjuː] *n.* & *v.* ①面试 ②接见，会见 ③采访

[同根] view [vjuː] *n.* ①景色，风景 ②观点，见解 *v.* 观察，观看

interviewee [intəvjuː'iː] *n.* 被接见者，被采访者

interviewer ['intəvjuːə(r)] *n.* 接见者，采访者

[词组] have an interview with sb. 会见某人

job interviews (对申请工作者的)口头审查

ultimately [ˈʌltimətli] *ad.* 最后，终于

[同义] last

[同根] ultimate [ˈʌltimit] *a.* ①最后的，最终的 ②极点的，终极的 *n.* ①最终的事物，基本事实 ②终点，结局

initial [iˈniʃəl] *a.* 最初的，开始的 *n.* 首字母

[同根] initialize [iˈniʃəlaiz] *v.* 初始化

initialization [iˌniʃəlaiˈzeiʃən] *n.* [计]初始化

initially [iˈniʃəli] *ad.* 最初，开头，首先

rejection [riˈdʒekʃən] *n.* 拒绝，被拒绝的事物

[同根] reject [riˈdʒekt] *v.* ①拒绝 ②丢弃 *n.* 被拒绝的人，被拒货品，不合格品

regardless of 不管，不顾

end up ①结束，告终 ②竖起，直立

stand out 清晰地显出，引人注目

restrict [riˈstrikt] *v.* 限制，限定，约束

[同根] restriction [riˈstrikʃən] *n.* ①限制，约束，规定 ②约束因素

restricted [riˈstriktid] *a.* 受限制的，有限的

restrictive [riˈstriktiv] *a.* 限制(性)的，约束(性)的

restrictively [riˈstriktivli] *ad.* 限制性地

[词组] restrict. . . to. . . 把…限制在…

publication [ˌpʌbliˈkeiʃən] *n.* ①出版物 ②出版，发行 ③公布，发表

[同根] publish [ˈpʌbliʃ] *v.* ①出版，发行 ②(在书、杂志等上)刊登，登载，发表 ③公布

publisher [ˈpʌbliʃə] *n.* 出版者，出版商，出版社，发行人

publishing [ˈpʌbliʃiŋ] *a.* 出版业

referee [ˌrefəˈriː] *n.* ①(提供证明、推荐等文书的)证明人，介绍人 ②仲裁人，调停人 ③裁判员 *v.* ①当裁判 ②审阅，鉴定

[同根] refer [riˈfəː] *v.* ①提到，谈到 ②参考，查阅 ③询问，查询 ④提交…仲裁(或处理)

reference [ˈrefərəns] *n.* ①参考，参阅 ②提到，论及 ③引文(出处)，参考书目 ④证明书(人)，介绍(人)

format [ˈfɔːmæt] *n.* ①版式，格式 ②安排，程序，形式 *v.* ①为…安排版式 ②使格式化

specifically [spiˈsifikəli] *ad.* 特定地，明确地，具体地

[同根] specification [ˌspesifiˈkeiʃən] *n.* ①规格，规范 ②明确说明 ③(产品的)说明书

specify [ˈspesifai] *v.* 具体指定，详细指明，明确说明

specific [spiˈsifik] *a.* 明确的，确切的，具体的

specifiable [ˈspesifaiəbl] *a.* 可具体指明的，能详细说明的

professional [prəˈfeʃənəl] *a.* ①职业性的，非业余性的 ②职业的，从事特定专业的 *n.* ①以特定职业谋生的人 ②专业人员，内行，专家

[同根] profession [prəˈfeʃən] *n.* ①(尤指需要专门知识或特殊训练的)职业 ②同业，同行

professionally [prəˈfeʃənli] *ad.* 专业地，内行地

snap [snæp] *n.* 快照 *v.* ①咔嚓一声(关上或打开) ②给…拍快照 *a.* 仓促的，突然的

presentation [ˌprezenˈteiʃən] *n.* ①呈现(或表现、显示)的事物，图像，表象，外观 ②赠送，授予 ③提供，递交 ④表演，上演

[同根] present [ˈprezənt] *n.* ①赠品，礼物 ②现在 *a.* ①现在的 ②出席的 [priˈzent] *v.* ①介绍，引见 ②赠送 ③提

供，递交

exaggeration [ig,zædʒə'reiʃən] *n.* ①夸大，夸张，言过其实 ②夸张的言辞，夸大的事例

[同根] exaggerate [ig'zædʒəreit] *v.* ①夸大，夸张 ②使过大，使增大

exaggerated [ig'zædʒəreitid] *a.* 夸张的，夸大的，言过其实的

exaggerative [ig'zædʒərətiv] *a.* 夸张的，夸大的，言过其实的

get found out 被查出，受到惩罚

tailor... to... 使…适应…的需要

Error Correction 2006.6

Until recently, **dyslexia** and other reading problems were a mystery to most teachers and parents. As a result, too many kids passed through school without mastering the printed page. Some were treated as mentally **deficient**, many were left **functionally** *illiterate*（文盲的）, unable to ever meet their **potential**. But in the last several years, there's been a **revolution** in which we've learned about reading and dyslexic. Scientists are using a variety of new **imaging techniques** to watch the brain at work. Their experiments have shown that reading disorders are most likely the result of what is, **in effect**, faulty **wiring** in the brain-not laziness, stupidity or a poor home environment. There's also **convincing evidence** that dyslexia is largely **inherited**. It is now considered a **chronic** problem for some kids, not just a "**phase**". Scientists have also **discarded** another old **stereotype** that almost all dyslexics are boys. Studies **indicate** that many girls are affected as well and not getting help.

At the same time, educational researchers have **come up with innovative** teaching **strategies** for kids who are having trouble learning to read. New screening tests are **identifying** children **at risk** before they get discouraged by years of **frustration** and failure. And educators are trying to **get the message to** parents that they should be **on the alert** for the first signs of potential problems.

It's an **urgent mission.** Mass **literacy** is a **relatively** new social goal. A hundred years ago people didn't need to be good readers in order to **earn a living**. But in the **Information Age**, no one can get by without knowing how a read well and understand increasingly **complex** material.

文章词汇注释

dyslexia [dis'leksiə] *n.* [医]诵读困难

deficient [di'fiʃənt] *a.* ①有缺陷的,有缺点的 ②缺乏的, 不足的

[同根] deficiency [di'fiʃənsi] *n.* ①缺乏,不足 ②缺陷

deficiently [di'fiʃəntli] *ad.* ①缺乏地 ②有缺陷地

defect [di'fekt] *n.* ①缺点 ②不足

defective [di'fektiv] *a.* 有缺点的,有缺陷的, 有毛病的

defectively [di'fektivli] *ad.* 有缺点地,有缺陷地

functionally ['fʌŋkʃənli] *ad.* 官能地,在功能上地

[同根] function ['fʌŋkʃən] *n.* ①官能,功能, 作用, 用途 ②职责, 职务 *v.* ① 工作,活动, 运行 ② 行使职责

functional ['fʌŋkʃənəl] *a.* ①有功能的,在起作用的 ②实用的,为实用而设计的

potential [pə'tenʃəl] *a.* 潜在的,可能的 *n.* ①潜能,潜力 ②潜在性,可能性

[同义] possible, hidden, underlying, ability, capability

[同根] potentially [pə'tenʃəli] *ad.* 潜在地,可能地

potentiality [pəˌtenʃi'æliti] *n.* ①可能性 ②[用复数]潜能,潜力

[词组] tap one's potential to the full 充分发挥潜能

revolution [ˌrevə'lu:ʃən] *n.* 突破性进展,大变革

[同根] revolutionary [ˌrevə'lu:ʃənəri] *a.* 大变革的,突破性的,完全创新的

imaging technique 成像技术

in effect 实质上,实际上

wiring ['waiəriŋ] *n.* 线路,配线

convincing [kən'vinsiŋ] *a.* 令人信服的, 有说服力的

[同根] convince [kən'vins] *v.* 使确信,使信服

conviction [kən'vikʃən] *n.* 深信, 确信

convincible [kən'vinsəbəl] *a.* 可被说服的

convinced [kən'vinst] *a.* 确信的, 深信的

convincingly [kən'vinsiŋli] *ad.* 令人信服地, 有说服力地

evidence ['evidəns] *n.* ①证据,根据,迹象 ②明显,显著

[同根] evident ['evidənt] *a.* 明显的,显然的

evidently ['evidəntli] *ad.* 明显地,显然

inherit [in'herit] *v.* ①经遗传而得 ②继承(传统,遗产,权利等)

[同根] inherited [in'heritid] *a.* ①遗传的 ②通过继承得到的

inheritable [in'heritəbəl] *a.* ①可遗传的 ②可继承的

inheritance [in'heritəns] *n.* ①继承,继承权 ②遗传

chronic ['krɔnik] *a.* ①长期的,不止息的 ②积习难改的,有痼癖的 ③(疾病)慢性的,(人)久病的 *n.* 慢性疾病人

[同根] chronical ['krɔnikəl] *a.* (= chronic)

chronically['krɔnikəli] *ad.* ①慢性地 ②长期地

phase [feiz] *n.* ①阶段, 时期 ②面,方面

discard [di'skɑ:d] *v.* 放弃, 丢弃, 抛弃 ['diskɑ:d] *n.* ①抛弃,丢弃,被抛弃的人(物) ②废品,废料

[同义] cast off, dispose of, get rid of, re-

ject, throw away
[反义] adopt
[同根] discardable [di'skɑːdəbəl] *a.* 可废弃的
[词组] into the discard ①成为无用之物 ②被遗忘
throw sth. into the discard 放弃某事

stereotype ['steriətaip] *n.* 成见,陈词滥调,陈规,刻板模式 *v.* 使一成不变,使成为陈规,使变得刻板
[同根] stereotyped ['steriətaipt] *a.* 已成陈规的,老一套的

indicate ['indikeit] *v.* ①指出,显示 ②象征,暗示 ③简要地说明
[同义] show, suggest, reveal, denote, imply
[同根] indication [ˌindi'keiʃən] *n.* 迹象,表明,指示
indicative [in'dikətiv] *a.* (~ of) 指示的,表明的,可表示的
indicator ['indikeitə] *n.* 指示物,指示者,指标

come up with 想出(计划、回答)

innovative ['inəveitiv] *a.* 创新的,革新的
[同根] innovate ['inəveit] *v.* ①改革,创新 (in,on,upon) ②创立,创始,引入
innovation [ˌinə'veiʃən] *n.* ①革新,改革 ②新方法,新奇事物
innovator ['inəveitə(r)] *n.* 改革者,革新者

strategy ['strætidʒi] *n.* 策略,战略,对策
[同义] tactics
[同根] strategic [strə'tiːdʒik] *a.* 战略(上)的 ②关键的
strategically [strə'tiːdʒikəli] *ad.* 战略上
strategics [strə'tiːdʒiks] *n.* 兵法

identify [ai'dentifai] *v.* ①识别,认出,鉴定 ②认为…等同于
[同根] identification [aiˌdentifi'keiʃən] *n.* ①鉴定,验明,认出 ②身份证明
identical [ai'dentikəl] *a.* ①同一的,同样的 ②(完全)相同的,一模一样的
identically [ai'dentikəli] *ad.* 同一地,相等地

at risk 在危险中,有危险

frustration [frʌs'treiʃən] *n.* 挫败,挫折
[同根] frustrate [frʌs'treit] *v.* ①挫败,破坏 ②使灰心,使沮丧

get the message to sb. 告诉某人,让某人明白

on the alert 密切注意着,警戒着,防备着,随时准备着

urgent ['əːdʒənt] *a.* 急迫的,紧急的
[同根] urge [əːdʒ] *n.* 强烈欲望,迫切要求 *v.* ①催促,力劝 ②驱策,推动
urgency ['əːdʒənsi] *n.* 紧急,急迫
urgently ['əːdʒəntli] *ad.* 迫切地,急切地

mission ['miʃən] *n.* ①使命,任务 ②使团,代表团

literacy ['litərəsi] *n.* 识字,有读写能力
[反义] illiteracy
[同根] literate ['litərit] *a.* ①有读写能力的,有文化修养的 ②熟练的,通晓的
illiterate [i'litərit] *a.* 不识字的,没受教育的 *n.* 文盲

relatively ['relətivli] *ad.* ①比较地 ②相对地 ③相关地
[同根] relate [ri'leit] *v.* ①讲述,叙述 ②使相互关联,联系
relation [ri'leiʃən] *n.* ①(事物间的)关系,联系 ②[常作 ~s](国家、团体、人民等之间的)关系、往来 ③亲属关系,亲戚
relative ['relətiv] *a.* ①比较的,相对的 ②有关的,相关的 *n.* 亲戚,亲属
relativity [ˌrelə'tivəti] *n.* 相关(性),相对论

relationship [ri'leiʃənʃip] *n.* 关系，联系

earn a living 谋生

Information Age 信息时代

complex ['kɔmpleks] *a.* ①复杂的 ②合成的,综合的 *n.* 综合物,综合性建筑,综合企业

[同义] complicated, intricate

[反义] simple, uncomplicated, brief

[同根] complexity [kəm'pleksiti] *n.* 复杂，复杂的事物，复杂性

Error Correction 2006.12

The most important starting point for improving the understanding of science is undoubtedly an adequate scientific education at school. Public attitudes towards science **owe** much **to** the way science is taught in these **institutions**. Today, school is where most people **come into contact with** a formal **instruction** and explanation of science for the first time, at least in a **systematic** way. It is at this point that the **foundations** are **laid for** an interest in science. What is taught (and how) in this first **encounter** will largely determine an individual's view of the subject in adult life.

Understanding the **origin** of the **negative** attitudes towards science may help us to **modify** them. Most education systems **neglect exploration**, understanding and **reflection.** Teachers in schools **tend to present** science as a collection of facts, often in more detail than necessary. As a result, children **memorize** processes such as mathematical **formulas periodic table**, only to forget them shortly afterwards. The task of learning facts and **concepts**, one at a time, makes learning **laborious**, boring and inefficient. Such a purely **empirical approach**, which consists of observation and **description**, is also, **in a sense**, unscientific or incomplete. There is therefore a need for resources and methods of teaching that **facilitate** a deep understanding of science in an enjoyable way. Science should not only be "fun" in the same way as playing a video game, but "hard fun"—a deep feeling of connection made possible only by imaginative engagement.

文章词汇注释

owe... to... 应该把…归因于，归功于…

institution [ˌinsti'tju:ʃən] *n.* ①(教育、慈善、宗教等的)公共社会机构 ②创立,设

立,制定风俗、习惯 ③制度

[同根] institute ['institju:t] v. ①实行,开始,着手 ②建立,设立,制定 n. ①学会,协会 ②学院,(大专)学校

come into contact with ①接触… ②遭遇…

instruction [in'strʌkʃən] n. ①教育,讲授,教学 ②教诲,教导 ③用法说明

[同根] instruct [in'strʌkt] v. ①教,讲授,训练,指导 ②命令,指示

instructor [in'strʌktə] n. 教员,教练,指导者

instructive [in'strʌktiv] a. 有启发的,有教育意义的

systematic [ˌsisti'mætik] a. ①有系统的,系统化的 ②(做事)有条理的,有计划有步骤的

[同根] system ['sistəm] n. ①系统 ②制度,体制 ③秩序,条理

lay foundations for 为…打下基础

encounter [in'kauntə] n. ①相遇,邂逅,遭遇 ②冲突,交战,遭遇战 v. ①意外地遇见,偶然碰到 ②遭到,受到

[同义] meet, come acoss

origin ['ɔridʒin] n. ①起源,由来 ②出身,血统

[同义] start, source, birth

[同根] originate [ə'ridʒineit] v. ①发源,发起,发生 ②创作,发明

original [ə'ridʒənəl] a. ①最初的,原来的 ②独创的,新颖的 n. [the ~] 原作,原文,原件

originally [ə'ridʒənəli] ad. 最初,原先

negative ['negətiv] a. ①消极的,反面的,反对的 ②否定的,表示否认的

[反义] positive

[同根] negation [ni'geiʃən] n. ①否定,否认,表示否认 ②反面,对立面

modify ['mɔdifai] v. ①改变,更改,修改 ②缓和,减轻

[同义] reform, improve

[同根] modification [ˌmɔdifi'keiʃən] n. ①更改,修改,修正 ②变体,变型

modified ['mɔdifaid] a. ①改良的,改进的 ②修正的

neglect [ni'glekt] v. /n. ①忽视,忽略 ②疏忽,玩忽

[同根] negligent ['neglidʒənt] a. 疏忽的,粗心大意的,随便的

negligence ['neglidʒəns] n. ①疏忽(行为) ②随便,不修边幅

negligible ['neglidʒəbl] a. 可以忽略的,微不足道的

exploration [ˌeksplɔ:'reiʃən] n. ①探究,探索,钻研 ②勘探,探测

[同义] investigate

[同根] explore [ik'splɔ:] v. ①探索,调查研究 ②探测,考察,勘察

exploratory [ik'splɔ:rətəri] a. ①(有关)勘探、探险、探测的 ②(有关)探索、探究、考察的

reflection [ri'flekʃən] n. ①深思,考虑,反省 ②反映,表明,显示 ③映像

[同根] reflect [ri'flekt] v. ①反射(光,热,声等) ②反映 ③深思,考虑

reflective [ri'flektiv] a. ①反射的,反映的 ②思考的,沉思的

tend to 容易,往往

present [pri'zent] v. ①介绍,陈述,提出 ②呈现,出示 ③引见 ④给,赠送 ⑤上演 ['prezənt] n. 礼物,现在 a. 现在的,出席的

[同根] presentation [ˌprezen'teiʃən] n. 介绍,陈述,赠送,表演

memorize ['meməraiz] *v.* 记住,熟记
[同义] remember
[同根] memory ['meməri] *n.* 记忆, 记忆力
memorization [ˌmeməraiˈzeiʃən] *n.* 记住, 默记

formula ['fɔːmjulə] *n.* ①公式,方程式,分子式 ②规则 ③客套语 *a.* ①根据公式的 ②俗套的
[同根] formulate ['fɔːmjuleit] *v.* ①用公式表示 ②明确地表达 ③作简洁陈述,阐明
formulation [ˌfɔːmjuˈleiʃən] *n.* ①公式化的表述 ②系统的表达 ③规划,构想

periodic table (元素)周期表

concept ['kɔnsept] *n.* 概念, 观念, 思想
[同义] conception, design, idea
[同根] conceive [kənˈsiːv] *v.* ①认为 ②构想出(of), 设想 ③怀孕, 怀(胎)
conception [kənˈsepʃən] *n.* ①思想,观念,概念 ②构想,设想

laborious [ləˈbɔːriəs] *a.* (指工作)艰苦的, 费力的, (指人)勤劳的
[同根] labour ['leibə(r)] *n.* ①劳动,工作 ②努力 ③劳工, 工人 ④(Labour)英国(或英联邦国家的)工党 *v.* ①工作, 劳动, 努力 ②费力地前进 ③详细地做,详细说明或讨论
labourer ['leibərə] *n.* 体力劳动者, 工人

empirical [emˈpirikəl] *a.* 完全根据经验的, 经验主义的, [化]实验式

approach [əˈprəutʃ] *n.* ①(处理问题的)方式,方法, 态度 ②途径, 通路 *v.* ①接近,靠近 ②(着手)处理,(开始)对付
[同义] way, method, means
[同根] approachable [əˈprəutʃəbəl] *a.* ①可接近的 ②平易近人的, 亲切的
[词组] at the approach of... 在…快到的时候
be approaching (to)... 与…差不多, 大致相等
make an approach to... 对…进行探讨
approach sb. on/about sth. 和某人接洽(商量、交涉)某事
approach to... ①接近 ②近似,约等于

description [diˈskripʃən] *n.* 描写,描述
[同根] describe [diˈskraib] *v.* 描写,描述,形容
descriptive [diˈskriptiv] *a.* 描述的,起描述作用的

in a sense 就某种意义来说,在某一方面

facilitate [fəˈsiliteit] *v.* ①促进,助长 ②(不以人作主语)使容易, 使便利 ③帮助,援助
[同根] facility [fəˈsiliti] *n.* ①(常作复数)设施, 设备, 工具 ②容易, 简易, 便利 ③灵巧, 熟练

Error Correction 2006.12(新题型)

The National **Endowment** for the Art recently **released** the results of its "Reading at Risk" **survey**, which described the movement of the American public away from books and literature and toward television and **electronic media.** According to the survey, "reading is **on the decline** in every region, within every **ethnic** group, and at every educational level."

The day when the NEA report released, the U.S. House, in a **tie vote**, **upheld** the government's right to obtain bookstore and library records under a **provision** of the USA **Patriot** Act. The House **proposal** would have **barred** the federal government from demanding library records, reading lists, book customer lists and other material in terrorism and **intelligence investigations.**

These two events are completely unrelated, yet they **echo** each other in the message they send about the place of books and reading in American culture. At the heart of the NEA survey is the belief that our **democratic** system depends on leaders who can think critically, **analyze** texts and write clearly. All of these are skills **promoted** by reading and discussing books and literature. At the same time, through a provision of the Patriot Act, the leaders of our country are **unconsciously** sending the message that reading may be connected to **undesirable** activities that might **undermine** our system of government rather than helping democracy flourish.

Our culture's decline in reading began well before the existence of the Patriot Act. During the 1980s' culture wars, school systems across the country pulled some books from library shelves because their content was **deemed** by parents and teachers to be **inappropriate**. Now what started in schools across the country is **playing** itself **out** on a national stage and is possibly **having an impact on** the reading habits of the American public.

文章词汇注释

endowment [in'daumənt] ***n.*** ①资助,捐赠 ②捐款,捐赠的财物 ③天资,禀赋

[同义] contribution

[同根] endow [in'dau] ***v.*** ①资助,捐赠,向…捐钱(或物) ②给予,赋予(with),认为…具有某种特质

release [ri'li:s] ***v.*** ①发布(新闻等),公开发行(影片、唱片等) ②放开,松开 ③释放,解放 ④排放 ***n.*** ①排放,放开 ②释放,解除 ③发行,发布 ④使人解脱的事物,排遣性的事物

[词组] release sb. from... 免除某人的…

survey [sə:'vei] ***n. &v.*** ①调查(民意,收入等) ②测量,测勘 ③全面考察(研究),概况,概述

[同义] review, study, examination, investigation

[词组] make/take a survey of 对…作全面的调查,测量,勘察

electronic media [总称] (作为舆论媒介的) 电视和电台广播(业)

on the decline 在衰退中,在下降

ethnic ['eθnik] *a.* ①种族的 ②异教徒的 ③外国人的,异族的

[同义] racial

[词组] ethnic group 族群(指同一文化的种族或民族群体)

tie vote 票数均等

uphold [ʌp'həuld] *v.* ①维护,支持并鼓励 ②举起,高举 ③赞成,认可

[同义] maintain, confirm

[反义] subvert

[同根] upholder [ʌp'həuldə] *n.* ①支持者,赞成者,拥护者 ②支撑物

provision [prə'viʒən] *n.* ①条款,规定 ②供应,提供 ③预备,准备

[同根] provide [prə'vaid] *v.* ①(决定、法律等的)规定 ②供应,供给,提供 ③准备好,预先准备

patriot ['peitriət, 'pæt-] *n.* 爱国者,爱国主义者

[反义] traitor

[同根] patriotic [ˌpætri'ɔtik, ˌpeitri-] *a.* 爱国的,有爱国心的,显示爱国精神的

patriotism ['pætriətizəm, 'pei-] *n.* 爱国主义,爱国心,爱国精神

proposal [prə'pəuzəl] *n.* ①提案,提议,建议,计划 ②(建议等的)提出

[同义] project, scheme, suggestion, offer

[同根] propose [prə'pəuz] *v.* ①提议,建议 ②推荐,提名 ③提议祝酒,提出为…干杯 ④打算,计划

proposition [ˌprɔpə'ziʃən] *n.* ①(详细的)提议,建议,议案 ② 论点,主张,论题

bar [bɑ:] *v.* 禁止(from),阻挡,妨碍 *n.* ①条,棒 ②酒吧 ③障碍物

[同义] ban, forbid, prohibit

[同根] barrier ['bæriə] *n.* ①障碍,隔阂,壁垒 ②妨碍的因素,障碍物

barricade [ˌbæri'keid] *v.* 设路障 *n.* 路障

intelligence investigations 情报调查

echo ['ekəu] *v.* ①重复…的话(或观点等) ②发出回声,发出回响 *n.* ①回声,回音 ②应声虫,附和者 ③重复,仿效 ④共鸣

[同义] duplicate, imitate, repeat

democratic [ˌdemə'krætik] *a.* ①民主的,民主政体的 ②有民主精神的

[同根] democrat ['deməkræt] *n.* ①民主主义者,民主人士 ②民主党人

democracy [di'mɔkrəsi] *n.* 民主,民主精神,民主主义

democratically [ˌdemə'krætikəli] *ad.* 民主地,民主主义地

analyze ['ænəlaiz] *v.* 分析,分解

[同根] analysis [ə'nælisis] *n.* 分析,分解

analyst ['ænəlist] *n.* 分析者

analytical [ˌænə'litikəl] *a.* (=analytic) 分析的,分解的

analytically [ˌænə'litikəli] *ad.* 分析地,分析法地

promote [prə'məut] *v.* ①促进,增进 ②宣传,推销 ③(常与 to 连用)提升,晋升

[同根] promotion [prə'məuʃən] *n.* ①提升,晋级 ②促进,推动 ③创设,举办

unconsciously [ʌn'kɔnʃəsli] *ad.* 无意识地,失去知觉地

[反义] consciously

[同根] conscious ['kɔnʃəs] *a.* ①有意识的,自觉的,意识清醒的 ②故意的,存心的 ③有…意识的,注重…的

consciousness ['kɔnʃəsnis] *n.* ①知觉,感觉,自觉 ②意识,觉悟

unconscious [ʌn'kɔnʃəs] *a.* 失去知觉的,无意识的

subconscious [sʌb'kɔnʃəs] *a.* 下意识的

subconsciousness [sʌb'kɔnʃəsnis] ***n.*** 潜意识

undesirable [ˌʌndi'zaiərəbl] ***a.*** 不合需要的,不受欢迎的,令人不快的

[同根] desire [di'zaiə] ***n.*** ①愿望, 欲望 ②要求, 请求 ③向往的东西(事情) ④肉欲, 情欲 ***v.*** ①想要, 意欲, 希望 ②要求, 请求

desirable [di'zaiərəbl] ***a.*** 值得要的,合意的,令人想要的,悦人心意的

undermine [ˌʌndə'main] ***v.*** ①暗中破坏,逐渐削弱 ②侵蚀…的基础 ③在下面挖矿或挖隧道

deem [diːm] ***v.*** 认为,以为,视为,相信

[同义] assume, believe, consider, regard

[词组] be deemed to be 被认为是…

inappropriate [ˌinə'prəupriit] ***a.*** 不适当的,不恰当的,不相称的

[同义] improper, unfitting, unsuitable

[反义] appropriate

[同根] appropriate [ə'prəupriit] ***a.*** 适合的,恰当的,相称的

[ə'prəuprieit] ***v.*** ①挪用,占用 ②拨出(款项)

appropriately [ə'prəupriitli] ***ad.*** 适当地

play out ①演出,把(戏)演完,把(比赛)进行到底 ②履行,完成 ③(使)筋疲力尽,(使)耗尽

have an impact on... 对…有影响

Cloze

2005.6

Although there are many skillful **Braille** readers, thousands of other blind people find it difficult to learn that system. They are **thereby shut off** from the world of books and newspapers, having to rely on friends to read aloud to them.

A young scientist named Raymond Kurzweil has now designed a computer which is a major **breakthrough** in **providing aid to** the sightless. His machine, Cyclops, has a camera that **scans** any page, **interprets** the print into sounds, and then **delivers** them **orally** in a robot-like voice through a speaker. By pressing the **appropriate** buttons on Cyclops's keyboard, a blind person can "read" any printed document in the English language.

This **remarkable** invention represents a **tremendous stride** forward in the education of the **handicapped.** At present, Cyclops costs $ 50,000. However, Mr. Kurzweil and his **associates** are preparing a smaller but improved **version** that will sell for less than half that price. Within a few years, Kurzweil **estimates** the price **range** will be low enough for every school and library to own one. Michael Hingson, Director of the National Federation for the Blind, hopes that families will be able to buy home models of Cyclops for the price of a good television set.

Mr. Hingson's organization purchased five machines and is now testing them in Maryland, Colorado, Iowa, California, and New York. Blind people have been **assisting** in those tests, making lots of **valuable** suggestions to the engineers who helped to produce Cyclops.

"This is the first time that blind people have ever done individual studies before a product was put on the market," Hingson said. "Most manufacturers believed that having the blind help the blind was like telling disabled people to teach other disabled people. **In that sense**, the manufacturers have been the blind ones."

文章词汇注释

Braille [breil] ***n.*** 布莱叶点字法(19 世纪法国人发明的盲字体系,用凸点符号带替

字母)

thereby [ðeə'baɪ] *ad.* 因此,从而,由此

shut off ①与…隔绝 ②切断,中断(供水、供气)

breakthrough ['breik,θru:] *n.* ①突围,突破 ②突破性的发现,成就

provide aid to... 为…提供帮助

sightless ['saitlis] *a.* 盲的,无视力的

[同义] blind

[同根] sight [sait] *n.* ①视力,视觉 ②看见,瞥见 ③检查,审阅,细读 *v.* ①看到,瞧见 ②瞄准

sighted ['saitid] *a.* 看得见的,有视力的

sightly ['saitli] *a.* 悦目的,漂亮的,好看的

scan [skæn] *v.* & *n.* ①扫描 ②细看,反复查看,审视 ③粗略地看,浏览,快读

interpret [in'tə:prit] *v.* ①解释,说明 ②口译,翻译

[同根] interpretation [in,tə:pri'teiʃən] *n.* ①口译,通译 ②解释,阐明

interpretive [in'tə:pritiv] *a.* 说明的,解释的

interpreter [in'tə:pritə] *n.* 译员,口译者

deliver [di'livə] *v.* ①传递,投递,运送 ②发表,讲,宣布 ③排出,放出

[同根] delivery [di'livəri] *n.* ①递送,运送,传送② 讲演,表演

deliverer [di'livərə] *n.* 递送人

[词组] deliver (oneself) of 讲,表达

orally ['ɔ:rəli] *ad.* 口头地,口述地

[同根] oral ['ɔ:rəl] *a.* ①口头的,口述的 ②口的

appropriate [ə'prəupriit] *a.* 适合的,恰当的,相称的

[ə'prəuprieit] *v.* ①挪用,占用 ②拨出(款项)

[反义] inappropriate, unfit, unsuitable

[同根] appropriately [ə'prəupriitli] *ad.* 适当地

appropriateness [ə'prəupriitnis] *n.* 恰当,适当

appropriable [ə'prəupriəbəl] *a.* 可供专用的,可供私用的

appropriation [ə,prəupri'eiʃən] *n.* ①拨付,拨款 ②占用,挪用

[词组] be appropriate to/for 适于…,合乎…

remarkable [ri'mɑ:kəbəl] *a.* 值得注意的,非凡的,卓越的

[同义] ordinary, usual, common

[同根] remark [ri'mɑ:k] *v.* ①评论,议论(on, upon) ②注意到,觉察 *n.* ①话语,评论 ②注意,察觉

remarkably [ri'mɑ:kəb(ə)li] *ad.* ①非常地 ②显著地,引人注目地

tremendous [tri'mendəs] *a.* ①〈口〉极大的,非常的 ②可怕的,惊人的

[同根] tremendously [tri'mendəsli] *ad.* 可怕地,非常地

stride [straid] *n.* ①[~s] 进展,进步 ②步法,步态 ③大步 *v.* ①大踏步走 ②跨越

[词组] take in (one's) stride 一跨而过,轻而易举地做

stride over/across 跨过

handicap ['hændikæp] *n.* ①障碍,不利条件 ②(身体或智力方面的)缺陷 *v.* 妨碍,使不利

[同义] disadvantage, hindrance, obstacle, drawback, holdback

[同根] handicapped ['hændikæpt] *a.* 有生理缺陷的,智力低下的

associate [ə'səuʃiət] *n.* 伙伴,同事,合伙人

[ə'səuʃiət] *a.* 副的

[əˈsəuʃieit] ***v.*** ①在思想上把…联系在一起(with) ②(使)联合,(使)结合在一起(with) ③[通常用于被动语态]使有联系(with)

[同根] association [əˌsəusiˈeiʃən] ***n.*** ①协会,联盟,社团 ②联合,结合,关联,交往

associable [əˈsəuʃiəbl] ***a.*** 可联想的

associative [əˈsəuʃiətiv] ***a.*** ①(倾向于)联合的 ②联想的

[词组] associate oneself with 加入,参与

associate... with...(在思想上)把…与…联系在一起

version [ˈvəːʃən] ***n.*** ①(一事物的)变化形式,变体 ②(某人或从某一角度所作的)一种描述,说法 ③译文,译本 ④版本

estimate [ˈestimeit] ***v.*** 估计,评价,判断 ***n.*** ①估计,估计数 ②看法,评价,判断

[同义] evaluate, assess

[同根] estimation [estiˈmeiʃən] ***n.*** 估计,评价,判断

overestimate [ˌəuvəˈestimeit] ***v.*** 评价过高 ***n.*** 估计过高,评价过高

underestimate [ˌʌndərˈestimeit] ***v.*** & ***n.*** 低估,看轻

[词组] by estimate 据估计

range [reindʒ] ***n.*** ①幅度,范围,领域 ②排,行,一系列 ***v.*** 在…范围内变化,排列,排成行

[同义] extent, scale, scope

[词组] in the range of 在…范围内

out of one's range 能力达不到的

at close range 接近地

in range with ①和…并排 ②和…同一方向

assist [əˈsist] ***v.*** ①帮助,辅助 ②出席,参加(in, at) ***n.*** 援助,帮助,协助,辅助

[同义] aid, help, benefit, facilitate

[反义] hinder

[同根] assistance [əˈsistəns] ***n.*** ①协助,援助 ②补助,[英]国家补助

assistant [əˈsistənt] ***n.*** 助手,助教 ***a.*** 辅助的,助理的

assistantship [əˈsistəntʃip] ***n.*** (大学)研究生助教奖学金

[词组] assist sb. with sth. 帮助某做某事

assist sb. to do sth. 帮助某人某事

assist sb. in doing sth. 帮助某人做某事

valuable [ˈvæljuəbəl] ***a.*** 贵重的,珍贵的,有价值的

[同义] precious, priceless, worthwhile

[反义] valueless

[同根] value [ˈvæljuː] ***n.*** ①价值 ②估价,评价 ***v.*** ①估价,评价 ②重视

invaluable [inˈvæljuəbəl] ***a.*** 非常宝贵的,无价的,无法估价的

valueless [ˈvæljuːlis] ***a.*** 没有价值的,毫无用处的

in that sense 在那一方面,就那种意义来说

选项词汇注释

dwell [dwel] ***v.*** ①踌躇 ②(尤指作为常住居民)居住

[同根] dwelling [ˈdweliŋ] ***n.*** 住处

dweller [ˈdwelə(r)] ***n.*** 居住者,居民

[词组] dwell on/upon ①老是想 ②详述,强调

dwell in(at) 居住,停留于

urge [əːdʒ] ***n.*** 强烈欲望,迫切要求 ***v.*** ①催促,力劝 ②驱策,推动

[同根] urgent [ˈəːdʒənt] ***a.*** 急迫的,紧急的

urgency [ˈəːdʒənsi] ***n.*** 紧急,急迫

urgently [ˈəːdʒəntli] *ad.* 迫切地，急切地

execution [ˌeksiˈkjuːʃən] *n.* ①实行，完成，执行② 死刑

[同义] administration, management

[同根] execute [ˈeksikjuːt] *v.* ①实行，实施，执行；完成，履行 ②处决(死)

execution [ˌeksiˈkjuːʃən] *n.* ①实行，完成，执行 ②死刑

[同根] execute [ˈeksikjuːt] *v.* ①实行，实施，执行，完成，履行 ②处决(死)

executive [igˈzekjutiv] *n.* 管理人员，主管业务的人，经理 *a.* ①执行的，实行的，管理的 ②行政的

distinction [diˈstiŋkʃən] *n.* ①特征，特性 ②区分，辨别，分清 ③差别，不同

[同根] distinct [diˈstiŋkt] *a.* ①不同的，各别的 ②明显的，清楚的

distinctive [diˈstiŋktiv] *a.* 特殊的，特别的，有特色的

distinctively [diˈstiŋktivli] *ad.* 有特色地，特殊地

distinguish [diˈstiŋgwiʃ] *v.* ①区分，辨别 ②辨别出，认出 ③使区别于它物

distinguishable [diˈstiŋgwiʃəbəl] *a.* 可区别的，可辨识的

distinguished [diˈstiŋgwiʃt] *a.* ①卓越的，杰出的 ②高贵的，地位高的

[词组] make a distinction between... and... 对…和…加以区别

process [ˈprəuses] *n.* ①过程，进程 ②程序，步骤，作用，方法 *v.* 加工，处理

[同根] procession [prəuˈseʃən] *n.* ①(人、车、船等的)行列，队伍 ②接续，连续

processible [ˈprəusesəbəl] *a.* (= processable)适合加工(或处理)的，可加工(或处理)的

[词组] in process 在进行中

in process of time 随着时间的推移，渐渐

paralyze [ˈpærəlaiz] *v.* ①使瘫痪，使麻痹 ②使丧失作用 ③使惊愕

[同根] paralysis [pəˈrælisis] *n.* 瘫痪症，麻痹症

invisible [inˈvizəbəl] *a.* ①看不见的，视力外的，无形的 ②难辨认的，难觉察的

[反义] visible

[同根] visible [ˈvizəbəl] *a.* ①看得见的，明显的 ②易觉察的

invisibly [inˈvizəbli] *ad.* 看不见地，看不出地

visibility [ˌviziˈbiliti] *n.* ①可见性，显著性 ②可见度，能见度

invisibility [inˈvizəbiliti] *n.* 看不清

sketch [sketʃ] *v.* ①画素描，画速写 ②概述，简述 *n.* ①素描，速写 ②略图，草图，初稿 ③概述，纲要

[同根] sketchy [ˈsketʃi] *a.* ①略图似的，概要的 ②不完全的，草草完成的

[词组] sketch in ①把…画入 ②把…概述在内

sketch out ①画出…的轮廓 ②简略地描述…

project [prəˈdʒekt] *v.* ①设计，计划 ②投射(热、声、光、影等)，放映

[ˈprɔdʒekt] *n.* 计划，方案，项目，工程

[同义] design, plan, program, scheme

[同根] projecting [prəuˈdʒektiŋ] *a.* 突出的，凸出的

projection [prəˈdʒekʃən] *n.* ①设计，规划 ②发射 ③投射，投影

projector [prəˈdʒektə] *n.* 放映机，投影机

[词组] project sth. onto the screen 把…投射到屏幕上

behavior [biˈheiviə] *n.* 举止，行为，表现

[同义] action, conduct, manner

[同根] behave [biˈheiv] *v.* ①(行为)表现 ②守规矩，行为检点

behavioral [biˈheiviər(ə)l] *a.* (关于)行为

的,行为方面的,行为科学的

behaviorally [bi'heiviər(ə)li] *ad.* 动作地,关于行为地

visual ['viʒuəl] *a.* ①视力的,视觉的 ②看得见的,可被看见的 ③光学的 *n.*(电影,电视等的)画面,图象

[同根] visually ['viʒuəli] *ad.* 在视觉上地,视力地

visualize ['viʒuəlaiz] *v.* ①使形象化,想像,设想 ②使成为看得见

visualization [,viʒuəlai'zeiʃən] *n.* 直观化,可见性

virtual ['və:tʃuəl] *a.* ①[用于名词前]几乎 ②实际上起作用的,事实上生效的 ③[计]虚拟的

[同根] virtually ['və:tʃuəli] *ad.* 事实上,实际上,差不多

haul [hɔ:l] *n.* ①拖,拉 ②拖运,运送 *v.* ①(用力)拖,拉 ②(用车等)拖运,运送

[同义] drag, draw, pull

likewise ['laik,waiz] *ad.* ①同样地,照样地 ②又,也

[同义] also, moreover

count [kaunt] *v.* ①数,计算 ②认为,视为,看作 ③有价值,重要,有用 *n.* 计数,计算

[词组] count on 依靠…,指望…

count in 把…计算在内

count out ①不把…计算在内 ②逐一数出

determine [di'tə:min] *v.* ①规定,决定 ②下决心,决意

[同义] decide

[同根] determination [ditə:mi'neiʃən] *n.* ①坚定,果断,决断力 ②决心

determined [di'tə:mind] *a.* 已下决心的,决定的

retain [ri'tein] *v.* 保持,保留

[同义] hold, keep, maintain, preserve, save

[反义] abandon

[同根] retention [ri'tenʃən] *n.* 保留,保持,保持力

ascertain [,æsə'tein] *v.* 查明,弄清,确定

[同根] ascertainment [,æsə'teinmənt] *n.* 探查,发现

authentic [ɔ:'θentik] *a.* ①真的,真正的 ②可靠的,可信的

[同义] actual, factual, genuine, real, true

[反义] false, fictitious

[同根] authenticity [,ɔ:θen'tisiti] *n.* 可靠性,真实性

authenticate [ɔ:'θentikeit] *v.* 证明…是确实的,证明…是可信的